W0405242

Transgresiones I

Transgresiones I

Donald E. Westlake
Anne Perry
Joyce Carol Oates
Walter Mosley
Sharyn McCrumb

Traducción de Ramón González

Rocaeditorial

Título original: *Transgressions*
© 2005 by Westlake, Ann Perry, Joyce Carol Oates,
Walter Mosley y Sharyn McCrumb.

Primera edición: febrero de 2007

© de la traducción: Ramón González
© de esta edición: Roca Editorial de Libros, S.L.
Marquès de l'Argentera, 17. Pral. 1.ª
08003 Barcelona.
correo@rocaeditorial.com
www.rocaeditorial.com

Impreso por Puresa, S.A.
Girona, 206
08203 Sabadell (Barcelona)

ISBN 10: 84-96544-98-2 (Obra completa)
ISBN 13: 978-84-96544-98-7 (Obra completa)

ISBN 10: 84-96544-90-7 (Volumen 1)
ISBN 13: 978-84-96544-90-1 (Volumen 1)

Depósito legal: B. 13.82-2007

Todos los derechos reservados. Esta publicación no puede ser reproducida, ni en todo ni en parte, ni registrada en o transmitida por, un sistema de recuperación de información, en ninguna forma ni por ningún medio, sea mecánico, fotoquímico, electrónico, magnético, electroóptico, por fotocopia, o cualquier otro, sin el permiso previo por escrito de la editorial.

Índice

Introducción

Cuando, en los años cincuenta, escribía novelas cortas para revistas baratas, todavía las llamábamos «novelitas», y lo único que yo sabía de ese género consistía en que era largo y que pagaban medio centavo por palabra. Eso significaba que si escribía 10.000 palabras, longitud media de las novelas cortas por aquel entonces, tarde o temprano recibiría un cheque por valor de quinientos dólares. No era un mal sueldo para un joven y esforzado escritor.

Una novela corta tiene hoy entre diez mil y cuarenta mil palabras. Más larga que un cuento (cinco mil palabras) pero mucho más breve que una novela (al menos sesenta mil), combina la inmediatez del primero con la profundidad de la segunda, y no es fácil de escribir. En realidad, dada la dificultad del género y la escasez de mercado para las novelas cortas, es sorprendente que todavía haya escritores que las escriban.

Pero he aquí la idea brillante.

Sondear a los mejores escritores de novelas de misterio, crímenes y suspense y pedirles que escribieran novelas cortas inéditas para una antología de novelas cortas de gran calidad para ser publicadas por primera vez en todo el mundo. ¿Parece esto un exceso de optimismo? En un mundo perfecto, sí, es una muy buen idea, señor, muchas gracias por pedir mi colaboración.

Pero muchos de los novelistas de éxito con los que contacté no habían escrito una novela corta en su vida. (Algunos de ellos ¡ni siquiera habían escrito un solo cuento!) Muchos se llevaron las manos a la cabeza simulando estar horrorizados. «¿Qué? No sabría siquiera por dónde empezar.» Otros pensaron que escribir una novela corta («¿Qué extensión dices que tiene que tener?») sería un reto fantástico, pero los novelistas de éxito son gente ocupada, que tiene contratos editoriales que cumplir y fechas de entrega que respetar, y por muy apetecible que pudiera parecer al principio la invitación, la dura realidad negó con la cabeza y, por lo tanto…

«Bueno, muchas gracias por pensar en mí, pero ya hace tres meses que debería haber entregado la novela a mi editor…»

O…

«Mi editor me mataría si yo osara soñar con escribir algo para otra editorial.»

O…

«Llámame dentro de un año.»

O…

«¿Se lo has comentado a X? ¿O a Y? ¿O a Z?»

Lo que al final obtuvimos fue resultado del tiempo y la suerte. En algunos casos, un escritor al que yo deseaba con fervor se encontraba felizmente entre la elaboración de dos novelas y resultaba tener un poco de tiempo libre. En otros casos, un escritor había tenido una idea que no daba para una novela pero resultaba demasiado larga para un cuento así que sí, ¡qué maravillosa oportunidad! En algunos otros casos, un escritor quería dar a luz un nuevo personaje en el que llevaba un tiempo pensando. En todos los casos, la meritoria tarea de escribir una obra de ficción que tuviera entre diez mil y cuarenta mil palabras parecía un reto excitante y la respuesta fue entusiasta.

Con la salvedad de la extensión y una cierta fidelidad al crimen, el misterio o el suspense, no impuse restricciones a los escritores que aceptaron colaborar con este libro. El resultado fue tan asombroso como genial. Las cinco novelas cortas que siguen, y las cinco que vendrán en el siguiente volumen, son tan variadas como los hombres y las mujeres que las escribieron, pero todas ellas hacen gala de la misma pasión entregada y la misma escritura excepcional. Por si eso fuera poco, se transmite aquí la sensación subyacente de que el escritor ambiciona algo nuevo e inesperado, y que desea compartir sus sorpresas con nosotros. Mientras que sus nombres aparecen en orden alfabético en la portada, sus novelas lo hacen en un orden inverso al alfabético: no tengo favoritos entre ellos. Todos me gustan por igual.

¡Disfruten!

ED MCBAIN
Weston, Connecticut,
agosto de 2004

Dinero de ida y vuelta

DONALD E. WESTLAKE

Es por todos conocido que DONALD E. WESTLAKE ha bordado todos los subgéneros de la novela de misterio. Libros humorísticos como *Sacred Monster* y la serie de John Dortmunder; libros aterradores como *The Ax*, acerca de un hombre que desea vengarse de la empresa que le ha degradado, probablemente la mejor novela de Westlake; libros de género negro que incluyen la serie de Parker, un punto de referencia del mundo *noir* con ladrones profesionales al que recientemente regresó con gran aclamación; y los libros relacionados con su propia experiencia como *El gancho*, un *thriller* retorcido sobre los peligros y dificultades de ser escritor. Uno descubre gracias a sus novelas y sus cuentos que posee una notable inteligencia, y que puede convertir esa inteligencia en argumentos, personajes y una excelente prosa realista aparentemente sencilla. Es de esos escritores a los que los otros escritores no dejan de leer: todas las novelas de Westlake tienen algo que enseñar a los demás autores, por mucho tiempo que se hayan pasado ante su procesador de textos. Y parece haber sido descubierto —por suerte y con un retraso considerable— por un gran número de lectores. Entre sus libros más recientes está *The Road to Ruin*, la última novela que relata las desventuras del ladrón inepto John Dortmunder, y *Thieve's Dozen*, una recopilación largamente esperada de los cuentos de Dortmunder.

1

—Desde que me he reformado —dijo el hombre llamado Querk— he tenido problemas para dormir por las noches.

Era un síntoma del que Dortmunder nunca antes había oído hablar; por otro lado, no conocía a muchas personas que se hubieran reformado.

—Ajá —dijo.

No conocía de veras a ese hombre llamado Querk, así que por el momento no tenía mucho que decir.

Pero Querk sí.

—Son los nervios —explicó, y en verdad parecía que fueran los nervios. Era un tipo menudo, de quizá cincuenta años, con el rostro alargado, pesadas cejas negras sobre una nariz como un plátano, una boca de labios finos y una larga barbilla puntiaguda, que no dejaba de moverse en un banco en Paley Park, un parque situado en la Calle 53 Este de Manhattan, entre la Quinta Avenida y Madison.

Paley Park es un parque muy bonito, justo en el centro del Midtown, de sólo trece metros de ancho y apenas una manzana de largo, varios escalones por encima del nivel de la Calle 53. Las fachadas de edificios de ambos lados están cubiertas de hiedra, y altos algarrobos color miel forman una especie de techo de hojas en verano, estación en que sucedió lo aquí narrado.

Pero lo mejor de Paley Park es la catarata de agua que hay en la parte trasera, un flujo constante junto al muro posterior que desemboca entre salpicaduras en un abrevadero para ser luego reciclado entre un agradable murmullo que casi ahoga por completo el rugido del tráfico, cosa que convierte ese lugar en un pacífico retiro en mitad del estruendo y también permite que dos o tres personas —John Dortmunder, por ejemplo, su amigo Andy Kelp, y el hombre llamado Querk, sin ir más lejos— se sienten cerca de la catarata y puedan mantener una amable conversación que ningún micrófono puede grabar. Es realmente sorprendente que no todos los proyectos criminales de la ciudad de Nueva York no sean tramados en Paley Park. Aunque bien pudiera ser que sí.

—Ya sabes lo que pasa —dijo el hombre llamado Querk, y alzó ambas manos de su regazo para mantenerlas ante sí, donde temblaron como una máquina de mezclar pintura—. Es una buena cosa —dijo—. Yo no era carterista antes de reformarme.

—Ajá —fue el comentario de Dortmunder.

—Ni un desvalijador de cajas fuertes —dijo Kelp.

—Bueno, eso sí —le dijo Querk—. Pero utilizaba el sistema de perforación con nitroglicerina. Hacía un agujero junto a la combinación, vertía en él gelatina, metía el detonador allí y me apartaba. No era algo que me pusiera nervioso.

—Ajá —dijo Dortmunder.

Querk frunció el ceño.

—¿Eres asmático?

—No —dijo Dortmunder—. Sólo quería señalar que estoy de acuerdo contigo.

—Si tú lo dices.

Querk frunció el ceño en dirección a la cortina de agua, que seguía murmullando sobre el muro ante ellos, salpicando en el abrevadero, sin cesar ni un segundo. Nadie querría estar en Paley Park demasiado tiempo.

—Lo importante es —dijo Querk— que antes de reformarme siempre dormía bien por las noches, porque sabía que me andaba con cuidado y todo estaba en su lugar, de modo que podía relajarme. Pero la última vez que salí, decidí que era demasiado viejo para la cárcel. Ya sabes, llega un momento en el que te parece que la cárcel es para los jóvenes. —Miró de soslayo a Dortmunder—. ¿Vas a volver a decir «Ajá»?

—Sólo si quieres que lo haga.

—Entonces mejor nos lo ahorramos —dijo Querk, y añadió—: Esta última vez aprendí otro oficio, ya sabes que esos oficios hay que aprenderlos en chirona. Reparación de aires acondicionados, limpieza en seco. Esta última vez aprendí a ser impresor.

—Ajá —dijo Dortmunder—. Está muy bien, eres impresor.

—Con la salvedad —dijo Querk— de que no lo soy. Salí, me fui a esa imprenta del norte del Estado, cerca de donde vive mi primo; pensé en vivir con él, siempre ha sido un tipo legal, me doy cuenta de cuándo alguien es honesto..., pero entonces voy a la imprenta para decirles: «Mirad los conocimientos que me ha dado el Estado de Nueva York», y me dicen que ahora no lo hacen así, que ahora lo hacen con ordenadores. —Querk negó con la cabeza—. Malgastaron todo ese tiempo y ese dinero, me enseñaron un oficio obsoleto.

Kelp dijo:

—Lo que querías era aprender a utilizar los ordenadores.

—Sí, pero lo que conseguí... —dijo Querk—. Conseguí un empleo en la imprenta, pero no como impresor. Soy transportista, cuando entran las distintas clases de papel, yo las distribuyo con un toro, coloco los papeles donde corresponden, papeles distintos para cada encargo. Pero como estoy reformado —prosiguió Querk— y éste no es el oficio que aprendí, no hago más que ir de un lado para otro con el toro, no tengo la sensación de hacer algo interesante. Sin planificación, sin preparación, nada de lo que pueda ocuparme. Me inquieto, no tengo objetivos en la vida, y en consecuencia duermo mal. Y como no duermo, porque sólo soy el tipo que conduce el toro, muchas veces estoy a punto de estamparme contra la pared.

Dortmunder se imaginó claramente la escena. La gente se adapta a determinadas costumbres, y si dejas de llevar a cabo una costumbre que es importante para ti —a ser un fugitivo, por ejemplo—, puedes irte perfectamente a la mierda. Biorritmos. Insomnio. A veces pasa.

Dortmunder, Andy Kelp y el hombre llamado Querk permanecieron sentados en silencio (murmullo) un rato, pensando en la situación en la que se hallaba Querk, sentados allí juntos, en esos bancos, en mitad de Nueva York, en agosto, cosa que significaba que aquello no era en absoluto Nueva York, no la verdadera Nueva York, sino otra Nueva York, Nueva York en agosto.

En agosto, todos los loqueros se han largado de la ciudad, así que el descanso de los neoyorquinos es más tranquilo, menos estresado. También muchos de esos neoyorquinos están fuera de la ciudad, sustituidos por turistas americanos vestidos de poliéster color pastel y por turistas extranjeros vestidos de vinilo y pana. El agosto entre turistas es exactamente lo mismo que vivir en un gran rebaño de bueyes: lentos, gordos, estúpidos y sin la menor idea de adónde se dirigen.

Dortmunder, en cambio, no tenía ni idea de adónde se dirigía Querk. Lo único que sabía era que Kelp le había llamado esa mañana para decirle que había un tipo con el que quizá debieran hablar, porque quizá tuviera algo que contarles, y que el nombre que el tipo daba como referencia era Harry Matlock. Pues bien, Harry Matlock era un tipo con el que Dortmunder había trabajado en el pasado, junto al compañero de Matlock, Ralph Demrovsky, pero le parecía que la última vez que había visto a Ralph, durante un pequeño trabajo en Las Vegas, Harry no estaba allí. ¿Hasta qué punto era ésa una buena referencia, después de todo ese tiempo? Eso era lo que explicaba que Dortmunder se hubiera limitado durante su conversación, por el momento y también durante el impredecible futuro, a pronunciar una serie de «ajás».

—Así que finalmente —dijo el hombre llamado Querk, rompiendo un largo murmullo— no pude soportarlo más. Estoy haciendo lo mismo que mi primo, dando vueltas sin sentido, y así es como me siento. Estoy exactamente igual que mi primo. Una vez al mes voy hasta esa ciudad, Hudson y veo a la agente encargada de mi libertad condicional, no tengo nada que esconder. ¿Cómo puedes hablar con la agente encargada de tu libertad provisional en circunstancias como ésta? Ella no deja de mirarme con suspicacia, y yo sé por qué. No tengo nada más que decirle que la verdad.

—Joder, eso es duro —dijo Kelp.

—Ya lo sabes. —Querk negó con la cabeza—. Y durante todo este tiempo —dijo— he tenido un chanchullo allí mismo, en la imprenta; si es un perro, me muerde. Pero no quiero verlo, no quiero saber nada de él, tengo que actuar como si fuera sordo, ciego e idiota.

Dortmunder, sin poder evitarlo, dijo:

—¿En la imprenta?

—Ah, sí, claro —dijo Querk—. Haces un trabajo desde dentro y antes de que te des cuenta te vuelven a meter en tu vieja celda. Pero no es así como se hace. —Querk parecía muy franco respecto a eso—. La única forma de que algo así funcione —dijo— es que la empresa nunca se dé cuenta de lo sucedido. Si lo detectan, no haremos nada.

Dortmunder dijo:

—Es un golpe.

—Un golpe silencioso —le dijo Querk—. Sin rehenes, sin explosiones, sin enfrentamientos. Entrar, salir, nadie se entera nunca de lo sucedido. Créeme, la única forma de que nos salgamos con la nuestra es que nadie se dé cuenta de que falta algo.

—Ajá —dijo Dortmunder.

—Tendrías que chupar pastillas para la carraspera —sugirió Querk—. En todo caso, es un trabajo fantástico, y estoy harto de no dormir, así que quizá me olvide de lo de reformarme por una vez. Pero hay un pero.

—Claro —dijo Kelp, porque siempre había un pero.

—No puedo hacerlo solo —le dijo Querk—. No es un trabajo para uno solo. Estuve allí encerrado seis años y medio, pero llevo reformado y en el norte del Estado casi dieciocho meses, así que estoy totalmente retirado del negocio. Llamé a todo el mundo, pero todos están en chirona, muertos o desaparecidos, y finalmente hablé con Harry Matlock, al que conocí hace años, cuando formó equipo por primera vez con Ralph Demrovsky, y ahora es Harry el que está retirado.

—Eso me parecía —dijo Dortmunder.

Querk asintió.

—Me dijo —prosiguió— que no estaba reformado, sino retirado. Es distinto. «Yo no me he reformado —me dijo—. He perdido el coraje. Así que me retiré.»

—Poco más o menos, lo mismo —sugirió Kelp.

—Pero con mucha más dignidad —le dijo Querk—. Así que él me dio tu nombre, Andy Kelp, y ahora aquí estamos, cara a cara.

—Así es —dijo Kelp—. ¿Y ahora qué?

—Bueno —dijo Querk—. La verdad es que buscaré un poco en vuestro pasado, y si parecéis adecuados...

Dortmunder dijo:

—¿Qué? ¿Qué tú vas a examinar nuestro historial? ¿Tú? —Había creído que el sentido de la entrevista era el inverso.

—Por supuesto —dijo Querk—. No quiero que sigamos y sigamos, que todo vaya bien, y que de repente gritéis «Sorpresa» y saquéis una placa.

—Eso me sorprendería mucho —le dijo Dortmunder.

—No nos conocemos —señaló Querk—. Le di a Kelp algunos nombres para que pudiera comprobar quién soy y él me dio otros para que yo pudiera comprobarle a él y a ti...

—Ajá —dijo Dortmunder.

—Así que después de reunirnos aquí —dijo Querk— y de comprobar todos quién es quién, si nos parece que todo está en orden, llamaré a Andy para vernos aquí a esta misma hora y, si a los dos os parece bien, reunirnos de nuevo.

Dortmunder dijo:

—No nos has dicho en qué consiste el golpe.

—Muy bien —dijo Querk. Mirando a su alrededor, añadió—: ¿Os parece bien que me vaya yo primero? De todos modos, vais a hablar a mis espaldas.

—Por supuesto —dijo Kelp—. Encantado de conocerte, Kirby —dijo, porque Querk había dicho que ése era su nombre de pila.

—Lo mismo digo —dijo Querk, y asintió en dirección a Dortmunder—. Me gusta cómo te reservas tu opinión.

—Ajajá —dijo Dortmunder.

2

Si uno se adentra hacia el oeste, incluso en agosto, puede encontrar algún bar sin turistas, helechos ni menús, donde las luces no ofendan a los ojos. En ese lugar, un poco más tarde, Dortmunder y Kelp, encorvados sobre sus cervezas en una mesa de formica, hablaban en susurros mientras a cierta distancia el camarero, tras su barra, leía apoyado sobre los codos el *Daily News* y los otros tres clientes, esparcidos por el local, hablaban solos a falta de compañía.

—Todavía no sé qué pienso de ese tío —murmuró Dortmunder.

—Parece buen tipo. —Kelp se encogió de hombros—. Me creo su historia. Lo de que se ha reformado y todo eso.

—Pero no suelta prenda —susurró Dortmunder.

—Sí, claro. Pero es que no nos conoce.

—No nos ha contado una mierda.

—Eso es muy amable por tu parte, John.

—Vive en el norte del Estado. —Dortmunder extendió las manos—. ¿En qué parte del norte del Estado? ¿Dónde está su imprenta? Lo único que ha dicho es que de vez en cuando va a un lugar llamado Hudson para verse con la agente al cargo de su libertad condicional.

Kelp asintió, desprejuiciado.

—Míralo desde su punto de vista —susurró—. Si las cosas no funcionan entre él y nosotros, y tiene pensado seguir adelante con otros, ¿por qué preocuparse de que nosotros sigamos en la escena tratando de sacar nuestra tajada?

—Pero ¿qué clase de golpe es éste? —se quejó Dortmunder—. Vamos a robar algo en esa imprenta, ¿y se supone que no se van a dar cuenta? «Eh, ¿no utilizábamos un lo que sea aquí?» Si robas algo, algo de cierto valor, la gente se da cuenta.

—Bueno, ésa es la parte intrigante de todo el asunto —susurró Kelp.

—Intrigante.

—Además —susurró Kelp, inclinándose hacia Dortmunder—,

agosto es un buen momento para largarse de la ciudad. Irse al norte del Estado, a las montañas, un poco de aire fresco, ¿qué mal puede hacernos?

—He estado en el norte del Estado —le recordó Dortmunder—. Sé el mal que puede hacerme.

—No es tan terrible, John. Y estuviste allí en invierno.

—Y en otoño —susurró Dortmunder—. En dos momentos distintos.

—En los dos casos te fueron bien las cosas.

—¿Bien? Cada vez que me largo de Nueva York —insistió Dortmunder— me arrepiento.

—Pero a pesar de todo —susurró Kelp—, no deberíamos rechazar esto sin antes echarle un vistazo.

Dortmunder se encogió de hombros visiblemente irritado. Ya había dado su opinión.

—No sé cómo andan tus finanzas, John —dijo Kelp, aunque sí lo sabía—, pero las mías están fatal. Un pequeño golpe en el norte quizá pudiera arreglarme.

Dortmunder frunció el ceño ante su cerveza.

—Te diré lo que debemos hacer —dijo Kelp—. Deberíamos encontrar al viejo Harry Matlock, saber qué se lleva entre manos ese Querk y después tomar una decisión. ¿Qué me dices?

—Murmura —murmuró Dortmunder.

3

¿Dónde encontrar a un hombre retirado en mitad del mes de agosto? En un campo de golf. Un campo de golf municipal, por supuesto.

—Ahí está, allí —dijo Kelp, señalando—. Sacando la pelota de un banco de arena con la mano.

Dortmunder dijo:

—¿Es eso legal?

—Recuerda —dijo Kelp—. Está retirado, no reformado.

Ese campo de golf municipal en concreto estaba en Brooklyn, no lo suficientemente lejos del Atlántico como para ahorrarle a la gente oler lo que el mar arroja al aire en estos días. Algunos capullos moteaban la superficie de césped mientras Dortmunder y Kelp recorrían la calle del campo de golf en dirección a Harry Matlock —que estaba más gordo que de costumbre y al que todos consideraban un hombre gordo—, que trataba de salir de un banco de arena con el aspecto de necesitar a alguien que le ayudara a volver a la hierba. Probablemente estaba tan calvo como siempre pero era difícil de saber, porque llevaba una abultada boina escocesa granate con una borla de lana negra en la parte superior y un pequeño pedazo de cachemira en la parte de atrás. El resto de su atuendo consistía en un polo azul claro bajo un cárdigan blanco desabrochado, pantalones a cuadros rojos muy anchos en el trasero y las piernas y brillantes zapatos de golf color verde sapo con pequeños tacos semejantes a dientes de ardilla. Aquello era un hombre retirado.

—¡Eh, Harry! —gritó Kelp, y un hombre a su izquierda erró su golpe y después miró con odio a Kelp, que no se dio cuenta.

Harry levantó la mirada, les reconoció y les saludó con la mano y una gran sonrisa, pero no gritó. Cuando se acercaron, dijo:

—Hola, Andy; hola, John, estáis aquí por Kirby Querk.

—Sí —dijo Kelp.

Harry señaló un lugar con su palo de golf y dijo:

—Venid conmigo, tengo el cochecito allí arriba, podremos hablar. —Después, deteniéndose para darle a la pelota una patada hacia la distante banderilla, cogió por la correa la voluminosa bolsa con los palos y empezó a caminar arrastrándola tras él y dejando una marca en la calle.

Mientras caminaban, Dortmunder dijo:

—¿Éstas son tus reglas?

—Cuando sólo Dios puede verte, John —le dijo Harry—, no

hay reglas. Y por lo que respecta a Querk, no sé cuáles son las reglas.

Con un tono alarmado, Kelp dijo:

—¿Quieres decir que no lo recomiendas? Pero si me lo enviaste tú.

—No, eso no es exactamente lo que... Esperad. —Harry volvió a darle una patada a la pelota y después dijo—: Andy, ¿puedes cargar con esta bolsa un rato? Me está dejando un brazo más largo que el otro.

—Creo que hay que llevarla al hombro —dijo Kelp.

—Ya lo he intentado —dijo Harry—. Pero se balancea y me deja un hombro más bajo que el otro. —Le ofreció a Kelp la correa con un ligero gesto implorante—. Sólo hasta que lleguemos al *green* —dijo.

Kelp no sabía que su visita al campo de golf aquel día acabaría convirtiéndole en *caddy*, pero se encogió de hombros y dijo:

—Está bien. Hasta el *green*.

—Gracias, Andy.

Kelp se cargó la bolsa al hombro. Ciertamente, tenía pinta de *caddy*. Lo único que le faltaba era una gorra de tela con visera y un *tee* tras la oreja. Tenía la pinta de explotado adecuada.

Harry siguió paseando tranquilamente en la dirección en que había enviado la pelota de una patada, y dijo:

—En cuanto a Querk, no es que sepa nada malo de él, es sólo que tampoco sé mucho de bueno.

—¿Has trabajado con él? —preguntó Dortmunder.

—Algunas veces. Ralph y yo... Pero él no se retiró cuando lo hice yo.

Harry Matlock y Ralph Demrovsky habían formado una banda de ladrones tan rápida y avariciosa que iban siempre en furgoneta por si se topaban con algo grande.

—¿Ralph sigue trabajando? —preguntó Kelp.

—No, está en Sing Sing —dijo Harry—. Debería haberse retirado cuando lo hice yo. Esperad. —Se detuvo ante su pelota y miró con los ojos entrecerrados hacia el *green*, donde tres tipos vestidos con ropa sacada de la misma caja de sorpresas esperaban, todos mirando hacia donde estaban ellos.

—Creo que ahora tengo que darle con el palo —dijo Harry—. Apartaos un poco; soy un poco bruto en esto.

Todos se apartaron y Harry apuntó el tiro. Después volvió a apuntar un poco más. Cuando hubo apuntado tanto como un pelotón de fusilamiento, golpeó la pelota y ésta salió disparada en alguna dirección. No hacia la bandera, exactamente, pero al menos no hacia ellos.

—Bueno, lo que importa del golf es lo que caminas —dijo Harry. Mientras echaba a andar pausadamente en la dirección en que había ido la pelota, seguido por Dortmunder y Kelp, dijo—: Ralph y yo trabajamos con Querk quizá cuatro o cinco veces en el transcurso de los años. No es la mejor opción.

—¿No?

—No. Es competente —reconoció Harry—, os meterá dondequiera que queráis meteros, pero hay tipos mejores. Wally Whistler. Herman Jones.

—Son buenos —dijo Kelp, mostrándose de acuerdo.

—Sí —dijo Harry—. Pero si en alguna ocasión el tipo al que queríamos estaba enfermo, estaba dado a la fuga o en chirona, Querk estaba bien.

—Harry, me lo mandaste, pero no pareces entusiasmado —dijo Kelp.

—No, no es que no esté entusiasmado —dijo Harry. Se detuvo para echarle un vistazo a su pelota, que estaba en mitad de un océano de césped, con el *green* como una isla a cierta distancia, a la derecha. Dos de los tipos que esperaban allí estaban ahora sentados en el suelo—. Déjame ver esos otros palos.

Kelp se quitó la bolsa del hombro y la dejó en el suelo para que Harry pudiera escoger. Mientras Harry fruncía el ceño ante sus palos, Kelp dijo:

—¿Qué es lo que hace que no te entusiasme del todo?

Harry asintió, todavía mirando los palos de la bolsa. Después miró a Kelp.

—Te lo diré —dijo—. Éste es su golpe. Nunca he trabajado con él cuando el negocio es suyo. Ralph y yo le poníamos delante de una puerta, de una verja, de una caja fuerte, lo que fuera, y le decíamos: «Abre eso, Kirby», y él lo abría. Competente. No un artista, pero competente. ¿Cómo es cuando tiene entre manos un trabajo que es suyo? No puedo daros una recomendación.

—De acuerdo —dijo Kelp.

Harry señaló uno de los palos de la bolsa, uno de los que tenían el hierro más grande.

—Éste, ¿qué te parece?

Kelp, el sensato *caddy*, consideró las posibilidades y después señaló otro con el hierro todavía más grande.

—Ése, creo.

No sirvió de nada.

4

Nueva York ponía nervioso a Kirby Querk. En realidad todo le ponía nervioso, especialmente la necesidad de no mostrar nunca, de no dejar entrever jamás, que estaba asustado.

Llevaba demasiado tiempo lejos de Nueva York y también lejos del mundo. Esos últimos seis años y medio en la cárcel habían acabado con él, le habían hecho perder la costumbre de llevar las riendas de su vida, de encarrilar sus planes. La cárcel era así de seductora, así de cómoda cuando te rendías y dejabas de luchar contra el sistema. La vida a toque de silbato, su silbato, sus reglas, sus ritmos, un día tras otro, un día tras otro. Seis años y medio, y después, de repente, te dedican una sonrisa, te sueltan un sermón, te dan la mano y te ponen ante una puerta abierta, y ahí estás, completamente solo.

¿Solo? Sus dos períodos de encarcelamiento anteriores habían sido más breves, y él era más joven, y los ritmos y rutinas carcelarios no se habían incrustado tanto en su cerebro. En esta ocasión, cuando de repente se vio libre, suelto, solo, se había perdido a sí mismo, carecía de voluntad.

Razón principal por la que, en cuanto esas puertas de la cárcel se hubieron cerrado tras él, se dirigió hacia Darbyville y el primo Claude, a pesar de que él y el primo Claude nunca habían mantenido una relación estrecha y en realidad no podían ser de mucha utilidad el uno para el otro, puesto que Claude había sido un tipo formal durante toda su vida mientras que Querk, desde el principio, había salido más bien indisciplinado.

Pero era a Darbyville adonde Querk había ido, derechito, con una llamada telefónica de aviso previa para preguntarle a Claude dónde le recomendaba que se buscara hospedaje. La excusa era que Querk había aprendido el oficio de impresor en la cárcel (o eso creía él), y sabía que la Imprenta Sycamore Creek estaba en la ciudad de Sycamore, no lejos de Darbyville, unos ciento cincuenta kilómetros al norte de Nueva York. Claude era un tipo decente, casado, con cuatro hijos, dos de los cuales se habían independizado mientras que los otros dos seguían viviendo en casa, así que invitó a Querk a instalarse en el dormitorio del mayor, hoy vacío, hasta que encontrara un lugar más definitivo, y ahora, un año y medio más tarde, Querk seguía allí.

No lo había sabido entonces, y seguía sin saberlo ahora, pero la razón por la que había acudido al primo Claude en primera instancia era que había sentido la necesidad de un guardián; alguien que le dijera cuándo es hora de hacer ejercicio, cuándo hay que apagar las luces. No había funcionado exactamente así, puesto que Claude y su esposa Eugenia eran demasiado discretos y amables para hacer el papel de guardián, y las habilidades en el negocio de la impresión que se suponía que deberían haberle dado un punto de partida habían resultado no ser más que una burbuja flotando en el aire, pero no importaba. Tenía trabajo en la imprenta, conduciendo el toro, cosa que le había dado un cierto orden a su vida, y había encontrado a otra persona para que ejerciera el papel de guardián.

Y había llegado el momento de llamarla.

Una de las muchas cosas de Nueva York que ponían nervioso a Querk eran las cabinas telefónicas. Le daba miedo utilizar un teléfono en la calle, hablar mientras pasaban todas esas personas corpulentas, muchas de ellas a su espalda, todas ellas con intenciones aviesas. Para hacer una llamada desde una cabina tenías que pararte, pero Querk no quería pararse en las calles de Nueva York; no podía sobreponerse a la sensación de que, si se detenía, unas cuantas personas saltarían sobre él, le robarían, le herirían, le harían quién sabe qué. Así que si estaba en Nueva York, no dejaba de moverse. Pero de todos modos tenía que hacer esa llamada.

Grand Central Station no era exactamente una solución, pero era un arreglo. Era un lugar bajo techo, y a pesar de que había tanta gente yendo de aquí para allá como en la calle, y puede que más, en Grand Central era posible hablar por teléfono con la espalda apoyada contra la pared y todos esos desconocidos ante su mirada.

Y eso es lo que hizo. Primero obtuvo un puñado de monedas de un cuarto de dólar y diez centavos y después eligió una cabina de una fila no lejos de las ventanillas de billetes de Metro North, donde podía estar con la espalda vuelta al teléfono mientras observaba cómo la gente iba y venía por las entradas y salidas, por aquí, por allá, como protones en un ciclotrón. Podría observar los botones por encima del hombro cuando hiciera la llamada, después meter las monedas por la ranura cuando la voz de la máquina le dijera cuánto era.

Un timbrazo.

—Siete Leguas.

—¿Está Frank?

—Se equivoca —dijo ella, y colgó, y él miró el gran reloj que había en mitad de la estación. Las dos menos cinco de la tarde; no era una hora punta en Grand Central, pero seguía habiendo bastante gente. Ahora tenía que esperar cinco minutos, mientras ella se dirigía a la cabina telefónica que había junto a la estación de Hess, cuyo número él llevaba anotado en el bolsillo.

No le gustaba estar junto a la cabina sin hablar por teléfono; le parecía que le hacía sospechoso. Pensó que tal vez hubiera alguien entre toda esa gente que se percatara de él y le prestara atención e incluso tomara nota de su aspecto y lo que hacía. Así que cruzó resueltamente la terminal y salió por una puerta a Lexington Avenue y entró por otra de la Calle 42, después bajó al piso de abajo y volvió al superior, donde al fin el reloj dio las dos.

Querk marcó el número de la cabina de Sycamore y recibió una respuesta al instante.

—Hola.

—Soy yo.

—Ya lo sé. ¿Cómo va?

—Bien, tengo a un par de tipos —dijo Querk—. Creo que saldrán bien.

—¿Les has contado lo que vamos a hacer?

—Todavía no. Teníamos que investigarnos antes. Les veré hoy a las cuatro. Si dicen que sí, si creen que doy la talla, les contaré la historia.

—No toda la historia, Kirby.

Querk se rio, sintiéndose menos nervioso porque estaba hablando con su guardián.

—No, no toda la historia —dijo—. Sólo la parte que les va a gustar.

5

A esa cita llegarían en un coche que Kelp se encargaría de conseguir. Recogió primero a Querk, en la esquina de la Undécima Avenida con la Calle 57, deteniendo el precioso Infiniti negro junto a la acera, donde Querk fisgoneaba Calle 57 arriba, en dirección este. Kelp pensó que tendría que tocar el claxon, pero entonces Querk entró y se sentó en el asiento del copiloto a su lado y dijo:

—Acabo de ver a Lesley Stahl saliendo de un taxi.

—Ya —dijo Kelp, que volvió a meter el coche en el tráfico hacia la parte alta de la ciudad.

—Antes veía *60 minutos* sin falta —dijo Querk—, todos los domingos. Hasta las reposiciones de verano.

—Ya —dijo Kelp.

—Cuando estaba en la cárcel —explicó Querk—. Era una especie de momento álgido.

—Ya —dijo Kelp.

—Ahora ya no lo veo tanto, no sé por qué.

Kelp no dijo nada. Querk miró por el interior del coche y dijo:

—Por cierto, me he dado cuenta de que llevas matrícula de médico.

—Sí —reconoció Kelp.

—Pero no eres médico.

—Ni siquiera tengo coche —le dijo Kelp.

Querk se sorprendió.

—¿Lo has robado?

—Del hospital Roosevelt, al final de la calle. Todo lo concerniente a coches lo dejo en manos de los médicos. Conocen bien la diferencia entre el placer y el dolor. Además, creo que tienen una clara comprensión del infinito.

—Pero estamos cerca del hospital... Sigues en el barrio con un coche recién robado.

—¿Con la de horas que hacen trabajar a los médicos? —Kelp se encogió de hombros—. El propietario no lo echará en falta hasta el jueves. En el aparcamiento privado elegí uno sin polvo. Ahí está John.

Ahora estaban en la West End Avenue, detenidos en el semáforo de la Calle 72, y Dortmunder estaba en diagonal al otro lado de la calle, en la esquina donde daba el sol, como si se hubiera producido un error. Nadie tan alicaído y desaliñado debía estar en una esquina, en verano, al sol. Parecía estar más en su ambiente en el bar en el que Kelp y él habían conversado. Allí afuera, casi era como si estuviera esperando que pasara la policía.

La flecha verde se encendió y Kelp giró para parar junto a Dortmunder, que de acuerdo con el plan acordado entró en el asiento de atrás y dijo:

—Hola.

—Andy se ha levantado este coche —dijo Querk.

—Siempre lo hace —dijo Dortmunder, y a la cara de Kelp en el espejo retrovisor, al mismo tiempo que giraban hacia el norte por West Side Highway, le dijo—: Recuerdos al doctor.

El tráfico en la autopista era escaso; Kelp condujo a velocidad moderada por el carril de la derecha y nadie dijo nada hasta que Dortmunder se echó hacia delante, apoyó los antebrazos en la parte superior del asiento y le dijo a Querk:

—Empieza cuando quieras.

—Oh. —Querk se quedó mirando al frente y dijo—: Creía que íbamos a alguna parte.

—Vamos a alguna parte —le dijo Kelp—. Pero puedes empezar.

—Está bien, de acuerdo.

Al mismo tiempo que Dortmunder volvía a recostarse, sentado tras Kelp, Querk se volvió un poco en su asiento para poder ver a los dos hombres y dijo:

—Una de las cosas que imprime la imprenta en la que trabajo es dinero.

Eso les sorprendió a los dos. Kelp dijo:

—Creía que lo imprimía la casa de la moneda.

—Nuestro dinero sí —dijo Querk—. Pero los países pequeños no tienen la tecnología ni la capacidad ni nada para hacerlo y encargan el dinero fuera. La impresión. La mayor parte del dinero de Europa y África se imprime en Londres. La mayor parte del dinero de Suramérica se imprime en Filadelfia.

—Tú no trabajas en Filadelfia —señaló Kelp.

—No, pero esa empresa para la que trabajo, Sycamore, hace unos diez años decidió participar en el negocio. Tienen a un gran inversor canadiense y ellos pusieron la maquinaria, contrataron a la gente y empezaron a ofrecer sus servicios a un precio inferior que la gente de Filadelfia.

—Libre empresa —comentó Kelp.

—Así es. —Querk se encogió de hombros—. Nadie dice que el dinero que hacen sea de la misma calidad que el de Filadelfia, con todos esos anagramas y cosas contra la falsificación, pero pensad en un país pequeño, pobre; nadie se molesta en falsificar ese dinero, así que Sycamore recibió encargos de los cuatro países más hechos polvo de Centro y Suramérica y Sycamore fabrica su dinero.

Dortmunder dijo:

—Estás hablando de robar un dinero que dices que no vale nada.

—Vale algo —dijo Querk—. Y no estoy hablando de robarlo.

—Falsificarlo —sugirió Dortmunder, como si tampoco le gustara esa idea.

Pero Querk negó con la cabeza.

—Yo soy quien se encarga —dijo— de seguir el rastro del papel que entra, firmo los recibos de los camioneros, lo cargo en el toro y lo llevo aquí o allá dependiendo de la clase de papel que sea y para lo que sea. Cada uno de esos países tiene su propio papel, con marcas de agua y mensajes ocultos y todo eso. No es alta tecnología, más bien un poco rudimentario, pero desde luego no se puede imitar con una fotocopiadora.

—Tienes el papel —dijo Dortmunder. Todavía tenía un tono escéptico.

—Y echo un vistazo alrededor —dijo Querk—. Mirad, yo creía que iba a ser un impresor, no el conductor de un toro, así que estoy tratando de mejorar mi situación. Conseguir lo suficiente para después poder decidir cómo quiero vivir, para no tener que andar a golpe de pito. Ya sabéis lo que quiero decir.

—Ajá —dijo Dortmunder.

—Ya estamos otra vez —señaló Querk—. La cosa esa que tienes en la garganta.

Volvió la vista hacia delante cuando Kelp cogió la salida de la autopista a la Calle 125.

—¿No es esto Harlem? —No parecía gustarle la idea.

—No exactamente —dijo Kelp.

—Sigue con tu historia —dijo Dortmunder.

—Creo que todavía no puedo —dijo Querk. Estaba mirando por el parabrisas y frunciendo el ceño como si estuviera repensando algunas decisiones que había tomado en su vida.

—Estaremos ahí en un par de minutos —le aseguró Kelp.

Nadie habló mientras Kelp se detenía ante un stop, giró a la izquierda alrededor de los grandes pilares de metal que sostenían la autopista West Side, avanzó por una manzana de destartalados almacenes, giró a la izquierda en el semáforo, se detuvo en otro stop, después siguió adelante cruzando la amplia entrada que había en una valla metálica y giró a la izquierda hacia un estrecho y alargado aparcamiento justo encima del río Hudson.

—¿Qué es esto? —dijo Querk.

—Fairway —le dijo Kelp al tiempo que encontraba un lugar en el que aparcar a la izquierda, entraba en él y dejaba el parachoques contra la verja. Hacía calor fuera, así que dejó el motor en marcha y las ventanillas cerradas.

—No lo entiendo —dijo Querk.

—Mira —le dijo Kelp, parando el Infiniti—, Harlem nunca ha tenido un gran supermercado, *ahorre en sus compras,* sólo había esas pequeñas tiendecitas de barrio, sin mucha variedad en las estanterías. Así que Fairway se plantó aquí; eso era antes un almacén, ¿lo ves?

Querk asintió en dirección al gran almacén con la entrada de supermercado.

—Lo veo.

—Así que pusieron un gran supermercado —dijo Kelp—, mucha variedad, todo es barato, a la gente de aquí le encanta. Pero también a los de fuera, es fácil llegar, es fácil salir, ahí tienes una salida directa a la autopista, así que pueden venir aquí, parar, comprarlo todo para el fin de semana y después encaminarse hacia su refugio en el campo.

—Pero ¿por qué nosotros? ¿Qué hacemos nosotros aquí?

Dortmund se lo explicó.

—Si miras bien, verás a una, dos personas, incluso tres sentadas en sus coches. La mujer, normalmente la mujer, entra y compra, el marido y los invitados se quedan aquí fuera, aparcan, se quedan sentados en el coche y se cuentan lo que se tengan que contar.

—Cuéntanos lo que nos tengas que contar, Kirby —dijo Kelp.

Querk negó con la cabeza.

—He estado encerrado demasiado tiempo —dijo—. No soporto tener que admitirlo. Ya no sé cómo se hacen las cosas. Por eso necesito un cojín.

—Hecho de dinero suramericano —dijo Dortmunder.

—Exactamente —dijo Querk—. En la imprenta estoy prácticamente solo, y siempre he sido bueno con la maquinaria, empezando por las cerraduras, ya lo sabéis, ésa era mi especialidad, y ahora con las prensas que ya no utilizan. Y hace poco descubrí lo de los números.

—¿Números? —dijo Kelp.

—Todos los billetes que llevas en el bolsillo —dijo Querk— tienen un número, no hay dos billetes en este país con el mismo número. Lo mismo sucede con el dinero de todos los países. Todo es idéntico en todos los billetes excepto el número, que cambia en cada caso, y que nunca se repite. Eso es parte de la maquinaria especial que compraron cuando entraron en este negocio.

Kelp dijo:

—Kirby, creo que te veo venir. Has encontrado el modo de que los números se repitan.

Querk estaba satisfecho consigo mismo.

—Sé —dijo— cómo decirle a la máquina: «Esta última impresión era una prueba. Ésta es la verdadera impresión». —Sonriéndole a Dortmunder, prosiguió—: También yo soy el encargado de poner el papel aquí y allá en la imprenta, y de comprobar cuándo nos lo entregan, y quizá de hacerlo desaparecer de los libros. Así que ya veis lo que tengo.

—Es el papel de verdad, en la máquina de verdad, haciendo los números de verdad —dijo Kelp.

—No queda registro de eso en ninguna parte —dijo Querk—. No es una falsificación, es de verdad, y no es robado porque nunca ha estado allí.

Mientras regresaban por West Side Highway hacia el Midtown, bebiendo cerveza Saint Pauli Girl que Kelp había comprado en el Fairway, Dortmunder dijo:

—Mira, a mí me parece que tiene que haber más de un capítulo en esta historia.

—Te refieres —dijo Querk— a qué hacemos con la pasta cuando la tengamos.

—No podemos ir cada vez al banco con cien dólares para cambiarlos —dijo Dortmunder.

—No, lo sé.

—Supongo que podríamos ir al país y comprarnos un hotel o algo parecido —dijo Kelp.

—¿En metálico? —dijo Dortmunder.

—Para empezar. Y después volver a venderlo en dólares. —Negó con la cabeza—. Demasiado complicado.

—Conozco a un tipo —dijo Querk. Le temblaron los hombros.

Le prestaron toda su atención.

—Es de ese país, de Guerrera —dijo Querk—. Es una especie de estafador ahí abajo.

—¿Qué hace aquí arriba? —dijo Dortmunder.

—No está aquí arriba —dijo Querk—. Está ahí abajo.

—¿Y de qué conoces a ese tipo? —dijo Dortmunder.

—Tengo un contacto —dijo Querk—, trabaja en una agencia de viajes, viaja mucho, ella conoce al tipo.

Dortmunder y Kelp intercambiaron una mirada por el espejo retrovisor al oír el pronombre, cosa de la que Querk al parecer no se dio cuenta.

—Imprimimos el dinero —prosiguió— y sale en cajas de cartón, ya empaquetado por la maquinaria, con correas metálicas negras. Lo sacamos de la imprenta, y tengo una forma de hacerlo, y se lo llevamos a ese tipo, que nos da cincuenta centavos por cada dólar.

—La mitad —dijo Kelp—. ¿De qué estamos hablando?

—Lo más útil para Rodrigo, mi tipo, son los billetes de veinte millones de siapas.

—¿Veinte millones? —dijo Kelp.

—¿Cuánto es ese dinero? —dijo Dortmunder.

—Cien dólares. —Querk se encogió de hombros—. Ahí abajo tienen un pequeño problema de inflación. Creo que lo están empezando a controlar.

—¿Cuánto vamos a imprimir?

—¿Cuánto? Cien mil millones.

—No de dólares —dijo Dortmunder.

—No, de siapas. Son cinco mil billetes, todos de veinte millones de siapas.

Dortmunder, simulando paciencia, dijo:

—¿Y cuánto es ese dinero?

—Quinientos de los grandes —dijo Querk.

—Me estás haciendo un lío. Quinientos. ¿Dólares? —dijo Kelp.

—Quinientos mil dólares —dijo Querk.

—Y nosotros nos quedamos con la mitad. Doscientos cincuenta mil. ¿Y Kelp y yo? —dijo Dortmunder.

—La mitad de la mitad —dijo Querk de inmediato.

Ahora volvían a estar en un terreno en el que Dortmunder podía hacer cálculos mentales.

—Sesenta y dos mil quinientos cada uno —dijo.

—Y unas pequeñas vacaciones en la montaña —dijo Kelp.

—La semana que viene —dijo Querk.

Ellos le miraron. Dortmunder dijo:

—¿La semana que viene?

—O quizá la siguiente —dijo Querk—. Cuando la imprenta esté cerrada.

—Tendremos —decidió Dortmunder— que hablar más.

6

—¿May? —gritó Dortmunder, y se quedó en el dintel de la puerta para escuchar. Nada—. Todavía no está en casa —dijo, y entró en el apartamento seguido por Kelp y Querk.

—Bonito lugar —dijo Querk.

—Gracias —dijo Dortmunder—. La sala de estar está aquí, a la izquierda.

—Yo tenía un piso en Nueva York —dijo Querk—. Hace años. No creo que ahora me gustara este ritmo de vida.

Entraron en tropel en la sala de estar, allí en la Calle 19 Este, y Dortmunder miró a su alrededor, su sofá combado y su poltrona con reposapiés granate delante y la poltrona de May con las quemaduras de los cigarrillos en los brazos (menos mal que lo dejó) y el televisor en el que los colores nunca aparecían bien y la ventana con su vista a un muro de ladrillos un poco demasiado lejano para poder tocarlo y la mesilla de café con todas las marcas redondas y los rasguños, y dijo:

—No lo sé, a mí este ritmo de vida no me molesta en absoluto. Sentaos. ¿Alguien quiere una cerveza?

Todos querían una cerveza, así que Dortmunder se dirigió a la cocina para ejercer de anfitrión. Cuando estaba volviendo al salón por el pasillo, derramando cerveza sobre sus muñecas porque tres eran una más de las que podía llevar a la vez, la puerta del apartamento se abrió al otro lado del pasillo y May entró peleándose con la llave en la puerta y una gran bolsa de comida en el brazo.

May, una mujer alta y delgada con el cabello negro ligeramente canoso, trabajaba como cajera en el Safeway hasta que Dortmund diera algún golpe, y consideraba que una bolsa de comida al día era un beneficio extra que iba con el puesto, lo pensara así la dirección o no.

—¡Maldita sea, May! —dijo Dortmunder, vertiendo más cerveza sobre sus muñecas—. No puedo ayudarte.

—No pasa nada, ya está —dijo, dejando que la puerta se cerrara a su espalda y contando las latas de cerveza—. Tenemos compañía.

—Andy y un tipo. Ven a decir hola.

—Espera a que deje esto antes.

Cuando May pasó ante la puerta del salón, se oyó a Kelp gritar: «¡Hey, May!». Ella saludó con la cabeza, y se cruzó en el pasillo con Dortmunder, quien siguió hacia el salón, donde los otros dos hombres estaban de pie, como si fueran invitados que llegan temprano a una fiesta.

Repartiendo las cervezas y secándose las muñecas con la camisa, Dortmunder dijo:

—May vendrá a decir hola en un momento.

Kelp levantó su cerveza.

—Por el delito.

—Bien —dijo Querk, y todos bebieron.

May entró con una cerveza para ella.

—Hola, Andy —dijo.

—May, éste es Kirby Querk —dijo Dortmunder. Ambos se dijeron hola. Dortmunder dijo—: ¿Por qué no nos sentamos? Vosotros dos sentaos en el sofá.

Un tanto sorprendido, Querk dijo:

—¿Quieres que lo cuente todo delante de la, ejem, señora?

—Oh, qué amable —dijo May, sonriéndole a Querk mientras se sentaba en su poltrona.

Dortmunder dijo:

—Yo se lo contaré de todos modos cuando tú te vayas, así que puedes ahorrarme un poco de tiempo.

—De acuerdo.

Todos se sentaron y Dortmunder le dijo a May:

—Querk trabaja en el norte del Estado, en una imprenta, donde una de las cosas que hacen es imprimir dinero suramericano, y él sabe cómo imprimir una serie sin que nadie se dé cuenta.

—Eso está muy bien —dijo May.

—Pero ahora resulta —dijo Dortmunder— que ya hay una fecha establecida, así que hemos venido aquí a hablar de eso.

—Hasta ahora, no estábamos seguros de que fuéramos a trabajar juntos, así que nos hemos reunido en otros lugares —explicó Kelp.

—Claro —dijo May.

—Y ahora —dijo Dortmunder— Querk va a explicarnos lo de la fecha.

Todos miraron a Querk, que posó su lata de cerveza en la mesilla de café, dejando otra marca, y dijo:

—La imprenta se llama Sycamore Creek, porque hay un río que se llama así que pasa por la ciudad, con una presa carretera abajo, y de ahí es de donde viene la electricidad que alimenta la imprenta. Pero cada año en agosto hay dos semanas en las que tienen que abrir la presa y dejar salir el agua, porque siempre hay sequía en el verano y el nivel puede bajar demasiado para los peces. Así que la imprenta cierra dos semanas, todo el mundo tiene vacaciones, hacen el mantenimiento anual y todo eso, pero no hay electricidad para hacer funcionar la imprenta, por eso la tienen cerrada.

—Tu idea es hacerlo cuando no haya electricidad —dijo Dortmunder.

—Llevaremos la nuestra —dijo Querk.

Dortmunder se imaginó caminando con dos puñados de electricidad en las manos, con un montón de pequeñas chispas azules. *Zit-zit*. Peor que las latas de cerveza.

—¿Y cómo lo hacemos? —preguntó.

—Con un generador —le dijo Querk—. Mira, allí arriba hay un montón de bomberos y equipos de rescate voluntarios, y mi primo, en cuya casa estoy viviendo temporalmente hasta que encuentre un lugar, es capitán del Departamento de Bomberos y Equipos de Rescate Combinados del Condado de Darby, y ellos tienen, además de una ambulancia y un coche de bomberos, un inmenso camión con un generador incorporado, para las emergencias.

—Así que primero robas ese camión... —dijo Dortmunder.

—Cosa que podría hacer con los ojos cerrados —dijo Querk—. Las cerraduras ahí arriba son de chiste, creedme. Y los vehículos de emergencias tienen las llaves puestas.

—¿Lo hacemos de día o de noche? —dijo Kelp.

—De noche —dijo Querk—. Diría que cogemos el camión del generador alrededor de la una de la madrugada, porque a la una de la madrugada no hay absolutamente nadie despierto, lo llevamos a la imprenta, conectamos las máquinas que necesitamos, la impresión tardará unas tres horas en total, cogemos las cajas con el dinero, devolvemos el camión del generador y habremos terminado antes de que se haya hecho de día.

—Necesitaremos luz allí. Haremos ruido —dijo Dortmunder.

—No hay problema —dijo Querk.

—¿Por qué? ¿La imprenta está en el bosque aislada o algo así? —dijo Dortmunder.

—No —dijo Querk—. Pero nadie puede verla.

—¿Y eso? —dijo Kelp.

—Muros altos, edificios bajos. —Querk extendió las manos—. Por lo que yo sé, antiguamente la imprenta vertía todos sus desperdicios directamente al río, la gente de más abajo hacía apuestas sobre el color que tendría el agua al día siguiente. Cada vez que el Estado hacía una inspección, alguien avisaba a la imprenta con antelación y ese día el agua estaba limpia y cristalina, hasta se podía beber. Pero al final, hace treinta años, les pillaron. La gente se había estado quejando del ruido y la peste que emitía la imprenta, además de esa agua, sobre la que podía caminar hasta un ateo, así que llegaron a un acuerdo. La imprenta mejoraba su tratamiento de residuos, construía un muro de insonorización y plantaba árboles para que la gente no tuviera que ver la pared, y ahora esos árboles son todos muy altos, dirías que hay un bosque allí, excepto las dos puertas de entrada, con las verjas, una para los trabajadores y otra para los proveedores, y ambas están en el lado del río, no hay casas de por medio.

—Tenemos que ir allá arriba con antelación para echar un vistazo a ese sitio —dijo Dortmunder.

—Sin duda —dijo Kelp.

—Es una buena idea —dijo Querk—, podéis ayudarme a pulir los detalles. Puedo llevaros allí mañana, tengo la furgoneta de mi primo; he estado durmiendo en ella en el Greenwich Village.

—Bonito barrio —comentó May.

—Sí.

—Mejor vamos con nuestro coche, por nuestra cuenta y nos reunimos allí —dijo Dortmunder.

Sonriendo, Querk dijo:

—¿Otro médico va a tener que caminar?

—Posiblemente —dijo Kelp—. ¿Dices que ese lugar está a ciento cincuenta kilómetros al norte? ¿Unas dos horas?

—Sí, no más que eso. Cogéis la Taconic.

—Si es una imprenta con trabajadores —dijo Dortmunder—, probablemente hay algún lugar donde comer cerca.

—Sí, junto al puente, donde está la presa, hay un lugar llamado Sycamore House. Es sobre todo un bar, pero se puede comer algo.

Dortmunder asintió.

—¿Tienes algún problema en que allí arriba te vean con nosotros?

—No, no es una ciudad tan pequeña. Sólo sois gente que conozco y que resulta estar de paso.

—Antes de irte de aquí —dijo Dortmunder— haznos un

mapa de cómo encontrar la ciudad, comeremos allí, saldremos a la una, eso es.

—Bien —dijo Querk.

—¿Y si hay una emergencia la noche en que vamos y tenemos nosotros el camión del generador? —dijo Kelp.

—¿Durante tres horas en mitad de una noche de agosto? —Querk se encogió de hombros—. No va a haber una tormenta de nieve. Los tres vehículos están guardados en garajes distintos, así que aunque vayan a por el coche de bomberos o la ambulancia, cosa que casi nunca sucede a mediados de verano, de todos modos no se darán cuenta de que ha desaparecido el camión.

—Pero ¿y si sucede? —dijo Kelp.

—Entonces estamos jodidos —dijo Querk—. Yo más que vosotros, chicos, porque no habrá ninguna duda de quién llevó el camión generador a la imprenta, y ahí termina mi vida tranquila sin huir de nadie.

—Pero te arriesgarás —dijo Kelp.

—El riesgo es mínimo —dijo Querk—. A menos que uno de vosotros sea un traidor, no creo que deba preocuparme por nada. Me arriesgaré.

Nadie dijo nada.

7

Primero se largó Querk, después Kelp, y después Dortmunder le contó a May el resto del plan; Rodrigo, y la mitad de la mitad de la mitad, y la apenas mencionada trabajadora en una agencia de viajes.

—Ella es la que está detrás de todo —dijo May.

—Sí, me he dado cuenta —dijo Dortmunder—. ¿Qué te ha parecido el tipo?

—Parece un conejo.

—Sí.

—Algo te preocupa —dijo May.

Dortmunder negó con la cabeza.

—Ni siquiera sé de qué se trata. Porque lo cierto es que el trabajo parece incluir todo aquello que no deberías hacer nunca y, sin embargo, no es así. Nunca deberías dar un golpe en el lugar en el que trabajas o trabajabas porque al primero que buscan es a ti, pero eso es lo que quiere hacer Querk, pero esta vez se supone que va a salir bien, porque, como dice Querk, en teoría nadie se dará cuenta de que hemos dado un golpe. Si saben que han desaparecido cien mil millones de siapas, entonces el trabajo no sirve de nada.

—No puedo imaginarme una cantidad de dinero como ésa —dijo May—. Pero la pregunta es cómo obtendréis vuestro dinero. Los dólares.

—Tenemos que trabajar en eso —dijo Dortmunder—. Por el momento, Querk no ha sugerido nada. Y la otra cosa es que no paro de pensar en lo que dijo Harry Matlock, que por lo que sabía de Querk le parecía un buen tipo, no una estrella, cuando era sólo un ayudante en el plan de otro, pero no sabía cómo era Querk cuando el plan era suyo. Y este plan es muy raro.

—En parte —dijo May.

—En todas las partes. Cierran una fábrica porque abren la presa para ayudar a los peces a descender por el río, ¿te gusta esa parte?

—Bueno, si eso es lo que pasa —dijo May.

—Supongo. —Dortmunder frunció el ceño ostensiblemente—. Mira, es el campo, y yo no sé qué tiene sentido en el campo. Eso es lo que me tiene intranquilo. Querk no para de decir que no se siente cómodo en la ciudad, pero tú lo sabes, yo nunca me he sentido cómodo en el campo. ¿Por qué no pueden imprimir esas siapas en la ciudad? ¿En Brooklyn o algo así?

—Bueno —dijo May—, los peces ya no llegan río abajo hasta la ciudad.

—Claro que sí —dijo Dortmunder—. Tan sólo espero no ser uno de ellos.

8

Mientras Querk caminaba hacia la furgoneta del primo Claude, pensó que era una pena que no pudiera llamar ahora y transmitir su informe de lo sucedido. Pero era más tarde de las cinco, así que Siete Leguas estaría cerrado, y no podía llamarla incluso aunque se hubiera ido a casa tan temprano. Bueno, la vería por la mañana, cuando llegara a Sycamore, y entonces podría contárselo.

Y lo que le diría era que todo estaba empezando a cuajar. Sí. Los dos tipos a los que había sondeado eran suficientemente listos para hacer el trabajo sin meter la pata, pero no tan listos como para crearle problemas después. Tenía una buena corazonada con ellos.

Siguió caminando con las manos en los bolsillos a pesar de que era una tarde de agosto muy calurosa, porque de otro modo le habrían temblado como flecos de gamuza al final de los brazos. Sí, cuando aquello terminara, cuando al fin estuvieran seguros —y fueran ricos—, no le temblarían. Sostendría un vaso de vino sin agitarlo lo más mínimo.

El recorrido desde la casa de Dortmunder en la Calle 19 Este hasta el lugar en el que había aparcado la furgoneta en el West Village llevó a Querk, como era de esperar, a recorrer la Calle 14 Oeste, la cosa más parecida a un bazar oriental. Tiendas con el escaparate abierto y grandes rótulos vendiendo mercancías que uno nunca sabía que había querido jamás, pero baratas. Clientes como gnomos rodeados de niños como gnomos que arrastraban bolsas de la compra de la mitad de su tamaño, vagaban por la ancha acera cubierta de basura y entraban y salían de las tiendas, añadiendo más y más cosas a sus bolsas.

Lo que llamó la atención de Querk de ese espectáculo, sin embargo, fueron los vigilantes que había delante de todas y cada una de las tiendas. No uniformados ni nada parecido, normalmente sólo en vaqueros y camiseta, tipos corpulentos de aspecto severo colocados a medio camino entre la fachada de las tiendas y el asfalto, algunos sentados sobre una escalera de mano, otros en mitad de la acera, pero todos sin hacer nada más que mirar hacia el interior de su tienda. Normalmente, tenían los brazos cruzados, para realzar sus músculos, y las cejas muy pobladas fruncidas con una expresión de enfado para realzar su disposición a descuartizar a los ladrones.

Caminando entre ellos, Querk lamentó llevar las manos en los bolsillos, porque esos tipos podían interpretarlo como una provocación, especialmente bajo aquel calor veraniego, pero le pareció que, si en lugar de eso le veían temblando, su imagen no mejoraría mucho.

Finalmente, abandonó la Calle 14 y anduvo lentamente por la Calle 12, por la que era mucho más agradable caminar, puesto que estaba compuesta sobre todo de casas del siglo XIX bien mantenidas mezcladas con edificios de apartamentos recientes y más grandes que no resultaban tan ofensivos como habría cabido esperar. Los peatones eran también menos intimidatorios; se trataba sobre todo de los propietarios de las casas o de gente con alguna relación con la Nueva Universidad para la Investigación Social, y por lo tanto era menos probable que fueran asesinos maniacos que la gente de la Calle 14 o la de la parte más alta del Midtown.

Cuando el Greenwich Village se convierte en el West Village, la cuadrícula numerada de las calles pertenecientes a Manhattan actúa de repente como si hubiera estado fumando maría, como mínimo. Los nombres empiezan a mezclarse con los números —Jane, Perry, Horatio, ¿quiénes son?— y los números se vuelven un poco raros. Uno no espera, por ejemplo, que la Calle 4 Oeste se cruce con la Calle 10 Oeste, pero lo hace... De camino al cruce con la Calle 11 Oeste.

La furgoneta del primo Claude estaba aparcada un poco más allá de esa forma de diseñar las calles tan semejante a un salón de espejos deformantes, en una cosa llamada Greenwich Street, bordeada por bajos y oscuros edificios de apartamentos y bajos y oscuros almacenes, algunos de los cuales estaban siendo reconvertidos en bajos y oscuros edificios de apartamentos. La furgoneta seguía allí —siempre le sorprendía, en Nueva York, que algo siguiera en su sitio después de haberlo dejado allí— y Querk abrió la portezuela y entró.

Era la vieja furgoneta Ford Econoline sucia que Claude utilizaba sobre todo para ir a pescar y hacer excursiones, así que detrás de los asientos delanteros había instalado un camastro y un pequeño mueble de metal con cajones que estaba unido con tornillos a la pared lateral. Querk podía enchufar su máquina de afeitar eléctrica en el encendedor, y podía asearse y lavarse los dientes y hacer otras cosas en los baños de los restaurantes.

Era temprano para cenar, ni las seis aún, así que se sentó ante el volante, miró los libros y las revistas esparcidos en el asiento del acompañante y trató de decidir qué le apetecía leer. Pero entonces, de repente, pensó: ¿Por qué esperar? Ya he acabado aquí. No tengo que esperar toda la noche y emprender el viaje por la mañana. Todavía hay luz, estaré en casa antes de las ocho.

En casa.

Janet.

La llave en el contacto. El cinturón puesto. Querk se dirigió al norte hacia la Calle 11 Oeste, con aspecto inalterable tras su encuentro con la Calle 4 Oeste, giró a la izquierda, giró a la derecha en West Side Highway, y se unió al denso tráfico de hora punta que se dirigía hacia al norte. Ni siquiera le importó que fuera hora punta, sólo le importaba estar de camino a casa.

Al cabo de un rato pasó ante el inmenso rótulo que había sobre el supermercado Fairway. Esos dos tipos se conocían la ciudad.

Bueno, Querk se conocía Sycamore.

9

Finalmente, esa mañana Kelp decidió dejar en paz a los médicos y alquilar un coche para el viaje al norte del Estado, lo que se traduciría en menos miradas nerviosas en el espejo retrovisor durante los ciento cincuenta kilómetros de ida y los ciento cincuenta de vuelta. Menos fatiga visual, a pesar de que su decisión significaba que tendría que hacerse con una tarjeta de crédito, cosa que a su vez implicaba una visita a Arnie Albright, un tipo que comerciaba con objetos robados, ocupación que era el menor de sus delitos.

Kelp no quería tener que visitar a Arnie Albright, pero cuando se dejó caer por el apartamento de John a las ocho y media de la mañana, justo a tiempo de desearle a May buen viaje a su empleo en Safeway, para sugerir que fuera John quien tratara de hacerse con la tarjeta de crédito, John se puso testarudo.

—Yo ya no tengo nada que hablar con Arnie Albright —dijo—. Ahora el marrón te lo comes tú.

Kelp suspiró. Sabía que cuando John se ponía testarudo de nada servía discutir con él. Sin embargo, sugirió:

—Podrías esperar enfrente.

—Sí, pero podría mirar por la ventana y verme.

—Su apartamento está en la parte trasera.

—Podría notar mi presencia. ¿Vas a ir a O'Malley's?

—Sí —dijo Kelp. O'Malley's era una agencia de alquiler de coches que tenía su única sede junto a un aparcamiento en el Bowery, cerca de Manhattan Bridge. La mayor parte de la clientela eran asiáticos, de modo que O'Malley tenía sobre todo coches pequeños, pero lo más importante era que O'Malley no tenía una red mundial de ordenadores interconectados que pudieran detectar cualquier defectillo en la tarjeta de crédito o el carné de conducir de un cliente, así que cuando Kelp decidía no recurrir a los médicos para hacerse con un coche, acudía a O'Malley's.

—Nos vemos en O'Malley's —exigió John— a las nueve y media.

Y aquello fue todo. Kelp caminó un rato y viajó un poco en metro y caminó un poco más y al cabo de no mucho estaba en la Calle 89 entre Broadway y West End Avenue, entrando en el pequeño vestíbulo del edificio en el que vivía Arnie. Apretó el botón que había al lado de ALBRIGHT, esperó un buen rato y de repente el portero automático gruñó:

—¿Quién diablos es?

—Andy Kelp —dijo Kelp, deseando que no fuera así.

—¿Qué diablos quieres?

—¿Quieres que te lo diga aquí?

Acercándose confidencialmente al portero automático —se había mantenido meticulosamente lejos de él hasta el momento—, Kelp dijo:

—Bueno, quiero subir y decírtelo ahí, Arnie.

En lugar de seguir discutiendo, Arnie hizo que se produjera el horrible graznido que permitió a Kelp abrir la puerta de un empujón y entrar en un estrecho vestíbulo que olía a comida de alguna etnia de esas que te hacían mirar a tu alrededor en busca de cabezas encogidas. Al no ver ninguna, Kelp recorrió el largo tramo de escaleras hasta el lugar en el que el feo de Artie estaba con la puerta abierta, mirando hacia fuera. Tipo entrecano y nudoso con la nariz como la raíz de un árbol, había elegido para dar la bienvenida al verano un par de pantalones cortos del ejército británico manchados, muy anchos, y un polo verde bilioso muy grande y sandalias negras que permitían la visión de unos dedos como cepas de árbol podridas; una decisión poco acertada.

—Para comprar o vender —gruñó esa gárgola cuando Kelp se acercó a la cima de las escaleras—, comprar o vender, ésa es la única razón por la que alguien va a ver a Arnie Albright. No es mi adorable personalidad lo que trae aquí a la gente.

—La gente sabe que estás ocupado —dijo Kelp, y entró en el apartamento de Arnie.

—¿Ocupado? —gruñó Arnie, que cerró la puerta—. ¿Tengo pinta de estar ocupado? Tengo pinta de ser alguien de quien el enterrador dijo: «No abráis la tapa del ataúd, sería un error», pero la familia la abrió de todos modos y ahora lo lamenta. Ésa es la pinta que tengo.

—No hay para tanto, Arnie —le aseguró Kelp, que contemplaba el apartamento como la manera de evitar mirar a Arnie, que, en realidad, tendría mucho mejor aspecto con la tapa puesta.

El apartamento era raro. Pequeñas habitaciones sin muebles con grandes y sucias ventanas sin vistas. Estaba decorado sobre todo con ejemplares de la colección de calendarios de Arnie, eneros de todas las eras, chicas con las faldas al viento, *boy scouts* saludando, coches antiguos, los siempre populares gatitos en cestas con ovillos de lana. Entre los eneros que empezaban en todos los días de la semana, estaban lo que Arnie llamaba sus «incompletos», calendarios a los que les faltaba junio o septiembre.

Siguiendo a Kelp hasta la sala de estar, Arnie gruñó:

—Veo que John Dortmunder no viene contigo. No es capaz de estar cerca de mí. ¿Qué hacéis, tiráis una moneda y el que pierde es el que viene a ver a Arnie?

—No quiso ni tirarla —dijo Kelp—. Arnie, la última vez que te vi te estabas medicando para ser más agradable.

—Sí, seguía siendo detestable, pero ya no estaba enfadado por ello.

—¿Ya no te medicas?

—Te has dado cuenta —dijo Arnie—. No, provocaba que tirara mi dinero.

—¿Qué? —dijo Kelp.

—Ni yo me lo creía, me parecía que tenía agujereados los bolsillos, que a lo mejor el portero me soplaba la pasta (aunque no era capaz ni de encontrar el piso, el muy inútil), cuando lo que pasaba era que con mi nueva personalidad agradable, aprendiendo a vivir con el cerdo que llevo dentro, cada vez que le sonreía a alguien en la calle, y él me devolvía la sonrisa, le daba dinero.

—Eso es terrible —dijo Kelp.

—Claro que lo es —dijo Arnie—. Prefiero fruncir el ceño, ser desagradable y tener dinero que sonreír y seguir siendo desagradable y tirarlo por ahí. Supongo que sientes no haberte quedado con parte de ese dinero.

—No pasa nada, Arnie —dijo Kelp—. Ya tengo una forma de ganarme la vida. Que por cierto…

—Ve al grano, venga —dijo Arnie—. Tú quieres largarte de aquí y yo quiero que te largues de aquí. ¿Crees que a mí me gusta estar aquí conmigo? Muy bien, venga, dime, acabaremos con esto enseguida, no diré ni una palabra.

—Necesito una tarjeta de crédito —dijo Kelp.

Arnie asintió. Para ayudar a su cerebro, se relamió los dientes. Kelp miró los eneros.

—¿Cuánto tiempo debe vivir esta tarjeta? —preguntó Arnie.

—Dos días.

—Es fácil —dijo Arnie—. No te costará mucho. Déjame ver qué tal firmas. Siéntate.

Kelp se sentó a una mesa cubierta con incompletos lacados —portaaviones con aviones volando, dos osos y un tarro de miel— mientras Arnie iba arrastrando los pies hacia otra habitación. No tardó en regresar con tres tarjetas de crédito, un bolígrafo y una caja de pañuelos vacía.

—Espera —dijo, y rompió la caja para que Kelp pudiera escribir en su interior—. La quemaré luego.

Kelp miró las tres tarjetas.

—Howard Joostine suena muy bien.

—Inténtalo.

Kelp escribió «Howard Joostine» cuatro veces en la caja de pañuelos y lo comparó con lo escrito en la tarjeta de crédito.

—Suficiente para O'Malley.

10

La única objeción de Dortmunder al coche era el espacio para las piernas, y ésa era una objeción importante.

—Es un coche pequeñísimo —se quejó.

—No —le dijo Kelp—. En un coche pequeñísimo tienes que sentarte a horcajadas sobre el motor.

No eran las únicas personas que abandonaban la ciudad en dirección al norte del Estado aquella cálida y brillante mañana de agosto, pero es cierto que la mayor parte de la gente que les rodeaba, incluso los asiáticos, iban en coches con más espacio para las piernas. (La inclinación de O'Malley por los clientes orientales era debida a que su negocio estaba al lado de Chinatown. Sin embargo, también estaba al lado de Little Italy, pero ¿ofrecía acaso limusinas blindadas? No.)

En casi todos los Estados de la Unión, la capital del Estado no es la ciudad más grande, y la razón que lo explica es que todos los Estados fueron fundados por granjeros, no por hombres de negocios ni eruditos, y que los granjeros no confían en las ciudades. En Maryland, por ejemplo, la ciudad es Baltimore y la capital es Annapolis. En California la ciudad es Los Ángeles y la capital es Sacramento. Y en Nueva York, la capital es Albany, doscientos kilómetros Hudson arriba.

Cuando el siglo XX dio pie a la llegada del automóvil, y después a la carretera pavimentada, y después a la autopista, la primera autopista en todos los Estados fue construida para los legisladores estatales; conectaba la capital con la ciudad más grande, y dejaba que el resto del Estado se las arreglara como pudiera. En el estado de Nueva York, esa carretera se llama Taconic Parkway, y todavía hoy, casi un siglo más tarde, está infrautilizada. A eso se le llama planificación.

Pero también permitía una agradable conducción. Que otros se achicharraran en el tráfico atestado de carreteras cuidadosamente construidas, la Taconic era una joya, casi tan vacía como una carretera en un anuncio de coches. Cuanto más al norte de la ciudad estabas, menos coches te encontrabas (¡y ningún camión!), al tiempo que más bonito se volvía el paisaje montañoso por el que aquella carretera vacía subía y bajaba. Era casi suficiente para hacerte creer que el motor de combustión interna era capaz de funcionar.

Al cabo de un rato, la comodidad de la carretera y el paisaje aplacaron las victimistas opiniones de Dortmunder sobre el espacio para las piernas. Encontró un modo de doblarlas que no le provocaría, al menos inmediatamente, calambres —con la mitad superior de su cuerpo cómodamente recostada en la curva del asiento—, y mataba el tiempo más provechosamente que despotricando acerca del espacio para las piernas: pensando en qué podía salir mal.

Una emergencia en la ciudad mientras estaban en posesión del camión generador, eso podía salir mal. La mujer de la agencia de viajes que estaba manejando a Querk, y cuya buena fe e intenciones les eran desconocidas, eso podía salir mal. (El instinto de Harry Matlock había acertado cuando les dijo que podía recomendar a Querk como segundón pero no como líder. Seguía siendo un segundón. La cuestión era: ¿quién respondía del líder?)

Otras cosas que podían salir mal. Rodrigo, por ejemplo. No, Rodrigo, por descontado. Descrito como un estafador en su madre patria, podía tener problemas con la justicia en el momento equivocado, y no tener ni el dinero ni la posibilidad de hacer la entrega. O, tan anónimo como la agente de viajes, podía estar planeando una traición desde el mismo principio. O podía ser razonablemente fiable, pero desconocer la presencia de amigos no fiables esperando atrincherados. O podía coger una de esas enfermedades suramericanas que la gente coge cuando sale de Nueva York y morirse.

Con todo, fue un viaje agradable.

Las instrucciones de Querk decían que salieran de la Taconic en Darby Corners y giraran al este y después al norte siguiendo las señales hasta dejar atrás Darbyville, donde Querk vivía temporalmente con su primo, y llegar a Sycamore, donde la imprenta Sycamore Creek se hallaba disfrazada de bosque junto al arroyo Sycamore.

Se acercaron a Sycamore desde el sur, mientras el arroyo lo hacía por el norte, así que durante los últimos kilómetros vieron el riachuelo entre los bosques y campos que quedaban a su derecha, chapoteando a la luz del sol mientras manaba y revoloteaba en dirección contraria.

Había casas de labranza a lo largo de todo el camino hasta allí, algunas de ellas todavía conectadas con granjas en funcionamiento, y había campos de maíz maduro y arboledas de manzanos con la fruta casi madura. La desaparición de la industria lechera local, debida al tierno amor y cuidados de los políticos del Estado, había hecho que en varias granjas ante las que pasaron hubiera ahora cosas que habrían hecho que sus moradores originarios se rascaran la cabeza: llamas, cabras, anémonas, avestruces, árboles de Navidad, caballos islandeses, ganado de trompa larga.

La ciudad era comercial desde la entrada: un almacén de madera a la izquierda, un concesionario de tractores a la derecha. Delante estaba el único semáforo. Mientras se acercaban a él, las casas privadas se alternaban con tiendas a la izquierda, pero después del hombre de los tractores todo eran bosques a la derecha hasta casi la intersección, donde un restaurante italiano a ese lado señalaba el regreso de la civilización.

—Debe de ser ahí —dijo Kelp, quitando una mano del volante para señalar el sospechoso bosque.

—Sí.

—Y todos los árboles son de hoja perenne para que la gente no tenga que verla ni siquiera en invierno.

—Muy buen gusto —dijo Dortmunder.

No eran todavía las once y media. El semáforo estaba en verde, así que cruzaron la intersección y, sólo un poco más adelante, dejaron atrás Sycamore House, donde almorzarían. Era un edificio muy viejo, de dos pisos, el superior de los cuales sobresalía del inferior y se combaba sobre un porche abierto en la parte delantera. Las ventanas estaban decoradas con logotipos de cerveza de neón.

Un poco más allá de Sycamore House un escaparate proclamaba VIAJES SIETE LEGUAS. Esta vez, Kelp se limitó a señalar con la nariz.

—Y ahí está.

—Lo tenemos.

Kelp condujo hasta el extremo septentrional de la ciudad —el cementerio a la izquierda, la iglesia a la derecha, «Id y no pequéis más» era la sugerencia en el tablero de anuncios situado ante ella— donde giró ciento ochenta grados en el aparcamiento vacío de la iglesia y volvió a dirigirse hacia el sur.

—Veamos qué vemos desde el puente —dijo.

Ahí estaba el semáforo, rojo esta vez. Un tráfico moderado ocupaba la carretera; lugareños y gente de vacaciones. Kelp giró a la izquierda en cuanto pudo y ahora el bosque de bolsillo estaba a su derecha y el riachuelo más arriba. Justo ante el riachuelo, donde terminaba el bosque, una carretera de dos carriles giraba a la derecha, entre los árboles y el arroyo. En la entrada había un gran letrero de letras negras sobre fondo blanco:

PRIVADO
IMPRENTA SYCAMORE CREEK
NO PASAR

Justo después de eso, a su izquierda, había lo que parecía un estanque, y una acusada pendiente que terminaba en un torrente a su derecha, de modo que la carretera debía de ser la presa. Dortmunder estiró el cuello golpeándose las piernas contra los interiores del coche, tratando de ver algo más que los pinos que bordeaban el torrente, y sólo vislumbró algo indefinido allí donde la carretera giraba sobre sí misma.

—Está muy oculto —dijo.

No había intersecciones al otro lado del riachuelo, y en realidad la ciudad no se extendía más allá. Todos los edificios estaban detrás de ellos, a lo largo de la margen occidental del río. En ese lado el terreno se alzaba en abrupta pendiente entre bosques más diversos, la carretera serpenteaba hacia un lado y otro y, cuando finalmente desembocaba en una salida, diez kilómetros más tarde, era al otro lado de las montañas, en una zona de aparcamiento desde la que se podían disfrutar las vistas de las montañas Berkshire de Massachusetts, más al este.

No perdieron mucho tiempo contemplando las Berkshire, y regresaron de vuelta a Sycamore, ignorando el tráfico que se acumulaba tras ellos porque avanzaban muy lentamente por la tortuosa carretera, tratando de ver señales de la imprenta al otro lado del muro de árboles.

—Parece que si nos andamos con cuidado —dijo Kelp— con la luz y el ruido, todo debería salir bien.

—Me gustaría entrar allí —dijo Dortmunder— para poder acabar de estar seguros.

—Lo hablaremos con él —dijo Kelp.

11

Era demasiado temprano para comer. Kelp aparcó el minúsculo coche en el aparcamiento que había junto a Sycamore House, entre varios coches de gente que no sabía que era demasiado temprano para comer, y bajaron para estirar las piernas. Dortmunder procedió a doblar las rodillas y a masajearse los muslos tan ostensiblemente que Kelp decidió no prestarle atención y dijo:

—Creo que voy a echar un vistazo a Siete Leguas.

—Yo pasearé un poco —dijo Dortmunder, con tono dolorido—. Para relajar los músculos.

Se separaron, y Kelp recorrió la manzana en dirección a Viajes Siete Leguas, una tienda situada en mitad de una corta hilera de escaparates, un edificio blanco de madera de un solo piso, con una entrada y una ventana de vidrio para cada uno de los tres establecimientos. El de la derecha era un videoclub y el de la izquierda una tienda de marcos.

Kelp abrió la puerta del Siete Leguas y sonó una campanilla. Entró y cerró la puerta, y la campanilla volvió a sonar, y una voz femenina gritó:

—¡Ahora voy! ¡Están picando!

¿Picando? Kelp miró a su alrededor en la estancia vacía, no mucho más honda que ancha. En el muro izquierdo había una hilera de archivos y dos escritorios, uno detrás de otro, encarados hacia la derecha. El resto de paredes vacías estaban cubiertas con pósteres de viajes, incluido el lateral del archivo más cercano y los dos escritorios. Pero el escritorio más cercano estaba tan desordenado como un campamento de caravanas en Texas después de un tornado, mientras que el escritorio que había tras él estaba tan vacío y ordenado que resultaba obvio que no se utilizaba. En la parte trasera, había una puerta entreabierta, con un póster de viajes clavado mostrando sólo una parte del estanque formado por la presa y la cuesta arbolada que había al otro lado.

Kelp, preguntándose si su ayuda sería necesaria —si alguien

estaba picando a alguien, era posible—, recorrió la extensión de la sala, pasando ante los escritorios, abrió del todo la puerta trasera y sacó la cabeza para ver un estrecho porche sin techo y una mujer en él peleándose con una caña de pescar. Era de mediana edad, cosa que significaba que era imposible de determinar exactamente, y no demasiado gruesa, vestida con pantalones oscuros, una camisa de hombre azul abierta por el cuello y las mangas cortadas a la altura de los codos, unas grandes gafas de sol y un gorro de tela de alas estrechas con muchos anzuelos y cosas ensartadas en él.

—Ah —dijo él—. ¡Picando!

—¡No me desconcentres!

De modo que se quedó allí mirando. Una persona, hombre o mujer, peleándose con un pez puede tener un aspecto un poco raro, si la luz también lo es y no se ve el hilo de pescar. Allí estaba con la caña doblada, y nada más a la vista, así que parecía estar haciendo uno de esos esotéricos ejercicios orientales, inclinándose y bamboleándose, encorvando los hombros, dando patadas a derecha e izquierda, dándole vueltas al carrete en una dirección, después en la contraria, y murmurando y refunfuñando y maldiciendo entre dientes constantemente, hasta que de repente un pez salió disparado del agua y voló por encima de la baranda de madera blanca del porche para empezar a hacer sus propios ejercicios en el suelo. El pez era de un palmo de largo, de una serie de colores cuyo nombre Kelp no conocía.

La mujer jadeaba (también el pez), pero además ella sonreía (el pez no).

—¿Verdad que es precioso? —preguntó ella mientras apoyaba la caña contra el muro trasero.

—Sin duda —dijo Kelp—. ¿Qué es? Sé que es un pez, pero ¿de qué clase?

—Es una trucha —dijo ella—. Seguro que si te doy más explicaciones, será demasiado complicado para ti.

—Trucha es suficiente —acordó él—. Son comestibles, ¿verdad?

—Están buenísimas —dijo ella—. Pero no ésta. —Arrodillándose ante el pez, que no dejaba de menearse, dijo—: Aquí tenemos la costumbre de pescarlas y volver a soltarlas.

Kelp observó cómo la mujer metía un dedo en la boca del pez y le sacaba el anzuelo del labio inferior. Se imaginó teniendo un anzuelo en su labio inferior, después lamentó haberlo imaginado y dijo:

—¿Pescarla y volver a soltarla? ¿La tirarás al agua?

—Claro —dijo ella. Poniéndose en pie, alzó el pez con ambas manos y, antes de que pudiera escapársele, lo tiró de nuevo al estanque—. ¡Hasta pronto, colega! —gritó, y después le dijo a Kelp—: Déjame que me lave las manos y enseguida estoy contigo.

Ambos volvieron a entrar en la oficina y ella se dirigió hacia el baño, un habitáculo independiente situado en la parte posterior de la habitación. Abriendo la puerta, miró hacia Kelp y señaló, con la mano que tenía libre, su escritorio.

—Siéntate. Enseguida estoy contigo.

Kelp asintió y ella entró cerrando la puerta tras de sí. Él se dirigió hacia los daños del tornado y advirtió, medio escondido bajo una catarata de varios formularios y octavillas, una de esas placas triangulares de latón con un nombre escrito, JANET TWILLEY.

Recorrió la habitación, mirando los variados pósteres de viajes, advirtiendo que no había ninguno que publicitara Guerrera. De hecho, el único póster suramericano mostraba unos increíbles cuerpos desnudos en Río, y entonces se oyó la cadena y al cabo de un instante salió Janet Twilley, cerró la puerta del baño, le frunció el ceño a Kelp y dijo:

—Ya te he dicho que te sentaras.

—Estaba mirando los pósteres.

—Muy bien. —Caminando a buen paso, hizo un gesto hacia la silla que había frente al escritorio—. Ahora, por favor, toma asiento.

Una mujer mandona. Ambos se sentaron y ella dijo:

—¿Adónde quieres ir?

—Ésa es la razón por la que estoy mirando los pósteres —dijo él. Se dio cuenta de que ella seguía con las gafas de sol puestas. Después observó una cierta decoloración alrededor de su ojo izquierdo.

Ella se le quedó mirando a través de las gafas de sol.

—¿No sabes adónde quieres ir?

—No del todo —dijo él.

Ella hizo un gesto de desaprobación.

—No es lo habitual.

—Mira —le dijo él—. Tengo un problema con los cambios de zona horaria.

—¿Un problema?

—Siempre que cambio de zona horaria, me quedo hecho polvo —explicó él—, no puedo dormir. No disfruto del viaje.

—*Jet lag* —dijo ella.

—Ah, qué bien, sabes a qué me refiero.

—Todo el mundo sabe qué es el *jet lag* —dijo ella.

—¿En serio? Bueno, entonces ya sabes lo que quiero decir. A mi mujer y a mí nos gustaría ir a un lugar que no tuviera mucha diferencia horaria.

—Canadá —dijo ella.

—Hemos estado en Canadá. Es muy bonito. Estábamos pensando en otra cosa, hacia otro lado.

Ella negó con la cabeza.

—¿Florida?

—No, un país diferente; un idioma diferente, gente diferente, cocina diferente.

—Está Río —dijo ella, señalando con la cabeza el póster que él había estado contemplando.

—Pero eso está demasiado lejos —dijo él—. Muy lejos. Quizá algún lugar que no esté tan lejos.

—México tiene muchas...

—Oh, México —dijo él—. Pero eso está lleno de americanos, ¿verdad? Nos gustaría ir a algún lugar menos concurrido.

Durante los diez minutos siguientes, ella sugirió Argentina, Belize, Perú, Ecuador, todo el Caribe, incluso Colombia, pero no mencionó Guerrera. Finalmente, él dijo:

—Será mejor que lo comente con mi mujer. Gracias por tus sugerencias.

—Sería mejor —dijo ella, con un poco de severidad— que tomarais una decisión antes de acudir a una agencia de viajes.

—Ahora lo tengo más claro —dijo él—. ¿Tienes una tarjeta?

—Por supuesto —dijo ella, y tiró la mitad de papeles que tenía en el escritorio al suelo antes de dar con ella.

12

Cuanto menos se diga del almuerzo, mejor. Después, Dortmunder y Kelp, salieron y encontraron a Querk apoyado en la barandilla del porche. Dortmunder eructó y dijo:

—Mira a quién tenemos aquí.

—Qué placer veros —dijo Querk.

—Ahora deberíamos darnos la mano y mostrarnos sorprendidos por encontrarnos —dijo Kelp.

Así que se dieron la mano y después Dortmunder dijo:

—Me gustaría ver la imprenta.

—Puedo mostraros una parte —dijo Querk—. No el interior ni la maquinaria, la dirección es muy celosa con los temas de seguridad.

—Sólo para hacernos una idea —dijo Dortmunder.

Así que se encaminaron hacia la esquina, cruzaron el semáforo y giraron a la izquierda, pasando primero ante el restaurante italiano (cerrado a mediodía, por desgracia), y después ante el súbito bosquecillo de pinos. Mirando entre sus densas ramas, Dortmunder logró entrever un blanco grisáceo al fondo que debía de ser el muro de aislamiento acústico.

Ante una señal de NO PASAR giraron a la derecha y pasaron, recorriendo la entrada asfaltada de dos carriles con el riachuelo a su izquierda, con bosques naturales en la colina que tenían ante sí y el «bosque» a la derecha.

Un gran camión se acercó lentamente a ellos procedente de la entrada de la imprenta, resollando y moviéndose como si tuviera reuma. El tipo negro que lo conducía —bigote, colilla de puro, gorra azul marino de los Yankees— saludó a Querk, que le devolvió el saludo y después dijo:

—Trae el papel. Es lo que yo haré esta tarde, transportar papel de un lado para otro. —Miró su reloj—. Debería haber empezado hace tres minutos.

—Quédate hasta más tarde —le sugirió Dortmunder.

En la entrada, la oquedad de la pantalla de árboles se hizo evidente. Apenas había dos hileras de árboles colocados astutamente en líneas diagonales, dispuestas no sin intención, y tras ellos se erigía el muro gris neutro, probablemente de unos tres metros de altura.

Cruzando la entrada, Dortmunder vio las grandes verjas de metal gris abiertas a ambos lados, y dijo:

—¿Las cierran cuando la imprenta está cerrada?

—Con llave —dijo Querk—. Ésa es mi especialidad, recuerda. Podría abrirlas antes de que nos hiciéramos con el camión y dejarlas cerradas pero sin llave.

Y las verjas cerradas, pensó Dortmunder, también les ayudarían a no ser vistos desde el exterior.

Cruzaron la entrada, y en el interior había una serie de edificios bajos de metal corrugado color crema, o quizá un solo edificio dividido en secciones que se extendían a izquierda y derecha y rodeadas de asfalto hasta el muro de aislamiento acústico, que parecía más bien un inmenso cartón de huevos. El único edificio alto era una torre de agua de metal gris situada en el centro del complejo, erigida sobre un tejado. Los tejados eran bajos, a dos aguas, para que la nieve no se acumulara en invierno.

Justo ante ellos había un amplio muelle de carga. Las puertas situadas sobre él estaban abiertas y dejaban entrever un interior profundo, oscuro, de techos altos. Un camión, más pequeño que el del transportista de papel, estaba aparcado contra el muelle de carga y tres operarios descargaban en él embalajes de cartón mientras el conductor se apoyaba en el camión y les observaba. Más allá, inmensos rollos de papel, como si fuera papel de cocina del país de Brobdingnag, estaban esparcidos sobre el suelo de hormigón.

—Mi trabajo esta tarde —dijo Querk, señalando con la barbilla los rollos de papel.

—A ese transportista no parece irle mal —dijo Dortmunder.

Querk sonrió.

—¿Qué les dijo Jesucristo a los camioneros? «No hagáis nada hasta que vuelva.»

—¿Dónde están las imprentas? —preguntó Dortmunder.

—Por todas partes —dijo Querk, haciendo un gesto vago hacia el complejo de edificios—. La que nosotros utilizaremos está al final a la derecha. Podremos aparcar allí y entrar por entre las rejas de la ventana.

—¿Sistemas de alarma? —preguntó Kelp.

—Tengo las llaves de todo —dijo Querk—. He estudiado este lugar, podría hacer desfilar elefantes por aquí sin que nadie se diera cuenta. —Allí, en su propio terreno, parecía más seguro de sí mismo, menos, como había dicho May, parecido a un conejo.

—A mí me parece factible —dijo Kelp.

Querk alzó una ceja en dirección a Dortmunder.

—¿Y a ti?

—Puede —dijo Dortmunder.

—Me gusta tu entusiasmo —dijo Querk—. ¿Podríamos hacerlo la semana que viene?

—Tengo una pregunta —dijo Dortmunder— acerca del pago.

Querk se mostró alerta, dispuesto a ayudar.

—¿Sí?

—¿Cuándo lo recibimos?

—No te sigo —dijo Querk.

Dortmunder señaló el edificio que tenían ante sí.

—Cuando nos larguemos de aquí —dijo— lo que tenemos son siapas. El dinero que obtendremos de Rodrigo.

—Por supuesto.

—¿Cómo? ¿Cuándo?

—Primero las siapas tienen que llegar a Guerrera —dijo Querk— y entonces Rodrigo tiene que hacer lo que tiene que hacer, y después los dólares nos llegarán aquí.

—¿Y si no lo hacen? —preguntó Dortmunder.

—Mira —dijo Querk—, confío en Rodrigo. Cumplirá.

—Eso yo no lo sé —dijo Dortmunder.

Querk volvió a mirar su reloj. Estaba preocupado por tener que ir a trabajar.

—Dejadme transmitirle un mensaje —dijo—, sacarle una garantía. ¿Y si vuelvo a la ciudad este sábado? Reunámonos. ¿Qué te parece de nuevo en tu casa?

—A las tres de la tarde —dijo Dortmunder, porque no quería tener que darle de comer a todo el mundo.

—Lo arreglaremos entonces —dijo Querk—. Mirad, será

mejor que me suba al toro, no quiero que me despidan antes de las vacaciones.

Se despidió con un gesto de la cabeza y se encaminó hacia el muelle de carga al tiempo que Dortmunder y Kelp se daban la vuelta y se dirigían a la salida. Mientras caminaban en dirección a la calle, Kelp dijo:

—Quizá los dólares deberían llegar a nuestras manos antes de que las siapas llegaran allí abajo.

—Eso es lo que estaba pensando —dijo Dortmunder—. O quizá uno de nosotros podría ir de carabina.

—¿Ir a ese sitio? —Kelp estaba estupefacto—. ¿Quieres ir ahí?

—No —dijo Dortmunder—. He dicho uno de nosotros.

—Ya veo por dónde vas —dijo Kelp. Giraron hacia la intersección—. He estado en Siete Leguas.

—¿Y?

—Se llama Janet Twilley. Es mandona y tiene un ojo morado.

—¿En serio? —Dortmunder estaba sorprendido—. Querk no parece capaz de eso.

—No. Creo que tendremos que descubrir si existe un señor Twilley.

13

El turno de Roger Twilley como técnico de Darby Teléfonos & Electrónica (eslogan: «¡La quinta empresa de telefonía más grande del estado de Nueva York!») terminaba cada día a las cuatro, una hora antes de que Janet cerrara su agencia de viajes, por suerte. Tenía una hora entera para escuchar las cintas del día.

Twilley, un hombre curtido, huesudo y desgarbado que llevaba el pelo demasiado largo porque no le gustaban los barberos, era considerado por sus compañeros de trabajo un buen tipo que hablaba poco. Si en algún caso se hubiera dignado a expresar sus pensamientos (cosa que nunca hubiera hecho), su opinión habría cambiado, porque en realidad Twilley les despreciaba y desconfiaba de ellos. Despreciaba a la gente a la que conocía y desconfiaba de ella, y creía que despreciaría a todo el mundo, y desconfiaría de él, si acabara por conocerlo. De ahí lo de las cintas.

Al ser técnico de una compañía telefónica, que con frecuencia trabajaba a solas con su grúa, y con una afición por los objetos relacionados con los teléfonos que había desarrollado a lo largo de los años en que había desempeñado su oficio, a Twilley le había resultado fácil pinchar los teléfonos de toda la gente que conocía y que le importaba lo suficiente como para oír de hurtadillas sus conversaciones. Su madre, sin duda, y Janet, por supuesto, y media docena de parientes y amigos esparcidos por la zona de Sycamore. Los micrófonos ocultos se activaban al detectar una voz y las cintas estaban en su «estudio» del sótano, una habitación en la que Janet sabía que no debía entrar por su propio bien, o ya sabía lo que le esperaba.

Cada tarde, tras quitarse su mono de Darby Teléfonos azul marino y abrir una lata de cerveza, Twilley bajaba al estudio para escuchar lo que habían dicho. Sabía que al menos unos cuantos de ellos tramaban algo contra él —su madre, por ejemplo, y Janet—, pero todavía no les había pillado. Sabía que era sólo cuestión de tiempo. Más tarde o más temprano, sus palabras le condenarían.

Hay muchos factores que pueden ayudar a explicar por qué Twilley había acabado así. Estaba el repentino abandono de la familia del padre de Twilley cuando éste tenía seis años, por ejemplo, una traición que nunca había superado. Estaban los diez años o más durante los que su madre había hecho la golfa después de ese primer trauma, hasta bien entrada la adolescencia sexualmente atormentada de Twilley. Estaba la que se suponía era su novia Renee, que le había humillado públicamente en séptimo curso. Pero, en realidad, la única verdad era que Twilley era un capullo.

El capullo llevaba ahora treinta y cinco minutos sentado a la mesa de su estudio, con los auriculares puestos, escuchando lo sucedido durante el día en el pueblo, empezando por Janet. Sus llamadas del día eran todas estrictamente de trabajo, con compañías aéreas, hoteles, clientes. No había nada como la llamada del otro día a un «número equivocado», de alguien que preguntaba supuestamente por «Frank», que Twilley había inmediatamente considerado una especie de código. Una señal, una señal de alguna clase. Había reproducido esa parte de la cinta una y otra vez —«¿Está Frank?» «¿Está Frank?» «¿Está Frank?»— y reconocería esa voz si volvía a llamar, dijera lo que dijese.

Por lo que respecta al resto de cintas, a su madre y a su amiga Helen se les fue el día cotorreando, como de costumbre —se contaron recetas, avistamientos de pájaros, noticias del periódico curiosas, argumentos de series de la televisión— y como de costumbre Twilley hizo avanzar la cinta a velocidad rápida, deteniéndose sólo de vez en cuando para escuchar algunos fragmentos —«… y le dijo a Emmaline que a ella le parecía que estaba embarazada…»— o se pasaría en el estudio media noche escuchando a dos mujeres que habían convertido el aburrimiento en un arte sagrado. Ya se sabía sus responsos de memoria.

El resto de las cintas no contenía nada útil. Twilley las borró para el día siguiente y subió a la planta baja. Se sentó en el sofá de la sala de estar, abrió el cajón de la mesa que tenía a su lado y vio que su baraja de cartas del tarot estaba en la misma posición de siempre. Frunció el ceño. Siempre la alineaba entre los posavasos y el bloc de notas, y ahora las tres cosas estaban desordenadas, especialmente la baraja de cartas del tarot.

Miró a su alrededor. Janet no podía haberlas movido. Ella simplemente no abría ese cajón. ¿Había entrado alguien en la casa?

Recorrió la casa, una pequeña vivienda de dos habitaciones típica de Cape Cod, y no vio ninguna otra cosa fuera de lugar. No faltaba nada. Él mismo debía de haber golpeado la mesa al pasar junto a ella.

Echó las cartas en la mesilla de café de la sala de estar, con más precipitación que de costumbre, para terminar antes de que Janet regresara a casa. No se avergonzaba de esas cartas ni de su consulta diaria con ellas, en su casa podía hacer lo que le viniera en gana, pero se sentía un poco incómodo mezclando la baraja y echando las cartas si sabía que Janet podía verle.

Las cartas no le dijeron mucho ese día. Algunos desconocidos le rondaban aquí y allá, pero siempre era así. La vida, según el tarot, era normal.

Dejó las cartas perfectamente amontonadas en el cajón, y cuando Janet llegó a casa un cuarto de hora más tarde, se tendió en el sofá, a mirar las noticias. Ella se quitó las gafas de sol enseguida, en cuanto cruzó la puerta, para fastidiarle. Él la miró de soslayo, su ojo no podía seguir tan amoratado cuatro o cinco días después. Seguro que ella se lo había tocado para que tuviera peor aspecto y él se sintiera mal.

Quieres que alguien te dé un puñetazo en el ojo, ¿verdad? ¿Es eso lo que quieres?

—¿Qué tal te ha ido el día? —dijo él.

—He pescado un pez. —Llevaba tanto tiempo hablándole en tono monocorde, que él ya creía que era normal—. Yo me encargo de la cena —dijo ella, y siguió hacia la cocina.

Mientras veía anuncios de antiácidos en la tele, Twilley se dijo que sabía que Janet se llevaba algo entre manos, y lo sabía porque ella ya no le plantaba cara.

Ya no se enfadaba con él, y casi nunca trataba de darle órdenes.

Al principio de su matrimonio, hacía ya años, ella quería mejorarlo todo y él había sido su proyecto más importante. No era el único proyecto, puesto que daba órdenes a todo el mundo, pero sí el más importante. Se había casado con él, y ambos lo sabían, porque estaba convencida de que él debía mejorar, y además creía que él sería alguien junto a quien sería feliz una vez ese proceso de mejora hubiera terminado.

No. Nadie avasalla a Roger Twilley. Es Roger Twilley el que avasalla.

Pero ella ya no le avasallaba, casi nada, sólo cuando no se daba cuenta y se despistaba. Cuando hace unos días. Así que él sabía que Janet se llevaba algo entre manos. Algo entre manos.

—«¿Está Frank?»

14

Como en esa ocasión no tenía previsto pernoctar en la Gran Manzana, Querk no tomó prestada la furgoneta de Claude sino que cogió su viejo y destartalado Honda, que tenía en el mercado el mismo valor que un ladrillo. Pero le llevaría y le devolvería de Nueva York, y aguantaría mientras lo necesitara, que tampoco sería mucho tiempo.

Las tres. Salió de su cacharro aparcado y se dirigió hacia la entrada del edificio en el que vivía Dortmunder, y habría llamado al timbre de no ser porque Kelp estaba justo delante de él, ante la puerta, sacando la cartera.

—¿Qué pasa, Kirby? —dijo, y sacó una tarjeta de crédito de la cartera.

¿Una tarjeta de crédito? ¿Para entrar en un edificio de apartamentos? Querk dijo:

—¿Qué estás haciendo?

Pero después vio lo que estaba haciendo: Kelp deslizó la tarjeta por la ranura que había entre la puerta y el marco, como si cortara un pedazo de queso fresco, y la puerta se abrió con un pequeño y triste crujido.

—Pasa —dijo Kelp entrando.

Siguiéndole, Querk dijo:

—¿Por qué no llamas al timbre?

—¿Para qué voy a molestarles? Así es más fácil. Y práctico.

A Querk no le gustó, pero tampoco le sorprendió, que Kelp hiciera lo mismo con la puerta del apartamento, cruzándola como los fantasmas de las pelis, para detenerse después en el pasillo a gritar.

—¡Hola! ¿Hay alguien en casa?

Giró la cabeza para explicar por encima del hombro:

—A May no le gusta que entre sin avisar.

—No —acordó Quirby, mientras al otro lado del pasillo Dortmunder salía de la sala de estar con un boleto de apuestas de carreras de caballos en una mano, un lápiz rojo en la otra y el ceño fruncido.

—Maldita sea, Andy —dijo—. Con lo que costaron los timbres.

—La gente se gasta el dinero en tonterías —dijo Kelp, y él y Querk entraron en el apartamento, Querk cerrando la puerta pero preguntándose por qué se molestaba.

Dortmunder negó con la cabeza, rindiéndose, y les guió hasta la sala de estar mientras Kelp decía:

—¿Está May?

—Ha ido a una sesión matinal —le explicó Dortmunder a Querk—. Le gusta el cine, así que si yo tengo algo, ella va a ver una peli.

—¿A ti no te gusta el cine?

Dortmunder se encogió de hombros.

—Bueno. Sentaos.

Querk optó por el sofá, Dortmunder y Kelp por las sillas. Kelp dijo:

—Aquí estamos todos, Kirby, y ahora vas a tranquilizarnos.

—Bueno, lo intentaré. —Aquello iba a ser complicado, como bien sabía Querk. Dijo—: Quizá primero debería hablaros de la otra persona que está en esto.

—Te refieres a Rodrigo —dijo Kelp.

—No, a la de la agencia de viajes.

—Muy bien —dijo Kelp—, dijiste que había alguien en una agencia de viajes, que él es quien va a mandar las siapas al sur.

—Ella —dijo Querk—. Jane Twilley, se llama. Tiene una agencia de viajes en Sycamore.

—Vaya —dijo Kelp. Tenía una expresión pícara—. Algo está pasando aquí, ¿no es verdad, Kirby?

—No, no —dijo Querk, porque no quería que pensaran eso—. Son sólo negocios. Ella y yo vamos a compartir nuestra parte, como vosotros.

—La mitad de la mitad —dijo Kelp.

—Sí.

—Confías en esa persona —dijo Dortmunder.

—Totalmente —dijo Querk.

Dortmunder dijo:

—Sin que haya nada especial entre vosotros, sólo negocios, confías en ella.

Con extrema cautela, Querk dijo:

—A decir verdad, creo que no es feliz en su matrimonio. Creo que quiere el dinero para largarse.

—Pero no contigo —dijo Kelp.

—No, no con un ex preso. —Querk supuso que si se humillaba sonaría más creíble—. Sólo quiere utilizarme —explicó— para hacerlo y poder así dejar a su marido.

Dortmunder se encogió de hombros.

—De acuerdo. Así que ella será quien haga llegar las siapas a Rodrigo. Tú confías en que ella volverá con los dólares. Pero te sigo preguntando lo mismo, ¿por qué confías en ella?

—Hemos hablado de eso —dijo Querk—. Janet y yo, y hemos llegado a la conclusión de que uno de vosotros tiene que viajar con ella.

Kelp asintió en dirección a Dortmunder.

—Te lo dije.

—Mirad —dijo Querk, siguiendo con su historia ahora que habían llegado hasta allí—, está montando un viaje, no sé, quince o veinte personas para un *tour* en autobús por Suramérica. Llegan en avión y después van en autobús. Y ella meterá las cajas con la pasta en el contenedor con el equipaje de todos los viajeros. Lo que puede hacer es colar a una persona más, y ella viajará gratis, pero vosotros tendréis que decirme cuál de los dos irá para sacar el billete.

Dortmunder y Kelp se miraron. Kelp suspiró.

—Sabía que esto iba a suceder —dijo.

Querk dijo:

—No estará tan mal. Unos cuantos días de vacaciones y después te vuelves.

—¿Puede conseguir dos billetes? —preguntó Kelp.

—¿Los dos queréis viajar allí?

—No —dijo Kelp—, me refiero a mi mujer. Me veo capaz de hacerlo, me resultaría más fácil, si ella viniera conmigo.

—Claro —dijo Querk, por qué no, y también porque aquello estaba resultando más fácil de lo que se había temido—. Dime su nombre y ya está. Escríbemelo en alguna parte.

Dortmunder, levantándose, dijo:

—Tengo un bloc en la cocina. ¿Alguien quiere una cerveza?

Todo el mundo quiso una cerveza. Dortmunder salió y Kelp le dijo a Querk:

—Se llama Anne Marie Carpinaw. Tu amiga, ¿Janet?, y ella se caerán bien.

—Estoy seguro —aseguró Querk. Después, y porque estaba nervioso, se repitió y dijo—: No estará tan mal. Unas vacaciones de unos cuantos días, eso es todo. Lo pasaréis bien.

—Claro —dijo Kelp.

Dortmunder regresó con un bloc y tres latas de cerveza sin abrir.

—Tomad, que cada uno se abra la suya —dijo.

Kelp cogió el bloc y escribió el nombre de su amiga mientras los otros dos abrían sus latas y Dortmunder se derramaba la cerveza sobre la pernera del pantalón.

—¡Mierda!

—Aquí está —dijo Kelp, y le dio la hoja de papel a Querk.

—Gracias. —Querk se metió el papel en el bolsillo y alzó su cerveza—. ¿Por qué brindabais siempre? Por el delito.

Kelp esbozó la sonrisa más mansa del mundo.

—Por el delito con buenos amigos —dijo.

—Eso es, eso es —dijeron Dortmunder y Querk.

15

Miércoles. La única cosa que Janet hizo antes de cerrar por aquel día Siete Leguas fue sacar los dos billetes, a nombre de Anne Marie Carpinaw y Andrew Octavian Kelp, del JFK a San Cristóbal, Guerrera, escala inmediata, parada intermedia en Tegucigalpa, Honduras, salida a las 22:00 del día siguiente, llegada a las 6:47, primer tramo con Delta, segundo con un chárter de InterAir. Los metió en el bolso, se puso las gafas de sol, cerró la agencia, la miró detenidamente a través del cristal del escaparate y regresó en coche a casa, con la rata.

Casi en el mismo momento en que Janet abría la puerta de su odiada casa, Kelp abría la portezuela del conductor de otro coche de O'Malley (pequeño pero matón), alquilado de nuevo con una tarjeta de crédito con poca esperanza de vida. Dortmunder dejó su bolsa en el asiento trasero y se sentó junto a Kelp.

Kirby Querk, de vacaciones como todo el personal de la imprenta Sycamore Creek, se pasó la tarde pescando con un par de amigos del trabajo, río abajo, lejos del pueblo. (Fue mientras pescaba en esa parte del río, hacía casi un año, cuando conoció a Janet, preciosa con su gorro y sus botas de pescador.) El inusitado caudal les proporcionó un día bastante interesante, con algunas pérdidas, nada importante. El torrente de agua procedente de la presa abierta el sábado anterior había agitado un poco el lecho del río, enturbiando las aguas y haciendo que la pesca fuera entre mala y nula, pero el miércoles el Sycamore volvía a ser el espumeante riachuelo de siempre y Querk pasó un feliz día pescando y soltando a los peces. Casi había llegado a olvidarse de lo nervioso que estaba por lo de esa noche.

Roger Twilley veía las noticias de la televisión siempre que podía, con una sonrisa desdeñosa en la cara. Los despreciaba a todos, y desconfiaba de ellos, y los miraba sobre todo para descubrir sus mentiras. Se le pasaban por alto muchas mentiras, lo sabía, pero detectaba algunas de ellas, las descaradas y obvias falsedades que los poderosos de siempre dicen para tener a los idiotas dominados. Pero Roger Twilley no era un idiota; los vigilaba, allí, en las noticias de las seis y media.

Mientras tanto, Janet, supuestamente en la cocina preparando la cena, estaba en realidad en el dormitorio llenando una pequeña bolsa. Productos de higiene, cosméticos, ropa para una semana. Dejó mucho más de lo que decidió llevarse, pero a pesar de todo la bolsa estaba llenísima cuando terminó y pesaba mucho más de lo que había esperado. La sacó a rastras del dormitorio, por la cocina, salió por la puerta trasera y la llevó hasta el lado de la casa que se había cubierto para que ella dejara el coche allí. (El coche de él se guardaba en el garaje anexo, por supuesto, lo cual estaba bien en verano y no tanto en invierno.) Metió la bolsa en el maletero, en el que ya estaba su equipo de pesca, y volvió a la casa para hacer la cena, preguntándose una vez más, como hacía cada noche a esa hora, por qué no se decidía de una vez y envenenaba a la rata. Pero se respondió a la pregunta como siempre hacía, sabedora de que nunca sería capaz de hacerlo. Una esposa maltratada y un marido envenenado: hasta los polis del condado de Darby establecerían alguna conexión.

Utilizando la misma tarjeta de crédito con la que se había hecho con el coche de alquiler, junto al que ahora Dortmunder estaba estirándose y gruñendo y gimiendo «¿Por qué yo?», Kelp reservó dos habitaciones adyacentes en el motel Taconic Lakes, a unos treinta kilómetros al norte de Sycamore. No eran ni las siete y media; aunque habían salido de la ciudad en hora punta, habían llegado con tiempo de sobra.

Querk tomó una cena ligera (pastel de carne, puré de patatas, judías, agua) con el primo Claude, Eugenia y los dos chicos, después se fue a «su» habitación y preparó la maleta. Los años en que había estado entrando y saliendo de diversas cárceles le habían convertido en un hombre con escasas posesiones, todas las cuales o bien cabían en su bolsa o bien no le importaba dejarlas atrás. Dejó la bolsa en el suelo junto a la cama, en el lado más lejano a la puerta, y fue a ver la tele un rato con la familia.

Dortmunder y Kelp, después de descansar un rato en el motel, se dirigieron en coche hasta Sycamore y cenaron en el restaurante italiano que había junto al semáforo, que estaba rodeado por el bosque de la imprenta por dos de sus lados. La cena no estuvo mal, y la misma tarjeta de crédito seguía con vida para pagarla. Después de cenar, pasearon un rato por el pueblo, viendo lo denso y negro que era el bosque. Había un poco de tráfico, no mucho, y al anochecer el otro tugurio del pueblo, Sycamore House, donde habían tomado ese almuerzo que estaban tratando de olvidar, resultó ser el lugar en el que se reunían los gamberros, uno de esos sitios en los que el saludo habitual es: «¿Quieres pelea?». Probablemente había mucho ruido y pocas nueces, porque no había presencia policial en la ciudad, ni en los alrededores de Sycamore House ni en ninguna otra parte, ni parecía ser necesaria. Quizá los fines de semana.

Cuando Janet se lavaba el pelo, cosa que hacía tres noches a la semana, se pasaba en el baño una eternidad. Era una casa de un solo baño, de modo que Roger se quejaba vivamente del tiempo que se pasaba en el lavabo, y de que eso le obligaba a salir a mear al jardín. Pero aquél era el tiempo que él dedicaba a registrar en secreto las posesiones de Janet. Más tarde o más temprano, ella se despistaría y dejaría algo comprometedor que él encontraría.

Y aquella noche, ¡Dios, allí estaba! A Roger le temblaron las manos mientras sostenía los billetes de avión, y algo le atormentó, como si en realidad nunca hubiera querido encontrar la prueba de su maldad, cosa que por supuesto no tenía ningún sentido. Porque allí estaba. Ella era Anne Marie Carpinaw, por supuesto, un estúpido nombre falso tras el que trataba de ocultarse. Pero ¿quién era Andrew Octavian Kelp?

El primo Claude y su familia se acostaron temprano porque tenían que levantarse temprano, y normalmente lo mismo hacía Querk: la cárcel no alienta la costumbre de levantarse tarde. Esa noche, como de costumbre, toda la familia estaba acostada y a oscuras antes de las once, pero esa noche Querk no podía dormir, ni siquiera aunque se lo propusiera, aunque no se lo proponía. Se quedó tendido a oscuras en «su» habitación, con la bolsa preparada, un fardo oscuro, en el suelo junto a la cama, y se quedó mirando el techo, pensando en el plan que Janet y él habían urdido, dándose cuenta de lo bueno, muy bueno, que era. Lo habían repasado innumerables veces, buscando sus flancos débiles, encontrándolos y corrigiéndolos. Llegados a este punto, el plan estaba pulido como un canto rodado.

Janet casi siempre se acostaba antes que Roger, y cuando él lo hacía ella estaba siempre dormida o al menos lo simulaba. Esa noche, sin mediar palabra, se encaminó hacia el dormitorio de camas separadas, mientras él miraba las noticias de las once. Cuando Roger oyó que se cerraba la puerta del dormitorio se puso en pie silenciosamente, se dirigió a la cocina y después cruzó la puerta que daba al garaje. Había un interruptor eléctrico con el que se abría la puerta del garaje, pero era muy ruidoso y encendía una brillante luz durante tres minutos, de modo que aquella noche Roger abrió la puerta de su coche para que la luz interior se encendiera y gracias a esa luz encontró la cuerda roja y blanca que podía utilizar para abrir la puerta, diseñada para emergencias como cortes eléctricos. Después abrió la puerta a mano, se metió en el coche para ponerlo en punto muerto y lo empujó para sacarlo del garaje. El caminillo que iba del garaje a la calle era levemente inclinado, así que el coche avanzó un poco por delante de él, pero no había tráfico en esa calle residencial a esas horas de la noche, así que se limitó a seguirlo, hasta que se detuvo por sí mismo cuando las ruedas traseras alcanzaron la calle. Giró el volante a través de la ventanilla abierta e hizo retroceder el coche trazando un largo arco hasta que quedó aparcado en el otro lado de la calle, una puerta más atrás. Una calle oscura, árboles con hojas, un coche como cualquier otro. Janet no iba a percatarse. Roger volvió a la casa, al garaje, y cerró la puerta. Podía volver a fijar la cuerda por la mañana.

«11:45» decía el reloj de la mesilla de noche junto a Querk, números rojos brillando en la oscuridad. Se levantó, se vistió rápida y silenciosamente, cogió su bolsa y salió de puntillas de la casa. Esa noche había aparcado el Honda a unas pocas manzanas de distancia. Fue hasta él, dejó la bolsa en el asiento del copiloto y se largó de allí.

En sus camas separadas bajo la oscuridad del dormitorio, Janet y Roger estaban ambos convencidos de que el otro estaba dormido. Los estaban vestidos aunque descalzos bajo las ligeras sábanas veraniegas, y ambos trataban con esfuerzo de respirar como una persona dormida. Habían conseguido engañarse mutuamente.

Cada vez que Janet, tendida a la izquierda, abría con cautela el ojo derecho para mirar la mesa que había entre las camas, más el oscuro bulto que era Roger al otro lado, el reloj despertador iluminado de la mesa no conseguía anunciar la medianoche. No tenía miedo de quedarse dormida, no precisamente aquella noche, pero ¿por qué el tiempo tenía que arrastrarse de esa manera? Por fin abrió ese ojo una vez más, y entonces el reloj decía «11:58», y maldita sea, ya era suficiente. Con mucho cuidado, sin hacer ningún ruido —bueno, un leve crujido o dos— se dio la vuelta y se levantó de la cama. Se detuvo para recoger sus zapatos y después los sacó de la habitación caminando de puntillas.

En el momento en que oyó que Janet se movía, Roger se tensó como la cuerda de un arco. Se obligó a mantener los ojos cerrados, creyendo que los ojos reflejan cualquier luz que haya a su alrededor y que ella podría vérselos y saber que estaba despierto. No fue hasta que el crujido de los movimientos de Janet se encaminó hacia la puerta del dormitorio cuando se atrevió a mirar. Sí, ahí va, por la puerta, abierta ahora porque sólo estaba cerrada si ella estaba en la cama mientras él estaba mirando la tele.

Janet giró a la izquierda, hacia la cocina, para salir por la puerta trasera y dar la vuelta hasta el coche. Era una lástima que tuviera que encender el motor tan cerca de la casa, pero el dormitorio estaba justo al otro lado, con la casa y el garaje entre medio, así que tampoco importaba demasiado. En cualquier caso, se marchaba.

En el momento en que Janet desapareció por la puerta, Roger se levantó y metió los pies en sus zapatillas, recorrió en silencio la casa hasta la puerta principal, salió, y cruzó la calle a toda velocidad para agazaparse tras su coche. Allí agazapado, oyó que el motor del coche de Janet se ponía en marcha, vio que se encendían sus faros, y después vio que el coche salía y se encaminaba en dirección a la ciudad, que era justamente lo que él había estado esperando. Eso significaba que su coche estaba en la dirección adecuada. La dejó recorrer una manzana, se subió al coche, lo puso en marcha, no encendió los faros y la siguió.

«12:20» en el reloj del salpicadero, y Querk aparcó en el estacionamiento que había junto a Sycamore House. En el centro de Sycamore no estaba permitido aparcar en la calle por la noche, pero siempre había unos cuantos coches en Sycamore House, coches de gente cuyos amigos habían decidido que quizá no debían volver a casa conduciendo. De modo que el Honda no llamaría la atención. Salió y caminó por la silenciosa calle totalmente desierta hasta el semáforo que obstinadamente encendía sus luces para nadie, después cruzó, fue hasta la entrada de Sycamore Creek y entró.

No tuvo ningún problema para abrir la verja principal, ni para volver a cerrarla pero sin llave. Cruzó el edificio, abrió el único muelle de carga con un sistema de alarma defectuoso del que por casualidad él tenía conocimiento, y echó a andar por la silenciosa, oscura y viciada nave en dirección a las oficinas de la dirección, donde fue pan comido desactivar los sistemas de alarma, que funcionaban con las baterías de emergencia. Después deshizo sus pasos hasta la calle.

Janet creía que sería la única persona conduciendo por esa zona a esas horas de la noche, pero a mitad de camino a la ciudad aparecieron en su retrovisor los faros de otro coche. Otra lechuza, pensó, y esperó que no fuera un borracho aficionado a la velocidad que tratara de adelantarla. Esas carreteras eran estrechas y llenas de curvas. Pero no; por suerte, el tipo mantuvo la distancia. Ella siguió hasta la ciudad, giró en el aparcamiento de Sycamore House, reconoció el Honda enseguida y aparcó junto a él.

Roger había mantenido la distancia, lamentando tener que encender los faros, pero no quería atropellar a un ciervo; la población de ciervos había crecido exponencialmente allí una vez que todos los animales depredadores habían sido eliminados, a menos que uno contara con los cazadores, cosa que él no hacía. Siguió el coche a distancia hasta la ciudad, y cuando vio que las luces de freno se encendían pensó al principio que ella estaba frenando por el semáforo, pero de repente ella giró a la izquierda por el aparcamiento de Sycamore House. ¡Maldita sea! Si él intentaba aparcar allí, podía estar seguro de que un maldito policía saldría de ninguna parte a darle la lata y multarlo, mientras Janet se largaba a quién sabe dónde. Guerrera, eso era. San Cristóbal, Guerrera.

Siguió adelante, sin perder de vista el aparcamiento de Sycamore House, pero ella había apagado los faros y no se veía nada. Llegó hasta la esquina; el semáforo estaba rojo, así que se paró. No había tráfico en ninguna dirección. Al otro lado de la calle, en diagonal, estaba Luigi's, el restaurante italiano, y más allá, que él supiera, un pequeño aparcamiento rodeado por el bosque falso. Podía dejar el coche allí y volver andando a Sycamore House en cuanto ese maldito semáforo se pusiera verde. ¿Cuándo iba a…? Ah, al fin.

Cruzó la intersección vacía, giró a la izquierda en el pequeño y vacío aparcamiento y detuvo el coche con el morro contra las ramas de los pinos. Apagó las luces y el motor, así que fue sólo gracias al vago resplandor de las farolas que había tras él que pudo ver por el espejo retrovisor cómo aparecía del suelo tras los asientos delanteros, ¡exactamente como en todas esas historias de horror! Se quedó mirando, convulsionado por el terror, y la aparición le mostró una horrible sonrisa, una inmensa y horrible pistola y un par de esposas horriblemente brillantes.

—¿No te ha dicho esa baraja del tarot —le preguntó— que no salieras esta noche?

16

Cuando Querk volvió al aparcamiento de Sycamore House, el Chrysler Cirrus de Janet estaba aparcado junto a su pequeño Honda; era un coche más grande, más cómodo, aunque no muy nuevo. Ella debió de verle por el espejo retrovisor porque salió de su coche; la débil iluminación de la luz interior mostró la inmensidad de su sonrisa pero también del moratón alrededor de su ojo izquierdo. Después la puerta se cerró, la luz se apagó y ella estaba entre sus brazos.

Se abrazaron durante un largo rato, él sintiendo cómo el cuerpo de ella temblaba liberando semanas de tensión. Meses. Pero ahora se había acabado. Él estaba en libertad definitiva, era un hombre libre. Ella se había largado de esa casa, era una mujer libre. Estaban al principio.

Al final él la soltó y susurró:

—Todo va a ir bien. En tres, cuatro horas, todo habrá terminado.

—Sé que lo conseguirás —susurró ella, después agitó un dedo hacia él—. No dejes que intuyan nada.

—No lo haré.

Sacó su bolsa del Honda y la metió en el Chrysler, después la besó por última vez, se metió en el Honda y salió a la calle. Giró a la izquierda, pasó por alto la luz roja, cruzó la intersección y se detuvo junto a la gasolinera Hess que había enfrente de Luigi's. De inmediato, Dortmunder salió de la oscuridad del interior de la cabina telefónica que había allí, cruzó la acera y se deslizó a su lado.

Querk miró a su alrededor.

—¿Dónde está Kelp?

—Han surgido un par de cosas —le dijo Dortmunder—, nada que ver con lo nuestro. Las resolverá y se reunirá con nosotros más tarde.

A Querk no le gustó aquello, no le gustó la idea de que uno de los compañeros fuera a estar lejos mientras hacían el trabajo.

—Vamos a necesitar a Kelp en la imprenta —dijo.

—Estará ahí —prometió Dortmunder—. Estará ahí en cuanto volvamos con el camión.

No había nada que Querk pudiera hacer sobre ese giro de los acontecimientos aparte de anular el golpe, cosa que no quería hacer, así que asintió a regañadientes y dijo:

—Espero que nada se joda.

—¿Cómo va a joderse? Venga, vámonos.

El Departamento de Bomberos y Equipos de Rescate Combinados del Condado de Darby estaba en un edificio de ladrillos extremadamente ignífugos en mitad de ninguna parte. Siete departamentos locales de bomberos voluntarios y dos servicios locales de ambulancias, cada uno con su estación de bomberos o su garaje, habían unido fuerzas para formar esa organización, algo necesario por la cada vez mayor escasez de voluntarios. Las rencillas políticas habían impedido utilizar cualquiera de las instalaciones existentes. Un millonario local había donado el terreno, y se construyó el edificio que estaba siempre vacío y solitario a menos que se estuviera celebrando una cena para recolectar fondos o sonaran los buscas de los voluntarios.

Querk aparcó el Honda tras el edificio, oculto, y se valió de una copia de la llave del primo Claude para abrir la puerta del garaje. La levantó, entró y salió conduciendo el camión, que era rojo como un coche de bomberos con los costados metálicos llenos de cubículos que contenían equipamiento de emergencia y el techo metálico, pero abierto en la parte posterior, donde había un gran generador atornillado al cuerpo del camión.

Querk esperó mientras Dortmunder bajaba la puerta del garaje y se subía al asiento junto a él.

—Un buen cacharro —dijo.

—Hace su trabajo —dijo Querk.

Querk vio con alivio a Kelp junto al cartel de NO PASAR. Kelp les saludó con la mano y Dortmunder le devolvió el saludo mientras Querk conducía hasta la verja de entrada.

—Están abiertas —le aseguró a Dortmunder, que salió para abrir la verja y después cerrarla cuando el camión y Kelp hubieron entrado.

Mientras conducía lentamente junto al edificio hacia la ventana que había elegido, Querk vio en todos sus espejos retrovisores, iluminados por la luna, a Dortmunder y Kelp caminando tras él, hablando. Kelp debía estar contándole a Dortmunder lo que había hecho con ese problema que había ido a arreglar.

Querk se preguntó si debía preguntarle a Kelp de qué se trataba el problema. No, no debía. Dortmunder había dicho que no tenía nada que ver con el trabajo de aquella noche, lo que significaba que no era asunto suyo. Que Kelp estuviera allí era lo único que importaba. Un hombre de pocas palabras sabe cuándo los demás esperan de él que sea de pocas palabras.

17

Dortmunder estaba aburrido. Tenía que reconocerlo, estaba aburrido.

Normalmente, en un golpe, lo que haces es: reconoces el terreno, preparas un plan, y después se produce una cierta cantidad de tensión cuando entras en ese lugar y coges lo que has ido a buscar y te largas de allí.

Esta vez, no. Esta vez las puertas están abiertas, las alarmas están desactivadas y no hay nadie alrededor. Así que entras y es un paseo. Además, no coges nada y, por supuesto, no te largas de allí.

Lo que haces en lugar de eso es arrastrar un pesado cable desde el generador de un camión, empujarlo por una ventana que Querk ha abierto, y después arrastrarlo por un suelo de hormigón a oscuras, alrededor de, y en ocasiones por entre, máquinas que no son la máquina que Querk quiere, hasta que al final puedes enganchar los cables a la máquina y a un panel de control. Este panel de control también controla algunas luces, así que al final puedes ver lo que estás haciendo.

Mientras tanto, Querk ha estado recogiendo el material. Necesita tres tintas distintas, y dos grandes rollos de papel especial, que trae con su toro. Necesita un cortador de papel de una medida determinada, un gran rectángulo maliciosamente afilado cruzado por líneas de metal muy peligrosas, que tiene que deslizarse por una abertura lateral de la máquina sin que se le vaya ningún dedo, y que, en el momento preciso, descenderá hacia el interior de la máquina para cortar las hojas de papel en muchas siapas.

Las cajas para las siapas ya existen, pero extendidas y sin montar, y hay que insertarlas por una amplia apertura situada en la parte posterior de la máquina. Hay que desenrollar las asquerosas tiras de alambre para cerrar las cajas —duras, elásticas, con puntas extremadamente afiladas— e introducirlas en la máquina como si se introdujera película en un proyector. Contar con tres tipos para esta parte ayuda, porque de lo contrario sería necesario que un solo tipo trabajara mucho más tiempo para prepararlo todo, incluso en caso de que lograra colocar el gran rollo de papel en su sitio a solas, cosa que probablemente no podría hacer.

Pero una vez todo estaba en su lugar, entonces era cuando necesitabas a tres tipos. Era una máquina para tres tipos. El primer tipo (Querk) estaba en el panel de control, vigilando los indicadores que le decían qué tal iba el flujo de tinta, cómo andaba la alimentación de papel, si las cajas se estaban llenando. El segundo tipo (Kelp) estaba físicamente alrededor de la máquina, lo cual era un poco delicado y complejo, siguiendo las órdenes de Querk sobre cómo ajustar las varias entradas de suministro y observar el papel, al que le habría gustado atascarse si alguien hubiera apartado la mirada durante un minuto.

Y el tipo número tres, Dortmunder, era el versátil. Su trabajo consistía en reponer el suministro de tinta cuando fuera necesario, cosa que sucedía con poca frecuencia. Su trabajo consistía también en sacar las cajas al final de la rampa que salía de la parte posterior de la máquina, pero en tres horas sólo iba a haber cinco cajas, y eso no le ocuparía mucho tiempo. También, de vez en cuando, su trabajo consistía en ir a ver si el generador del camión funcionaba correctamente. Además, parte de su trabajo era comprobar las cajas desplegadas en el interior de la máquina sobre las que se apilaba el dinero, y el alineamiento del cortador de papel, para asegurarse de que nada se desbarataba y avisar a Querk para que parara máquinas si eso sucedía, cosa que pasó sólo dos veces. Y en general, era parte de su trabajo estar atento; pero si alguien entraba en la imprenta, sería demasiado tarde para hacer algo al respecto.

Así que ahí estaba, el chico de los recados en un golpe a cámara lenta, y estaba aburrido. Era como tener un trabajo de verdad.

Habían empezado a la una y diez y era poco más de las cuatro cuando el último papel entró en la máquina y Querk empezó a apagar sus partes, sección por sección, hasta que la quinta y última caja salió deslizándose por la rampa y Dortmunder la dejó sobre el hormigón con las demás. Cinco cajas, muy pesadas, cada una de ellas con mil billetes comprimidos, veinte mil millones de billetes de siapas por caja, por valor de cien mil dólares por caja. En Guerrera.

Dortmunder dio un paso atrás ante la última caja.

—Hecho —dijo—. Por fin.

—No del todo —dijo Querk—. Recordad, esta impresión nunca ha tenido lugar. Tenemos que limpiarlo todo y dejarlo tal como estaba.

Sí, exactamente como tener un trabajo.

18

El nerviosismo de Querk, una vez hubieron llevado el camión con el generador a la imprenta, se había convertido en una especie de parálisis, una que caracterizaba sus sentimientos. Se estaba limitando a hacer aquello, todo lo que había repasado una y otra vez mentalmente durante todo ese tiempo, haciendo realidad la fantasía, diciéndose para tranquilizarse a sí mismo y a Janet que todo iba a salir bien, repitiéndolo mentalmente una y otra vez para que, cuando finalmente llegara el momento de hacerlo, hacerlo de verdad en el mundo real, fuera como si ya lo hubiera hecho y aquello fuese sólo una forma de recordarlo.

Y el golpe, en todo caso, salió incluso mejor que en la fantasía, sin contratiempos, rápido y fácil. Ni un solo problema con los dos tíos que había encontrado para que le ayudaran, y eso siempre había sido la parte que más miedo le daba de todo el plan. No podía hacerlo solo, pero no podía recurrir a gente del pueblo, ninguno de esos pájaros del lugar tenía la menor idea de cómo tener la boca cerrada. Aficionados. Tenía que valerse de profesionales, pero ya no conocía a nadie.

Sin embargo, si quería hacerlo, tendría que salir a la calle y encontrar a alguien con el historial adecuado al que pudiera convencer para hacer el trabajo, y mira, había tenido suerte. Dortmunder y Kelp eran sin duda profesionales, pero al mismo tiempo eran sorprendentemente crédulos. Podía contar con que harían el trabajo y tendrían la boca cerrada, y también podía contar con que nunca se darían cuenta de lo que en realidad estaba sucediendo.

La limpieza después de la impresión les llevó otra media hora. Lo último que hicieron antes de terminar, antes de apagar las luces, fue llevar en el toro las cinco cajas de siapas hasta el camión con el generador, donde las colocaron sin más problemas en la parte trasera. Después tuvieron que desconectar los cables, arrastrarlos de vuelta al camión y salir de allí, deteniéndose para cerrar de camino la gran verja.

Todavía estaba oscuro en las calles de Sycamore. Todavía no había vehículos cuyo tráfico el semáforo debiera regular. Dortmunder y Kelp iban en el amplio asiento del copiloto del camión junto a Querk, que recorrió la calle para detenerse ante el Siete Leguas.

—Abriré la puerta —dijo, al tiempo que bajaba a la calle.

La historia que les había contado era que el grupo de viajeros que se desplazaban hasta Guerrera eran un puñado de evangelistas, en busca de conversos, de modo que Janet sacaría las cajas de Estados Unidos haciéndolas pasar por misales y cantorales. Esa noche, dejarían las cajas en Siete Leguas, y por la mañana ella las cubriría con las etiquetas y los adhesivos necesarios, y la furgoneta que llevaría el equipaje de todo el grupo pasaría a recogerlas y las llevaría hasta el aeropuerto JFK.

Una vez las cajas fueron descargadas en Siete Leguas y la puerta vuelta a cerrar, Querk dijo:

—¿Queréis que os lleve hasta vuestro coche, colegas?

—No, no te preocupes —dijo Kelp, señalando vagamente al norte, hacia las afueras de la ciudad—. Hemos aparcado justo ahí.

Dortmunder dijo:

—¿Quieres devolver el camión?

—Por supuesto.

¿Debía darles la mano? Sintió que así era; era lo más cordial que podía hacer. Extendiendo la mano en dirección a Kelp, dijo:

—Ha sido un placer trabajar contigo.

Kelp tenía en la cara una sonrisa luminosa, incluso en mitad de la noche. Apretando la mano de Querk, dijo:

—Estaremos en contacto.

—Ya lo sabes —dijo Dortmunder.

—Ya sabéis dónde encontrarme.

—Por supuesto —dijo Dortmunder.

Bien. Basta de cordialidad.

—Tengo que devolver el camión antes de que salga el sol —dijo.

—Claro —dijeron ellos, y se despidieron, y él volvió al camión.

Tenía que hacer un giro de 180 grados para volver en dirección contraria, lento y pesado con un vehículo tan grande. Se dirigió hacia el semáforo mientras Dortmunder y Kelp caminaban hacia el norte, desapareciendo casi inmediatamente en la oscuridad, puesto que sólo había farolas en el centro de la ciudad.

Mientras conducía hacia el semáforo, dejó atrás Sycamore House a su izquierda y resistió el impulso de darle al claxon. Pero Janet le vería, y un claxon sonando en mitad de la noche podría llamar la atención. La de Dortmunder y Kelp, por lo menos.

Así que siguió adelante, la luz del semáforo se puso en verde al mismo tiempo que él llegaba a la intersección. A su espalda, Janet en el Cirrus habría visto pasar el camión dos veces, y sabría que el trabajo había ido bien. No podía esperar a estar con ella.

Querk sonrió durante todo el trayecto hasta el garaje, donde introdujo el camión marcha atrás para dejarlo como estaba. Después entró en el Honda por última vez en su vida y volvió a Sycamore, no sólo sonriendo sino también tarareando un poco y en ocasiones incluso silbando. A su derecha, el cielo estaba empezando a palidecer; el amanecer estaba llegando.

Sycamore. Una vez más el semáforo estaba verde. Avanzó hasta la intersección, giró en el aparcamiento de Sycamore House y dejó el Honda junto al Cirrus. Apagó los faros y el motor y salió al asfalto dejando las llaves puestas. Girándose hacia el Cirrus, esperó que Janet encendiera el motor o bien le dijera algo. Como no hizo ninguna de las dos cosas, él se inclinó y miró en el interior del coche, que estaba vacío.

¿Qué? ¿Por qué? Habían acordado encontrarse allí cuando hubieran terminado el trabajo. ¿Qué había pasado? ¿Dónde estaba?

Quizá había tenido que ir al baño. O quizá había empezado a sentirse incómoda en el coche, después de casi cuatro horas, y había decidido ir a esperar a la oficina. La finalidad de su presencia allí durante todo ese rato era darle a él un medio de escapada alternativo en caso de que el trabajo fuera mal. Una vez ella hubiera visto el camión, sabría que el trabajo había ido bien.

Así que debía de estar en Siete Leguas. Querk salió del aparcamiento y subió por la calle sacándose del bolsillo la llave del Siete Leguas. Cuando llegó allí, no había luces en el interior. Aquello era raro.

Abrió la puerta, entró, cerró la puerta, tanteó la pared para darle al interruptor de la luz, lo encontró y se quedó mirando fijamente, sin podérselo creer.

—Sorpresa —dijo Dortmunder.

19

Entre la cena y el trabajo, de hecho, Dortmunder y Kelp habían encontrado un puñado de cosas que hacer para entretenerse, incluso para llevarse más de una sorpresa. Ante todo, querían saber cuál era el papel de Janet Twilley en los acontecimientos de aquella noche, y por lo tanto habían ido hasta la casa de los Twilley un poco antes de las once y vieron allí luces todavía encendidas. Habían visitado la casa la semana anterior, y habían descubierto más cosas sobre Roger Twilley que nadie en la tierra, y nada agradable. Si Jane Twilley iba a empezar una vida de cero con Kirby Querk, no iban a oponerse, no con lo que sabían de Roger, siempre y cuando no planeara hacerlo con sus siapas.

Estaban aparcados en la manzana adyacente a la de la casa de los Twilley, comentando cómo hacer frente a aquello —debía Kelp llevar a Dortmunder a la ciudad para que echara un vistazo a la imprenta, mientras Kelp seguía en el coche manteniendo un puesto de observación sobre la casa de los Twilley— cuando Roger decidió por ellos. Lo primero que vieron fue que se abría la puerta del garaje.

—La luz no se ha encendido —dijo Dortmunder.

—Sabía que había algo —dijo Kelp.

Después, un coche salió marcha atrás del garaje, también con las luces apagadas, y moviéndose muy lentamente. No sólo eso: Roger en persona salió corriendo del garaje tras el coche. ¿Quién conducía?

Resultó que nadie. Fascinados, observaron cómo Roger empujaba su coche haciendo una gran curva para aparcarlo al otro lado de la calle, a unas dos casas de distancia.

—Él también sabe que hay algo —dijo Kelp.

—Pero no sabe qué —dijo Dortmunder.

—Va a seguirla.

—Lo mismo haremos nosotros —dijo Dortmunder—. Le seguiremos.

—Tengo una idea mejor —dijo Kelp—. ¿Tenemos la bolsa detrás?

—¿En el maletero? Sí.

En trabajos como aquéllos, siempre viajaban con esa bolsa. Aunque era pequeña, estaba llena de cosas que, quién sabía, siempre podrían serles de utilidad. Herramientas de todo tipo, carnés de identidad de todo tipo, armas de todo tipo, y esposas de un solo tipo.

—¿Qué necesitas? —preguntó Dortmunder.

—Las esposas. Iré en la parte trasera del coche del mirón este y le dejaré fuera de juego si hay algún problema, si ella no sale lo tomaré prestado. Esconde este coche en la ciudad y dile a Kirby que me reuniré con vosotros en la imprenta.

Y eso es lo que hicieron. Dortmunder descubrió algo que no sabía: que en el asiento del conductor había incluso menos espacio para las piernas que en el del acompañante. Escondió el turismo en el aparcamiento de Sycamore House, pero se quedó junto a él, y entonces fue cuando llegó Querk, aparcó su Honda y fue a preparar las cosas a la imprenta.

Un poco más tarde, iba ya a marcharse cuando llegó Jane Twilley y apagó el motor pero no salió del coche. Eso era interesante. No queriendo llamar la atención, desenroscó la bombilla del interior del coche para que permaneciera a oscuras cuando él saliera del coche y del aparcamiento para ir a la gasolinera Hess a esperar a Querk.

Una cosa acerca de la cabina telefónica que había junto a la gasolinera Hess: tenía espacio para las piernas. Dortmunder se apoyó en el teléfono con los brazos cruzados y observó cómo el semáforo se ponía verde y rojo. Al cabo de un rato vio a Querk cruzar la calle y caminar hacia el norte, y después llegó hasta allí en el Honda.

Después del trabajo en la imprenta y la marcha de Querk a devolver el camión del generador no quedaba nada más que hacer que reunirse con Janet Twilley, todavía en su lugar en su Chrysler Cirrus, y utilizar sus llaves para entrar en Siete Leguas. Por lo que respectaba a su marido, podía quedarse donde estaba, fijo al suelo de su coche junto a Luigi's. Un buen lugar para él.

Y ahora lo único que faltaba era esperar a Querk. Y ahí estaba.

20

Querk se quedó mirando, de una pieza. Janet estaba amordazada y atada a la silla de su escritorio, con los ojos como platos, temblando. Hasta su moratón estaba pálido. Kelp, todavía con la sonrisa luminosa, estaba sentado junto a ella en la silla para los clientes. Y Dortmunder estaba cerca de Querk; no demasiado cerca, pero sí lo suficiente para que, si Querk decidía dar media vuelta, abrir la puerta y salir corriendo, no lo lograra.

Tartamudeando, con el temblor de las manos peor que nunca, Querk dijo:

—¿Qué? ¿Qué ha pasado?

—Hemos venido a arreglar las cuentas —dijo Dortmunder mientras Kelp se ponía en pie, caminaba hacia el escritorio sin utilizar, cogía la silla para el cliente que había ante ella y la dejaba ante él y Janet.

—Siéntate —ofreció.

Dortmunder dijo:

—Andy, enciende la lámpara del escritorio, ¿quieres? Hay demasiada luz aquí.

Kelp obedeció y Dortmunder apagó las luces del techo que Querk había encendido. La gran sala quedó en penumbra, con una luz más suave, aunque no con lo que Querk consideraba un ambiente íntimo, exactamente. Viendo todo aquello, trató desesperadamente de pensar, sin mucho éxito. ¿Qué estaba pasando? ¿Qué iban a hacer? Dijo:

—¿Qué pasa? ¿Colegas? Creía que todo iba bien.

—No exactamente bien —dijo Dortmunder, mientras se sentaba en la esquina de la mesa de Janet.

—Venga ya —dijo Kelp—. Kirby, siéntate. Vamos a contártelo.

Así que Querk se sentó en la silla que Kelp le había llevado y dejó sus temblorosas manos sobre su regazo. Sentía los ojos de Janet sobre él, pero no lograba mirarla directamente. Se suponía que tenía que ayudarla a mejorar su vida. Estar atada en una silla a manos de dos ladrones de Nueva York no era la mejor manera.

Kelp dijo:

—Mira, Kirby, lo cierto es que al principio nos creíamos que Rodrigo existía. —Todavía parecía alegre, no enfadado ni triste, pero Querk no se lo tragó.

—Nos lo hiciste creer, durante un tiempo —afirmó Dortmunder. Parecía cabreado, y eso Querk sí se lo tragó.

—Lo que nos preguntábamos —dijo Kelp— era por qué ibas a llevar a cabo todo esto a menos que tuvieras una recompensa. Por eso creíamos en Rodrigo. Hasta que, por supuesto, supimos de Janet. A quien mencionaste de pasada.

—Lo dejaste caer en mitad de la conversación —dijo Dortmunder.

—Y Harry Matlock dijo que eras mejor segundón que líder —dijo Kelp—, así que empezamos a preguntarnos: ¿a quién obedece? Así que cuando vinimos aquí la semana pasada, me paré a visitar a Janet.

¿Qué? Querk miraba ahora directamente a Janet, y ella asintió frenéticamente, con las cejas alzadas casi hasta el pelo.

—Ella... —Querk tuvo que aclararse la garganta—. No me lo dijo.

—No lo sabía —dijo Kelp—. Mira, yo era un cliente, estaba interesado en ir a alguna parte de Suramérica, no estaba seguro de adónde, y hablamos unos, oh... —Miró a Janet amistosamente, interrogativo—. Quince minutos, ¿no? —Mirando de nuevo a Querk, dijo—: Y lo curioso es que no mencionó en ninguna ocasión ese viaje a Guerrera. En realidad, ni siquiera mencionó Guerrera, el país.

—Probablemente —dijo Querk, a pesar de que no serviría de nada— el grupo ya estaba completo.

—Lo cual me hace pensar en lo fácil que fue conseguir dos billetes —dijo Kelp—. Primero ella puede agenciarse un billete, pero después resulta que no le es difícil hacerse con dos, sin mayor problema, tú no tuviste siquiera que consultárselo. Pero me estoy adelantando.

—Creía que te lo habías tragado —dijo Querk.

La sonrisa de Kelp se ensanchó todavía más.

—Sí, lo sé. En cualquier caso, cuando estuve aquí, me di cuenta del ojo amoratado de Janet, y tú no pareces la clase de hombre...

—Ambos pensamos eso —dijo Dortmunder.

—Gracias —dijo Querk.

—Así que visitamos su casa —dijo Kelp— y al triunfador ese con el que se casó.

—Supongo que al principio no parecía tan malo —dijo Querk.

—Quizá —dijo Kelp—. En todo caso, esta mujer mandona...

Janet se lo quedó mirando. Kelp la ignoró.

—... con un ojo amoratado y un mal marido. Y ahí estás tú, al que le gusta que le manden. Así que decidimos, viendo esto, que Rodrigo no existía, porque ¿cómo Janet iba a tener, viviendo en el norte del estado de Nueva York, un contacto así? Además, esta agencia de viajes no va precisamente viento en popa, lo cual se ve por el hecho de que nadie utiliza el otro escritorio, de modo que si en alguna ocasión tuvo a una secretaria o un socio, el negocio ya no daba para pagarle. Así que quizá, sólo quizá, la idea era que imprimirías esas siapas por valor de medio millón de dólares y tú y Janet iríais en coche hasta Guerrera, cruzando México y todo eso, haciendo sacar humo a vuestras tarjetas de crédito durante el viaje. Y cuando llegáis allí, encontraríais un bonito lugar en el que instalaros y empezar a vivir de las siapas. Las pondríais en varios bancos de por ahí, podríais incluso volver a Estados Unidos de vez en cuando y gastároslas. Por supuesto, no habría nada para nosotros.

—Lo siento —dijo Querk.

Dortmunder asintió.

—Sin duda.

—Necesitabas a dos tíos —dijo Kelp—. No podías hacerlo con aficionados, así que te pusiste a buscar a dos profesionales, y lo que encontraste fuimos nosotros.

—Os subestimé —dijo Querk.

—No te sientas mal —le recomendó Kelp—. Somos especialistas en eso. Así que aquí estás, nos has mentido, y Anne Marie y yo íbamos a quedar como verdaderos estúpidos mañana por la noche en el JFK con esos billetes de imitación...

—Lo siento —dijo Querk de nuevo.

—Lo sabemos —dijo Dortmunder. No parecía muy comprensivo.

—Pero, mira —dijo Kelp—, esto es mejor para ti, porque Roger sabía que algo pasaba. Ya lo sabes, los paranoicos a veces están en lo cierto, y Roger estaba en lo cierto. Por eso seguía a Janet esta noche, y si no hubiera sido por nosotros, Roger estaría montándoos un buen pollo.

A Querk le daba bastante miedo Roger Twilley.

—¿Roger? —dijo—. ¿Dónde está?

—Atado en su coche, junto a Luigi's.

—Nos debes una —dijo Dortmunder.

—Bueno —dijo Kelp—. Yo creo que nos debe muchas.

—Eso es cierto —dijo Dortmunder.

Levantándose, Kelp dijo:

—Voy a por nuestro coche. Explícaselo.

Kelp era el agradable. ¿Por qué no podía ir Dortmunder a buscar el coche? Pero no, Kelp asintió a Querk y salió de la tienda, y fue Dortmunder quien dijo:

—Esto es lo que vamos a hacer. Os vamos a dejar una caja de siapas, eso son cien mil de los grandes que podéis llevaros a Guerrera para empezar. En seis meses, volvéis a Nueva York y al menos nos compráis otra caja a mitad de precio. Cincuenta mil por cien mil en siapas. Nos las podéis comprar todas entonces o podéis comprarnos una caja cada seis meses.

—¿De dónde voy a sacar toda esa pasta? —dijo Querk.

—Vas a robarla —le dijo Dortmunder—. En eso consiste tu trabajo, ¿recuerdas? Ya no querías estar reformado.

Querk dejó caer la cabeza. La idea de una cárcel en Guerrera revoloteó irremediablemente en su cerebro.

Mientras tanto, Dortmunder dijo:

—Si no apareces en seis meses, las cuatro cajas van a la policía con una carta anónima con vuestros nombres y una descripción del plan y dónde os estáis escondiendo y los números de vuestras siapas. Y entonces os quedáis sin nada.

—Joder —dijo Querk.

—Míralo así —sugirió Dortmunder—. Nos mentiste, abusaste de nuestra confianza, pero no nos vamos a poner duros, no te vamos a hacer daño. Porque lo único que queremos es lo que es nuestro. Así que, de un modo u otro, tú mantienes tu parte del trato y nosotros mantenemos la nuestra. —Mirando por encima de Querk hacia la ventana, dijo—: Aquí está la mierda de coche. Espero que podamos meter las cajas ahí dentro. Venga, Querk, ayúdame a cargar la pasta.

—Está bien. —Levantándose, Querk dijo—: ¿Qué hacemos con Roger?

—Nada —dijo Dortmunder—. El cocinero de Luigi's le encontrará por la mañana. Que él decida lo que quiera. Venga, coge una caja.

Y eso hizo Querk, los dos cogieron una caja mientras Kelp apartaba cacharros trabajosamente en el interior del coche. Lograron meter tres cajas en el maletero y una de lado en el supuesto asiento posterior, con el equipaje encima.

Al final, sintiéndose humilde, Querk les dijo en la acera:

—Quiero daros las gracias, chicos. Podríais habérmelo puesto mucho más difícil.

—Bueno —dijo Dortmunder—, yo no diría que quedas sin castigo. —Señaló con la cabeza hacia Siete Leguas—. Más tarde o más temprano, vas a tener que quitarle la mordaza.

Rehenes

ANNE PERRY

ANNE PERRY es la exitosa autora de dos series de detectives victorianos que son prácticamente una lectura obligatoria para cualquier aficionado al misterio histórico. Su serie de Thomas Pitt y la de William y Hester Monk, a pesar de estar ubicadas en el Londres del siglo XIX, dedican miradas muy distintas a la sociedad inglesa. También está escribiendo otra afamada serie histórica que transcurre en la Revolución Francesa, consistente en los libros *A la sombra de las guillotinas* y *Salvar a Luis XVI*. Además, ha iniciado otra situada en la Primera Guerra Mundial, que inició con su aclamada novela *Las tumbas del mañana*. Aparte de esto, también ha escrito una bilogía fantástica, *Tathea* y *Come Armaggedon*. Pero no importa qué género escriba, su diestra y detallada documentación, sus personajes de múltiples facetas, y sus retorcidas tramas le han brindado seguidores en todo el mundo. En su tiempo libre da clases de escritura en lugares como el crucero *Queen Elizabeth II*. Entre sus libros recientes destaca *A Christmas Journey*, en la que un personaje secundario de las novelas de Thomas Pitt adquiere el papel principal, y el segundo volumen de su serie sobre la Primera Guerra Mundial, *El peso del cielo*. Vive en las Highlands de Escocia.

Bridget dobló el último par de pantalones y los puso en la maleta. Esperaba con tantas ganas las vacaciones que sintió un pequeño revoloteo de excitación en el estómago. No sería la costa oeste que tanto amaba, con su límpido viento del Atlántico y las grandes olas batientes, porque eso significaría cruzar la frontera con Irlanda, y no podían hacer eso. Pero la costa norte tenía su propia belleza, y estarían lejos de Belfast, de las responsabilidades de Connor con la Iglesia y, sobre todo, con el partido político. Siempre había algo que debía hacer, una disputa que arbitrar, el pesar de alguien que aliviar, una decisión que tomar y, después, discutir y persuadir.

Había sido así desde que le conocía, como su padre. Y es que el Problema Irlandés, en una forma u otra, tenía más de trescientos años. El coraje con el que luchabas por tus creencias definía quién eras.

Había espacio de sobra en la maleta. Miró a su alrededor para ver qué más meter y en ese momento Liam entró por la puerta. Tenía dieciséis años, era alto y delgado como Connor, los músculos todavía por desarrollar, y era muy consciente de ello.

—¿Has acabado de hacerte la maleta? —preguntó ella.

—No necesitas tantas cosas, mamá —dijo desdeñosamente—. Sólo estaremos fuera una semana, y se pueden poner lavadoras ¿sabes? De todos modos, ¿por qué vamos? ¡Allí no hay nada que hacer!

—Ésa es exactamente la razón por la que quiero ir —respondió con una sonrisa—. Tu padre necesita no hacer nada.

—¡Lo va a odiar! —respondió Liam—. Estará preocupado todo el rato por si se pierde algo, y cuando vuelva a casa encima tendrá que trabajar el doble para arreglar lo que hayan hecho mal.

—¿Se te ha ocurrido alguna vez —dijo ella pacientemente— la posibilidad de que nada vaya mal y lo pasemos bien? ¿No crees que quizá sea agradable estar juntos, sin nada más en que pensar, sin que nadie exija nada, durante unos días?

Liam puso los ojos en blanco.

—No —dijo con candidez—. Me aburriré como una ostra. Y papá también. Acabará la mitad del tiempo hablando por teléfono.

—Allí no hay teléfono —le dijo—. Es una casa de playa.

—¡El móvil! —dijo él impacientemente, con la voz tocada por el desprecio—. Me voy a ver a Michael.

—¡Salimos en un par de horas! —le gritó mientras desaparecía, y oyó sus pasos ligeros y rápidos por el pasillo, y después el portazo de la puerta trasera.

Connor entró en la habitación.

—¿Qué estás cogiendo? —preguntó, mirando la maleta—. ¿Para qué quieres todos esos pantalones? ¿No te llevas ninguna falda? No puedes ir siempre con pantalones.

Podía, y pensaba hacerlo. Nadie la vería. Por una vez su apariencia no tendría importancia. No habría nadie allí para criticarla o considerar que no era un buen ejemplo para ser la esposa de un pastor y líder de la causa protestante. En todo caso, la ropa que se pusiera no tenía nada que ver con la libertad de credo por la que él había luchado desde que tenía la edad de Liam, que le había costado la alegría y la demasiado breve irresponsabilidad que conlleva la juventud.

Pero ¿de qué servía discutir ahora, cuando estaban a punto de pasar un tiempo juntos? Lo amargaría desde un principio, le frustraría, como si ella le estuviera retando deliberadamente. Siempre era así. Y ella quería que aquella semana fuera un tiempo lejos de la ansiedad y la constante amenaza y presión a la que se enfrentaba cada día en casa o en Londres.

Sin mediar palabra, sacó los pantalones, todos menos un par, y los sustituyó por faldas.

Él no dijo nada, pero ella vio la satisfacción en su rostro. Tenía una expresión cansada. Había una red más densa de finas arrugas alrededor de sus ojos y tenía las sienes más canosas de lo que ella había percibido. Un pequeño músculo se tensaba intermitentemente en su mandíbula. A pesar de que él se había quejado y lo había negado, necesitaba esas vacaciones todavía más que ella. Necesitaba unos días sin obligaciones, sin decisiones, noches de sueño sin interrupciones en forma de llamadas telefónicas, una oportunidad para hablar sin medir cada palabra por si era mal interpretado o sacado de contexto. Ella volvió a sentir un pequeño revoloteo de placer, y le sonrió.

Él no se dio cuenta. Se marchó, cerrando la puerta tras de sí.

Bridget se sintió abatida a pesar de que sabía que era una estupidez. Él tenía demasiadas cosas en la cabeza como para preocuparse por trivialidades emocionales. Tenía todo el derecho del mundo a esperar que ella diera esas cosas por sentadas. En los veinticuatro años que llevaban casados, él nunca la había decepcionado. ¡Él nunca decepcionaba a nadie! Por mucho que le costara, siempre mantenía su palabra. Toda Irlanda del Norte lo sabía, los católicos y los protestantes. Se podía confiar en las promesas de Connor O'Malley, eran sólidas como una roca, tan inmutables como una promesa de Dios, y tan duras como ella.

Bridget oyó, horrorizadas, esas palabras en su mente. ¿Cómo podía pensar una cosa así, cómo podía permitir que entrara en su cabeza? Él estaba comprometido en una guerra del espíritu, no había lugar para medias tintas, para ceder ante la seducción de las concesiones. Y Connor utilizaba las palabras adecuadas, ella podía sentir su propia tentación de diluir sus lecciones para poder alcanzar un poco de paz, de dejar la verdad de lado sólo para descansar de la constante batalla. Ella estaba cansada de eso, en cuerpo y alma. Deseaba la risa, la amistad, las cosas normales de la vida cotidiana, sin la constante presión de la rectitud externa y la ira interior.

Y él vería eso como una forma de debilidad, incluso de traición. Lo bueno no puede nunca transigir ante lo malo. Es el precio del liderazgo: no se puede ser indulgente con uno mismo. ¿Cuántas veces había él dicho eso, y le había hecho honor? Miró los pantalones que había sacado de la maleta. Eran cómodos, y podría llevar con ellos zapatos sin tacón. Aquello tenían que ser unas vacaciones. Volvió a meter dos pantalones en la maleta, en el fondo. Sería ella quien desharía las maletas, y él no se daría cuenta.

No era difícil hacerle la maleta a Connor: pijama, ropa interior, calcetines, varias camisas para que siempre tuviera una limpia, jerséis, pantalones informales de color claro, artículos de higiene. Él cogería sus libros y papeles; ésa era un área en la que nadie debía interferir.

En el maletero del coche cabrían sin problemas tres maletas medianas y el maletín de Connor. Los guardaespaldas, Billy e Ian, irían por su cuenta, siguiéndoles en otro coche, y no debía preocuparse por ellos. De hecho, iba a tratar de imaginar que no estaban allí. Eran necesarios, por supuesto, como siempre. Connor era un objetivo del IRA, si bien por lo que ella sabía nunca le habían atacado físicamente. Sería una estupidez política hacerlo; sería la única cosa que uniría a todas las dispares facciones protestantes en una indignación unitaria.

Y por lo que respecta a los ataques verbales, él profería tantos como recibía, si no más. Tenía el don de la palabra, el conocimiento, y por encima de todo la pasión para que sus sermones y sus discursos políticos, casi intercambiables, estallaran como lava para quemar los de los que estaban en contra de su visión de la supervivencia protestante y la libertad. A veces se dirigía con la misma fiereza a los que estaban de su mismo lado y flaqueaban, o cometían el que desde su punto de vista era el mayor de todos los pecados, la traición. Despreciaba a un cobarde incluso más de lo que odiaba a un enemigo declarado.

Sonó el timbre y entonces, antes de que nadie tuviera tiempo de responder, oyó que la puerta se abría, y después a gritos, a Roisin:

—¡Hola, mamá! ¿Dónde estás?

—¡En el dormitorio! —respondió Bridget—. Acabando de hacer la maleta. ¿Quieres una taza de té?

—Yo la preparo —respondió Roisin, llegando al umbral de la puerta. Tenía veintitrés años, era esbelta, con el pelo sedoso y moreno como el de Bridget, aunque algo más oscuro, sin mechas color miel. Llevaba casada un año y todavía tenía ese resplandor entre sorprendido y feliz—. ¿Estás lista? —preguntó.

Bridget detectó un ligero nerviosismo en su voz, una tensión que estaba tratando de ocultar. Por el amor de Dios, que no fuera una diferencia con Eamonn. Estaban suficientemente enamorados como para que todo se resolviera, pero Bridget no quería pasar fuera una semana dejando a Roisin tocada emocionalmente. Ella era también demasiado vulnerable, y Eamonn era como Connor, apasionado por sus creencias, comprometido con ellas, esperaba el mismo compromiso de aquellos a los que amaba, inconsciente de lo poco de sí mismo que le daba a su familia, olvidándose de poner en palabras o gestos lo que esperaba que supieran.

—¿Qué pasa? —dijo en voz alta.

—Tengo que hablar con papá —respondió Roisin—. Para eso he venido, en realidad.

Bridget abrió los ojos de par en par.

Roisin respiró apresuradamente.

—Lo siento, mamá —se disculpó—. También he venido a desearte unas buenas vacaciones. Las necesitabas. Pero eso podría haberlo hecho por teléfono.

Bridget miró a su hija más fijamente. Estaba un poco ruborizada y con las manos rígidas a ambos lados.

—¿Estás bien? —dijo con un punto de ansiedad. Casi le preguntó si estaba embarazada, había algo que lo sugería, pero eso sería una indiscreción. De ser así, Roisin se lo diría cuando estuviera preparada.

—Sí, ¡claro que sí! —dijo Roisin rápidamente—. ¿Dónde está papá?

—¿Es algo de política? —Era una conclusión más que una pregunta. Vio cómo la sombra se acentuaba en los ojos de Roisin, y cómo cerraba la mano derecha—. ¿No puede esperar hasta que volvamos? ¡Por favor!

Roisin tenía la cara indefiniblemente tensa, más cerrada.

—Eamonn me ha pedido que viniera —respondió—. Algunas cosas no pueden esperar, mamá. Pondré el agua a calentar. ¿No ha salido, verdad?

—No…

Antes de que pudiera añadir nada más, Roisin se dio la vuelta y desapareció. Bridget miró a su alrededor, buscando en la habitación por última vez. Siempre se olvidaba algo, pero normalmente era algo tan trivial que podía pasar sin ello. Y no es que se marcharan al extranjero. La casa en la costa era solitaria, ése era su mayor encanto, pero la aldea más cercana estaba a tres kilómetros de distancia, y tendrían el coche. A pesar de que se llevaban pan, patatas y unas cuantas latas, tendrían que ir a por comida con frecuencia.

Fue a la cocina y encontró a Roisin preparando el té y a Connor mirando por la ventana el jardín trasero. A Bridget le habría gustado escapar del conflicto, pero sabía que no serviría de nada. Oiría lo que dijeran tarde o temprano. Si se ponían de acuerdo, sería motivo de celebración, y ella se uniría. Si no lo hacían, permanecería entre ellos como el frío de la casa, un bloque de hielo en la cocina al que se intenta evitar rodeándolo.

Roisin se volvió con la tetera en la mano.

—¿Papá?

Él se quedó donde estaba, dándole la espalda a la habitación.

Roisin sirvió tres tazas.

—Papá, Eamonn ha estado hablando con algunos de los moderados acerca de una nueva iniciativa en educación… —Se interrumpió al ver que los hombros de su padre se agarrotaban—. ¡Al menos escúchales! —Tenía la voz tensa y urgente, una especie de desesperación que la elevaba un tono—. ¡No te niegues sin escuchar de qué se trata!

Él finalmente se dio la vuelta. Tenía el rostro desolado, casi gris bajo aquella potente luz. Parecía cansado y amargado.

—He oído todo lo que tengo que oír sobre las escuelas católicas y sus métodos, Rosie. ¿No eran los jesuitas quienes decían «Dadme un niño hasta los siete años y os daré un hombre»? Supersticiones papistas basadas en el miedo. Nunca consigue uno sacárselo de la cabeza. Es un veneno para la vida.

Ella tragó saliva.

—¡Ellos creen lo mismo de nosotros! —arguyó—. No van a dejar de enseñar a sus hijos como quieren, no se lo pueden permitir, ¡o su propia gente no les apoyaría!

—Tampoco yo —respondió, sin ninguna cesión en el rostro, con la mandíbula tensa y los ojos azules fríos.

Bridget deseaba interrumpirles, pero sabía que no debía hacerlo. Él consideraba sus ideas imprecisas e irrealistas, una receta para la evasión, una rendición centímetro a centímetro sin la deliberada honestidad de la batalla. Lo había dicho muchas veces. Ella nunca defendía su posición, nunca encontraba las palabras o el coraje para responder. Alguien tenía que ceder o nunca habría paz. Ella estaba cansada del coste de la ira, no sólo en la destrucción de vidas, las heridas y el dolor, sino la pérdida de cordura cotidiana, risas y la oportunidad de construir con la esperanza de algo duradero, la oportunidad de no tener que juzgar y condenar.

Roisin lo seguía intentando.

—Pero papá, si les damos unas cuantas cosas que no importan, podremos aferrarnos a las que sí, ¡y al menos habríamos empezado! Pareceríamos razonables, quizá nos ganaríamos a alguno de los partidos de centro.

—¿Para qué? —preguntó.

—¡Para que se unan a nosotros, naturalmente! —Hablaba como si su respuesta fuera obvia.

—¿Por cuánto tiempo? —Había reto en su voz, y algo parecido a la ira.

Ella pareció confusa.

—Rosie, somos partidos diferentes porque tenemos principios diferentes —dijo cansinamente—. La puerta siempre ha estado abierta para que se nos unan si así lo desean. No voy a adulterar mis creencias para complacer a las masas o para ganarme el favor de nadie. No lo haré porque es un error, pero también una estupidez. En cuanto tengan una concesión, querrán otra, y otra, hasta que no quede nada de aquello por lo que hemos luchado, y muerto, todos estos años. Cada vez que cedamos será más difícil mantenerse firme la próxima vez, hasta que hayamos perdido toda la credibilidad y los nuestros ya no puedan confiar en nosotros. Tú eres uno u otro. No hay soluciones intermedias. Si Eamonn no sabe esto ahora, lo aprenderá amargamente.

Ella no cedería. Había sido vencida por la lógica, pero no por la voluntad.

—Pero papá, todo el mundo permanece inamovible, estaremos peleando para siempre. Mis hijos vivirán y morirán exactamente por las mismas cosas por las que lo hicieron tus padres, ¡y por las que lo hacemos ahora! Tenemos que vivir juntos algún día. ¿Por qué no ahora?

El rostro de Connor se suavizó. Tenía más paciencia con ella que con Bridget. Cogió su taza con las dos manos, como si las tuviera frías y quisiera calentarse con ella.

—Rosie, no puedo permitírmelo —dijo en voz queda—. He hecho promesas que debo cumplir. De lo contrario, no tengo derecho a pedirles su confianza. Mi trabajo consiste en unirles, darles valentía y esperanza, pero sólo puedo llevarles adonde quieran seguirme. Si me alejo demasiado, les perderé. Entonces no habré logrado nada. Se sentirán traicionados y elegirán a un nuevo líder, más extremista, y menos inclinado a ceder algo que yo.

—Pero papá, ¡tenemos que ceder algo! —persistió ella, con la voz tensa y el cuerpo incómodo al inclinarse sobre la mesa—. Si no puedes en educación, entonces ¿qué hay de la industria, o los impuestos, o la censura? Tiene que haber algo en lo que nos podamos poner de acuerdo, o todo esto no tiene ningún sentido y estamos interpretando una farsa que dura y dura para siempre, ¡toda nuestra vida! Todos nosotros atrapados en un desfile de locos, como si no tuviéramos el cerebro o las agallas para verlo y salir. ¡Esto ni siquiera es honesto! ¡Simulamos querer paz, pero no es cierto! ¡Sólo queremos nuestra forma de hacer las cosas!

Bridget oyó la histeria en su voz, y en ese momento estuvo segura de que Roisin estaba embarazada. Sentía una desesperación por proteger el futuro que era primaria, más elevada y profunda que la razón. ¿Quizá ésta era la única esperanza real? Dio un paso adelante, interviniendo movida por su propio instinto de protección.

—Son sólo gente con una fe diferente y distintos objetivos políticos —le dijo a Connor—. Debe haber algo en lo que podamos ponernos de acuerdo. Se han moderado mucho durante los últimos veinte años. Ya no insisten en la censura papal de los libros...

Connor la miró asombrado alzando rápidamente las cejas.

—¡Oh! Y tú llamas a eso moderación. Deberíamos darles las gracias por permitirnos elegir por nosotros mismos lo que leemos, qué obras de filosofía y literatura podemos comprar y cuáles no, en lugar de que nos lo dicte el Papa de Roma.

—¡Oh, venga ya, papá! —Roisin agitó la mano bruscamente—. No es como antes…

—No vivimos bajo las leyes católicas romanas, Roisin, ni en el matrimonio y el divorcio, ni en el control de natalidad y el aborto, ¡ni en lo que podemos y no podemos pensar! —Hablaba en voz muy alta, y también él se inclinó hacia delante como si una fuerza física le obligara a hacerlo—. Formamos parte del Reino Unido de la Gran Bretaña e Irlanda del Norte, y eso es la garantía de nuestra libertad para tener leyes que son la voluntad del pueblo, no de la Iglesia católica romana. Y yo moriré antes de ceder uno solo de esos derechos. —Tenía el puño cerrado sobre la mesa—. ¡No pienso ceder!

Roisin estaba pálida y parecía cansada, y tenía los ojos estupefactos por la derrota. Cuando habló, lo hizo en voz baja.

—Papá, no todo el mundo en el Partido te apoya, lo sabes. Hay muchos que quieren oír al otro lado y hacer gala de ser razonables, aunque al final no cambiemos nada de lo importante. —Extendió los brazos hacia él, pero no del todo—. Es peligroso aparecer como si no estuviéramos dispuestos a movernos nada. —No le estaba mirando, como si no se atreviera, por si no completaba lo que se sentía obligada a decir—. La gente se impacienta. Estamos cansados de matar y morir, de ver cómo sigue y sigue sin mejorar un ápice. Si queremos solucionarlo, tenemos que empezar por alguna parte.

Había tristeza en el rostro de Connor, Bridget lo veía, y la pena le desgarró en su interior, porque sabía lo que iba a decir. Quizá en una ocasión había sido una opción, pero de eso hacía mucho tiempo.

—No empezaremos entregando nuestra soberanía, Roisin —dijo—. He intentado toda mi vida tratar con ellos. Si les damos un centímetro, se cogerán el siguiente, y el siguiente, hasta que no nos quede nada. No quieren un acuerdo, quieren la victoria. —Soltó el aliento en un suspiro—. A veces ni siquiera estoy seguro de que quieran paz. ¿A quién odiarán, si no a nosotros? ¿Y a quién culparán cada vez que algo vaya mal? No. —Negó con la cabeza—. Aquí estamos. No trates de presionarme de nuevo, y dile a Eamonn que entregue él mismo sus recados, que no te mande a ti. —Alargó el brazo como si fuera a tocarle el pelo, pero se hizo atrás y Bridget vio lágrimas en los ojos de Roisin.

—Tengo miedo por ti —dijo Roisin suavemente.

Él se enderezó, lejos de ella. El movimiento de Roisin le había herido, y eso le sorprendió.

—Si permaneces fiel a tus creencias, siempre habrá gente que luchará contra ti —respondió, con los labios tensos, los ojos amargos—. Algunos de ellos violentamente.

Bridget sabía que estaba pensando en las bombas a causa de las que casi diez años antes su mentor había perdido las dos piernas y los cuatro nietos que le acompañaban habían muerto. Algo en Connor había cambiado entonces; el dolor provocado por aquello había acabado con su compasión.

—¿Preferirías que fuera un cobarde? —exigió, mirando a Roisin—. Hay diferentes formas de morir —prosiguió—. Yo miraré a la mía de frente, confiando en Dios, que me protegerá mientras esté a Su servicio. —La emoción le retorció el rostro, sorprendentemente desnudo por un instante—. ¿Admiras a un hombre que se dobla al viento por lo que le acarrearía mantenerse firme ante él, Rosie? ¿Es eso lo que te he enseñado?

Ella negó con la cabeza. Las lágrimas manaban de sus ojos. Se inclinó hacia delante muy rápidamente y frotó su mejilla con los labios, pero desapareció antes de que él pudiera extender su brazo hacia ella y responder. Ella miró a Bridget por un instante, tratando de sonreír. Su voz temblaba demasiado para decir más que una palabra de despedida, y salió corriendo. Oyeron sus pies por el pasillo y la puerta de entrada se cerró de un portazo.

—Es Eamonn —dijo Connor con tristeza, evitando mirarle a los ojos.

—Lo sé —acordó ella. Quería excusar a Roisin y hacerle comprender el miedo que ella tenía, la fiera y torrencial necesidad de proteger al niño que Bridget estaba ahora segura que llevaba dentro. Y quería calmar la herida de Connor porque su querida hija le cuestionaba y dudaba de él, aunque ella no tuviera idea de hasta qué punto, y él no sabía cómo decírselo, ni por qué ella tenía que saberlo.

—Quiere impresionarla —trató ella de explicar—. Eres el líder del protestantismo en Irlanda, y él está enamorado de tu hija. Necesita que ella le vea como otro hombre fuerte, como tú, un líder, no un seguidor. Te admira intensamente, pero no puede permitirse ser tu sombra, no con ella.

Connor parpadeó y se pasó la mano cansinamente por la cara, pero finalmente la observó, con sorpresa y gratitud en la mirada.

Bridget sonrió.

—Así ha sido desde que los jóvenes han cortejado a las hijas de los grandes hombres, y espero que así sea siempre. Es duro enamorarse de un hombre que está cortado por el mismo patrón que tu padre, pero que es más joven y más débil. Tiene que triunfar por sí mismo. ¿No lo ves? —Ella había sentido eso mismo por Connor hacía veinticinco años. Había visto la fuerza en su interior, la necesidad de triunfar. Su voluntad inquebrantable había sido la cosa más excitante que ella había podido imaginar. Había soñado con trabajar junto a él, con compartir las derrotas y las victorias, orgullosa de formar parte de lo que él hacía. Comprendía a Roisin tan bien que era como si volviera a ser ella de nuevo.

Bridget se había mostrado amorosa entonces, como Roisin ahora. Había tenido la pasión y la gracia, y puede que un poco más de risas. Pero la causa se había vuelto más lúgubre y más violenta desde entonces, y la esperanza un poco más gris. O quizá sólo había llegado a conocer mejor su precio, había asistido a demasiados funerales y se había sentado en silencio con más viudas.

Connor se puso tenso. El momento había pasado. Miró su reloj.

—Es casi la hora de irnos. Estate lista en veinte minutos. ¿Dónde está Liam? —Esperaba que ella lo supiera, aunque había estado en la cocina con él. En su voz estaba la exigencia de una respuesta.

—Ha ido a ver a Michael. Sabe a qué hora tiene que volver —respondió. No quería discutir ahora que se marchaban y tendrían que estar sentados juntos en el coche durante todo el viaje por la costa, lanzándose puyas mutuamente. Liam se pondría del lado de su padre, deseoso de obtener su aprobación a cualquier coste. Ella le había visto imitando inconscientemente a Connor, después rectificando, y actuando de un modo deliberadamente distinto, sin ni siquiera darse cuenta cuando volvía a copiarle. Siempre estaba observando, sopesando, atrapado entre la admiración y el cálculo. Quería ser único e independiente, y necesitaba que le aceptaran.

Connor pasó a su lado de camino a la puerta.

—Más vale que esté aquí en diez minutos —advirtió.

El viaje hasta la costa fue mejor de lo que ella temía. Los guardaespaldas les siguieron con tanta discreción que la mayor parte del tiempo ni siquiera se percató de su presencia. Normalmente ella no sabía sus nombres, sólo si les miraba atentamente advertía la tensión, los ojos alerta, y quizá el pequeño bulto de un arma entre su ropa si se volvían de un modo en concreto o el viento empujaba la chaqueta con fuerza contra su cuerpo. Se preguntaba en ocasiones qué clase de hombres eran, ¿idealistas o mercenarios? ¿Tenían esposas en casa, e hijos, hipotecas, un perro? ¿O eran así todo el tiempo? Iban en coche detrás, una presencia levemente reconfortante en el espejo retrovisor.

Ella todavía deseaba que estuvieran yendo hacia el oeste, hacia la furia de la costa atlántica con sus colinas oscuras, en ocasiones violetas a causa del brezo, con ciénaga, peladas por el viento. Era una tierra vasta, limpia, que siempre dominaba al hombre, nunca era su sirviente. Pero incluso en esa costa más benévola estarían bien. Tendrían tiempo para estar juntos tranquilamente, para hablar de cosas que sólo les importaban a ellos y redescubrir las pequeñas alegrías de la vida cotidiana. Quizá incluso recuperarían un poco de la risa y la ternura que habían tenido antes. ¿Seguro que no habrían cambiado demasiado para eso?

Ella habló poco, contenta de escuchar a Liam y Connor hablando de fútbol, de lo que pensaban que sucedería en la nueva temporada, o de las posibilidades de que hubiera buena pesca durante la semana, dónde estaban los mejores ríos, los mejores paseos, las vistas que merecían el ascenso, y los lugares secretos que sólo los entrenados y conocedores del terreno podían encontrar.

Ella sonrió al pensar en ellos dos haciendo cosas para las que estaban igualmente preparados, sin un líder y un subordinado. Estaba dispuesta a dar un paso a un lado y dejar que sucediera, sin pensar en ella misma ni permitirse echar de menos a Connor porque él entregaba su tiempo y su alegría a otra persona. Ella estaba contenta de que él tuviera la oportunidad de olvidarse de las responsabilidades, de no tener que hablar con nadie del Partido, y por encima de todo de no tener que escuchar sus peleas y su ira. Le gustaría caminar a solas por la playa y escuchar el sonido del agua, y dejar que la eternidad la rodeara y curara las pequeñas heridas de la incomprensión que sangraban y dolían en casa.

Llegaron a la aldea poco después de las cinco. El sol todavía estaba sobre las colinas y empezaba a suavizar el aire con oro. Se detuvieron para comprar leche fresca, huevos, un pastel de manzana y pollo a la barbacoa para añadir a lo que habían llevado; después, siguieron por la curva de la bahía hasta el cabo. Incluso Connor pareció excitado cuando aparcaron junto a la casita que se erigía a solas en una curva resguardada, casi tocando a la arena. Miró alrededor, por las colinas, por dónde podrían escalar, después a través de las ventanas hacia la aldea, donde estaban empezando a encenderse las primeras luces, la línea oscura del embarcadero cortando el agua dorada y el suave arco del cielo desvaneciéndose más arriba. No dijo nada, pero Bridget vio que su cuerpo se relajaba y parte de la tensión desaparecía de su cara, y ella sonrió.

Sacaron los trastos del coche con la ayuda de los guardaespaldas, Billy e Ian. Billy era esbelto y enérgico, con el pelo lacio y brillante caído sobre la frente; Ian tenía el pelo claro y pecas, y tenía manos hábiles y fuertes. Fue él quien encendió la caldera de gas y desatascó la ventana del segundo dormitorio.

Cuando todo estuvo colocado se excusaron.

—Subiremos un poco colina arriba —dijo Billy, señalando vagamente a su espalda—. Montaremos la tienda. El camuflaje es muy bueno y con el brezo será completamente invisible.

—Pero no se preocupe, señor —añadió Ian—. Uno de nosotros estará despierto y con los ojos sobre usted todo el tiempo. —Soltó una leve carcajada—. No es que no me parezca ser un caradura por cobrar por estar sentado al sol durante una semana. Que tenga unas buenas vacaciones, señor O'Malley. Si alguien se las merece, es usted. —Miró a Bridget con una sonrisa tímida—. Y usted, señora.

Ella les dio las gracias y vio cómo los dos volvían a meterse en el coche y subían por las colinas hasta desaparecer en lo que parecía un hueco en el que terminaba el camino, y después se dio la vuelta y entró. El aire era cada vez más fresco y se dio cuenta de lo feliz que era.

Comieron pollo frío y ensalada, y tarta de manzana. Liam se fue a su habitación con un libro.

Bridget miró a Connor. El sol se estaba poniendo y la lámpara de la mesa cubría su rostro de sombras, haciendo visibles los huecos que tenía bajo las mejillas y las arrugas que le rodeaban la boca.

—¿Quieres ir a caminar por la playa? —le invitó ella.

Él levantó la mirada como si la pregunta se hubiera inmiscuido en sus pensamientos.

—Por favor —añadió ella.

—Estoy cansado, Bridget —dijo, con la voz tenue—. No tengo ganas de hablar, sobre todo si tratas de explicarme los motivos de Roisin. No es necesario. Comprendo perfectamente que es joven, que está pensando en tener hijos, y que quiere la paz. Déjalo.

—¡No iba a decirte nada! —dijo ella enfadada—. Ni sobre Roisin ni sobre nada. Sólo quería salir. —Añadió para sus adentros que hubo un tiempo en el que podrían haber hablado sobre cualquier cosa, sólo por el placer de compartir ideas, sentimientos, o de estar juntos, pero sonaba sentimental y ponía de manifiesto demasiado claramente su dolor. Además, la compañía no servía de nada si tenías que pedirla.

Salió por la puerta a la dura tierra, y después recorrió una decena de metros, pasando junto a la cuerda de tender por la hierba hasta donde la arena era más suave, más fresca y se deslizaba bajo sus pies. La noche era tranquila, y la línea del agua apenas se movía, pálida bajo la luz de las estrellas. Caminó sin pensar y tratando de ni siquiera soñar. Cuando regresó, tenía la cara y las manos frías, pero había calidez en su interior.

Por la mañana Connor parecía más relajado. Incluso se mostró entusiasmado con la idea de ir a pescar junto a Liam, y canturreaba para sí mientras buscaba y elegía su aparejo de pesca, indicándole a Liam lo que debía coger. Liam miró por encima del hombro a Bridget y alzó las cejas, pero aceptó el consejo de buena gana, complacido en secreto. Cogieron bocadillos, tarta fría y botellas de agua, y ella observó cómo ascendían por la ladera de lado, hablando amigablemente, hasta que desaparecieron en la cima.

Fue un día largo sin ellos, pero a ella le alegraba saber lo contento que estaría Liam. Connor había sacrificado muchas cosas a su causa, pero probablemente una de las más costosas había sido el tiempo que no había pasado con su hijo. Él nunca había hablado de ello, pero ella había visto el arrepentimiento en su cara, la tensión de sus músculos cuando había tenido que explicar por qué no podía ir a una entrega de premios en la escuela, o a un partido de fútbol, o por qué no podía simplemente charlar en lugar de trabajar. En ocasiones parecía que todos los demás le importaban más que su propia familia, si bien ella sabía que eso no era cierto.

A mediodía Ian bajó para asegurarse de que todo iba bien en la casa y de que ella no necesitaba nada. Billy había seguido a Connor y Liam, a una distancia prudencial, por supuesto.

—Estoy bien, gracias —le dijo a Ian.

Él se recostó contra la puerta al sol y ella se dio cuenta con sorpresa de que probablemente no tenía más de treinta y dos o treinta y tres años.

—¿Quieres comer? —le ofreció impulsivamente—. Todavía queda un poco de pastel de manzana, suficiente para uno, y yo no quiero.

Él sonrió.

—Me encantaría, señora O'Malley, pero no puedo entrar en la casa más de un minuto o dos. No veo la carretera.

—Entonces te pondré el pastel en un plato y te lo llevas —dijo ella, entrando para cogerlo antes de que pudiera negarse.

Lo aceptó con evidente placer, le dio las gracias y volvió a subir colina arriba, despidiéndose con la mano un momento antes de desaparecer.

Connor y Liam regresaron, con los rostros enrojecidos, entusiasmados con su éxito. Por primera vez en meses, Bridget le oyó reír.

—Hemos pescado más que suficiente para nosotros. ¿Quieres ir a preguntar a Ian y Billy si quieren un par? —Se volvió hacia Bridget—. Los cocinarás, ¿verdad?

—Por supuesto —dijo ella. La idea le gustó y se puso a ello inmediatamente mientras Liam salía por la puerta trasera. Tenía el pescado listo en la sartén cuando regresó y pasó junto a ella de camino a la sala de estar.

—Papá, ¡no los encuentro!

—¡Vuelve y mira bien! —dijo Connor con impaciencia—. ¡Y corre! Nuestros pescados estarán listos para que nos los comamos en unos minutos.

—He mirado —insistió Liam—. Y los he llamado.

—Pues vuelve a mirar —ordenó Connor—. No pueden estar lejos. Al menos uno de ellos está de guardia. El otro puede haber cogido el coche para algo. Quizá ha ido al pub a tomar una Guinness.

—El coche está ahí —le dijo Liam.

Connor dejó a un lado el periódico. Bridget oyó su crujido.

—¿Tengo que ir a mirar yo mismo? —preguntó.

—Yo iré —dijo Liam a la defensiva. La amistad y la igualdad de la tarde habían desaparecido. Pasó a toda prisa junto a Bridget sin mirarla, enfadado porque había visto cómo se rendía, y salió a la oscuridad.

Ella apartó la sartén del fuego.

Transcurrieron diez minutos antes de que Liam volviera solo.

—No están ahí —volvió a decir; esta vez fue más seco, estaba más asustado.

Connor tiró a un lado el periódico y salió de la sala de estar con el rostro rígido y duro. Le temblaban los músculos de la mandíbula. Pasó junto a ambos y salió. Le oyeron gritar, el viento portaba su voz, desvaneciéndose a medida que subía por la colina.

Liam no dijo nada. Se quedó incómodo en la cocina, con un aspecto repentinamente vulnerable, plenamente consciente de ello. Estaba esperando a que Connor regresara, triunfante allí donde él había fracasado. Sentía pavor a parecer estúpido a ojos de su padre en mucha mayor medida de lo que Bridget pudiera pensar de él.

Pero cuando Connor volvió un cuarto de hora más tarde tenía el rostro pálido y el cuerpo rígido, con los hombros tensos.

—No están ahí —dijo airado—. Maldita sea, deben haberse largado al pub de la aldea.

Su boca se cerró en una línea delgada y en sus ojos apareció una gélida ira.

Por primera vez Bridget se vio presa de un miedo real, no de su temperamento sino de algo nuevo y mucho peor.

—No andarán lejos —dijo en voz alta, y en el momento en que las palabras le salieron de la boca se dio cuenta del poco sentido que tenían.

Él daba vueltas a su alrededor.

—¡Ni siquiera nos oyen cuando les llamamos! —dijo entre dientes—. Si tú gritaras ahora, ¿quién te oiría? Por el amor de Dios, Bridget, ¡piensa un poco! ¡Se supone que son guardaespaldas! Puede que no estemos en Belfast, ¡pero estamos en Irlanda! Les despediré por esto.

Bridget sintió que el calor le invadía el rostro, por Ian y Billy, que se habían tomado la molestia de ayudar, y todavía más por ella misma. Sabía que sus palabras habían sido estúpidas, pero él no tenía por qué menospreciarla delante de Liam. Su falta de consideración le dolió más de lo que quiso aparentar. Era parte del crecimiento, separar al hombre del niño. Pero le estaba perdiendo, y cada ampliación de la brecha se retorcía en su interior.

—No te preocupes, papá —dijo Liam con incomodidad—. Nadie más sabe que estamos aquí. Estaremos bien. Siempre podemos cantarles las cuarenta mañana.

Connor dudó, su ira se apaciguó.

—Por supuesto que lo haremos —dijo—. Es una cuestión de disciplina y lealtad. —Se volvió hacia Bridget, sin calidez en la mirada—. Será mejor que metas el pescado que sobra en la nevera y cocines el nuestro. Es tarde.

Ella obedeció y comieron en silencio. Fue una noche larga. Connor y Liam charlaron un poco, pero no se dirigieron a ella.

Ella no se inmiscuyó, sabía que no ganaría nada con ello, y sólo les daría pie a hacer más obvio cómo la excluían. Vio que Liam la miraba de soslayo en una ocasión o dos, ansioso y un poco avergonzado, pero no supo qué decir.

Se fue a dormir temprano. Todavía seguía despierta una hora más tarde, y oyó cómo llegaba Connor, pero no se movió y él no trató de despertarla, como si ni siquiera se le hubiera ocurrido.

Bridget se despertó al oír un golpeteo insistente, y tardó unos cuantos minutos en comprender de qué se trataba. Había alguien a la puerta. Debían ser Billy e Ian, probablemente muy arrepentidos. Se habían equivocado al marcharse, pero ella quería protegerles de la ira de Connor. En teoría eso le podría haber costado la vida, pero en realidad no había pasado nada. Habían estado ausentes poco más que esa media hora que duró la cena. Y nadie había tratado de atacarle. Se trataba sólo de la amenaza.

Bridget sacó un pie de la cama, se puso el abrigo sobre el camisón y fue a responder antes de que Connor les oyera. Cerró la puerta del dormitorio suavemente y caminó de puntillas hasta la puerta de entrada. La abrió.

No eran Ian y Billy quienes estaban allí, sino tres hombres a los que nunca había visto antes. El primero era alto y delgado con el pelo moreno claro y un rostro lleno de arrugas que parecía indicar que se reía con facilidad. El de la izquierda era más oscuro, sus rasgos más regulares, pero había una seriedad en él que resultaba grave, casi inquietante. El tercer hombre era delgado y tenía los ojos azul brillante y el pelo castaño rojizo.

—Buenos días, señora O'Malley —dijo el primero con una sonrisa—. Hace un día precioso, ¿verdad? —Pero no miraba la curva de la bahía, refulgiendo bajo el sol, ni las oscuras extensiones de terreno que había tras ellos.

Tardó un momento antes de sentir un gélido sobresalto causado por el hecho de que ese hombre la conociera. Después sintió un nudo frío, tirante.

Él debió verlo en sus ojos, pero su expresión sólo se alteró un ápice.

—Me llamo Paddy. —Hizo un gesto hacia el hombre oscuro—. Éste es Dermot. —Hizo un gesto hacia el otro lado—. Y éste Sean. Hemos traído unos cuantos huevos frescos de la granja que queda de camino, y quizá tendría la amabilidad de cocinárnoslos para que todos desayunemos juntos, usted, el señor O'Malley y nosotros, y el chico, por supuesto. —Era educado, seguía sonriendo, pero no había interrogación en su voz, ni opción al rechazo. Bridget dio un paso atrás. Por un instante pensó en la posibilidad de cerrarles la puerta, pero se dio cuenta de que podrían entrar a la fuerza si se lo proponían.

—Vuelvan en media hora, cuando nos hayamos levantado —dijo, segura mientras lo decía de que se negarían.

—Esperaremos en la sala de estar. —El hombre dio un paso hacia ella sosteniendo el cartón de los huevos abierto, suave y marrón, ligeramente moteado—. Los tomaremos fritos, si le parece bien. Sean tiene una hogaza de pan recién hecho y una libra de mantequilla. Sean, dáselo a la señora O'Malley.

Sean se lo ofreció y Bridget se lo cogió. Necesitaba tiempo para pensar. Estaba enfadada con esa intromisión, pero no se atrevía a demostrarlo. Mientras les llevaba a la sala de estar y les observaba entrar cómodamente, como si tuvieran todo el derecho del mundo a estar allí, pensó en lo frecuentemente que se enfadaba, y se reprimió porque tenía miedo de empeorar las cosas y perder lo que ya tenía. Lo había hecho durante tanto tiempo que se había convertido en una costumbre.

Connor estaba sentándose en la cama cuando ella regresó al dormitorio.

—¿Dónde estabas? —dijo, irritado—. ¿Has salido para avisar a Ian y Billy? ¡Te conozco! —Balanceó los pies para salir de la cama y se levantó—. No tienes ni idea de la gravedad de esto. No te cuento las amenazas que recibo, no es necesario que las conozcas, pero largarse así como han hecho es traicionarme a mí y a la causa.

—No, ¡no lo he hecho! —dijo ella, cortante. Tenía miedo y estaba enfadada, y la acusación era cierta en esencia. Si ellos hubieran estado allí, lo habría hecho—. Hay tres hombres en la sala de estar que quieren hablar contigo…

Por un instante Connor se quedó inmóvil, congelado en

aquel momento y aquel lugar. Después se volvió lentamente para mirarla.

—¿Qué hombres? —Tenía la boca tan seca que la voz le sonaba ronca—. ¿Qué hombres, Bridget?

Ella tragó saliva.

—No lo sé. Pero no se irán hasta que hables con ellos. Están en la sala de estar. Me han dicho que les prepare el desayuno.

Él estaba incrédulo.

—¿Qué?

—¡Me da igual! —protestó ella, deseosa de impedirle que peleara con ellos innecesariamente. Estaba acostumbrada a hombres con esa ira dura, subyacente, y la amenaza de violencia muy cerca de la superficie. La política religiosa siempre parecía ser así. Ella quería que aquello terminara cuanto antes. Que el viento y el mar les limpiaran del regusto de aquello. Empezó a vestirse.

—¿Dónde diablos están Ian y Billy? —Ella oyó el primer ápice de miedo en su voz, más alto y afilado que la ira. Le sorprendió. Se dio la vuelta para mirarle, pero su expresión había sido sustituida por la furia.

—¡No les hagas el desayuno! —le ordenó—. Diles que vuelvan cuando me haya afeitado y lavado... y comido.

—Ya lo he hecho, pero no me han hecho caso —respondió, ciñéndose la falda—. Connor... —Tragó saliva. Se sentía separada de él y necesitaba intensamente tener la seguridad, el coraje que suponía estar juntos—. Connor... no se van a ir hasta que quieran. Escúchales, por favor.

—¿Qué van a decirme? ¿Quiénes son? —exigió como si creyera que ella ya lo sabía.

Era ridículo, pero la garganta se le cerró como si fuera a llorar.

—No lo sé.

Esta vez salió de la habitación, dejándole solo para que se afeitara y vistiera. En la cocina, empezó a preparar desayuno para cinco. Liam seguía dormido, y quizá siguiera en la cama hasta que los hombres se hubieran marchado.

Cuando Connor apareció, ella ya había puesto la mesa y preparado té y tostadas y estaba lista para servir los huevos y el beicon.

—Muy amable por su parte —dijo Paddy agradecido, sentándose en la cabecera de la mesa. Los otros dos se sentaron a los lados, dejando sillas entre ellos para Connor y Bridget.

Un parpadeo de irritación cruzó el rostro de Connor, pero aceptó y también se sentó y empezó a comer. Era una carrera contra el tiempo hasta que Ian o Billy aparecieran, o todavía mejor, ambos. Iban armados y podían deshacerse de Paddy y sus amigos en un momento. Después Connor les crucificaría por no haber impedido aquello desde el principio. Bridget se lo temía. Eran poco estrictos, pero años de seguridad física no les habían preparado para la realidad de una intromisión como aquélla. Estarían terriblemente avergonzados, y ella debería darles una segunda oportunidad.

—Bien, señor O'Malley —dijo Paddy, dejando su cuchillo y su tenedor juntos en el plato vacío—. Hablemos de negocios.

—Yo no tengo ningún negocio con usted —respondió Connor con la mirada fija y la voz inalterada.

—Es una pena. —Paddy no perdió la ligera sonrisa—. No soy fácil de disuadir. Verá, yo quiero la paz, no con prisas, porque no es una cosa sencilla, pero sí empezar a construirla.

—También yo —respondió Connor—. Pero sólo en mis términos, y dudo que sean los de usted, pero cuéntemelos si quiere.

—Dudo que podamos ponernos de acuerdo, señor O'Malley. Conozco perfectamente cuáles son sus términos. Usted no los esconde demasiado, ni cambia con frecuencia de opinión.

—¿Cuándo han cambiado ustedes? —preguntó—. ¿Y a quién representa, por cierto?

Paddy se reclinó en la silla, pero los otros dos siguieron exactamente igual, vigilantes.

—Yo tampoco he cambiado mucho de opinión —dijo Paddy—. Y ahí está el problema. Tenemos que cambiar, ¿no cree? —No se detuvo lo suficiente para que Connor respondiera—. Esto no nos está llevando a ninguna parte y, por supuesto, no veo cómo podría hacerlo. Soy un hombre moderado, señor O'Malley, razonable, abierto a la discusión. Y usted no.

Un esbozo de sonrisa tocó los labios de Connor, pero Bridget podía entrever que debajo de la mesa tenía los puños cerrados y los pies totalmente apoyados en el suelo para equilibrarse si tenía que moverse repentinamente.

—Éste es el cambio que le propongo —prosiguió Paddy.

—Usted ha dicho que sabe que yo no cambiaré —señaló Connor con un ligero desdén en el rostro.

—Quizá no me he explicado bien —dijo Paddy como una ligera disculpa—. Estoy sugiriendo que usted deje de ser el líder y permita que un hombre dúctil le sustituya. —Se detuvo mientras Connor se impacientaba—. Alguien que no esté atado por compromisos del pasado —prosiguió Paddy—. Alguien nuevo.

—¿Me pide que abandone a mi gente? —Las cejas de Connor se alzaron—. Que les deje y ceda el liderazgo a alguien elegido por ustedes, ¡que ustedes puedan manipular! Usted es un estúpido, Paddy, quienquiera que sea, y me están haciendo perder mi tiempo y el suyo. Ya ha desayunado, ahora coja a sus amigos y márchense. Dejen a mi familia en paz. Es… —Se detuvo.

Bridget estaba segura de que iba a decir que era una suerte que los guardaespaldas no hubieran entrado para echarles, después se dio cuenta de que llevaban allí media hora ya, en realidad, treinta y cinco minutos a juzgar por el reloj de la cocina, y no habían aparecido ni Ian ni Billy. ¿Por qué no? ¿Dónde estaban? La llamarada de miedo fue más fuerte en el interior de Bridget, más como un ala de pájaro que como una mariposa. ¿Era ésa la razón por la que Connor se había interrumpido, porque también él se había dado cuenta?

Paddy no se movió, ni siquiera se estiró en la silla.

—Piense un poquito, señor O'Malley —insistió—. Estoy seguro de que no quiere que sigan estas penalidades. Si va a haber paz, tiene que haber concesiones. Unas pocas de vez en cuando.

—Fuera —repitió Connor.

Se produjo un ligero movimiento en el pasillo y como un solo hombre todos ellos miraron a Liam, en sus pantalones de pijama, parpadeando, con cara de dormido, confuso.

—Y tú debes de ser Liam —señaló Paddy—. Quieres desayunar, seguro. Ven, tu madre te preparará la mesa. Todavía queda mucha comida: huevos, beicon, todo recién traído de la granja.

Liam se sonrojó.

—¿Quiénes sois? ¿Dónde están Ian y Billy?

—Yo me llamo Paddy y éstos son mis amigos, Dermot y Sean. Hemos pasado por aquí para hablar con tu padre. Tómate una taza de té. —Hizo un gesto a Sean—. Levántate para que el chico se siente en tu sitio.

Sin mediar palabra Sean obedeció y llevó sus platos sucios al fregadero.

Bridget se puso en pie.

—Siéntate —le dijo a Liam—. Te freiré unos huevos.

Connor tenía el rostro blanco.

—¡No harás tal cosa! —dijo furiosamente—. Liam, ¡ve a vestirte! No te puedes sentar a la mesa así, y lo sabes.

Liam se dio la vuelta para irse.

Sean se dirigió a la puerta para bloquearle el camino.

Liam se detuvo.

Connor se dio la vuelta en su silla.

—Vuelve a la mesa, Liam —dijo Paddy con total tranquilidad—. Hace una bonita mañana. No cogerás frío. Tráigale el desayuno, señora O'Malley. Dele de comer al chico.

Connor inspiró ruidosamente, con el rostro retorcido de ira. Bridget se temía el castigo que Ian y Billy recibirían cuando finalmente volvieran. Aquello acabaría con sus carreras, quizá incluso les impediría volver a trabajar en Belfast. Connor nunca les perdonaría que permitieran que le humillaran de ese modo en su casa.

Después, como si acabara de tragar agua helada, se dio cuenta de que Ian y Billy estaban reos en alguna otra parte, como ellos allí. No habían acudido porque no habían podido. Se volvió para mirar a Paddy y éste le devolvió la mirada. Trató de que sus ojos no revelaran lo que sabía, pero era demasiado tarde. Él ya lo había visto. No dijo nada, pero aquella comprensión era como una barra de hierro entre ellos.

Liam se sentó mirando a su padre y después apartó la mirada, avergonzado.

Bridget volvió a encender el gas y colocó la sartén sobre el fuego.

—¿Está seguro de que no lo pensará de nuevo, señor O'Malley? —preguntó amablemente Paddy—. Hay hombres un poco más centrados que usted que podrían permitirse ceder en un punto o dos, y todavía mantener el resto. Usted ya ha tenido su gloria. No es que no haya logrado…

—¡Estúpido arrogante! —explotó Connor—. ¿Cree que se trata sólo de eso, de ser el líder? —Su voz ardía de desdén. Se medio alzó del asiento, inclinándose sobre la mesa hacia Paddy, que seguía arrellanado en la silla—. Se trata de principios, ¡se trata de luchar para hacer tus propias leyes de acuerdo con la voluntad del pueblo, no la de la Iglesia de Roma! Me da exactamente lo mismo —dio un chasquido con los dedos— quién sea el líder, mientras lo sea con el honor y la valentía de no ceder ninguno de nuestros derechos, quienquiera que sea quien amenaza o promete dinero o poder a cambio de la entrega de nuestros derechos de nacimiento.

Liam se irguió en su silla, alzando los hombros desnudos.

Bridget puso beicon y dos huevos en la sartén. Sabía que eso era lo que Connor diría, y había una especie de orgullo en ella por su valentía, pero más que eso, por encima de todo, sentía pena, e ira, y un terrible miedo.

—Está bien, señor O'Malley —dijo Paddy tranquilamente—. Usted es rehén de todos los bonitos discursos que ha hecho en un momento u otro. Comprendo que usted no puede contradecirse. Se ha quedado sin espacio. Por eso creo que sería una buena idea que usted diera un paso a un lado y permitiera que alguien nuevo le sustituyera, alguien que tenga un poquito de espacio para moverse.

—¡Nunca! —Connor forzó la palabra entre los dientes—. Nunca he cedido ante amenazas a mi vida y no voy a empezar ahora. Fuera de mi casa. —Se puso en pie, derecho, casi firmes—. ¡Ahora!

Paddy sonrió muy ligeramente.

—No tenga prisa, señor O'Malley. Piénselo un poco antes de contestar.

Bridget tenía la sartén en la mano, llena de grasa caliente, los huevos y el beicon chisporroteaban.

—Yo no haría eso, señora O'Malley —dijo Paddy en tono de advertencia.

Connor se volvió, con la mandíbula caída por un instante, después se dio cuenta de lo que Paddy quería decir. Se inclinó sobre la mesa y cogió la tetera y se la tiró no a Paddy, sino a Sean, que estaba en la puerta. Le dio en el pecho, lo que le hizo perder el equilibrio y tambalearse hacia atrás.

De repente, Dermot se puso en pie con una pistola en la mano. Apuntó a Liam.

—Siéntese, señor O'Malley —dijo Paddy con voz queda, pero ya no había gentileza en su voz—. Siento que no quiera ser razonable. Nos coloca a todos en una situación desagradable. Quizá quiera pensarlo un poco más, ¿no cree? Cuando haya terminado con el desayuno del niño, ¿qué tal otra taza de té, señora O'Malley?

Era una orden.

Connor se dejó caer en su silla. Parecía que acabara de caer en la cuenta de que eran rehenes. Temblaba de ira, las manos se sacudían y el músculo de la mandíbula le vibraba furiosamente.

Bridget cogió la espátula y sirvió los huevos y el beicon valiéndose de las dos manos porque también ella temblaba, y pensó en la mancha que haría en el suelo si se le caía el plato.

Pareció que Liam iba a rechazarlo, pero después miró a los ojos de Paddy y cambió de opinión.

Bridget volvió a poner la tetera en el fuego y recogió las hojas y el agua que habían caído sobre el suelo. Volvió a calentar agua e hizo más té. Paddy le dio las gracias. Los minutos pasaban. Nadie hablaba.

Liam terminó de desayunar.

—¿Puedo ir a vestirme? —le preguntó a Paddy.

Connor ardía de ira, pero no dijo nada.

—Por supuesto —respondió Paddy—. Sean irá contigo, sólo para asegurarse de que no te olvidas de volver.

Cuando se hubieron ido, se volvió hacia Connor.

—Tenemos toda la semana, señor O'Malley, pero sería mejor para todos si usted tomara la decisión adecuada más pronto que tarde. Entonces podrá disfrutar de unas bonitas vacaciones con su familia tal como tenía planeado.

—Antes le veré en el infierno —respondió Connor.

—Qué pena —respondió Paddy—. El infierno es un lugar terrible, eso he oído que dicen los predicadores. Pero usted es predicador, debe saberlo ya.

—¡Usted pronto lo sabrá también! —respondió Connor.

Dermot se puso en pie.

—¿Es ésa su última respuesta?

—Sí.

Se encogió de hombros.

—¡Sean! —gritó.

Sean reapareció con Liam tras él, ya completamente vestido.

—El señor O'Malley no ha cambiado de opinión —dijo Dermot—. Deja al chico aquí. Tú y yo tenemos un trabajo que hacer.

Sean empujó a Liam hacia el interior de la cocina.

—¿Qué? —exigió Connor.

—Ustedes se quedan aquí —le dijo Dermot. Le hizo una señal a Sean y los dos salieron. Paddy se puso de pie, dejando ver la pistola que también él llevaba en la mano. Se apoyó contra la puerta, pero tardaría menos de un segundo en enderezarse y levantar el cañón si alguien le amenazaba.

Pasaron unos instantes en silencio, después llegó un grito del exterior. Paddy levantó la mirada bruscamente, pero el nombre que gritaban era el de Connor. Bajó la pistola y Connor caminó hasta la puerta y la abrió.

Bridget le siguió un paso tras él.

Sobre la hierba, justo al otro lado de la verja, Ian y Billy estaban de cara a Dermot con las manos atadas a la espalda. Dermot levantó la pistola e hizo un gesto con el otro brazo.

Billy se arrodilló.

Dermot puso la pistola en la cabeza de Billy y sonó un disparo, seco y delgado en el aire de la mañana, sorprendentemente lejano. Billy cayó hacia delante. Ian se balanceó.

Dermot volvió a apuntar. Ian se arrodilló. Sonó un segundo disparo. Ian cayó hacia delante.

Connor reprimió un grito en la garganta y se tambaleó hasta el fregadero como si se hubiera mareado. Tuvo arcadas y jadeó en busca de aire.

Bridget sintió que la habitación daba vueltas a su alrededor, las piernas se le habían vuelto de gelatina. Se cogió a la jamba de la puerta hasta que pasó la náusea, después se volvió para mirar a Liam, que estaba con el rostro de color ceniza junto a la mesa, y a Paddy ante los fogones, con la pistola todavía en la mano.

Una terrible tristeza se apoderó de ella. Era un momento que dividía para siempre el pasado y el presente. Billy e Ian estaban muertos. Les habían ayudado, casualmente, sonriendo, sin saber lo que les esperaba. Nunca habían desertado de sus puestos, y estaban tendidos allí fuera con una bala en la cabeza, asesinados casi sin pensarlo.

Liam estaba lívido. Connor parecía estar enfermo.

Bridget deseó ser capaz de ayudar a alguien, a sí misma, deshacer aquel momento y ver a Ian y Billy vivos de nuevo. Era imposible, demasiado tarde.

Hizo un movimiento hacia Liam, y él se apartó de ella, demasiado herido para que le tocaran, culpándola de algún modo a ella, como si pudiera haberlo evitado. Amigos de la escuela habían sido víctimas de las bombas. Había visto muchas heridas y mucho dolor, pero aquél era el primer asesinato que presenciaba. Connor fue hacia él, ofreciéndole la mano, sin mediar palabra. Liam se la cogió.

El tiempo transcurrió. Bridget lavó los platos y los guardó. Sean y Dermot volvieron. Se dio cuenta de que tenían arena en las botas y marcas de sudor en las camisas, como si hubieran realizado algún ejercicio físico.

—Siéntense —dijo Dermot agradablemente, pero él se quedó en pie, esperando a que le obedecieran.

—¡Voy al baño! —espetó Connor.

—Todavía no —respondió Dermot—. Tengo las manos sucias. Y Sean también. Iremos y nos lavaremos, y después podrá ir usted. Y no se cierre por dentro. Tendríamos que derribar la puerta y entonces la señora O'Malley no tendría privacidad, y usted no querrá que eso suceda, ¿verdad?

—Por el amor de Dios, no pueden... —empezó Connor, después se dio cuenta de que podían, de que lo harían.

La mañana transcurrió lentamente, con todos ellos en la cocina excepto cuando alguien tenía que ir al baño. Bridget les hizo té y después empezó a pelar patatas para la comida.

—No tenemos comida suficiente para cinco —dijo—. Sólo nos llegará hasta la noche, como mucho.

—¡Ellos ya se habrán ido! —le espetó Connor.

—Si usted ha tomado la decisión adecuada —dijo Paddy. Se

volvió hacia Bridget—. No se preocupe, nosotros tenemos mucha comida, y no es problema ir a por más. Cocine lo que tenga, señora O'Malley.

—¡No le diga lo que tiene que hacer! —Connor se dio la vuelta hacia él.

Dermot sonrió.

—Claro que sí, señor O'Malley. Ella lo sabe, ¿verdad, Bridget?

Connor estaba impotente, desnudo en su rostro, como si le hubieran despojado de algo.

Bridget deseaba protegerle, pero él lo había hecho imposible. Todo lo que le venía a la cabeza decir sólo habría empeorado la situación, y no hubiera hecho más que demostrar que ella estaba acostumbrada a obedecer órdenes, y él no. Se dio cuenta con un estremecimiento. Normalmente era Connor, por diferentes razones, y ahora dos desconocidos, pero la sensación de ser incapaz de plantar cara era la misma.

—Tenemos que comer —dijo ella razonablemente—. Prefiero cocinar yo que dejar que lo hagan ellos, aunque estuviera en mi mano decidir.

Connor no dijo nada.

Liam gruñó y se dio la vuelta, después, lentamente, levantó la mirada hacia su padre, con ansiedad en el rostro, y miedo, no por sí mismo.

Bridget se clavó las uñas en las palmas de las manos. ¿De qué tenía miedo Liam, de que hicieran daño a Connor o de que éste se comportara como un estúpido, errara en lo que tenía que hacer, que ser?

—Pagaréis por esto —dijo Connor al fin—. No importa lo que me hagáis a mí, o a mi familia, esto no cambiará el corazón del pueblo. ¿Es éste vuestro mejor argumento, la pistola? ¿Tener rehenes a mujeres y niños? —Su voz descendió hasta el sarcasmo y no se percató del repentino rubor de ira y vergüenza de Liam—. ¡Qué patética persuasión! ¡Qué elevados principios!

Dermot dio un paso hacia él con el puño cerrado.

—¡Todavía no! —dijo Paddy en voz conminatoria—. Déjale.

Dermot se lo quedó mirando, pero bajó la mano.

Bridget temblaba tanto que no se atrevía a coger nada por miedo a que se le escurriera de las manos.

—Voy al baño —dijo repentinamente, y apartó a un lado a Sean y salió por la puerta. Nadie la siguió.

Cerró la puerta del baño y pasó el cerrojo. Se quedó junto al lavamanos, con el estómago revuelto, asaltada por oleadas de náusea. Eran prisioneros. Ian y Billy habían muerto. Connor estaba asustado y enfadado, pero no iba a ceder, no podía. Se había pasado la vida predicando la causa, el absolutismo, la lealtad a los principios por muy alto que fuera el coste. Demasiados hombres habían muerto, y mujeres, y niños, no se había dejado espacio para ceder. Quizá antes, incluso ayer, cuando fue sólo Roisin quien se lo pidió, pero hoy sería como ceder ante la fuerza, y él nunca podría hacer eso.

Serían prisioneros hasta que alguien les rescatara, o hasta que Dermot y Sean les mataran a todos. ¿Permitiría Connor que eso sucediera? Si cedía para salvarles, les odiaría por ello. Ella sabía sin dudarlo que les tendría rencor por ser la causa de su debilidad, del abandono de su honor, incluso de su traición a todo lo que había defendido a lo largo de su vida.

¡Qué ciego, inefable estúpido! Por un momento enfermizo, la ira se apoderó de ella por toda la idiota división religiosa que se producía aparentemente ¡en nombre del cristianismo!

Pero por supuesto no era eso. Era la arrogancia humana, la incomprensión, la rivalidad, ruinas sobre más ruinas, y la incapacidad de perdonar las terribles, dolorosas, pérdidas de ambos lados. La religión era la excusa de que lo revestían para justificarlo. Crearon a Dios a su imagen y semejanza: vengativo, partidario, demasiado pequeño para preocuparse por querer a todo el mundo, incapaz de aceptar las diferencias. Puedes temer a un dios como ése, pero no puedes quererle.

Se mojó la cara con agua fría y se la secó con la basta toalla. La colgó y vio que iban a quedarse sin papel de váter siendo seis en la casa. Y jabón para la ropa. Tendría que decírselo a Paddy, así como hacerse con más comida.

—Me acordaré —dijo él con una sonrisa cuando ella se lo dijo a primera hora de la tarde. Los otros seguían en la sala de estar y ella estaba en la cocina, mirando en la alacena para ver qué había.

—Y jabón para los platos —añadió.

—Por supuesto. ¿Algo más?

Ella se enderezó y le miró. Él seguía sonriendo, con su rostro ligeramente asimétrico suavizado por el humor.

—¿Cuánto tiempo van a estar aquí?

Se le ensombreció la expresión. Era la primera duda que ella había visto en él. No le pareció reconfortante. De repente fue consciente, con un agudo dolor causado por el miedo, de lo volátil que era la situación. Él no conocía la respuesta. Quizá realmente esperara que Connor transigiera y, ahora que sabía que no lo haría, no supiera qué hacer. Ella sintió frío en su interior.

—Eso es todo —dijo ella sin esperar a que respondiera—. Además del pan, supongo. Y té, si quieren. —Pasó junto a él, rozando su brazo de camino a la sala de estar.

Connor estaba de pie mirando por la ventana, con los hombros rígidos. Ella se imaginó la expresión de su cara con sólo ver su espalda. Liam estaba acurrucado en el sillón, mirando a su padre. Su infelicidad estaba escrita en todas y cada una de las líneas que trazaban su cuerpo. Sean estaba apoyado contra la puerta. Dermot no estaba.

La tarde prosiguió sumida en un deprimente silencio, en esporádicos brotes de ira seguidos asimismo de silencio. Dermot regresó al fin. Miró su reloj.

—Las cinco y media —señaló—. Creo que cenaremos a las siete, señora O'Malley. —Sus ojos revolotearon en dirección a Connor y vieron el débil fogonazo de ira en su cara. Una sucinta sonrisa cruzó su boca—. Y pueden acostarse a las nueve, cuando hayan lavado los platos.

El músculo de la mandíbula de Connor se tensó. Estaba respirando lentamente, tratando de controlarse. Liam se le quedó mirando, con el miedo y la vergüenza peleando en sus ojos. Le mortificaba ver a su padre humillado y, sin embargo, le preocupaba enormemente que si mostraba valentía les hicieran daño a todos y les humillaran todavía más. Bridget se quedó observando su dolorosa confusión, pero no tenía ni idea de cómo ayudarle. Exactamente el mismo miedo se retorcía en su estómago, obligándola a tragar saliva para evitar marearse.

—¿Qué tal una taza de té? —prosiguió Dermot.

Ella se movió para obedecer, y vio su satisfacción.

—¡Háganse su té! —dijo Connor de manera cortante—. ¡Bridget! ¡No les sirvas!

—No me importa —dijo ella—. No tengo nada más que hacer.

—¡Entonces no hagas nada! —Él se volvió para mirarla a la cara—. Te he dicho que no les sirvas. Por el amor de Dios, ¡no son tan estúpidos como para no saber hervir agua!

Bridget vio la expresión de Paddy y se dio cuenta con sorpresa de que Connor le había hablado exactamente en el mismo tono de voz en que lo había hecho Dermot. ¿Era deliberado que Dermot imitara a Connor? Y ella estaba tan acostumbrada a obedecer que iba a hacerlo automáticamente.

Ahora ya no sabía qué hacer. Si obedecía a Dermot, empequeñecería todavía más a Connor, y si no lo hacía, podía provocar la violencia que tanto temía, o en el mejor de los casos hacerle ejercer su dominio de algún otro modo.

Todos la estaban mirando, especialmente Liam.

—Voy a hacer la colada —dijo—. El hecho de que seamos prisioneros no debe impedirnos llevar ropa interior limpia. Si alguno de ustedes quiere tomarse la molestia, pueden seguirme, pero es una tontería. Saben que no me voy a marchar. Tienen a mi familia aquí.

Y sin mirar a Paddy ni a Dermot, salió y se dirigió a los dormitorios para recoger ropa para lavar. Nadie la siguió.

La noche pasó lentamente, con una tensión tan quebradiza en el aire que cada vez que alguien se movía repentinamente, o hacía un ruido con el cuchillo contra la porcelana, o Liam dejaba caer su tenedor, todos se inquietaban y Sean en la puerta levantaba el cañón de su pistola.

Bridget lavó los platos y Liam los secó. Se fueron a la cama a las nueve, como se les habían ordenado.

En cuanto estuvieron en el dormitorio con la puerta cerrada, Connor la emprendió con ella.

—¿Por qué les obedeces? —dijo furiosamente, con la cara llena de manchas negras provocadas por la rabia—. ¿Cómo puedo hacerles frente si tú me desafías constantemente?

—No puedes hacerles frente —respondió ella cansinamente—. Tienen pistolas. —Empezó a desvestirse, colgando la falda y la blusa en el armario.

—¡No me des la espalda cuando te estoy hablando! —dijo con la voz estremecida.

Ella se volvió. Sólo había transcurrido un día, ni siquiera con su noche, y ya estaba perdiendo el control de sí mismo, porque nada respondía a su control. Ella le miró fijamente, sin parpadear.

—No tenemos otra opción, Connor. No te estoy desafiando, sólo estoy tratando de no hacerles enfadar todavía más para nada. Además, yo estoy acostumbrada a hacer lo que me ordenan.

—¿Qué quieres decir con eso?

Ella se volvió hacia el armario.

—Acuéstate.

—¡Te da igual! —la acusó—. Crees que debería ceder, darles lo que quieren, ¡comprar nuestra libertad renunciando a todo aquello por lo que hemos luchado durante toda nuestra vida!

—Sé que no puedes hacer eso. —Siguió desvistiéndose, buscando un camisón limpio porque había lavado el otro para hacer algo—. No te has dejado espacio. Supongo que tampoco ellos. Ése es el problema de todos nosotros, somos rehenes del pasado que hemos creado. Acuéstate. Quedarte despierto toda la noche no va a servir de nada.

—Eres una cobarde, Bridget. Nunca creí que iba a avergonzarme de mi propia esposa.

—Supongo que no te molestaste en pensar en ello —respondió—. No me refiero a mí. —Pasó junto a él poniéndose el camisón y se metió en la cama.

Él se quedó en silencio varios minutos. Ella le oyó quitándose la ropa, también colgándola, después sintió que la cama se movía un poco al entrar él.

—Te perdonaré por eso, porque tienes miedo —dijo al fin.

Ella no respondió. No le estaba ayudando, y se sentía culpable, pero era la intransigencia lo que hacía imposible hablar con él. Era una cuestión de principios, y ella sabía que él no podía evitarlo, y mucho menos ahora. Él le había dado órdenes a lo largo de los años del mismo modo que ahora Dermot se las daba a él. Y también eso era culpa de Bridget, por obedecer. Ella quería paz, le quería feliz, no siempre por él mismo sino por ella, porque entonces era más amable, más parecido al hombre que ella quería que fuera, el hombre que a veces la hacía reír, que disfrutaba de las pequeñas cosas, así como de las grandes, y la quería. Debería haber sido sincera años atrás.

Ahora no podía siquiera proteger a Liam de la desilusión que ya estaba empezando a asustarle más que la amenaza de violencia de Dermot o Sean. No podía hacer nada. Se deslizó un poco más entre las sábanas y simuló estar dormida.

El día siguiente fue peor. Estaban malhumorados, a la que salta. No había nada que hacer, y todos estaban metidos en el interior de la casa. Sean, Paddy y Dermot se turnaban vigilando y durmiendo. Habían cerrado las ventanas con clavos, de modo que el aire estaba viciado, y no había más vía de escape que una de las dos puertas.

—¿A qué diablos están esperando? —exigió Connor cuando él y Bridget estuvieron solos en el dormitorio, con Sean al otro lado de la puerta.

—No lo sé —respondió ella—. No sé qué puede suceder. Tú no vas a cambiar, tampoco ellos. —Lo que ella no se podía quitar de la cabeza, en realidad, era a Ian y Billy asesinados delante de ellos y enterrados en algún lugar de la colina, pero no quería reconocerlo con palabras. Es ese caso habría tenido que enfrentarse a las consecuencias de lo que significaba, y las posibilidades que cercenaba.

—¿A qué están esperando? —repitió—. ¿Le han pedido dinero a alguien? ¿O van a tenerme aquí hasta que otro se haga con el poder?

Ella no había pensado en eso. Era un alivio, porque tenía sentido.

—Sí —dijo ella en voz alta—. Podría ser. —Después volvió a ser presa de la duda. Se había dado cuenta de que Dermot estaba esperando, sólo había dado pequeñas señales como volverse cuando se producía un sonido, una actitud como de estar medio escuchando, una cierta tensión en él que no estaba en Paddy. En Sean veía mucho menos, en realidad no le había observado en absoluto.

—Pareces complacida —dijo Connor.

Ella le miró. Tenía el rostro lleno de arrugas, con los ojos rojos como si no hubiera dormido. El músculo de su mandíbula se tensaba erráticamente.

—No estoy complacida —dijo ella amablemente—. Sólo estoy contenta de que hayas pensado en algo que tiene sentido. Es más fácil enfrentarse a eso.

—¿Enfrentarse a eso?

—Vivir con eso —corrigió—. Voy a salir antes de que entren a por nosotros.

Le dejó sólo porque no sabía qué más decir.

El tercer día, Bridget estaba en el jardín trasero, recogiendo un poco de menta para las patatas y mirando por encima de la extensión de hierba hacia el mar, cuando se dio cuenta de que había alguien tras ella.

—Voy —dijo con un poco de aspereza. Dermot la estaba irritando. Le había visto acosar deliberadamente a Connor, dándole órdenes acerca de cosas pequeñas, innecesarias. Ella se dio la vuelta y a quien vio fue a Paddy a un metro de distancia.

—No hay prisa —respondió él, mirando más allá de ella, hacia el agua, prácticamente inmóvil bajo la suave brisa, las olas poco más que un frufrú al romper en la arena.

Ella siguió su mirada. Había belleza allí, pero ella anhelaba la costa atlántica, más salvaje, con su vasta inmensidad, los cielos que se extendían infinitamente, el viento tan fuerte y limpio que alzaba colas de caballo de las olas de tal modo que cuando rompían contra la arena serpentinas de espuma corrían tras ellas.

—Echo de menos el oeste —dijo ella, sin pensarlo.

—Y por supuesto no puede volver allí. —Su voz era tranquila, casi amable—. Es un precio muy alto el que pagamos, ¿verdad?

Ella aguantó la respiración como desafiándole por haberse

incluido, después se dio cuenta de que estaba demasiado atado por decisiones que había tomado hacía mucho tiempo, cosas que los demás esperaban de él, de la misma forma que Connor siempre había esperado ciertas cosas de ella.

—Sí —acordó ella—. Penique a penique, a lo largo de los años.

Él no dijo nada durante un rato y se limitó a mirar el agua, como ella.

—¿Es del oeste? —preguntó ella.

—Sí. —Había arrepentimiento en su voz.

Bridget quería preguntarle cómo había acabado allí, sosteniendo una pistola ante Connor, qué le había pasado en la vida para convertir una cruzada por sus creencias en esa clase de violencia, pero no quería irritarle con lo que era, sin duda, una intromisión. Quizá como ella, él había empezado queriendo complacer a alguien a quien quería, a vivir de acuerdo con sus ideas de valentía y lealtad, y había acabado aferrado a los restos del amor, porque eso era todo lo que quedaba, esperando algo que, si hubiera sido honesto consigo mismo, sabía que no existía. Ella no había querido hacer frente a eso. Invalidaba demasiadas cosas por las que había pagado a lo largo de años duros, oscilando entre la esperanza y la derrota, y después volviendo a crear la esperanza.

Él empezó a hablar, después se detuvo.

—¿Qué iba a decir? —preguntó ella.

—Iba a preguntarle sobre algo que no es asunto mío —respondió—. Y quizá sea mejor que no lo haga. Sé lo que usted me diría, porque usted sería leal, e incluso puede que yo le creyera, quizá no. Así que mejor que nos quedemos aquí mirando el agua. La marea subirá y bajará, las aves marinas graznarán exactamente de la misma forma hagamos lo que hagamos.

—Él no cambiará de opinión —dijo ella.

—Lo sé. Es un hombre duro. Su tiempo ha pasado, Bridget. Tenemos que cambiar. Todo el mundo tiene que ceder un poco.

—Lo sé. Pero no podemos llevarnos a los más duros con nosotros. Le llamarán traidor, y eso no podría soportarlo.

—¿El capitán hundiéndose con el barco? —Había una nota de frivolidad y malicia en su voz, pero también sabía lo que era la tragedia.

—Supongo —dijo ella.

Una gaviota trazó un círculo sobre ellos y ascendió por el viento. Ambos la miraron.

Ella pensó en preguntarle a qué estaban esperando, pero no estaba segura de que Paddy estuviera esperando, a diferencia de Dermot. ¿Debía advertirle, decirle que Dermot era distinto, más sombrío? Quizá ya lo sabía, y sería desleal para con Connor decirle a Paddy algo que pudiera serle de ayuda. Quizá ella no debía hablar con él en absoluto, más allá de lo que fuera necesario.

—Tengo que entrar —dijo ella en voz alta, volviéndose hacia la puerta de la cocina.

Él le sonrió pero no se movió de su camino, así que ella pasó casi rozándole. Bridget olió un débil olor a loción de afeitado, a algodón limpio de la camisa que ella había lavado. Se obligó a quitarse esos pensamientos de la cabeza y entró.

La noche fue tediosa y deprimente. Connor caminó arriba y abajo hasta que Dermot perdió la paciencia y le dijo que parara. Connor le miró con odio y siguió caminando. Dermot fue hasta Liam y levantó la pistola, que sostenía por el cañón.

—¡No es necesario que hagas eso! —dijo Paddy airado—. El señor O'Malley va a hacer lo que le han pedido. No tiene el autocontrol que tiene Bridget. No lleva bien no ser dueño de su destino.

Connor se sonrojó, pero no apartó sus ojos de Dermot, con la pistola todavía cerca de la cabeza de Liam.

Liam estaba sentado inmóvil, blanco de desesperación, no temiendo por sí mismo, sino avergonzado por su padre, presa de una ira impotente porque Bridget hubiera sido destacada con un extraño honor de doble filo. Sus lealtades se habían venido abajo. El mundo, que ya había sido bastante complicado, se había vuelto imposible.

—¡Me voy a la cama! —dijo Connor con una voz tan dura que chirriaba al oído.

—Bien —dijo Paddy.

Dermot se relajó.

Liam se puso en pie.

—¡Yo también! ¡Papá! ¡Espérame!

Bridget se quedó a solas con Paddy y Dermot. No quería quedarse, pero sabía que haría bien en no seguir ya a Connor. Él necesitaba estar un tiempo a solas, para recomponerse, y para simular estar dormido cuando ella llegara. No había nada que ella pudiera decir para reconfortarle. Él no quería su comprensión, la tomaría por pena. Quería respeto, no compañía; honor, lealtad y obediencia, no la vulnerabilidad del amor.

Bridget se quedaría allí al menos una hora, sin decir nada, haciéndoles té si querían, cumpliendo sus órdenes.

La mañana empezó igual, pero a las diez menos cuarto, de repente, Dermot se puso tenso y un momento después Bridget también oyó él gañido de un motor. Después se apagó. Sean fue a la puerta. Los demás esperaron.

El silencio era tan pesado que el viento se oía en los aleros, al igual que el lejano graznido de los pájaros. Después se acercaron unos pasos, ligeros y rápidos, por el camino. La puerta se abrió y entró Roisin. Miró a Bridget, a su padre, después a Paddy.

Paddy le hizo el gesto de que le siguiera y se fueron al dormitorio de Liam.

Dermot empezó a juguetear con la pistola en la mano, moviendo la mirada de Connor a la puerta y vuelta a empezar.

Connor se quedó mirando a Bridget.

—No lo sé —susurró ella—. ¿Un mensaje?

—Quizá sea dinero —dijo en voz inaudible.

—¿De dónde puede sacar ella el dinero?

—Del partido. —Liam estaba justo a su lado—. Ellos pagarán por ti, papá. Todo el mundo dará algo.

Bridget le miró; estaba delgado, era muy joven. A la luz del sol que entraba por la ventana vio la pelusa de su mejilla. Se afeitaba, pero no tenía necesidad de hacerlo. Estaba desesperado por creer que su padre era amado, que el Partido le respetaba y valoraba lo suficiente para encontrar el dinero que exigían. Ella se temía que fueran lo suficientemente astutos en términos políticos para ver lo que valdría un mártir; tres mártires, o cuatro si incluían a Roisin. ¡Por Dios, que no lo hicieran! ¿Por qué la había mandado Eamonn en lugar de venir él mismo?

La puerta se abrió y Roisin salió con Paddy justo tras ella.

Dermot le miró con un interrogante en los ojos.

Connor estaba tan tenso que parecía a punto de perder el equilibrio.

Paddy le miró.

—Se ha producido un pequeño cambio, señor O'Malley —dijo suavemente, con la voz un poco ronca—. Uno de sus tenientes, Michael Adair, se ha cambiado al bando moderado.

—Mentiroso —dijo Connor inmediatamente—. Adair nunca desertaría. Le conozco.

Bridget sintió que el estómago se le cerraba. Connor hablaba como si cambiar de opinión fuera una afrenta personal hacia él. Ella había percibido las dudas de Adair durante meses, pero Connor nunca le escuchaba, siempre daba por hecho que sabía lo que iba a decir, y se comportaba como si lo dijera. ¡Casi como hacía con ella!

—No es una deserción, papá —dijo Roisin con incomodidad—. Es su opinión.

Connor alzó las cejas.

—¿Estás diciendo que es verdad? ¿Nos ha traicionado? —Su desprecio era como una cosa viva en el aire.

—Te tenía que traicionar a ti o a sí mismo —le dijo Roisin.

—¡Tonterías! No sabes de qué estás hablando, Rosie. Hace veinte años que conozco a Adair. Cree en lo mismo que yo. Si se ha cambiado de chaqueta es por dinero, o poder, o porque tiene miedo.

Roisin pareció ir a decir algo, pero después se dio la vuelta.

—¡Traidor! —dijo Liam. Su ira contenida al fin estalló—. Estás mejor sin él, papá. Alguien así no vale nada para ellos ni para nosotros.

Connor puso la mano en el hombro de Liam en un sucinto gesto, después se volvió hacia Paddy.

—Eso no cambia nada. Si usted creía que algo iba a cambiar, es un idiota.

—Adair tiene su peso —respondió Paddy—. Representa a muchos. Podría liderar a la mayor parte del Partido si usted le diera su apoyo.

—¿Mi apoyo? —Connor estaba incrédulo—. ¿A un traidor a la causa? ¿A un hombre que utilizaría mi encarcelamiento aquí para hacerse con el liderazgo? Es un cobarde avaricioso y desleal, ¿y usted trataría con él? ¡Usted es un idiota! Dele una oportunidad y también se la jugará a usted.

—Está haciendo lo que cree —explicó Roisin, pero sin mirar a su padre.

—¡Por supuesto que sí! —espetó Connor—. Cree en el oportunismo, en el poder a cualquier precio, incluso el de la traición. Es tan evidente que sólo un idiota no lo vería.

Paddy miró de soslayo a Bridget, pero ella sabía que la negación estaba en sus ojos, y apartó la mirada. Roisin estaba en lo cierto. Connor había previsto, ridiculizado, ignorado las discusiones y los desacuerdos, hasta que Adair había sido silenciado. Ahora, en ausencia de Connor, y quizá oyendo que era rehén, había encontrado la valentía para seguir sus propias convicciones. Pero no quería que Paddy intuyera que ella lo sabía. Parecería una traición más.

Paddy sonrió con un gesto divertido, desigual, con algo de burla de sí mismo en ella, además de humor y un elemento de desafío.

—Bien, señor O'Malley, ¿hay idiotas suficientes? Pero siguiendo con la discusión, ¿qué le parece si da su apoyo explícito a Adair, escrito de su propia mano, para que Roisin lo lleve de vuelta, ¿no sería ésa la mejor opción que tiene usted ante sí en estas circunstancias?

—¿Aliarme con los traidores? —dijo Connor de forma fulminante—. ¿Apoyar lo sucedido, como si hubiera perdido mi decencia? Nunca.

—Entonces, ¿quizá podría retirarse por motivos de salud? —sugirió Paddy. Estaba apoyado contra el banco de la cocina, con las largas piernas cruzadas a la altura de los tobillos, la luz de la ventana brillaba en su cabello. Las arrugas en su rostro denotaban su cansancio. Había parecido más joven al principio, ahora estaba claro que tenía más de cuarenta años.

—Piénselo.

—¡A mi salud no le pasa nada! —dijo Connor entre dientes.

Dermot le dio la vuelta a la pistola.

—Siempre podemos arreglar eso —dijo, alzando levemente las comisuras de la boca sin el menor asomo de humor.

—¿Y cómo explicarlo? —dijo Paddy volviéndose hacia él—. ¿Un accidente de caza? No seas estúpido. —Se volvió hacia Connor antes de ver el instante de odio desolado, sin adulterar, que pasó por la cara de Dermot, convirtiéndole en un muerto, como una máscara. Después volvió a controlarlo y se volvió simplemente inexpresivo, alerta. Eso llenó a Bridget de un nuevo miedo distinto, no por ella sino por Paddy.

—Está perdiendo el tiempo —respondió Connor, exactamente como Bridget sabía que haría. Ni siquiera lo estaba teniendo en cuenta, ni reconocía el cambio, nunca lo había hecho. Ni siquiera hubiera sabido cómo hacerlo. Se había construido su propia cárcel mucho antes de que Paddy y sus hombres entraran allí armados.

—¿Está seguro de eso? —dijo Paddy suavemente.

—¡Claro que lo está! —Dermot se plantó ante él—. No va a aceptar nada. Te lo podría haber dicho el día que lo planteaste. —Agitó la cabeza hacia Sean, que estaba en la puerta más lejana, en el camino que llevaba a la playa. Se enderezó, sosteniendo el arma inmóvil ante sí.

Paddy seguía mirando a Connor, como si creyera que todavía podía cambiar de opinión. No vio que Dermot se movía tras él, alzaba el arma y le golpeaba secamente en un lado de la mandíbula. Paddy cayó de rodillas y después hacia delante en el suelo.

—¡No! —Sean le advirtió al tiempo que Connor soltaba un jadeo y Roisin se lanzaba hacia Paddy—. Se pondrá bien.

Dermot estaba sacando el arma de la cartuchera de Paddy. Se volvió a poner de pie mirando a Bridget más que a Connor o Liam.

—No hagan nada heroico y no les pasará nada.

—¡Que no nos pasará nada! —Connor estaba estupefacto—. ¿Qué diablos le pasa? ¡Es su propio hombre!

Roisin le ignoró y se agachó junto a Paddy, que ya se estaba empezando a mover. Le tendió los brazos y le ayudó a ponerse en pie, lentamente, con la cabeza obviamente adolorida. Parecía confuso y mareado. Fue amable con Roisin, pero no le dijo nada. Se volvió trabajosamente hacia Dermot, que se cuidó de estar a una distancia a la que Paddy no pudiera alcanzarle. Sostenía la pistola en lo alto, inmóvil.

Sean estaba observando a los demás.

—Al primero que se mueva le pego un tiro —dijo con la voz aguda, crispada por la tensión—. Y ninguno de ustedes quiere eso, ¿verdad?

—¿Dermot? —dijo Paddy gélidamente.

—No pierdas los nervios ahora —respondió Dermot—. Lo hicimos a tu modo y no funcionó. Yo ya lo sabía. O'Malley no va a cambiar nunca. No sabe. No se ha dejado espacio. Pero tú no querías oír eso, tú y los tuyos. Ahora nosotros lo haremos a nuestra manera y tú obedecerás las órdenes.

—¡Idiota! —La voz de Paddy era amarga y peligrosa—. ¡Le convertirás en un héroe! ¡Le seguirá el doble de gente!

—No de la manera en que vamos a hacerlo —le respondió Dermot—. Y deja de darme órdenes, Paddy. Tú eres quien debe obedecer ahora.

—No estoy contigo. Esto es un error. Ya habíamos decidido...

—¡Tú decidiste! Ahora yo estoy al mando...

—No de mí. Te lo he dicho, no estoy contigo —repitió Paddy.

La sonrisa de Dermot era leve como la luz en el ártico.

—Sí lo estás, Paddy, colega. No puedes dejarnos. No puedes, además, porque matamos a esos dos tíos en la colina y les enterramos. Hay señales, así que podríamos decirle a cualquiera que las encontrara si nos interesara. —Alzó las negras cejas inquisitivamente.

La sangre abandonó la piel de Paddy, que tomó un raro color gris. No era viejo, pero Bridget, al mirarle, vio cómo sería cuando lo fuera.

—Por eso los matasteis... —dijo, comprendiendo al fin.

—Les matamos, Paddy —le corrigió Dermot—. Tú participaste tanto como nosotros. La ley no diferencia entre el que aprieta el gatillo y el que no. ¿Es así, señor O'Malley? —Miró de reojo a Connor, que seguía inmóvil. Después la tranquilidad del rostro de Dermot desapareció y su voz adoptó un tono iracundo—. ¡Sí, por supuesto que lo hicimos por eso! Tú eras uno de nosotros, te guste o no. No tienes salida, tío, ninguna. ¿Ahora vas a coger tu arma y a portarte bien? Ayúdanos a mantener a esta gente tranquila y obediente hasta que decidamos exactamente qué hacemos con ellos. Ahora también tenemos a la guapa Roisin, quizá el señor O'Malley será un poco más dócil, por no mencionar a su marido. Pero a decir verdad, será mejor que todavía no le mencionemos, ¿no crees?

Paddy dudó. De nuevo se produjo el silencio en la cocina, con la sola salvedad del viento y el ruido de las gaviotas a lo largo de la costa.

Liam se quedó mirando a su padre, esperando.

Finalmente Paddy extendió el brazo con la palma de la mano abierta.

—¿La pistola? —preguntó Dermot—. Dentro de un rato, cuando esté seguro de que has comprendido cuál es tu situación. Bien, señora O'Malley. —Se volvió hacia Bridget—. Tenemos a otro que alimentar. Será mejor que ponga atención en las raciones, porque no tendremos más comida durante un tiempo. Todavía no me fío demasiado de Paddy. No lo suficiente para mandarle a la aldea, quiero decir. Así que economice, ¿de acuerdo? Nada de repetir, y reduzca las cantidades. ¿Me entiende?

—Por supuesto que le entiendo —respondió—. Tenemos un saco entero de patatas. Comeremos eso si es necesario. No tenemos mucho con qué aliñarlas, pero supongo que no importa demasiado. Connor, será mejor que te pongas en marcha con Liam, y Roisin puede venir conmigo. Lavaré las sábanas. Es un buen día para secarlas.

—Como una buena chica —aprobó Dermot—. Siempre hace lo que le mandan, ¿verdad? Me gustaría una mujer como usted para mí, algún día. O quizá con un poco más de ardor. No puede ser muy divertida. Pero supongo que el señor O'Malley tampoco debe serlo mucho, ¿no es así? Tiene la cara como si hubiera mordido un limón. ¿Qué le ve?

Ella se detuvo en la puerta que daba al pasillo y le miró directamente:

—Valentía para luchar por lo que cree sin recurrir a la violencia —respondió—. Honor para mantener su palabra, le cueste lo que le cueste. Nunca ha traicionado a nadie en su vida. —Y sin querer ver su reacción o la de Connor, cruzó el pasillo y entró primero en el dormitorio de Liam, llevándose las sábanas sucias, y después en el suyo. Podían mirarla mientras lavaba si querían. No es que hubiera sido capaz de huir antes, pero con Roisin también allí, nunca había sido más prisionera.

Había un lavadero separado con una gran tina, un tablero de lavar, mucho jabón, un escurridor para quitar el exceso de agua y un cesto para llevar la ropa a la cuerda de tender, donde la brisa marina la secaría antes de la noche.

Empezó a trabajar porque le resultaba mucho más fácil que limitarse a estar allí de pie o sentada, como Connor y Liam estaban obligados a hacer.

Había llenado la tina con agua y estaba frotando las sábanas rítmicamente contra el tablón, sintiendo los surcos a través del algodón, cuando oyó pasos tras ella. Sabía que era Roisin.

—¿Puedo ayudarte, mamá? —preguntó.

—No hacen falta dos —respondió Bridget—. Pero quédate si quieres.

—Puedo pasarlas por el escurridor —se ofreció Roisin.

Trabajaron en silencio varios minutos. Bridget no quería pensar en por qué Roisin estaba allí, quién la había mandado con el mensaje, pero los pensamientos se apiñaban en su cabeza como un mal sueño que regresa incluso con los ojos abiertos. Ella era la única a la que le habían dicho adónde iban, no lo sabía ni Adair. Roisin había tratado denodadamente de convencer a Connor de que moderara su posición en materia de educación justo antes de que se marcharan. Bridget nunca la había visto pelear con tanta pasión antes. Cuando él se había negado, ella había parecido derrotada, y no sólo en una cuestión de principios, sino como si aquello le doliera profundamente, emocionalmente. La pérdida era de algún modo permanente.

—Estás embarazada, ¿verdad? —dijo en voz alta.

Roisin se detuvo sosteniendo las sábanas lavadas sobre el escurridor. El silencio pesaba en esa habitación.

—Sí —dijo finalmente—. Iba a decírtelo, pero sólo estoy de unas pocas semanas. Es demasiado temprano.

—No, no lo es —dijo Bridget en tono quedo—. Eso es lo único que importa. —Quería alegrarse por ella, felicitarla por la alegría que vendría, pero las palabras se apiñaban en su garganta. Ésa era la razón por la que Roisin había traicionado a su padre en favor de los moderados, y por Eamonn. No sólo quería paz, sino que la necesitaba por su hijo. Todo en ella estaba dirigirlo a protegerlo. Era parte de ella, pequeño y vulnerable, necesitado de su fuerza, su pasión para alimentarlo, para mantenerlo cálido, seguro, amado, a salvo de la violencia de los hombres que se preocupaban por las ideas, no por las personas. Quizá Bridget habría hecho lo mismo. Recordaba a Roisin acabada de nacer. Sí, habría hecho lo que fuera necesario para protegerla a ella, a Liam, a cualquier niño.

Roisin volvió a accionar el escurridor con la cara oculta; todavía no era consciente de lo que Bridget sabía. Lo habría hecho también por Eamonn. Él era otro idealista, como Connor. Roisin era vulnerable, era su primer hijo. Quizá tuviera náuseas. Sin duda se sentiría pesada, patosa, necesitada de su amor y su protección, su apoyo cariñoso. Puede que incluso tuviera miedo. El parto era solitario y doloroso, lleno de dudas de si el niño estaba bien, de si sería capaz de cuidar de él adecuadamente, hacer todas las cosas que debía para que nada fuera mal, para que la pequeña, exigente, infinitamente preciosa vida fuera mimada. En ocasiones estaría desesperadamente cansada. Necesitaría a Eamonn. Quizá no tenía otra opción.

—Tu padre no lo sabe —dijo en voz alta.

Roisin tiró de la sábana seca entre los rodillos y la dejó en la cesta, lista para tender.

—Se lo diré en un par de meses.

—No lo del niño. —Bridget le pasó la siguiente sábana—. No sabe que le dijiste al IRA, o lo que quiera que sea Paddy, dónde estamos.

Roisin se quedó inmóvil con las manos en el aire. No había otro sonido que el goteo del agua.

—Sé por qué lo hiciste —prosiguió Bridget—. Yo habría hecho lo mismo para protegerte antes de que nacieras. Pero no esperes que él lo entienda. No creo que lo haga. Ni Liam.

El rostro de Roisin se retorció, como magullado, como si una profunda herida interna se estuviera mostrando finalmente. Roisin se dio cuenta de que siempre había esperado que su padre la rechazara, pero no había pensado antes en Liam. Era un nuevo dolor, y la realidad de ese dolor podía ser mucho peor que la idea, incluso entonces.

—Lo pensé cuando me di cuenta de que muchos de nosotros queremos paz; podría cambiar, aunque fuera un poco —dijo—. ¡Alguien tiene que hacerlo! No podemos seguir así, un año tras otro, odiando y llorando, y después vuelta a empezar. ¡Yo no lo haré! —Se mordió los labios—. Quiero algo mejor.

—Todos queremos algo mejor —dijo Bridget con voz queda—. La diferencia es cuánto estamos dispuestos a pagar por ello.

Roisin se dio la vuelta, parpadeando, y prestó toda su atención a las sábanas.

Cuando terminaron, Bridget las sacó y las colgó de la cuerda, alzando la parte central con el largo palo, que tenía una muesca en la parte superior para sostener la cuerda en lo alto de tal modo que las sábanas no tocaran el suelo.

¿Cómo podía proteger a Connor de la desilusión que sentiría cuando supiera que había sido Roisin quien le había traicionado? Todo el razonamiento del mundo no atenuaría en absoluto el dolor. Aunque su mente comprendiera, sus emociones no lo harían. Primero Adair, ahora su propia hija.

¿Y qué haría Liam con eso? Estaba confundido, todas sus certezas anteriores se estaban desvaneciendo. Su padre, al que consideraba tan fuerte que no flaqueaba ante nada, estaba perdiendo el control de su temperamento, recibía órdenes por parte de hombres a los que despreciaba y no hacía nada al respecto. Ahora su hermana era la causa de todo, y por una emoción y una lealtad que a duras penas podía intuir.

Levantó con dificultad el pesado poste, que rebotó en sus manos debido al peso de las sábanas húmedas empujadas por el viento. De repente, éste cedió y ella salió despedida hacia delante, directamente contra Paddy.

—Lo siento —se disculpó, mientras levantaba el palo.

—Gracias —dijo ella abruptamente, dándose cuenta de que lo había hecho para ayudar. El viento hinchió las sábanas haciéndolas revolotear a lo largo y a lo ancho, ocultándoles momentáneamente de la visión desde la casa.

—Su marido descubrirá que fue ella —dijo él con voz queda—. No puede evitarlo.

—Lo sé. —Ella no estaba segura de si lamentaba lo que sabía o si, en cierta medida, lúgubremente, era reconfortante no enfrentarse a ello a solas. No, eso era absurdo. Por supuesto que estaba sola. Paddy era el enemigo. Con la salvedad de que también él había sido traicionado por alguien en quien confiaba, y eso había sucedido con nitidez, valiéndose de su propio plan contra él, enredándole en un doble asesinato para que no tuviera salida posible. Él debía de sentirse un completo idiota.

—No parece que ninguno de los dos sea capaz de parar esto, ¿verdad? —dijo ella secamente.

Él la miró con una negra risa en sus ojos, mofándose de sí mismo. Estaba tratando de ocultar el dolor, y ella supo en ese instante que era profundo, y que probablemente había años de largas y complicadas deudas tras él, y quizá amor en alguna de sus formas. Ella no estaba segura de si quería conocer la historia o no. Podría comprenderla más de lo que podía permitirse.

Bridget volvió a observarle. Él estaba mirando hacia el horizonte, con los ojos entrecerrados a la luz que surgía del agua, a pesar de que el sol estaba a su espalda.

—Las cosas no han ido como esperaba, ¿verdad? —dijo ella en voz alta.

—No —reconoció—. Nunca creí que Connor fuera a ceder fácilmente, pero creía que lo haría cuando se diera cuenta de que Adair había dado el paso. Le juzgué mal. Creo que el rescate por liberarle de viejas promesas era demasiado alto. Demasiado alto para él, quiero decir.

—Sé a qué se refiere —respondió ella—. No estoy segura de que él sepa cómo escapar ahora. Es más rehén del pasado que suyo. Ustedes son más tangibles físicamente, eso es todo. Es... —Pensó cómo iba a enunciar lo que quería decir. Estaba pensando en voz alta, pero si hablaba con alguien, ése iba a ser Paddy.

—Es una cuestión de reconocerlo —dijo él por ella, tratando de comprenderlo—. Hemos invertido demasiado de nosotros mismos, nuestra razón de vivir, lo que sea que nos hace pensar que importamos, en una serie de ideales. Es necesario muchísimo coraje para decir que no lo logramos, incluso en el silencio de las altas horas de la noche, mirando el techo del dormitorio, no digamos ya ante todos los airados hombres que han invertido lo mismo y tampoco pueden enfrentarse a ello. Algunos de nosotros moriremos de orgullo, creo. Si no piensas en ti mismo, ¿qué te queda?

—No mucho —respondió ella—. Al menos no aquí. Irlanda no perdona, no políticamente. Somos buenos recordando las equivocaciones. No aprendemos a olvidar y a empezar de nuevo.

Paddy sonrió, volviéndose a dar la vuelta para mirar el agua.

—¿Cree que podríamos hacerlo? Hay muchas cosas que ahora haría de un modo distinto, ¡por el amor de Dios, por supuesto que sí! —Se volvió de repente para mirarla fijamente—. ¿Qué haría usted de otra manera, Bridget?

Bridget sintió que se sonrojaba. Los ojos de Paddy eran tan francos, tan excesivamente amables, se metían en sus pensamientos, en las esperanzas y penalidades que ella tenía que mantener bajo llave en su interior. Y sin embargo, le permitió seguir mirándola, mientras el viento soplaba entre ellos y el sol brillaba y las gaviotas trazaban círculos y graznaban sobre ellos.

—No me lo dirá, ¿verdad? —dijo él al fin, con un tono urgente.

Ella bajó la mirada.

—No, por supuesto que no. Nada de esto importa lo más mínimo, porque no podemos.

—Pero me gustaría haberlo sabido —dijo él, mientras ella volvía a retroceder, olvidándose de la cesta de la ropa medio escondida entre las sábanas henchidas.

Ella no respondió. Él lo sabía. Lo había visto en su cara.

En el interior de la casa la tensión era casi insoportable. Todo el mundo estaba en la cocina para que Dermot y Sean pudieran vigilarles. Liam estaba sentado a la mesa agitando las piernas y dando una patada sí y una no a la silla que tenía ante sí. Dermot le estaba mirando fijamente, ostensiblemente irritado. De vez en cuando Liam levantaba la mirada hacia él, huraño y abatido, casi osando desafiarle, para retraerse de nuevo después.

Sean estaba en su lugar habitual, contra el marco de la puerta que daba al pasillo, los dormitorios y el baño. Connor estaba junto al fregadero, la ventana lateral y la amplia vista del camino que subía curvándose por la colina, donde Liam y él habían ido a pescar el primer día.

Roisin estaba mirando los armarios, metiendo y sacando cosas, como si eso importara.

—Deja de hacer eso —le dijo Connor—. Tu madre sabe lo que tenemos. Tendremos que vivir a base de patatas hasta que Dermot se harte de ellas.

Roisin siguió dándole la espalda y volvió a colocar los tarros y los paquetes exactamente en el mismo sitio en que los había encontrado. Estaba tensa, los dedos le temblaban. En dos ocasiones un tarro se le escapó de las manos y rompió uno. Bridget se dio cuenta de que estaba esperando que Connor reconstruyera los acontecimientos y cayera en que había sido ella quien le había traicionado.

Todavía era temprano, pero ella quería romper el espinoso, cercano silencio, los pequeños comentarios sin sentido.

—Haré la comida —dijo a nadie en concreto.

—Es temprano —le dijo Dermot—. Son sólo las once y media. Espere una hora.

—Haré pastel de pescado —respondió—. Se tarda un buen rato. Y podría hacer algo al horno al mismo tiempo. Hay harina.

—¡No cocines para ellos! —ordenó Connor.

—Buena idea —respondió Dermot al instante—. Haga eso, señora O'Malley. Prepárenos algo en el horno. ¿Puede hacer una tarta?

—¡No seas ridícula! —Connor dio un paso adelante como si fuera a detenerla físicamente—. ¡Por el amor de Dios, Bridget! Adair nos ha traicionado, les ha dicho a estos terroristas dónde estamos para poder hacerse con mi puesto y vender al Partido. Seremos prisioneros hasta Dios sabe cuándo, ¡y tú vas a hacerles una tarta! ¿Tienes la menor idea de lo que está sucediendo?

Ella pasó a su lado en dirección al armario y se agachó delante de éste. Era consciente de que Paddy estaba en la puerta trasera, y sabía que la estaba observando. Tenía que defenderse.

—No comer no va a servir de nada —respondió—. Y tú puedes estar perfectamente satisfecho comiendo patatas cada comida, pero yo prefiero variar. Una tarta es una de las pocas cosas para las que tenemos ingredientes. Prefiero hacer una tarta que quedarme ahí sin hacer nada.

—¡Estás jugando en sus manos! ¿Te da lo mismo que Adair nos haya traicionado? Ian y Billy están ahí muertos. ¿No significa nada para ti? ¡Los conocías desde hace meses! Ian te ayudó a reparar la caldera. Estaba en esta cocina hace sólo un par de días. —Le temblaba la voz—. ¿Cómo puedes preparar una tarta porque este hombre te lo pide? —Alargó el brazo hacia Dermot—. ¿Tienes tanto miedo que harías cualquier cosa?

Ella se puso en pie lentamente y se dio la vuelta hacia él.

—No, Connor, no. Voy a hacer una tarta porque quiero. No he olvidado lo que les sucedió a Ian y Billy, pero nada va a hacer que eso cambie ahora. Quizá cuando tuvimos la oportunidad, pero ahora es demasiado tarde. Y pelear por lo que comemos no es de valientes, es de estúpidos. Por favor, apártate del banco para que pueda utilizarlo.

Connor siguió donde estaba.

Liam les estaba mirando, con los ojos como platos, los músculos de la cara tensos de miedo.

—Por favor, papá —dijo Roisin con un tono de urgencia.

Él levantó la cabeza y la miró.

Bridget les observaba. Era como si el tiempo se hubiera detenido. Oía el tictac del reloj de la pared a medida que la manecilla avanzaba. Sabía lo que iba a suceder antes de que sucediera, en el infinito momento transcurrido entre una palabra y la siguiente.

—¿Quieres que haga lo que dice? —preguntó Connor—. ¿Por qué, Rosie? Le dije a Adair que íbamos a pasar fuera una semana. No le dije adónde. ¿Quién lo hizo?

Bridget no supo si podría haber mentido o no, pero Roisin debió sentir que su cara la delataba. La marea de color podría haber ardido.

—¡Eamonn! —dijo Connor amargamente—. ¡Tú se lo dijiste y él se lo dijo a Adair!

—No. —Roisin le miró fijamente—. Adair nunca lo supo. Sigue sin saberlo, por lo que yo sé. Yo se lo dije a Paddy porque no escuchabas ni cambiabas. Voy a tener un hijo, y estoy harta de infinitas luchas y asesinatos de una generación a la siguiente, sin esperanza de que cambie. Quiero que mi hijo crezca en paz. No quiero que tenga miedo todo el tiempo, como yo, y todas las personas a las que conozco. En cuanto construimos algo, vuelve a estar roto de nuevo. Todo el mundo a quien conozco ha perdido a alguien, muerto o mutilado. Todo el mundo tiene que dar un paso. ¡Si tú no lo das, entonces necesitamos a alguien que esté dispuesto a darlo para que nos lidere!

—¿Lo hiciste tú? —Dijo las palabras como si apenas pudiera creerlas. Se tambaleó ligeramente y se cogió con fuerza al extremo del banco con los nudillos blancos—. ¿Me traicionaste a mí y a la causa? ¿Mi propia hija? ¿Han asesinado a Ian y Billy, y el resto de nosotros, tu madre y tu hermano, hemos sido retenidos a punta de pistola, porque vas a tener un hijo? Por el amor de Dios, niña, ¿crees que eres la única mujer de Irlanda que va a tener un hijo?

Bridget dio un paso al frente.

—Déjala, Connor. Hizo lo que creía que estaba bien. Creía que cambiarías de opinión. Se equivocaba. Pero creo que yo habría hecho lo mismo en su lugar. Proteger a nuestros hijos. Siempre lo hemos hecho.

Él se la quedó mirando.

—¿Parece que estás de acuerdo con ella?

Era una acusación.

Bridget oyó que Paddy se movía un poco a su izquierda, hacia Connor, pero también hacia ella. Tenía miedo de que fuera a decir algo para protegerla, después se dio cuenta de lo estúpido que era aquello, pero siguió teniendo esa sensación. Se puso a hablar para evitarlo.

—Lo comprendo, no es lo mismo. Por favor, Connor, no es momento ni lugar para que discutamos.

Su rostro se convirtió en una mueca de desdén.

—¿Quieres decir delante de esta gentuza? —Señaló con el codo a Dermot y Sean—. ¿Crees que me importa lo que piensen de mí, o de cualquier otra cosa?

—Quizá tú no —respondió—. Pero ¿has pensado que a mí tal vez sí? ¿O a Roisin, o a Liam?

—Liam está conmigo. —Le miró gélidamente—. Por lo que respecta a Roisin, ya no forma parte de mi familia. Es la esposa de Eamonn, no mi hija. Eso es lo que ella ha escogido.

Se movió levemente para darle la espalda a Roisin, como si quisiera quitársela de la vista, de la cabeza.

Bridget vio el rostro pálido de su hija, y las lágrimas que le llenaban los ojos, pero no se defendió. Bridget comprendió por qué Connor lo había dicho, sentía su dolor como si fuera una cosa tangible, pero seguía estando enfadada con él por su reacción. Habría debido tener un corazón más grande, más valiente, en lugar de romper así con Roisin. Ella no le estaba traicionando por dinero o poder, sino porque pensaba de un modo diferente, a pesar de que eso le hubiera decepcionado.

—Lo que hizo estuvo mal, al menos el modo en que lo hizo —dijo en voz alta—. Pero tú contribuiste a eso.

—¿Qué? —gritó.

—¡Tú contribuiste a eso! No escuchas. Nunca escuchas a nadie, a menos que esté de acuerdo contigo. —Se detuvo abruptamente al ver la cara de Connor.

Tras ella, Dermot estaba aplaudiendo. Bridget se volvió y vio su sonrisa, una especie de mueca lasciva. Tenía las manos ante sí y daba palmadas de modo que los demás le vieran.

—Es una cruzada de odio, ¿verdad? —le dijo con desagrado—. No tiene nada que ver con la religión, ni la libertad, ni todas esas cosas de las que hablas con esa pasión afectada. Se trata del poder y del odio. El único modo en que podéis haceros ver es con una pistola en la mano. —Su desprecio era tan fiero, tan lleno de su vergüenza por Connor, su dolor por todos ellos, que su voz estaba lastrada por él.

Dermot agitó el brazo para golpearla y Paddy se lanzó hacia delante y detuvo el golpe con el antebrazo, haciéndole perder el equilibrio y lanzándolo contra la mesa.

Dermot se revolvió para encararse a él, con los labios fruncidos en un gruñido. De repente se detuvo, y una sonrisa dura, artificial, sustituyó a su ira.

—¡Oh, muy bien! —dijo sarcásticamente—. Pero no soy tan estúpido, Paddy. Un rescate apoteósico no va a servir de nada. Estás con nosotros, te guste o no. ¿Recuerdas a Billy y el otro, como quiera que se llamara, en la colina? Tú los pusiste allí tanto como nosotros, así que puedes olvidarte de ganarte a la señora O'Malley. No puede ayudarte, y no lo hará.

—Ella tiene razón —dijo Paddy con amargura—. Sólo sabéis destruir.

—Sé limpiar el terreno antes de construir —dijo Dermot entre dientes—. Más que tú, Paddy. Tú eres blando. No tienes agallas de acabar la faena, o la inteligencia para saber quién es fuerte y quién es débil.

—O quién es honesto y quién no —añadió Paddy, pero no se movió.

En la puerta, Sean se relajó un poco.

—Voy a cocinar —dijo Bridget de repente—. Si queréis comer, me dejaréis en paz. Si no queréis, no hay mucho más que patatas crudas. Elegid. —Y sin esperar permiso se dirigió al fregadero, llenó el cuenco de agua y cogió una docena de patatas grandes del saco y empezó a pelarlas.

El silencio descendió de nuevo hasta que cada movimiento que ella hacía parecía un ruido deliberado. El viento empezaba a soplar. Bridget oyó que Connor decía que iba al baño. Se produjo un pequeño altercado con Dermot, y después salió.

Ella miró a Liam, que estaba sentado en la mesa de la cocina, y vio su sufrimiento. Él le devolvió la mirada, como si ella estuviera con el enemigo. Estaba furioso con ella porque no estaba defendiendo a Connor. Había visto su derrota, y Liam no podría perdonárselo. Eso se lo confirmó todavía más, e hizo que su confusión se profundizara. Deseaba tan desesperadamente la certeza, una causa en la que creer y alguien a quien admirar, y en el transcurso de unos pocos días todo se había venido abajo y habían quedado al descubierto los defectos, el miedo y la debilidad, el ensimismamiento.

Bridget siguió con las patatas. Ya iba por la mitad. Tenía que persuadir a Connor y a Paddy para que corrieran en direcciones opuestas. ¿Paddy debía de saber si Dermot no iba a dejarles con vida? ¿Era ese arrepentimiento lo suficientemente profundo para que arriesgara su vida? ¿O los sacrificaría a todos a su propia suerte?

¿Y Connor? ¿Se pondría en riesgo para salvar a su familia? ¿O creía que su obligación era vivir, que sólo él podía liderar la causa? Recordó cómo fue la primera vez que se vieron, con el rostro suave y ansioso, con los ojos llenos de sueños. Entonces había en él algo hermoso.

Ya casi había terminado con las patatas. ¿Cuánto tiempo tenía antes de que Dermot tomara una decisión? Una vez lo hiciera ya sería demasiado tarde. Poco tiempo, muy poco. Debía pensar en el modo de convencer a cada uno de ellos de que hiciera lo que ella necesitaba que hicieran. Con Paddy y Connor tendría que ser sin que ellos lo supieran.

Cortó las patatas en pedazos pequeños, dificultosamente, con el cuchillo romo que le habían dejado utilizar, y las puso en la cazuela más grande, después las cubrió de agua fría. Iban a quedar muy sosas. Les quedaba un poco de beicon, y algunos huevos, pero no quería utilizarlos ahora. Eso daría a entender que sabía que no había mañana. Debía comportarse como si creyera que el rescate, o al menos la liberación, era sólo cuestión de tiempo. No había diferencias ideológicas entre Connor y Eamonn, o Adair, sólo los medios de obtener el objetivo de la seguridad para los protestantes. Como no las había entre Dermot y Paddy, sólo los medios para una Irlanda unida bajo mandato católico. Nadie esperaba que ninguno de ellos cruzara la distancia que les separaba. Sus peleas entre ellos no eran nada comparado con la enemistad que se remontaba generaciones dividiendo a los católicos de los protestantes, Irlanda del Sur y del Norte. Paddy puede que no estuviera del lado de Dermot, pero nunca estaría contra él. Entre esas dos cosas había todo un mundo de diferencias. No debía confiar en él.

Pero no tenía que decir la verdad, ¡a nadie!

Miró las patatas. Necesitaban sal, y aliño. Tuvo una idea. Era pequeña, no muy buena, pero no había tiempo que perder esperando algo mejor. Dermot estaba nervioso y caminaba de acá para allá con inquietud. ¿Cuánto tiempo transcurriría antes de que decidiera actuar? Podía dispararles a todos, a su familia, las personas a las que más amaba en el mundo. Paddy estaría disgustado un rato, atrapado en un acto de barbarie que él no deseaba, pero la violencia era parte de la vida irlandesa. Casi cada semana alguien resultaba muerto. A largo plazo, no le daría ninguna importancia.

—¡Liam! —dijo de repente—. Quiero mover una cosa en mi dormitorio. ¿Puedes venir y ayudarme, por favor?

Sean levantó la mirada con suspicacia.

—En mi dormitorio prefiero tener a mi hijo, gracias —dijo en tono cortante—. ¡Liam!

Se levantó lentamente. Miró un momento a su padre y no recibió respuesta. Siguió a Bridget por el breve pasillo y entró en el dormitorio.

—¿Qué es? —dijo en cuanto estuvieron dentro.

—Cierra la puerta —le dijo.

Él frunció el ceño.

—¡Rápido!

—¿Qué pasa? —Ahora parecía desconcertado, un poco alarmado, pero obedeció.

—Escúchame, Liam. —Tragó saliva para diluir la tensión que sentía en su interior y golpeó deliberadamente la silla contra el suelo como si la estuviera moviendo. No había tiempo para pensar en el riesgo que estaba asumiendo, o si ése podía ser el error más caro de su vida—. Dermot no puede permitirse que nos marchemos. Ha matado a Ian y a Billy, y no vamos a llegar a ningún acuerdo. Pronto se dará cuenta y nos matará.

Tenía los ojos negros, abiertos como platos de horror ante lo que su madre acababa de decir y ante la tentación de negar lo evidente.

—Es verdad —dijo ella con tanta firmeza como pudo imponer en su voz temblorosa—. Uno de nosotros tiene que escapar y llegar a la aldea.

—Pero mamá… —empezó.

—Tienes que ser tú —le cortó—. No hay tiempo para discutir. Roisin no puede hacerlo, tu padre no lo hará. Yo no puedo correr más que ellos, pero tú, sí. Voy a intentar hacer que Dermot crea que Paddy y tu padre están escapando en direcciones opuestas, lo que también ocupará a Sean. Cuando veas la oportunidad, sal corriendo. No vayas directamente a la aldea, es lo que ellos esperarán. Da un rodeo por la costa y trae ayuda rápido, en cuanto puedas. ¿Lo entiendes?

Él permaneció en silencio, absorbiendo lo que había dicho.

—¿Lo entiendes? —repitió ella, con el oído atento a detectar el sonido de Sean o Dermot en el pasillo—. No hay tiempo para pensar en nada mejor.

—¿Estás segura? —preguntó él, con la voz tensa y tomada por el miedo.

—Sí. No nos pueden dejar ir. Tu padre les perseguirá durante toda su vida. ¡Lo sabes!

—Sí. De acuerdo. ¿Cuándo?

—Dentro de unos minutos. —Tragó saliva—. Si logro que Paddy y tu padre vayan en direcciones opuestas, o puedo hacer que Dermot y Sean lo crean.

—¿Lo sabe papá?

—No. Si se lo digo a alguien más, despertaremos la sospecha. Ahora vuelve y compórtate como hasta ahora. Ve.

Él dudó sólo un segundo, empezó a decir algo, después tragó saliva y salió. Ella le siguió un instante después.

En la cocina todo estaba exactamente como lo habían dejado, Sean en la puerta, Dermot junto a la ventana detrás de la mesa, Roisin en los fogones y Connor sentado en la silla de respaldo duro más cercana a la puerta trasera. Bridget volvió al fregadero y dejó correr el agua hasta que salió caliente, sustituyó el agua de las patatas, puso sal y las colocó sobre los fogones.

Debía hacerlo ahora, antes de que pensar en ello socavara su coraje. No tenía nada que perder. Debía recordarse eso todo el tiempo. Si Dermot se daba cuenta y actuaba antes de que ella lo hiciera, todos estaban muertos.

Empezó a hablar, pero tenía la boca demasiado seca. Se lamió los labios y volvió a empezar.

—Esto va a quedar muy soso. Necesito añadirle algo con un poco de sabor. —Se volvió a Connor—. En la ladera de la colina crecen cebollas silvestres, a unos cien metros. ¿Puedes ir a buscar unas cuantas?

Él pareció sorprendido.

—¿Por favor? —Ella no debía parecer demasiado apremiante, o Dermot sospecharía. Sin duda, preocuparse por la comida sonaría normal, pero ¿sucedería lo mismo al día siguiente, y el siguiente?

—Manda a Liam —respondió Connor sin moverse de su asiento.

Dermot se enderezó.

—¡Ninguno de vosotros va a ir! ¿Creéis que soy idiota? Cien

metros colina arriba. Nunca más volvería a veros. ¿Cómo sé siquiera que hay cebollas allí?

Liam alzó la cabeza.

—Las hay —respondió, sin mirar a Bridget.

—Entonces puede ir a buscarlas Paddy —dijo Dermot. Miró a Paddy—. ¿Reconocerías una cebolla al verla?

—Probablemente no —dijo Paddy con una media sonrisa—. Pero puedo olerlas. O probarlas. —Se volvió hacia Bridget—. ¿Quiere que las desentierre, que las arranque o qué?

—Desentierre dos o tres —le dijo—. Hay una pequeña horca de jardín junto a la puerta trasera. Gracias. —No pudo mirarle a los ojos más que un momento, pero para entonces ya se había ido cerrando la puerta tras de sí.

Ahora tenía que conseguir que Connor saliera en dirección contraria, o al menos hacer que Dermot lo creyera. Miró a Dermot de soslayo. La sonrisilla seguía en su cara. ¿Podría engañarle para que hiciera lo que ella quería? ¿Le había comprendido?

Se dio la vuelta hacia Connor.

—¿Me ayudas a entrar las sábanas, ¿por favor? Es más fácil doblarlas entre dos. Roisin, vigila las patatas.

—Puede hacerlo Liam —respondió Connor, quedándose donde estaba.

Bridget mostró su enfado en el rostro.

—¿Por qué no puedes hacer algo por una vez? —respondió ella.

La cabeza de Liam iba de Bridget a Connor y vuelta a empezar. Estaba muy pálido.

—Liam, haz lo que te dicen —dijo abruptamente Connor—. Ayuda a tu madre con la colada.

—¡Siéntate! —espetó Dermot—. O'Malley, tu mujer tiene razón. Ve tú y haz algo por una vez. ¡Ayúdale a doblar las sábanas! ¡Muévete!

Sean estaba sonriendo, apoyado contra la puerta del pasillo, con la pistola también levantada.

Lentamente, Connor se puso en pie, con la cara roja, los labios formando una tensa y delgada línea. Abrió la puerta trasera y Bridget le siguió al exterior. Él caminaba en primer lugar, sin mirarla, y se dirigió directamente a la cuerda.

—No —dijo ella mientras él descolgaba el primer extremo.

—¿Qué diablos pasa ahora? —espetó él.

Ella se acercó más y le hizo retroceder hasta detrás de la sábana oreada y él la cogió con la mano izquierda.

—Connor, no nos soltarán —dijo ella en voz baja—. Dermot no puede. En cuanto se dé cuenta de que no vas a ceder, cosa que hará en cualquier momento, nos matará. No tiene otra opción. Él volverá al otro lado de la frontera con Irlanda del Sur y al menos tendrá ventaja antes de que nadie sepa siquiera lo que nos ha pasado.

—Le atraparán como a una rata —dijo Connor desdeñosamente.

—¿Cómo? ¿Quién quedará vivo para decir que fue él?

El horror más absoluto se apoderó de él. Ella lo vio en el vacío de sus ojos.

Se produjo un grito en el interior de la casa. Ella no supo decir desde dónde, pero era la voz de Sean. No había tiempo para vacilaciones.

—¡Tenemos que irnos! Ahora, mientras tengamos tiempo —le urgió. ¿Iba ya Sean de camino hacia ellos? ¿Y Paddy en la colina? Si había estado buscando las cebollas, que no existían, debería estar al otro lado de la ligera hondonada, fuera de su vista. ¿Por qué no estaba uno de ellos buscándole? Sin duda después de su traición no podían tenerle confianza, ¿no era así? No la suficiente para permitirle escabullirse de su vista a este lado de la frontera.

Entonces volvió a oír la voz de Sean, gritando el nombre de Paddy, fuerte y airada.

—¿Es eso lo que pretendes? —exigió Connor—. ¿Correr hacia el otro lado y dejar a Liam y Rosie a manos de la ira de Dermot cuando descubra que hemos escapado? ¡Y tú eras la que decía que comprendía a Rosie por poner a su hijo por delante de la causa, sacrificando su moralidad para salvar al niño! Me das asco, Bridget. Creía que te conocía y que eras mejor que eso. No sólo me has traicionado a mí, sino a todo lo que decías que creías, todo lo que eras.

—¡No te quedes ahí predicando! —Ella oyó su propia voz

alzándose por encima de su control—. ¡Corre! ¡Mientras tengas tiempo! ¡Si no por ti, por la causa!

Surgió un grito airado de la colina, y después otro. Ambos se volvieron hacia el sonido, pero no vieron nada. Después se oyó un chillido, un disparo, y después silencio de nuevo.

La puerta trasera se abrió de golpe y por un instante vio la cabeza y los hombros de Dermot perfilados contra la casa con los brazos alzados.

—¡Corre! —le gritó a Connor. Por si Dermot no la había oído, volvió a gritar.

Esta vez Connor obedeció. Al menos estaban sacando a uno de ellos de la casa, y no había habido disparos en el interior. Ella le alcanzó y le cogió de la mano, saltando sobre la hierba y corriendo playa abajo, hacia la baja elevación de dunas de arena a veinte metros de distancia, donde al menos había un poco de refugio.

Estaban corriendo junto a la línea del agua, donde la arena era dura y firme, cuando sonó el primer disparo. Connor tropezó y cayó hacia delante, y se llevó la mano a la mancha morada que se extendía sobre su pecho y su hombro. Siguió dando traspiés, impulsado por el ímpetu de su velocidad, después cayó inmóvil.

Bridget se detuvo abruptamente y se dio la vuelta. Dermot estaba sobre la suave arena ante la hierba, con la pistola sostenida rígidamente ante sí. Podía volver a apretar el gatillo en cualquier momento, lo único que tenía que hacer era mover un dedo.

Esperó. Extrañamente, no sentía una pérdida terrible. Si Liam había conseguido huir, algo se había salvado. Quizá Rosie había ido con él, al menos lo bastante para estar fuera de la vista desde la casa. Si estaban vivos, era suficiente. Era una forma limpia de irse, allí en la arena batida por el viento, un disparo y después el olvido. Era un mal momento, pero un buen lugar en el que morir.

Dermot bajó el arma, no del todo, todavía la sostenía en la mano. Empezó a caminar hacia ella, lentamente, sin alterarse.

No sabía si Connor estaba muerto o no. Una herida en el pecho podía ser fatal, pero parecía estar más cerca del hombro. Por si seguía vivo, se alejó de él y empezó a caminar hacia Dermot. Si llegaba hasta allí, podía disparar a Connor para asegurarse. Aceleró el paso. Era raro que pudiera caminar con tanta facilidad por donde la arena húmeda se tornaba seca, deslizándose bajo sus pies. Se detuvo a un par de metros de Dermot. Estaba sonriendo.

—Le da igual que le haya pegado un tiro, ¿verdad? —dijo, con los ojos abiertos de par en par, el rostro pálido, con dos manchas de color en las mejillas.

—No tiene ni idea de lo que me importa —respondió ella fríamente.

—Prefiere a Paddy, ¿no? —dijo, retorciendo los labios de asco—. La utilizaría y después se desharía de usted.

—No importa lo que usted crea —dijo cansinamente, sorprendida de que ahora que casi había terminado, aquello era la verdad exacta. Lo único que necesitaba era tiempo para que Liam huyera, y Rosie, de ser posible.

Él apuntó la pistola hacia la casa.

—Bueno, vamos a ver, ¿le parece? ¿Es la esposa del Reverendo O'Malley tan fría como parece? ¿O su hija, la preciosa traidora, Roisin?

Si se negaba a moverse, sin duda le dispararía allí mismo. Caminar le serviría para ganar un poco de tiempo, sólo minutos, pero podía ser cuestión de minutos. Caminó con cuidado entre los matorrales de hierba y el tramo llano que había al principio del jardín, o lo que así se daba en llamar. Las sábanas seguían revoloteando. No tenía ni idea de dónde estaban Paddy y Sean. No había ninguna señal de vida en la casa, ni se oía ningún ruido.

Llegó a las sábanas, que se hinchaban contra ella. La cesta de plástico para la colada estaba justo delante, vacía. ¿Por qué debía entrar en la casa con él sin plantarle cara? Era ridículo. Rosie podía estar allí. Y aunque no lo estuviera, ¿por qué iba Bridget a ponerle las cosas tan fáciles?

Cogió la cesta de la colada y la tiró a sus pies cuando él surgió de entre las sábanas.

No tuvo tiempo de verla y esquivarla. Le dio debajo de la rodilla, con fuerza suficiente para hacerle perder el equilibrio. Dio un traspié, todavía sosteniendo el arma. Cayó sobre las manos y las rodillas, con la cara retorcida de ira, empezando ya a ponerse en pie.

Bridget alcanzó el poste de la cuerda, lo cogió con las dos manos, lo sacó de un tirón de debajo de la cuerda y lo agitó trazando un amplio medio círculo, con todo su peso tras él. El extremo le dio a un lado de la cabeza con un crujido que ella sintió atravesarle el cuerpo. Dermot cayó de lado y quedó tendido inmóvil, con la pistola en el suelo a seis centímetros de su mano flácida.

Ella fue hasta él. El cuerpo le temblaba. Cogió la pistola, después le miró. Le sangraba la parte superior de la cabeza, pero no abundantemente. Sabía por el ángulo de la cabeza que tenía que estar muerto. Tenía el cuello roto.

Se mareó. Pero todavía tenía que enfrentarse a Sean y Paddy.

Caminó temblorosa hacia la puerta trasera y la abrió. La cocina estaba vacía.

—¡Roisin! —gritó.

—¡Mamá!

La puerta del dormitorio se abrió de golpe y salió Roisin con los ojos llenos de miedo.

No había tiempo para abrazos, ni para expresar ninguna emoción.

—¿Dónde está Liam? —preguntó Bridget—. ¿Y Sean?

—Liam se ha ido como le dijiste —respondió Roisin—. Sean fue colina arriba siguiendo a Paddy. Le oí gritar. No creo que vuelva. ¿Dónde está papá? —La expresión de su cara revelaba lo que sabía.

—En la playa —respondió Bridget—. Dermot está muerto. No sé cómo está tu padre, no he tenido tiempo de mirarlo. Coge los trapos de la cocina y mira qué puedes hacer.

—¿Y tú?

—Tengo la pistola. Tengo que encontrar a Paddy y Sean.

—Pero…

—Les dispararé si tengo que hacerlo. —Lo decía en serio. Podía, para salvarse a sí misma y a Roisin—. Ve.

Roisin obedeció y Bridget salió con cautela hacia la ladera, observando, con las dos manos en la pistola, dispuesta a utilizarla en el momento en que viera algún movimiento entre las matas de hierba y el brezo.

Había seguido el sendero hasta el risco y lo había doblado cuando vio el cuerpo de Paddy tendido en un claro de hierba. Su camisa era un borrón pálido en contraste con el verde, excepto la gran mancha roja brillante de sangre que le cubría el pecho, justo en medio.

¿Dónde estaba Sean? No había tiempo ni para la pena ni para hacerse una idea de todo el desastre. Sólo había oído un disparo. Sean estaba vivo en alguna parte, quizá esperando, mirándola. Pero ¿por qué no le había disparado también a ella?

Se dio la vuelta lentamente, buscándole, atenta al ruido y el peso mortal de la bala en cualquier momento. Pero lo único que oía era el sonido distante de las olas y abejas en el brezo. Vio por dónde se había quebrado, aplastado alrededor de Paddy como si hubieran peleado. Habían pisado los tallos y removido la tierra húmeda. El sendero llevaba hasta el borde de un pequeño barranco.

Con mucha cautela, caminó hacia él, sosteniendo la pistola ante sí, preparada para apretar el gatillo. Miró a derecha e izquierda, una vez más. Si Sean estaba allí todavía, ¿por qué no hacía nada?

Llegó al borde y miró a su alrededor. Le vio al instante, tendido de espaldas, con el cuerpo retorcido, las caderas y las piernas dobladas, medio muslo encorvado debajo de él. Tenía todavía los ojos abiertos y la pistola en la mano.

Sean le disparó, pero erró el tiro. El ángulo era erróneo y no podía moverse para corregirlo.

Pensó en pegarle un tiro, pero era un acto a sangre fría, innecesario. También pensó en decir algo, pero eso también era innecesario. Tenía la pelvis rota y al menos también una pierna. No iba a poder salir del barranco hasta que alguien fuera y le sacara.

Se dio la vuelta, regresó por el sendero a la casa y entró en la cocina. Estaba vacía. La cazuela de patatas, medio cocidas, estaba en el fregadero. Roisin había pensado en quitarlas del fuego antes de ir al dormitorio.

Debía volver a la playa para ver si Connor estaba vivo y si

podía hacer algo por él. Al menos podría ayudar a Roisin. Cogió un par de toallas del lavabo y salió por la puerta trasera, pasó junto al cuerpo de Dermot, por la extensión de hierba, hasta la arena. Roisin estaba caminando hacia ella. Connor estaba tendido a su espalda, donde había caído, pero no le veía con claridad suficiente para saber si estaba en la misma posición o no.

Roisin se detuvo en cuanto Bridget llegó a su altura. Tenía la cara húmeda por las lágrimas.

—No me deja hacerle nada —dijo con la voz rota—. Ni siquiera me escucha.

¡Estaba vivo! Y consciente. Por un instante, Bridget no supo si se alegraba o no. Era como si una muralla la hubiera cercado de nuevo.

—¿Mamá?

Sí, por supuesto que debía estar contenta. Connor no merecía morir. Y ella no tenía que permanecer en el interior de esa muralla. Dependía de ella. Si ella pagaba su rescate, podría escapar. Nunca debía olvidar eso de nuevo.

—Quizá cambie de opinión —dijo ella afablemente, mirando a Roisin—. Pero si no lo hace, tú lo aceptarás. Tú has escogido, son tu marido y tu hijo. No importa lo que yo piense, se trata de lo que tú pienses. Pero si quieres que te lo diga, creo que has elegido bien. Y me guste lo que hagas o no, siempre te querré... como tú querrás a tu hijo. —Tocó a Roisin por un momento, sólo la punta de sus dedos contra su mejilla, después siguió caminando por la arena hasta Connor.

Él la miró mientras se arrodillaba a su lado. Estaba muy blanco y tenía mucha sangre en la camisa, pero parecía bastante consciente. Los trapos estaban en la arena. Los cogió, los dobló en forma de almohadillas y se los colocó firmemente en la herida.

Él hizo un gesto de dolor y gritó.

—Deberías haberle permitido a Rosie que lo hiciera —le dijo—. Habrías perdido menos sangre.

—¡Nunca! —dijo entre los dientes apretados, jadeando mientras el dolor le recorría en oleadas—. Ya no tengo hija.

—Es decisión tuya, Connor. —Cogió una de las toallas alargadas para envolverle con ella y mantener los trapos en su lugar—. Espero que te perdone por tu parte en todo esto. Es cosa tuya que tú hagas lo mismo o no, pero te lo digo ahora, si no lo haces, perderás más de lo que perderá ella. Por cierto, quizá quieras saber que Sean ha matado a Paddy pero tiene la pelvis rota y está tendido en un barranco de la colina. Estará allí hasta que alguien le saque.

Él se la quedó mirando como si nunca la hubiera visto antes.

—Y yo he matado a Dermot. —Apenas podía creer sus propias palabras, aunque eran terribles, irrevocablemente ciertas.

Él parpadeó.

—Liam ha ido a buscar a la policía —añadió—. Espero que estén aquí pronto. Con un médico.

—No siento el brazo izquierdo —dijo.

Bridget envolvió la otra toalla y se la colocó debajo de la cabeza.

—Voy a la casa a por una sábana. Tienes que estar caliente.

—¡No! —Inspiró y exhaló lentamente—. ¡Quédate conmigo!

—Ah, probablemente lo haré —respondió—. Pero con mis condiciones, Connor, no las tuyas. Y voy a por la sábana. El shock puede matarte si coges frío.

Se puso en pie, sonriendo un poquito para sus adentros, y regresó caminando por la arena.

La Virgen del Maíz: una historia de amor

Joyce Carol Oates

Desde la publicación de su primer libro de cuentos, *By the North Gate*, en 1963, JOYCE CAROL OATES ha sido la más prolífica de los grandes escritores americanos. Ha sacado a la calle novelas, cuentos, reseñas, ensayos y obras de teatro con una incesante constancia notable tanto por su calidad como por su volumen. Los escritores extremadamente prolíficos con frecuencia se arriesgan a no ser tomados con la seriedad que merecen: ¿si pueden escribir su obra tan rápidamente, puede ésta ser realmente buena? Oates, en todo caso, ha escapado con creces de esa trampa, e incluso su creciente identificación con la literatura de crímenes, en un momento en el que el género ha atraído a un buen número de escritores de éxito, no ha menoscabado en lo más mínimo su reputación como excelente escritora. Muchas de las obras de Oates contienen al menos algunos elementos de crimen y misterio, desde la obra ganadora del National Book Award *Them*, hasta la ficcionalización de Chappaquiddick *Agua negra* y la novela basada en el asesino en serie Jeffrey Dahmer *Zombi*, pasando por la biografía ficticia de Marilyn Monroe, de 738 páginas, *Blonde*. El elemento detectivesco se vuelve explícito con las investigaciones del detective *amateur* Xavier Kilgarvan en la novela *The Mysteries of Winthertum* que, como explica en el epílogo de la edición de bolsillo de 1985 la autora, «es la tercera de un quinteto de novelas experimentales que tratan, en forma de novela de género, acerca de la América de principios del siglo XX». ¿Por qué iba una autora literaria como Oates a escoger trabajar de acuerdo con esas «estructuras deliberadamente limitadoras»? Porque «la disciplina formal del "género"… nos impone una radical revisión del mundo y el arte de la ficción». Oates, que ha recibido, entre otros galardones del género, el Bram Stoker Award y el Horror Writers of America, no adquirió identidad dentro de la ficción criminal hasta *Lives of the Twins*, aparecida bajo el seudónimo de Rosamund Smith. Con la intención original de ser secreta, la identidad de Smith fue revelada casi inmediatamente, y posteriores novelas fueron publicadas como obras de Joyce Carol Oates (en destacado) firmadas por Rosamund Smith (en letras más pequeñas). Entre sus novelas más recientes están *The Falls*, *I'll Take You There* y *Rape: a Love Story*.

ABRIL

¡Gilipollas!

Porquéporqué preguntas por qué su pelo.

¡Su pelo! Lo vi bajo el sedoso y pálido oro del sol, como borlas de maíz y al sol las chispas pueden prender. Y sus ojos que me sonreían un tanto nerviosos y esperanzados como si no pudiera saber (pero ¿quién podía?) cuál es el deseo de Jude. Porque yo soy Jude la Oscura, soy el Maestro de los Ojos. No debo ser juzgada por ojos burdos como los vuestros, idiotas.

Estaba su madre. Las vi juntas. Vi a la madre agachándose para besarla. Esa flecha entró en mi corazón. Pensé «Haré que me veas». No perdonaría.

Muy bien, pues. Más específico. Alguna clase de informe que vosotras, gilipollas, podáis pasar a máquina. Quizá haya espacio para el veredicto del forense acerca de la causa de la muerte.

Gilipollas, no tenéis ni idea, ¿eh? Si lo hicierais, sabríais que es estéril mecanografiar informes como si eso os diera la verdad o incluso los «hechos».

Porquéporqué en la noche en mi ordenador cliclicliclicli-cando por las galaxias y me fue revelado el día de mi cumpleaños (11 de marzo) el Maestro de los Ojos, concediéndome mi deseo, he ahí el porqué. «Todo lo que deseas será hecho manifiesto a su momento. Si eres Maestro.»

Jude la Oscura me llamó. En el ciberespacio fuimos hermanadas.

He aquí por qué en sexto curso una excursión al museo de Historia Natural y Jude se separó de los niños tontos sonrientes para contemplar la exposición onigara del Sacrificio de la Virgen del Maíz.* «Esta exposición es explícita y no está recomendada a niños menores de dieciséis años a menos que estén acompañados por sus padres» cruzaste un arco y entraste en un interior iluminado con fluorescentes de polvorientas vitrinas para contemplar a la Virgen del Maíz con el cabello negro trenzado y el rostro anodino y los ojos ciegos y la boca ensanchada en una expresión de permanente maravilla más allá incluso del terror y fue esa visión lo que entró en el corazón de Jude poderosa como cualquier flecha disparada al corazón de la Virgen del Maíz, he aquí el porqué.

Porque era un experimento para ver si Dios lo permitiría, he aquí el porqué.

Porque no había nadie que me detuviera, he aquí el porqué.

Discípulas

¡Nunca creímos que Jude hablara en serio!

Nunca creímos que acabaría así.

Nunca creímos…

… ¡porque no!

Nunca quisimos…

… ¡nunca!

Nadie tenía nada contra…

…

(Jude dijo que es tabú pronunciar su nombre.)

Jude era el Maestro de los Ojos. Ella fue nuestra líder durante toda la escuela. Jude era tan guay.

* El Sacrificio de la Virgen del Maíz es una amalgama hecha a partir de rituales tradicionales de sacrificio de las tribus indias iroquesas, pawnee y pies negros.

Quinto curso, Jude nos enseñó cómo COLOCARNOS esnifando S. De dónde sacó S Jude, no lo supimos.

Séptimo curso. Jude nos dio E. Lo que toman los chicos mayores. Jude consiguió E. gracias a su contacto secreto en el instituto.

Cuando estás COLOCADA quieres a todo el mundo pero el secreto es que no te importa un comino.

¡Eso es lo que es tan maravilloso! COLOCADA flotando sobre Skatskill como si pudieras dejar caer una bomba en Skatskill Day o sobre tu propia casa y ahí está tu familia corriendo a toda prisa la ropa y el cabello en llamas y pidiendo ayuda a gritos y tú sonreirías porque no te tocaría. Eso es estar COLOCADA.

Secretos que nadie más conoce.

Vídeos XXX en casa de Jude.

La abuela de Jude la señora Trahern la viuda de alguien famoso.

Gatos salvajes alimentamos. ¡Guay!

Ritalin y Xanax recetaron los médicos de Jude, Jude sólo simuló tomar esa mierda una vez. En su baño, reservas para años.

Haagen Dazs Vainilla Francesa dimos a la Virgen del Maíz.

A la Virgen del Maíz le entró sueño casi enseguida, bostezando. ¡El helado está tan bueno! Sólo una pastilla molida, media cucharadilla de café. Era mágico. No podíamos creerlo.

Jude decía que no puedes creer en la magia que posees hasta que alguien te enseña a desatarla.

La Virgen del Maíz nunca había estado antes en la casa de Jude. Pero Jude era amable con ella desde principios de marzo. No dijo que el Maestro de los Ojos le había concedido su deseo el día de su cumpleaños. Y nosotras estábamos incluidas en ese deseo.

El plan era «crear confianza».

El plan era preparar a la Virgen del Maíz en el conocimiento de que un día se produciría la hora mágica en que (¡Jude lo predijo!) como un trueno refulgiendo en la oscuridad todo se volvería claro.

Eso era. Estábamos listas, y también la hora mágica.

Hay una entrada trasera a la casa de los Trahern. Entramos por ahí.

¡La Virgen del Maíz caminó! Con sus dos pies, la Virgen del Maíz caminó, nadie la obligaba ni la llevaba en brazos.

«Por su propia voluntad», dijo Jude.

No era así en la ceremonia india onigara. Allí, la Virgen del Maíz no iba por su propia voluntad, sino secuestrada.

Una tribu enemiga la secuestraría. Nunca volvería con su gente.

La Virgen del Maíz sería enterrada, yacería entre el maíz sembrado bajo el sol y cubierta de tierra. Jude nos habló de eso como si fuera un viejo cuento de hadas para hacerte sonreír, pero no para que preguntáramos «por qué».

A Jude no le gustó que preguntáramos «por qué».

La Virgen del Maíz no fue nunca amenazada. La Virgen del Maíz fue tratada con reverencia, respeto y amabilidad.

(Aunque tuvimos que asustarla un poco. No había otra forma, dijo Jude.)

Los martes y miércoles se pasaba por el 7-Eleven de camino a casa desde la escuela. Por qué esto era así, Jude lo sabía. Casi todos los chicos del instituto se reunían allí. Chicos mayores, fumando. Un horrible centro comercial en la autopista estatal. Una tienda de alfombras saldadas, peluquería y manicura, chino para llevar y el 7-Eleven. Detrás hay contenedores y apesta a podrido.

Los gatos salvajes se esconden entre la maleza tras los contenedores. Donde es como una selva, no va nunca nadie.

(Excepto Jude. Para dar de comer a los gatos salvajes que dice que son su Tótem.)

En el 7-Eleven Jude nos dice que caminemos separadas para que no nos vean caminando juntas.

Cuatro chicas juntas: alguien podría darse cuenta.

Una chica sola o dos chicas: nadie se daría cuenta.

Aunque tampoco hay nadie mirando. Llegamos por detrás.

Hace mucho tiempo, cuando los sirvientes vivían al pie de la colina. Cuando trepaban colina arriba hasta las grandes casas de Highgate Avenue.

«Antigua propiedad histórica de Skatskill.» Ahí era donde

Jude vivía sólo con su abuela. Saldría en la tele. En los periódicos. En *The New York Times* aparecería en portada. La casa sería llamada una «mansión holandesa-americana del siglo XVIII». Nosotras no lo sabíamos. Nunca vimos la casa por delante. Sólo entrábamos en la habitación de Jude y en algunas otras. Y había un sótano.

Desde Highgate Avenue no se ve la casa de los Trahern muy bien, está rodeada por un muro de piedra de unos tres metros de altura. El muro es viejo y se cae a pedazos, pero aun así no puede verse lo que hay al otro lado. Pero por la verja, que es de hierro forjado, puedes ver si miras rápido al pasar por allí en coche.

Mucha gente pasa ahora por allí, supongo.

NO APARCAR NO APARCAR NO APARCAR en Highgate. Skatskill no da la bienvenida a los desconocidos excepto para comprar.

«La mansión Trahern», la llamaban. La finca tiene once acres. Pero hay un atajo en la parte posterior. Cuando llevamos a la Virgen del Maíz a la casa, entramos por la parte posterior. La mayor parte de la finca son bosques. La mayoría de ellos son naturales, como una selva. Pero hay unos viejos escalones de piedra por los que se puede subir si se anda con cuidado. Una vieja carretera de servicio que ha quedado cubierta de zarzas y está bloqueada al pie de la colina por medio de un bloque de cemento, pero se puede pasar caminando junto al bloque.

Por ese atajo, nadie lo imaginaría. A tres minutos andando del centro comercial.

¡Nadie lo imaginaría! Las viejas mansiones de Highgate, colina arriba, que en su parte posterior llegan colina abajo hasta la autopista estatal.

Jude advirtió: «La Virgen del Maíz debe ser tratada con reverencia, respeto, amabilidad y firmeza. La Virgen del Maíz nunca debe adivinar el que será su destino».

Madre suburbana soltera, hija sola en casa

—Marissa.

La primera señal de que algo andaba mal; no había ninguna luz encendida en el piso.

La segunda, demasiado silencio.

—Marissa, cariño...

Su voz ya tenía un tono crispado. Ya sentía como si una barra de hierro la oprimiera.

Se adentró en el apartamento a oscuras. Juraría que no eran más de las ocho.

Con una emoción en suspenso, que parecía surgida de un sueño, cerró la puerta tras ella, encendió una luz. Consciente de sus movimientos como alguien que se ve en un monitor de vídeo, comportándose con sospechosa normalidad a pesar de que las circunstancias han cambiado, y no son normales.

Las madres aprenden a no dejarse llevar por el pánico, a no dejar traslucir su debilidad. Por si una niña las está mirando.

—¿Marissa? No estás... ¿Estás en casa?

Si estuviera en casa, Marissa tendría las luces encendidas. Marissa estaría haciendo los deberes con la televisión encendida, con el volumen alto. O con el reproductor de CD, alto. Cuando estaba sola en casa, a Marissa le incomodaba el silencio.

Que la ponía nerviosa, decía. Que le hacía tener pensamientos aterradores acerca de la muerte, decía. Que oía los latidos de su corazón, decía.

Pero el apartamento estaba en silencio. La cocina estaba en silencio.

Leah encendió más luces. Todavía estaba observándose a sí misma, todavía estaba moviéndose con calma. Viendo, desde la sala de estar, a través del pasillo, que la puerta del dormitorio de Marissa estaba abierta, y que estaba a oscuras.

Era posible —¡lo era!, sólo por un borroso y desesperado momento— pensar que Marissa se había quedado dormida en su cama, ésa era la razón por la que... Pero Leah miró, no había un cuerpo esbelto tendido en la cama.

Nadie en el baño. La puerta entreabierta, oscuridad en el interior. El apartamento, por alguna razón, no resultaba familiar. Como si hubieran cambiado de sitio los muebles. (No sería así, como determinaría más tarde.) Estaba gélido, había corrientes de aire, como si alguien se hubiera dejado abierta una ventana. (No había ninguna ventana abierta.)

—¿Marissa? ¿Marissa?

Había un tono de sorpresa, casi de desesperación, en la voz de la madre. Como para que si Marissa la oía, supiera que sólo la iba a castigar un poquito.

La cocina estaba vacía. Leah dejó la compra. Sobre el mármol. No estaba mirando, la bolsa cedió. A duras penas lo vio, pero cayó un cartón de yogures.

Los favoritos de Marissa, de fresa.

¡Silencio! La madre, empezando a temblar, comprendió por qué su hija odiaba el silencio.

Estaba recorriendo las habitaciones, y recorrería las pocas habitaciones del pequeño primer piso del apartamento gritando «¿Marissa? ¿Cariño?» con una débil voz semejante a un cable que se tensa. Perdería la noción del tiempo. Era su madre, era responsable de ella. No había perdido a su hija en once años, el terror de toda madre era perder a su hija, una abrupta pérdida física, un hurto, un robo, un «secuestro forzado».

—No. Está aquí. En alguna parte...

Volviendo sobre sus pasos por el apartamento. ¡Había tan pocas habitaciones en las que Marissa podía estar! De nuevo abriendo la puerta del baño, al máximo. Abriendo la puerta de un armario. Puertas de armarios. Tambaleándose contra... Golpeó con el hombro un... Chocó contra el escritorio de Marissa, haciéndose daño en el muslo.

—¿Marissa? ¿Te estás escondiendo?

Como si Marissa pudiera estar escondiéndose. En un momento así.

Marissa tenía once años. Marissa no se había escondido de su madre para que mamá la buscara riendo y chillando de excitación hacía mucho tiempo.

Ella declararía que no era una madre negligente.

Era una madre trabajadora. Una madre soltera. El padre de su hija había desaparecido de sus vidas, no pagaba la pensión alimenticia ni la manutención de su hija. Como si fuera culpa suya, ella tenía que trabajar para mantener a su hija y a sí misma, y su hija requería educación especial, así que la había sacado de la escuela pública y matriculado en Skatskill Day...

La acusarían. En los periódicos sensacionalistas la crucificarían.

Marca el número de emergencias y tu vida se convierte en pasto de la gente. Marca el número de emergencias y tu vida deja de ser tuya. Marca el número de emergencias y tu vida cambia para siempre.

«Madre soltera suburbana. Hija sola en casa.»

«Niña de once años desaparecida, al sur de Skatskill.»

Ella afirmaría que ¡no era eso en absoluto! No lo era.

Cinco días fuera de cada siete no era eso.

Sólo los martes y los jueves trabajaba hasta tarde en la clínica. Sólo desde Navidades llegaba Marissa a una casa vacía.

No. No era lo ideal. Y quizá ella debería haber contratado a una canguro, pero...

Ella declararía que no tenía más opción que trabajar hasta tarde. Los martes y los jueves empezaba a las diez de la mañana y terminaba a las seis y media de la tarde. Esas noches, llegaba a casa a las siete y cuarto, estaba en casa, como mucho, a las siete y media. ¡Lo juraría, sí! Casi todas las noches.

Como si fuera culpa suya, tráfico lento en el puente Tappan Zee desde Nyack, después hacia el norte por la ruta 9 atravesando Tarrytown, Sleepy Hollow, hasta la entrada de Skatskill, y la ruta 9 en obras. ¡Tráfico bajo una lluvia torrencial! ¡En mitad de ninguna parte un chaparrón, lluvia! Había querido gimotear de frustración, de furia ante lo que se había convertido su vida, con cegadores faros en los ojos como rayos láser atravesándole el cerebro.

Pero normalmente estaba en casa a las ocho. Como mucho.

Antes de marcar el número de emergencias estaba tratando de pensar: de calcular.

Marissa normalmente llegaba a casa alrededor de las cuatro. Su última clase terminaba a las tres y cuarto. Marissa volvía a casa caminando, cinco manzanas suburbanas y media, poco más de un kilómetro, a través (sobre todo) de un vecindario residencial. (Cierto, la Calle 15 era una calle atestada. Pero Marissa no tenía necesidad de cruzarla.) Y volvía con amigos de la escuela. (¿Verdad?) Marissa no cogía un autobús escolar, no había autobuses para los alumnos de escuelas privadas, y en todo caso Marissa vivía cerca de la escuela porque Leah Bantry se había mudado a los apartamentos Briarcliff para estar cerca de Skatskill Day.

¡Lo explicaría! En los intersticios de la emoción por la «desaparición de su hija» lo explicaría.

Posiblemente ese día había sucedido algo especial después de la escuela, un acontecimiento deportivo, ensayo del coro, Marissa se había olvidado de decírselo a Leah... Posiblemente una amiga había invitado a Marissa a su casa.

En el apartamento, junto al teléfono, como si esperara que éste se pusiera a sonar, tratando de pensar en qué acababa de estar pensando. Como tratando de coger agua con los dedos, tratando de pensar...

¡Una amiga! Eso era.

¿Cómo se llamaban las niñas de la clase de Marissa...?

Naturalmente, ¡Leah llamaría! Estaba temblorosa, y preocupada, pero haría esas llamadas cruciales antes de involucrar a la policía, ella no era una madre histérica. Podía llamar a la profesora cuyo nombre conocía, y por medio de ella sabría los nombres de las otras niñas, y llamaría a esos números, pronto localizaría a Marissa, todo saldría bien. Y la madre de la amiga de Marissa diría para disculparse: «Creía que Marissa le había pedido permiso para quedarse a cenar. ¡Lo siento mucho!». Y Leah diría rápidamente, riéndose aliviada: «Ya sabe cómo son los niños a veces. Hasta los más obedientes».

Pero: Marissa no tenía muchas amigas en la escuela.

Eso había sido un problema en la nueva escuela privada. En la escuela pública tenía amigas, pero no era tan fácil en Skatskill

Day, donde la mayoría de estudiantes tenían una posición privilegiada, adinerada. Muy privilegiada y muy adinerada. Y la pobre Marissa era tan dulce, confiada y esperanzada y fácil de herir si otras niñas decidían hacerle daño.

Ya en quinto curso había empezado una desconcertante maldad de las niñas.

En sexto curso, había empeorado.

—¿Por qué no les gusto, mamá?

—¿Por qué se ríen de mí, mamá?

Porque en Skatskill, si vivías en la colina por debajo de Highgate Avenue y/o al este de Summit Street eras conocido como miembro de la «clase trabajadora». Marissa había preguntado qué significaba eso. ¿No trabajaba todo el mundo? ¿Y qué era eso de una clase... como una clase de la escuela? ¿Un aula?

Pero Leah tenía que reconocerlo: aunque Marissa hubiera sido invitada a casa de una desconocida amiga de la escuela, no se habría quedado allí tanto tiempo.

No más allá de las cinco. No una vez hubiera oscurecido.

No sin llamar a Leah.

—No es la clase de niña que...

Leah volvió a mirar en la cocina. El fregadero estaba vacío. No había ningún paquete de pechugas de pollo descongelándose.

Los martes y los jueves eran las noches en las que Marissa debía empezar a preparar la cena. A Marissa le encantaba cocinar, a mamá y a Marissa les encantaba cocinar juntas. Aquella noche iban a comer *jambalaya* de pollo, que era el plato que más les gustaba preparar juntas. «Tomates, cebollas, pimientos, pimienta cajún...»

Leah habló en voz alta. El silencio era enervante.

«Si hubiera venido a casa directamente. Esta noche.»

El 7-Eleven junto a la autopista. Allí es donde se había parado de camino a casa.

Tras el mostrador, el caballero indio de mediana edad con la sabia mirada afligida se lo confirmaría. Leah era una clienta habitual, él no conocía su nombre pero parecía gustarle.

Productos lácteos, una caja de servilletas de papel. Tomate en lata. Dos *packs* de seis latas de cerveza frías. Por lo que él sabía, Leah tenía marido. Él era el que se bebía la cerveza, el marido.

Leah vio que le temblaban las manos. Necesitaba beber para que sus manos dejaran de temblar.

—¡Marissa!

Tenía treinta y cuatro años. Su hija tenía once. Toda la familia de Leah, incluidos sus padres, sabía que llevaba «divorciada amistosamente» siete años. Su ex marido, un tipo que no había terminado los estudios de medicina, había desaparecido en alguna parte del norte de California; habían vivido juntos en Berkeley, se habían conocido en la universidad a principios de los años noventa.

Imposible localizar al ex marido y padre que no se apellidaba Bantry.

Le harían preguntas sobre él, lo sabía. Le harían preguntas sobre muchas cosas.

Ella se lo explicaría: con once años ya es mayor para tener canguro. Con once años es totalmente capaz de volver sola a casa... Con once años puede ser responsable de...

En la nevera buscó una lata de cerveza. La abrió y se la bebió ávidamente. El líquido estaba helado, la cabeza empezó a dolerle de inmediato: un punto helado como una moneda entre los ojos. «¡Cómo puedes! ¡En un momento así!» No quería dejarse llevar por el pánico y llamar a emergencias antes de pensar bien en ello. Tenía algo delante de las narices, ¿alguna explicación, quizá?

«Madre soltera angustiada. Apartamento modesto.»

«Desaparecida niña de once años. "Dificultades de aprendizaje".»

Torpemente, Leah volvió sobre sus pasos y recorrió de nuevo el apartamento. Estaba buscando... Abría todavía más las puertas que ya había entreabierto. Se arrodillaba junto a la cama de Marissa para mirar debajo en un arrebato de energía desesperada.

Y encuentra, ¿qué? Un calcetín solitario.

¡Como si Marissa fuera a esconderse debajo de la cama!

Marissa, que quería a su madre, que nunca nunca quería preocupar, irritar o herir a su madre. Marissa, que era inmadura para su edad, nunca rebelde, hosca. Marissa, cuya idea de maldad era olvidarse de hacerse la cama por la mañana. Dejar el espejo del baño de encima del lavabo salpicado de agua.

Marissa, que le preguntaba a su madre:

—¿Tengo a un padre en alguna parte como las demás niñas, y sabe él que existo?

Marissa que preguntaba, parpadeando con los ojos llenos de lágrimas:

—¿Por qué se ríen de mí, mamá? ¿Soy «corta»?

En la escuela pública las clases eran demasiado grandes, su profesora no tenía tiempo ni paciencia para Marissa. Así que Leah la había matriculado en Skatskill Day, donde las clases tenían como máximo quince alumnos y Marissa recibiría atención especial de su profesora y, sin embargo, todavía tenía problemas con la aritmética, se metían con ella, la llamaban «corta»... Se reían de ella incluso chicas que ella consideraba sus amigas.

«Quizá se ha escapado.»

Surgida de ninguna parte, esa idea dejó a Leah estupefacta.

Marissa se había escapado de Skatskill. De la vida por la que mami tanto había trabajado.

«¡Eso no puede ser! Nunca.»

Leah tragó otro sorbo de cerveza. Automedicación, eso era. Todavía su corazón latía en rápidos golpes, después parecía detenerse. Esperaba con todas sus fuerzas no desmayarse...

«¿Adónde? ¿Adónde iría Marissa? Nunca.»

¡Era ridículo pensar que Marissa se hubiera escapado!

Era demasiado tímida, pasiva. Demasiado insegura de sí misma. Otros niños, especialmente niños mayores, la intimidaban. Porque Marissa era extrañamente atractiva, una niña preciosa con el cabello sedoso rubio hasta los hombros, cepillado por su orgullosa madre hasta que brillaba, a veces recogido por su madre en elaboradas trenzas, Marissa con frecuencia llamaba la atención sin proponérselo; pero Marissa tenía poca conciencia de sí misma y de que los otros la miraban.

Nunca se había montado sola en un autobús. Nunca había ido sola al cine. Raramente entraba en ninguna tienda sola, sin Leah cerca.

Pero era lo primero que la policía sospecharía, probablemente: Marissa se había escapado.

«Quizá esté en la casa de al lado. Visitando a los vecinos.»

Leah sabía que eso no era probable. Ella y Marissa tenían una buena relación con los vecinos, pero nunca se visitaban. No era un edificio de apartamentos de esa clase, había pocos niños.

Sin embargo, Leah tendría que comprobarlo. Se esperaba de una madre que buscaba a su hija, que preguntara a los vecinos.

Se pasó un rato entonces, diez o quince minutos, llamando a las puertas de los apartamentos Briarcliff. Sonriendo ansiosamente ante el rostro sorprendido de desconocidos. Tratando de no parecer desesperada, histérica.

—Disculpe…

Un recuerdo de pesadilla le sobrevino, una joven madre angustiada llamando a su puerta, hacía años, en Berkeley, cuando se mudó allí con su amante, que acabaría siendo el padre de Marissa. Les habían interrumpido mientras estaban comiendo, y el amante de Leah había respondido a la puerta con un punto de irritación en la voz; y Leah había salido tras él, muy joven en esa época, muy rubia y privilegiada, y se había quedado mirando a una joven filipina, que parpadeaba para contener las lágrimas, mientras les preguntaba «¿Han visto a mi hija…? Leah no recordaba nada más.

Ahora era Leah Bantry quien estaba llamando a las puertas. Interrumpiendo a desconocidos a la hora de cenar. Disculpándose por molestarles, preguntando con voz temblorosa: «¿Han visto a mi hija…?».

En el edificio de apartamentos, tan semejante a un barracón, en el que Leah se había instalado para ahorrar dos años antes, cada apartamento daba directamente a la parte posterior del edificio, al aparcamiento. Era una zona pavimentada bien iluminada, puramente funcional, fea. En el edificio de apartamentos no había pasillos. No había escaleras interiores, ni recibidores. No había lugares de encuentro siquiera para conversaciones casuales. No era un atractivo complejo de casitas sobre el río Hudson, sino los apartamentos Briarcliff, al sur de Skatskill.

Los vecinos más cercanos de Leah se mostraron comprensivos y preocupados, pero no pudieron ayudarla. No habían visto a Marissa y, obviamente, ella no había ido a visitarles. Le prometieron a Leah que «estarían al tanto» y le sugirieron que llamara al teléfono de emergencias.

Leah siguió llamando a puertas. Un mecanismo se había puesto en marcha en su cerebro, no podría parar hasta que hubiera llamado a todas las puertas del edificio de apartamentos. A medida que se alejaba de su apartamento del primer piso, era recibida con menos comprensión. Un inquilino le gritó con la puerta cerrada que qué quería. Otro, un hombre de mediana edad con el rostro colorado de indignación de un bebedor, interrumpió su titubeante pregunta para decirle que no había visto a ninguna niña, que no conocía a ninguna niña, que no tenía tiempo para niñas.

Leah regresó a su apartamento dando tumbos, aturdida. Vio con un estremecimiento de alarma que se había dejado la puerta entreabierta. Todas las luces del apartamento parecían estar encendidas. Casi pensó que Marissa debía estar en casa ahora, en la cocina.

Corrió hacia el interior.

—¿Marissa...?

Su voz sonó ansiosa, lastimera.

La cocina, por supuesto, estaba vacía. El apartamento estaba vacío.

Una nueva idea, salvaje: Leah regresó al exterior, al aparcamiento, para echar un vistazo a su coche, que estaba aparcado cerca de allí. Miró en el interior, aunque sabía que estaba cerrado con llave y vacío. Miró el asiento trasero.

«¿Me estoy volviendo loca? ¿Qué me está pasando...?»

Con todo, tenía que mirar allí. Sentía también el poderoso impulso de meterse en el coche e ir por la Calle 15 hasta la escuela Skatskill Day y mirar por el edificio. Por supuesto, estaría cerrado. El aparcamiento en la parte trasera...

Pasaría por Van Buren. Pasaría por Summit. Pasaría por las pequeñas tiendas del centro de Skatskill, los restaurantes novedosos, los anticuarios y las tiendas de ropa cara. Saldría a la autopista, dejando atrás gasolineras, restaurantes de comida rápida, pequeños centros comerciales.

Esperando ver, ¿qué? ¿A su hija caminando bajo la lluvia?

Leah volvió al apartamento, pensando que había oído el timbre del teléfono, pero el teléfono no sonaba. Otra vez, incapaz de detenerse, miró en las habitaciones. Esta vez prestó más atención al pequeño armario de Marissa, apartando a un lado la ropa de Marissa colgada ordenadamente. (Marissa siempre había sido obsesivamente ordenada. Leah no había querido preguntar por qué.) Se quedó mirando los zapatos de Marissa. ¡Qué zapatos tan pequeños! Tratando de recordar lo que Marissa se había puesto esa mañana... Hacía muchas horas.

¿Le había hecho trenzas aquella mañana? No creía que hubiera tenido tiempo. Le habría cepillado el pelo, cariñosamente. Quizá estaba excesivamente orgullosa de su preciosa hija y ahora estaba siendo castigada... No, eso era absurdo. Nadie es castigado por querer a su hijo. Le había cepillado el pelo a Marissa hasta que brilló y se lo había recogido con broches en forma de mariposas de madreperla.

—¡Qué bonita eres! El angelito de mamá.

—Oh, mamá. No es verdad.

El corazón le dio un vuelco. No podía comprender cómo el padre de su hija las había abandonado. Ella estaba enferma de culpa, tenía que ser su culpa como mujer y madre.

Resistió el impulso de abrazar a Marissa, sin embargo. Con once años, la niña se estaba haciendo demasiado mayor para abrazos espontáneos e inexplicables de mamá.

Las muestras de emoción no gustan a los niños, le habían advertido a Leah. Por supuesto, Leah no tenía ninguna necesidad de que se lo advirtieran.

Leah regresó a la cocina en busca de otra cerveza. Antes de marcar el número de emergencias. Sólo unos tragos, no se acabaría toda la lata.

No tenía nada más fuerte que la cerveza en el apartamento. Era una regla de su vida madura.

Nada de licores fuertes. Nada de hombres que se quedaran a pasar la noche. Ningún riesgo para su hija, ninguna de las emociones que mamá a veces sentía.

Lo sabía: le echarían la culpa. Porque suya era la culpa.

«Niña sola en casa. Madre trabajadora.»

Habría tenido que pagarle a la canguro casi lo mismo que

ganaba en la clínica como asistente médica, en neto. Era injusto, y era imposible. No podía.

Marissa no era tan espabilada como otros niños de su edad, ¡pero no era «corta»! Estaba en sexto, no se había quedado atrás. Su tutora decía que estaba «mejorando». Y su comportamiento era esperanzador. «¡Su hija se esfuerza mucho, señora Bantry! Qué niña tan dulce y paciente.»

A diferencia de su madre, pensó Leah. Que no era dulce, y a la que hacía mucho tiempo que se le había acabado la paciencia.

—Quiero denunciar la desaparición de una niña...

Volvió a ensayar las palabras, aturdida por su irrevocabilidad. Esperaba no arrastrarlas.

¿Dónde estaba Marissa? Era imposible pensar que no estaba de algún modo en el apartamento. Si Leah volvía a mirar...

Marissa lo sabía: cerrar con llave la puerta de entrada al entrar, pasar el cerrojo de seguridad cuando estuviera sola en casa. (Mamá y Marissa habían practicado esa maniobra muchas veces.) Marissa lo sabía: no responder a la puerta si alguien llamaba, si mamá no estaba en casa. No responder al teléfono inmediatamente sino dejar que se accionara el contestador automático, para oír si quien llamaba era mamá.

Marissa lo sabía: no dejar nunca que desconocidos se acercaran a ella. No hablar con desconocidos. Nunca subirse a coches con desconocidos o ni siquiera con gente conocida a menos que fueran mujeres, gente a la que mamá conociera o las madres de las compañeras de clase, por ejemplo.

Por encima de todo, Marissa lo sabía: ir directamente a casa desde la escuela.

Nunca entrar en ningún edificio, ninguna casa, excepto tal vez la casa de una compañera de clase, una amiga de la escuela... Incluso en ese caso, debía decírselo a mamá de antemano.

(¿Se acordaría Marissa? ¿Podía confiarse en que una niña de once años recordara tantas cosas?)

Leah se había olvidado completamente: quería llamar a la profesora de Marissa. Por medio de la señora Fletcher, Leah sabría los nombres de las amigas de Marissa. La policía esperaría que supiera eso. Pero se quedó junto al teléfono indecisa, preguntándose si se atrevía a llamar a esa mujer; porque si lo hacía, la señora Fletcher iba a saber que algo andaba mal.

El dolor entre los ojos se había extendido, tenía la cabeza atenazada por el dolor.

Marissa, a los cuatro años, se subía al sofá al lado de Leah y le acariciaba la frente para allanarle las «arrugas de preocupación». Húmedos besos en la frente de mamá. «¡Bésame para hacer que se vayan!»

Mamá se había sentido herida en su vanidad, por eso la niña veía arrugas de preocupación en su cara. Pero ella se reía y la invitaba a darle más besos. «Muy bien, cariño. Bésame para que se vayan.»

Se había convertido en su ritual. El entrecejo fruncido, una mueca, un aspecto triste, y mamá o Marissa exigían: «Bésame para que se vayan».

Leah estaba hojeando el listín telefónico. «Fletcher.» Había más de una docena de Fletchers. Ninguna de las iniciales parecía la correcta. La profesora de Marissa se llamaba ¿Eve?, ¿Eva?

Leah marcó uno de los números. Saltó un contestador automático con la voz de un hombre.

Otro número, respondió un hombre. Educadamente le dijo a Leah que no: aquí no vive nadie que se llame Eve o Eva.

Esto no tiene ningún sentido, pensó Leah.

Llamaría a las urgencias, a los centros médicos, allí donde hubieran podido llamar a una niña, golpeada por ejemplo por un vehículo al cruzar una calle con mucho tráfico.

Cogió la lata de cerveza. Ahora bebería rápidamente. Antes de que llegara la policía.

Automedicación, lo llamaba un terapeuta. Había empezado en el instituto. Era un secreto para su familia, no lo sabían. Aunque su hermana Avril lo había intuido. Al principio Leah bebía con sus amigos, después no necesitaba a sus amigos. No era por la sensación, el colocón, sino para calmarse los nervios. Para estar menos ansiosa. Menos enfadada consigo misma.

«Tengo que ser guapa. Más guapa.»

Él le había dicho que era guapa muchas veces. Él hombre que sería el padre de Marissa. Leah era guapa, él la adoraba.

Iban a vivir en un pueblo junto al mar en alguna parte del norte de California, Oregon. Había sido su fantasía. Él era estudiante de medicina, resentido a causa de la presión a la que le sometían. Ella había cogido un camino más fácil, enfermera. Pero lo dejó cuando se quedó embarazada.

Más tarde él le diría que claro que era guapa, pero que no la quería.

«El amor se agota. La gente sigue su camino.»

Sin embargo, ahí estaba Marissa. De su relación, Marissa.

Con gusto habría renunciado a ese hombre Leah, a cualquier hombre, con tal de tener consigo a su hija.

¡Si no se hubiera parado de vuelta de la clínica! Si hubiera ido directamente a casa.

Lo sabía: tendría que contarle a la policía dónde había estado antes de volver a casa. Por qué había llegado más tarde que de costumbre. Tendría que confesarlo, que había llegado tarde. Su vida quedaría vuelta del revés, como los bolsillos de un viejo par de pantalones. Todo lo que era privado, preciado, rudamente expuesto.

La única noche en semanas, meses... Se había comportado de un modo impropio de ella.

Pero también se había detenido en el 7-Eleven. Era un lugar muy concurrido a primera hora de la noche. Eso no era impropio de ella, Leah con frecuencia se detenía en la tienda, que estaba a dos manzanas de los apartamentos Briarcliff. El caballero indio de la caja registradora hablaría bien de ella ante los agentes de policía. Descubriría que se llamaba Leah Bantry y que su hija había desaparecido. Descubriría que era una madre soltera, que no estaba casada. Los numerosos *packs* de seis Coors que compraba no eran para un marido sino para ella.

Leah se terminó la cerveza y tiró la lata en el cubo de la basura que había debajo del fregadero. Pensó en salir y tirar todas las latas en un contenedor, puesto que la policía posiblemente registrara la casa, pero no había tiempo, ya se había demorado demasiado esperando a que Marissa regresara y todo volviera a ser como era. Pensando «¿Por qué no le compré un móvil a Marissa, por qué me pareció que no valía la pena hacer ese gasto?». Cogió el teléfono y llamó a emergencias.

Estaba sin resuello, como si hubiera estado corriendo.

—Quiero... quiero... denunciar la desaparición de una niña.

Lobos solitarios

«Estoy llamado a un destino especial. ¡Lo estoy!»

Él vivía vívidamente en su cabeza. Ella vivía vívidamente en su cabeza.

Él había sido un idealista. Ella era sin dudarlo una realista.

Él tenía treinta y un años. Ella tenía trece.

Él era alto/desgarbado/poco musculado y medía un metro ochenta (en el carné de conducir del Estado de Nueva York decía que metro ochenta y tres), pesaba setenta kilos y medio. Ella medía un metro cuarenta y nueve y pesaba cuarenta kilos.

Él tenía buena opinión de sí mismo, en secreto. Ella tenía muy buena opinión de sí misma, no tan en secreto.

Él era profesor sustituto de matemáticas/«asesor informático» en la escuela Skatskill Day. Ella cursaba octavo en la escuela Skatskill Day.

El estatuto oficial en la escuela de él era de «empleado a tiempo parcial».

El estatuto oficial en la escuela de ella era de «alumna de pago, sin exenciones».

«Empleado a tiempo parcial» significaba que no tenía cobertura médica/dental, que percibía menos por hora que los empleados a jornada completa y que no tenía ninguna posibilidad de hacerse con un puesto fijo. «Alumna de pago, sin exenciones» significaba la imposibilidad de recibir becas o de pagar a plazos la matrícula.

Él hacía relativamente poco que vivía en Skatskill-on-Hudson, doce kilómetros al norte de Nueva York. Ella hacía mucho tiempo que vivía allí, desde que se había instalado con su abuela viuda cuando tenía dos años, en 1992.

Para ella, ante él, él era el «señor Zallman»; en caso contrario, «señor Z.».

Para él, ella no tenía una identidad definida. Una de esas chicas de Skatskill Day de distintas edades (de los cursos elementales hasta el instituto) a la que le daba indicaciones en materia de informática y atendía personalmente cuando se le requería.

Ni siquiera a la alumna de sexto Marissa Bantry con el largo pelo liso como borlas de maíz la recordaría, de inmediato.

«Los chicos», les llamaba. Con una voz que arrastraba con un reticente afecto, o con una voz cargada de sarcasmo. «¡Esos chicos!»

Dependiendo del día, de la semana. Dependiendo de su humor.

«Esos otros», les llamaba ella, con una voz vibrante de desdén.

Eran una raza ajena. Incluso tenía que reconocer que su pequeña banda de discípulas estaba compuesta de un puñado de fracasadas.

En el archivo confidencial sobre él guardado en el despacho de la directora de Skatskill Day decía: «Impresionantes credenciales/recomendaciones, interactúa bien con los estudiantes brillantes. Tiende a la impaciencia. No le gusta jugar en equipo. Insólito sentido del humor. (¿Brusco?)».

En el archivo confidencial sobre ella (1998-hasta el presente) guardado en el despacho de la directora decía, en informes de diversa autoría: «Impresionante pasado (abuela materna/tutora legal señora A. Trahern, ex alumna/donante/miembro del patronato/emérita). Impresionante coeficiente intelectual (mediciones 149, 161, 113, 159 a las edades de 6, 9, 10, 12), destellos de brillantez, rendimiento académico errático, niña solitaria, niña gregaria, interactúa mal con los compañeros de clase, líder natural, tendencias antisociales, vívida presencia en clase, perjudicial presencia en clase, hiperactiva, apática, talento para la "fantasía", pobres habilidades comunicativas, tendencias inmaduras, agilidad verbal, imaginación estimulada por nuevos proyectos, fácilmente aburrida, hosca, madura para su edad, pobres habilidades de coordinación motora, diagnosticado síndrome de Déficit de Atención a los 5 años/recetado Ritalin con buenos resultados/resultados mixtos, diagnosticada dislexia a los 7 años/recetada atención especial con buenos resultados/resultados mixtos, alumna de honor en quinto, notas bajas/suspenso en inglés en séptimo, expulsada por una semana en oct. 2002 por "amenazar" a una compañera de clase, reincorporada a los tres días/acción legal emprendida contra la escuela por la tutora/exigido consejo psicológico con resultados buenos/mixtos.» (En la cubierta de la carpeta, con letra de la directora, "¡Un reto!")».

Él era de tez morena, de color oliváceo. Ella tenía la piel pálida, translúcida.

Él asistía a la escuela los lunes, martes y miércoles a menos que sustituyera a otro profesor, cosa que hacía, de media, quizá una de cada cinco semanas. Ella acudía a la escuela cinco días a la semana, ¡Skatskill era su territorio!

«Amor/odio» sentía ella por Skatskill Day. «Amor/odio.» (Con frecuencia, como señalaban sus profesores, «desaparecía» de las clases y más tarde «reaparecía». Malhumorada/arrogante sin explicación aparente.)

Él era un lobo solitario y, sin embargo, bisnieto de inmigrantes judíos alemanes que habían emigrado a Estados Unidos a principios del siglo XX. Nieto e hijo de socios de Cleary, McCorkle, Mace & Zallman, agentes de bolsa en Wall Street. Ella era la única nieta del juez del Tribunal Supremo del estado de Nueva York Elias Trahern, que había muerto antes de que ella naciera y no despertaba en ella más interés que el general George Washington, con su prominente mandíbula y su peluca, cuya imagen idealizada pendía en la rotonda de la escuela.

Él tenía la piel moteada con lunares. No llegaban a desfigurarle, pero veía a gente mirando atentamente a esos lunares como si esperaran que se movieran.

Ella tenía una piel susceptible a los sarpullidos de ira. Le habían diagnosticado sarpullidos provocados por sus nervios, también provocados porque se mordía las uñas.

Él estaba empezando a perder su espeso cabello negro ondulado, del que no se había dado cuenta que estaba orgulloso. Tenía entradas hasta las sienes, de modo que lo llevaba largo por encima del cuello de su camisa. El pelo de ella explotaba en un borrón color óxido difuminado como semillas de diente de león alrededor de su puntiaguda y pálida cara.

Él era Mikal. Ella era Jude.

Él había sido llamado Michael, ¡pero había tantos malditos Michaels!

Ella había sido llamada Judith, pero «¡Judith! Suficiente para provocar náuseas».

Lobos solitarios que desdeñaban a la muchedumbre. Aristócratas naturales que no sabían en qué gastar el dinero o cómo valerse de las conexiones familiares.

Él se había distanciado de los Zallman. Casi del todo.

Ella se había distanciado de los Trahern. Casi del todo.

Él tenía una pronta y atractiva risa irónica. Ella tenía una risa aguda y nasal que la sorprendía de repente, como un estornudo.

La frase que más le gustaba mascullar a él era: «¿Y ahora qué?». La frase que más le gustaba mascullar a ella era: «¡Esto es un aburrimiento!».

Él lo sabía: las niñas prepubescentes/adolescentes con frecuencia se enamoraban de sus profesores. Pero por alguna razón a él nunca le pareció cierto, ni siquiera importante. Mikal Zallman vivía en su cabeza.

Ella detestaba a los niños de su edad. Y a la mayor parte de hombres, de cualquier edad.

Haciendo que sus discípulas se rieran y sonrojaran, a la hora de comer, blandiendo un cuchillo de cocina en un rápido movimiento circular que indicaba «cas-tra-ción, ¿sabes qué es eso?» mientras determinados alumnos de octavo pasaban ruidosamente junto a ella portando bandejas de cafetería.

Los niños raramente la veían. Ella había aprendido a ser invisible, como si jugara una carta boca abajo.

Él vivía —con petulancia, para algunos observadores— en el interior de una armadura de hierro. (Excepto cuando estaba solo. Viendo imágenes de hambrunas, guerra, devastación, parpadeaba con los ojos llenos de cálidas lágrimas. Se había sorprendido a sí mismo y a los demás llorando incontrolablemente en el funeral de su padre en la sinagoga del Upper East Side el año anterior.)

Ella no había llorado en, aproximadamente, cuatro años. Desde que se había caído de la bicicleta y hecho un corte en la rodilla derecha que había requerido nueve puntos de sutura.

Él vivía solo, en un apartamento de tres habitaciones poco amuebladas en Riverview Heights, una urbanización de casitas que daba al río Hudson en North Tarrytown. Ella vivía sola, con la salvedad de la presencia periférica de su anciana abuela, en unas habitaciones elegantemente amuebladas del ala principal de la finca Trahern en el número 83 de Highgate Avenue; el resto de la mansión de treinta habitaciones se había cerrado hacía ya mucho tiempo para economizar.

Él no tenía ni idea de dónde vivía ella, porque tenía una idea muy vaga de quién era ella. Ella sabía dónde vivía él, a cuatro kilómetros y medio del número 83 de Highgate Avenue. Ella había paseado en bicicleta más de una vez por Riverview Heights.

Él tenía un viejo Honda CR-V azul metálico, con matrícula de Nueva York TZ 6063. Ella sabía que él tenía un viejo Honda CR-V azul metálico, con matrícula de Nueva York TZ 6063.

En realidad, él no siempre tenía tan buena opinión de sí mismo. En realidad, ella no siempre tenía tan buena opinión de sí misma.

Él deseaba tener buena opinión de sí mismo. Deseaba tener buena opinión de toda la humanidad. No quería pensar «El *Homo sapiens* no tiene la menor esperanza, acabemos de una vez con esto». Quería pensar: «Puedo influenciar de veras en la vida de otros».

Él había sido un idealista que se había «quemado, hartado» poco antes de cumplir los treinta. Eran lugares comunes útiles. Eran lugares comunes que se había ganado. Había enseñado en escuelas públicas de Manhattan, el Bronx y Yonkers entre los veinticinco y los treinta años y después de un período de recuperación regresó a Columbia University para mejorar sus credenciales con un máster en ciencias informáticas, y había regresado a la enseñanza por el viejo idealismo que todavía arrastraba consigo como hilachas en uno de sus jerséis gastados en los codos, una cosa en la que sabía que nunca emularía a su padre era la persecución del dinero, allí en Skatskill-on-Hudson donde no conocía a nadie y sabía que podía trabajar a tiempo parcial sobre todo ayudando a los niños con los ordenadores y sería respetado aquí o al menos su intimidad sería respetada, no era un profesor de escuela privada ambicioso, no andaba buscando un puesto fijo, en unos cuantos años daría un paso adelante, pero por el momento estaba satisfecho con su trabajo, tenía tiempo para «dedicarme a mis cosas», como él decía.

Buena parte del tiempo ella no tenía tan buena opinión de sí misma. En secreto.

«Las fantasías suicidas son habituales entre los adolescentes. No son síntoma de enfermedad mental mientras sigan siendo fantasías.»

También él tuvo esas fantasías. Hasta bien entrada la veintena, en realidad. Ahora las había dejado atrás. Eso era lo que «dedicarme a mis cosas» había hecho por Mikal Zallman.

Las fantasías suicidas de ella eran dibujos animados, podría decirse. Un salto desde el puente Tappan Zee/George Washington, imágenes para los noticiarios de las seis. Una ardiente bola de fuego en un tejado. (¿Skatskill Day? Era el único tejado al que tenía acceso.) Si te tomabas cinco o seis pastillas de éxtasis tu corazón explotaba (quizá). Si te tomabas una docena de barbitúricos te dormías y entrabas en coma y nunca despertabas (quizá).

Con las pastillas siempre cabía la posibilidad de vomitar, despertarse en urgencias con un lavado de estómago o despertarse con el cerebro dañado. Estaban los cuchillos, las cuchillas. Desangrarse en la bañera, con el agua caliente derramándose.

La víspera de su decimotercer aniversario se había encontrado mal y su nuevo amigo/mentor el Maestro de los Ojos (en Alaska, a menos que fuera la Antártida) le dijo por qué odiarte a ti misma, Jude, es a-bu-rri-do. Mejor odiar «a los demás», a los que te rodean.

Ella nunca lloró, sin embargo. De verdad de verdad nunca lloró.

«Como si los conductos lagrimales de Jude O estuvieran secos. ¡Guay!»

«Conductos» le recordó a la palabra «púbicos», que se había encontrado por primera vez en un *chat*, la había buscado en el diccionario y había descubierto que era una palabra asquerosa que se refería a esos pelos rizados/pervertidillos que le habían empezado a salir en determinado lugar, entre las piernas. Y en sus axilas, donde se negó a aplicar «desodorante» hasta que la abuela se quejó.

La abuela Trahern estaba medio ciega pero tenía buen olfato. La abuela Trahern era experta quejarse y quejarse, se diría que era la virtud predominante de su octava década de vida.

¡Señor Z! Quizá él le había olido las axilas. Ella esperaba que no hubiera olido su entrepierna.

El señor Z en el laboratorio de informática caminando por el pasillo respondiendo las preguntas de los niños, la mayoría de ellas tan elementales/estúpidas que a ella le habría gustado mirarle a los ojos e intercambiar una sonrisa de complicidad, pero el señor Z nunca parecía mirarla y ella era presa de la timidez, la sangre se le subió a la cara cuando él se detuvo sobre ella para examinar el caos de su pantalla y ella se oyó susurrar con arrojo infantil «Creo que la he cagado, señor Zallman», frotándose la nariz con el canto de la mano, empezando a reírse por lo bajo y hubo algo sexy/guay en el señor Z, a doce centímetros de ella, que no esbozó una sonrisa ni siquiera de juguetón reproche, sin darle siquiera la menor pista de que había oído esa palabrota de la inocente boca de una estudiante de octavo.

En realidad el señor Z la había oído. Por supuesto.

«Nunca reír. Nunca alentarles. Si maldicen o utilizan palabrotas o un lenguaje sugerente.

»Y nunca tocarles.

»O dejar que te toquen.»

La (subterránea) conexión entre ellos.

Se había inclinado sobre ella, escrito en su teclado. Reparado los daños. Dicho que lo estaba haciendo muy bien. ¡Que no se desaliente! No parecía conocer su nombre pero quizá sólo lo fingía, su sentido del humor. Caminando hacia el siguiente brazo levantado.

Sin embargo, ella había sabido que se había producido una (subterránea) conexión.

Como lo había sabido la primera vez que vislumbró a la Virgen del Maíz en el pasillo de séptimo. Cabello rubio sedoso como borlas de maíz. Tímida. Asustada.

Una niña nueva. Perfecto.

Una mañana llegó temprano para observar cómo la madre

de la Virgen del Maíz la dejaba en la acera. Mujer de buen aspecto con el mismo cabello rubio claro, sonriéndole a la niña e inclinándose rápidamente para besarla.

Algunas conexiones se establecen como un rayo láser.

Algunas conexiones, simplemente las detectas.

Al señor Z le había mandado un mensaje electrónico «Es usted un genio, señor Z». Cosa que no era propia de Jude O porque ningún mensaje en el ciberespacio puede borrarse del todo nunca. Pero el señor Z no respondió.

¡Es tan fácil responder un maldito mensaje electrónico! Pero el señor Z no lo había hecho.

El señor Z no intercambió una sonrisa/guiño cómplices con ella como sería de esperar.

¡La ignoró!

Como si no supiera cuál de ellas era.

Como si la confundiera con «las demás», sus inferiores.

Y por lo tanto algo se puso del revés en su corazón como una llave oxidada y ella pensó tranquilamente: «Pagará por esto, idiota señor Z, usted y toda su progenie».

Pensó en llamar al FBI denunciando a un sospechoso de terrorismo. El señor Z era oscuro como un árabe, y tenía la mirada furtiva. Aunque probablemente era judío.

Después él vagamente recordaría el «Es usted un genio, señor Z» pero por supuesto lo había borrado. Es tan fácil borrar un mensaje electrónico.

Después vagamente recordaría a la chica avergonzada en el ordenador con el pelo rizado y los ojos fijos y cristalinos, un olor sorprendente como de carne sin lavar surgía de ella (infrecuente en Skatskill Day, tanto como infrecuente en la acomodada zona residencial de Skatskill) que no había reconocido en el momento, eso era en enero/febrero, era Jude Trahern. Él no tenía un grupo de alumnos asignados, trabajaba con más de un centenar en cosa de pocos días, no podía seguirles la pista y no tenía ningún interés en seguirles la pista. Aunque unos cuantos días más tarde se toparía con la chica en compañía de una amiga gorda, ambas rebuscando en una papelera en el laboratorio de informática, pero no les había prestado una atención especial mientras corrían avergonzadas y riéndose por lo bajo como si él hubiera abierto la puerta y las hubiera visto allí desnudas.

Pero lo recordaría: la misma chica de pelo rizado sentada descaradamente ante su ordenador, el ordenador de un profesor, después de la escuela un día, con el entrecejo fruncido ante la pantalla y dándole a las teclas con tanta autoridad como si fuera suyo y esta vez él le habló con dureza.

—¿Disculpa?

Y ella levantó la mirada y le observó encogiéndose y aparentemente ciega como si creyera que él iba a pegarle. De modo que él bromeó:

—Aquí tenemos a la famosa *hacker*, ¿eh?

Él sabía que era lo más amable porque la estrategia más prudente era hacer una broma acerca del comportamiento audaz/inexplicable de los adolescentes. Y no era buena idea enfrentarse a su vergüenza. Especialmente en el caso de una chica. Y esa chica de expresión estupefacta encorvada como si estuviera tratando de hacerse más pequeña. Piel fina como el papel, labio superior corto dejando a la vista los dientes, un aspecto cauteloso de roedor, furtiva, ansiosa y atractiva de algún modo. Tenía los ojos del color de la grava, esto es, ausentes de color, húmedos y agrandados. Cejas y pestañas escasas, casi invisibles. Era tan ferozmente pura y sus ojos nada preciosos le miraban tan crudamente... Sintió pena por ella, pobre chica. Atrevida, valiente, pero en otro año o así sería olvidada totalmente por sus compañeros de clase, ningún chico la miraría dos veces. Él no había adivinado que la temblorosa chica era la única descendiente de una familia reputada y privilegiada aunque posiblemente sí había adivinado que sus padres hacía mucho tiempo que se habían divorciado y quizá se habían alejado también de ella. Ella estaba balbuceando una débil excusa «Sólo necesitaba consultar una cosa, señor Zallman». Él se rio y la disculpó con un gesto de la mano. Sintió un impulso, impropio de su carácter, de alargar la mano y alborotar ese cabello rizado y crispado como se acaricia la cabeza de un perro en parte por afecto y en parte para castigarle.

No la tocó, sin embargo. Mikal Zallman no estaba loco.

101 Dálmatas

¿Crees que respira?

¡Sí! Seguro que sí.

Oh Dios y si…

… sí. ¿Lo ves?

La Virgen del Maíz dormía a la luz de la vela. El pesado sueño con la boca abierta de los sedados.

La observamos maravilladas. La Virgen del Maíz, ¡en nuestro poder!

Jude le quitó los broches del pelo para poder cepillárselo. Largo pelo liso pálido.

No estábamos celosas del pelo de la Virgen del Maíz porque «Ahora es nuestro pelo».

El cabello de la Virgen del Maíz estaba extendido alrededor de su cabeza como si estuviera cayendo.

Respiraba, sí, se veía. Si sostenías una vela cerca de su cara y su garganta, se veía.

Le habíamos hecho a la Virgen del Maíz una cama que Jude llamaba un «féretro». Hecho con preciosos chales de seda y una colcha brocada, sábanas de cachemira de Escocia, almohadas de pluma de pato. Eso lo trajo Jude con el rostro resplandeciente del ala para invitados de la casa, que estaba cerrada.

Le quitamos torpemente la ropa a la Virgen del Maíz.

Te quitas la tuya sin apenas pensar pero la de otra persona, incluso una niña pequeña tendida sobre su espalda, con los brazos y las piernas flácidas pero pesadas, eso es otra cosa.

Cuando la Virgen del Maíz estuvo desnuda resultó difícil no reírse por lo bajo. Difícil no soltar una risotada.

Más como una niña pequeña que como nosotras.

De repente nos causaba rechazo. Tenía los pechos planos contra la caja torácica, los pezones pequeños como semillas. No tenía vello creciendo entre sus piernas.

Estaba muy fría, temblando en sueños. Tenía los labios de color masilla. Los dientes le castañeteaban. Tenía los ojos cerrados pero se veía una delgada media luna blanca. De modo que

(¡casi!) daba miedo que la Virgen del Maíz estuviera mirándonos paralizada en su sueño.

Era el Xanax que Jude había preparado para la Virgen del Maíz. También llevaba codeína y Oxycodone molidos, por si acaso.

Tendríamos que «lavar» a la Virgen del Maíz, dijo Jude. Pero quizá no esta noche.

Frotamos los dedos gélidos de la Virgen del Maíz, los gélidos dedos de los pies, y sus gélidas mejillas. De repente ya no nos causaba rechazo tocarla, queríamos tocarla, tocarla y tocarla.

Aquí dentro, dijo Jude, tocando el estrecho pecho de la Virgen del Maíz, hay un corazón latiendo. Un corazón de verdad.

Jude habló en susurros. En el silencio se podían oír los latidos del corazón.

Cubrimos entonces a la Virgen del Maíz con seda, brocados, lana de cachemira. Colocamos un cojín de plumas de ganso bajo la cabeza de la Virgen del Maíz. Jude roció perfume sobre la Virgen del Maíz con los dedos. Era una bendición, dijo Jude. La Virgen del Maíz dormiría y dormiría por mucho tiempo y cuando se despertara sólo conocería nuestras caras. Las caras de sus amigas.

Era un trastero en el sótano de debajo del ala de invitados adonde llevamos a la Virgen del Maíz. Era un rincón remoto de la vieja casa. Era el lado cerrado de la casa y un sótano era todavía más remoto; nadie vendrá nunca nunca aquí, dijo Jude.

Y podías gritar hasta quedarte afónica, nadie lo oiría nunca.

Jude se rio, haciéndose altavoz con las manos como si fuera a gritar. Pero lo único que salió fue un ruido asfixiado.

No había calefacción en las habitaciones de la casa Trahern que estaban cerradas. En el sótano había tanta humedad como en invierno. Claro, que se suponía que estaban viviendo un holocausto nuclear y que no había electricidad ni para enchufar una estufa. Pero teníamos velas.

Eran fragrantes velas hechas a mano que la vieja señora Trahern había tenido guardadas en un cajón desde 1994, según el tique de la tienda de regalos.

Jude dijo que la abuela no las echaría en falta.

Jude se comportaba de un modo curioso con respecto a su abuela. A veces le gustaba, a veces la llamaba el viejo murciélago, decía a la mierda, que no le preocupaba para nada Jude, que sólo le preocupaba que Jude hiciera algo que la pusiera en un aprieto.

La señora Trahern había llamado desde el pie de las escaleras, cuando estábamos en la habitación de Jude viendo un vídeo. Las escaleras eran demasiado para ella, raramente subía para ver cómo estaba Jude. Había un ascensor de verdad en la casa (lo habíamos visto) pero Jude dijo que se lo había cargado jugando cuando era niña. Sólo unas amigas de la escuela, Denise y Anita, gritó Jude en respuesta. Ya las conoces.

En las ocasiones en que la señora Trahern nos veía con Jude en el piso de abajo nos preguntaba educadamente cómo estábamos y su boca de serpiente se estiraba en una sonrisita mezquina pero ya había dejado de escuchar lo que decíamos, y nunca recordaba nuestros nombres.

101 Dálmatas puso Jude, uno de los viejos vídeos para los que ya era demasiado mayor. (¡Jude tenía mil vídeos para los que ya era demasiado mayor!) Era una peli para niños pequeños que todos habían visto excepto la Virgen del Maíz, que no la había visto. Sentada en el suelo con las piernas cruzadas delante de la tele comiendo helado de un bol en su regazo, y nos terminamos los nuestros y la esperamos y Jude preguntó si quería un poco más y la Virgen del Maíz dudó un momento y después dijo «Sí, gracias».

Todas tomamos más Haagen Dazs de vainilla francesa. ¡Pero no era exactamente el mismo helado de la Virgen del Maíz, no!

Con los ojos refulgentes, tan feliz. Porque éramos sus amigas.

Una niña de sexto con amigas de octavo. Invitada a la casa de Jude Trahern.

Jude llevaba mucho tiempo siendo amable con ella en la escuela. Sonriendo, diciéndole hola. Jude tenía una manera de mirarte fijamente con los ojos como una cobra o algo de lo que no podías apartar la mirada. Tenías miedo pero también era excitante.

En el 7-Eleven había entrado para comprar una coca-cola y una bolsa de nachos. Iba de camino a casa desde la escuela y no tenía ni idea de que dos de nosotras la habíamos seguido y otra se había adelantado para esperarla. Sonrió al ver a Jude, que era tan amable. Jude le preguntó dónde estaba su madre y ella dijo que su madre era auxiliar de enfermería al otro lado del río en Nyack y que no llegaba a casa hasta que había oscurecido.

Ella se rio y dijo que a su madre no le gustaba que comiera comida basura pero que su madre no lo sabía.

Jude dijo que ojos que no ven, corazón que no siente.

El Sacrificio de la Virgen del Maíz era un ritual de los indios onigara, nos dijo Jude. En la escuela habíamos estudiado a los nativos americanos, que es como los llamaban, pero no habíamos estudiado a los indios onigara. Jude dijo que se habían extinguido hacía doscientos años. Los iroqueses habían exterminado a los onigaras, era la supervivencia del más fuerte.

La Virgen del Maíz sería nuestro secreto. De antemano parecíamos saber que sería el más preciado de nuestros secretos.

Jude y la Virgen del Maíz siguieron caminando por delante a solas. Denise y Anita detrás. Por la parte trasera de las tiendas, junto a los contenedores, corrimos para alcanzarlas.

Jude le preguntó a la Virgen del Maíz si quería ir a su casa y la Virgen del Maíz dijo que sí pero que no podría quedarse mucho rato. Jude dijo que estaba cerca. Jude simuló no saber dónde vivía la Virgen del Maíz (pero lo sabía: horribles apartamentos en la Calle 15 con Van Buren) y eso estaba a unos diez minutos andando, aproximadamente.

Subimos por la parte de atrás. Nadie nos vio. La señora Trahern estaría viendo la tele en su habitación y no lo vería.

Si lo veía, no lo vería de verdad. Porque de lejos sus ojos eran débiles.

El ala de invitados era la parte más nueva de la casa. Daba sobre una piscina. Pero la piscina estaba tapada con una lona, Jude dijo que hacía años que nadie se bañaba en ella. Recordaba haberse metido en el lado que no cubría, pero hacía mucho tiempo, como si el recuerdo fuera de otra persona.

El ala para invitados tampoco se utilizaba nunca, dijo Jude. La mayor parte de la casa no se utilizaba. Ella y su abuela vivían en unas pocas habitaciones, y así lo preferían. A veces la señora Trahern no salía de la casa durante semanas enteras. Estaba enfadada por algo sucedido en la iglesia. O quizá el pastor había dicho algo que a ella le pareció ofensivo. Había tenido que despedir al hombre negro que conducía su limusina. Había despedido a la mujer negra que había sido su cocinera y criada durante veinte años. Les llevaban los alimentos. Calentaban casi todas las comidas en el microondas. La señora Trahern veía a pocas de sus viejas amigas en la ciudad, en el Club Femenino Village, Los Amigos de la Historia del Valle del Hudson, y el Club de Jardinería de Skatskill. Nunca invitaba a sus amigas a visitarla en casa.

¿Quieres a tu madre?, le preguntó Jude a la Virgen del Maíz.

La Virgen del Maíz asintió. Un poco avergonzada.

Tu madre es muy guapa. Es enfermera, ¿verdad?

La Virgen del Maíz asintió. Era evidente que estaba orgullosa de su madre pero era demasiado tímida para hablar de ella.

¿Dónde está tu padre?, preguntó Jude.

La Virgen del Maíz frunció el entrecejo. No lo sabía.

¿Está vivo tu padre?

No lo sabía.

¿Cuándo viste por última vez a tu padre?

No estaba segura. Era tan pequeña...

¿Vivía cerca de allí, o dónde?

California, dijo la Virgen del Maíz. Berkeley.

Mi madre está en California, dijo Jude. Los Ángeles.

La Virgen del Maíz sonrió, insegura.

Quizá tu padre está con mi padre ahora, dijo Jude.

La Virgen del Maíz miró a Jude asombrada.

En el Infierno, dijo Jude.

Jude se rio. Como se reía ella, con sus dientes refulgentes. Denise y Anita se rieron. La Virgen del Maíz sonreía sin saber si reírse. Lentamente, cada vez más lentamente, la cucharilla se alzaba hasta su boca y sus párpados caían.

Sacaríamos a la Virgen del Maíz de la habitación de Jude. Por el pasillo y la puerta hasta lo que Jude llamaba el ala de invitados, donde el aire era más frío y viciado. Y escaleras abajo en el ala de invitados, a un sótano hacia el trastero.

La Virgen del Maíz no pesaba mucho. Cualquiera de nosotras tres pesaba mucho más.

En el exterior del trastero, un candado.

Anita y Denise tenían que irse a las seis para volver a su casa a cenar. ¡Qué aburrimiento!

Jude se quedaría con la Virgen del Maíz durante la mayor parte de la noche. Para «vigilar». Una «vigilia». Estaba excitada por las llamas de la vela y el olor a incienso. Tenía las pupilas dilatadas, y tenía un coloooocón de éxtasis. No le ataría las muñecas y los tobillos a la Virgen del Maíz, dijo, hasta que fuera necesario.

Jude tenía una cámara Polaroid, sacaría fotos de la Virgen del Maíz durmiendo en su féretro.

Cuando echaran en falta a la Virgen del Maíz la mañana siguiente, nosotras estaríamos en la escuela como de costumbre. Porque nadie nos había visto y nadie pensaría en nosotras.

En algún pre-vertido, pensarán, dijo Jude. Y les ayudaremos a que piensen eso.

Recordad, la Virgen del Maíz ha venido aquí en calidad de invitada, dijo Jude. No es un secuestro.

La Virgen del Maíz recobró el conocimiento bajo la mirada de Jude el jueves anterior al Domingo de Ramos, en el mes de abril.

Noticias de última hora

«Marca el número de emergencias y tu vida deja de ser tuya.»

«Marca el número de emergencias y te conviertes en un pedigüeño.»

«Marca el número de emergencias y te quedas desnudo.»

Y

Los recibió en la acera. Madre angustiada esperando a los agentes de policía bajo la lluvia ante los apartamentos Briarcliff, Calle 15, sur de Skatskill, 20:20 horas. Acercándose a los agentes al tiempo que éstos salían del coche patrulla implorando, ansiosa, tratando de mantener la calma pero levantando la voz, Ayúdenme, por favor, ¡ayúdenme, mi hija ha desaparecido! Llegué del trabajo, mi hija no está aquí, Marissa tiene once años, no tengo ni idea de dónde está, nunca había sucedido nada así, por favor ayúdenme a encontrarla, ¡tengo miedo de que alguien se haya llevado a mi niña!, hembra blanca, treinta y pocos, rubia, descalza, fuerte olor a cerveza en su aliento.

La interrogarían. Repetirían sus preguntas y ella repetiría sus respuestas. Estaba tranquila. Intentaba estar tranquila. Se puso a llorar. Empezó a enfadarse. Sabía que estaban grabando sus palabras, cada una que pronunciaba se sometía a escrutinio público. Se enfrentaría a cámaras de televisión, a entrevistadores con micrófonos alzados como cetros. Se vería actuando torpemente y equivocándose de texto en el papel de «madre implorante de niña desaparecida». Vería con qué habilidad la pantalla de televisión pasaría de su ansiosa cara demacrada y los ojos inyectados en sangre a la sonriente, inocente Marissa, con los ojos bien abiertos, Marissa, con su dulce cara y el refulgente cabello rubio, once años, sexto curso, la cámara se demoraría en cada una de las tres fotos de Marissa aportadas por su madre; después, mientras la acongojada madre siguiera hablando, se vería la anodina fachada de arenisca de la escuela «privada» —«exclusiva»— Skatskill Day e inmediatamente después el siniestro tráfico nocturno de la Calle 15, sur de Skatskill, adonde, como explicaba la voz neutra de una mujer, la niña de once años Marissa Bantry normalmente volvía caminando a un apartamento vacío y empezaba a preparar la cena para su madre (que trabajaba en una clínica de Nyack y no volvía hasta las ocho) y para ella; después se veía el exterior de la parte trasera de los apartamentos Briarcliff, achaparrados y feos como barracones de la policía bajo la lluvia, donde unos cuantos residentes miran con curiosidad a los agentes de policía y los equipos de televisión; después aparecería de nuevo la madre de la niña desaparecida, Leah Bantry, treinta y cuatro años, obviamente una madre negligente, una madre enferma de culpa implorando públicamente que si alguien ha visto a mi hija, si alguien tiene alguna idea de lo que le puede haber pasado a Marissa...

Siguiente titular de las noticias, camión volcado en la autopista de Nueva Jersey, accidente con once coches implicados, dos conductores muertos, ocho transportados en ambulancia al hospital de Newark.

«¡Que vergüenza! Pero sólo quiero que Marissa vuelva.»

¡Eran Noticias de Última Hora!, lo que significaba noticias excitantes y a las diez de ese jueves de abril las cuatro cadenas de televisión locales hablaban de la desaparición de Marissa, y hablarían de ella a intervalos regulares mientras hubiera avances y mientras se mantuviera el interés local. Pero en realidad no era una noticia «nueva», todo el mundo la había visto antes. Lo único que podía ser «nuevo» eran los actores y determinados detalles que serían revelados a su debido tiempo, con la puntualidad burlona de una película de suspense.

Era bueno, pensó la madre acongojada, que los casos de niños desaparecidos/secuestrados fueran relativamente infrecuentes en los acomodados suburbios del valle del Hudson al norte de Nueva York; los crímenes violentos eran infrecuentes en esos barrios. Eso se traducía en una atención policial exhaustiva, cooperación con los departamentos de policía vecinos de Tarrytown, Sleepy Hollow e Irvington. Eso se traducía en una cobertura mediática enormemente concentrada, reproducción del semblante de Marissa Bantry, preocupación social y participación en la búsqueda. «Riada de solidaridad», lo llamarían. «Implicación de los vecinos.» No encontraría esa respuesta en una zona de alta criminalidad, le dijeron a Leah.

«Algo por lo que estar agradecida. ¡Gracias!»

No lo decía irónicamente. Las lágrimas aparecieron en sus ojos inyectados en sangre, sólo quería que la creyeran.

También jugaba a favor de la madre acongojada que su hija hubiera sido secuestrada y no se hubiera escapado por su propia voluntad, el suyo sería el primer caso en la historia de Skatskill.

Aquello era extraordinario. Era realmente una novedad.

«Pero no se escapó. Marissa no se escapó. He intentado explicar...»

Otra novedad en los acomodados suburbios del valle del Hudson fue la misteriosa/sospechosa circunstancia del «considerable» lapso de tiempo transcurrido entre la probable desaparición de la niña después de la escuela y la hora en que la madre denunció su ausencia a las 20:14. La más vigilante de las cadenas de televisión locales era consciente de las posibilidades dramáticas de aquel hecho. «La policía de Skatskill ni confirma ni desmiente que el departamento haya estado pensando en acusar por imprudencia a Bantry, que no tiene antecedentes policiales.»

Y cómo sería filtrado a esa misma cadena de televisión, que la madre tenía signos evidentes de «embriaguez» cuando la policía llegó a su casa, era algo que nadie sabía en la cadena.

«¡Qué vergüenza! Quiero morirme
»Ojalá pudiera cambiar mi vida por la de Marissa.»

Horas, días. Aunque cada hora era singular, rasposa como una piedra metida por la garganta. Y qué eran los días sino períodos de tiempo ignotos e insondables demasiado dolorosos para ser soportados si no era como horas singulares o incluso minutos. Era consciente de la gran rueda que giraba, y de sí misma atrapada en esa rueda, indefensa, en un estado de pánico suspendido y, sin embargo, deseosa de cooperar con cada nueva vuelta de la rueda, si con eso podía recuperar a Marissa. Porque estaba empezando a sentir que, sí, posiblemente había un Dios, un Dios de piedad y no sólo justicia, y que podría trocar su vida por la de Marissa.

Aunque la mayor parte del tiempo estaba tranquila. En la superficie, tranquila. Creía que estaba tranquila porque no se había puesto histérica. Había llamado a sus padres a Spokane, Washington, porque no podía eludirlo. No le había parecido advertir en sus voces asustadas e incrédulas ningún rastro de reproche, acusación, asco; pero comprendía que eso acabaría llegando a su debido tiempo.

«Soy culpable. Lo sé.

»No importa lo que me pase a mí.»

¡Ella creía que estaba tranquila, maldita sea! Respondiendo a sus preguntas insolentes y volviéndolas a contestar como si estuviera en un desquiciado bucle, las respuestas que eran lo único que tenía ante sus sospechas, sus dudas. Respondía a las preguntas de los agentes con la desesperación de una mujer que se ahoga y se coge a una cuerda que ya se deshilacha para subirse a un bote salvavidas que ya tiene vías de agua. No tenía ni idea, les había dicho de inmediato, no tenía ni idea de dónde estaba el padre de Marissa, porque en los últimos siete años no había habido contacto entre ellos, ella le había visto por última vez en Berkeley, California, a miles de kilómetros de distancia, y él no tenía ningún interés en Marissa, no había mostrado ningún interés en su propia hija, así que de veras ella no creía no podía creer no era en absoluto probable que ese hombre hubiera secuestrado a Marissa, de veras no quería implicarle, no deseaba que pareciera, ni siquiera del modo más indirecto, que le estaba acusando... Y sin embargo, seguían interrogándola. Era un interrogatorio, ellos se daban cuenta de que ella tenía algo que ocultar, ¿no era así? ¿Y qué era eso, y por qué? Hasta que finalmente ella se oyó decir con la voz rota y derrotada muy bien, os daré su nombre y su última dirección y número de teléfono, aunque seguro que ya no sirve después de tanto tiempo, muy bien, os lo diré: no nos casamos, su apellido no es el de mi hija, él dudó incluso que Marissa fuera hija suya, sólo habíamos vivido juntos, él no tenía ningún interés en el matrimonio, ¿estáis satisfechos ahora?

Para su vergüenza, nunca se lo había contado a sus padres. Nunca se lo había contado a su hermana.

Ahora ellos conocerían el patético secreto de Leah. Sería un terremoto, pequeño comparado con el otro. Haría que pensaran mal de ella, que supieran que era una mentirosa. Y ahora tenía que llamarles para contárselo antes de que lo descubrieran en los medios de comunicación. «Os mentí, no me casé con Andrew. No hubo boda, y no hubo divorcio.»

Más tarde, quisieron saber exactamente dónde había estado después de salir de la clínica de Nyack a las seis y media del día en que desapareció su hija. Ahora sabían que era una mentirosa, y una mujer desesperada, ahora habían olido sangre. Seguirían a la criatura herida hasta su guarida.

Al principio Leah había sido imprecisa con las horas. Con el susto de la desaparición de su hija, era natural que la madre se mostrara vaga, confusa, insegura con respecto a las horas.

Les dijo que se había encontrado con un atasco de vuelta a casa desde Nyack. El puente Tappan Zee, la ruta 9 y las obras y la lluvia pero sí, se había parado en el 7-Eleven. El cajero la reconocería.

Ésa era una pregunta, una sonda, que tenía que ver con las amistades masculinas de Leah. Por si alguno había conocido a Marissa. O hubiera hablado con ella. Que simplemente la hubiera visto.

Cualquier amigo de la madre de la niña desaparecida que hubiera podido sentir atracción por la niña. Que pudiera haberla secuestrado.

Porque Marissa se hubiera subido a un coche por propia voluntad si era con alguien que conocía. ¿Sí?

Tranquilamente Leah insistió en que no, nadie.

En ese momento no tenía ningún amigo. Nada serio.

¿No estaba «viendo» a nadie?

Leah montó en cólera, enfadada. En el sentido de ¿qué? ¿Qué significaba «ver»?

Se estaba mostrando firme, y estaba hablando convincentemente. Y sin embargo, sus interrogadores parecían saberlo. Especialmente la mujer detective parecía saberlo. El aire evasivo de sus ojos inyectados en sangre que eran los ojos de una madre enferma, culpable. Un temblor en la voz de Leah a pesar de que hablaba con impaciencia, desafiante. ¡Te lo dije! Maldita sea te lo dije.

Se produjo una pausa. El aire en la habitación estaba muy cargado.

Se produjo una pausa. Sus interrogadores esperaron.

Le explicaron a Leah que debía responder a las preguntas de los agentes con detalle y sinceridad. Aquello era una investigación policial, si mentía, sería objeto de una acusación por obstrucción.

Si mentía.

Una mentirosa reconocida.

Una mentirosa sorprendida, humillada.

Y así, una vez más, Leah oyó que su voz se rompía. Se oyó decir sí, es cierto. No había ido directamente al 7-Eleven desde Nyack, se había parado a ver a un amigo y sí, él era un hombre, un amigo íntimo, separado de su mujer e inseguro acerca de su futuro, y era un hombre muy reservado cuya identidad no podía revelar porque él y Leah no eran exactamente amantes a pesar de que, sí, habían hecho el amor...

Sólo una vez, habían hecho el amor. Una vez.

Una noche de domingo, la noche del domingo anterior habían hecho el amor.

Por primera vez habían hecho el amor. Y no estaba segura de que... Leah no podía saber si...

Ahora estaba casi implorando. Parecía que de su rostro hinchado manaba sangre.

Los agentes de policía esperaron. Se estaba secando los ojos con un pañuelo de papel doblado. ¡No había manera de eludir eso! De alguna manera lo había sabido, la enfermiza sensación de una vaca condenada entrando por la rampa de un matadero, sabía que una parte de su vida terminaría cuando marcara el número de emergencias.

«Tu castigo por perder a tu hija.»

Por supuesto, Leah tenía que dar el nombre de aquel hombre a los agentes de policía. No tenía otra opción.

Estaba sollozando, destrozada. Davitt se pondría furioso con ella.

Davitt Stoop, médico, director de la clínica. Era el doctor

Stoop, su superior. Su jefe. Era un hombre amable, aunque de poco carácter. No estaba enamorado de Leah Bantry, ella lo sabía; tampoco Leah estaba enamorada de él exactamente; y sin embargo, se relajaban juntos, se llevaban muy bien, ambos eran padres de hijos únicos de más o menos la misma edad, ambos se habían sentido heridos y decepcionados por el amor, y estaban hartos de nuevas relaciones.

Davitt tenía cuarenta y dos años, había estado casado dieciocho. Era un marido y padre responsable, y tenía reputación en la clínica de ser un médico riguroso, y le había preocupado que se les viera a él y a Leah juntos demasiado pronto. No quería que su esposa supiera de Leah, todavía no. Y todavía menos que los compañeros de Leah lo supieran. Le tenía pavor a los rumores, a las insinuaciones. Le tenía pavor a cualquier exposición de su vida privada.

Era el final, Leah lo sabía.

Antes de que aquello empezara, terminaría.

Le humillarían, esos agentes de policía. Le preguntarían por Leah Bantry y por la hija desaparecida de Leah, ¿conocía a la niña, hasta qué punto, la había visto alguna vez sin la presencia de su madre, había estado alguna vez solo con la niña, había llevado a la niña en su coche por ejemplo el pasado domingo?

Posiblemente querrían examinar su coche. ¿Permitiría el registro o exigiría una orden judicial?

Davitt se había ido de casa en febrero y vivía en un apartamento de Nyack, el mismo apartamento que Leah Bantry había visitado el jueves por la tarde después de su turno. Se había pasado por allí por impulso. Puede que Davitt la esperara, no estaba segura. Estaban en los primeros pasos de su relación, excitados en presencia del otro, pero inseguros.

Aquel apartamento. ¿Había estado en él Marissa?

¡No! Claro que no.

Con voz temblorosa diciéndoles a los agentes que Davitt apenas conocía a Marissa. Probablemente se habían visto una vez. Pero no habían pasado tiempo juntos, claro que no.

Leah había estado en el apartamento de Davitt aproximadamente media hora.

Quizá cuarenta minutos.

No. No habían mantenido relaciones sexuales.

No exactamente.

Se habían tomado una copa. Se habían mostrado cariñosos, habían hablado.

De verdad, en serio, ¡habían hablado! De la clínica y de sus hijos. Sobre el matrimonio de Davitt y el de Leah.

(Se revelaría que Leah había hecho creer a Davitt Stoop que había estado casada y se había divorciado. Le había parecido una mentira trivial y sin más consecuencias en ese momento.)

Leah estaba hablando, tartamudeando. ¡Davitt nunca haría una cosa así! Ni con Marissa ni con ninguna niña. Era padre de un niño de diez años. No era esa clase de...

La mujer detective le preguntó sin rodeos a qué se refería Leah con «esa clase» ¿Era una «clase» de hombre que creía poder reconocer?

«¡Davitt perdóname! No tenía otra opción.

»No podía mentirle a la policía. Tenía que hablarles de ti. Lo siento mucho, Davitt, puedes entenderlo, ¿verdad?, tengo que ayudarles a encontrar a Marissa no tenía otra opción.»

Sin embargo, Marissa seguía desaparecida.

«La gente que hace cosas así, que secuestra niños, no es racional. Lo que hacen lo hacen por sus propias razones. Sólo podemos seguirles. Podemos tratar de impedírselo. Pero no podemos entenderles.»

Y «cuando algo así sucede, es natural que la gente quiera atribuir la culpabilidad. Será mejor que no mire la tele ni lea los periódicos, señora Bantry.»

Uno de los detectives de Skatskill le habló con tanta franqueza que no pudo creer que también él estuviera juzgándola con dureza.

Hubo millones de llamadas, correos electrónicos. La rubia Marissa Bantry había sido vista en un coche saliendo de la autopista de Nueva York en Albany. Había sido vista en compañía de «hombres de apariencia *hippie*» en la calle West Houston, Nueva York. Una residente de Skatskill recordaría, días después del hecho, haber visto «a esa preciosa niña rubia con coletas» entrando en una furgoneta abollada conducida por un hispano en el aparcamiento del 7-Eleven a unas pocas manzanas de su casa.

Pero Marissa seguía desaparecida.

... horas en rápida sucesión chirriantes y discontinuas como una película rota proyectada en una pantalla muy fina no dormiría durante más de dos o tres horas ni siquiera con sedantes y durmió sin soñar como alguien a quien han golpeado en la cabeza con un mazo y se despertó con la cabeza hueca y la boca reseca y el corazón le latía en el pecho como algo con un ala rota.

Siempre se despertaba en ese segundo antes de que la conciencia la recorriera como un trago de agua podrida «Mi hija se ha ido, Marissa se ha perdido», había una sensación de gracia, una confusión en el tiempo como una oración «No ha sucedido todavía, ¿verdad? Lo que sea».

¿Me ha visto?

Como el rápido florecer de los narcisos apareció de la noche a la mañana, por todos los rincones de Skatskill, el sonriente semblante de MARISSA BANTRY, DE ONCE AÑOS.

En escaparates. En tablones de anuncios públicos, postes de teléfono. En un lugar prominente en la Oficina de Correos de Skatskill, en el hipermercado de Skatskill, en la Biblioteca Pública de Skatskill. Prominente si bien ya humedecida por la lluvia de abril en las vallas de las obras.

DESAPARECIDA DESDE EL 10 DE ABRIL. ESCUELA SKATSKILL DAY/ ZONA DE LA CALLE 15.

Rápidamente creada por el departamento de policía de Skatskill, había una página web MARISSA con más fotos de la niña rubia desaparecida, una detallada descripción, información de su vida. CUALQUIERA QUE SEPA ALGO DE MARISSA BANTRY POR FAVOR, CONTACTE CON LA POLICÍA DE SKATSKILL EN ESTE NÚMERO.

Al principio, no se fijó una recompensa. El viernes por la mañana, un donante anónimo (prominente filántropo de Skatskill, retirado) había ofrecido quince mil dólares.

Los medios de comunicación informaron de que la policía de Skatskill estaba trabajando «veinticuatro horas». Estaba «bajo intensas presiones», estaba investigando «todas las pistas posibles». Se informó de que «conocidos pedófilos, violadores, abusadores de niños» de la zona estaban siendo interrogados. (La información sobre tales individuos era confidencial, por supuesto. Sin embargo, los periódicos sensacionalistas más alerta supieron por medio de una fuente anónima que los detectives habían visitado a un residente de Skatskill de sesenta y un años, profesor de música retirado con un delito sexual menor en 1987. Y como dicho individuo se negó a hablar con un periodista, y no consintió ser fotografiado, el periódico sensacionalista publicó una foto de su puerta en el número 12 de Amwell Circle en la portada, bajo el estridente titular: DELINCUENTE SEXUAL INTERROGADO POR LA POLICÍA: ¿DÓNDE ESTÁ MARISSA?)

Todos los residentes en los apartamentos Briarcliff fueron interrogados, algunos en más de una ocasión. Aunque no se habían emitido órdenes judiciales de registro, varios residentes cooperaron con la policía permitiendo que sus apartamentos y sus vehículos fueran registrados.

Tenderos de la zona de la escuela Skatskill Day y del camino que Marissa Bantry seguía para volver a casa fueron interrogados. En el 7-Eleven del centro comercial de la autopista, tan frecuentado por jóvenes, varios dependientes examinaron las fotos de la niña desaparecida, negando solemnemente con la cabeza, y les dijeron a los agentes de policía que no, no creían que Marissa Bantry hubiera estado en la tienda recientemente, o nunca. «Hay tantos niños...» Cuando le interrogaron sobre Leah Bantry, cuya fotografía también le mostraron, el mayor de los tenderos dijo, con cautela, que sí, que reconocía a esa mujer, que era una mujer amable; más amable que la mayoría de clientes; pero él no sabía con certeza si había estado en su tienda el jueves, con o sin su hija. «Hay muchos clientes. Y muchos de ellos se parecen, especialmente si son rubios.»

Los detectives interrogaron a adolescentes, la mayoría de ellos del instituto de Skatskill y a algunos que ya habían terminado los estudios, que se reunían en el centro comercial. La mayoría de ellos se inquietaban cuando los agentes de policía se acercaban y de inmediato negaban con la cabeza, no, no habían visto a una niña rubia que había desaparecido, o al menos no recordaban haberla visto. Una estridente chica con el cabello azul eléctrico y un brillante *piercing* en la ceja izquierda frunció el entrecejo al ver la foto y dijo finalmente que quizá había visto a Marissa «¿con su madre?». Pero cuándo, no, ayer, no creo que yo estuviera aquí ayer, ¿quizá la semana pasada? No lo sé.

Skatskill Day estaba en estado de sitio. Equipos de televisión en el camino de entrada, reporteros y fotógrafos en todas las puertas. Asesores de crisis se reunieron con los niños en pequeños grupos el día siguiente a la desaparición de Marissa y había en el ambiente de todas las clases un aire de estremecimiento, como tras la estela de un único y violento temblor de tierra. Un buen número de padres había decidido que sus hijos se quedarían en casa, pero eso no era lo recomendado por las autoridades. «No hay ningún riesgo en Skatskill Day. Lo que quiera que sea que le sucediera a Marissa no sucedió en la escuela, y no podría de ningún modo haber sucedido en la escuela.» Se anunció que la seguridad de la escuela había sido inmediatamente reforzada, y nuevas medidas se implantarían el lunes. En la clase de sexto de Marissa Bantry los niños estaban apagados, preocupados. Una vez el orientador hubo hablado y preguntado si alguien tenía alguna pregunta, la clase permaneció en silencio hasta que un niño levantó la mano para preguntar si habría una partida de búsqueda «¿como en la tele, gente recorriendo los bosques y los campos hasta que encuentren el cadáver?».

No después de que hablara el orientador, pero sí más tarde, ese mismo día, una niña de octavo llamada Anita Helder acudió dubitativamente a hablar con su profesora. Anita era una niña robusta con una media de aprobado bajo que raramente hablaba en clase y que con frecuencia pedía ser excusada por misteriosas razones de salud. Se sospechaba que se drogaba, pero nunca había la habían sorprendido haciéndolo. En clase, rezumaba malhumor y mostraba unos modales desafiantes si era advertida por su profesor. Pero ahora estaba diciendo con voz ansiosa, temblorosa, que quizá había visto a Marissa Bantry el día anterior, en la Calle 15 con Trinity, subiéndose a una furgoneta después de la escuela.

—... no supe seguro si era ella. No conozco a Marissa Bantry de nada pero ahora creo que debía ser ella. ¡Oh Dios, me siento tan mal por no haber intentado impedírselo! Estaba tan cerca que podría haber gritado «¡No subas!». Por lo que vi, el conductor estaba inclinado y como tirando de Marissa hacia adentro. Era un hombre, tenía el pelo muy oscuro un poco largo por los lados pero no le vi la cara. La furgoneta era azul platino, la matrícula era algo así como TZ 6... No recuerdo nada más que eso.

Anita tenía los ojos llenos de lágrimas. Temblaba visiblemente, de lo que la angustiaba el recuerdo.

Para ese momento los detectives de Skatskill habían interrogado a todo el personal de la escuela excepto a Mikal Zallman, treinta y un años, asesor informático y empleado a tiempo parcial, que no iba a Skatskill Day los viernes.

Alimentar a la bestia

Era una expresión fea. Fea, de las peores. Como de machos muy machos. Le hacía sonreír.

«Alimentar a la bestia.» A solas.

En custodia

Se había marchado de Skatskill en coche, solo, el jueves por

la tarde, inmediatamente después de su última clase de la semana. Había conducido, solo, su furgoneta Honda hacia el norte, siguiendo el curso del Hudson, donde el paisaje del río hipnotiza tanto a la mirada que te preguntas por qué diablos has prestado atención a todo lo que es pequeño, intrascendente. Que te preguntas por qué diablos nunca has prestado atención al poder de los demás para hacerte daño. O para acusarte con los ojos llenos de lágrimas de que les estás haciendo daño.

Había en la parte posterior de la furgoneta una bolsa de viaje y una mochila, unos cuantos libros, botas de montaña y un poco de comida. Siempre viajaba ligero de equipaje. En cuanto salió de Skatskill dejó de pensar en su vida allí. Era de poca trascendencia, en realidad, una vida profesional pensada para darle libertad. «Alimentar a la bestia.»

Había una mujer en Skatskill, una mujer casada. Él conocía los síntomas. Ella se sentía sola en su matrimonio y deseaba que alguien la rescatara de su soledad. Le invitaba con frecuencia, como si lo hiciera impulsivamente, sin premeditación. «¿Vienes a cenar? ¿Mikal? ¿Esta noche?» Esta vez se había mostrado vago al aceptar. No quería ver la decepción en sus ojos. Sintió una punzada de afecto por ella, reconoció su dolor, su resentimiento, su confusión, era una colega suya en la escuela de Skatskill a la que veía con frecuencia en compañía de otros, mantenían una buena relación, Zallman lo reconocía, pero no quería comprometerse con ella ni con ninguna otra mujer en ese momento. Tenía treinta y un años y ya no era un ingenuo. Cada vez vivía más para «alimentar a la bestia».

¿Era arrogante esa actitud? Egoísta. Eso le habían dicho en más de una ocasión. Vivía demasiado reconcentrado en sí mismo, para sí mismo.

No se había casado, dudaba de que se casara nunca. La perspectiva de tener hijos le encogía el corazón: ¡traer nuevas vidas a la inseguridad y el misterio de este mundo, a principios del siglo XXI!

Prefería con mucho su vida secreta. Era una vida inocente. Correr cada mañana junto al río. Ir de excursión, montar en bicicleta por la montaña. No cazaba ni pescaba, no tenía ninguna necesidad de destruir vidas para enaltecer la suya. Casi siempre se regocijaba con su cuerpo. Era un excursionista sólo moderadamente capaz. No tenía la fortaleza o la voluntad para correr una maratón. No era tan fanático, sólo quería estar a solas donde pudiera ejercitar su cuerpo placenteramente. O quizá hasta el límite del dolor.

Un verano, alrededor de los veinticinco años, se había ido de mochilero a Portugal, España y el norte de Marruecos. En Tánger había experimentado con el *kif* alucinógeno, que era la forma más extrema de soledad, y la experiencia le había agitado y entusiasmado y había vuelto a casa para reinventarse. Michael, ahora Mikal.

«Alimentar a la bestia» significaba su libertad. Significaba que no había pasado por la casa de esa mujer como ella esperaba que hiciera. Y tampoco la había llamado. Era una forma de hacer saber a la mujer que no quería comprometerse, que no se comprometería. En contrapartida, ella y su marido no serían la coartada de Mikal Zallman para esas horas cruciales.

Cuando a las 17:18 del viernes 11 de abril, mientras regresaba a su coche por un empinado sendero, vio lo que parecía un vehículo de agentes del estado de Nueva York aparcado delante de él, no tuvo ninguna razón para pensar «Han venido a por mí». Incluso vio que dos de los agentes uniformados estaban mirando por las ventanillas traseras de su furgoneta, el único vehículo que había en el aparcamiento, cerca del nacimiento del sendero, porque había sido el primer vehículo del día que había aparcado allí. La visión no le alarmó ni alertó. Tan seguro de sí mismo se sentía, y tan libre de culpa.

—Hola. ¿Qué quieren?

Ingenuamente, casi como si aquello fuera una conversación, llamó a los agentes, que ahora le estaban mirando fijamente y caminando hacia él.

Después recordaría la rapidez e infalibilidad con la que se movían los hombres. Uno gritó «¿Es usted Mikal Zallman?» y el otro, repentinamente, antes de que Zallman pudiera responder «Ponga las manos donde podamos verlas, señor».

¿Manos? ¿Qué pasaba con sus manos? ¿Qué estaban diciendo de sus manos?

Había estado sudando enfundado en su camiseta y sus pantalones cortos caquis y tenía el pelo pegado a la nuca. Se había tropezado y caído en el camino una vez, tenía la rodilla izquierda rozada, dolorida. No se sentía tan eufórico como por la mañana, con el aire de primera hora limpio y fresco. Alzó las manos ante sí, con las palmas hacia arriba en un gesto de irritada súplica.

¿Qué querían de él esos hombres? Tenía que ser un error.

«... mirando por la ventanilla trasera de la furgoneta. Consintió un rápido registro. Maletero, interior. Guantera. Qué diablos, no tenía nada que esconder. ¿Estaban buscando droga? ¿Un arma escondida? Vio el modo en que estaban mirando los dos libros de bolsillo que había metido por la ventanilla trasera hacía semanas, *El animal moribundo* de Roth y *El arte de amar* de Ovidio. En la cubierta del primero había un desnudo de Modigliani sensualmente reclinado con la carne de un tono vivo, con prominentes pechos de pezones rosados. En la cubierta del otro había un desnudo clásico, marmóreo, con una mujer con el cuerpo lleno, con curvas, y ojos blancos, ciegos.»

Tabú

Era Tabú pronunciar en voz alta el nombre de la Virgen del Maíz.

Era Tabú tocar a la Virgen del Maíz, excepto si una era guiada por Jude.

Pues Jude era la Sacerdotisa del Sacrificio. Nadie más.

¿Qué significa Tabú? Significa muerte. Si desobedeces.

Jude sacó fotos de la Virgen del Maíz durmiendo en su féretro con la Polaroid. Con los brazos cruzados sobre su estrecho pecho, con el pelo como borlas de maíz extendido como pálidas llamas alrededor de su cabeza. En algunas fotos, Jude estaba junto a la Virgen del Maíz. Sacamos fotos de ella sonriendo, con los ojos brillantes y dilatados.

Para la posteridad, dijo Jude. Para el recuerdo.

Era Tabú pronunciar el nombre real de la Virgen del Maíz y sin embargo: ¡en todos los rincones de Skatskill se estaba diciendo ese nombre! ¡Y en todos los rincones de Skatskill se estaba colgando su cara!

«Niña desaparecida. Se teme secuestro. Estado de emergencia.»

Es tan fácil, dijo Jude. Hacerte con la verdad.

Pero Jude estaba también sorprendida, creíamos. De que todo fuera tan real, lo que sólo había sido hasta entonces la «idea» de Jude O.

¡Judith!

La señora Trahern gritó con su voz de anciana semejante a un relincho, tuvimos que entrar en su apestoso dormitorio donde estaba recostada en una inmensa cama antigua de latón como una reina loca mirando la tele, donde pasaban imágenes de la «niña de Skatskill Day desaparecida». Berreando, ¡Chicas! ¡Mirad lo que le ha pasado a una de vuestras compañeras! ¿Conocíais a esa pobre?

Jude susurró que no, abuela.

Bueno. Supongo que no vais a la misma clase que una niña retrasada.

Jude susurró que no, abuela.

Bien. Nunca hables con desconocidos, ¡Judith! Denuncia a cualquiera que se comporte de un modo extraño contigo, o a quien veas merodeando por el vecindario. ¡Prométemelo!

Jude susurró vale, abuela, te lo prometo.

Denise y Anita susurraron yo también, señora Trahern. Porque parecía lo indicado.

Después, la señora Trahern hizo que Jude fuera a su cama, para cogerle las manos entre sus huesudas manos de anciana. No siempre he sido una buena abuela, lo sé. Como viuda del juez, estoy muy solicitada. Pero soy tu abuela, Judith. Soy el único pariente que se preocupa por ti, querida. Eso lo sabes, ¿verdad?

Jude susurró sí, abuela, lo sé.

El mundo tal como lo conocíamos

Ha desaparecido.

Estamos entre los pocos supervivientes conocidos.

... ataque terrorista. Guerra nuclear. Incendios.

Nueva York es un agujero enorme. El puente George Washington se ha caído al río. Washington ha desaparecido.

Eso le dijeron a la Virgen del Maíz. Así que la Virgen del Maíz creyó en su éxtasis.

Muchas veces dijimos esas palabras. Jude nos las hizo memorizar. El mundo tal como lo hemos conocido ha desaparecido. Ahora no hay tele. Ni periódicos. Ni electricidad. Estamos entre los pocos supervivientes conocidos. Debemos ser valientes, todos los demás han desaparecido. Todos los adultos han desaparecido. Todas nuestras madres.

La Virgen del Maíz abrió la boca para gritar pero no tuvo fuerzas. Tenía los ojos llenos de lágrimas, desenfocados.

«Todas nuestras madres.» ¡Qué excitante!

Sólo se encenderán velas, solemnemente. Para alejar a la noche.

Informamos a la Virgen del Maíz de que teníamos que racionar nuestras existencias de comida. Porque ahora no había tiendas, todo Skatskill había desaparecido. El hipermercado había desaparecido. La Calle Mayor había desaparecido. El centro comercial.

Jude sabía que para mantener el Éxtasis la Virgen del Maíz tenía que comer muy poco. Porque Jude no quería atarle las muñecas y los tobillos, que tenían un aspecto muy frágil. Porque entonces la Virgen del Maíz nos tendría miedo y no confiaría en nosotras y no nos adoraría como sus protectoras.

La Virgen del Maíz debe ser tratada con reverencia, respeto, amabilidad y firmeza. Nunca debe conocer el que será su destino.

La dieta de la Virgen del Maíz consistía sobre todo en líquidos. Agua, zumos de frutas transparentes como manzana, uva. Y leche.

Era Tabú dijo Jude que la Virgen del Maíz ingiriera cualquier alimento que no fuera un alimento blanco. O cualquier alimento con huesos o piel.

Esos alimentos eran blandos, fáciles de desmigajar o de fundir. Requesón, yogur natural, helado. La Virgen del Maíz no era una niña retrasada como decían algunas cadenas de televisión, pero no era muy espabilada, dijo Jude. Porque esos alimentos que le dábamos eran refrigerados y ella parecía no saberlo.

Naturalmente, en esos alimentos había tranquilizantes molidos en forma de polvo blanco, para mantener el Éxtasis.

La Virgen del Maíz del Sacrificio onigara tenía que traspasar al siguiente mundo en Éxtasis. No con miedo.

Nos turnábamos para introducir con una cucharilla pequeñas porciones de comida en la boca de la Virgen del Maíz, que sorbía como un bebé para alimentarse. Tenía tanta hambre que la Virgen del Maíz pedía más gimoteando. ¡No, no! No hay más, le decíamos.

(¡Qué hambre teníamos, después de darle de comer! Denise y Anita se iban a sus casas para ponerse hasta arriba.)

Jude no quería que la Virgen del Maíz excretara residuos sólidos, dijo. Sus intestinos tenían que estar limpios y puros para el Sacrificio. También teníamos que sacarla del trastero para eso, medio llevándola en brazos hasta un lavabo que había en la esquina de un sótano lleno de telarañas que fue una sala «recreativa» en algún momento del pasado, Jude dijo los años setenta, y eso es historia antigua ahora.

Una o dos veces tuvimos que llevar a la Virgen del Maíz a ese baño, medio a rastras, mareada y dando traspiés con la cabeza rebotando sobre los hombros. Las demás veces la Virgen del Maíz utilizaba la maceta que Jude había traído de uno de los invernaderos abandonados. Era una bonita maceta de cerámica mexicana, para que la Virgen del Maíz se pusiera de cuclillas sobre ella mientras nosotras la sujetábamos como si fuera una cría torpe.

¡El pis de la Virgen del Maíz! Era caliente, burbujeante. Desprendía un intenso olor distinto del nuestro.

La Virgen del Maíz se estaba convirtiendo en un bebé grande, débil, tembloroso. Incluso sus gritos cuando gritaba que quería irse a casa, que quería a su madre, dónde estaba su madre, quería irse a casa, eran los gritos de un bebé, sin fuerza ni ira tras ellos.

Jude decía que todas las madres habían desaparecido, que debíamos ser valientes sin ellas. Estaría segura con nosotras, decía Jude acariciándole el pelo. La protegeríamos mejor de lo que la había protegido su madre.

Jude sacó fotos de la Virgen del Maíz sentada en su féretro con el rostro cubierto de lágrimas. La Virgen del Maíz era blanca como la tiza y los colores del féretro eran ricos y sedosos. La Virgen del Maíz estaba tan delgada que se le veía la clavícula empujando por debajo del camisón blanco de muselina que Jude le había puesto.

No dudábamos de Jude. Lo que Jude pensaba hacer con la Virgen del Maíz que nosotras no impediríamos.

En la ceremonia onigara Jude decía que a la Virgen del Maíz se la hacía morir de hambre lentamente, sus intestinos quedaban limpios y purificados y se la ataba a un altar todavía con vida y un sacerdote disparaba una flecha que había sido bendecida en el corazón. Y se le extraía el corazón con un cuchillo bendecido que el sacerdote y otros en la tribu se habían llevado a los labios para que los bendijera a ellos. Y después se llevaba el corazón y el cuerpo de la Virgen del Maíz a un campo y los enterraban en la tierra en honor de la Estrella de la Mañana que era el sol y la Estrella de la Noche que es la luna y se les imploraba su bendición para la cosecha de maíz.

Queríamos saber si la Virgen del Maíz moriría pero no se lo podíamos preguntar a Jude porque Jude se hubiera enfadado.

Nos decíamos a nosotras mismas que Jude mataría a la Virgen del Maíz, ¡quizá! Temblábamos con sólo pensarlo. Denise sonreía y se mordía el pulgar, porque estaba celosa de la Virgen del Maíz. No porque la Virgen del Maíz tuviera un cabello tan bonito y sedoso, sino porque Jude mimaba a la Virgen del Maíz de un modo en que no habría mimado a Denise.

La Virgen del Maíz lloraba cuando la dejábamos sola. Cuando soplábamos las velas y la dejábamos a oscuras. Teníamos que patrullar la casa, decíamos. Teníamos que buscar fuego y «fugas de gas», decíamos. Porque el mundo tal como lo habíamos conocido había terminado, ahora no había adultos. Nosotras éramos los adultos.

Nosotras éramos nuestras propias madres.

Jude cerró la puerta y pasó el candado. Los sollozos amortiguados de la Virgen del Maíz desde el interior. «¡Mamá! ¡Mamá!», gemía la Virgen del Maíz pero no había nadie para escucharla y ya no se la oía siquiera en los escalones del primer piso.

Allá afuera

ODIODIODIO idiotas Allá Afuera. La Virgen del Maíz era la venganza perfecta de Jude O.

En Skatskill Day vimos nuestro odio como lava ardiente avanzando por los pasillos y las clases y la cafetería para quemar vivos a nuestros enemigos. Incluso las chicas que nos trataban bien perecerían porque nos colocarían en la lista por debajo de las demás, muymuy por debajo de la Camarilla de Guapas de Mierda que mandaban en la escuela y también los niños, todos los niños. Y los profesores, algunos de ellos nos habían jodido y merecían morir. Jude decía que el señor Z la había «insultado» y que era el «enemigo a batir» ahora.

¡A veces la visión era tan feroz que era un subidón mejor que el éxtasis!

Y

Allá Afuera se creía que la «niña desaparecida de Skatskill» podría haber sido secuestrada. Se esperaba una nota exigiendo el rescate.

O se creía que la «niña desaparecida» era víctima de un «depredador sexual».

Leah Bantry, la madre, salió en la tele para dirigirse a quienquiera que tuviese a su hija: Por favor, no le hagan daño a Marissa, por favor, suelten a mi hija, la quiero mucho, rogando por favor con la voz grave que indicaba que había llorado mucho y con los ojos demacrados de implorar y Jude se quedó mirando a la mujer con desdén.

¡Ahora ya no es tan guapa, eh señora Bantry! No es tan guapa-guapa.

A Denise y Anita les sorprendió que Jude odiara a Leah Bantry hasta ese punto. Nosotras sentíamos pena por esa mujer. Nos hizo pensar en cómo se sentirían nuestras madres si nosotras desapareciéramos; aunque odiábamos a nuestras madres, pensábamos que probablemente nos echarían de menos y también llorarían. Era una nueva forma de ver a nuestras madres. Pero Jude no tenía siquiera una madre a la que odiar. Nunca hablaba de ella excepto para decir que estaba Allá Afuera en Los Ángeles. Queríamos pensar que la madre de Jude era una estrella de cine que actuaba con un nombre distinto, que ésa era la razón por la que había dejado a Jude con la señora Trahern. Pero eso nunca se lo decíamos a Jude, por descontado.

A veces Jude nos daba miedo. Como si fuera capaz de hacernos daño.

¡Genial! El viernes las noticias de las siete anunciaron BOLETÍN – ÚLTIMA HORA – DETENIDO EL SOSPECHOSO DE SKATSKILL. ¡Era el señor Zallman!

Nos partíamos de risa. Tuvimos que taparnos la boca con las manos para que la vieja señora Trahern no nos oyera.

Jude está cambiando de canal y de repente ¡ahí está el señor Z en la tele! Y un presentador diciendo excitado que ese hombre fue detenido en el Parque Estatal de Bear Mountain y llevado de vuelta a Skatskill para ser interrogado acerca de la desaparición de Marissa Bantry y el bombazo es: Mikal Zallman, treinta y un años, es miembro del profesorado de la escuela Skatskill Day.

El señor Zallman estaba desaliñado, como si hiciera tiempo que no se afeitara. Tenía la mirada asustada y aparentemente culpable. Llevaba una camiseta y unos pantalones cortos color caqui con los que nunca le podríamos haber visto en la escuela y eso era divertido también. Lo llevaban entre dos detectives de paisano a los escalones de entrada de la comisaría y arriba casi tuvieron que arrastrarle por debajo de los brazos; casi se dobló el tobillo.

Nos estábamos riendo como hienas. Jude se agachó delante de la tele, meciéndose adelante y atrás, mirando fijamente.

—Zallman afirma no saber nada de Marissa Bantry. La policía y los especialistas en rescate están registrando la zona de Bear Mountain y seguirán durante la noche si es necesario.

Se produjo un corte a la escuela de nuevo, y el tráfico nocturno de la Calle 15.

—... testigo sin identificar, supuestamente un compañero de clase de Marissa Bantry, ha contado a las autoridades que vio a Marissa siendo metida en un Honda CR-V en esta esquina, el jueves después de la escuela. Este vehículo ha sido tentativamente identificado como...

«Testigo sin identificar.» ¡Soy yo!, gritó Anita.

Y un segundo «testimonio de un estudiante» había contado a la directora de la escuela que había visto «al sospechoso Zallman» acariciando a Marissa Bantry, pasándole la mano por el pelo y susurrándole en el laboratorio de informática cuando creía que nadie le veía, la semana pasada.

¡Ésa soy yo!, gritó Denise.

Y la policía había encontrado un broche de madreperla en forma de mariposa en el suelo cerca del aparcamiento de Zallman, en la parte posterior de su casa en la urbanización. Aquel broche había sido «identificado sin género de dudas» por la madre de Marissa Bantry como uno de los que Marissa llevaba el jueves.

Nos volvimos hacia Jude, que estaba riendo.

No sabíamos que Jude había planeado aquello. Debía haber ido con su bicicleta a dejar el broche donde lo habían encontrado.

Nosotras también nos reímos, casi nos hicimos pis. Jude era tan guay.

Pero incluso Jude parecía sorprendida, un poco. Que pudieras inventarte la verdad más salvaje tú misma y que todos los gilipollas corrieran a creerte.

Desesperada

Ahora ella conocía su nombre: Mikal Zallman.

El hombre que se había llevado a Marissa. Uno de los profesores de Marissa en Skatskill Day.

Era una pesadilla. Todo lo que Leah Bantry había hecho, qué esfuerzo de su corazón y su alma, matricular a su hija en una escuela privada en la que se permitía que un pedófilo diera clases a niños de educación primaria.

Conocía a Zallman, creía. De una de las reuniones de padres. Algo parecía raro, sin embargo: Zallman era joven. Una no espera que un joven sea pedófilo. Un hombre atractivo, aunque duro de carácter, no muy cálido. No con Leah. Al menos no lo recordaba.

Los detectives le habían enseñado la foto de Zallman. No le habían permitido hablar con Zallman. Ella había dicho que sí, que le recordaba vagamente. Pero no lo que él le había dicho, si es que le había dicho algo. Muy probablemente Leah le había preguntado por Marissa, pero no recordaba lo que él le había dicho.

Y, además, ¿Zallman no se había marchado sigilosamente de la reunión antes de que acabara? Le había visto por casualidad, el único profesor que no llevaba corbata, con el cabello suelto sobre el cuello de la camisa, mientras desaparecía de la ruidosa sala muy iluminada.

Había sido interrogado con un detector de mentiras, a petición propia. Los resultados «no fueron concluyentes».

Si pudiera hablar con él. Por favor.

Le estaban diciendo que no, señora Bantry. No es una buena idea.

Ese hombre que se llevó a Marissa si pudiera hablar con él por favor.

En su estado de vigilia imploró. Rogaría a los detectives, se arrojaría en sus brazos. Toda su vida consciente consistía ahora en rogar, implorar y hacer tratos. Y esperar.

Es Zallman, ¿verdad? Le tenéis, ¿no? Un testigo dijo que le vio. Le vio meter a Marissa en una furgoneta con él. ¡A la luz del día! Y encontrasteis el broche de Marissa en su aparcamiento, ¿no es eso una prueba?

Para ella, para la madre desesperada, era sin duda una prueba. El hombre se había llevado a Marissa, sabía dónde estaba Marissa. Le tenían que arrancar la verdad antes de que fuera demasiado tarde.

De rodillas rogó ver a Zallman, mientras prometía no exaltarse y ellos le dijeron que no, que se exaltaría en presencia de aquel hombre. Y Zallman, que tenía un abogado ahora, no haría más que empecinarse aún más en sus negativas.

¡Negativas! ¡Cómo podía... negarlo! Se había llevado a Marissa, sabía dónde estaba Marissa.

Ella le rogaría. Le mostraría a Zallman fotos de Marissa de bebé. Le imploraría a ese hombre por la vida de su hija si si si si por el amor de Dios le dejaban verle.

Naturalmente, era imposible. El sospechoso estaba siendo interrogado siguiendo un procedimiento, una estrategia a la que Leah Bantry no tenía acceso. Los detectives eran profesionales. Leah Bantry era una aficionada. Sólo era la madre, una aficionada.

La rueda, girando.

Fue un viernes muy largo. El viernes más largo de la vida de Leah.

Entonces, de repente, fue viernes por la noche, y después sábado por la mañana. Y Marissa seguía desaparecida.

Zallman había sido detenido y, sin embargo, Marissa seguía desaparecida.

En otra época le habrían torturado. Para hacerle confesar. El pedófilo vicioso, cuyos «derechos legales» debían ser preservados.

El corazón de Leah latía con rabia. Sin embargo, era impotente, no podía intervenir.

Sábado por la tarde: se acercaba el momento en que Marissa llevaría desaparecida cuarenta y ocho horas.

¡Cuarenta y ocho horas! No parecía posible.

A estas alturas se ya habrá ahogado, pensó Leah. Se habrá asfixiado por falta de oxígeno.

Se está muriendo de hambre. Se ha desangrado hasta morir. Unas criaturas salvajes de Bear Mountain han mutilado su cuerpecito.

Calculó: pronto hará cincuenta horas de la última vez que Leah vio a Marissa. Le dio un rápido beso de despedida en el coche, delante de la escuela, el jueves por la mañana a las ocho. Y (se obligó a recordarlo, no dejaría de recordarlo) Leah no se había molestado en mirar cómo su hija corría hasta la escuela y entraba en ella. El pelo dorado pálido refulgía a su espalda y sólo posiblemente (¡posiblemente!) en la puerta Marissa se había dado la vuelta para decirle adiós a mamá pero Leah ya se estaba alejando en su coche.

Pues bien, había tenido su oportunidad. Se lo confesaría a su hermana Avril, «Yo dejé que Marissa desapareciera».

La gran rueda, girando. Y la rueda era el tiempo, sin piedad.

Ella lo veía ahora. En su estado de conciencia agudizada alimentada por el terror lo veía. Había dejado de importarle por completo cómo era vista «Leah Bantry» por el ojo público. La madre acongojada/negligente. La madre trabajadora, madre soltera, madre-con-problemas-con-la-bebida. Había demostrado ser una mentirosa. Había demostrado ser una mujer dispuesta a acostarse con el marido de otra mujer y a pesar de ser ese marido su jefe. Sabía que la misma policía que estaba buscando al secuestrador de Marissa la estaba investigando también a ella. Los despiadados periódicos sensacionalistas, la tele. Bajo un disfraz de solidaridad, lástima por sus dificultades.

Nada de esto importaba ahora. Lo que los chacales dijeran de ella, y lo dirían. Estaba trocando su vida por la de Marissa. Pidiendo a Dios, en quien trataba desesperadamente de creer. «Si quisieras. Que Marissa siga viva. Devuélveme a Marissa. Si oyes mis ruegos.» Así que no había lugar para que ella sufriera por sí misma, ahora no tenía escrúpulos ni vergüenza. Sí, consentiría ser entrevistada en los más crueles y vulgares programas de televisión de Nueva York si eso ayudaba a Marissa. Parpadeando ante las cegadoras luces de la tele, desnudando sus dientes con una horrible sonrisa nerviosa.

Nunca volvería a preocuparse por las piedades de la vida cotidiana. Cuando al teléfono su madre se echó a llorar, preguntando por qué, por qué diablos había Leah dejado a Marissa sola tantas horas, Leah había interrumpido a aquella anciana fríamente: «Eso no importa ahora, mamá. Adiós».

Ninguno de los viejos Bantry tenía buena salud, así que no volarían al este para compartir la vigilia de su hija. Pero la hermana mayor de Leah, Avril, tomó inmediatamente un vuelo desde Washington para estar con ella.

Durante años, las hermanas no habían mantenido una relación estrecha. Había una sutil rivalidad entre ellas, en la que Leah siempre se sentía empequeñecida.

Avril, una abogada de inversiones, era rápida y eficiente respondiendo al teléfono, leyendo todos los correos electrónicos. Avril consultaba la página de Marissa constantemente. Estableció una relación fluida con el detective de Skatskill que trabajaba en el caso, que hablaba con Leah circunspectamente y con gran torpeza.

Avril llamó a Leah para que fuera a oír un mensaje de voz que había llegado mientras ellas estaban en comisaría. Leah le había hablado a Avril de Davitt Stoop, con reservas.

Era Davitt, finalmente, llamando a Leah. Con una voz afectada y lenta, que no era la cálida voz íntima que Leah conocía, decía: «Es terrible... Es... terrible, Leah. Sólo podemos rezar para que detengan a ese loco y...». Una larga pausa. Una habría pensado que el doctor Stoop había colgado pero entonces continuó, más forzado. «Siento que haya sucedido esta cosa terrible, pero Leah, por favor, no trates de volver a ponerte en contacto conmigo. ¡Ni des mi nombre a la policía! Las últimas veinticuatro horas han sido devastadoras para mí. Nuestra relación fue un error y no puede continuar, estoy seguro de que lo entenderás. Por lo que respecta a tu puesto en la clínica, estoy seguro de que comprenderás la incomodidad de todo el personal si...»

El corazón de Leah latía con furia, pulsó «borrar» para detener la voz del hombre. Agradecida a Avril, que con mucho tacto salió de la habitación, porque ella no le preguntaría por Davitt Stoop, ni siquiera le ofrecería el consuelo de una hermana.

«Llévate todo lo que tengo. Si me dejas a Marissa tal como éramos.»

Emisarios

—¡Mamá!

Era la voz de Marissa, pero amortiguada, en la distancia.

Marissa estaba atrapada al otro lado de un muro de grueso cristal, Leah oyó sus desesperados gritos sólo débilmente. Marissa estaba golpeando el cristal con los puños, aplastando la cara húmeda contra él. Pero el cristal era demasiado grueso para romperlo. «¡Mamá! Ayúdame, mamá...» Y Leah no podía moverse para ayudar a la niña, Leah estaba paralizada. Algo le sostenía las piernas, arenas movedizas, cuerdas atadas. Si pudiera liberarse...

Avril la despertó, abruptamente. Había alguien que quería verla, amigas de Marissa, decían que eran.

—Hola, señora Bantry... Bantry. Me llamo...

Tres niñas de Skatskill Day. Una de ellas, con el pelo color rojizo difuminado y ojos brillantes como piedras de colores, estaba sosteniendo ante Leah un ramo impresionantemente grande de flores: rosas de largos tallos, claveles, narcisos, crisantemos. Prevalecía la áspera fragancia de los narcisos.

El ramo debía ser caro, pensó Leah. Se lo cogió a la niña y trató de sonreír.

—Bueno, gracias.

Era domingo, al mediodía. Ella se había sumido en el estupor después de veinticuatro horas sin dormir. Viendo que hacía un día de abril cálido, incongruentemente soleado y brillante, al otro lado de las persianas parcialmente cerradas en las ventanas del apartamento.

Tendría que centrarse en esas niñas. Había esperado, por lo que Avril había dicho, niñas más pequeñas, de la edad de Marissa. Pero ésas eran adolescentes. Trece, catorce. En octavo, dijeron. ¿Amigas de Marissa?

La visita no duraría mucho. Avril, mostrando su desaprobación, rondaba cerca.

Posiblemente Leah las había invitado a pasar, las niñas estaban sentadas en la sala de estar. Estaban claramente excitadas, tensas. Miraban a su alrededor como pájaros nerviosos. Leah supuso que debía ofrecerles unas coca-colas, pero algo en ella se resistía. Rápidamente se lavó la cara, se pasó un peine por el cabello enmarañado que ya no era rubio sino del color del polvo. ¿Cómo podían esas chicas ser amigas de Marissa? Leah no las había visto antes en su vida.

Y sus nombres no significaban nada para ella.

—Jude Trahern

—Denise…

El tercer nombre se le escapó.

Las chicas tenían los ojos húmedos de la emoción. Se habían pasado muchos vecinos para expresarle su preocupación, Leah supuso que tendría que soportarlo. La chica que le había dado el ramo a Leah, Jude, estaba diciendo con una titubeante voz nasal que sentían mucho lo que le había sucedido a Marissa y que les gustaba mucho Marissa, que era probablemente la niña más simpática de Skatskill Day. Si algo así tenía que suceder, qué pena que, bueno, no le hubiera sucedido a otra.

Las demás niñas se rieron entre dientes, sorprendidas por la vehemencia de su amiga.

—Pero Marissa es tan buena y tan simpática. Señora, rezamos por su pronto regreso, constantemente.

Leah se quedó mirando a la niña. No tenía ni idea de qué responder.

Confundida, se llevó el ramo a la cara. Olió el aroma casi excesivo de los narcisos. Como si el objetivo de su visita fuera traerle a Leah… ¿Qué?

Las chicas la miraban fijamente, casi con mala educación. Naturalmente, eran jóvenes, no sabían lo que debían hacer. Su líder, Jude, parecía una chica con bastante seguridad, aunque no era la mayor ni la más alta de las tres.

Ningún atractivo, en absoluto. Tenía el rostro fieramente anodino, como si se lo hubieran limpiado con un estropajo. Tenía la piel blancuzca, moteada. Se percibía la energía repiqueteando en su interior como una corriente eléctrica, tan tensa estaba.

Las otras chicas eran más normales. Una era ligeramente

gruesa y tenía la cara regordeta y la nariz chata, casi bonita si no fuera por la suficiencia, la insolencia en su expresión. La otra niña tenía la piel cetrina, con manchas, el cabello lacio color grasa y unos extraños labios abiertos y temblorosos. Las tres chicas llevaban vaqueros sucios, camisas de niño y unas horribles botas con la punta cuadrada.

—... así que nos estábamos preguntando, señora Bran..., Bantry, si le gustaría que nosotras rezáramos con usted. ¿Ahora? Es domingo de Ramos. El domingo que viene es Pascua.

—¿Qué? ¿Rezar? Gracias pero...

—Porque Denise, Anita y yo tenemos la corazonada, tenemos la fuerte corazonada, señora Bantry, de que Marissa está viva. Y Marissa depende de nosotras. Así que, si...

Avril se adelantó rápidamente diciendo que la visita había terminado.

—Mi hermana está pasando mucha tensión, chicas. Os acompañaré a la puerta.

Las flores se deslizaron entre los dedos de Leah. Cogió algunas de ellas, patosamente. Las otras cayeron al suelo, a sus pies.

Dos de las chicas se apresuraron hacia la puerta, que Avril sostenía abierta, con expresiones asustadas. Jude, deteniéndose, siguió sonriendo a su manera seria y circunspecta. Se había sacado un pequeño objeto negro del bolsillo.

—¿Puedo sacar una fotografía, señora Bantry?

Antes de que Leah pudiera protestar, levantó la cámara y apretó el botón. Leah se había llevado la mano a la cara para tapársela, instintivamente.

Avril dijo bruscamente:

—Por favor, chicas. La visita ha terminado.

Jude murmuró de camino a la salida:

—Rezaremos por usted de todos modos, señora Bantry. Adiós.

Las otras chicas repitieron «¡Adiós! ¡Adiós!». Avril cerró la puerta cuando hubieron salido.

Leah tiró las flores a la basura. ¡Flores blancas!

Al menos no le habían traído lirios.

Holandesa

... en movimiento. Recorriendo una y otra vez La Ruta. A veces a pie, a veces en su coche. A veces con Avril pero con más frecuencia a solas: «¡Tengo que salir! ¡No puedo respirar allí! ¡Tengo que ver lo que Marissa vio!».

Esos días son muy largos. Y sin embargo, en el transcurso de las horas de todos esos días, nada ha sucedido.

Marissa sigue desaparecida, desaparecida.

Como un reloj haciendo tic tac: todavía, todavía desaparecida. Cada vez que miraba, seguía desaparecida.

Ella llevaba el móvil consigo, por supuesto. Por si había novedades.

Iba hasta Skatskill Day y se colocaba ante la puerta de entrada del ala de educación primaria, que era la puerta que Marissa habría cruzado para salir el jueves por la tarde. Desde esa posición iniciaba La Ruta.

Por la acera de delante y en dirección este por Pinewood. Cruzando Pinewood hasta Mahopac Avenue y siguiendo al este por la Calle 12, Calle 13, Calle 14, Calle 15. En la Calle 15 con Trinity, el testigo había afirmado ver a Mikal Zallman metiendo a Marissa Bantry en su furgoneta Honda CR-V y marchándose de allí.

O había sucedido de ese modo o no había sucedido.

Había un solo testigo, una estudiante de Skatskill Day de la que la policía no iba a facilitar la identidad.

Leah creía que Zallman era el hombre y sin embargo: algo faltaba. Como una pieza de puzle. Una pieza muy pequeñita, pero crucial.

Desde la visita de las niñas. Desde el ramo de resplandecientes flores blancas. Esa pequeña sonrisa nerviosa que Leah no quería interpretar como provocadora, de la chica llamada Jude.

«De todos modos rezaremos por usted, señora Bantry. Adiós.»

Para Leah era importante caminar rápidamente. Seguir en movimiento.

Hay una criatura del fondo del mar, quizá un tiburón, que debe estar en movimiento constante porque de lo contrario moriría. Leah se estaba convirtiendo en esa criatura. Creía que la noticia de la muerte de Marissa sólo llegaría hasta ella si ella, la madre, se quedaba quieta; había algo mortecino en permanecer quieto; pero si estaba en movimiento, recorriendo una y otra vez el camino de Marissa… «Es como si Marissa estuviera conmigo. Soy yo.»

Ella sabía que la gente con que se encontraba en La Ruta la miraba. Todo el mundo en Skatskill conocía su cara, su nombre. Todo el mundo sabía por qué estaba allí en la calle, recorriendo una y otra vez La Ruta. Una mujer esbelta con camisa, pantalones esport, gafas de sol. Una mujer que había hecho un somero intento de disfrazarse, con el pelo rubio polvoriento escondido parcialmente bajo una gorra.

Sabía que los observadores sentían pena por ella. Y la culpaban.

Sin embargo, cuando algunos de ellos le hablaban, como hacían algunos cada vez que recorría La Ruta, todos se mostraban invariablemente cálidos, solidarios. Algunos de ellos, tanto hombres como mujeres, parecían ser profundamente solidarios. Las lágrimas se les agolpaban en los ojos. «Ese hijo de puta —se referían a Zallman—. ¿Ha confesado ya?»

En Skatskill, el nombre de Zallman era ahora conocido, famoso. Que el hombre fuera —hubiera sido— miembro del profesorado de la escuela Skatskill Day se había convertido en un escándalo local.

El rumor decía que Zallman tenía un historial de anteriores detenciones y penas por agresión sexual. Había sido despedido anteriormente de otras escuelas pero había logrado ser contratado en la prestigiosa Skatskill Day. La atribulada directora de la escuela había concedido entrevistas a los periódicos y la televisión y negado vigorosamente el rumor que, sin embargo, prevaleció.

Bantry, Zallman. Los nombres enlazaban morbosamente. En los periódicos sensacionalistas, se publicaban de lado fotos de la chica desaparecida y del «sospechoso». En varias ocasiones, también se incluyó la foto de Leah.

Pese a su estado de consternación, Leah era capaz de percibir la ironía de ese agrupamiento: una parodia de familia.

Y

Leah había abandonado la esperanza de hablar con Zallman. Supuso que era una petición ridícula. Si había secuestrado a Marissa, era un psicópata, y una no espera que un psicópata cuente la verdad. Si no había secuestrado a Marissa...

—Si ha sido otro, nunca lo encontrarán.

La policía de Skatskill todavía no había detenido a Zallman de manera definitiva. Había sido liberado temporalmente. Se declaró en un lacónico comunicado que el detenido estaba «cooperando totalmente» con la investigación de la policía. Pero qué les había contado, qué les podía haber dicho de utilidad, era algo que Leah no sabía.

A lo largo de La Ruta, Leah veía a través de los ojos de Marissa. Las fachadas de las casas. En la Calle 15, escaparates. Nadie había corroborado la declaración del testigo que había visto cómo metían a Marissa en una furgoneta a plena luz del día en la Calle 15. ¿Nadie más lo había visto? ¿Y quién había sido el testigo? Desde que las tres niñas se habían pasado a verla, Leah tenía una nueva sensación de desasosiego.

«No eran amigas de Marissa. Esas chicas no.»

Cruzó Trinity y continuó. Aquello era una ligera extensión de la ruta que Marissa seguía de la escuela a casa. Era posible que se pasara por el 7-Eleven a comprar algo para merendar los martes y los jueves, cuando Leah volvía tarde a casa.

Pegado con cinta en la puerta de cristal de la entrada del 7-Eleven, decía:

¿ME HA VISTO?
MARISSA BANTRY, 11 AÑOS
DESAPARECIDA DESDE EL 10 DE ABRIL

Los ojos sonrientes de Marissa miraron a los de Leah cuando ésta abrió la puerta.

En el interior, temblando, Leah se quitó las gafas de sol. Estaba mareada. No estaba segura de si aquello era un estado de plena vigilia o de fuga. Intentó orientarse. Se fijó en un montón de ejemplares de la gruesa edición dominical del *New York Ti-*

mes. Los titulares de portada eran referidos a la guerra de Irak y, confusa por momento, Leah pensó:«Quizá nada de esto ha sucedido todavía».

Quizá Marissa estaba fuera, esperando en el coche.

El caballeroso dependiente indio estaba tras el mostrador con su habitual postura reservada y al mismo tiempo atenta. La estaba mirando con extrañeza, vio Leah, como nunca lo había hecho en el pasado.

Naturalmente, la reconoció. Conocía su nombre. Todo lo referido a ella. Ella nunca volvería a ser una cliente anónima de nuevo. Leah vio con dificultades, porque se le estaban humedeciendo los ojos, un segundo ¿ME HA VISTO? pegado llamativamente a la caja registradora.

Quiso abrazar a aquel hombre sin mediar palabra. Quiso arrebujarse en sus brazos y estallar en lágrimas.

En lugar de eso se dirigió hacia uno de los pasillos. La tienda era como una fotografía sobreexpuesta. Había mucho que ver pero ella no veía nada.

Gracias a Dios que no había otros clientes en aquel momento.

Vio su mano extendiéndose hacia ¿qué? Un paquete de Kleenex.

Rosa, el color preferido de Marissa.

Fue al mostrador para pagar. Le sonrió al dependiente que le estaba sonriendo nerviosamente, claramente agitado por su presencia. ¡Su siempre tan amable clienta rubia! Leah iba a darle las gracias por haber colgado los pósteres, e iba a preguntarle si alguna vez había visto a Marissa en la tienda a solas, sin ella, cuando de repente el hombre dijo, para asombro de Leah:

—Señora Bantry, sé lo de su hija y lo que ha pasado, es terrible. La veo constantemente para ver qué sucede. —Debajo del mostrador había una pequeña tele portátil con el volumen apagado—. Señora Bantry, quiero decirle que cuando la policía vino estaba nervioso y no logré recordar nada, pero ahora me acuerdo, estoy más seguro, sí vi a su hija aquel día, creo. Entró en la tienda. Estaba sola, y después había otra niña. Salieron juntas.

El dependiente indio hablaba en un torrente de palabras. Tenía los ojos arrepentidos, implorantes.

—¿Cuándo? ¿Cuándo fue...?

—Ese día, señora Bantry. Por el que pregunta la policía. La semana pasada.

—¿El jueves? ¿Vio a Marissa el jueves?

Pero ahora él dudaba. Leah hablaba con excesivo entusiasmo.

—Eso creo. No puedo estar seguro. Por eso no quise decírselo a la policía, no quería tener problemas con ellos. Se mostraron impacientes conmigo, no hablo muy bien el inglés. Las preguntas que hacen no son fáciles de responder mientras ellos te miran fijamente.

Leah no dudó de que el dependiente indio se sintiera incómodo con los policías blancos de Skatskill, ella misma se sentía incómoda con ellos. Dijo:

—¿Marissa estaba con una niña, dice? ¿Cómo era?

El dependiente indio frunció el ceño. Leah se dio cuenta de que él trataba de ser tan preciso como le era posible. Probablemente no había mirado a las niñas muy de cerca, era probable que no pudiera distinguirlas entre las demás. Dijo:

—Era mayor que su hija, estoy seguro. No era muy alta, pero sí mayor. Con el pelo no tan rubio.

—¿No la conoce? ¿Su nombre?

—No. No conozco el nombre de ninguna de ellas. —Se detuvo, con el ceño fruncido. Su mandíbula se tensó—. Algunas de ellas, de las mayores, creo que ésta es una de ellas, vienen con sus amigas aquí después de la escuela y cogen cosas. Roban, rompen. Abren bolsas, comen. Son como cerdos. Creen que no las veo, pero yo sé lo que hacen. Cinco días a la semana vienen, muchas de ellas. Me desafían a que les grite, y si las toco...

Su voz se apagó, temblorosa.

—Esa chica. ¿Cómo era?

—... piel blanca. Más que la de usted, señora Bantry. Un color de pelo raro... un color de algo rojo, difuminado.

Hablaba con cierta repugnancia. Claramente, la chica misteriosa no era atractiva a sus ojos.

Pelirroja. Pelo rojo pálido. ¿Quién?

«Jude Trahern.» La chica que le había llevado las flores. La chica que hablaba de rezar por el rápido regreso de Marissa.

¿Eran amigas, entonces? ¿Marissa tenía una amiga?

Leah se sentía un poco mareada. La iluminación de los fluorescentes titilaba y le daba vueltas en la cabeza. Había algo allí que no lograba comprender. «Rezar con usted. El domingo que viene es Pascua.» Tenías más cosas que preguntarle a aquel hombre amable pero su mente se había quedado en blanco.

—Gracias. Tengo… que irme.

—No se lo diga, señora Bantry. A la policía. Por favor.

Ciegamente, Leah empujó la puerta.

—¿Señora Bantry? —El dependiente corrió tras ella con una bolsa en la mano—. Se le olvida esto.

La caja de Kleenex rosas.

El holandés errante. La holandesa. Se estaba convirtiendo. Siempre en movimiento, aterrada de parar. Regresando a su casa, donde está su hermana.

«¿Alguna novedad?»

«No.»

Tras el anodino y pequeño centro comercial, vagaba a la deriva, aturdida. Les diría a los detectives de Skatskill lo que el dependiente le había dicho, tenía que decírselo. Si Marissa había estado en la tienda el jueves por la tarde, no la podían haber metido en una furgoneta en la Calle 15 con Trinity, dos manzanas de vuelta hacia la escuela. Ni por Mikal Zallman ni por nadie. Marissa tenía que haber seguido más allá de Trinity. Después del 7-Eleven debió de dar la vuelta y volver de nuevo hacia la Calle 15, y recorrer la media manzana hasta casa.

A menos que la hubieran metido en la furgoneta en la Calle 15 con Van Buren. El testigo se había confundido de calle. Estaba más cerca de casa.

A menos que el dependiente indio se hubiera confundido de día, de hora. O, con intenciones que Leah no podía siquiera llegar a imaginar, le hubiera mentido.

«¡No! Él no.»

Se negó a pensar en esa posibilidad. Su cerebro se cerró en banda, rechazándola.

Ahora caminaba lentamente, apenas consciente de cuanto le

rodeaba. Un olor a comida rancia invadió sus fosas nasales. En el aparcamiento que había detrás del centro comercial sólo había aparcados unos cuantos coches de empleados. El pavimento estaba manchado y lleno de basura, había un solo contenedor que rebosaba desperdicios. En la parte trasera del restaurante chino para llevar había varios gatos esqueléticos hurgando en envoltorios de comida que se quedaron inmóviles cuando Leah se aproximó antes de salir corriendo ateridos.

—¡Gatitos! No voy a haceros daño.

El temor de los gatos salvajes era una parodia del suyo. El pánico de ella era el de ellos, en el lugar equivocado, sin ningún objeto.

Leah se preguntó: ¿qué cosas hacía Marissa cuando Leah no estaba con ella? Durante años habían sido inseparables: madre e hija. Cuando Marissa era muy pequeña, incluso antes de que pudiera andar, trataba de seguir a su madre a todas partes, de habitación a habitación. «¡Mamá! ¡Adónde va mamá!» Ahora Marissa hacía muchas cosas sola. Marissa estaba creciendo. Pasarse por el 7-Eleven con otras niñas después de clase. Comprar un refresco, una bolsa de algo crujiente, salado. Era perfectamente inocente. Ningún niño debía ser castigado por eso. Leah le daba un poco de dinero a Marissa para compras imprevistas, aunque no le gustaba la comida basura.

Leah sintió un peso en el pecho al imaginar a su hija en el 7-Eleven el jueves anterior, comprándole algo al dependiente indio. Entonces, él no conocía su nombre. Un día o dos más tarde todo el mundo en Skatskill conocía el nombre de Marissa Bantry.

Naturalmente eso no significaba nada. Que Marissa hubiera salido de la tienda con una compañera de la escuela. Eso no tiene nada de raro. Imaginaba con qué rígida expresión respondería la policía a esa «pista».

En cualquier caso, Marissa habría regresado a la Calle 15 de vuelta a casa. Tan ajetreada y peligrosa a esa hora del día.

Era allí en la Calle 15 donde el compañero de clase «sin identificar» había visto a Marissa siendo metida en el Honda. Leah se preguntó si el testigo era la pelirroja Jude.

Leah no sabía exactamente lo que la chica había contado a

los agentes de policía. Los detectives desprendían la sensación, al mismo tiempo reconfortante y frustrante, de saber más de lo que estaban contando.

Leah se encontró en el límite del área pavimentada. Contempló una empinada colina de tierra sin cultivar y aparentemente sin ningún valor. Era extraño que en mitad de un suburbio bienestante todavía quedaran trozos de tierra vacíos, inhabitables. La colina ascendía hasta Highgate Avenue, a un kilómetro de distancia, invisible desde su posición. Nadie intuiría que las viejas casas y mansiones «históricas» estaban ubicadas en la cresta de la colina en fincas que valían millones de dólares. La colina era abundante en vides trepadoras, madera de brezo y arbolillos. La acumulación de años de basura y desperdicios arrastrados por el viento hacía que pareciera un vertedero improvisado. Había un sonido de correteos en alguna parte dentro de la sucesión de brezos, una forma peluda que aparecía y desaparecía tan rápidamente que Leah apenas la vio.

Tras el contenedor, oculta a la vista, una colonia de gatos vivía hurgando en busca de comida, se reproducía furiosamente y sufría la prematura muerte de las criaturas salvajes. No deseaban ser animales de compañía, no tenían la capacidad de recibir el afecto de los humanos. Eran, en términos clínicos, indomesticables.

Leah estaba regresando a su coche cuando oyó una voz nasal a su espalda.

—¡Señora Bantry! Hola.

Leah se dio la vuelta con inquietud y vio a la niña del pelo encrespado que le había dado las flores.

Jude. Jude Trahern.

En ese momento se le ocurrió a Leah: había una plaza en el centro de Skatskill, que llevaba el nombre del presidente del Tribunal Supremo Trahern, desde hacía décadas. Uno de los viejos nombres de Skatskill. En Highgate estaba la mansión Trahern, una de las casas más grandes, casi escondida de la carretera.

Esa rara chica de ojos brillantes. Se parecía algo a una lacia rata blanca. Pero de todos modos le sonrió con aire vacilante a Leah, torpemente sentada a horcajadas sobre su bicicleta.

—¿Me estás siguiendo?

—Señora, no. Yo... sólo... la vi.

La chica de ojos como platos parecía sincera, agitada. Pero Leah estaba de los nervios y habló con brusquedad.

La chica se quedó mirando a Leah como si algo muy brillante refulgiera en su cara, tan cegador como irresistible. Se frotó nerviosamente la nariz.

—Yo... yo quiero decir que lo siento, por haber dicho estupideces. Creo que empeoré las cosas.

¡Empeorar las cosas! Leah sonrió irritada, aquello era absurdo.

—Denise, Anita y yo queríamos ayudar. Pero creo que nos equivocamos. Al ir a verla.

—¿Eres tú el «testigo sin identificar» que vio a mi hija cuando la metían en una furgoneta?

La chica parpadeó mirando a Leah con la expresión perdida. Durante un largo rato Leah pudo haber jurado que iba a hablar, a decir algo urgente. Después bajó la cabeza, se volvió a frotar la nariz, se encogió de hombros conscientemente y murmuró algo que sonó como:

—Creo que no.

—Muy bien. Adiós. Me voy.

Leah frunció el entrecejo y se dio la vuelta, el corazón le latía con fuerza. ¡Cómo deseaba estar sola! Pero la niña rata era demasiado obtusa para comprender. Con la obstinada persistencia de una niña demasiado grande siguió a Leah a una incómoda y escasa distancia de aproximadamente medio metro, pedaleando torpemente en su bicicleta. La bicicleta era un modelo italiano caro propio de un ciclista adulto.

Finalmente Leah se detuvo y se dio la vuelta.

—¿Tienes algo que decirme, Jude?

La niña parecía estupefacta.

—«¡Jude!» ¿Se acuerda de mi nombre?

Leah recordaría posteriormente ese extraño momento. La expresión exultante en el rostro de Jude Trahern. Su piel blanquecina veteada de placer.

Leah dijo:

—Tu nombre es extraño, recuerdo los nombres extraños. Si tienes algo que decirme de Marissa, desearía que me lo dijeras.

—¿Yo? ¿Qué voy a saber yo?

—¿No eres la testigo de la escuela?

—¿Qué testigo?

—Un compañero de clase dice que vio a un conductor meter a Marissa en su furgoneta en la Calle 15. Pero ¿tú no eres ese compañero?

Jude negó con la cabeza vehementemente.

—No siempre hay que creer a los «testigos», señora Bantry.

—¿Qué quieres decir?

—Todo el mundo lo sabe. Sale en la tele constantemente, en las series policiales. Un testigo jura que ve a alguien, pero se equivoca. Como con el señor Zallman, todo el mundo dice que fue él, pero pudo ser otro.

La chica hablaba rápidamente, fijando sobre Leah sus ojos grandes y brillantes.

—¿Jude, qué quieres decir con que pudo ser otro? ¿Quién?

Excitada por la atención de Leah, Jude perdió el equilibrio en su bicicleta y a punto estuvo de caer. Torpemente, volvió a reemprender la marcha. Cogía el manillar con tanta fuerza que sus huesudos nudillos brillaban blancos.

Estaba respirando rápidamente, con los labios abiertos. Hablaba con voz baja y conspirativa.

—Mire, señora Bantry, lo del señor Zallman es sabido por todos. Aborda a las niñas guapas-guapas como Marissa. Como decían esos chicos en la tele, tiene ojos con rayos láser. —Jude tembló, entusiasmada.

Leah estaba atónita.

—Si todo el mundo lo sabe, ¿por qué no lo dijo nadie? ¿Antes de que todo esto sucediera? ¿Cómo se le permitía enseñar a un hombre así? —Se interrumpió, ansiosa. Pensando «¿Lo sabía Marissa? ¿Por qué no me lo dijo?».

Jude rio entre dientes.

—Más bien tendría que preguntarse por qué cualquiera de ellos enseña. ¡Por qué alguien quiere estar rodeado de niños! No sólo algún tipo raro, sino también las mujeres. —Sonrió, al parecer sin advertir cómo la miraba Leah—. El señor Z es divertido. Es el «Maestro», así se llama a sí mismo. En Internet, puedes navegar y ver que es el «Maestro de los Ojos». Niños pequeños, chicas, los abordaba después de clase y les decía que no se lo dijeran a nadie. O que lo «sentirían mucho». —Jude hizo un gesto con las manos como si estrujara un cuello invisible—. Le gustan las niñas con el pelo largo y bonito para cepillárselo.

—¿Cepillárselo?

—Por supuesto. El señor Zallman tiene un cepillo de alambre. Dice que es su cepillo para perritos. Te lo pasa por el pelo para divertirse. Antes era divertido. Espero que la poli encontrara el cepillo cuando le detuvieron, como prueba. Cielos, él nunca me abordó, yo no soy guapa-guapa.

Jude hablaba con altanería, con satisfacción. Mirando a Leah con sus curiosos ojos color piedra.

Leah sabía qué debería haber dicho, con solicitud maternal, «¡Oh, claro que eres guapa, Jude! Algún día lo serás».

En diferentes circunstancias habría debido coger la carita caliente de la niña-rata con sus frescas manos y reconfortarla. «Algún día te querrán, Jude. No te sientas mal.»

—¿Estás diciendo que podría haber… alguien más? ¿No Zallman, sino otra persona?

Jude dijo, sorbiéndose los mocos:

—Quise decírselo antes, en su casa, pero usted no parecía querer oírlo. Y esa otra señora me estaba fulminando con la mirada. No quería que nos quedáramos.

—Jude, por favor. ¿Quién es esa persona de la que estás hablando?

—Señora Branly, Bantry; como dije, Marissa es una buena amiga mía. ¡Lo es! Algunos niños se ríen de ella, dicen que es un poco corta, pero yo no creo que Marissa sea corta, no. Me cuenta toda clase de secretos, ¿sabe? —Jude se detuvo, inspirando largamente—. Me dijo, me dijo que echaba de menos a su padre.

Era como si Jude hubiera extendido la mano para pellizcarla. Leah se había quedado sin habla.

—Marissa siempre decía que odiaba Skatskill. Quería estar

con su padre, decía. En un lugar llamado Berkeley, en California. Quería ir a vivir allí.

Jude hablaba con el aire obsequioso de un niño denunciando a otro ante un adulto. Le temblaban las manos, estaba muy exaltada.

Leah seguía incapaz de responder. Trataba de pensar qué decir, pero su cerebro parecía estar parcialmente inutilizado, como si hubiera tenido un pequeño derrame.

Jude dijo inocentemente:

—Supongo que usted no lo sabía, señora Bantry.

Se mordió la uña del pulgar entrecerrando los ojos.

—¿Marissa te dijo eso? ¿Te dijo... esas cosas?

—¿Está usted enfadada conmigo, señora Bantry? Usted quería que se lo dijera.

—Marissa te dijo... ¿que quería vivir con su padre? ¿No con su madre sino con su padre?

La visión periférica de Leah se estrechó. Había una sombría forma de embudo en cuyo centro la niña de piel terrosa y el cabello encrespado entrecerró los ojos y sonrió como si se estuviera arrepintiendo.

—Me pareció que querría saberlo, señora Bantry. ¿Quizá Marissa se escapó? Nadie lo dice, todo el mundo cree que fue el señor Zallman, como si la poli creyera que tiene que ser él. Bueno, quizá lo sea. Pero, ¡quizá!, Marissa llamó a su padre y le pidió que viniera a buscarla. Algo así, raro. ¿Y no se lo dijo? Mire, muchas veces Marissa hablaba así, como una niña pequeña. Sin pensar en los sentimientos de su madre. Y yo le decía «Tu madre es muy buena, le harías muchísimo daño, Marissa, si...».

Leah no pudo seguir reprimiendo las lágrimas. Era como si hubiera perdido a su hija por segunda vez.

Errores

Su primer error fue dar por sentado que, como no sabía nada de la desaparición de Marissa Bantry, no podía estar «implicado» en ella.

El segundo fue no ponerse en contacto con un abogado inmediatamente. En cuanto se dio cuenta de la razón concreta por la que lo habían llevado a la comisaría para ser interrogado.

El tercero parecía ser haber llevado una vida equivocada.

«Pervertido. Abusador. Pedófilo.

»Secuestrador/violador/asesino.

»Mikal Zallman, treinta y un años. Sospechoso.»

—Mamá, soy Mikal. Espero que no hayas visto las noticias todavía, tengo que contarte una cosa muy alarmante…

¡Nada! No sabía nada.

El nombre MARISSA BANTRY no significaba nada para él.

Bueno, no al principio. No estaba seguro.

En su estado de agitación, sin saber qué diablos pretendían con sus preguntas, no podía estar seguro.

—¿Por qué me interrogáis? ¿Le ha pasado algo a «Marissa Bantry»?

Después, le mostraron la fotografía de la chica.

Sí: entonces la reconoció. La chica del largo pelo rubio, que en ocasiones llevaba trenzado. Una de las alumnas más silenciosas. Buena chica. Reconoció la foto pero no podría haber dicho su nombre porque, mirad: «No soy profesor de esa niña exactamente. Soy un "asesor". No tengo un aula. No les doy clases regularmente. En el instituto, uno de los profesores de matemáticas enseña ciencias informáticas. No llego a conocer a los chicos por su nombre como hacen los demás profesores».

Hablaba rápidamente, con la voz quebrada. La habitación era incómodamente fría, pero él estaba sudando.

Como en un interrogatorio policial de dibujos animados. «Hicieron sudar al acusado.»

Hablando estrictamente, no era cierto que Zallman no conociera los nombres de los alumnos. Conocía los nombres de muchos alumnos. Sin duda, conocía sus caras. Especialmente las de los alumnos mayores, algunos de los cuales eran muy brillantes e interesantes. Pero no conocía el nombre de Marissa Bantry, la tímida y pequeña chica rubia no le había llamado la atención en absoluto.

Ni había hablado con ella en privado. De eso estaba seguro.

—¿Por qué me preguntáis por esa chica? Si ha desaparecido, ¿qué relación tiene eso conmigo?

Esa irritación en la voz de Zallman. No enfadado, sólo impaciente.

Estaba dispuesto a reconocerlo, sí: si una niña desaparecía durante más de veinticuatro horas era un asunto serio. Si Marissa Bantry, de once años, estaba desaparecida, era algo terrible.

—Pero eso no tiene nada que ver conmigo.

Le dejaron hablar. Estaban grabando en una cinta sus preciadas palabras. No parecían estar juzgándole, no estaba teniendo la impresión de que le consideraban implicado en la desaparición, sólo le estaban haciendo algunas preguntas, para colaborar con la investigación.

Le explicaron que lo mejor para él era cooperar totalmente con ellos, deshacer los malentendidos, o lo que quiera que fuera, una identificación errónea tal vez, antes de abandonar la comisaría.

—«¿Una identificación errónea?» ¿Qué era eso?

Se estaba irritando, se estaba volviendo desafiante. Sabedor de que era inocente de cualquier maldito delito, por muy trivial que fuera: infracciones del código viario, multas de aparcamiento. «¡Era inocente!» Así que insistió en ser sometido a un detector de mentiras.

Otro error.

Y

Diecisiete horas más tarde un agresivo desconocido ahora nombrado como defensor de Mikal Zallman le estaba aconsejando:

—Vete a casa, Mikal. Duerme si puedes. Tienes que dormir. No hables con nadie si no lo conoces y confías en él y asume que estás siendo vigilado, y haz lo que quieras, tío, pero no te pongas en contacto con la madre de la niña desaparecida.

«Por favor comprenda que no he sido yo. No soy el pirado que se ha llevado a su preciosa hija. Se ha producido un terrible malentendido, pero le juro que soy inocente, señora Bantry, no nos conocemos, pero permítame compadecerla, esta pesadilla la estamos compartiendo.»

Conduciendo a casa, a North Tarrytown. Faros en dirección contraria cegando sus ojos. Lágrimas manando de sus ojos. Ahora el subidón de adrenalina está amainando, goteando como el agua en un conducto obstruido, estaba empezando a sentir un martilleo en la cabeza que era el peor dolor de cabeza que había tenido en su vida.

¡Cielos! Y si era una hemorragia cerebral...

Se moriría. Su vida terminaría. Se dictaminaría judicialmente que su culpabilidad había provocado la hemorragia. Su nombre nunca sería limpiado.

Se había mostrado tan chulesco y arrogante al llegar a la comisaría, tan seguro de que sería liberado al cabo de poco, al instante.

Un animal herido renqueando en busca de refugio. No sería capaz de enfrentarse al tráfico de la ruta 9, de tan mareado como estaba. Los conductores impacientes hacían sonar sus bocinas. Un inmenso todoterreno aceleró a centímetros del parachoques trasero del coche de Zallman.

¡Lo sabía! Normalmente también él era un conductor impaciente. Irritado con los conductores demasiado cautos de la ruta 9, y ahora se convertiría en uno de ellos, avanzando apenas a treinta kilómetros por hora.

Quienquiera que fuera que le odiara, que le hubiera implicado en esa pesadilla, le había asestado un primer golpe, con fuerza.

Qué mala suerte la de Zallman, uno de los inquilinos de su edificio estaba en la entrada posterior del complejo, esperando el ascensor, cuando Zallman entró dando tumbos. Iba sin afeitar, desmelenado, desprendiendo nítidamente el olor de su cuerpo. Vio que el hombre le miraba fijamente, al principio sorprendido, reconociéndole, después con una franca repugnancia.

«¡Pero no lo hice yo! No fui yo.

»La policía no me habría soltado si...»

Zallman dejó que su vecino cogiera el ascensor.

Zallman vivía en el quinto piso de lo que llamaban un edificio de apartamentos. Nunca había considerado sus tres habitaciones mal amuebladas como su «casa», ni tampoco tenía por tal la casa señorial de su madre en el Upper East Side; sería justo decir que Zallman no tenía ya hogar.

Era cerca de la medianoche de un día cualquiera. Había perdido días de su vida. No podría haber afirmado con seguridad en qué mes estaban, en qué año. La cabeza le latía de dolor. Palpando la llave en la oscuridad de su apartamento oyó que el teléfono sonaba en el interior con el aire maniaco de un teléfono que ha estado sonando repetidamente.

«Liberado por el momento. Tenga con usted su teléfono móvil siempre porque puede ser contactado por la policía. NO, REPETIMOS, NO abandone la zona. Se dictará orden judicial de detención en caso de que trate de abandonar la zona.»

—No es que sea inocente, mamá. ¡Sé que soy inocente! Lo que me asusta es que la gente parece creer que no lo soy. Mucha gente.

Era un hecho. Mucha gente.

Tendría que vivir con ese hecho, y lo que ese hecho decía del lugar que Mikal ocupaba en el mundo, durante mucho tiempo.

«Mantenga las manos visibles, señor.»

Ése había sido el principio. Su cerebro herido volvía obsesivamente a ese momento, en Bear Mountain.

Los policías. Mirándole. Como si…

(¿Habrían disparado sus revólveres contra él si hubiera hecho un gesto brusco y ambiguo? Le había puesto enfermo pensar en eso. Debería haberse sentido agradecido porque no hubiera sucedido, pero en realidad le había puesto enfermo.)

Aun así, los policías le habían pedido con bastante educación si podían registrar su vehículo. Había dudado sólo un momento antes de aceptar. Naturalmente, le molestaba como ciudadano que no había quebrado ninguna ley y como (ex) miembro de la Unión Americana por las Libertades Civiles, pero por qué no, sabía que en la furgoneta no había nada que pudiera llamar la atención de los policías. Ni siquiera seguía fumando marihuana. Nunca había llevado un arma ilegal, ni siquiera había tenido nunca ningún arma. Así que los policías miraron en la furgoneta y no encontraron nada. No tenía ni idea de qué diablos estaban buscando pero sintió una especie de alivio entusiasta porque no lo encontraran. Había visto el modo en que miraban las cubiertas de los libros de bolsillo que había dejado en el asiento trasero hacía semanas y de los que más o menos se había olvidado.

Desnudos de mujeres, ¿y qué?

—Qué bien que no haya pornografía infantil, ¿eh, agentes? Eso es ilegal.

Ni siquiera de niño había sido capaz de resistirse a una broma en los momentos más inoportunos.

Ahora, tenía abogado. «Su» abogado.

Un abogado criminal cuyos honorarios eran de quince mil dólares, por adelantado.

«Son el enemigo.»

Neuberger se refería a los detectives de Skatskill, y además de ellos al equipo de fiscales del distrito, cuya aparente amabilidad Zallman había interpretado erróneamente como comprensión, por el aprieto en que estaba. Era cierto que le habían hecho sudar, pero él lo había soportado inocentemente, con sinceridad. Le decían que no estaba «detenido» sino «ayudándoles en su investigación».

Pero su cuerpo se había dado cuenta. Cada vez más ansioso, inquieto, con necesidad de orinar cada veinte minutos. Había sufrido una inundación de adrenalina como un animal acorralado.

Había aumentado su presión sanguínea, sentía cómo le latían las sienes en los oídos. Maldito estúpido, pedir un detector de mentiras en ese momento: pero era inocente, ¿verdad?

Debería haber llamado a un abogado en cuanto empezaron a preguntarle por una niña desaparecida. En cuanto quedó claro que su situación era complicada, no un mero malentendido o una identificación errónea por un anónimo «testigo». (¿Una de las alumnas de Zallman? ¿Mintiendo deliberadamente para perjudicarle? Por el amor de Dios, ¿por qué?) Así que al final había llamado a un primo mayor, abogado empresarial, con el que no hablaba desde el funeral de su padre, y le explicó la situación, esa ridícula situación, esa pesadilla, pero que tenía que tomarse en serio dado que obviamente era sospechoso, etcétera: ¿le recomendaría Joshua un buen abogado criminal que pudiera llegar a Skatskill inmediatamente e interceder por él ante la policía?

Su primo se había quedado pasmado ante las noticias de Zallman y apenas había sido capaz de articular palabra.

—¿Tú? ¿Mikal? ¿Estás detenido?

—No, no estoy detenido, Andrew.

«Cree que podría ser culpable. Mi primo cree que podría ser un delincuente sexual.»

Y

Con todo, al cabo de noventa minutos, después de un puñado de llamadas cada vez más desesperadas, Zallman había contratado a un abogado criminal de Manhattan llamado Neuberger que no le aseguró alegremente, como Zallman más o menos esperaba de él, que no había nada de qué preocuparse.

HABITANTE DE TARRYTOWN INTERROGADO
EN CASO DE RAPTO DE UNA NIÑA DE ONCE AÑOS

LA BÚSQUEDA DE MARISSA CONTINÚA
PROFESOR DE SKATSKILL DAY EN CUSTODIA POLICIAL

ESTUDIANTE DE SEXTO TODAVÍA DESAPARECIDA
PROFESOR DE SKATSKILL DAY INTERROGADO POR LA POLICÍA
IDENTIFICACIÓN TENTATIVA DE FURGONETA
SE CONSIDERA QUE SE UTILIZÓ EN EL RAPTO

MIKAL ZALLMAN, 31 AÑOS, ASESOR INFORMÁTICO
INTERROGADO POR LA POLICÍA EN CASO DE RAPTO INFANTIL

ZALLMAN: «SOY INOCENTE»
VECINO DE TARRYTOWN INTERROGADO POR LA POLICÍA
EN CASO DE RAPTO

Morbosamente impresas en las portadas de los periódicos había fotos de la niña desaparecida, de la madre de la niña desaparecida y del «supuesto sospechoso Mikal Zallman».

Era un noticiario de la televisión local. Neuberger le había recomendado que no mirara la tele, del mismo modo que no REPETIMOS NO debía responder al teléfono si no tenía identificación de llamada, y por supuesto no debía abrir la puerta a menos que supiera exactamente quién llamaba. Sin embargo, Zallman estaba mirando la tele fortificado por media docena de Tylenols de doble dosis que le dejaba con la conciencia suficiente para quedarse mirando la pantalla sin creerse lo que veía y oía.

Alumnos de Skatskill Day, con los rostros difuminados para ocultar su identidad, voces inquietantemente arrastradas, contándole a una comprensiva presentadora sus opiniones sobre Mikal Zallman.

«El señor Zallman es guay. Me caía bien.

»El señor Zallman es un poco sarcástico, creo. Se lleva bien con los alumnos más inteligentes, pero con el resto se le nota que hace un esfuerzo y quiere que nos demos cuenta.

»¡Me sorprendió tanto! El señor Zallman nunca actuó así, es decir… raro. No en el laboratorio de informática.

»El señor Zallman tiene esos ojos con rayos láser… Siempre supe que era un poco tenebroso.

»¡El señor Zallman nos mira a veces! Te echas a temblar.

»Algunos chicos dicen que tenía un, ¿qué, un cepillo? ¿Para cepillar el pelo de las chicas? Nunca lo vi.

»Ese cepillo que tenía el señor Zallman, ¡era tan raro! Nunca lo utilizó conmigo, supongo que no soy guapa-guapa para él.

»Te ayudaba en el laboratorio después de las clases si se lo pedías. Era muy amable conmigo. Todo esto de Marissa, no sé. Me da ganas de llorar.»

Y ahí estaba la doctora Adrienne Cory, directora de Skatskill Day, explicando con gravedad a un entrevistador escéptico que Mikal Zallman, al que había contratado hacía dos años y medio, tenía excelentes credenciales, había llegado con importantes recomendaciones, era un empleado serio y fiable del que no había queja ninguna.

¡Ninguna queja! ¿Qué había de los estudiantes que acababan de hacer declaraciones?

La doctora Cory dijo, retorciendo su rostro en una sonrisa que intentaba ser serena:

—Bueno. No nos habíamos enterado.

¿Seguiría Zallman enseñando en Skatskill Day?

—El señor Zallman ha sido suspendido con derecho a paga por el momento.

Su primer pensamiento, furioso, fue: «Les demandaré».
Su segundo pensamiento, más razonable, fue: «Debo argumentar mi defensa».

Creía tener amigos en Skatskill Day. La mujer joven que se consideraba infelizmente casada, y que en diversas ocasiones había invitado a cenar a Zallman; un profesor de matemáticas, con el que con frecuencia coincidía en el gimnasio; el psicólogo de la escuela, cuyo sentido del humor encajaba con el suyo; y la propia doctora Cory, que era una mujer muy inteligente, y muy amable, que siempre había parecido tener predilección por Zallman.

Recurriría a ellos. ¡Tenían que creerle!

Zallman insistía en mantener un encuentro con la doctora Cory, cara a cara. Insistía en que le permitieran exponer su versión de los hechos. Le comunicaron insistentemente que su presencia en la escuela estaba «fuera de toda cuestión» en ese momento; una mera aparición de Zallman y todos los profesores, además de los alumnos, se «distraerían».

Si trataba de entrar en el edificio de la escuela el lunes por la mañana, le advirtieron a Zallman, los guardias de seguridad le obligarían a darse la vuelta.

—Pero ¿por qué? ¿Qué he hecho? ¿Qué he hecho de verdad más allá de los rumores?

No se trataba de lo que Zallman había hecho sino de lo que la gente creía que había hecho, ésa era la cuestión. ¿Lo comprendía Zallman?

Se comprometió a reunirse con la doctora Cory en territorio neutral, a las ocho de la mañana del lunes en la oficina de Trahern Square del abogado defensor de la escuela. Le pidieron que fuera acompañado de su abogado defensor, pero Zallman se negó.

Otro error, probablemente. Pero no podía esperar a Neuberger, aquello era una emergencia.

—¡Tengo que trabajar! Tengo que volver a la escuela como si nada fuera mal, en realidad nada va mal. Insisto en volver.

La doctora Cory murmuró algo vago para apoyarle, algo

comprensivo. Era una persona amable, quería creer Zallman. Era decente, bien intencionaba, le gustaba. ¡Siempre se reía con sus bromas!

Aunque a veces fruncía el ceño, como si el humor de Zallman fuera demasiado áspero para ella. Al menos en público.

Zallman estaba protestando ante la decisión de suspender su tarea docente sin seguir el «procedimiento habitual». Exigió que le permitieran reunirse con el consejo escolar. ¿Cómo iban a suspender su actividad docente sin ningún motivo? ¿No era eso poco ético, ilegal? ¿Acaso no sería Skatskill Day culpable si decidía llevarle ante los tribunales?

—Juro que no lo hice, no lo hice. No estoy implicado. A duras penas conocía a Marissa Bantry, apenas he tenido contacto con esa chica. Doctora Cory, Adrienne, esos «testigos presenciales» mienten. Ese broche que supuestamente encontró la policía detrás de mi casa, alguien debió dejarlo allí. Alguien que me odia, ¡que quiere destruirme! Esto ha sido para mí una pesadilla pero tengo la seguridad de que todo acabará bien. No puede probarse que esté implicado en, en, lo que sea que le haya sucedido a esa chica, ¡porque no estoy implicado! Tengo que volver a mi trabajo, Adrienne, necesito que demuestres que confías en mí. Estoy seguro de que mis colegas confían en mí. ¡Por favor, vuelve a pensarlo! Estoy preparado para volver a mi trabajo esta misma mañana. Puedo explicárselo a los alumnos, ¡lo que sea! Dame una oportunidad, por favor. Aunque me hubieran acusado, cosa que no han hecho, Adrienne, ante la ley soy inocente hasta que demuestren mi culpabilidad, y no van a poder probar mi culpabilidad de ningún modo porque yo, yo no hice nada malo.

Se sintió atacado por un repentino pinchazo de dolor, como si alguien le hubiera clavado un picador de hielo en el cráneo. Gimoteó y se desplomó sosteniendo su mano entre las suyas.

Una mujer le estaba preguntando, con la voz asustada:

—Señor Zallman. ¿Quiere que llamemos a un médico? ¿Una ambulancia?

Bajo vigilancia

Tenía que hablar con ella. Tenía que consolarla.

El quinto día de vigilia se convirtió en una necesidad insoportable.

Porque en su desesperación había empezado a darse cuenta de lo mucho peor que era para la madre de Marissa Bantry, puesto que él era solamente un sospechoso.

Era martes. Por supuesto, no le habían permitido retomar su tarea docente. No había dormido durante días excepto irregularmente, vestido. Comía ante la nevera abierta, cogiendo cualquier cosa que hubiera en su interior. Vivía a base de aspirinas. Veía la tele obsesivamente, cambiando de canal en busca de las últimas noticias de la niña desaparecida y armándose de valor para ver su propio rostro, demacrado y con la mirada perdida, desfigurado tanto por la culpa como por el acné. «¡Ahí está! ¡Zallman!» El único sospechoso del caso al que la policía tenía bajo vigilancia, desfilando ante una falange de fotógrafos y cámaras de la tele para despertar el excitado odio de centenares de miles de espectadores que no tendrían la oportunidad de ver a Zallman, y de insultarle, en persona.

En realidad, la policía de Skatskill tenía otros sospechosos. Estaban siguiendo otras «líneas de investigación». Neuberger le había dicho que había oído decir que habían mandado a hombres a California para seguirle el rastro al elusivo padre de Marissa Bantry, que había sido considerado «sospechoso importante» de su secuestro.

Sin embargo, en los aledaños de Skatskill, la búsqueda continuaba. En el Parque Estatal de Bear Mountain, y en la reserva de Blue Mountain al sur de Peekskill. A lo largo de la ribera del río Hudson entre Peekskill y Skatskill. En parques y zonas boscosas al este de Skatskill, en el parque estatal de Rockefeller. Se formaron equipos de rastreo y rescate formados por profesionales y voluntarios. Zallman había querido presentarse voluntario para ayudar en la búsqueda porque estaba desesperado por hacer algo, pero Neuberger le había dedicado una mirada de incredulidad.

—Mikal, no es una buena idea. Confía en mí.

Había habido noticia de hombres vistos «tirando» misteriosos objetos en ríos y torrentes desde puentes, y se había «visto» a la niña viva en compañía de su secuestrador o secuestradores en varios puntos a lo largo de la autopista del Estado de Nueva York y la de Nueva Inglaterra. Muchas niñas rubias de piel clara entre los ocho y los trece años parecidas a Marissa Bantry habían sido vistas en todas partes.

La policía había recibido más de mil llamadas y mensajes electrónicos y en los medios de comunicación se anunciaba que «se seguirán todas las pistas», pero Zallman lo dudaba. ¿Todas las pistas?

Él mismo llamaba a los detectives de Skatskill con frecuencia. Había memorizado sus números. Con frecuencia, no le devolvían sus llamadas. Acabó por comprender que Zallman no era ya su principal sospechoso. Neuberger le había dicho que al pasador de la chica, tan sospechosamente abandonado en el aparcamiento de Zallman, le habían borrado cuidadosamente todas las huellas dactilares. «Una trampa evidente.»

Zallman cambió su número de teléfono por uno que no aparecía en el listín pero seguía recibiendo llamadas no deseadas —despiadadas, obscenas, amenazadoras o meramente curiosas—, de modo que había desconectado el teléfono y se fiaba solamente de su teléfono móvil, y lo llevaba consigo mientras recorría las habitaciones cada vez más asfixiantes de su apartamento. Desde el quinto piso, con sólo asomarse, Zallman podía ver el río Hudson como plomo fundido los días nublados, pero los días claros poseía una asombrosa belleza azul pizarra. Durante largos minutos se perdía en la contemplación de la vista: belleza que era pura, ajena a todo ser humano, destinada a transcurrir más allá del sufrimiento en que se había convertido su vida.

«Nada que ver conmigo. Nada que ver con la maldad humana.»

Deseaba desesperadamente compartir sus ideas con la madre de Marissa Bantry. Era un hecho tan simple que podía ser pasado por alto.

Fue a la Calle 15, donde vivía esa mujer, había visto el exterior del apartamento en la tele muchas veces. No había sido capaz de llamarla por teléfono. Sólo quería hablar con ella un rato.

Era martes, al anochecer. Caía una ligera lluvia gélida. Por un rato, se quedó dubitativo ante el camino de entrada al edificio semejante a unos barracones, con pantalones caquis, cazadora de tela, zapatillas de correr. Tenía el pelo mojado alborotado sobre la nuca. No se había afeitado desde hacía días. Un enfermizo resplandor refulgía en su rostro, sabía que estaba haciendo lo que tenía que hacer mientras cruzaba en ángulo la superficie de césped para dar un rodeo hasta la parte trasera del edificio donde quizá tuviera más suerte en descubrir cuál de los apartamentos era el de Leah Bantry.

«Por favor tengo que verte.

»Tenemos que compartir esta pesadilla.»

La policía acudió rauda a interceptarle, cogiéndole por los brazos y poniéndole las esposas con los brazos a la espalda.

Sacrificio

¿Respira?

… ¡Cielos!

No… ¿respira? ¿Respira?

Sí. Está bien.

… como si estuviera… ¿envenenada?

¡Estábamos tan asustadas! Anita no paraba de llorar, y al instante Anita no paraba de reírse como si no pudiera parar. Denise tenía esa cosa con la comida, tenía hambre todo el rato, se llenaba la boca durante el almuerzo en la cafetería de la escuela y después se metía los dedos en la garganta para vomitar en un lavabo tirando de la cadena-la-cadena del lavabo para que si estaba en casa nadie de su familia la oyera o si estaba en la escuela las otras chicas no la oyeran y lo contaran.

Cada vez más, nos dábamos cuenta de que era como si en la escuela nos miraran, como si de alguna manera lo supieran.

Desde que le habían dado las flores blancas a la madre de la Virgen del Maíz, nada parecía ir bien. Denise lo sabía, y Anita. Jude quizá lo sabía pero no lo reconocía.

«A las madres sus hijas no les importan un pimiento. Todo es simulación.»

Jude así lo creía. Odiaba a la madre de la Virgen del Maíz más que a nadie, sin duda.

Anita estaba preocupada porque la Virgen del Maíz se estuviera envenenando, Jude le hacía tragar muchísimos medicamentos muy fuertes. La Virgen del Maíz a duras penas comía ya nada, tenías que hacer una papilla como requesón con helado de vainilla, abrirle la boca y metérselo con una cuchara y después cerrarle la boca y tratar de que se lo tragara, pero la mitad de las veces la Virgen del Maíz se ahogaba y tenía arcadas y la papilla blanca le goteaba de la boca como vómito.

Le rogábamos, Jude, quizá mejor…

… no queremos que se muera, ¿verdad?

¿Jude? ¡¿Jude?!

La diversión había terminado. Ver los noticiarios de la tele y todos los periódicos, incluso *The New York Times*, y los pósteres «¿Me ha visto?» y la recompensa de quince mil dólares, y todo eso, nos hacía reír como hienas hacía apenas unos días, pero no era motivo de risas ahora, o al menos no mucho. Jude seguía desdeñando a los gilipollas, así les llamaba, y se reía de cómo corrían de aquí para allá en busca de la Virgen del Maíz, que tenían prácticamente delante de sus narices, junto a Highgate Avenue.

Jude estaba haciendo esas cosas raras. El lunes fue al colegio con uno de los broches en forma de mariposa de la Virgen del Maíz, iba a ponérselo en el pelo pero le dijimos «¡Mejor que no!» y ella se rio de nosotras pero no se lo puso.

Jude hablaba mucho sobre el fuego, «inmolación». En Internet miró algunas cosas como lo que hacían hace mucho tiempo los budistas.

El Sacrificio de la Virgen del Maíz exigía arrancarle el corazón a la sacrificada y recoger su sangre en vasijas sagradas, pero podías quemar a la Virgen del Maíz, también, y mezclar sus cenizas con el suelo, dijo Jude.

El fuego es una forma más limpia, dijo Jude. Sólo le dolería al principio.

Jude estaba ahora sacando Polaroids constantemente. Al final, Jude tendría unas cincuenta. Creíamos que Jude quería colgarlas en Internet, pero no lo hizo.

Qué hizo con ellas, si la policía se las quitó, no lo supimos. Nunca se publicaron. Quizá fueran destruidas.

¡Eran fotos dignas de ver! En algunas de ellas la Virgen del Maíz estaba tendida sobre su espalda en el féretro con las preciosas telas y bordados de seda, era tan pequeña. Jude la colocó desnuda y con el cabello extendido y las piernas bien abiertas para que se pudiera ver la pequeña hendidura rosa entre las piernas que Jude llamaba su raja.

La raja de la Virgen del Maíz no era como las nuestras, era una raja de niña pequeña y más bonita, decía Jude. Nunca crecería en ella vello púbico, decía Jude, la Virgen del Maíz se ahorraría eso.

Jude se reía diciendo que mandaría a las cadenas de tele esas fotos que no podrían utilizar.

Otras posturas, la Virgen del Maíz sentada o arrodillada o de pie; si Jude podía sacarla de su estupor y darle un par de bofetones en la cara para que abriera los ojos, se habría pensado que estaba despierta, sonriendo con esa tenue sonrisita apoyada contra Jude, con las cabezas juntas, y Jude sonriendo como si Jude O y la Virgen del Maíz estuvieran flotando por encima de la tierra en algún Cielo en el que nadie podía alcanzarlas, sólo mirarlas preguntándose cómo habían llegado hasta allí.

Jude nos había pedido que sacáramos esas fotos. Una de ellas era su favorita, decía que quería que la madre de la Virgen del Maíz la viera y que algún día lo haría.

Esa noche, creímos que la Virgen del Maíz moriría.

Estaba temblando y retorciéndose en el sueño como había venido haciéndolo y de repente tuvo un ataque epiléptico, con la boca abierta de golpe «ah-ah-ah» y con la lengua fuera, húmeda de baba y realmente fea como un bicho raro y Anita estaba retrocediendo y gimoteando «¡Va a morirse! Dios mío, ¡va a morirse! ¡Jude haz algo, va a morirse!», y Jude le dio un bofetón a Anita para que se callara, Jude estaba muy enfadada. Gorda, lárgate de aquí. Qué coño sabes tú. Jude sostuvo a la Virgen del Maíz, los delgados brazos y piernas de la Virgen del Maíz temblaban tanto que era como si estuviera intentando bailar tumbada y los ojos se abrieron como los ojos muertos de cristal de una muñeca y Jude estaba un poco asustada ahora y excitada y se subió al féretro para hacer que se tendiera, porque quizá la Virgen del Maíz tenía frío; estaba tan delgada que el frío se le había metido en los huesos. Jude tenía los brazos extendidos como los del Virgen del Maíz y con las manos cogía las manos de la Virgen del Maíz, con las piernas temblando apretadas contra las piernas de la Virgen del Maíz, y el rostro apretado contra el rostro de la Virgen del Maíz como si fueran niñas gemelas incubadas en un mismo huevo. Estoy aquí, soy Jude, te protegeré, en el Valle de las Sombras de la Muerte te protegeré para siempre. AMÉN. Hasta que finalmente la Virgen del Maíz dejó de tener convulsiones y apenas respiraba, temblando, pero respiraba, se pondría bien.

Con todo, Anita estaba asustada. Anita estaba intentando no reírse con la salvaje risa de hiena que se le oía a veces en la escuela, como si le estuvieran haciendo cosquillas de un modo que no pudiera soportar, y Jude se enfadó y le dio un par de bofetones a Anita PLAS-PLAS en ambas mejillas llamándola gorda e idiota y Anita salió corriendo del almacén como un perro apaleado, gimoteando, la oímos subir por las escaleras y Jude dijo: «Ella será la siguiente».

Y

En darkspeakinglink.com Jude O conoció al Maestro de los Ojos. Jude nos enseñó SI HAY UNA PERSONA, HAY UN PROBLEMA. SI NO HAY NINGUNA PERSONA, NO HAY NINGÚN PROBLEMA. (STALIN)

Jude nunca le había dicho al Maestro de los Ojos si era una chica o un chico, así que el Maestro de los Ojos creía que era un chico. Le había dicho que la había secuestrado, ¿le daba su permiso para el Sacrificio? Y el Maestro de los Ojos le respondió eres precoz/particular si tienes 13 años y ¿dónde vives Jude O? Pero a Jude se le ocurrió de repente que el Maestro de los Ojos no era su amigo que vivía en varios lugares de la tierra al mismo tiempo sino un agente del FBI tratando de ser su hermano del alma para capturarla de modo que Jude desapareció de darkspeakinglink.com para siempre.

¡Gilipollas!
Una nota de suicidio

Jude lo sabía, aquello era el fin. Cuatro días antes del Sacrificio y aquél era el sexto día. No había vuelta atrás.

Denise se estaba viniendo abajo. Apagada/aturdida como si le hubieran dado un golpe en la cabeza y por la mañana el tutor le preguntó: Denise estás enferma y al principio Denise no oyó, después negó con la cabeza casi como si no se pudiera oír su no.

Anita no había ido a la escuela. Anita se estaba escondiendo en casa y traicionaría a Jude. Y no había modo de ponerse en contacto con Anita; ahora, Jude era incapaz de silenciar a la traidora.

Las discípulas de Jude, había confiado en ellas. Pero no había confiado de verdad en ellas porque sabía que eran inferiores.

Denise le imploraba, Jude creo que sería mejor…

… ¿que soltáramos a la Virgen del Maíz?

Porque porque si, si…

La Virgen del Maíz se convierte en Tabú. La Virgen del Maíz no puede ser liberada. A menos que alguien ocupe el lugar de la Virgen del Maíz la Virgen del Maíz no puede ser nunca liberada.

¿Quieres ocupar el lugar de la Virgen del Maíz?

Jude, no es la Virgen del Maíz, es sólo Marissa Ban…

Una llamarada de furia justa se apoderó de Jude O, PLAS-PLAS con la palma y el dorso de la mano abofeteó el rostro ofensivo.

Cuando las hienas moteadas nacen suelen ser generalmente gemelas. Un gemelo es más fuerte que el otro y de repente ataca al otro esperando arrancarle la garganta y, bueno, porque el otro trataría de matarle a él de lo contrario. No hay opción.

En la mesa de la parte posterior de la cafetería donde Jude O y sus discípulas vistas como patéticos bichos raros perdedores por sus compañeros de Skatskill Day normalmente comían juntas, pero hoy sólo están Jude O y Denise Ludwig, y Denise lloriqueaba y le imploraba a Jude frotándose la nariz de una manera repelente para la chica más maniática que dijo entre los dientes apretados te prohíbo que llores, te prohíbo que des un espectáculo, pero Denise continuó, y Denise lloriqueó y rogó, y una última llamarada de indignación se apoderó de Jude que abofeteó a Denise y Denise perdió el equilibrio y se cayó de la silla, salió corriendo, gimoteando, de la cafetería, ante la mirada atenta de los demás, y en ese mismo instante pareció que la astuta Jude O huía por una puerta trasera, corriendo agachada hasta el soporte para aparcar bicicletas de la escuela y, alimentada por la misma pasión indignada, Jude pedaleó 4,1 kilómetros hasta casa, la vieja mansión Trahern de Highgate Avenue y en varias ocasiones casi chocó con vehículos que dieron un volantazo para evitar a aquella ciclista que parecía ciega y ella se reía porque ahora no sentía absolutamente ningún miedo, como un halcón llevado por una corriente ascendiente que a duras penas necesita mover las alas para seguir en el aire suspendido, letal. ¡Un halcón! ¡Jude O era un halcón! Si le hubieran dado un golpe en la bici, si la hubieran atropellado, si ella hubiera muerto en Highgate Avenue la Virgen del Maíz se enmohecería en su féretro de sedas y brocados, sin ser vista. Nadie encontraría a la Virgen del Maíz hasta dentro de mucho tiempo.

«Es mejor así, moriremos juntas.»

No habría pedido un juicio con jurado, tenías que decir un montón de mierda para influenciar a un jurado. Sólo habría pedido un juez.

Un juez es un aristócrata. Jude O era una aristócrata.

¡Habría sido juzgada como una adulta! Habría insistido.

En la cabaña del jardinero había una vieja máquina oxidada de cortar el césped. Una lata de gasolina medio llena. Viertes la gasolina en el embudo si puedes abrirlo. Jude lo había intentado, se podía abrir.

El viejo encendedor de plata de su abuela con las iniciales «G. L. T.» *Clic-clic-clic* y una llama transparente azulada-naranja apareció hermosa como una lengua parpadeante.

Inmolaría a la Virgen del Maíz primero.

¡No! Mejor morir juntas.

Diciéndose tranquilamente: «Sólo dolerá al principio. Sólo unos cuantos segundos y después será demasiado tarde».

Se rio al pensarlo. Como si ya lo hubiera hecho.

Entrando en la casa a hurtadillas por la puerta trasera. Para que la anciana, que estaría viendo la tele, no la oyera.

¡Estaba muy exaltada! Estaba decidida a no cometer ningún error. Ya olvidaba que quizá había fallado al permitir a sus discípulas que escaparan cuando supo que estaban perdiendo la fortaleza. Y confiado en el Maestro de los Ojos creyendo que podía confiar en él como su gemelo sin recordar a los gemelos de la hiena moteada, en quien, por supuesto, no podías confiar.

Bueno, ¡lo había aprendido!

Se obligó a escribir la Nota de Suicidio. En sus pensamientos durante un largo tiempo (¡lo parecía, ahora!) Jude había estando escribiéndola con cuidado sabedora de su importancia. Estaba dirigida a «vosotros, gilipollas», porque no había nadie más.

Sonriendo al pensar cuántos «gilipollas» se quedarían asombrados.

En la tele e Internet y todos los periódicos incluyendo la portada de *The New York Times*.

Porquéporqué preguntas por qué su pelo.

¡Su pelo! Lo vi al sol...

¡Tan exaltada! El corazón le latía rápidamente como si se hubiera tragado una docena de E. Abriendo el candado con las manos temblorosas. ¡Si Denise ya lo había contado! «Debería haberlas matado a las dos anoche. Cuando tuve la oportunidad.» Dentro del almacén, la Virgen del Maíz había cambiado de postura, ya no estaba tumbada de costado como Jude la había dejado aquella mañana después de hacerla comer. Aquello era una prueba de que la Virgen del Maíz estaba simulando astutamente estar más débil de lo que estaba. Incluso en su enfermedad había engaños.

Jude dejó la puerta del almacén abierta para que entrara luz. No se molestaría en encender las velas aromáticas, no tenía tiempo para tantas velas. Y la llama tendría ahora un propósito distinto.

Acuclillándose sin aliento ante la Virgen del Maíz, con ambos pulgares levantando los párpados magullados.

Ojos lechosos. Pupilas encogidas.

¡Despierta! Ha llegado el momento.

Débilmente, la Virgen del Maíz empujó a Jude. Estaba asustada, temblaba. Su aliento olía a algo podrido. No le habían permitido lavarse los dientes desde que la habían llevado a casa de Jude y sus discípulas la habían bañado con trapos empapados con jabón.

¡Ha llegado el momento es el momento momentomomento!

No me hagas daño, por favor, deja que me vaya...

Jude era el Sacerdote Tabú. Cogiendo el largo y sedoso cabello de la Virgen del Maíz en el puño y forzándola a permanecer tumbada en el féretro regañándola. No no no no como se regaña a un bebé.

Un bebé que es carne de tu carne, pero al que debes disciplinar.

La inmolación tendría que llevarse a cabo rápidamente, Jude lo sabía. Porque a esas alturas aquella traidora-hija de puta ya habría cantado. La gorda de Anita habría cantado. Sus discípulas la habían traicionado, no la merecían. ¡Lo lamentarían tanto! Pero no se lo perdonaría. Como no podría perdonar a la madre de la Virgen del Maíz por mirarla como si fuera una cucaracha o algo así, detestable. Lo que lamentaba era no tener tiempo para arrancarle el corazón a la Virgen del Maíz como exigía el Sacrificio.

Túmbate tranquila, he dicho que ha llegado el momento.

Un nuevo pensamiento le estaba viniendo a la mente. Pero todavía no lo retenía, como no retienes un sueño hasta que se ha formado completamente como una magnífica burbuja en el interior de tu cabeza.

Jude arrastró la gasolina hasta la sala de almacenaje y la vertió aquí y allá. Aquello podía ser el sacerdote bendiciendo la Virgen del Maíz y su féretro. La peste a gasolina era fuerte, ésa era la razón por la que la Virgen del Maíz había recuperado el sentido, sus sentidos se habían despertado.

¡No! ¡No! ¡No me hagas daño deja que me vaya! Quiero a mi madre.

Jude se rio al ver a la Virgen del Maíz tan rebelde. Tratando de sacarse a Jude de encima a empujones a pesar de que estaba tan débil que no podía estar de pie sino a cuatro patas, desnuda, arrastrándose desesperadamente hacia la puerta. Nunca Jude había dejado la puerta abierta hasta entonces y, sin embargo, la Virgen del Maíz lo vio y comprendió que era la vía de escape. Jude sonrió al ver a la Virgen del Maíz desesperada, totalmente desnuda, y con el cabello arrastrándose por el suelo como la crin de un animal. Oh, ¡estaba en los huesos! Las costillas, las huesudas caderas, incluso los tobillos salidos. Caderas delgadas no mayores que las dos manos de Jude juntas. Y su coñito. «Coñito» era una palabra divertida, una palabra hecha para hacerte sonreír. Hacía mucho tiempo una hermosa mujer de cabello rizado había estado tarareando y cantando embadurnando polvo blanco de dulce olor sobre el pequeño coñito de Jude antes de colocarle las braguitas, ponerle su vestidito con conejitos bailando bordados o quizá un pijama, y puede que las braguitas fueran un pañal.

Jude observaba, fascinada. ¡Nunca había visto a la Virgen del Maíz desobedecer tan abiertamente! Era como un bebé aprendiendo a gatear. No había sabido que la Virgen del Maíz deseaba vivir. Pensando de repente «Mejor para ella que siga con vida, para venerarme. Y le he infligido mi marca, que nunca olvidará».

La sacerdotisa estaba infundida de poder. El poder de la vida y la muerte. Conferiría la vida, ésa era su decisión. Subiéndose al féretro vertiendo gasolina en un círculo sagrado a su alrededor. El olor de gasolina hizo que sus sensibles orificios nasales se estrecharan, tenía los ojos tan acuosos que apenas podía ver. Pero no tenía necesidad de ver. Todo estaba dentro, lo que ella deseaba ver. «Sólo dolerá al principio. Después será demasiado tarde.» Encendiendo *clic-clic* el mechero de plata con los dedos untados de gasolina hasta que la brillante llama-lengua prendió.

Mirad lo que puedo hacer, gilipollas, vosotros nunca podríais.

SEPTIEMBRE

La pequeña familia

Era su primera salida juntos, a la Reserva Nacional Croton Falls. Los tres, como una familia.

Por supuesto, Zallman concedió rápidamente, no una familia de verdad.

Pues el hombre y la mujer no estaban casados. Su estatus como amigos/amantes todavía estaba por definir. Y la chica era la hija de la mujer, la única.

Pero cuando los veías, pensabas que eran una familia.

Era un soleado día de mediados de septiembre. Zallman, que ahora medía el tiempo en términos de antes/después estaba pensando que la cita era exactamente cinco meses después. Pero eso era sólo una coincidencia.

Saliendo de Yonkers, donde ahora vivía, Zallman condujo en dirección norte hasta Mahopac para recoger a Leah Bantry y su hija Marissa en su nueva casa. Leah y Marissa habían preparado un almuerzo de picnic. La Reserva Natural de Croton Falls, que Leah había descubierto hacía poco, estaba a unos pocos kilómetros de distancia.

Un lugar precioso, le había dicho Leah a Zallman. Muy tranquilo.

Zallman intuyó que era una forma de decir «Marissa se siente segura allí».

Leah Bantry estaba trabajando ahora como técnica sanitaria en Woman/Space, una clínica de Mahopac, Nueva York. Mikal Zallman estaba temporalmente enseñando matemáticas en un gran instituto de Yonkers donde también ayudaba al entrenador de fútbol/baloncesto/béisbol.

Marissa estaba matriculada en un pequeño colegio privado de Mahopac, sin cursos ni un currículum formal, en el que los estudiantes recibían atención especial y el asesoramiento necesario.

La matrícula de Mahopac Day School era alta. Mikal Zallman ayudaba un poco.

«Nadie puede saber por lo que pasasteis tú y tu hija. Me siento muy ligado a las dos, ¡por favor, dejadme ser vuestro amigo!»

Antes de que Zallman conociera a Leah Bantry, la había querido. Conociéndola, ahora, confirmó su amor. Se prometió guardar el secreto hasta que Leah estuviera preparada para conocerlo.

Ella no quería más emociones en su vida, dijo Leah. Por un largo período de tiempo.

Zallman se preguntaba: ¿qué significa eso?, ¿significaba lo que significaba o era sólo una forma de decir «¡No me hagas daño! No te acerques»?

Le gustaba que Leah animara a Marissa a llamarle tío Mikal. Eso sugería que podría estar con ella un tiempo. Hasta entonces, al menos en presencia de Zallman, Marissa no le llamaba nada de nada.

Zallman veía que, en ocasiones, la chica le miraba de soslayo. Tímidas y rápidas miradas furtivas que él no sabía si debía ignorar.

Había un aire tentativo en ellos. En los tres.

Como si (después de la pesadilla mediática, era bastante natural) estuvieran siendo observados, grabados por cámaras.

Zallman se sentía como un funambulista. Estaba cruzando una cuerda floja muy por encima de una audiencia embobada, y no había red de seguridad debajo de él. Tenía los brazos extendidos para conservar el equilibrio. Le daba pánico caerse pero debía seguir adelante. Si a esa altura el equilibrio no es perfecto, es letal.

En la reserva natural, en el soleado y cálido otoño, los adultos caminaban juntos por la orilla de un estanque. Dar la vuelta al estanque llevaba aproximadamente treinta minutos. Había otros visitantes en la reserva esa tarde de domingo, familias y parejas.

La chica paseaba por delante de los adultos, aunque nunca a mucha distancia. Su comportamiento era propio de una niña menor de once años. Sus movimientos eran tentativos, a veces se detenía si se quedaba sin aliento. Su piel era pálida y parecía translúcida. Tenía los ojos hundidos, cansados. Su pálido cabello rubio brillaba al sol. Se lo habían cortado corto, muy ligero, justo por debajo de sus delicadas orejas.

Después de la terrible experiencia de abril, Marissa había perdido mucho de su precioso pelo largo. Había estado hospitalizada durante varias semanas. Lentamente, estaba recuperando la mayor parte del peso que había perdido de un modo tan repentino. Pero seguía anémica, Leah estaba preocupada porque los riñones y el hígado de Marissa hubieran sufrido daños perdurables. Ocasionalmente tenía taquicardias, en distintos grados de gravedad. En esas ocasiones, su madre la abrazaba fuerte, fuerte. En esas ocasiones el pulso desbocado de la niña y su incontrolable temblor le parecían a su madre una tercera presencia demoníaca, un ser enloquecido por el terror.

Tanto la madre como la hija tenían problemas para dormir. Pero Leah se negó a que les recetaran medicamentos a ambas.

Las dos estaban viendo a unas terapeutas de Mahopac. Y Marissa también veía a la terapeuta de Leah en una sesión conjunta con su madre una vez a la semana.

Leah le confesó a Zallman:

—Es cuestión de tiempo. Tenemos que curarnos. Tengo fe, Marissa se pondrá bien.

Leah nunca utilizaba palabras como «normal, recuperada».

Había sido Mikal Zallman quien había escrito a Leah Bantry, obviamente. Había sentido la desesperada necesidad de comunicarse con ella, aunque ella no tuviera el menor deseo de comunicarse con él.

«Tengo la sensación de que hemos compartido una pesadilla. Nunca lo comprenderemos. No sé qué puedo ofrecerte aparte de comprensión, solidaridad. Durante lo peor de la pesadilla casi llegué a pensar que era responsable...»

Una vez Marissa fue dada de alta en el hospital, Leah se la llevó de Skatskill. No podía soportar vivir en ese apartamento una noche más, no podía soportar todo lo que le recordaba su pesadilla. Estaba rodeada de vecinos con buenas intenciones, y durante aquella terrorífica experiencia había hecho muchos amigos; le habían ofrecido trabajo en la zona. Si hubiera querido volver a trabajar en la clínica de Nyack, muy probablemente Davitt Stoop le habría permitido regresar. Se había reconciliado con su mujer, estaba dispuesto a perdonar. Pero no deseaba volver a verle nunca más. No deseaba volver a cruzar en coche el puente de Zappan Zee nunca más.

De aquella horrible experiencia había surgido una inesperada alianza con su hermana Avril. Mientras Marissa estaba en el hospital, Avril había permanecido en Skatskill; una de las dos hermanas estaba siempre en la habitación de Marissa. Avril había pedido una baja sin sueldo de su trabajo en Washington, ayudó a Leah a encontrar un nuevo trabajo y a mudarse en Mahopac, setenta y cinco kilómetros al norte, en el montañoso condado de Putnam.

¡Basta del condado de Westchester! Leah no volvería nunca.

Estaba tan agradecida por la dedicación de Avril que le parecía no tener palabras.

—¡Venga ya, Leah! Es lo que cualquier hermana habría hecho.

—No. No es lo que cualquier hermana habría hecho. Es lo que mi hermana habría hecho. Maldita sea, te quiero, Avril.

Leah se deshizo en lágrimas. Avril se rio de ella. Las hermanas se rieron juntas, se habían vuelto ridículamente emocionales. Volátiles e impredecibles como niñas de catorce años.

Leah le prometió a Avril que nunca más volvería a dar por supuesto nada de nadie. Nunca más. ¡Por nada del mundo! Nunca más.

Cuando la llamaron con las noticias: «Marissa está viva».

Ese momento. Nunca olvidaría ese momento.

En su familia sólo lo sabía Avril: la policía había seguido la pista del elusivo padre de Marissa hasta Coos Bay, Oregon. Al parecer, había muerto allí en 1999 en un percance marítimo. El forense había determinado la causa de la muerte «no concluyente». Se había especulado sobre si había sido asesinado…

Leah no estaba preparada para el sobresalto que sintió, ni la pérdida.

Ahora, él nunca la querría de nuevo. Nunca querría a su preciosa hija de nuevo. Nunca arreglarían las cosas entre ellos.

Nunca le había dicho su nombre en voz alta a Marissa. Nunca lo decía en voz alta. De más pequeña, Marissa solía preguntar ¿Dónde está papá? ¿Cuándo volverá papá? Pero ahora, nunca.

La muerte del padre de Marissa en Coos Bay, Oregon, era un misterio, pero era un misterio que Leah Bantry no quería resolver. Estaba harta de misterios. Sólo quería claridad, verdad. Se rodearía de gente buena, decente, sincera durante el resto de su vida.

Mike Zallman opinaba lo mismo. ¡Basta de misterios!

Te cansabas, acababa por darte todo igual. Te preocupas por sobrevivir. Te preocupas por las banalidades de la vida: cerrar un capítulo, seguir adelante. Antes de la pesadilla se había reído de esa jerga de programa televisivo, pero ahora no.

De Leah Bantry y Mikal Zallman, una pareja improbable, Zallman era el más verbal, el más nervioso. Pertenecía a una tribu de habladores, le dijo a Leah. Abogados, financieros, vendedores con mucho poder. Un rabino o dos.

Para Zallman, sólo levantarse por la mañana en Yonkers y no en Skatskill era ya un alivio. Y no en abril, durante ese asedio de pesadilla. Levantar la cabeza de la almohada y no hacer una mueca de dolor como si tuviera cristales rotos en el interior del cráneo. Ser capaz de abrir un periódico, poner las noticias de la tele, sin ver su semblante cobarde. Respirar libremente, sin custodia policial. No ser el objeto de la loca venganza de una niña loca.

«Niña loca» era el término que utilizaban Zallman y Leah, ambos. Nunca pronunciaban el nombre «Jude Trahern».

¿Por qué esa niña loca había secuestrado a Marissa? ¿Por qué, de todas las niñas pequeñas a las que podría haber retenido, había elegido a Marissa? ¿Y por qué se había suicidado, por qué de ese modo horripilante, inmolada como una mártir? Esas preguntas nunca hallarían respuesta. Las chicas acobardadas que habían conspirado con ella en el secuestro no tenían la menor idea. ¡Algo acerca de un sacrificio indio onigara! Sólo podían repetir como taradas que ellas no habían creído que la niña loca hablara en serio. Sólo la habían seguido, querían ser amigas suyas.

Decir que la chica estaba «loca» era sólo una palabra. Pero la palabra bastaría.

Zallman dijo con repugnancia:

—Saberlo todo no es perdonarlo todo. Saberlo todo es asquearse por lo que se sabe.

Estaba pensando también en el holocausto: un cataclismo en la historia que desafiaba todas las interpretaciones.

Leah dijo, secándose los ojos:

—No la perdonaré, bajo ninguna circunstancia. No estaba loca, era mala. Se regocijaba causando dolor a los demás. Casi mató a mi hija. Me alegro de que esté muerta, se ha quitado de en medio. Pero no quiero hablar de ella, Mikal. Prométemelo.

Zallman estaba profundamente conmovido. Besó a Leah Bantry, por primera vez. Como si fuera un sello de entendimiento.

Como Leah, Zallman no podía soportar vivir en Skatskill ni un día más. ¡No podía respirar!

Sin exactamente readmitir a Zallman, el director y el consejo de administración de Skatskill Day le habían invitado a volver a enseñar. No inmediatamente, sino en otoño.

Un sustituto ocupaba su puesto en la escuela. Se consideraba más práctico que el sustituto terminara el trimestre de primavera.

La presencia de Zallman, tan inmediatamente después de la desagradable publicidad, «distraería a los alumnos». Eran estudiantes muy jóvenes e impresionables. Y a sus ansiosos padres.

A Zallman le ofrecieron un contrato de dos años renovable con su viejo salario. No era un contrato muy tentador. Su abogado le dijo que la escuela se temía una demanda, con justificación. Pero Zallman dijo que al infierno. Había perdido el interés en la pelea.

Y había perdido el interés en los ordenadores de la noche a la mañana.

Si había estado fascinado por la tecnología, ahora ésta le aburría. Deseaba algo más sustancial, hecho de tierra y tiempo. Los ordenadores eran solamente técnica, como cerebros sin cuerpo. Buscaría un trabajo temporal enseñando matemáticas en una escuela pública y solicitaría el ingreso en una universidad de posgrado para estudiar historia. Un doctorado en estudios americanos. En Columbia, Yale, Princeton.

Zallman no le habló a Leah de la repugnancia que en ocasiones sentía, despertándose antes del amanecer e incapaz de volver a dormirse. No por los ordenadores, sino por el Zallman que tanto los había adorado.

Qué arrogante había sido, ¡qué ensimismado! El lobo solitario que tanto se enorgullecía de su soledad.

Ahora ya había tenido bastante. Deseaba compañía, alguien con quien hablar, con quien hacer el amor. Alguien para compartir ciertos recuerdos que de otro modo se enconaban en su interior como veneno.

A finales de mayo, después de que Leah Bantry y su hija Marissa se marcharan de Skatskill —una marcha recogida con excitación por los medios de comunicación locales—, Zallman empezó a escribirle. Había sabido que Leah había encontrado un trabajo en la clínica de Mahopoc. Conocía un poco la zona: estaba a una hora en coche. Escribía cartas de una sola página con esmero, sin esperar su respuesta pero esperándola. «¡Me siento tan cerca de ti! ¡Este caos que tanto ha cambiado nuestras vidas!» Estudió sus fotografías en los periódicos, la cara demacrada, exhausta, de una madre. Sabía que Leah Bantry era unos años mayor que él, que ya no estaba en contacto con el padre de Marissa. Le mandaba postales de obras de arte: girasoles de Van Gogh, lirios de agua de Monet, embrujados paisajes de Caspar David Friedrich y magníficos bosques otoñales de Wolf Kahn. Así cortejaba Zallman a Leah Bantry. Le hacía saber a esa mujer a la que no conocía que la adoraba. No la presionaría para verla, ni siquiera para que le respondiera.

A su debido momento, Leah Bantry respondió.

Hablaron por teléfono. Acordaron encontrarse. Zallman estaba nerviosamente parlanchín, encantadoramente torpe. Parecía superado por la presencia física de Leah. Leah se mostró más cautelosa, reticente. Era una mujer hermosa que aparentaba su edad, no llevaba maquillaje, ninguna joya excepto un reloj; tenía el cabello rubio claro entrelazado de plata. Sonreía, pero no hablaba mucho. Le gustaba que ese hombre fuera el que hablara, como raramente hacían los hombres. Mikal Zallman tenía una clase de personalidad que Leah conocía, pero a distancia. Muy neoyorquino, muy intenso. Inteligente pero ingenuo. Intuyó que su familia tenía dinero, de natural Zallman despreciaba el dinero. (Pero se había reconciliado con su familia, dijo Zallman, en el transcurso del caos. Se habían puesto de su lado y montado en cólera, e insistido en pagar los exorbitantes honorarios de su abogado.) Durante su conversación, Leah recordó cómo se habían conocido en la escuela de Skatskill, y cómo Zallman, el experto en ordenadores, se había alejado de ella. ¡Qué arrogante! Leah le tomaría el pelo acerca de eso, un día. Quizá cuando se hicieran amantes.

Zallman tenía entradas en las sienes, tenía las mejillas marcadas. Sus ojos eran los de un hombre mayor de treinta y uno o treinta y dos años. Había empezado a dejarse barba, perilla, para cambiar su aspecto, pero era evidente que se trataba de un experimento temporal, no duraría. Pero Leah pensó que Mikal Zallman era guapo, a su modo, bastante romántico. Una cara estrecha con líneas duras, ojos inquietantes. Siempre dispuesto a reírse de sí mismo. Ella le permitiría que la adorara, posiblemente un día ella le adoraría a él. No estaba preparada para que le hiciera daño.

Finalmente le diría, aunque no era del todo cierto: «Nunca creí que fueras tú quien había secuestrado a Marissa, Mikal. ¡Nunca!».

Una pequeña familia, como Zallman quería pensar, se comía su almuerzo de picnic, y qué delicioso almuerzo era, en una mesa de madera en la orilla de un estanque, bajo un sauce tan exquisitamente proporcionado que parecía una obra de arte en un libro de cuentos para niños. Notó que Marissa todavía tenía problemas con la comida, que comía lentamente y con un aire de precaución, como si en cada bocado estuviera esperando encontrar un pedazo de cristal roto. Pero se comió casi todo su bocadillo y media manzana. Leah se la peló porque las «pieles» le revolvían el estómago. Y después pasearon alrededor del estanque admirando nerviosas garcetas y grandes garzas azules y cisnes salvajes. En todas partes había suntuosas totoras, juncos, refulgente zumaques. Olía a tierra mojada y los rayos de sol en el agua y los mirlos de alas rojas entre la maleza revoloteaban en una festiva cacofonía. Leah se lamentó:

—¡Pero es demasiado pronto! No estamos preparados para el invierno.

Parecía genuinamente herida, ofendida.

Zallman dijo:

—Pero Leah, la nieve también puede ser agradable.

Marissa, que ya caminaba por delante de su madre y el señor Zallman, quería pensar que así era: «nieve, agradable». No recordaba claramente la nieve. El invierno pasado. Antes de abril, y después de abril. Sabía que había vivido durante once años y, sin embargo, su memoria era una ventana cubierta de telarañas. Sus psicólogas eran amables mujeres que hablaban en voz baja y le preguntaban repetidamente por lo que había sucedido en el sótano de la vieja casa, qué le habían hecho las niñas malas, porque era saludable recordar, y hablar de lo que recordaba, como secar un absceso, eso decían, y ella debía también llorar, y estar enfadada; pero era difícil tener esas emociones cuando no se recordaba claramente. Qué sientes, Marissa, le preguntaban siempre, y la respuesta era «No lo sé» o «¡Nada!». Pero no era la respuesta correcta.

A veces, en sueños, lo veía, pero nunca con los ojos abiertos.

Con los ojos abiertos, se sentía ciega. A veces.

La chica mala le había dado de comer, recordaba. Con una cuchara. ¡Tenía tanta hambre! Estaba tan agradecida.

«Todos los adultos han desaparecido. Todas nuestras madres.»

Marissa lo sabía: eso era mentira. La chica mala le había mentido.

Sin embargo, la chica mala le había dado de comer. Le había cepillado el pelo. La había abrazado cuando tenía tanto frío.

¡La repentina explosión, llamas! La chica ardiendo, terribles gritos y chillidos, Marissa había creído al principio que era ella, ardiendo, berreando. Estaba arrastrándose por las escaleras pero se encontraba demasiado débil y se desmayó y alguien llegó haciendo ruido y gritaba que la cogieran en brazos y mamá le dijo que habían pasado tres días cuando se despertó en el hospital, con la cabeza tan pesada que no podía levantarla.

Mamá y el señor Zallman. Tenía que llamarle «tío Mikal» pero no podía.

El señor Zallman había sido profesor suyo en Skatskill. Pero se comportaba como si no lo recordara. Quizá el señor Zallman no la recordaba a ella, Marissa no era una buena estudiante. Él sólo parecía preocuparse por los buenos estudiantes, los otros eran invisibles para él. No era el «tío Mikal» y estaría mal llamarle así.

En su nueva escuela todo el mundo era muy amable con ella. Los profesores sabían quién era, y los psicólogos y los médicos. Mamá decía que tenían que saberlo o si no, no podrían ayudarla. Un día, cuando fuera mayor, se iría a algún lugar en el que nadie conociera a Marissa Bantry. Lejos, a California.

Mamá no querría que se fuera. Pero mamá sabría por qué tenía que irse.

En esa nueva escuela, que era mucho más pequeña que Skatskill Day, Marissa tenía unas cuantas amigas. Eran niñas tímidas, precavidas, de rostros enjutos como ella. Eran niñas que, con sólo mirarlas, pensarías que les faltaba un miembro, pero después veías que no. Eran chicas enteras.

A Marissa le gustaba su corte de pelo. Su largo cabello sedoso que las niñas malas habían cepillado y extendido alrededor de su cabeza se le había caído a mechones en el hospital. Ahora el pelo largo la ponía nerviosa. Entre los dedos en la escuela, a veces perdida en un sueño, miraba niñas con el pelo rizado por encima de la espalda como el suyo antes, se preguntaba cómo podían ignorar tanto el peligro.

¡Nunca habían oído hablar de la Virgen del Maíz! Esas palabras no significaban nada para ellas.

Ahora Marissa leía. Marissa se llevaba libros consigo a todas partes, para esconderse dentro. Eran cuentos con ilustraciones. Leía lentamente, a veces apretando el dedo bajo las palabras. Le daba miedo encontrar palabras que no conociera, palabras que debía conocer pero que no conocía. Como un repentino ataque de tos. Como una cuchara metida en la boca antes de que estés listo. Mamá había dicho que Marissa estaba ahora a salvo de las niñas malas y de toda la gente mala, que mamá cuidaría de ella, pero Marissa sabía gracias a las historias que leía que eso no podía ser. Sólo tenías que pasar la página y algo sucedía.

Ese día se había llevado consigo dos libros de la biblioteca de la escuela: *¡Mirar pájaros!* y *La familia de mariposas*. Eran libros para niños menores de once años, Marissa lo sabía. Pero no le sorprenderían.

Marissa lleva esos libros con ella, paseando junto a la orilla del estanque a una corta distancia por delante de mamá y el señor Zallman. Hay libélulas en las totoras como brillantes agujas flotantes. Hay pequeñas mariposas de la luz blancas, y preciosas monarcas naranjas que baten lentamente las alas. Tras Marissa, mamá y el señor Zallman hablan con seriedad. Siempre están hablando, parece. Quizá se casarán y hablarán todo el rato y Marissa no tendrá que escucharles, será invisible.

Un mirlo de alas rojas balanceándose sobre una totora la llama repentinamente.

«En el Valle de la Sombra de la Muerte te protegeré. AMÉN.»

Archibald Sinley, anarquista general: caminar por la cuerda floja

Walter Mosley

WALTER MOSLEY ha cosechado una exitosa carrera en el género del misterio siguiendo la tradición de autores como Chester Himes y Carroll John Daly, pero le ha añadido la compleja cuestión de las relaciones raciales y una mirada profunda al corazón letal de una gran ciudad a la que pocos autores se han acercado jamás. Es autor de veinte libros y ha sido traducido a veintiuna lenguas. Sus populares novelas de misterio protagonizadas por Easy Rawlins y Raymond *Ratón* Alexander empezaron con *El demonio vestido de azul,* que fue convertida en una película del mismo nombre protagonizada por Denzel Washington y Jennifer Beals. Otras entregas de la serie fueron *Una muerte roja, Mariposa blanca, Betty la negra, Perro amarillo* y *El caso Brown;* una precuela de la serie de Rawlins titulada *De pesca* y una serie de cuentos recogidos en *Six Easy Pieces*. Su otro personaje, el ex convicto Socrates Fortlow, vive en Los Ángeles infunde a sus narraciones episódicas consideraciones éticas y políticas. Fragmentos de su colección *Always Outnumbered, Always Outgunned: The Socrates Fortlow Stories* se han publicado en *Esquire, GQ, USA Weekend, Buzz* y *Mary Higgins Clark Mistery Magazine*. Una de estas nuevas historias recibió el premio O. Henry de 1996 y apareció en *Prized Stories 1996: The O. Henry Awards,* editado por William Abraham. En 1996 fue nombrado el primer artista residente en la Africana Studies Institute de la Universidad de Nueva York. Desde esa estancia, ha seguido colaborando con el departamento, creando una innovadora serie de conferencias titulada «Genios negros», que invita a diversos conferenciantes del ámbito del arte, la política y la academia para comentar soluciones prácticas a los problemas contemporáneos. Concebidas como una «aula pública», estas conferencias han contado con participantes como Spike Lee o Angela Davis. En febrero de 1999, una colección de estas conferencias apareció publicada con el título *Black Genius,* con una introducción y un ensayo de Mosley. El año pasado, Mosley regresó al mundo del misterio con la primera entrega de una nueva serie. *Fearless Jones* ya está disponible. Se desarrolla en el Los Ángeles de los años cincuenta y presenta a Paris Minton, propietario de una librería de segunda mano, y a su mejor amigo Fearless Jones, veterano de guerra; la novela ha recibido ya importantes elogios. Entre sus novelas más recientes está *El hombre del sótano,* un homenaje a diferentes personajes de diferentes tonalidades de blanco y negro, y la novela *47*.

1

Vi el primer anuncio el martes, en el *Wall Street Journal*:

SE NECESITA ESCRIBA
A. SINLEY, EDIFICIO TESSLA

La siguiente noticia apareció el jueves en la sección de clasificados del *New York Times*:

ASL, SA BUSCA ESCRIBA
DIRÍJANSE A LAS OFICINAS EN EL EDIFICIO TESSLA

Después, la semana siguiente, en la última página del *Village Voice* y en la sección de clasificados del *Amsterdam News*:

SE BUSCA ESCRIBA KL-5.8713

Los últimos anuncios no especificaban ninguna dirección, pero yo sabía que A. Sinley de ASL, SA, del edificio Tessla los había puesto. Llamé y me encontré con un contestador automático.

«Si llama por el puesto deje su nombre y número de teléfono —dijo la voz gutural de una mujer—. Y por favor, háganos saber dónde ha tenido noticia de la vacante.»

Después sonó el timbre.

—Felix Orlean —dije. Dejé mi número de teléfono y añadí—: Vi su anuncio en el *Times*, el *Journal*, el *Amsterdam News* y el *Village Voice*.

Esa noche, mucho más tarde, horas después de que me hubiera acostado, el teléfono sonó dándome un susto de muerte. Estuve seguro de que mi padre o mi madre se habían puesto enfermos. Cogí el teléfono y dije quejumbrosamente:

—¿Qué? ¿Qué pasa?

—¿Señor Orlean? —Dijo «or-lín» y no «or-li-án», que es como yo pronuncio mi apellido.

—Sí. ¿Qué pasa?

—Nada, hijo —dijo él con una profunda voz grave que me recordó a las viejas películas de Wallace Beery—. ¿Por qué iba a pasar algo?

—¿Qué hora es?

—Acabo de oír la cinta —dijo—. Fuiste el único que vio los cuatro anuncios. ¿Lees todos los periódicos de Nueva York?

—Sí —dije—. Y también el *Washington Post*. Y el *International Herald Tribune*, cuando consigo hacerme con él.

Encendí la lámpara que había junto a la cama para ver el reloj, pero la luz me cegó.

—¿Eres estudiante? —preguntó él.

—Sí —dije—. En Columbia. —Si hubiera estado más despierto, no habría sido tan franco.

—Ven a la oficina esta mañana —dijo—. Yo estaré allí a las cinco, pero no tienes por qué venir hasta las seis menos diez.

—¿Cómo?

El hombre colgó y mi visión se aclaró lo suficiente para ver que eran las cuatro menos cuarto.

Me pregunté qué clase de hombre trabajaba a esa hora. Y qué le llevaba a llamar a un empleado potencial horas antes de que saliera el sol. ¿Estaba loco? Debía estarlo, pensé. Naturalmente, estaba dispuesto a ir a su oficina a las seis de la mañana o a la hora que quisiera. Apagué la luz y me tapé hasta la barbilla, pero el sueño no volvió.

Llevaba días inquieto por qué pudiera significar el trabajo de «escriba». Había pensado que era sólo una forma rebuscada de referirse a un secretario que recibe dictados. Pero después de la llamada no estaba tan seguro. ¿Quién era A. Sinley? ¿Era la atractiva voz de la mujer del contestador automático? No. Tenía que ser la del tipo áspero que llamó de madrugada.

¿Qué clase de trabajo podía ser?

—Es una pena que tu padre y los demás te llamaran Felix —me dijo en una ocasión la tía Alberta, la perista de Ninth Warth. Y cuando le pregunté por qué lo decía, me respondió—: Porque un gato de cómic se llama así y todos sabemos qué le hizo la curiosidad al gato.

Yo quería a mi tía Alberta. Fue ella quien me animó cuando quise venir a Nueva York a estudiar periodismo. Mis padres siempre habían tenido planeado que yo me hiciera abogado como mi padre, y el padre de éste. Hasta mi bisabuelo había estudiado derecho, si bien no pudo obtener la licencia para ejercer en Louisiana. En esos días los abogados de color, hasta de color muy claro, eran infrecuentes allá en el sur.

Mi padre me había sermoneado durante una semana entera para que dejara esa locura y tomara la decisión de a qué facultad de derecho asistiría. Finalmente le dije que Alberta creía que era buena idea que tratara de abrirme paso en el periodismo.

—¿Y cómo sabes tú lo que piensa Alberta? —me preguntó. Mi padre es un hombre corpulento pero yo soy más bien pequeño, como los hombres del lado de mi madre.

—Se lo pregunté —dije, temblando un poco bajo la sombra de J. P. Orlean.

—¿Qué?

—Fui a la cárcel del condado y la visité, papá. —Cerré los ojos involuntariamente, esperando un golpe en el culo.

Mi padre me había pegado antes. Era un hombre valiente. «Severo pero justo», decía mi madre. Pero yo nunca comprendí qué pudiera tener de justo pegar a un niño con un cinturón hasta que tuviera verdugones rojizos por todo el cuerpo.

—Creía haberte dicho que Alberta Hadity no debe seguir siendo considerada de nuestra familia —dijo mi padre con una voz tan queda como la brisa.

Y ahí estaba mi oportunidad. Después de veintiún años obedeciendo a mi padre, o mintiéndole, la puerta estaba abierta. Lo único que tenía que hacer era permanecer en silencio para que él lo considerara una insubordinación.

Bajé la mirada a sus zapatos marrones. Allá en el sur los llamábamos mocasines. Sabía que Chub Wilkie había enlustrado esos zapatos por la mañana. Sacaba lustre a los zapatos de mi padre cada día laborable por la mañana. J. P. decía que Chub Wilkie era el hombre más educado en el edificio de bufetes de abogados en el que trabajaba. Pero nunca invitaba a cenar al señor Wilkie como hacía con los socios del bufete Hermann, Bledsoe y Orlean.

El señor Wilkie era de piel demasiado oscura y demasiado pobre para que se le considerara de nuestro entorno social.

Mi padre y mi madre eran de color café con leche. Mi hermana y yo éramos de piel más pálida, incluso.

—¿Y bien? —dijo mi padre. Sentí el peso de su mirada en mi cuello.

Para él hacerme una pregunta era una gran concesión. Se suponía que yo debía responder que lo sentía, que no volvería a hablar con la delincuente de mi tía nunca más. Las palabras se formaron en mi boca pero las mantuve a buen recaudo con los dientes apretados.

—Espero que te hayas largado de esta casa antes de que vuelva tu madre —dijo.

Pero dudaba.

Sabía que esperaba que me doblegara, que musitara una disculpa y le implorara indulgencia. Siempre había vivido en casa, no había trabajado un solo día de mi vida. Pero a pesar de depender por completo de mi padre, era también demasiado terco.

Al cabo de un minuto los zapatos le sacaron del estudio familiar. Levanté la mirada y observé a través de las puertas de cristal que daban al jardín de la parte posterior de la casa. Supe entonces que sería la última vez que vería el jardín de orquídeas y lirios de mi madre.

Casi grité de alegría.

Después de rememorar mi exilio del hogar de la familia Orlean, me fue imposible volver a dormir. A las cinco me levanté y fui a la pequeña cocina que separaba mi habitación de la mi compañero de piso, un jugador de fútbol llamado Lonnie McKay. Calenté el agua en un cazo en lugar de hacerlo con la tetera para que el silbato no le despertara.

Lonnie tenía una beca completa en la Facultad de Ingeniería por capitanear a los novatos de los Ciceroness de Columbia. Yo tenía que pedir prestados treinta mil dólares al año y después conseguir trabajos a tiempo parcial para pagar el exorbitante alquiler y todo lo demás que pudiera necesitar, como por ejemplo un café.

Vertí el agua caliente y mezclé los cereales congelados. El café estaba amargo y, sin embargo, carecía de sabor, lo cual no me importaba. La amargura formaba parte de mi vida, eso era lo que pensaba.

Y entonces levanté la mirada.

La larga cortina de terciopelo rojo que cubría la puerta de Lonnie se agitó y entró una mujer joven. En la cocina no había más iluminación que una bombilla de cuarenta vatios, pero vi que iba totalmente desnuda con la salvedad de unas braguitas de color carne. Era tres centímetros más baja que yo y tenía los pechos pequeños pero bien formados. Tenía el pelo moreno largo y rizado y los ojos grandes. Era delgada y tenía la piel clara pero, por alguna razón, supe que era una mujer de color, en realidad una chica, de no más de diecinueve años. Cuando me vio sonrió, cruzó los brazos sobre sus pechos y se sentó en una silla que estaba ante mí.

—Hola —dijo, sonriendo con falsa modestia.

—Hola. —Aparté la mirada para ocultar mi incomodidad.

—Debes de ser Felix.

Forzando la cabeza le devolví la mirada. Tenía los ojos marrón claro, sonrientes, llenos de vida, y me animaban a quedarme donde estaba, no a volver corriendo a mi habitación, que es lo que yo quería hacer más que nada en el mundo.

—Sí —dije. Di un paso adelante y extendí la mano como siempre hacía cuando alguien me llamaba por mi nombre.

Ella me miró la mano, dudó, después se revolvió, logrando taparse las vergüenzas y darme la mano al mismo tiempo.

—Arrett —dijo—. Soy amiga de Lonnie.

—Encantado de conocerte —dije.

Nos quedamos mirando un momento, y después un poco más. Arrett parecía estar reprimiendo una carcajada. Me habría encantado verla reír.

—¿Por qué estás despierto tan temprano? —me preguntó.

—Tengo una entrevista de trabajo —dije yo. Y así era. Mi futuro estaba sellado. Una mujer desnuda se cruzaba en mi camino a primera hora de la mañana y yo me salía de mi órbita. Toda mi vida había cambiado por una chica a la que probablemente nunca volvería a ver.

El señor Sinley había dicho que era mi destino, que en el momento en que había oído mi acento de Nueva Orleans supo que estábamos hechos el uno para el otro.

—¿Qué clase de trabajo? —me preguntó.

—No lo sé.

Ella sonrió y sentí que el corazón se me hinchaba en el pecho.

Un sonido emergió de la habitación de Lonnie. Debió de ser el nombre de la chica.

—Quiere que vaya para allá —dijo. Era casi una pregunta.

Casi dije: «No te vayas».

—Ari —gritó Lonnie desde el otro lado de la cortina roja.

Ella se levantó olvidándose de su pudor y dijo:

—Nos veremos en clase. —Y después corrió a través de la tela roja para entrar en la habitación de mi compañero de piso.

Me senté y pensé en volver a la cama. Pero en ese momento el primer gemido de placer de Lonnie cruzó el aire. Corrí a mi habitación, me vestí y salí del apartamento antes de que llenaran la casa con su amor.

2

El edificio Tessla está en la Calle 38 Oeste. No es el edificio más grande del Midtown neoyorquino, pero ahí está. Sesenta y nueve plantas. Las puertas de cristal son modernas pero la recepción es *art decó* de los treinta en estado puro. Baldosas de mármol negras, blancas y rojas cubren el suelo con un diseño vagamente egipcio. El mármol de las paredes es gris y azul claro.

Una inmensa pintura colocada tras el mostrador de piedra del guardia de seguridad muestra a una Juana de Arco con el pecho al aire, de piel dorada, liderando al ejército francés ante un sol que está claro que representa a Dios.

—¿Sí? —me preguntó el guardia de seguridad—. ¿Puedo ayudarle?

—AAL, SA —dije.

El hombre que estaba tras el mostrador era africano, me pareció. Sus rasgos eran puramente negroides. La cabeza redonda y los ojos casi en forma de almendra, la piel oscura casi sin marcas y los labios que de tan perfectos parecían cincelados. Mi hermana salió con un hombre como ése durante dos semanas y nuestros padres decidieron mandarla a París dos años. Por lo que yo sabía, seguía allí.

El hombre alzó la mirada y una sonrisa curvó su sensual boca.

—¿El señor Sinley quiere verle?

—Creo que sí —dije—. Me dijo que viniera a las seis menos diez.

—Así es el señor Sinley. Nada de visitantes más tarde de las seis menos cinco. Me lo dijo en persona —comentó el guardia de seguridad, que parecía haber aprendido inglés de un inglés—. ¿A qué se dedica?

—Soy estudiante —dije—. Estudio periodismo.

Esa respuesta pareció decepcionar al joven guardia. Se encogió de hombros como queriendo decir: «Qué pena».

—Cincuenta y dos once —dijo—. Coge el último ascensor a la derecha. Es el único que tenemos en funcionamiento a estas horas.

Era un montacargas. Gruesas esteras semejantes a colchas grises colgaban de las paredes para protegerlas de los daños que pudiera ocasionarles el transporte de objetos pesados. Apreté el botón y la puerta se cerró, pero nada pareció moverse. En un par de ocasiones levanté la mirada hacia la pequeña pantalla que debía mostrar los pisos a medida que pasábamos por ellos, pero en ella aparecía fijo el número doce.

Finalmente, tras un largo intervalo, las puertas se abrieron y salí preguntándome si estaría en el piso adecuado. Las paredes estaban pintadas del verde más claro posible y el suelo estaba embaldosado con piedra blanca veteada de jade violeta y oscuro. Dos flechas situadas en la pared de delante del ascensor señalaban en ambas direcciones. A la derecha, estaban el 5220 hasta el 5244; a la izquierda, el 5200 hasta el 5219.

Giré a la izquierda. Después de pasar ante las primeras oficinas me di cuenta de que la puerta situada al fondo del pasillo era donde iba.

La puerta era distinta de las demás. En la distancia, parecía cubierta de tablones, como si estuviera en obras o la hubieran sellado. Habían clavado cinco o seis tablas maltrechas sobre la puerta, a lo ancho, pero sin orden ni concierto. Y dos tablones más a través, más o menos verticalmente. Había algo que no pude discernir colgando a media altura en la parte izquierda de la puerta.

Pasé ante Tweed's Beads y después ante Thunderstruck, Servicio de Citas Personales. Me pregunté qué otra clase de citas existía aparte de las personales, cuando me di cuenta de que el objeto que colgaba de la puerta al final del pasillo era una muñeca hecha a mano con la cara negra y un maltrecho vestido amarillo y rojo. El vestido estaba pintado sobre un cuerpo cilíndrico hecho con el soporte de cartón de un rollo de papel de váter o algo semejante.

La muñeca vudú me detuvo por un instante. Había visto muchos fetiches parecidos en Louisiana. Están en todo el Barrio Francés, principalmente para que los vean los turistas. Pero colgando allí, en esa puerta cerrada con tablones, aquella muñeca tenía un aire siniestro.

¿Qué diablos hacía una muñeca vudú en el piso 52 de un rascacielos de Nueva York?

Apreté los dientes y respiré profundamente por la nariz. Después di un paso adelante.

No había pomo alguno, ni siquiera una puerta. Sólo los tablones grisáceos a ambos lados de la jamba cubriendo una superficie negra de madera tras de sí. La muñeca tenía una débil sonrisa pintada en la cara redonda. Parecía estar mirándome lascivamente.

—Adelante —le dije a la muñeca.

Golpeé los tablones.

Sin respuesta.

Después de una pausa razonable volví a llamar.

Sin respuesta.

Mi miedo por la muñeca estaba siendo rápidamente sustituido por la ira. ¿Qué clase de broma me estaban gastando? ¿Tenía el guardia de seguridad de la planta baja algo que ver con ella? ¿Acaso Lonnie había puesto a Arrett allí para hacer que me largara de mi casa?

Estaba apretando con fuerza las uñas contra las palmas de la mano cuando una voz dijo:

—¿Quién anda ahí?

No había dudas: era la voz áspera.

—¿Señor Sinley?

—¿Orlean?

—Sí. Sí, señor. —Esto último lo añadí porque en casa me educaron en las buenas maneras.

La puerta se abrió a una sala que me sorprendió. Habían colocado los tablones para crear la ilusión de una puerta cerrada a cal y canto, pero en realidad los habían cortado para permitir que la puerta, con todas sus tablas, se abriera hacia dentro.

El hombre que estaba de pie ante mí no tenía parangón en el mundo de hoy en día ni en la historia. Medía tranquilamente dos metros, y tenía la piel de color ámbar oscuro. Su pelo, que era en su mayoría marrón oscuro y gris, tenía algunos reflejos rojizos a lo largo de un denso bosque de trenzas de veinte centímetros de extensión, sólo ligeramente combadas. El cabello parecía el peinado de una reina, quizá incluso una corona de espinas, pero el señor A. Sinley no parecía una víctima. Tenía el pecho y los hombros inusualmente anchos para un hombre de su altura. Tenía los ojos pequeños y hundidos. Su frente era redonda y las mejillas altas perfilaban fuertes líneas inclinadas hasta su barbilla, lo que le daba a su cara una definida forma de corazón. No tenía vello en la cara ni arrugas, aparte de las comisuras de los ojos.

El estómago le sobresalía de la chaqueta de trabajo abierta pero no colgaba ni parecía flácido contra la camisa abotonada de color rosado. Sus pantalones eran color habano y sin forma. Llevaba los grandes pies descalzos.

A. Sinley tenía cuarenta y cinco años, o quizá sesenta. Hasta un gamberro con gorra de béisbol se lo habría pensado dos veces antes de meterse con él.

—¿Orlean? —volvió a preguntarme.

—Sí, señor.

—Pasa, pasa. —Hizo un gesto con las manos, que eran pequeñas comparadas con el resto de su cuerpo. Pero eso sólo me recordó historias que había leído sobre el Terrorista Moreno, Joe Louis. También él tenía las manos pequeñas.

El señor Sinley me rodeó para cerrar la puerta cubierta con tablones. Pasó tres cerrojos a un lado y después una pieza de metal color bronce hasta la base que servía como contrafuerte por si alguien trataba de abrirse paso por la fuerza.

—No queremos visitantes no deseados —dijo. Después me guió hacia el interior.

Seguí a mi anfitrión por una sala de proporciones moderadas que tenía el suelo de parqué oscuro y muebles de madera que no eran de este siglo ni del pasado. Sólo un par de mesas con una silla y un sofá sin cojines. Las gruesas piezas habían sido muy utilizadas durante los últimos cien años o así, pero estaban bien barnizadas y parecían resistentes.

Había dos puertas al fondo de la sala. Enfrente había una puerta de cristal esmerilado sin nada escrito en ella. A la izquierda había una puerta de roble sobre la que había escrito ALMACÉN con letras en relieve doradas.

Cruzamos la puerta de cristal sin rótulo y entramos en una habitación más pequeña que imaginé que sería su despacho. En la parte posterior de la habitación había una ventana con vistas directas al río Hudson y Nueva Jersey al otro lado. Eran alrededor de las seis y el sol estaba saliendo en nuestro brumoso estado vecino. Había una silla giratoria de madera oscura junto a la ventana, tras un pequeño escritorio en el que no cabía nada más que el ordenador portátil que había sobre él.

La habitación estaba llena de un olor a almizcle que, aunque no era dulce ni amargo, portaba un aroma agradable. Aquel olor lo asociaría yo más tarde con la vida de Archibald Sinley. Dominaba todas las situaciones con su presencia y su carácter, civilizado sólo a medias.

En la pared de mi izquierda había una serie de estanterías en las que descansaban varias rarezas. Había un viejo arcón para juguetes y una muñeca con una banda alrededor del cuello. Había una serpiente de cascabel suspendida en un gran frasco, un rollo de pergamino atado con un cordel, una réplica de un cráneo humano, un pequeño animal disecado (no supe de qué especie en ese momento) y un collar: una pieza de bisutería en una caja de plástico sostenida por un marco metálico en forma de W. Aquel collar estaba hecho de chillones pedazos de cristal, copias sobre todo de esmeraldas y rubíes, con una cinta de falsos diamantes serpenteando entre ellas. Había otros objetos en las estanterías, pero eso fue todo lo que pude ver a primera vista.

La pared situada frente a las estanterías estaba dominada por una gigantesca fotografía ampliada en colores sepia. El hombre, quienquiera que fuera, tenía un gran bigote y una mirada salvaje en los ojos. Habría dicho que se trataba de una fotografía de Nietzsche, pero sabía que no era él porque acababa de leer *Así habló Zaratustra* para una clase llamada Historia de Occidente y había una fotografía del filósofo alemán en la cubierta del libro.

—Bakunin —dijo A. Sinley—. Es Bakunin.

—¿El anarquista?

—Él es la razón por la que estoy aquí hablando contigo. Y ésa es la razón por la que tú estás aquí hablando conmigo.

—Oh —dije, tratando de pensar cómo seguir con esa conversación.

—Siéntate —dijo el grandullón.

Me di cuenta de que había dos troncos de árbol colocados en diagonal con respecto a la silla giratoria. Eran troncos de verdad, colocados sobre el suelo. Cada uno de ellos era de unos setenta centímetros con curvas talladas para que fueran cómodos.

Me senté.

—Archibald Sinley, anarquista general —dijo formalmente mi anfitrión. Se sentó en la silla giratoria y se reclinó.

—¿Qué significa eso exactamente?

—¿Qué crees tú que significa?

—¿Que planea derrocar el gobierno con la esperanza de causar un estado perpetuo de caos en todo el mundo?

—Ni Xavier ni Columbia están muy atentas a la realidad, ¿verdad?

No recordaba haberle dicho que estudiaba la carrera en Xavier, pero tampoco es que recordara mucho de mi vida antes de la aparición de Arrett.

—¿A qué se dedica?

—Camino por la cuerda floja.

—¿Qué cuerda floja?

—No —dijo alzando un instructivo dedo—, qué cuerda sino la cuerda entre qué fuerzas.

—De acuerdo —dije—. ¿La cuerda entre qué fuerzas?

—Yo camino la cuerda floja entre el caos y el hombre.

3

Archibald Sinley se llevó dos dedos al labio inferior especulando, parecía, sobre mí y cómo desempeñaría el puesto vacante.

Pero para entonces, yo ya había decidido rechazar el trabajo. Su presencia mc rcsultaba inquietante. Si me ofrecía una taza de té, la aceptaría educadamente, pero no me tragaría ni un sorbo.

Sin embargo, estaba intrigado. La cuerda floja entre el caos y el hombre parecía una perfecta materialización personal de la filosofía que seguía. Hacía pensar en una criatura salvaje en los márgenes de una gran civilización en decadencia. Interesante para un trabajo universitario, pero no como profesión.

Había empezado a pensar en cómo rechazar el trabajo si me lo daba, cuando se oyó un golpe en la puerta de entrada de la oficina. Tres rápidos golpes y después dos más lentos.

—¿Puedes abrir, Felix? —dijo Sinley.

No quise rechistar, así que volví a la habitación llena de viejos muebles coloniales y dije «¿Sí?» tras la puerta cerrada.

—Carlos para A. S. —respondió una voz con ligero acento español y ligero acento callejero.

No supe qué hacer, así que quité los cerrojos, le di una patada al contrafuerte y abrí la puerta.

El hombre era de mi misma altura, delgado y con una ostentosa predilección por el color verde. Llevaba un traje de tres botones color verde bosque con una camisa verde pálido y una estrecha corbata verde oscuro.

Sus zapatos eran, sin duda, de reptil y también verdes. Tenía la piel color aceituna. Tenía más de cuarenta años, quizá más de cincuenta.

—Eh, tío —dijo Carlos, y no supe qué hacer con él.

—Espere aquí, por favor —dije.

Él asintió y yo regresé al despacho de Archibald Sinley. El anarquista estaba sentado en su silla esperando que yo le informara.

—Es un tipo llamado Carlos. Va todo vestido de verde. No le he preguntado qué quiere.

—¡Pasa, Carlos! —gritó Archibald.

El hombre verde entró abriendo la puerta del despacho.

—Eh, grandullón —saludó Carlos.

—¿Qué tienes para mí?

—No mucho. Dicen que estaba bebiendo, ella no, pero ella era sólo una chica que había conocido en la barra.

—¿No has conseguido nada más? —Sinley no estaba enfadado, pero había una cierta insistencia en su pregunta.

—Maria lo intentó, tío, pero no lo tienen en el ordenador y enviaron los archivos a Arizona tres horas después de que terminaran. La única razón por la que ella consiguió tanta información era que conoce a un tipo que trabaja en los archivos. El tío echó un vistazo por hacerle un favor.

Sinley apartó la mirada de Carlos y de mí y miró por la ventana.

—¿Cómo está tu madre? —preguntó Sinley a Nueva Jersey.

—Está bien —respondió Carlos—. Y Pete va muy bien en esa escuela en que le metiste.

—Salúdale de mi parte cuando le veas —dijo Sinley. Se volvió y alzó sus ojos turbios hacia el hombre verde—. Hasta luego, Carlos.

—A tus órdenes, grandullón. Ya sabes.

Carlos se dio la vuelta. Me di cuenta de que parecía nervioso. No necesariamente asustado pero, sin duda, se alegraba de largarse de allí. Le seguí hasta la puerta y pasé todos los cerrojos cuando se hubo ido.

Cuando volví, Sinley estaba poniéndose unas pesadas botas de trabajo. Señaló con la cabeza uno de los troncos y me senté.

—¿Sabes lo que hace un escriba? —preguntó.

—No sé si en realidad estoy interesado…

—¿Sabes lo que hace un escriba? —volvió a preguntar, cortándome.

—Eran monjes o algo así —dije—. Escribían copias de la Biblia antes de que se inventara la imprenta y los tipos móviles.

—Correcto —dijo, con un tono parecido al de mis profesores—. También escribían para los analfabetos. Contratos, tratados de paz, incluso cartas de amor. —Sinley sonrió—. ¿Qué sabes de Bakunin?

—Sólo su nombre.

—Fue un gran hombre. Lo sabía todo acerca de las grandes injusticias de Stalin antes de que Stalin naciera. Fue probablemente el mayor pensador político del siglo XX y ni siquiera vivió en ese siglo. Pero ¿sabes qué defecto tenía?

—No, señor.

—Era un hombre de acción, así que no dedicó el tiempo debido a escribir documentos unitarios con sus ideas. No me malinterpretes, escribió mucho. Pero nunca creó un documento exhaustivo detallando una idea clara de la organización política anarquista. Una vez muerto, los textos escritos hicieron que muchos hombres de pocas entendederas le consideraran un chiflado y un idiota. Yo no quiero dejar un legado como ése.

—¿Y por eso necesita a un escriba?

—Sobre todo. —Se volvió para mirar Jersey de nuevo—. Pero también necesito a alguien que simplemente transcriba. Alguien que me tome las notas y las escriba y les dé sentido. Para documentar lo que estoy tratando de hacer.

—¿Eso es todo?

—Sobre todo. También habrá algunos recados. Quizá algunas pesquisas, ya sabes, trabajo de investigación. Pero a cualquier buen estudiante de periodismo le encantaría hacer un poco de trabajo de campo.

—No le he dicho que soy estudiante de periodismo.

—No, no lo has hecho. Pero sé muchas cosas de ti, Felix Orlean —dijo, esta vez pronunciando mi nombre correctamente—. Ésa es la razón por la que puse esa vieja muñeca en la puerta, quería ver si eras supersticioso. También sé de tu padre, Justin Proudfoot Orlean, un gran abogado de Louisiana. Y de tu madre, Katherine Hadity, estudiante de medicina antes de que se casara con tu padre y decidiera dedicar su vida a ti y a tu hermana Rachel, que ahora se hace llamar Angela en una parte de Londres llamada Brixton.

—¿De dónde ha sacado todo eso?

—Y hay otra cosa. —Sinley dirigió la mirada al ordenador portátil que había sobre su pequeño escritorio. Después alzó ese dedo profesoral.

—Nada de lo que hagas para mí irá al ordenador. Quiero esperar hasta terminarlo del todo para darle al mundo nuestro trabajo.

—No voy a t-trabajar para usted, señor Sinley —dije, odiándome por el pequeño tartamudeo.

—¿Por qué no?

—En primer lugar, no sé a qué se dedica —dije—. No me gusta la gente que me llama a cualquier hora de la noche. Usted tiene la puerta tapiada y se dice anarquista. Un tipo que tiene pinta de matón callejero viene para entregarle cierta información.

—Ya te he dicho a qué me dedico. Soy un anarquista que quiere tenerlo todo en orden. Desde el político delirante que decide que puede interferir con los derechos de los demás porque tiene acceso directo a la verdad hasta el alcalde fascista que trata de callar al pobre tipo porque puede llenar sus cofres de oro mientras reinventa el estado policial.

»Soy el último hombre honesto, un vaquero del Este. Y tú, Orlean, eres un joven tratando de abrirse camino. Tu padre es un hombre rico pero tú te mantienes a ti mismo. Quería que te hicieras abogado, estoy seguro, y tú le llevaste la contraria para ser un hombre hecho a sí mismo. Ya has recorrido medio camino, Felix. ¿Por qué no vemos qué más queda?

—Puedo ocuparme de mi vida yo solo, señor Sinley —dije—. Lo único que necesito de un trabajo es el dinero.

—¿Cuánto?

—Bueno, pago un alquiler de quinientos cincuenta al mes y después están mis otros gastos...

—Así que necesitas cuarenta y dos mil antes de impuestos, si es que pagas impuestos. —Había pensado en la misma cifra después de una tarde haciendo números.

—Claro que pago impuestos —dije.

—Claro que sí —dijo Sinley, sonriendo ampliamente—. Te pagaré lo que necesites. Lo único que tienes que aceptar es probarlo durante unas cuantas semanas.

Eché un vistazo al Bakunin ampliado y me pregunté si aquello podía ser una oportunidad. Necesitaba el dinero. Mis padres ni siquiera respondían a mis cartas, no digamos ya financiar mi educación.

—No estoy seguro —dije.

—¿De qué?

—Esa cuerda floja de la que habla —dije—. Suena como una especie de límite legal. A un lado se cumple la ley, al otro no.

—Sólo eres un empleado, Felix. Como cualquiera que trabajara para Enron o Hasbro. Nadie allí ha sido considerado culpable por lo que hicieron o dejaron de hacer sus jefes.

—No haré nada ilegal.

—Por supuesto que no —dijo Sinley.

—Pondré ante todo mi trabajo en la universidad.

—Puedes tener un horario flexible.

—Si no me gusta lo que pasa, dejaré el trabajo inmediatamente.

—Pareces más un estudiante de derecho que un periodista —dijo Sinley—. Pero créeme, te necesito, Felix. No tengo tiempo para leer todos los periódicos. Si sé que tú repasas los cinco o seis más importantes, me quitarás mucha presión. Y aprenderás mucho aquí. Yo me he movido lo mío. He sido invitado de la realeza en Asia y de las cárceles de Turquía y México.

—No quebrantaré la ley —repetí.

—Te he oído. —Sinley cogió un papel del alféizar de la ventana que había tras él y me lo dio—. Durante los dos próximos días tendrás que investigar a estas personas.

—¿Qué quiere decir?

—Nada sospechoso, solamente comprobar qué están haciendo. Trata de hablar con ellos en persona, pero si no puedes, asegúrate de que están ahí y de que están bien.

—¿Cree que estas personas podrían andar metidas en problemas?

—No me preocupo por muñecas colgadas de pomos —dijo—. No significan nada para mí. Sólo estoy investigando un pequeño problema con el que me topé el otro día.

—Quizá debería llamar a la policía.

—La policía y yo tenemos un trato. Yo no hablo con ellos y ellos no me escuchan. Funciona.

4

Quería seguir hablando, pero Sinley me dijo que tenía el resto del día ocupado.

—Tengo que irme, pero tú puedes quedarte —dijo—. La habitación de al lado será tu lugar de trabajo. Te la enseñaré.

Mi nuevo jefe se puso de pie. Como ya he dicho, era un tipo grandote. Parecía impregnar de importancia incluso su más sencillo movimiento. Era como si un monolito de piedra hubiera cobrado vida de repente y se moviera con una particular seguridad en el mundo.

La habitación con el rótulo ALMACÉN era estrecha, estaba llena de cajas y sucia. Había una mesa larga cubierta de papeles, impresos y escritos a mano, y varias publicaciones. Las cajas eran de cartón, algunas blancas y otras marrones. Las blancas tenían escritas a mano una única letra en la tapa, en rojo. Las marrones estaban todas abiertas por arriba con toda clase de ficheros y papeles en su interior.

—Las blancas son mi archivo —dijo Sinley—. Las marrones están esperando a que las ordenes. Hay un montón de cajas plegadas en la esquina bajo la ventana. Cuando necesites una nueva, móntala. —Hizo un gesto hacia un montón de trapos colocados sobre algo en un rincón.

—¿Qué es esto? —pregunté, señalando la caja metálica rosa que estaba debajo de la ventana.

—Es el único archivo de verdad, pero no guardo los ficheros ahí. —No dijo nada más al respecto y yo estaba demasiado ocupado tratando de comprender para hacerlo.

A través de la ventana, un trasatlántico estaba ascendiendo por el río. Era más grande que tres manzanas de la ciudad.

—Los papeles son todos distintos —dijo Sinley—. Las hojas legales son mis anotaciones diarias, mis informes y notas. Debes transcribir eso. Las hojas mimeografiadas son documentos varios que han llegado a mis manos. Necesito que los archives de acuerdo al modo en que lo están el resto de ficheros. Si tienes alguna pregunta, házmela.

El trasatlántico hizo sonar su sirena, que oí débilmente a través de la ventana cerrada.

—Y esos boletines —dijo, y después se detuvo.

—¿Qué pasa con ellos?

—Esos boletines los obtengo de distintos lugares. Son muy, muy especializados. —Estaba sosteniendo un grueso fajo de páginas impresas—. Algunos de ellos me llegan de amigos de todo el mundo. Comunas anarquistas y sindicalistas de América y otros lugares, del campo y de la ciudad. Uno de ellos es una comuna de Internet. Será interesante estar al tanto de ésa; ver si tienen algo ahí.

El hombretón dejó de hablar por un momento y pensó algo. Quizá fuera la comuna de Internet o quizá fuera una idea que se le había pasado por la cabeza mientras hablaba. En las semanas siguientes yo aprendería lo intuitivo que era ese hombre. Era como un chamán precolombino buscando señales en todas partes, hablando con dioses de los que ni siquiera su gente tenía noticia.

—Después están los boletines más políticos. Los amistosos incluyen varios movimientos de liberación y grupos ecológicos. Y por supuesto está el de Martes Rojo. Recoge informes de problemas latentes en todo el mundo. Dictadores que dan golpes, infraestructuras que fallan, y los movimientos de varios actores en el escenario de la violencia internacional.

—¿El qué?

—¿Cómo matarías a una serpiente? —me preguntó, cogiéndome por el brazo con un rápido movimiento aterrador.

Me quedé helado y me pregunté si era demasiado tarde para decirle que no quería el trabajo.

—Cortándole la cabeza —me informó Sinley—. Cortándole la cabeza. —Me soltó y alzó las manos en un gesto asombrado—. Para las empresas y los antiguos aliados de la OTAN, este mundo es un nido de víboras. Tienen unidades, chicos mata-mata, les llama Martes Rojo. Esas unidades cortan la cabeza de víboras especialmente peligrosas. Algunas de ellas son bien conocidas. Se las ve en la tele y en los juzgados. Otras se mueven como sombras. Rojo trata de seguirles la pista. Tiene una caja especial para los chicos mata-mata, para que sepan que hay alguien allí afuera que va a por sus colmillos.

Pronunció esta última palabra como el sonido entrecortado de un silbato de juguete.

—No lo digo en broma —me dijo—. Es muy serio. Si lees las cartas de Rojo, sabrás más cosas de las que cualquier periódico se atreva a contarte.

Me pregunté, no por última vez, por la cordura de mi jefe.

—Está loca, por supuesto —dijo Sinley como si hubiera leído mi pensamiento.

—¿Perdón?

—Rojo. Está loca. Tiene una teoría sobre el Papa. Le ha implicado en todas las conspiraciones desde el ojo que aparece en el billete de dólar hasta marcianos congelados en un sótano del Vaticano.

—¿Y cómo puede usted confiar en lo que dice?

—De eso se trata, hijo —dijo Sinley, clavando esos ojillos en los míos—. No puedes confiar en nadie completamente. Pero no puedes permitirte no escuchar. Tienes que escuchar, examinar, y después hacerte tu propia idea.

El peso de sus palabras descendió sobre mí. Era una forma de pensar que alimentaba la paranoia más absoluta.

—Eso es como entrar en un manicomio y pedirle a los internos su opinión sobre las últimas noticias —dije, tratando de comprender sus afirmaciones.

—Si el mundo está loco, tú serías idiota si trataras de conseguir que la cordura viniera a ti.

Archibald Sinley me miró con esa inmensa cara en forma de corazón. Su piel brillante y su corona de espinas provocaron que mi corazón se acelerara.

—El resto de boletines y papeles son de los tipos malos. Grupos supremacistas blancos, listas de objetivos de pedófilos, memorándums especiales de determinados bancos internacionales clave. Por lo general no es nada, pero a veces te permite hacer una llamada o algo. —De nuevo recorrió la habitación.

Oí la amenaza de su voz con ese «o algo», pero por aquel entonces sabía que tenía que pasarme al menos un par de horas con esas notas. Mi tía Alberta tenía razón con lo de mi curiosidad. Siempre metía la nariz donde no debía.

—Puedes pasarte el rato que quieras familiarizándote con este lugar. El teléfono puede utilizarse para llamar a cualquier parte del mundo, pero no utilices el ordenador hasta que te muestre qué hay allí. —Parecía feliz, amable. Me contagió su ímpetu—. Cuando salgas cierra la puerta de golpe. Los cerrojos se pasarán por sí mismos, eléctricamente.

Cuando abrió la puerta para salir de mi despacho almacén, pregunté:

—¿Señor Sinley?

—¿Sí, hijo?

—No lo entiendo.

—¿El qué?

—Con todos estos papeles de Martes Rojo, pedófilos, supremacistas blancos, ¿cómo sabe que puede confiar en mí? Lo único que ha hecho es leer algunos ficheros informáticos. Todo eso puede ser falsificado, ¿no?

Sonrió y en lugar de responder a mi pregunta dijo:

—Eres como una hoja de papel en blanco, Orlean. Quizá con un nombre y la fecha en el extremo superior, pero eso es todo, y a lápiz. Podrías ser mi peor pesadilla, Felix. Pero primero tenemos que escribir algunas palabras en ese papel. —Volvió a sonreír y salió. Le seguí.

Abrió los cerrojos con un manotazo y le dio una patada al contrafuerte. Después abrió la puerta. Se dispuso a salir pero después pensó algo, se volvió y me señaló con ese dedo de profesor.

—No le abras la puerta a nadie. A nadie excepto a mí. No respondas. No digas nada. Puedes utilizar esto —le dio un golpecito a un pequeño monitor de vídeo que estaba montado a la derecha de la puerta— para ver, pero eso es todo.

—¿P-por qué? —dije, tartamudeando.

—El casero y yo tenemos un pequeño conflicto.

—¿Qué clase de conflicto?

—Hace siete años que no pago el alquiler y él cree que ya ha llegado la hora de que lo haga.

—¿Usted no?

—La única verdad que hay en la Biblia es cuando dice todo eso sobre el dinero y el mal —dijo, y después salió a toda prisa. La puerta se cerró tras él y cinco segundos más tarde los cerrojos se cerraron y el contrafuerte se bajó. Me di cuenta de que había una red de cables que iban de la puerta a una pequeña caja negra situada debajo del sofá sin cojines.

La caja estaba conectada a una batería de coche. Las puertas de Archibald Sinley serían seguras incluso durante un apagón.

5

Me pasé esa mañana en el interior de la mente de un loco, un genio, o quizá tal vez fuera de lo que Sinley llamaba «la mente enjambre, el espíritu que guía a millones de ciudadanos inconscientes a través de los actos sin rumbo de la vida cotidiana».

El desorden del escritorio de mi despacho hacía que cualquier cosa fuera como buscar un tesoro escondido entre cosas raras y montones de información. Fotocopias de pósteres de «Se busca», listas de invitados a fiestas para recaudar fondos organizadas por grupos políticos conservadores, planos de edificios de oficinas de empresas y comisarías de policía. El boletín de Martes Rojo detallaba información acerca de determinados chicos mata-mata citando sus nombres clave de animales (como Oso, Avispón y Visón). Era menos explícito con respecto a determinados saboteadores que luchaban por cosas como la ecología o la liberación de los llamados prisioneros políticos. Por lo que respectaba a esos grupos, se limitaba a alabar sus actuaciones y daba advertencias veladas sobre lo cerca que estaban de ser descubiertos en varias ciudades.

Sinley tenía razón en lo de ella y la Iglesia católica. En cada número había también un recuadro rodeado de un borde de cruces rojas y azules en el que lanzaba invectivas contra los vendedores de *crack* que pagaban campañas políticas y otras absurdidades. Incluso el lenguaje era distinto. Ese artículo era el único que contenía faltas de ortografía y errores gramaticales.

En el dorso de todos los boletines de Martes Rojo, en la página cuatro, había un artículo firmado solamente por las iniciales ASL. Todo lo demás lo escribía Martes Rojo. Esa columna habitual tenía un título, NOTAS REVOLUCIONARIAS. Después de hojear una quincena de números encontré una columna sobre Archie y el alquiler.

> Nunca cedas un centímetro ante la ley si eso significa rendirse a una mentira. Tu palabra es tu libertad, no tu cadena. Si

haces una promesa, es imperativo que cumplas tu palabra, independientemente de lo que diga la ley. Las mentiras son la base de todos los crímenes que cometemos cada día. Desde el pequeño robo hasta el genocidio, es una mentira lo que los provoca, y la verdad lo que ajusta las cuentas.

¡Piensa en ello! Ojalá pudiéramos hacer que los candidatos políticos se responsabilizaron de todas las promesas electorales que hicieran. Entonces se vería una democracia que ya hace un tiempo se esfumó. Mi propio casero me prometió que blanquearía las paredes y pondría una alfombra roja cuando acepté pagar su asqueroso alquiler. Creyó que me tragaría la mentira fácilmente, que podría desahuciarme porque no firmamos ningún contrato. Pero había mentido. Cuando alquilé sus habitaciones a cambio de un pago mensual, él necesitaba el alquiler y me dijo que no era necesario un contrato. Me dijo que pintaría y pondría la alfombra, pero no eran más que mentiras.

Hace años de eso y sigo aquí. No ha pintado ni ha hecho absolutamente nada. Le llevé a los tribunales y gané. Y entonces, porque un hombre que miente no puede reconocer la verdad, mandó a unos hombres para que me echaran...

Nunca mientas y nunca te dejes vencer por una mentira. Vive de acuerdo con tu palabra y el mundo encontrará su propio equilibrio.

Me dejó asombrado esa cháchara casi inocente e idealista de un hombre tan claramente inteligente.

La idea de que un casero me mandara a un puñado de matones para sacarme de aquellas oficinas interrumpió mis vagos pensamientos y me puso a trabajar en la labor que me había encomendado.

La primera persona de mi lista era Valerie Lox. Era comercial de una inmobiliaria de Madison Avenue situada sobre una exclusiva joyería. Llegué allí alrededor de las doce menos cuarto. Las oficinas eran pequeñas pero elegantes. El edificio era de sólo dos pisos y el tejado tenía un tragaluz que permitía que las exuberantes plantas florecieran entre los escritorios de los tres comerciales.

—¿Qué quiere? —me preguntó un joven asiático sentado en el escritorio más cercano a la puerta.

Reprimí el impulso de corregirle. «¿Qué *desea*?», quiso decir la madre que llevo en mi interior. Pero giré la cabeza para mirar a través de la ventana la pija avenida de Madison. Al otro lado de la calle había una peletería, una lujosa tienda de juguetes y una de bolígrafos alemanes.

—Sí —dije—. Quiero ver a la señora Lox.

El joven me miró de arriba abajo. No le gustaron mis vaqueros ni mi raído jersey tibetano de segunda mano. Esa indumentaria universitaria no estaba diseñada para pasear por Madison Avenue.

—Mi padre está pensando en abrir una segunda oficina en Manhattan y quiere que vea qué hay disponible —expliqué.

—¿Y tu padre es? —otra pregunta mal planteada.

—J. P. Orlean de Herman, Bledsoe y Orlean, de Nueva Orleans.

—Espera aquí. —El joven pronunció esas palabras, se levantó de su silla y se marchó.

Las dos jóvenes comerciales, una blanca y la otra miel oscura, me miraron a mí y después al joven mientras éste caminaba entre ellas y cruzaba una puerta situada en la parte posterior de esa habitación jardín.

Me estaba saltando el seminario sobre Historia de Occidente, pero no me importaba. Siempre podía pedir prestados los apuntes a mi amigo Claude. Y trabajar para Sinley prometía afinar mi talento para la investigación.

«Encontrar sentido a un montón de hechos aparentemente incomprensibles.» Eso era lo que el profesor Ortega había dicho en la primera clase a la que asistí en Columbia. Esa clase se titulaba ABC del Arte.

No estaba seguro de lo que Sinley andaba buscando, pero eso no me preocupaba. Conocía el oficio de mi padre lo suficiente para saber cómo no implicarme en cualquier delito. La prueba era que, aunque fuera a la policía, no podría contarles nada concreto que no supieran ya.

Estaba empezando a preguntarme adónde había ido aquel chico cuando él y una mujer menuda con un vestido azul oscuro salieron de la puerta de la parte trasera. Él se desvió y ella caminó directamente hacia mí.

—¿Señor Orlean? —preguntó sin sonreír.

—¿Señora Lox? —Sonreí.

—¿Puedo ver alguna clase de identificación?

Eso me sorprendió. ¿Desde cuándo un comercial inmobiliario exigía otra cosa que no fuera un depósito? Pero me saqué la cartera y le mostré mi carné de estudiante y el carné de conducir de Louisiana. Ella los miró con cuidado y después me invitó a seguirla a la parte trasera.

El despacho de la directora no era mayor que una hornacina, no había tragaluz ni ventanas. Su lugar de trabajo era un pupitre de instituto de color salmón junto al cual había un corto archivo negro. Se sentó y se puso unos auriculares telefónicos compuestos por un audífono y un pequeño micrófono delante de la boca.

Seguí de pie aunque había una silla para el visitante, porque tenía unos modales que respetar.

—Siéntese —dijo, sin brusquedad.

Obedecí.

Valerie Lox era una afable mezcla de contradicciones. Su piel pálida parecía dura, casi de cerámica. El cabello rubio trenzado con fuerza se encontraba en su última fase antes de volverse blanco. El destello amarillo era ilusorio. Tenía la cara pequeña y angulosa, y sus rasgos podrían haber sido ligeramente esculpidos y después pintados. Su cuerpo de pájaro era esbelto y probablemente tan duro como el resto de ella, pero la tela y el color del vestido azul eran de calidad. Era como una capa real envuelta alrededor de los hombros de una ramita blanca.

—¿Para qué necesitaba que me identificara?

—Éste es un servicio exclusivo, señor Orlean —dijo sin el menor rastro de humanidad en la cara—. Y nos gusta saber exactamente con quién estamos tratando.

—Oh —dije—. ¿Así que no era por mi ropa y mi raza?

—Las razas de la peor especie se presentan en todos los colores, señor Orlean. Y ninguna de ellas llega hasta aquí.

Su seguridad me hizo sentir un escalofrío en la espina dorsal. Sonreí para disimular mi incomodidad.

Me preguntó de qué ayuda podía serle a mi padre. Le conté algunas mentiras pero olvidé exactamente cuáles. Miento con facilidad. Mi tía Alberta me dijo en una ocasión que mentir es un rasgo característico de los hombres del lado paterno de mi familia. Ésa era la razón por la que todos se hacían abogados.

—En realidad, abogados y mentirosos vienen a ser casi lo mismo —decía—. Ahí hay uno bueno y otro malo. Tienes que optar siempre por el bueno, bomboncito, hagas lo que hagas.

Me pasé cuarenta y cinco minutos mirando fotografías y planos de oficinas de la zona de Madison Avenue. Nada costaba menos de trescientos cincuenta mil al año y la señora Lox cobraba el alquiler de un año como comisión. Estaba pensando que quizá me casara con una agente inmobiliaria mientras que yo trabajaba en el ramo papelero.

La señora Lox no me presionó. Me mostró una oficina tras otra haciéndome preguntas estratégicas de vez en cuando.

—¿Qué clase de abogado es? —me preguntó al cabo de un rato—. ¿Necesitará una gran sala de espera?

—Si lo hiciera —respondí—, yo no estaría aquí hablando con usted. Un abogado con sala de estar está a un pasito de convertirse en uno de los que persiguen ambulancias.

Ése fue el único instante en que la vi sonreír.

—¿Tiene su padre licencia para ejercer en Nueva York? —me preguntó también.

—Usted ya lo sabe.

—¿Disculpe?

—Le di a su asistente el nombre de mi padre y él estuvo aquí cinco minutos o más. Si yo hubiera sido usted, habría buscado a J. P. Orlean en la página web del colegio de abogados. Ahí habría visto que no tiene licencia para este Estado. Pero usted debe saber que tiene muchos clientes que tienen inversiones y negocios en la ciudad. Un abogado es sobre todo un cerebro, y una licencia es fácil de alquilar. —Estas últimas palabras eran de mi padre. Las decía constantemente a clientes de fuera del Estado que no comprendían aquello.

Me pareció raro que la señorita Lox se mostrara tan suspicaz conmigo. Sólo estaba mirando fotos de oficinas. No había ningún gran secreto que pudiera descubrir.

El joven asiático, Brian, me trajo un *espresso* con una galletita de coco mientras me lo pensaba. Y cuando terminé me acompañó a la puerta de entrada y se despidió utilizando mi nombre. Le dije, como le había dicho a Valerie Lox, que me pondría en contacto con ellos al cabo de unos días después de hablar con mi padre.

Mientras salía vi a Valerie Lox junto a la puerta del fondo mirándome con lo que podría ser preocupación en su cara de porcelana.

La siguiente parada fue una obra en la Calle 23. Kenneth Cornell, el hombre que fui a ver, era una especie de supervisor allí. La cuadrilla estaba excavando un profundo agujero para los cimientos de un rascacielos. Habría tres grandes grúas sacando tierra y piedras de las profundidades y descargándolas en los tractores que esperaban al nivel de la calle. Se oían muchos sonidos metálicos y el susurro de motores, hombres y algunas mujeres gritando, el impacto de martillos, manuales y automáticos, golpeando el pobre suelo de Nueva York, intentando otra vez obligarla a rendirse a sus sueños arquitectónicos.

Entré, anuncié qué hacía allí, me dieron un casco y me mostraron el hoyo.

Me llevaron a una caseta de latón situada en la mitad de una rampa de tierra. El hombre que estaba en el interior de la caseta estaba gritando algo por las ventanas sin cristal a los trabajadores que miraban hacia arriba desde abajo. Sabía que les gritaba para que le oyeran por encima del ruido, pero me dio la impresión de ser un hombre enfadado. Y, siendo pequeño como soy, siempre me ando con cuidado cuando hay alguien enfadado.

Cornell era alto pero un poco desgarbado para la construcción, pensé. Tenía la barbilla rosada parcialmente grisácea a causa de la sombra de la tarde, y sus ojos grises eran inquietantes porque parecían conocer demasiado bien mis intenciones.

—¿Sí?

—¿Señor Cornell?

—¿Sí?

—Soy Orlean —dije, pronunciándolo *or-lín* como Sinley.

—¿Y eso qué?

—Le llamé la semana pasada, por lo del trabajo —dije.

Achinó los ojos, pareció que me estaba apretando con ellos los pulmones.

—¿Quién eres? —me preguntó.

De repente se me ocurrió que aquella profundidad era excesiva para mí.

Cornell cerró los puños como si quisiera subrayar la epifanía.

—Lárgate de aquí —dijo.

No corrí exactamente agujero arriba, pero si hubiera estado compitiendo en una carrera de marcha atlética no habría quedado el último.

6

Lana Drexel, modelo, era el último nombre de mi lista. Era la que más deseaba ver pero no lo logré ese día.

Henry Lansman era mi segunda última parada. Él era fácil de encontrar; era barbero en Crenshaw's, un lugar popular del Greenwich Village. Casi siempre había cola en Crenshaw's. Era una vieja barbería que atendía a treintañeros conservadores. Hacían cortes de pelo clásicos en veinte minutos, y podían, por así decirlo, recortar los precios de la competencia.

El lugar, me habían contado unos amigos, contaba con nueve sillas de barbero que estaban siempre ocupadas. Pero como era un martes a las dos y media sólo había diez o doce clientes esperando en fila en lo alto de la escalera que daba al establecimiento.

Había que descender medio tramo de escalones para entrar en la barbería. No sé cómo era el interior del lugar porque nunca llegué a entrar.

—Eh —dijo alguien en un tono que denotaba un cierto miedo—. Eh, señor.

—Disculpe —dijo un hombre con una parca roja antes de apartarme a un lado de un codazo con fuerza suficiente para derribarme escaleras abajo si no hubiera sido por un hombre corpulento que bloqueó mi caída.

—¡Eh, tío! ¡Qué cojones! —gritó el hombre contra el que caí. Llevaba un uniforme azul.

Quise ver quién me había empujado. Vislumbré la parte posterior de su cabeza. Llevaba el pelo gris cortado muy corto. Andaba acurrucado y la parca ocultaba su figura, y, de todos modos, el tipo contra el que impacté necesitaba una disculpa.

—Lo siento... —dije, y entonces se inició el griterío.

—Eh, señor. ¡Señor! ¡Creo que este tío está teniendo un infarto!

El hombre corpulento me había puesto una mano en el hombro, pero el terror en esa voz crispada le distrajo el tiempo suficiente para que yo corriera al lado del hombre joven que estaba gritando.

Me gustaría poder decir que no fue el instinto de supervivencia lo que me hizo moverme tan rápido, pero lo único que quería era evitar que me golpearan.

El tipo que gritaba era un hombre blanco, alto y fornido. Estaba moreno y llevaba una chaqueta de piel negra abierta y una camisa suelta de color carbón con el cuello desabrochado que dejaba ver una gruesa cadena de oro que colgaba de su cuello. Tenía la mirada de un niño asustado. Su miedo fue suficiente para convencerme de que me largara de allí antes de que el peligro que él veía se extendiera. Habría salido corriendo de no ser por el hombre moribundo que tenía a mis pies.

Me recliné sobre una rodilla para mirar más de cerca a la víctima del infarto. Había una mota de espuma en la comisura de su boca. Tenía los labios oscuros, y el pánico en sus ojos abiertos de par en par se estaba desvaneciendo en una mirada moribunda. Llevaba una camisa de nailon de manga corta, lo cual era raro, porque estábamos a finales de octubre y hacía bastante fresco. Llevaba los pantalones grises esport altos en la cintura. Estaba casi calvo.

Cuando acabé de registrar todo esto, vi en sus ojos que ya había dejado de luchar. Acuné la parte posterior de su cabeza con la mano. Un espasmo recorrió su cuello. Su espalda se arqueó y me pareció que estaba intentando levantarse. Pero entonces se desmoronó. Le caía sangre por el orificio nasal izquierdo.

—Está muerto —susurró alguien.

Hombre y mujeres concentrados alrededor empezaron a expresar en voz alta su preocupación, pero sólo comprendí una frase.

—Señor Bartoli, es Henry, ¡Henry Lansman! —gritó la voz de un hombre.

Estaba observando cómo el color desaparecía de la cara del hombre muerto pensando que debía largarme de allí o contarle a alguien lo que sabía. Pero lo único que pude hacer fue quedarme allí arrodillado sosteniendo su pesada cabeza, observando cómo la sangre le descendía mandíbula abajo.

—¡Apártense! ¡Déjenle pasar! —ordenó un hombre.

Un hombre redondo, musculado, me apartó de un empujón. Llevaba una bata blanca. Al principio me pareció que era un médico. Pero después me di cuenta de que debía ser alguien de la barbería.

Me aparté a un lado y eché a andar. El tipo que gritaba, que llevaba una cadena de oro, estaba apoyado contra el escaparate de la zapatería que había al lado. Su bronceado se había desvanecido. Recuerdo haber pensado que alguna pobre mujer iba a tener que triárselo una noche entera antes de que le volviera el color a la cara.

Henry Lansman estaba muerto. La gente gritaba que alguien llamara a una ambulancia. Me quedé mirando hasta que oí el primer gemido lejano de una sirena, y entonces me alejé de la escena sintiéndome culpable aunque sin saber por qué.

Fui hasta Saint Mark's Place, una calle llena de peluquerías, gimnasios y jóvenes salvajes con el cabello *punk* y diversos *piercings*. Había una tienda de tebeos que frecuentaba y un restaurante más o menos asiático con precios al alcance del bolsillo de los estudiantes universitarios.

Pedí fideos *soba* con salsa de sésamo y un café triple. Me terminé el café pero no logré comerme más que la mitad del plato. Me quedé sentado allí pensando en la mujer de cerámica, el hombre enfadado y el barbero muerto.

Aquella mañana era sólo un estudiante universitario buscando un trabajo. Por la tarde había sido testigo de la muerte de un hombre.

Pensé en las opciones que tenía. La primera era llamar a mi padre. Conocía a abogados en Nueva York. Buenos. Si le contaba lo sucedido, cogería el primer avión. J. P. estaría allí. Le cortaría el paso a cualquiera que tratara de hacerme daño. Haría cualquier cosa por evitarme una situación de peligro. Pero después me haría volver a Louisiana y me diría que era estúpido y en qué facultad de derecho debía matricularme. Quizá incluso me dijera que debía vivir en casa por un tiempo.

¿Y cómo podía decir que no si le había implorado que me salvara?

Y, además, parecía que lo que había matado a Lansman era un ataque al corazón. Decidí que estaba siendo excesivamente sensible a la paranoia de Sinley y Martes Rojo.

El hombre sólo estaba enfermo.

—¿No te ha gustado? —me preguntó la camarera negra con un ligero sobrepeso y el pelo azul. En realidad tenía el pelo castaño con tres brillantes mechas azules que surgían de su frente.

—Me gustas tú —dije, de un modo completamente impropio de mí.

Me dedicó una mirada recelosa y después volvió a la cocina. Regresó con la cuenta al cabo de un momento. En ella había escrito su número de teléfono y su nombre, Sharee.

Dejé un mensaje en el contestador de Sinley un rato más tarde desde una cabina situada en la calle.

—Lox y Cornell están bien —dije después de oír el zumbido—. Pero Lansman ha muerto de un ataque al corazón. Cayó muerto justo cuando llegué allí. No conseguí hablar con Drexel y renuncio. No tiene que pagarme.

Desde allí me dirigí al laboratorio que la Universidad de

Columbia tenía para nosotros. Había tres ordenadores que estaban conectados a las bases de datos de noticias de Associated Press, UPI y Reuters. También había conexiones con las novedades de la policía y los hospitales de Manhattan. La muerte de Lansman ni siquiera había sido notificada. Eso me tranquilizó un poco. Si no había noticias de su muerte, había tenido que ser debida a un problema médico y no a una mala pasada.

Seguí las noticias en el Oriente Medio y África hasta última hora de la noche. Había estallado un coche bomba cerca de la residencia presidencial de Caracas, Venezuela. Me pregunté, por un instante, lo que Martes Rojo opinaría al respecto.

Era medianoche cuando llegué a la Calle 21. Entré en nuestro edificio, el Madison, y subí a pie seis pisos. Estaba recorriendo el pasillo cuando apareció ante mí un hombre alto con traje oscuro.

—¿Señor Orlean?

—¿Sí?

—Tenemos que hablar con usted.

—Es tarde —me quejé, y después traté de rodearle.

Se echó a un lado para bloquearme el paso.

Retrocediendo, choqué contra algo grande y blando, de modo que me di la vuelta. Otro obstáculo en forma de hombre trajeado estaba ante mí.

El primer hombre era blanco, el segundo ligeramente marrón.

—Tenemos que hablar con usted en comisaría —me informó el hombre marrón.

—¿Son de la policía?

En lugar de decir algo sacó una placa.

—¿Qué quieren de mí? —pregunté, sinceramente confundido. Había puesto punto final a mis tratos con Archibald Sinley.

—Ha sido testigo de un posible crimen —dijo el hombre que estaba tras de mí.

Me di la vuelta y le miré. Tenía la nariz grande con venas azules y rojas en la superficie. Tenía una halitosis contra la que debería haber tomado pastillas.

El hombre marrón me puso los brazos a la espalda y me colocó unas esposas en las muñecas.

—No se detiene a los testigos —dije.

—Ha estado haciendo muchas cosas raras, hijo —dijo el poli blanco, exhalando una bocanada de humos tóxicos—. Y necesitamos tener algunas respuestas antes de decidir si vamos a acusarle de algo o no.

—¿Dónde está la orden judicial? —dije en voz alta con la intención de despertar a mi compañero de piso. Pero fui interrumpido de inmediato por medio de una rápida bofetada del hombre del que más tarde sabría que se llamaba August Morganthau.

7

Me llevaron a la comisaría de la Calle 126. Había coches de policía aparcados por toda la manzana. Me hicieron pasar por una sala de espera llena de ciudadanos de aspecto meditabundo. No iban esposados ni custodiados, así que imaginé que estaban allí para poner denuncias o responder a órdenes de arresto. A sus ojos, yo era un detenido, esposado y empujado, arrastrado entre ellos como un ladrón.

Me llevaron a un cubículo de plexiglás donde un agente uniformado rellenó lo que más tarde sabría que era un cuestionario de entrada.

—¿Nombre? —me preguntó el centinela.

Yo estaba mirando el suelo para evitar la náusea que me provocaba el aliento de Morganthau.

—¿Nombre?

Me di cuenta de que esperaban mi respuesta. Me pareció injusto. ¿Por qué tenía qué decirles mi nombre? No había pedido estar allí.

—Felix Orlean —dije, callando con enorme placer mi segundo nombre.

—¿Segundo nombre?

Negué con la cabeza.

—¿Número de caso?

—No lo sé —dije, tratando ahora de ser de ayuda. Me arrepentí de haberme callado infantilmente mi segundo nombre.

—Por supuesto que no, idiota —dijo Morganthau. Me dio un empujón.

—Caso seis-tres-dos-dos-cero —dijo el rechoncho hombre marrón, Tito Pérez.

—¿Acusación?

—Pendiente —gruñó el agente Morganthau.

Había una pared de plexiglás junto al cubículo con una tosca puerta recortada. Los bordes eran desiguales y tenía un pomo de alambre improvisado. Me llevé la impresión de que un día la policía se dio cuenta de que si alguien perdía la cabeza allí con una pistola, habría muchas bajas a menos que colocaran una barrera a prueba de balas entre ellos y el imaginario pistolero. Así que compraron un poco de plexiglás de segunda mano y lo pegaron a las paredes, las puertas y por todas partes. Después de eso no volvieron a pensar en el tema.

Pérez abrió la puerta. No estaba cerrada con llave, y no podría haberlo estado. Me empujaron a lo largo de un pasillo de cubículos. Hombres y mujeres con auriculares estaban sentados tras los muros bajos hablando al aire o entre ellos. Algunos de ellos iban uniformados, algunos no. La mayoría eran mujeres. Casi todas blancas. La sala era vieja. La moqueta del suelo estaba desgastada en algunos lugares. Los cubículos estaban llenos de montones de ficheros apilados hasta lo alto, pedazos de papeles rosas y blancos, vasos de café, y pequeñas pilas de jerséis, camisas y gorras. Los muros oscuros del cubículo no eran rectos. Faltaban algunos, algunos estaban medio podridos o manchados de lo que parecía una inundación o algo parecido.

Si aquello era el sistema central de la inteligencia policial de aquel barrio, el crimen era una profesión a tener en cuenta.

Ahora veo lo chapucera que parecía la policía. Pero aquella noche, mientras me limitaba a registrar lo que mis ojos veían, mi cerebro estaba en un estado de verdadero terror. En cuanto me llevaran al teléfono llamaría al servicio de veinticuatro horas de mi padre. Betty era la mujer del turno de noche. Se pondría en contacto con él dondequiera que estuviese.

Llegamos a un amplio cubículo que no sólo estaba desordenado, sino que además apestaba. El olor era penetrante e insalubre. Morganthau se sentó en una de las dos sillas de acero gris que había enfrentadas. Me indicó a mí la silla que había ante el escritorio.

—¿Pueden quitarme estas esposas de las manos? —pregunté.

—Lo siento —dijo con una insincera sonrisa gris—. No puedo.

Levanté los brazos para colocarlos tras el respaldo de la silla y me senté ligeramente encorvado.

—Yo soy Morganthau y éste es el agente Pérez —dijo—. Cuéntanos lo que sepas de Hank Lansman.

Ese «Hank» me despistó por un segundo. Fruncí el ceño tratando de establecer una relación.

—Venga, chico —dijo Pérez—. Te han visto en la barbería. Sabemos que estabas allí.

Mi cerebro se inundó de pensamientos. ¿Cómo sabían que estaba allí? ¿Había sido asesinado Lansman? Aunque alguien me hubiera visto, ¿cómo sabían mi nombre? No se lo dije a nadie. No tenía precedentes ni amigos en esa parte de la ciudad.

Todo esto sucedía a duras penas en el ámbito de la conciencia. Por encima de todo, lo que sentía era miedo e incomodidad. El aliento de Morganthau estaba empezando a llegar de nuevo hasta mi nariz. Sumado eso al penetrante olor del cubículo, se me empezó a revolver el estómago.

—Quiero hacer una llamada.

—Más tarde —dijo Pérez. Tenía la voz suave.

—Tengo el derecho… —empecé a decir, pero me interrumpí cuando Morganthau me puso la planta de su zapato en el pecho.

—Te he hecho una pregunta —dijo.

—Un hombre llamado Archibald Sinley me contrató para que investigara a cuatro personas. No me dijo por qué. —Les di los nombres de Lox, Lansman, Drexler y Cornell—. Me dijo que fuera a verlas, que me asegurara de verlas en carne y hueso.

—¿Qué sucedió después?

—Es lo único que dijo. Me dijo que fuera a verlas. Supongo que quería que le informara de ellas, pero no llegamos a ese punto.

—¿Qué tenías que decirles a esas personas cuando las vieras? —preguntó Pérez.

—No importaba lo que les dijera. Sólo tenía que verlas, eso es todo. Mirad. No sé nada de todo esto. Respondí un anuncio en el periódico. Era de Sinley. Dijo que quería un escriba...

—Lo sabemos todo de Sinley —dijo Morganthau—. Acerca de sus escribas y acerca de ti también.

—Yo no tengo nada que ver con él.

—Un hombre muerto —aportó Pérez.

—Creía que había tenido un ataque al corazón.

Los agentes se miraron.

—No nos vengas con esa mierda, chico —dijo Morganthau—. ¿Quién más está en la célula?

Fue en ese momento cuando empecé a temerme que ni siquiera mi padre podría sacarme de allí.

Tuve que tragar saliva dos veces antes de decir.

—¿A qué se refiere?

El pie de Morganthau seguía en mi pecho. Aumentó un poco la presión y dijo:

—Esto se va a poner feo.

De repente, tuve frío. Estaba mareado y empecé a salivar.

—¡Mierda! —gritó Morganthau. Apartó el pie de mi muslo pero no antes de que yo vomitara los fideos sobre su pantalón—. ¡Maldita sea!

Se alejó revolviéndose. Pérez corrió a abrir un cajón de su escritorio y le tiró una toalla a su compañero, que se puso a secarse el pantalón mientras se iba por el pasillo por el que habíamos llegado hasta allí.

—Tienes un problema, chico —dijo Pérez.

Si lo hubiera visto en un programa de la tele, me habría reído de la pésima calidad del guión. Pero en aquella silla estaba asustadísimo. Tuve arcadas en dos ocasiones más e hice cuanto pude para no echarme a llorar.

Una vez estuvo seguro de que había acabado de vomitar, Pérez me levantó de un tirón y me arrastró por otro pasillo hasta que llegamos a una gran sala en la que había otros prisioneros esposados. Todos ellos hombres.

En el centro de la sala no había otros muebles que una pequeña mesa colocada en el centro a la que estaba sentado un centinela solitario. A lo largo de tres paredes había bancos metálicos atornillados al suelo. Más o menos a cada metro había una gruesa argolla también incrustada en el suelo de hormigón. Había tres argollas en cada banco. Seis hombres estaban unidos a esas fijaciones por medio de esposas que también les sostenían los pies. Todos esos hombres eran negros.

—Finney —dijo Pérez—. Pásame unos grilletes para éste.

Finney tenía mi edad y el pelo color fresa pálido. Era alto y de piernas largas. Tuvo que ponerse de pie para poder arrodillarse y buscar debajo de la mesa los grilletes. Pérez me quitó las esposas y me hizo sentar junto a un corpulento hombre marrón que se balanceaba adelante y atrás hablando consigo mismo. Sonreía entre sus palabras, que eran por lo general incomprensibles, y golpeteaba con el pie derecho el hormigón. A dos lugares de mí, en el otro lado, había un hombre tan grande que no parecía que las cadenas pudieran contenerle. Delante de mí había un hombre joven, de aspecto miserable. Lo único que llevaba puesto era un par de vaqueros maltrechos. Su mirada se detuvo en mis ojos. Era como si yo fuera su peor enemigo y mi garganta estuviera al alcance de su mano.

Pérez no me dijo nada, ni siquiera me miró a la cara. Se limitó a cerrar los nuevos grilletes alrededor de mis tobillos y muñecas y aseguró las cadenas al suelo. Después se fue para rellenar un formulario en la mesa de Finney. Tras intercambiar algunas palabras que no comprendí, Pérez salió por la puerta por la que habíamos entrado.

8

Me sentí aliviado de estar lejos del pútrido aliento de Morganthau. Al menos tuve un rato para pensar en lo que había sucedido hasta el momento. Si Lansman había sido asesinado, el hombre con la parca roja tenía algo que ver con ello. Quería hablarle de él a la policía, pero ésta parecía tan convencida de mi culpabilidad que me pareció que podía interpretar toda información que le diera como una confirmación de mi culpa. No tenía mucha experiencia con los procedimientos policiales pero sabía mucho de leyes gracias a mi padre y a mi abuelo, L. J. Orlean.

Sabía que tenía que hablar con un abogado antes de mantener un diálogo explícito con la ley. Pero la policía no parecía dispuesta a concederme mi llamada constitucional. Se me estaba agotando el coraje para convencer a Finney, que tenía aspecto de proceder del Medio Oeste, para que me dejara llamar cuando el hombretón que estaba dos espacios a mi izquierda me empezó a hablar.

—Pareces una cereza —dijo. Era casi una pregunta.

—Cereza, cereza, cereza... —canturreó el sonriente tipo que se balanceaba al otro lado.

—Quizá necesites a un amigo —sugirió el hombretón.

—Estoy bien —dije, sin que me temblara la voz.

—... Cereza, cereza, cereza...

—¿Me estás tomando el pelo, capullo? —preguntó el hombretón, y en este caso difícilmente se trataba de una pregunta.

No supe qué decir. No me parecía apropiada una disculpa y ponerse de rodillas para implorar no era lo que un hombre debía hacer en esa situación.

El hombre que tenía ante mí pronunció una frase que era al mismo tiempo un anuncio de su intención de matarme o de besarme, no supe cuál de las dos.

—Agente —dije—. Agente.

—... Cereza, cereza, cereza...

—Agente.

—Cállate —dijo Finney.

—Agente, todavía no se me ha concedido el derecho a una llamada. Quiero hacer esa llamada ahora.

El rubio fresa no respondió. Estaba leyendo algo. Creo de veras que ya no me oía.

—Te voy a machacar, colega —proclamó el hombretón que estaba a mi izquierda.

Empecé a pensar en la posibilidad de hacerme con alguna de las armas que tenía a mi disposición.

«Un hombre tiene la fuerza de su garganta o su entrepierna.» Las palabras de mi tía Alberta me vinieron a la cabeza con un destello de calor que después me heló el cuero cabelludo. «Recuérdalo, niño, no dudes, ni por un instante.»

—... Cereza, cereza...

Miré de soslayo al hombretón. Tenía los puños del tamaño del tronco de un árbol pequeño. Decidí que cuando tuviera la oportunidad, iría a por él: le daría un puñetazo y le dejaría lisiado de por vida. La cárcel me había convertido en un delincuente y ni siquiera llevaba allí una hora.

Sonó un teléfono, lo cual no era en sí mismo algo raro, pero no vi ningún teléfono en la sala. Volvió a sonar.

—... Cereza, cereza, quiero cerezas... —canturreó aquel tipo.

El hombre sin camisa que estaba delante de mí seguía murmurando su violento coqueteo.

El teléfono sonó por tercera vez.

El guardián pasó la página de su revista.

El hombretón a mi izquierda tiró repentinamente de sus esposas con toda su fuerza. Me dio un vuelco el corazón. Estaba seguro de que rompería esos débiles grilletes.

—Tranquilo, Entrenador —dijo el guardián rubio. Después se levantó y se dirigió a la pared en la que había un espacio entre los bancos.

El teléfono sonó.

—Me vas a lamer los pies, negro —dijo el hombre llamado Entrenador.

El chico que estaba delante de mí me hizo otra promesa.

El teléfono sonó. La habitación empezó a dar vueltas. El guardia ubicó una puerta oculta en la pared y la abrió. Entró por ella y salió con un teléfono amarillo conectado a un cable negro.

—Finney —dijo.

—... Cerezas, cerezas, el mejor postre —dijo el hombre que se balanceaba—. Cerezas en el polvo.

Quizá no dijo estas palabras, pero eso es lo que recuerdo. La habitación daba vueltas y mi jersey olía a vómito. Finney me miró.

—... Cerezas...

—... Chúpame mi gran polla negra...

—... ¿Orlean?

—¿Qué?

—¿Eres Felix Orlean? —preguntó.

—Sí, señor.

—Sí, señor —dijo Entrenador. Estaba tratando de reírse de mí pero creo que se dio cuenta de que pronto podía estar fuera de su alcance.

—Está aquí —dijo Finney al teléfono.

Colgó el teléfono y regresó a su silla y su revista.

—Mm —dijo Entrenador—. Parece que sólo querían asegurarse de que estaba aquí conmigo.

—Vete a la mierda —dije. No quería, en serio que no. Pero me encontraba mal y él era idiota...

—¿Qué has dicho?

—He dicho que te vayas a la mierda, gilipollas.

Entrenador abrió los ojos de par en par. Las venas de su cuello se llenaron repentinamente de sangre. Le temblaron los labios. Y entonces hice lo peor que podría haber hecho con un hombre como aquél. Me reí.

¿Qué tenía que perder? Iba a torturarme de todos modos si podía. Quizá podía agarrarle por las pelotas, como me había advertido la tía Alberta.

—Eres hombre muerto —prometió Entrenador.

—Aplástale las cerezas, Jerry. —El hombre que se balanceaba acompañó cada sílaba con un golpecito de la punta de los pies.

Yo bajé la cabeza y traté de recordar el Padre Nuestro.

No lo logré.

Entonces oí que se abría la puerta a la habitación rara. Levanté la mirada y vi a un hombre blanco parado en ella. Era alto e iba vestido con un caro traje gris.

—¿Cuál es Orlean? —preguntó el hombre blanco al rubio.

—Ése. —Finney señaló con la barbilla.

—Quitadle las esposas.

—Las normas dicen que tienen que haber dos guardias para quitar unas esposas.

—Levanta el culo, chico, o te pondré a fregar el vómito de la celda de los borrachos todos los domingos del mes.

El tío del traje gris tenía en la voz una seguridad mortal.

El guardia se levantó y me quitó las esposas. Me puse en pie y sonreí a Entrenador y al hombre sin camisa al pasar.

—Por aquí, Felix —dijo el hombre del traje gris.

—Te recordaré, Felix Orlean —dijo el prisionero Entrenador.

—Lo que tú digas, fracasado —dije sonriendo—. Quizá aprendas algo.

De nuevo el prisionero llamado Entrenador tiró de sus cadenas. Saltó hacia mí pero las cadenas no daban para tanto. Casi me muero del susto. Lo único que impedía que me volviera loco era provocar a mi torturador indefenso.

El hombre del traje gris me cogió por el hombro y me guió hacia el exterior de la sala. El detenido sin camisa escupió al suelo cuando salí. Entrenador soltó un alarido de elefante loco.

Caminamos por un largo pasillo hasta un pequeño ascensor. La cabina ascendió siete pisos y se abrió en una habitación que era casi habitable. Había alfombras y sillas acolchadas y olor a café reciente.

—Puedes ir allí y limpiarte —dijo el tío del traje, señalando una puerta cerrada.

—¿Cómo se llama? —le pregunté.

—Capitán Delgado.

La puerta daba a un gran baño con ducha. Me quité la ropa de universitario y me puse debajo del agua durante al menos quince minutos. Después de la ducha lavé el vómito de mi jersey. Entre la hora tardía, el calor, la deshidratación y el miedo estaba tan cansado que me costaba moverme.

Volví a la habitación en la que esperaba Delgado. Estaba sentado en una gran silla roja leyendo el periódico.

—¿Mejor?

—Ajá.

—Entonces vamos.

Deshicimos el camino que había hecho a través de la comisaría. Yo pegado al elegante policía, que abría la marcha. Nadie nos detuvo, nadie nos preguntó qué hacíamos allí.

Fuimos hasta un Le Sabre del noventa y ocho aparcado delante de la comisaría y Delgado se adentró en Harlem.

—¿Adónde vamos? —pregunté.

—A la 156 —dijo.

—Me gustaría ir a casa.

—No te gustaría, créeme.

—¿Qué pasa, capitán?

—No tengo la menor idea, hijo.

Nos detuvimos delante de un gran edificio de piedra en la Calle 156. A pesar de que era tarde había hombres y mujeres jóvenes charlando ante la entrada.

—Ocho veintiuno —dijo Delgado.

—¿Qué?

—Apartamento ocho veintiuno. Ahí es adonde vas.

—Quiero irme a casa.

—Sal.

—¿Usted no viene?

—No.

Nunca me había sentido más vulnerable en toda mi vida. Abrí la puerta y todas las caras de la entrada se dieron la vuelta hacia mí.

—¿Quién hay ahí arriba? —le pregunté a Delgado.

Él cerró la puerta de mi lado y se largó.

—¿Eres poli, tío? —me preguntó un joven.

Había bajado del último peldaño de las escaleras de la entrada, donde había estado sentado.

—No. No. Sólo me ha traído hasta aquí.

El tipo que me había hecho la pregunta tenía probablemente un año o dos menos que yo. Tenía la piel muy oscura. Aunque el aire era gélido, sólo llevaba una camiseta. Tenía los brazos delgados pero torneados por la musculatura.

—¿Me estás tomando el pelo, capullo?

—No. Tengo que subir a un apartamento.

Otros dos jóvenes con cara de cabreo bajaron por la escalera de la entrada. Flanquearon a mi interlocutor escudriñándome con la mirada.

—¿Para qué? —preguntó el joven.

—Me han dicho que el hombre que ha hecho que me soltaran está ahí.

Empecé a caminar. Tuve que hacerlo rodeado de mis tres nuevos amigos. Al llegar a la entrada me introduje en el oscuro pasillo de la planta baja.

No había luz, y casi podía sentir a los jóvenes de lo cerca que me seguían. Mientras subíamos las escaleras me hablaron.

—Si eres un poli, no vas a salir vivo de aquí, hijo de puta —dijo uno de ellos.

—Deberíamos cogerlo ahora, Durkey —sugirió otro.

—Veamos adónde va —dijo Durkey, el primero que se me había acercado—. Comprobémoslo.

9

Cuando llegué al descansillo del octavo piso estaba jadeando. La mayor parte del viaje lo hice casi a oscuras. A lo largo del camino encontramos algunas luces procedentes de apartamentos con la puerta abierta. Centinelas silenciosos marcaban nuestro paso: niños, ancianos, mujeres y algunos hombres.

Pero nadie le preguntó a Durkey y sus secuaces por qué me seguían.

Había estado en lugares como aquél antes, en Ninth Ward, Nueva Orleans. Pero siempre iba con la protección de mi tía Alberta y sus novios. Al ser de una familia de piel clara situada en la cima de la sociedad negra, me contemplaban como un extraño.

Llamé a la puerta del apartamento 821 y esperé. Y recé.

—Ahí no hay nadie —dijo Durkey.

Me puso una mano en el hombro.

La puerta se abrió llenando el pasillo con una poderosa luz. Me estremecí. La mano de Durkey desapareció de mi hombro.

Archibald Sinley apareció en la puerta.

—Señor Madison —dijo en voz alta—. Veo que ha acompañado a mi invitado hasta aquí.

—Eh, Sinley —dijo Durkey con deferencia—. No sabía que era su chico.

—Ajá —dijo el anarquista—. Ya puedes irte.

Mi escolta de gorilas se largó. Mi reciente ex jefe sonrió.

—Pasa, Felix. Has tenido un día complicado.

Era una habitación opulenta. Los suelos estaban cubiertos de gruesas alfombras color rosa. En las paredes había colgada una docena de cuadros del siglo XVIII con paisajes y hombres y mujeres de todas las razas. Había una chimenea con una llama de gas encendida y una gran mesa de madera oscura puesta con quesos, carnes, fruta y botellas de vino.

—Siéntate —dijo Sinley.

Había dos grandes taburetes tapizados con piel de oso o tal vez de castor.

—¿Qué está pasando? —pregunté.

—¿Tienes hambre?

—No lo sé. Vomité en la comisaría.

—Entonces vino —dijo Archibald. Cogió una botella verde oscuro y un alto vaso de la mesa. Llenó el vaso hasta la mitad con el líquido rojo y me lo dio.

Era el mejor borgoña que había probado jamás. Rico, afrutado, casi ahumado.

—¿Queso? —preguntó Sinley.

—Un momento —dije—. ¿Es éste su piso?

—El edificio es mío —dijo como quien no quiere la cosa—. Lo compré cuando los precios seguían bajos.

—¿Es casero?

—Prefiero el título de gestor inmobiliario. Recibo el alquiler de mis inquilinos hasta que han pagado el coste de su apartamento. Después de eso pagan el mantenimiento necesario para los impuestos y la limpieza.

Debía haberme quedado boquiabierto.

—Es lo que Fidel hace en Cuba.

—Castro es un dictador.

—Y Bush ha sido elegido democráticamente —respondió.

—Pero… —dije.

Sinley levantó la mano.

—Tendremos tiempo suficiente para hablar de política en los días tranquilos de oficina —dijo—. Ahora tenemos asuntos más urgentes.

Me bebí el medio vaso y volví a servirme.

—Le dejé un mensaje —dije—. ¿Lo recibió?

—Háblame del asesinato —respondió.

—Dejo el trabajo.

—No.

El vino me sentó bien en el estómago y en la sangre. Me calentó y ralentizó el miedo que había sentido desde que se me había llevado la policía.

Estaba seguro, casi escondido, con un hombre que parecía en sí mismo una fuerza de la naturaleza. Su negativa a aceptar mi dimisión me cansaba. Di otro sorbo, dejé el vaso sobre el cajón antiguo que hacía las veces de mesa y dejé caer la cabeza hacia atrás.

—No trabajo con usted —dije. Y entonces cerré los ojos. Me obligué a abrirlos pero no pude concentrarme. Cerré los ojos otra vez y debí dormir un rato.

Lo siguiente que supe fue que alguien lloriqueaba en alguna parte…

—Ooooohhh los glotones. Los gusanos y las garrapatas. Sorbedores de sangre y putas…

La voz era aguda, lo que de alguna manera parecía corresponderse con el dolor de cabeza que ensartaba mis ojos. Me senté y lo lamenté. Tenía el estómago todavía revuelto y la lengua seca como la madera.

—… putas y chulos y profesores metiéndote palos en el culo…

Sinley estaba rodando sobre el suelo, gimoteando estas quejas. Al principio pensé que debía haber bebido demasiado vino. Fui hacia él y le toqué el hombro.

Se alzó debajo de mí como un levantamiento de tierras. Cogiéndome por el pelo y el hombro derecho me alzó en lo alto por encima del suelo.

—¡No me jodas, hijo de puta! —gritó.

Sus pequeños ojos eran casi grandes a causa del miedo.

—Soy yo, señor Sinley —dije—. Felix. Su escriba.

Me volvió a dejar lentamente, dolorosamente, porque me tenía cogido del pelo.

—Estoy enfermo —gritó cuando me soltó—. Enfermo.

Se balanceó a izquierda y derecha y después cayó desplomado como un niño pequeño desesperado. Miré por la habitación en busca de algo que pudiera ayudarle. No vi nada, así que crucé la puerta que daba al dormitorio principal, que estaba pintado de azul oscuro y tenía una cama gigante en el centro. Esa habitación tenía una claraboya. En la cama hecha había una bolsa de lo que parecía la piel de un cocodrilo albino. Había que abrir la boca y meter la mano entre los dientes afilados para ver lo que había dentro. Encontré un cuchillo y una pistola, una Biblia en inglés y una vieja copia del Corán en inglés y árabe. Había un monedero de plástico claro lleno de billetes de un dólar y un pequeño frasco ámbar que contenía una docena de pequeñas pastillas.

No había ninguna etiqueta en el tubo de cristal.

Archibald Sinley se había arrancado la ropa cuando regresé a la sala de estar. Estaba acuclillado y se balanceaba de un modo semejante al del hombre de la comisaría.

Me arrodillé a su lado, le mostré la botellita y le pregunté:

—¿Cuántas toma, señor Sinley?

Volvió a abrir los ojos de par en par.

—¿Quién eres?

—Felix Orlean, su escriba. Me contrató ayer.

—¿Eres un chico mata-mata?

—No estoy en ninguna de las listas de Martes Rojo.

Por alguna razón eso le hizo reír. Me cogió la botella y se metió las pastillas en la boca. Las masticó y dijo:

—Será mejor que me meta en la cama antes de que pierda el conocimiento o me muera.

Le ayudé a llegar a la cama. Creo que se durmió antes de que la cabeza le tocara el colchón.

Durante las siguientes horas me quedé cerca de la gran cama. Sinley estaba inconsciente pero inquieto. Hablaba en voz alta en sueños, en al menos cuatro idiomas distintos. Comprendí el español y el alemán, pero los otros se me escaparon. Pero su tono era tan lastimero que podía sentir su dolor.

De vez en cuando volvía a la sala de estar. Comí un poco de *cheddar* y borgoña. Al cabo de un rato empecé a recoger y llevar la comida a la cocina, que estaba al otro lado de la entrada del dormitorio.

Me quedé porque tenía miedo de irme. La policía podía seguir buscándome por todo lo que sabía. Delgado parecía deberle algo a Sinley, pero eso no significaba que Pérez y Morganthau no me detuvieran de nuevo. Y de alguna forma había estado implicado en el asesinato. Tenía que saber qué estaba pasando.

Pero allí había más que eso. El supuesto anarquista parecía indefenso cuando me desperté. Su estado mental era definitivamente inestable pero me había sacado de la cárcel. Sentí que debía esperar, al menos hasta que estuviera despierto y pudiera valerse por sí mismo.

Había una estantería de libros en el baño. Había sobre todo dos clases de libros: de política y de ciencia ficción. Saqué un libro titulado *El alma del robot* de Barrington J. Bayley. Estaba escrito con el estilo rápido de las novelas de quiosco, que me gustaban porque no tenían pretensiones filosóficas. Era sólo una buena historia con ideas increíbles.

Había estado leyendo en el taburete de oso o castor un rato cuando alguien llamó a la puerta. Cinco golpes rápidos y después silencio. Ni siquiera respiré.

Conté hasta tres y volvieron a llamar.

Seguí sin hacer ningún ruido.

Podría haberme quedado allí en silencio, respirando suavemente. Pero el pomo empezó a moverse.

Me moví silenciosamente hacia la puerta.

—¿Quién es? —grité.

El pomo dejó de moverse.

—¿Quién es? —preguntó la voz de una mujer.

—Soy Felix. Trabajo para el señor Sinley.

—Abre la puerta, Felix. —Tenía la voz tranquila y autoritaria.

—¿Quién eres?

—Me llamo Maddie. Tengo que ver a Archie. —Había una cierta dulzura en su voz.

Traté de abrir la puerta pero había tres cerrojos en un lado que requerían una atención especial. Uno tenía una perilla metida en una ranura como un laberinto fácil. El siguiente tenía tres botones que había que apretar.

—¿Vas a dejarme entrar, Felix? —preguntó Maddie.

—Estoy tratando de abrir los cerrojos.

El último era un pestillo. El pasador estaba en un resorte que permitía empujarlo. Apreté el pasador hacia dentro pero se negó a deslizarse. Traté de tirar de él pero tampoco funcionó.

—¿Felix?

—Lo estoy intentando.

La mano en el hombro me hizo saltar contra la puerta.

—¿Qué pasa? —preguntó Maddie desde el otro lado.

—Nada, M. —dijo Archibald Sinley detrás de mí.

—Archie —gritó la mujer.

—Nos vemos en Sunshine's a mediodía —le dijo Sinley a la puerta con la mano todavía en mi hombro.

—¿Estarás ahí? —preguntó ella.

—Claro. No puedo dejarte entrar ahora porque estoy ocupado en algo que tengo que terminar.

—Prométeme que estarás allí —dijo la mujer incorpórea.

—Tienes mi palabra.

Sinley llevaba unos pantalones de camuflaje y una camiseta negra, botas negras de motociclista y un gigante anillo verde tallado en el dedo índice de la mano izquierda.

—De acuerdo —dijo Maddie.

Inspiré profundamente.

—El trabajo es tuyo —dijo.

10

Sinley se bebió un vaso de vino, dijo «Duerme en el sofá» y volvió dando tumbos a su dormitorio.

Me tendí sin esperar dormir pero lo que pasó acto seguido fue que la luz del sol entraba por la ventana y olía a comida. Había una pequeña mesa en el extremo más lejano de la cocina. Las sillas allí colocadas miraban a una ventana que daba al patio de una escuela primaria. Él estaba haciendo tortitas con salsa de nuez dulce, una salchicha picante y uvas partidas por la mitad asadas con azúcar caramelizado por encima aderezadas con un poco de whisky.

Traté de hacerle preguntas mientras cocinaba, pero entonces se puso a hacerme preguntas sobre partes de Nueva Orleans que conocía bien.

Me encantaba hablar de mi ciudad. La música y la comida, la diversidad racial y el hecho de que fuera la única ciudad verdaderamente francesa de Estados Unidos.

—Antes iba mucho allí —me dijo Sinley mientras daba la vuelta a las tortitas—. No tanto a la ciudad como a las marismas. Allí hay alguna gente que vive como seres humanos.

Cuando finalmente sirvió el desayuno, se sentó delante de

mí. Había una chica en el patio de asfalto llamando a su madre, que estaba en alguna ventana del edificio. No pude discernir lo que estaban diciendo porque estaba estudiando los ojos del loco.

—Tengo algunas enfermedades —dijo después de pasar una mano por encima de su comida.

—¿Se refiere a anoche?

—Bipolar, bastante esquizofrénico —prosiguió—. Un médico lo llama estado recurrente paranoico ilusivo, pero yo le dije que si hubiera visto la mitad de cosas que yo viviría en Catatonia y comería opio para despertarse.

Su risa fue sólo un destello de dientes y un gesto con la cabeza. Todo en Sinley parecía pío y sagrado, aunque yo estaba seguro de que no creía en Dios.

—¿Le trata algún médico? —le pregunté.

—Se podría decir que sí —dijo—. Tengo un médico en Nueva Delhi. Practicante de las viejas tradiciones. Me proporciona esas pastillas que me diste. Hace que mi vieja cabeza siga en marcha.

Sinley se señaló la cabeza.

—Quizá se haya enganchado —sugerí.

—Háblame del asesinato.

—No trabajo para usted.

—¿Vas a trabajar por tu cuenta?

—¿Qué significa eso?

—Significa que te interesa contarme la información que tienes. Así podrás asegurarte de que la policía y todos los demás te dejen en paz.

Naturalmente, tenía razón. Pero no quería reconocerlo. Me sentía como si me hubieran engañado para meterme en esos problemas y culpaba de ello a Sinley.

—Primero quiero que usted responda a algunas preguntas —dije.

Sinley sonrió y alzó las palmas de la mano en lo alto, como si rezara.

—¿De quién le habló ese tipo del traje verde ayer en su oficina? —pregunté.

—De un vendedor de diamantes llamado Benny Lamarr. Es

de Sudáfrica, pero se instaló en Nueva York hace cinco años.

—¿Por qué quería saber cosas de él?

Sinley sonrió. Y después asintió.

—Tengo una amiga en el llamado centro de inteligencia aquí en Nueva York. Ella me informa cuando el gobierno se interesa en las detenciones, arrestos, muertes o liberación de ciudadanos, extranjeros y funcionarios gubernamentales.

—¿Está a su sueldo? —pregunté.

—Más o menos. Yo mantengo a Nelly, pero ella sólo me da la información que es, o debería ser, de dominio público. Mira, Felix, el gobierno y las grandes empresas se esconden tras una montaña de datos. Nos ocultan la verdad ante nuestras narices. Yo me hago con esa verdad para que al menos haya un hombre que sepa qué está pasando.

—¿Qué le dijo esa Nelly? —pregunté.

—El comerciante de diamantes murió en un accidente de tráfico. No había ningún motivo para pensar que se tratara de juego sucio a nivel local, pero de todos modos se ocultó su muerte. Sus archivos fueron sellados y mandados a Arizona.

—¿Arizona?

—Hay un complejo del gobierno allí, junto a Phoenix, en el que se gestiona determinada información delicada.

—¿Conocía a ese Lamarr? —pregunté.

—No.

—Entonces ¿por qué estaba tan interesado en él?

—Cuando eché un vistazo al pasado de Lamarr, descubrí que recientemente había sido visto en compañía de un hombre llamado Tellman Drake. Drake también se había instalado en Nueva York y se había cambiado el nombre por el de Kenneth Cornell. Cuando eché un vistazo a los dos hombres juntos, encontré los otros nombres de nuestra lista.

—¿Y?

Archibald Sinley sonrió.

—¿De qué se ríe? —le pregunté.

—Eres bueno haciendo preguntas —dijo—. Es una buena virtud y me alegro de conocerla.

—Sólo la va a conocer durante el tiempo que necesite para sacarme de este lío en el que usted me metió.

Sinley volvió a alzar las palmas.

—Lamarr está metido en el comercio de diamantes. Valerie Lox alquila propiedades carísimas en todo el mundo. Tellman Drake…

—Kenneth Cornell —dije para asegurarme de que le seguía.

—Sí —dijo el anarquista—. Kenny Cornell es un experto a nivel mundial en demoliciones. Henry Lansman era un asesino cuando vivía en el Líbano, y Lana Drexel… Bueno, Lana Drexel aprendió cuando era muy joven que los hombres, y también las mujeres, confiesan sus secretos más recónditos a la luz del amor.

—¿Y el gobierno estaba buscando a toda esa gente?

—Lo estoy investigando.

—¿Por qué?

—Porque el asesinato de Lamarr fue ocultado.

—Acaba de decir que fue un accidente.

—Los hechos fueron silenciados y mandados a Arizona —dijo Sinley—. Es suficiente para mí.

—¿Suficiente para qué?

—Para caminar por la cuerda floja.

Las palabras me dejaron helado a pesar de mi intención de tratar a Sinley como un igual.

—¿Trabaja para alguien? —logré preguntar.

—Para todo el mundo. Para el bien general —dijo Sinley—. Pero ahora he respondido a tus preguntas. Dime qué sucedió cuando viste la muerte de Lansman.

—Una pregunta más —dije.

—De acuerdo.

—¿Quién es el capitán Delgado?

—Un hombre ambicioso. Un hombre en el que no hay que confiar sino al que hay que utilizar. Quiere ascender en el departamento y sabe que yo tengo contactos mucho más importantes que los suyos. Nos reunimos más o menos cada mes. Le digo en qué podría necesitar un poco de ayuda y él, a cambio, me coge el teléfono cuando le llamo.

—Parece algo muy turbio.

—Te necesito, Felix —dijo entonces Archibald Sinley—. Necesito a alguien que sepa hacer preguntas y pueda pensar con rapidez. Quédate conmigo un día o dos. Te pagaré y me aseguraré de que todos los problemas que has tenido desaparezcan.

—¿Qué me está pidiendo que haga? —pregunté.

Pensé que lo único que me movía era su oferta de exoneración. Pero ahora, mirando atrás, me pregunto si no fue su evidente reconocimiento de necesitarme lo que me influyó.

—Háblame de la muerte de Henry Lansman —dijo por tercera vez.

Le conté todos los detalles que recordaba hasta la camarera y el almuerzo a medio comer.

—Tenemos que hablar al menos con uno de ellos —dijo Sinley—. Quiero saber qué está pasando.

—¿Con cuál de ellos?

—Lana Drexel, creo —dijo—. Sí, Lana, sin duda...

Se levantó de la mesa y se puso a dar vueltas por la sala de estar. Le seguí. Sacó una delgada maleta de debajo de un diván de cuero. Cuando la abrió, vi que contenía veinte botellas de color ámbar en precisos recuadros de terciopelo.

—Éstos son los medicamentos que el doctor Meta me ha recetado. Aquí... —De una solapa superior de la maleta sacó tres hojas de papel grapadas—. Éstas son las instrucciones de las medicinas que necesito dependiendo de mi estado. Esta última botella es un aerosol. Quizá tengas que contenerme si pierdo la razón.

—¿Quiere que cargue con esto detrás de usted?

—No —dijo—. Sólo quiero que lo veas. Tengo varias bolsas como ésta. Si empiezo a perder el control, lo único que necesito es que me ayudes un poco.

Escuchar su petición me produjo una punzada de emoción y después la sospecha de que Archibald Sinley estaba jugando con mi mente.

11

—Lana Drexel —me estaba diciendo el anarquista un rato más tarde. Estábamos tomándonos un vaso de limonada recién hecha que él había preparado en la cocina—. Es la más peligrosa de todos.

—¿Qué quiere decir?

—Valerie Lox o Kenny Cornell son como niños de nueve años comparados con ella.

—Es la más menuda —dije—, y la más joven.

—Se come a hombres que triplican su edad y su peso —añadió Sinley—. Pero es guapa y sólo se es joven una vez, por muchos años que vivas.

—¿Va a asistir a su cita? —le pregunté.

—¿Qué cita?

—La que acordó con la mujer con la que habló desde el otro lado de la puerta.

—Oh, no —dijo, negando con la cabeza—. No. Nunca. Yo no.

Yo estaba pensando en nuestra conversación cuando entré en el edificio de apartamentos Rudin en la Calle 72 Este.

Sinley me había dado uno de sus auténticos jerséis afganos para que me quitara la sudadera en la que me había vomitado. Tenía un aspecto un poco mejor que antes, pero no el suficiente para pasar por delante del portero del edificio de Lana Drexel.

—¿Sí? —preguntó éste. Llevaba un abrigo azul oscuro engalanado con vulgares botones de metal, unos pantalones azul claro con bandas más oscuras a los lados y guantes azul cielo.

—Drexel —dije.

El portero —que era también un hombre blanco de mediana edad— soltó una risita.

—¿Y su nombre es? —preguntó esperando que respondiera: «Nadie».

—Lansman —respondí con aire de suficiencia—. Henry Lansman.

El portero se acercó a su mesa y descolgó un teléfono. Apretó varios números en el teclado, esperó y después dijo.

—El señor Lansman.

Fue un placer ver cómo su expresión se tornaba todavía más agria. Me pareció que cuando volvió a mirarme seguía en parte empeñado en no dejarme pasar.

—El ascensor trasero —dijo—. Piso veinticinco.

—¿Cuál es el número del apartamento? —pregunté.

—Es la única puerta —dijo, obteniendo al menos un cierto placer en mi inocencia.

El ascensor era pequeño pero elegante, forrado de palisandro, con el suelo cubierto por una lujosa alfombra granate e iluminado por una lámpara de araña de muy buen gusto. Las puertas se abrieron dando pie a una pequeña sala roja en cuyo extremo había una puerta rosa. Esa puerta la mantenía abierta una pequeña mujer de piel aceituna que tenía los ojos el doble de grandes de lo que sería habitual. Tenía el pelo espeso, broncíneo y dorado. Las mejillas altas y la barbilla apenas un poquito más abajo del lugar en el que uno hubiera creído que debía estar. Era hermosa en el mismo sentido en el que lo es el océano. No con un atractivo humano que pudieras abrazar, sino con la exquisitez de una orquídea salvaje o una explosión distante. Era una belleza fría que sabías que ardía en su interior. Pero no había calidez ni confort en el magnetismo de Lana Drexel. Sólo una jungla y, en algún lugar en la espesura de aquel cabello, las garras de un tigre.

Me miró de arriba abajo y dijo:

—No eres Lansman.

—Lo siento —dije—. Está muerto.

Había practicado esa frase durante dos horas. Sinley me había encargado que fuera a ver a la modelo y la convenciera de que acudiera a su oficina y nos explicara lo que sabía acerca de los otros nombres de la lista. Fue idea mía simular que era el hombre muerto. También decidí que tal vez el susto le soltara la lengua.

Pero si se alarmó, no lo percibí.

—¿En serio? —dijo.

—Sí. La gente creyó que se trataba de un ataque al corazón,

pero después la policía me detuvo y dijo algo acerca de un asesinato.

—¿Así que fue asesinado? —preguntó.

—Tenía pensado venir aquí a preguntárselo.

—¿Por qué?

—Porque la policía, por alguna razón, sospechó que yo estaba implicado con sus amigos y sus negocios. Verá, sólo soy un estudiante de periodismo y me gustaría que me dejaran en paz.

—Disculpe —dijo, todavía sosteniendo la puerta para evitar que entrara, aún imperturbada por la seriedad del tema del que estábamos hablando—, pero ¿cómo se llama usted en realidad?

Ahora le tocaba a ella asustarme. Pensé que si conocía mi nombre, podría mandar a alguien a por mí. Lamenté, no por última vez, haber aceptado trabajar para el anarquista.

—Soy un representante de Archibald Sinley —dije—. Anarquista general.

La expresión segura de Lana Drexel se desvaneció entonces. Se echó hacia atrás abriendo la puerta para que entrara. Entró en la gran sala.

La seguí.

Empecé a pensar que podía comprender la extraña naturaleza de la gente que habitaba en el mundo de Archibald Sinley por medio de su gusto en arquitectura y diseño. La sala en la que entré era tan hermosa e intensa como la joven Lana Drexel. Los techos tenían una altura de no menos de cinco metros y medio, y la sala era al menos igual de ancha, y más larga. La pared exterior consistía en un gran panel de cristal. No había muebles en la sala, con la salvedad del amplio banco con cojines que iba de la puerta de entrada hasta la ventana. A tres metros de altura a cada lado había grandes plataformas que hacían las veces de habitaciones sin paredes. Bajo la plataforma de la derecha todo estaba pintado de gris oscuro. La sala formada por la plataforma de la izquierda era blanca.

La señorita Drexel se dejó caer en mitad del banco. Llevaba un kimono granate que apenas le cubría la parte superior de los muslos. Esa prenda dejaba a la vista unas piernas esbeltas y poderosas ingles. Llevaba las uñas de los dedos de los pies pintadas de naranja intenso.

Me senté a unos pocos metros de ella, cerca de la ventana que miraba al sur, sobre el Midtown.

—¿Y él qué quiere? —dijo Lana, cubriéndose los ojos con una mano vuelta hacia arriba.

—No lo sé —dije—. Pero parece pensar que usted y Lansman y algunos otros están metidos en problemas.

—¿Quién? —Se irguió y se inclinó hacia mí. La intensidad de su mirada era cautivadora y fría.

—Valerie Lox, Henry Lansman, Kenneth Cornell, Benny Lamarr y usted —dije—. Lamarr también está muerto.

—¿Cómo murió?

—Un accidente de tráfico, creo. Estaba con una mujer.

—¿Quién era ella?

—No lo sé.

El bellezón bajó la cara hasta las manos haciendo que el cabello le cayera hacia delante.

—¿Qué quiere de mí? —preguntó.

—Quiere verla —dijo.

Ella levantó la mirada hacia mí.

—¿Me protegerás de él?

—Sí —dije sin dudarlo. Mi corazón se puso de su lado y creo que hasta me habría enfrentado a Sinley por su sonrisa.

12

Llegamos al edifico Tessla alrededor de las dos de la tarde. Había varios tipos con pinta de ejecutivos entrando y saliendo. El guardia sentado delante del mural de Juana de Arco era un anciano blanco con un gran bigote y la cabeza cubierta de cabellos salpimentados.

—Hola, señor Orlean —dijo—. El señor Sinley le está esperando a usted y a la señora.

—¿Sí?

—Sí, señor.

Los ojos del guardia se desplazaron hasta Lana. Llevaba un conjunto japonés de pantalones y chaqueta de algodón sin tratar. Era de color verde apagado, pero de todos modos realzaba su belleza.

—¿Cómo se llama? —le pregunté al guardia.

—Andy.

—Creía que el señor Sinley tenía problemas con el edificio, Andy.

—No, señor Orlean. ¿Por qué dice eso?

—Algo relacionado con el alquiler.

—Oh —dijo. La sonrisa de Andy era incluso más amplia que su bigote—. Se refiere a que no gusta a los propietarios. Bueno, eso puede ser, pero ya sabe que los hombres de este edificio, los del sindicato, adoran al señor Sinley. Es una leyenda en los sindicatos de toda la ciudad y el mundo. La razón por la que no consiguen echarlo de aquí es que ningún hombre afiliado a un sindicato se atrevería jamás a cerrarle la puerta.

En el ascensor, Lana permaneció cerca de mí. Cuando las puertas se abrieron, me apretó el antebrazo izquierdo. Yo le toqué la mano. Me besó suavemente en los labios y sonrió.

En los seis segundos que transcurrieron entre que se abrieron las puertas y salimos la presión sanguínea me subió a niveles letales.

Archibald nos estaba esperando. Abrió la puerta antes de que yo llamara y nos llevó hasta las sillas de la habitación exterior.

Más tarde sabría que Sinley nunca dejaba entrar en su despacho más que a sus confidentes más cercanos.

—Señorita Drexel —dijo, sonriendo ampliamente.

Tímidamente, e inclinándose sobre mí en el sofá de respaldo duro, ella respondió:

—Espero que sea usted amable.

—Seré algo mejor —dijo—. Seré honesto y seré justo.

Ella tembló.

Le puse una mano en el hombro.

Archibald Sinley sonrió.

—Seamos francos desde el principio, Lana —dijo—. Felix trabaja para mí. Y no se va a marchar, de modo que póngase derecha y cuénteme.

Lana se enderezó. La mujer que me había recibido en la puerta rosa regresó. Era contenida y distante, una princesa europea secuestrada en un campo beduino.

—¿Qué quiere? —preguntó ella.

—¿Por qué ha venido?

—Porque su empleado me dijo que Hank Lansman y Beny Lamarr han sido asesinados.

Sinley sonrió. Creo que le gustó Lana.

—¿Por qué le preocupa eso?

—¿No lo sabe?

Él negó con la cabeza y después se encogió de hombros.

—Alguien en el gobierno se ha jugado el pellejo para ocultar la muerte accidental de esos dos amigos suyos. Ustedes tienen joyas preciosas, ocultan inmuebles, explosivos, seguridad, y una sirena se implica en todo eso y el martillo cae…

Los ojos de Lana se dirigieron un instante hacia mí y después regresaron al loco.

—¿Qué hace usted metiéndose en todo esto? —preguntó ella.

«Caminar por la cuerda floja», me dije mentalmente.

—He sido contratado por la compañía de seguros para localizar ciertas propiedades que han sido… temporalmente desubicadas —dijo.

Estaba perdido. En todo momento se había presentado como un anarquista entregado, un hombre del pueblo. Ahora de repente estaba trabajando para el Hombre.

Lana se reclinó. Pareció relajarse.

—¿Cuánto pagarán? —preguntó ella.

—Cinco por ciento con una condena —dijo—. Ocho si logro mantenerlo todo en silencio.

—Cuatro millones es toda una revolución —dijo ella—. Pero el cincuenta podría derribar a una nación entera.

—¿Está preocupada por su supervivencia o por su retiro? —preguntó Archibald a la beldad.

Ahora le tocó a ella sonreír enigmáticamente.

—Porque, ya lo sabe —prosiguió Sinley—, quienquiera que haya matado a Lansman y Lamarr sin duda llamará a su puerta un día de éstos.

—Algún día tengo que morir —reconoció ella con un ligero mohín del labio inferior—. Pero para seguir viva no hay que dejar de moverse.

«¿Qué edad tenía?», me pregunté. Cuatro años y un siglo más que yo.

—Se lo preguntaré de nuevo —dijo Sinley—. ¿Por qué ha venido?

—Nadie le dice que no al señor Archibald Sinley —opinó—. Pregunte a Andy.

—¿Qué quiere? —le preguntó Sinley a Lana.

—Casi nada. Doscientos cincuenta mil dólares serán suficientes para pagarme un pasaje de ida. Y, por supuesto, espero que no me detengan.

—Por supuesto.

Lana se estiró, miró sus ojos turbios y asintió.

—¿Para quién trabajaba? —preguntó él tras una pausa valorativa.

—Lamarr.

—¿Para hacer qué?

—Ir con él a un lugar en Hamptons —dijo, con tono aburrido—. Para encontrar a un hombre llamado Strangman. Para familiarizarme con su dormitorio.

—¿Y lo hizo?

Su mirada fue su respuesta.

—¿Y después qué? —preguntó Archibald.

—Conocí a Lansman, le dije dónde estaba el escondrijo y recogí mis honorarios.

—¿Eso es todo?

—Conocí a otras personas que aparecen en su lista —reconoció.

—¿Cuándo?

—La mañana posterior a la noche que pasé con Strangman —dijo—. Era un verdadero capullo.

—¿Dónde les vio? —preguntó Sinley.

—En una casa vacía que Val tenía en venta. Querían repasar el plan sin mí.

—Y ese Strangman —preguntó Sinley— ¿estaba en el mismo negocio que Lamarr, supongo?

—Supongo —respondió ella.

—¿Y la operación fue un éxito?

—Me pagaron.

—¿Lo cuál? —preguntó Sinley.

Quise corregirle la gramática, pero me quedé en silencio.

—Lamarr. —Lana dudó. Sus ojos grandes estaban viendo algo que había olvidado.

—Había un tipo con Lamarr —dijo—. De aspecto normal. Blanco. Cuarenta años.

—¿Con el pelo corto? —pregunté yo.

—Creo que sí.

—¿Con algunas canas?

Se dio la vuelta hacia mí, se mordió el labio inferior y después negó con la cabeza.

—No me acuerdo —dijo—. No me causó una honda impresión. Creí que tal vez trabajaba para Lamarr. En realidad estoy segura de eso.

—De modo que tenemos a Strangman y a un blanco de cuarenta años que podría haber trabajado para Lamarr —dijo Sinley.

—Y a Valerie Lox y a Kenneth Cornell —añadí.

El detective existencialista negó con la cabeza.

—No —dijo—. Cornell cometió un error con un detonador ayer por la tarde y se voló la tapa de los sesos. Valerie Lox ha desaparecido. Quizá es porque es lista, pero yo no apostaría un solo dólar a que volvería a verla respirar.

—¿Qué hay de mí? —preguntó Lana Drexel.

—Usted todavía respira.

—¿Qué debo hacer?

—Nada que haya hecho antes. No vaya a casa. No utilice las tarjetas de crédito. No llame a nadie que aparezca en su factura telefónica en los últimos tres años.

La mujer tenía una ligera sonrisa en la cara mientras escuchaba las órdenes del anarquista.

—¿Tiene alguna sugerencia de adónde podría ir? —preguntó.

—Sí. Tengo consejos para todo. Espere aquí unos cuantos minutos mientras yo le doy las órdenes a mi operativo. Ven, Felix —me dijo—. Vamos a mi despacho un minuto o dos.

13

—Tenemos que meterla en un lugar seguro —me dijo Sinley, con el perfil contra el paisaje de New Jersey.

—¿Dónde?

—Hay una pequeña capilla en Queens —dijo—. La lleva un sacerdote apartado del servicio al que conozco.

—¿Un amigo de Martes Rojo?

Se volvió hacia mí y sonrió.

—Ésta es la razón por la que vamos a llevarnos bien, chico —dijo—. Porque eres gracioso.

—¿Quiere que la lleve allí? —pregunté.

—No. Si la dejo pasar más de una hora contigo, lo próximo será que estarás boca abajo con un cuchillo en la espalda en algún callejón de Cartagena.

Sus ojos acuosos se reían pero yo sabía que creía lo que decía. Yo lo creía. En mi interior, me sentí aliviado de no tener que acompañar a Lana Drexel a Queens.

—No —prosiguió Sinley—. Lana puede cuidar de sí misma. Y además, creo que tengo un trabajito para ella.

—¿Qué clase de trabajo?

—Uno que no te encargaría a ti —dijo.

—¿Qué tengo que hacer?

—Sigue el mismo plan que he trazado para la señorita Drexel. No hagas nada que hayas hecho antes.

—¿Cómo puedo no hacer nada que haya hecho? —pregunté—. Sólo llevo siete dólares. No sé nada aparte de mi rutina.

El anarquista sonrió.

—Tu primer pasito fuera de las mentiras que te han mantenido con vida, joven.

—Eso no me ayuda.

—Hay un hotel en la Calle 35 Este —dijo—. Junto a Park. Se llama Barony. Ve allí cuando te canses. Dile a Frederick que yo te he dicho que pases allí la noche. Aparte de eso puedes hacer lo que quieras. Cualquier cosa que no hayas hecho antes.

—¿Puede darme un adelanto para comer?

—Frederick te dará de comer.

—¿Y si quiero ir al cine?

Sinley negó con la cabeza. Vi lo que estaba pensando. «Aquí el niño puede hacer lo que quiera y lo único que se le ocurre es ir al cine.»

—O entradas para la ópera —añadí.

—Yo nunca llevo más de diez dólares en efectivo.

—Pero yo no tengo tarjeta de crédito.

—Yo tampoco. —Alzó las pías palmas.

—¿Cómo puede vivir con diez pavos en el bolsillo?

—Es un reto —dijo—. Y los retos son lo que hace que la vida sea interesante.

Debí de quedarme visiblemente hecho polvo, porque me dedicó una rápida sonrisa y dijo:

—En tu despacho. La mitad inferior del archivo rosa. Dieciocho, dieciocho, nueve.

Con eso se levantó y se encaminó hacia la puerta.

—¿Cuándo volveré a verle? —pregunté.

—Te llamaré —dijo—. Está preparado.

Con eso salió del despacho. Oí que le decía algunas palabras a Lana Drexel.

Ella se rio y dijo algo. Y después se marcharon.

Y

Me sentí incómodo en su despacho. Era todo muy personal. Había cartas privadas en el ordenador portátil cerrado y todas esas curiosidades por las paredes. Fui al almacén, lo que él llamaba mi despacho, y me senté a una larga mesa en una silla que parecía hecha de arcilla. Estaba pintada de un brillante rojo oscuro y era estrecha desde todos los puntos de vista. No me hubiera sorprendido que se rompiera bajo el peso de un hombre del tamaño de Sinley.

Leí detenidamente un par de boletines de Martes Rojo. Pero sentí un puntito de paranoia y los dejé a un lado.

Me pregunté acerca de lo que había dicho Sinley; que vivía en una madeja de mentiras. Tantas cosas que había dicho parecían ancladas a alguna verdad más grande. En muchos aspectos era como mi padre, seguro y poderoso; al parecer, poseía todas las respuestas. Pero Sinley era salvaje. Corría riesgos y había recibido más de un duro golpe. Vivía con una grave enfermedad mental y se encogía de hombros ante amenazas que habrían convertido a hombres valientes en un pedazo de gelatina.

«No hagas nada que hayas hecho antes», me dijo. Experimenté el recuerdo de estas palabras como un regalo.

Cogí el teléfono y marqué el número que llevaba anotado en un pedazo de papel.

—¿Hola? —dijo ella—. ¿Quién es?

Había mucho ruido en el fondo, gente hablando y el traqueteo de la actividad.

—Felix.

—¿Quién?

—El tipo al que le diste tu número ayer en la comida... Yo estaba comiendo los fideos *soba.*

—Ah. Hola.

—Me preguntaba si te gustaría que nos viéramos esta noche. Después del trabajo.

—Oh. No sé. Iba a salir con algunos chicos de aquí pero... No tengo por qué. ¿Qué quieres que hagamos?

—Estoy abierto a sugerencias —dijo—. ¿Hay algo que tú tengas ganas de hacer?

—Bueno —dijo dubitativamente.

—¿Qué?

—Hay un concierto de música de cámara en Cloisters esta noche. Según parece, va a ser magnífico.

—Suena muy bien —dije, sincero.

—Pero las entradas cuestan setenta y cinco dólares... cada una.

—Espera —dije.

Estiré el cordón del teléfono hasta el pequeño archivo rosa. Los cajones estaban de cara a la pared, así que le di la vuelta. Pesaba mucho más de lo que creía.

Vi que el cajón inferior era en realidad una caja fuerte con un cierre de combinación.

—¿Sigues ahí? —dijo Sharee.

—Sí. Escucha, Sharee...

—¿Qué?

—¿Puedo llamarte dentro de un momento?

—Sí.

Tardé un rato en recordar los números dieciocho dieciocho nueve. La combinación funcionó a la primera.

Había más dinero en aquel pequeño compartimiento del que yo había visto jamás. Montones de billetes de cien, cincuenta y veinte dólares. Libras inglesas y pilas de euros. Había pesos y otros billetes en sobres blancos de otras partes más exóticas del mundo.

—Uau.

Cogí doscientos cincuenta dólares y dejé una nota en su lugar. Después le di a la tecla de rellamada.

—¿Felix? —respondió ella.

—¿A qué hora sales de trabajar?

Sharee era estudiante de música en Julliard. Estudiaba oboe y flauta. Había un oboe en el cuarteto, y un violín que me dejó el corazón en un puño. Después del concierto caminamos por las oscuras calles del parque de Cloisters. La besé contra un muro de piedra cubierto de musgo y ella me metió las manos debajo del jersey y me arañó los omoplatos con sus largas uñas.

Cogimos un taxi hasta Barony. Al principio el portero no quería llamar a Frederick, pero cuando mencioné al señor Sinley se puso a ello de un salto.

Frederick era un hombre alto, blanco desde el pelo hasta los zapatos. Nos guió hasta un pequeño ascensor y nos llevó a una habitación pequeña y adorable. Era roja y morada y estaba ocupada en su mayor parte por una cama.

Debí besar a Sharee en el cuello durante más de una hora antes de tratar de quitarle la blusa de muselina. Ella se subió la cintura de la falda por encima de la barriga y dijo:

—No me mires. Estoy gorda.

Fue entonces cuando empecé a besarla alrededor del ombligo. Lo tenía vuelto hacia dentro y muy profundo. Cada vez que apretaba la lengua ella jadeaba y me clavaba las uñas en los hombros.

—¿Qué me estás haciendo? —dijo.

—¿Nadie te había besado aquí antes? —le pregunté—. Es muy sexy. —Y entonces hundí mi lengua más hondo.

Nos pasamos la noche buscándonos nuevos lugares. Era casi un juego y nosotros éramos casi niños. Ni siquiera fuimos al baño solos.

A las cinco llamé al servicio de habitaciones. Bocadillos de salami y café.

—¿Quién eres, Felix Orlean? —me preguntó mientras nos mirábamos por encima de la mesilla de café sobre la que reposaba nuestro desayuno.

—Sólo un estudiante de periodismo —dije—. A mi modo de ver, eso es exactamente lo que parezco.

Ella llevaba mi jersey y nada más. Quise besarle la barriga pero ella parecía demasiado cómoda para arrancarla de la silla.

—Tengo novio —dijo.

—Ajá.

—¿Estás enfadado?

—¿Cómo voy a estar enfadado? —dije—. Lo que me diste anoche era exactamente lo que necesitaba. Y eres muy guapa.

—Pero no soy muy amable —dijo, jugueteando con la idea de ser hermosa mientras al mismo tiempo se sentía culpable por su engaño.

—Yo creo que lo eres.

—Pero aquí estoy, oliendo a ti con tu jersey, y él está en el East Village durmiendo en su cama.

—Y aquí estás tú y aquí estoy yo —dije—. Todo el mundo tiene que estar en alguna parte.

Entonces se acercó y empezó a besarme el ombligo.

Sonó el teléfono. Era la última cosa en el mundo que deseaba, pero sabía que tenía que contestar.

Sharee gimió decepcionada.

—Sólo un minuto, guapa —dije—. Puede que sea trabajo. ¿Hola?

—Entre la Sexta y la Séptima en el lado norte de la Calle 47 —dijo Archibald Sinley—. Joyeros Deluxe. Nueve y media. Nos reuniremos delante.

En el momento en que colgué el teléfono Sharee me susurró al oído:

—Dame tres días y soy tuya.

Yo gruñí y le tiré del pelo con mechones azules de tal modo que sus labios se encontraron con los míos. Y durante un largo rato no pensé en modelos de grandes ojos ni en la anarquía ni en cómo acabaría aquel día.

14

Estaba en la acera de enfrente de la joyería a las nueve y cuarto, bebiendo café en un vaso de plástico y frotándome los ojos de sueño. Cuando digo una joyería debería ser más específico. Esa manzana está llena de joyerías. Casi cada puerta y casi cada planta baja. Había árabes e indios y judíos ortodoxos, hombres blancos y asiáticos, todas las razas estaban representadas en ese barrio. Grandes guardias de seguridad negros bromeaban con vendedores pequeños y arrugados. Oí francés y español, hebreo y yidish, chino e incluso una lengua escandinava que hablaba con desparpajo un peatón.

Hacía una hora había metido a Sharee en un taxi. Dijo que iba a dormir un poco y que esperaba que la llamara más tarde. Le dije que la llamaría si podía y ella me preguntó si estaba metido en algún lío.

—¿Por qué lo dices?

—Mi papá siempre estaba metido en líos y tú me recuerdas a él.

—Me encanta que me llames papá —dije antes de besarla y cerrar la puerta amarilla del taxi.

Joyería Deluxe era sólo una puerta de cristal con unas discretas letras doradas con su nombre. Había un anciano marrón, con la cabeza en forma de almendra acentuada por las entradas, sentado en una silla metálica plegable en el interior de la puerta. En aquel barrio había joyerías mucho más lujosas. Tiendas con escaparates repletos de piedras preciosas montadas en platino y oro.

Supuse que la gente que trabajaba para Deluxe era el contacto de Sinley en ese mundo de inacabable riqueza.

—Eh, chico —dijo Sinley.

Estaba junto a mí, como si hubiera aparecido de la nada.

—Señor Sinley.

—Ser puntual es una virtud en este mundo —dijo. No supe si era un halago o una acusación—. ¿Vamos?

Cruzamos la calle y entramos por la modesta puerta.

—Señor Sinley —dijo el guardia sentado—. ¿Quiere ver a Sammy?

—Creo que hoy necesito a Applebaum, Larry.

El centinela asintió y dijo:

—Adelante.

La habitación en la que estaba sentado era poco más que un vestíbulo. Allí sólo había el suelo de baldosas negras, su silla y una puerta de ascensor. Sinley apretó el único botón del panel y la puerta se abrió de inmediato. En el panel del interior había doce botones sin ningún orden concreto, señalados sólo con colores. El anarquista escogió el naranja y el ascensor descendió.

Cuando la puerta se abrió entramos en otra habitación pequeña y anodina. Era más grande que el vestíbulo de Larry pero no tenía muebles y el suelo era de hormigón.

Había una puerta cerrada ante nosotros.

Se abrió y salió una pequeña mujer asiática. Su cara desprendía una dureza granítica hasta que vio a Sinley. Sonrió y soltó algo en un dialecto asiático. Archibald respondió en el mismo idioma, un poco más lentamente, pero con fluidez.

Seguimos a la mujer por un pasillo bordeado de puertas abiertas, cada una de las cuales daba a habitaciones en las que hombres y mujeres trabajaban en alguna cuestión relacionada con las piedras preciosas. En una habitación había un anciano judío con la mirada fija en un tablón forrado de terciopelo negro. Sobre aquel material oscuro había por lo menos una docena de diamantes, cada uno de los cuales con tamaño suficiente para atragantar a un pájaro pequeño.

Al final del pasillo había una entrada sin puerta a través de la que vi una oficina cutre y un hombre inverosímil.

Se puso en pie para darnos la bienvenida pero no era mucho más alto que yo. Era marrón con el pelo rubio y unos llamativos ojos color verde esmeralda. Eran al mismo tiempo horrendos y bonitos, cualidades que no casan bien en los hombres.

—Archie —dijo con un acento que no supe identificar—. Cuánto tiempo.

Se dieron la mano.

—Vin, éste es Felix. Trabaja para mí —dijo Sinley.

—Me alegro mucho de conocerte. —El joyero me dio la mano y me miró a los ojos.

Evité achicarme y dije:

—Lo mismo digo.

Había allí sillas, y nos sentamos. Vin Applebaum se sentó tras su maltrecha mesa de caoba. Estábamos en un sótano y no había ventanas. La oficina, que no era pequeña, se había pintado hacía tanto tiempo que no era fácil saber de qué color era originalmente. La luz procedía de un fluorescente y la alfombra persa estaba deshilachada allí donde se pisaba con más frecuencia.

Applebaum, que debía tener un poco más de cuarenta años, llevaba un traje irisado plateado y verde. Estaba bien cortado y tenía tres botones. Llevaba también una camisa negra desabrochada en el cuello.

Lo que me sorprendió más de su indumentaria fue que no llevaba joyas. Ni un anillo ni una cadena, ni siquiera un reloj. Era como un chulo *gay* que lleva mujeres o un carnicero vegetariano.

—Strangman —dijo Sinley.

—Lionel —respondió Vin.

—Si tú lo dices. ¿Qué sabes de él?

—Durante un tiempo fue el tipo con más suerte del mundo. Gracias a una inversión hizo una compra por la que hasta los reyes hubieran salivado. Ahora se ha metido en un buen lío. Un lío terrible.

—¿Le robaron?

—Esa palabra ni siquiera empieza a explicar la pérdida de veintitrés diamantes casi rojos.

—¿Rojos? —dijo Sinley—. Creía que lo máximo que podíais conseguir era un diamante rosa o morado.

Applebaum asintió.

—Sí. Se podría decir que esas piedras, ninguna de las cuales es de menos de seis kilates, son rosa oscuro o fuerte. Pero a los ojos que los contemplan son rojos.

—¿Tan rojos como para valer cincuenta millones?

—Si pudieras vender la colección entera —dijo Applebaum, asintiendo—, sí. Piensa en el collar que te podrías hacer con sólo nueve de esas gemas.

—Mi balanza indica millones muertos de hambre, moribundos.

—Podrías alimentar a un pequeño país con el hallazgo de Strangman.

—¿Qué hay de Lamarr? —preguntó Archibald Sinley.

Me pregunté si realmente trabajaba para una compañía de seguros. Me di cuenta de que incluso si tuviera un cliente así, sus necesidades podrían encajar perfectamente con los intereses de un vendedor de joyas y un anarquista loco de un sótano de Manhattan.

—¿Benny? —preguntó Applebaum—. ¿Qué pasa con él?

—¿Conoce a Strangman?

—Todo el mundo conoce a Lionel. Ha estado rondando nuestro negocio durante muchos años. ¿Crees que Benny tuvo algo que ver con el robo?

—Los diamantes fueron robados, ¿es eso seguro? —preguntó Sinley.

—Seguro.

—¿Quién los tiene?

Applebaum negó con la cabeza.

—¿Quién los aseguró? —preguntó Sinley.

—Auchschlous, Anterbe y Grenell. Una empresa australiana. —De nuevo el extraño joyero negó con la cabeza.

—¿Qué pasa con ellos?

—Strangman está chapado a la antigua. Le gusta llevar las joyas en el bolsillo —dijo el feo vendedor de diamantes—. Y muchos de los viejos son así. Hay quien dice que sólo harían falta cincuenta mil dólares e igualar con la vida para que Strangman se sacara doscientos mil dólares del bolsillo de su chaleco sólo para demostrar lo pequeños que son. Estúpido.

—¿Él incluía el servicio a domicilio? —pregunté sólo para tener la sensación de que no iba a acabar confundido con aquellas paredes sin color.

—Eso es —dijo Applebaum con una sonrisa generosa—. Alguien hizo un trato con Strangman. Un trato tan amable y seguro que se llevó las piedras a casa y concertó una cita con el comprador.

Archibald Sinley tenía los ojos cerrados. Tenía las manos vueltas hacia arriba. Empezó a asentir como si estuviera oyendo una sutil melodía procedente de demasiado lejos.

—¿Quién es el agente investigador? —preguntó tras los ojos todavía cerrados.

—Jules Vialet —dijo Applebaum sin dudar.

El anarquista abrió los ojos y preguntó:

—¿Cómo lo has sabido tan rápido?

—Porque es el mejor hombre de AAG y a pesar de que tienen una cláusula que dice que no podía llevar las joyas sin la protección adecuada, quizá podría plantarles cara.

—¿Y qué hay de Strangman? —preguntó Sinley—. ¿Sigue por aquí?

—En la Clínica Oberman, en la 68.

—¿Está fingiendo?

—Lo dudo —dijo Vin—. Nunca había tenido tanto dinero o poder. Esas piedras representaban una nueva vida para él en estas calles. Lo único que necesitaba era tener esa colección en una caja fuerte y hubiera obtenido el respeto de toda la comunidad. Ahora, por supuesto, la posibilidad se ha esfumado.

Había una buena porción de placer en lo que Applebaum sentía por la muerte profesional de Lionel Strangman. Tuve la sensación de que la vida en el distrito de los joyeros no era amable ni segura.

15

Había un Cadillac gris metalizado esperándonos cuando salimos. Un hombre oscuro de hombros anchos y un cuello un par de centímetros demasiado corto salió del asiento del conductor para saludarnos.

—Señor Sinley —dijo con un acento caribeño—. ¿Adónde desea ir, señor?

—Éste es Felix Orlean —dijo Sinley—. Felix, Derek Chambers.

Las manos del chófer eran toscas y fuertes. Era más bajo que Sinley, apenas un metro ochenta.

—Un placer, Derek —dije.

—Vamos a un lugar de Manhattan —dijo Sinley—. Necesitaré la guía telefónica.

Derek abrió la puerta trasera y Sinley entró y se deslizó hacia el otro lado para dejarme espacio. Entré y la puerta se cerró tras de mí. El chofer fue a la parte trasera del coche, abrió el maletero y lo cerró. Después, se metió en el asiento del conductor y le dio a mi jefe temporal las páginas blancas y las amarillas de Nueva York.

Derek arrancó y Sinley empezó a hojear las páginas amarillas por empresas.

—La corrupción a este nivel siempre es muy fácil de advertir —estaba diciendo—. Grandes empresas, hombres ricos, y el gobierno es demasiado arrogante para perder el tiempo ocultando sus crímenes. Tienen avenidas oficiales que seguir e informes que escribir, agentes con cobertura médica y amantes que albergan sus propias aspiraciones.

»Derek, llévanos a la Segunda Avenida entre la 54 y la 55.

—Sí, señor Sinley.

—¿Realmente se llama así, Sinley? —pregunté.

El nihilista sonrió y me dio una palmada en la rodilla.

—¿Te atreves a cuestionar el nombre de un hombre? —preguntó, asombrado.

—¿Qué posibilidades hay? —dije—. Un anarquista que se llama Sinley. Es demasiado perfecto.

—¿Y si mis padres fueron revolucionarios? ¿Y si se me ocurrió mi nombre y decidí que así es como me llamaría?

—¿Sus padres eran revolucionarios que se cambiaron de nombre? —pregunté.

—Yo soy Archibald Sinley —dijo—. Estoy sentado aquí a tu lado. Me estás mirando a los ojos y cuestionando lo que ves y lo que oyes. En las calles te encuentras con asiáticos que se llaman Brian, africanos que se llaman Joe Cramm. Pero no cuestionas que obviamente hayan recibido su nombre de demonios extranjeros. Aceptas su humillación. Aceptas su pérdida de la historia. ¿Por qué no aceptas con la misma sencillez mi nombre liberador?

—Yo... —dije.

—Aquí estamos —anunció Derek.

El edificio debió de ser considerado futurista y extravagante cuando fue construido. Todavía tenía una cierta personalidad, aunque era frío. Metal gris y piedra aliviados por gruesas ventanas de cristal que tenían un leve tinte verde. Dos guardias estaban sentados en una mesa morada en forma de riñón con pantallas de ordenador empotradas en la superficie.

—¿Sí? —me preguntó el más pequeño.

—Sinley —dije—. Archibald. Socio del señor Vialet.

Había luces en la entrada pero los rincones de la sala estaban a oscuras. Esa penumbra ascendía hasta el techo.

El guardia buscó en una pantalla, encontró un número y después marcó en un viejo teléfono.

—Un hombre llamado Sinley y alguien más para el señor Vialet —dijo el guardia.

Escuchó un segundo o dos y después nos dijo:

—Por favor, tomen asiento. Alguien bajará a buscarles.

Había un árbol partido por la mitad y cortado a la medida de un banco de tres metros para sentarse. Esa mitad del árbol había sido barnizada y fijada con enganches para evitar que diera vueltas cuando alguien se sentara en ella.

—Gobiernan el mundo —siseó Archibald Sinley.

Estaba sentado junto a mí con las manos sobre las rodillas. Todavía llevaba los pantalones negros y una chaqueta militar abotonada hasta el pecho. Ahora tenía la chaqueta abierta y me di cuenta de que también llevaba una cadena. Estaba enhebrada con huesos de pollo emblanquecidos por el tiempo y la exposición al sol. Los huesos hacían muchísimo ruido. No cabía duda de por qué el guardia de seguridad me había preguntado qué hacíamos allí.

—¿Quién? —pregunté.

—La gente que trabaja en edificios como éste. Tienen granjas en Turquía y plantas de generación solar en el desierto del Gobi. Deciden las leyes internacionales y lloran la muerte de sus hijos. Hasta su amor es hipócrita. Ni siquiera con sus muertes pueden pagar sus crímenes...

Habría dicho más, pero un joven con un traje azul lavanda se nos acercó.

—¿Señor Sinley? —me preguntó.

—No —dije.

El muchacho era pálido y de tipo ectomorfo. Pero había estado haciendo deporte. Tenía músculos bajo las solapas y en sus hombros de palillo. En sus ojos, sin embargo, había un pelele de cincuenta kilos. Se quedó mirando a Sinley como si el hombretón fuera un león de la llanura con ganas de zamparse a un chico pálido.

—¿Usted es Sinley?

—El señor Archibald Sinley.

—Sí —dijo el joven—. Soy Grant Harley, el asistente del señor Vialet. Por favor, síganme.

Nos guió por un pasillo que tenía por suelo una rampa elevada que cruzaba un estanque tan largo como el mismo pasillo, lleno de inmensas carpas de todos los colores. En las jardineras crecían brotes de bambú paralelos a las paredes. Entramos en una gran sala habitada por cinco secretarias, cada una de ellas en su escritorio color pastel. En aquella habitación había ventanas y música clásica de flauta en lugar del hilo musical de costumbre.

Una de las secretarias, una mujer negra de cuarenta años con abundante delantera y ojos pequeños se levantó y se nos acercó.

—¿Eres Sinley? —me preguntó.

—Yo soy el señor Sinley —dijo Archibald.

A la mujer no pareció gustarle aquel tono de importancia pero creo que de todos modos se sintió intimidada por su tamaño y su voz.

—Por aquí —dijo.

Seguimos una serie de pequeños pasillos hasta un gran corredor oscuro. Al final había una puerta blanca. La secretaria abrió la puerta y nos hizo pasar a una gran sala con un despacho a nivel más bajo en el centro. Tuvimos que bajar cinco peldaños para bajar a la altura en la que había un escritorio tras el que estaba sentado un hombre tan vulgar como indescriptible.

Medía un metro setenta y cinco y nos miraba con unos aburridos ojos marrones. Tenía el pelo castaño y la piel color hueso. Las manos más normales del mundo. El traje que llevaba era gris claro y la camisa podía tener algunas rayas azules en las profundidades de todo aquel blanco.

—Archibald —le dijo al hombre que así se llamaba.

—¿Le conozco? —preguntó el que aspiraba a ser mi jefe.

—No. Pero sé muchas cosas de usted. Hubo un collar esmeralda que perdimos en Sri Lanka hace seis años y que nadie creía que fuéramos a recuperar nunca. Un día usted entró aquí y lo dejó encima de la mesa. Le dio sus honorarios a una obra de caridad, creo recordar.

—¿Podemos sentarnos, señor Vialet?

—Por supuesto. Discúlpenme. ¿Cómo se llama su amigo?

—Felix —dije—. Orlean.

—Siéntense, Felix, Archibald. En el sofá.

Era un sofá peludo blanco que estaba delante del escritorio. Había una mesilla de café, de madera de nogal, manchada entre nosotros. Vialet estaba sentado en una anodina silla también de nogal.

—¿Algo para beber? —dijo.

—Hablemos de diamantes rojos —respondió Sinley.

—Me gustan los hombres que van al grano —dijo Jules Vialet—. Eso es lo que hace que el mundo gire.

—... como una piedra de molino machacando los huesos de los inocentes —añadió Sinley—. ¿Quién sospecha que cometió el robo?

—No estoy en disposición de comentar el estado de cualquier caso abierto que estemos investigando, señor Sinley. Pero si...

Archibald se levantó.

—Vámonos, Felix —dijo.

Antes de que pudiera levantarme el investigador de la aseguradora estaba de pie con las dos manos ante sí.

—No sea así —dijo—. Sabe que hay unas reglas que debo cumplir.

—No tengo tiempo para sus reglas, señor Asegurador. Allí fuera ha muerto gente y su gobierno lo está ocultando. Hay algo podrido en este negocio y yo soy quien va a limpiarlo y a curarlo.

—¿Qué quiere decir con el gobierno? —preguntó Vialet.

—Respóndame, señor Asegurador, y después se lo diré.

—Eso no es justo y lo sabe —dijo Vialet—. ¿Y si yo le doy toda la información que tengo y después usted se da la vuelta y se marcha o me dice que en realidad no sabe nada?

—Yo no soy el mentiroso aquí —dijo Sinley—. Usted lo es. Todo este edificio es una mentira. Usted con su cara pálida de niña y todas esas secretarias estiradas son mentiras. Quizá si comiera carne cruda en su escritorio y tuviera un orinal lleno de mierda junto a cada puerta entonces estuviera a medio camino de la verdad de algo. No. Yo no soy un mentiroso, señor Asegurador. Yo soy la única cosa verdadera que ha visto en lo que va de año.

Su voz sonaba un poco aguda, tensa. Me preocupé porque quizá se estuviera manifestando una de sus enfermedades psicológicas.

—Señor Sinley —dije.

Cuando se volvió hacia mí, vi la locura en sus ojos.

—¿Qué?

—No tenemos la maleta con nosotros, de modo que no podré tomar todas las notas.

Por un momento se quedó dubitativo, pero después comprendió.

—Está bien, Felix. Improvisaremos sobre la marcha hasta que tengamos la maleta. —Volvió la mirada hacia Vialet y dijo—: Dígame, ¿quién sospechan que cometió el robo?

Vialet nos miró y suspiró. Se sentó y lo mismo hizo Sinley.

—Un hombre llamado Lamarr —dijo el hombre de la aseguradora.

—Benny —dijo Sinley—. Él y Lana Drexel. Y Valerie Lox, Kenneth Cornell y Henry Lansman. Conocemos a los soldados. Lo que queremos saber es quién los financia.

Vi que Vialet se estaba concentrando en los nombres que Sinley había mencionado.

—Parece saber más que yo —dijo.

—¿Quién es el hombre que ha estado viajando con Lamarr últimamente? —preguntó Archibald—. Un hombre blanco de unos cuarenta años. Con el pelo corto, quizá canoso, quizá no.

—Wayne Sacorliss —dijo Vialet sin dudarlo—. Lleva años con Lamarr. Un pelota, por lo que sabemos. Tiene una oficina en Lexington, al sur de la 41.

—¿Quién es el comprador? —preguntó Sinley.

—Creemos que es un tipo canadiense, Rudolph Bickell. Es muy rico y colecciona gemas raras. Vive en Las Vegas la mitad del año.

—¿De dónde saca la pasta?

—Comprando y vendiendo —dijo Vialet—. Grano a las panaderías, algodón a las manufactureras de Asia, metal a los fabricantes de armas y armas al mejor postor.

—¿Armas?

—Cualquier cosa —dijo Vialet—. Ha estado ofreciéndose a Strangman para comprar las piedras hasta hace unos tres meses. Suponemos que cuando tuvo el plan dejó de llamarle.

—¿Cuánto? —preguntó Sinley.

—Llegaremos hasta los tres millones. Eso si las piedras están en perfecto estado. No es problema dar cobertura.

—¿La corroboración de la policía de mi papel central en la recuperación de las joyas será suficiente? —preguntó Sinley con un impecable tono de contrato empresarial.

—Sin duda —respondió Vialet.

—Vámonos, Felix —dijo Archibald.

Salimos del edificio de seguros gris en menos de cinco minutos.

16

—Creía que era un anarquista —estaba diciendo yo—, un puritano de la política, un hombre del pueblo.

Sinley estaba sentado a mi lado en el asiento trasero de la limusina de Derek Chambers, registrando las páginas blancas.

—Dicho así me suena bien —dijo—. Pero por encima de todo, Felix, como te dije, camino por la cuerda floja.

—¿Y los tres millones no significan nada para usted?

—Ese dinero pagará muchas caminatas, hijo. Esclavos caminando a través de fronteras, hombres maniatados bailando de nuevo, eso es lo que pagará, y más.

Le dio a Derek una dirección en Lexington.

ϒ

Sacorliss dirigía una empresa de distribución de cristal óptico en el decimocuarto piso. Muchas de las oficinas alrededor estaban vacías. La sala de espera llevaba ya tiempo deshabitada. Había polvo sobre el fichero y ningún rastro del lugar en el que se conectaba el teléfono. Me pregunté si Wayne Sacorliss se había largado a Ópticas Artesanas o alguna otra empresa óptica más grande.

—Hola —grité.

Había una puerta al otro lado de la recepción que daba a un pasillo formado por paneles de cristal opacos. Ese pasillo tenía forma de «L» y era fácil deducir que llevaba al despacho principal.

—¿Quién anda ahí? —preguntó una voz masculina ligeramente afectada.

—Archibald Sinley —dije—, y su asistente. —No logré que mi lengua formara la palabra «escriba».

Apareció un hombre en el ángulo de cristal. Visto por delante podría haber sido el hombre que vi corriendo tras la muerte de Henry Lansman. Claro que ese hombre llevaba un traje marrón claro en lugar de la parca roja.

—¿Quién? —preguntó.

—Hemos venido a hacerle algunas preguntas sobre Benny Lamarr —dijo Sinley.

Sacorliss tenía los ojos azul claro y el rostro ancho. Tenía los ojos elípticos, tanto en su forma como en su expresión. Sus labios eran tan sensuales que podrían haber pertenecido a un hombre más joven o a un semidiós ligeramente perverso. Sus rasgos eran todo lo que mostraba. No había ni siquiera un brillo de reconocimiento por el hombre al que había asistido.

No respondió.

—¿Podemos entrar en su oficina, señor Sacorliss? —pregunté.

—¿Están aquí para comprar monturas?

—No.

—Entonces no sé de qué tenemos que hablar.

—De Henry Lansman —dije.

Por el rabillo del ojo vi que Sinley volvía la cabeza para mirarme.

—No sé quién es —estaba diciendo Sacorliss—, pero si quieren pasar, síganme.

Al final del pasillo de cristal en forma de «L» había una sala redonda en una de cuyas paredes había ventanas pasadas de moda, hasta la altura de la cintura, con cristales tintados marrones. Vi a gente en oficinas a menos de diez metros de distancia. Algunos trabajaban y otros charlaban. Era una agradable visión proletaria de la maquinaria interior de los negocios de una gran ciudad.

Aquella sala también era bastante desoladora. Un escritorio de madera de arce con una silla de ángulos rectos de roble, un teléfono con un cable desnudo que cruzaba toda la habitación para conectarse en una clavija de la pared opuesta. Había un ordenador portátil en el suelo y ni un solo pedazo de papel.

Sacorliss era algunos centímetros más alto que yo, y quizá pesaba diez kilos más de la cuenta. Pero se movía con elegancia y confianza. Una vez estuvimos en la sala, cerró la puerta.

Los ojos de Sinley no abandonaron en ningún momento a ese hombre. Su cautela me puso nervioso pero no supe qué hacer. Así que me apoyé en el extremo del escritorio de arce mientras Wayne Sacorliss y Archibald se colocaban de frente.

—¿Qué quiere de mí? —preguntó Sacorliss al rey ambarino que tenía ante sí.

—No es necesario enfadarse, Wayne. Sólo estoy interesado en saber por qué el gobierno quiere ocultar la muerte de Lansman, la suya y la de algunos otros a los que usted quizá conozca.

La boca de Sinley se torció formando una sonrisa, pero sus ojos seguían inexpresivos.

El dedo meñique de su mano izquierda se retorció.

Sacorliss se movió algunos centímetros hacia su derecha de tal modo que me dio totalmente la espalda. Viendo su cabeza desde esta posición estuve seguro de que era el mismo hombre que vi huyendo de la escena de la muerte de Henry Lansman. Quise hacerle a Sinley la señal de que teníamos lo que necesitábamos pero toda su atención estaba concentrada en el asesino.

—Hago monturas para lentes ópticas, señor, ¿cómo era?, Sinley, ¿verdad?

—No es necesario que haya ningún conflicto entre nosotros, Wayne —dijo Sinley con un tono aplacador poco propio de él—. Felix y yo sólo queremos saber quién quiere ocultar los asesinatos de unos criminales internacionales. Especialmente siendo así que esos asesinatos fueron tan bien ejecutados que ningún doctor sospecharía de algo sucio.

Tardé varios días en comprender lo que sucedió después. Sacorliss alzó el hombro derecho de un modo que me hizo pensar que iba a negar conocer nada de las insinuaciones de Sinley. Entonces Archibald dio medio paso hacia atrás. Sacorliss avanzó la misma distancia hacia delante dando un paso con el pie izquierdo. Entonces el asesino gritó y yo sentí un fuerte impacto en el pecho. Salí disparado hacia atrás sobre el escritorio, caí al suelo y me deslicé hasta la pared.

Mientras yo seguía volando en dirección a la pared Sacorliss sacó un cuchillo de veinte centímetros muy fino de alguna parte de su traje. Lo lanzó contra su oponente anarquista y se lo clavó en el pecho.

A pesar de eso, Sinley no estuvo lento. Cogió el brazo de Sacorliss por el codo de modo que la punta del cuchillo quedó a menos de un centímetro de su cuerpo.

Me puse trabajosamente en pie, tosiendo. La visión que tenía ante mí era surrealista: los dos hombres estaban luchando ante mí como los titanes de la pintura negra de Goya. El cuchillo de Sacorliss todavía pinchaba el pecho de Sinley pero el corpulento hombre lograba impedir el avance del cuchillo. Al otro lado de la ventana dos mujeres hablaban en una gran oficina llena de trabajadores que caminaban en todas direcciones, había incluso un hombre con la mirada por encima de su teclado contemplando extasiado la pelea.

Sacorliss le dio una patada a Sinley en el muslo con un rápido movimiento. Lo volvió a hacer dos veces más y me di cuenta de que tarde o temprano el hombre con el que había entrado allí moriría. Traté de abrir la puerta pero estaba cerrada con llave. Seguía tosiendo, aturdido por el golpe que el asesino me había asestado. Busqué algo con lo que golpearle. Traté de levantar su silla de roble, pero era demasiado pesada para que pudiera elevarla por encima de mi cabeza.

Me dirigía hacia el ordenador portátil del asesino cuando Sacorliss trató de dar otra patada. Sinley apartó el muslo y el asesino perdió el equilibrio. Sinley lo levantó por encima de su cabeza. Entonces fue cuando sucedió lo más increíble. De alguna manera Archibald logró desarmar a Sacorliss de tal modo que cuando cayó al suelo le clavó el cuchillo en el pecho.

Sacorliss apartó a Sinley de una patada y se puso en pie. Me miró a mí y después al ordenador. Dio un paso hacia éste pero el pie le traicionó y cayó de rodillas. Entonces levantó la mirada hacia su asesino.

—¿Quién eres? —oí que le preguntaba. Y después cayó de bruces y yo pensé que estaba muerto.

La sangre manó hacia el ordenador.

Sinley le dio la vuelta a Sacorliss con el pie.

—Coge el ordenador —me dijo.

Mientras lo hacía, él limpió las huellas dactilares del mango del cuchillo

La gente seguía charlando y trabajando en el edificio de oficinas del otro lado.

De camino a la salida, Sinley se aseguró de que el pomo quedaba limpio de huellas. De vuelta en la limusina de Derek, tenía tanto frío que los dientes me castañeteaban. Poco después perdí el conocimiento.

17

Cuando me desperté estaba oscuro. Seguía vestido y estaba tendido en una cama sin deshacer. Había una vela aromática prendida y una débil música grabada surgía de alguna parte. Me sentía extraño, en paz y aturdido al mismo tiempo. Tenía las manos extendidas a mi lado y no sentía ninguna necesidad de moverlas. Recordé la muerte de Wayne Sacorliss y los extraños testigos de la ventana del otro lado. Pensé en la sangre que cubrió el yermo suelo de madera pero nada de eso me preocupó. Supuse que Sinley me había dado alguna clase de sedante de su maletín médico; algo que relajara mis nervios. Me sentí agradecido por lo que quiera que hubiera hecho porque sabía que sin eso habría estado en lo más hondo de la desesperación.

Una mano suave como una pluma me acarició la frente. Me volví y vi a una mujer, cercana a los cincuenta años pero todavía atractiva, sentada a mi lado.

—Te diste un buen susto —dijo.

—¿Dónde estoy?

—¿Has estado alguna vez en Queens? —me preguntó con una sonrisa.

—En el aeropuerto Kennedy.

Era delgada y pálida, con ojos azules cristalinos y dedos largos. Llevaba un vestido color crema. El corpiño era de seda salvaje y el resto de una versión más refinada de ese mismo material. Parecía que su cabello fuera rubio platino en lugar de blanco.

—¿Quién es usted? —pregunté.

—Una amiga de Archibald —dijo—. Él está abajo. ¿Te gustaría verle?

—No sé si puedo levantarme.

—Cuando empieces a moverte, el efecto desaparecerá —dijo.

Me cogió de la mano y se levantó. No hizo fuerza pero yo la seguí. Me preocupó que cuando estuviera en pie me mareara, pero no fue así. Lo cierto es que me encontraba muy bien.

Fuera del dormitorio había un corto pasillo que compartía el espacio con una escalera que bajaba. Todo estaba cubierto de moqueta verde, de modo que nuestros pasos eran silenciosos.

En el primer piso había una sala de estar con dos sofás y tres sillones. Archibald Sinley, vestido con un traje de dos piezas color oro y una camisa ocre estaba sentado en uno de los sillones con los pies encima de un pequeño taburete.

—Felix, ¿cómo estás, hijo mío?

—Mató a ese hombre.

—Así es. Quizá si no hubieras mencionado a Lansman podría haberle dejado con vida, pero…

—¿Quiere decir que me culpa de que le matara?

—En cuanto mencionaste a Lansman él se dio cuenta de que le habíamos identificado como el asesino. Éramos o nosotros o él. Traté de decirle que no se preocupara, pero era un profesional y por lo menos tenía que intentar matarnos.

Me senté en una esquina del sofá que estaba más cerca de él.

—¿Cómo puede mostrarse tan displicente con un asesinato? —pregunté.

—No le asesiné —respondió—. Salvé nuestras vidas. Ese hombre era un frío asesino. Si yo no hubiera estado al día con el tai chi, me habría destripado y después te habría degollado.

Recordé el impacto de su golpe contra mi pecho y la velocidad con que atacó al aparentemente inalcanzable Sinley.

—¿Qué hay de los testigos?

—No hubo testigos.

—La gente en la ventana de enfrente. Nos veían perfectamente.

—Oh, no —dijo Sinley, negando con su cabeza puntiaguda—. Esas ventanas son tintadas y no se ve el interior. Yo utilizaba la misma marca.

—¿De modo que nadie nos vio?

—No. Y aunque lo hubieran hecho. Estaba tratando de matarnos. Fue en defensa propia, Felix.

—¿Os apetece un poco de té, chicos? —preguntó la anfitriona.

—A mí me apetecería un desayuno inglés, señora —dije.

Ella me sonrió y dijo:

—Este chico me gusta, Arch. Deberías quedártelo.

—No quiere trabajar para mí, Rojo. Cree que es demasiado peligroso.

Ella volvió a sonreír.

—¿Té verde para ti?

Sinley asintió y ella salió de la sala.

—¿Cómo la ha llamado? —pregunté.

—Rojo.

—¿Martes Rojo?

—¿Te ha preguntado ya si eres católico?

Por alguna razón, no había pensado que Martes Rojo pudiera ser una persona. Al menos no una preciosa mujer de mediana edad que vivía en una casa de barrio obrero.

—Si lo hace —prosiguió Sinley—, dile que tus padres lo son pero que tú has perdido la fe.

—Vale.

—Ahora —dijo— hablemos de lo que tenemos que hacer esta noche.

—¿Esta noche? No voy a hacer nada con usted esta noche ni nunca más. Ha matado a ese hombre.

—¿Tenía otra opción?

—Yo sí tenía otra opción —dije—. La opción de no estar en la misma habitación que usted.

—Sí —dijo, asintiendo—. Pero éste es un problema muy profundo, Felix. Verás que yo estoy en peligro incluso aquí. Sacorliss era un asesino. Nosotros, sin duda, corrimos el riesgo de un enfrentamiento violento con un hombre como él. Pero ahora vamos a ir a la clínica a ver a un hombre enfermo. En eso no hay peligro alguno.

—Pero ¿para qué demonios me necesita? —dije—. Hace tres días no me conocía. ¿Cómo puedo ser de ayuda para alguien como usted?

—Mi trabajo es muy solitario, Felix. Y quizá un poco loco. Me he pasado toda la vida tratando de arreglar sistemas estropeados, asegurándome de que se hace justicia. Últimamente me he estado quedando un poco atrás. Siendo más lento, metiendo la pata, cometiendo errores que podrían ser fatales. Tenerte a ti me ha despertado, me ha dado una confianza en mí mismo que ni siquiera sabía que estaba tan maltrecha.

»Lo único que te pido es que te quedes conmigo hasta que hayamos encontrado la respuesta de por qué Sacorliss fue activado. Quédate conmigo hasta que la policía crea que tiene al asesino de Henry Lansman.

—Creía que había muerto de un ataque al corazón.

—No. Fue abordado con un aerosol tóxico. Así lo demostró la autopsia anoche. Y hay una orden judicial contra ti por tu relación con ese asesinato.

—¿Contra mí?

—El desayuno inglés —dijo Martes Rojo al entrar en la sala—. Y el té verde para el hombre que cuida su salud y la salud del mundo esclavizado.

Llevaba las delicadas tazas en una bandeja de plata y nos ofreció las bebidas.

—¿Felix? —dijo ella.

—¿Sí, señora Martes?

—¿Por casualidad eres católico?

—Mis padres sí, señora, pero yo no, desde que tengo doce años.

Tan sólo una pequeña placa de latón en la pared identificaba el lugar donde se encontraba la Clínica Oberman. De otro modo uno habría pensado que era un edificio de apartamentos del siglo XIX como todos los demás en aquel vecindario.

Eran las doce y cuarto cuando Derek nos dejó allí.

Sinley apretó el timbre y se quedó allí con su traje dorado, portando su maletín médico. Parecía una serpiente de cascabel con su sombrero de los domingos, un cilindro de dinamita recubierto de chocolate hasta la mecha.

Yo estaba mareado por culpa de los acontecimientos del día pero sabía que tenía que seguir junto al anarquista porque era la única forma de saber lo que estaba ocurriendo. Si le dejaba en ese momento, si salía corriendo de vuelta a Nueva Orleans, sería vulnerable ante gente peligrosa que podía atraparme sin que yo siquiera me diera cuenta de que estaban cerca. Y siempre habría una orden judicial para detenerme.

Una mujer vestida de blanco abrió la puerta. Era joven, alta y masculina en sus modales y rasgos.

—¿Sinley? —me preguntó.

—Es él —dije.

—Entren rápido.

Nos metimos en el edificio.

Nos guió hasta un ascensor con capacidad para dos personas y nos hizo subir hasta el sexto piso.

Cuando salimos, dijo:

—¿Lo tienen?

Sinley sacó una gran cartera del bolsillo de la americana y contó cinco billetes de cien dólares. Se los dio a la masculina enfermera.

—Esto no es divertido —dijo ella mientras se metía los billetes en el delantal blanco.

—¿En qué habitación está? —respondió Sinley.

—La siete.

18

Me sorprendió la calidez de la habitación. Paredes amarillo oscuro con una cama con cabecera de madera y adornos en las estanterías y las cajoneras. En la pared más amplia había colgado un cuadro de casi dos metros de largo y casi lo mismo de altura. Los colores eran beis y azul pálido. Era una playa a primera hora del día. Casi carente de detalles, me pareció una reflexión sobre cómo había sido el principio del mundo.

En una pequeña silla acolchada cercana a la única ventana un delgado hombre blanco permanecía sentado observando la calle. Llevaba un batín gris sobre un pijama de rayas azules y blancas. Tenía los codos sobre las rodillas y un pequeño bigote torcido.

—Yo, yo, yo… creía que estaban aquí por mí —dijo suavemente.

La única pista que indicaba que estábamos en un hospital era una bandeja metálica situada a los pies de la cama. Había un formulario médico en la tablilla que colgaba a un lado. Sinley desenganchó la tablilla y se puso a leer.

—Sí —dijo al paciente—. Me han dicho que ha sufrido un ligero desmoronamiento. Me llamó el doctor Samson para administrarle Cronomicin.

—¿Qué… qué es eso?

Sinley dejó su maletín en la bandeja metálica y lo abrió. Sacó una aguja hipodérmica que ya estaba llena de un líquido rosado. Señalando la aguja, dijo:

—Esto aligerará su ansiedad y le dará una sensación de calma que le permitirá dormir y despertarse sin preocupaciones.

Me pregunté si me había dado a mí un poco de ese néctar.

—¿Por qué ellos no… por qué ellos no me lo han suministrado antes?

—La cronomicina es muy cara. Hubo un problema con la aseguradora. —La sonrisa de Sinley era casi benigna.

—Usted no parece un médico. —Strangman parecía estar hablando con alguien que estaba detrás del gran mentiroso ambarino.

—Llámeme en horas de oficina y llevaré puesta una bata como todos los demás.

—Quizá debería… —empezó a decir Strangman.

—Deme el brazo —le ordenó Sinley.

El delgado hombre blanco obedeció.

Sinley cogió un pedazo de algodón y el alcohol de su maletín, limpió una superficie del brazo de Strangman y después se puso a buscar una vena. Les di la espalda. No sé por qué exactamente. Quizá pensé que si no veía esa inyección, no podría dar testimonio en el juzgado.

Me dirigí hacia el cuadro que había colgado en la pared. No era una copia, como al principio había pensado, sino un óleo original. Era viejo. A unos metros de distancia el cielo beis y el agua pálida parecían perfectos. Pero de cerca advertí miles de pequeñas pinceladas compuestas de una docena de colores. Imaginé a algún paciente de otro siglo haciendo su cuadro para los internos de hoy.

—¿Cómo se encuentra, señor Strangman? —le estaba preguntando Archibald Sinley al hombre sentado en la silla.

—Bien —dijo sin dudarlo—. Sereno. Quizá debería tenderme.

—En un minuto. Antes tengo que hacerle algunas preguntas.

—Muy bien.

—El doctor Samson me dijo que sufrió un colapso después de un robo.

—Sí —dijo. Bajó la mirada a sus manos—. Pero es curioso, ahora no me parece importante. Eran preciosos, ¿sabe? Casi como rubíes.

—¿Se los robaron de la caja fuerte de su casa? —preguntó el doctor Sinley.

—Sí. —Strangman levantó la mirada. Sus ojos eran beatíficos, como si trataran de asemejarse a la pintura del día primigenio—. Me desperté y habían desaparecido. Debieron de drogarme porque la policía dijo que habían abierto la caja fuerte con un explosivo.

Se llevó las manos a los labios como un gesto reflejo de la pena, pero había olvidado todo el pesar gracias al elixir de Sinley que corría por sus venas.

—¿Conoce a Benny Lamarr? —preguntó Sinley.

—Sí, claro. ¿Cómo lo sabe?

—Llamó para preguntar cómo estaba. Él y su amigo Wayne Sacorliss.

—Wayne. Al verle uno nunca diría que era del Líbano, ¿verdad?

—No —dijo Sinley despreocupadamente—. Me sorprendió que fuera musulmán.

—Oh, no —dijo Strangman con una aguda voz femenina—. Cristiano, cristiano. Su madre era de Armenia. Pero él es americano ahora.

—¿Trabajó con él?

—No. Él trabaja para Benny. Pobre Benny.

—¿Por qué lo dice? —preguntó Sinley.

—Se trajo a su novia a una fiesta en mi casa. A la mañana siguiente estaba en mi cama. —Incluso bajo el efecto del narcótico Strangman era un perro.

—¿Quién es usted? —le pregunté a Archibald Sinley.

Estábamos sentados en un sofá colocado junto a la ventana en una cafetería veinticuatro horas en West Side Highway a las 02:57 de la madrugada.

—¿No me estás volviendo a preguntar mi nombre, verdad?

—No. Eso no. ¿Cómo se metió en esa clínica? ¿Cómo supo qué droga darle a Strangman? ¿Cómo supo qué estaba pensando ese asesino? Nadie puede hacer todas esas cosas.

—Tienes razón.

—Eso creo. ¿Para quién trabaja? De verdad.

—Eres un joven muy inteligente, Felix. Pero la inteligencia sola no ayuda a ascender. Eres perspicaz, muy perspicaz, pero no entiendes las cosas.

»Yo soy, como todo el mundo, una soberanía potencial, una nación en mí mismo. Soy responsable de todas las acciones emprendidas en mi nombre y de todos los pasos que doy, o que no doy. Cuando llegues al lugar en el que puedas considerarte una entidad completamente autónoma, autogobernada, entonces lo comprenderás todo, todo lo que necesites.

Un camarero nos trajo café. Me quedé allí sentado bebiendo, pensando en los últimos días. Me había perdido dos seminarios y una reunión con mi tutor.

No había estado en casa, aunque dudaba que mi compañero de piso se hubiera dado cuenta. Me habían arrestado, había sido sospechoso de estar implicado en un asesinato, hecho el amor con una mujer a la que no conocía, había sido cómplice de un asesinato, y colaborador en la suplantación ilegal de un médico, además de la administración ilícita de medicinas de contrabando. Estaba temporalmente trabajando para un loco e implicado en la investigación del robo de diamantes por valor de varios millones de dólares. Y aunque era consciente de todas esas cosas sucedidas en los últimos días, seguía casi totalmente en la inopia.

—¿Qué estamos haciendo, señor Sinley? ¿En qué estamos implicados?

Me sonrió. La ciénaga de sus ojos se convirtió en un paisaje infinito, imposible.

—¿Todavía no te has dado cuenta, Felix?

—No, señor.

Sonrió y me dio una palmada en el antebrazo. Había algo muy tranquilizador en aquel gesto.

—Para responder a una de tus preguntas —dijo—. En una

ocasión salvé la vida de la hija de un hombre que es muy influyente en el hospital Saint Botolph.

—¿Y?

—Botolph financia la Clínica Oberman. Llamé a ese hombre y le pedí que interviniera. Fijamos un precio y eso es todo.

—Creí que lo único que quería de mí era que tomara notas —dije, exhausto por el alcance de la influencia de Sinley.

—Esta noche iremos a un lugar que conozco al otro lado del río y mañana volveremos para aclararlo todo. —Se metió la mano en el bolsillo y sacó dos billetes de un dólar—. No llevo mucho dinero. ¿Tienes suelto, hijo?

—¿Qué hay del gran monedero con el que pagó a la enfermera?

—Sólo llevaba lo necesario para sobornarla. ¿No te queda nada del dinero que me cogiste?

Pagué la cuenta y nos marchamos.

Había un bote a motor esperándonos en un muelle hecho trizas al otro lado de West Side Highway. Como no había escaleras tuvimos que saltar hasta la lancha, que después nos llevó río arriba y nos dejó en una extraña taberna en el lado de Jersey del Hudson.

La taberna tenía su propio muelle. El capitán del bote, que era de piel oscura y se mantuvo en completo silencio, nos dejó allí. La llave de la puerta estaba en el interior de una lata de café clavada al muro. Sinley nos guió a una zona que estaba al menos parcialmente sumergida en el río.

No había nadie más allí, al menos que yo viera. La puerta que abrió Sinley daba a una habitación circular que tenía cuatro puertas cerradas y daba a un pasillo abierto.

—Tu habitación es la dos —me dijo el anarquista—. El desayuno será al final del pasillo cuando te despiertes.

La cama era una especie de litera pero muy cómoda. Quizá el medicamento que me habían dado antes todavía me estaba haciendo efecto, pero cualesquiera que fueran las circunstancias me quedé dormido en cuanto me tumbé.

19

El amanecer sobre el Hudson fue maravilloso. Chisporroteaba en el agua y refulgía con fuerza en mi pequeña habitación. Durante casi el primer minuto de conciencia me olvidé de mis problemas.

Con todo, el alivio duró poco. Cuando me senté, la ansiedad ya enturbiaba mis pensamientos. Me vestí rápidamente. El pasillo que había al otro lado de la puerta de mi habitación daba a una amplia sala con el techo bajo dominada por una mesa de forma irregular preparada para dos.

—Buenos días, Felix.

Archibald Sinley estaba comiendo huevos revueltos. Una pequeña mujer asiática estaba sentada en un pequeño taburete contra la pared. Cuando entré en la sala ella se puso en pie y apartó la silla que había junto al anarquista. Me hizo un gesto con la cabeza para que me sentara y cuando lo hice salió de la habitación.

—Señor Sinley.

—No estés tan triste, hijo. Hoy todos nuestros problemas quedarán solucionados.

—¿Dónde estamos? —pregunté.

—Oh —dijo, con una media sonrisa, como la deidad principal de alguna tribu budista perdida que quedó aislada en África hace un millón de años—. Esto es una casa a mitad de camino. Uno de los muchos lugares a los que ciertos dignatarios extranjeros y agentes impopulares vienen cuando tienen que hacer negocios en América.

—¿Como quién?

—Activistas, dictadores derrocados, simpatizantes comunistas, incluso algún anarquista se ha hospedado aquí. Los presidentes y reyes impopulares en el régimen americano del momento han dormido en la misma cama en la que lo has hecho tú, a la espera de reunirse con mediadores clandestinos o diplomáticos de las Naciones Unidas.

—Pero no hay seguridad.

—No a la vista —dijo Sinley con el semblante de un santo—. Pero hay suficiente protección cerca como para eludir a un equipo de acciones especiales de la policía de Nueva York.

—Está bromeando —dije.

—Está bien —respondió—. Como quieras.

La mujer menuda regresó con un plato de huevos y arenque, un pequeño cuenco de arroz y una taza llena de té de aroma ahumado. Después de servirme regresó a su asiento junto a la pared.

Comí durante un rato. Sinley miró Manhattan a través de la ventana.

—De modo que desde la oficina mira Nueva Jersey y desde aquí mira Nueva York.

Chasqueó la lengua y después se rio. Me cogió por el cuello con su poderosa mano y dijo:

—Me gustas, chico. Sabes hacerme reír.

—¿A quién tiene pensado matar hoy?

Se volvió a reír.

—Anoche hablé con tu amiga —dijo.

—¿Con quién? —Me pregunté si se había puesto en contacto con Sharee.

—Lana —dijo pronunciando su nombre como una cantante de ópera calentándose para cantar—. Ella y Lamarr fueron pareja antes de que ella sedujera a Strangman.

—Ajá.

—Él le contó cosas.

—¿Qué cosas?

—Gente en la que confiaba... lugares en los que se llevaban a cabo determinadas transacciones.

—¿Dónde? —pregunté, arrastrando las palabras al ritmo de esa opereta improvisada.

—Hoy iremos al hotel Península —dijo—. Y ahí terminarán todos nuestros problemas.

Salimos de la Taberna del Refugio (así la llamaba Sinley) ascendiendo por un empinado sendero que daba a un sucio camino que se transformaba en una calle pavimentada al cabo de unos doscientos metros. Allí nos esperaba Derek. Arrancó sin preguntar el destino.

De camino, Sinley me contó mis obligaciones como escriba. Yo estaba cansado de discutir con él, y sólo un poco asustado después de ver la facilidad con que había matado al asesino Wayne Sacorliss, de modo que le dejé hablar sin contradecirle.

A una manzana del hotel empecé a ponerme nervioso.

—¿Qué vamos a hacer ahí? —pregunté.

—Desayunar.

—Acabamos de desayunar.

—Hay que ver los sacrificios que tenemos que hacer por el plan —dijo—. A veces tienes que retozar con los peces gordos y seguirles la corriente. Toma, ponte esto.

Me dio unas gafas de montura negra y una peluca rubia.

—¿Para qué es?

—Vas a ir de incógnito.

Me puse las gafas y la peluca porque ya había aprendido que había una cierta lógica en cada paso que daba mi supuesto jefe. También creía que aquel estrafalario atuendo provocaría que nos echaran del hotel.

Entramos en el restaurante alrededor de las diez y media. Nadie se fijó en mí.

Cuando Sinley se presentó, el maître nos llevó a una mesa en un rincón aislado del comedor. Sinley se sentó en una silla dándole la espalda al resto de la sala. Yo me senté en una hornacina, oculto de la vista por la pared.

Él pidió salmón y huevos al plato y yo tortillas de mascarpone con beicon ahumado a la manzana.

Una vez nos hubieron servido el desayuno dije:

—No voy a trabajar para usted, lo sabe.

—Sé que crees que no vas a aceptar el trabajo, pero queda mucho día por delante.

—No. No voy a trabajar para usted bajo ninguna circunstancia. Ni siquiera sé qué estamos haciendo ahora. ¿Cómo puedo aceptar un trabajo en el que ni siquiera sé dónde me despertaré por la mañana?

—¿Preferirías tener un trabajo en el que sepas dónde estarás cada día del resto de tu vida?

—No. Claro que no, pero no quiero estar implicado ni con criminales ni con política sucia.

—Tú eres quien dijo que siempre paga los impuestos, Felix —dijo—. Eso te convierte en parte de una clase de elite criminal y política. Si compras gasolina o jerséis de lana o incluso plátanos, perteneces a la mayor familia criminal de la tierra.

No sé por qué discutí con él. Había estado rodeado de gente como él desde la universidad. «Políticos idiotas» es como los llama mi padre. Gente que ve conspiraciones en nuestro sistema económico, gente que cree que América es en realidad enemiga de la idea de la libertad.

Hablé de la Constitución. Él habló de los millones de muertos en África, Camboya, Vietnam y Nagasaki. Yo hablé de la libertad de opinión. Él regresó a los millones de hombres y mujeres de piel oscura que se pasan la mayor parte de la vida en la cárcel. Yo hablé del terrorismo internacional. Él lo desestimó y se concentró en los embargos impuestos a Irak, Irán, Cuba y Corea del Norte.

Iba a sacar el armamento pesado: el pueblo americano y el papel que jugó en la Segunda Guerra Mundial. Pero entonces un amigo conocido llegó y se sentó a nuestra mesa.

—Justo a tiempo, Ray —dijo Archibald Sinley.

Nuestro invitado iba vestido con un traje azul oscuro, una camisa blanca y gemelos de zafiro. «Raymond», supuse que era su nombre. El único nombre por el que yo le conocía era capitán Delgado.

—Archie —dijo—. Felix. ¿Qué tal?

El modo en que dijo mi nombre fue respetuoso, como si mereciera mi lugar en aquella mesa. Pese a querer negarlo, me encantó esa sensación.

—Dos mesas a tu derecha —dijo Sinley al capitán de la policía—. Un hombre y una mujer charlando ante platos de caviar y huevos revueltos.

Me eché hacia delante y les miré de reojo. A través de los cristales de mis gafas de disfraz reconocí a Valerie Lox, la agente inmobiliaria de Madison Avenue. Durante todo el tiempo que llevábamos allí había estado con un hombre que yo no conocía.

Llevaba un traje Chanel rojo y un pañuelo naranja. Nunca había visto al hombre con el que estaba. Se parecía un poco a un cerdo pero era guapo. Sus movimientos eran seguros hasta el punto de parecer descuidado.

—Hace poco supo de un robo de diamantes, ¿verdad capitán Delgado? —preguntó Sinley.

—¿Me lo está diciendo o preguntando? —preguntó a su vez el poli.

—Diamantes rojos —respondió Sinley—. Por valor de millones de dólares. Un grupo de personas representado por Lionel Strangman lo notificó a su compañía aseguradora.

—Tiene toda mi atención.

—¿Todavía buscan a Felix con relación al asesinato de Henry Lansman?

—Hasta que encontremos otro candidato.

—Espere —dije—. ¿Por qué ha pensado en mí?

Delgado se encogió de hombros y no dijo nada.

—El chico tiene derecho a saber por qué se le busca.

—Las gemas —dijo el capitán de policía como si fuera una obviedad—. Una unidad especial empezó a investigar a Lamarr en cuanto se informó del robo. Tenían a Lansman, Brexel, Cornell y la señorita Lox vigilados. Se pinchó su teléfono. Cuando ella llamó a Cornell oímos tu nombre. Después, cuando fuiste fotografiado en la escena del asesinato de Lansman te convertiste en un sospechoso.

—¿Y por qué no Sacorliss? —pregunté.

—Está fuera de nuestra competencia —dijo—. Trabaja como informante del FBI.

—Con todo —dijo Sinley—. Sacorliss es vuestro asesino.

—¿Para quién trabaja? —preguntó Delgado.

—Como ha señalado —dijo Sinley con un cierto dramatismo en el tono—, la misma gente para la que trabaja usted. También mató a Benny Lamarr y Kenneth Cornell. Si mira los registros de sus muertes, descubrirá que han desaparecido. He oído que los han mandado a Arizona.

—Malditos capullos —susurró Delgado.

—Estoy de acuerdo —dijo Sinley—. Pero tiene otro problema. El hombre sentado con la señorita Lox es Rudolph Bickell, uno de los hombres más ricos de Canadá. Ella le está dando los diamantes. Es posible que ya lo haya hecho.

—¿Quiere que detenga al hombre más rico de Canadá sólo porque usted lo dice?

—Usted verá, amigo mío. Juéguesela y quizá lo perderá todo. No se la juegue y renuncie a la oportunidad de su vida.

Sinley pidió la cuenta con un gesto y después le dijo a Delgado:

—Puede pagarnos el desayuno, agente. Porque la mera detención de Wayne Sacorliss le valdrá el reconocimiento de sus superiores. Vámonos, Felix —dijo entonces.

Y se marchó sin pagar otra cuenta.

20

Incluso el *Wall Street Journal* cubrió la detención del billonario Rudolph Bickell. También preguntaron cómo el misterioso empresario fue capaz de pagar la fianza y huir del país a las tres horas de su detención en el pijo Hotel Península de Nueva York. El portavoz de Bickell en Toronto dijo a los periodistas que el industrial no sabía que los diamantes que estaba comprando eran robados; que no había ninguna ley contra la adquisición de joyas de representantes legales de un comerciante de diamantes. Valerie Lox, que estaba en la cárcel, trabajaba para un hombre llamado Benny Lamarr que había muerto en un accidente de coche que no guardaba ninguna relación con aquello.

El *Journal* no cubrió el asesinato del comerciante de materiales ópticos Wayne Sacorliss. Tuve que leer sobre ello en la sección local del *New York Times*. La policía no hallaba causas para aquel crimen pero no había descartado el robo. Parece ser que Sacorliss acostumbraba a llevar consigo grandes sumas de dinero.

Nadie relacionó a Sacorliss con Lamarr.

Ningún policía me esperaba a la puerta de casa.

La mañana siguiente a las cinco y media estaba ante la portería del edificio Tessla contemplando con los ojos adormilados la santidad de Juana de Arco.

—Señor Orlean —dijo un joven guardia pelirrojo.

—¿Cómo conoce mi nombre?

—El señor Sinley nos dio una foto para que supiéramos que debíamos dejarle pasar aunque viniera a las cinco y media.

Abrió la puerta antes de que llamara. Esa mañana llevaba un mono blanco y una camisa rojo sangre. Respondiendo a su gesto, entré en su oficina y me senté en el tocón de árbol en el que me había sentado hacía unos días.

—¿Qué pasa? —le pregunté.

—¿Es la razón por la que estás aquí, Felix?

—Sí, señor.

—Quieres saber por qué —dijo con una sonrisa—. Te inquieta sentarte a solas en tu habitación pensando que los periódicos pueden haberse equivocado, que la policía puede estar escondiendo un crimen. Te inquieta pensar que puedes ser exonerado como sospechoso de un caso de asesinato gracias a unas pocas palabras en un desayuno caro en Manhattan. Éste no es el mundo en el que creías que vivías.

Si yo hubiera sido supersticioso, habría creído que leía la mente. En cualquier caso, me pareció que tenía una gran capacidad lógica e intuitiva.

—Sí —dije—, pero hay algo más.

—Primero —dijo—, déjame que te cuente lo que sé.

Se arrellanó en su silla y juntó las manos ante la cara como si se fuera a poner a rezar.

—Hubo, en la fábrica de Agineau Armaments, un envío preparado para su entrega en Ecuador a finales del mes que viene. La empresa que debía recibir el cargamento es una corporación fantasma propiedad de un conservador hacendado de Venezuela. No es difícil ver adónde iba el cargamento y quién utilizaría las armas.

—¿Bickell está financiando guerrillas conservadoras en Venezuela? —pregunté.

—Bickell quería los diamantes. Sacorliss quería financiar la revolución.

—¿Por qué?

—Eso, amigo mío, es una cuestión con la que nos encontraremos con frecuencia. Yo diría que Sacorliss es un operativo bien entrenado del gobierno de Estados Unidos. Su trabajo consistió en planear un robo para financiar nuestros intereses clandestinos en Suramérica. Probablemente creerás que no es una conspiración que tenga visos de prosperar. Sólo el tiempo y la sangre lo dirán.

—¿Qué hay de Valerie Lox y Lana Drexel?

—Soltaron a Lox de la cárcel. Dijo que no sabía nada de joyas robadas, que Lamarr siembre había sido un comerciante de buena reputación. Los fiscales decidieron creerla, lo que me hace creer que también ella es un agente del gobierno. Le mandé a Drexel su dinero. Se muda a Hollywood. He estado tratando de descifrar el código del ordenador de Sacorliss. Un día lo conseguiré y te demostraré que tengo razón. Lo único que tenemos que hacer es discutir las últimas condiciones de tu empleo.

—¿Qué quiere decir? —pregunté—. ¿No creerá que voy a trabajar con usted después de todo lo que ha pasado?

—Claro que sí.

—¿Por qué?

—Por tu tía, por supuesto. Aceptarás trabajar para mí durante un tiempo determinado y yo aceptaré hacer lo que tu padre se negó a hacer, sacar a tu tía de la cárcel.

El pelo de la nuca se me erizó. Nunca había considerado esa opción hasta la noche anterior. Mi cara debió traslucir mi sorpresa.

—Te necesito, Felix —dijo Sinley—. Tú completas un circuito defectuoso en mi cabeza. Tú me das los tres años que le quedan de sentencia a tu tía y yo lograré que ella esté libre el domingo.

—No me implicaré en ningún crimen —dije.

—De acuerdo. No te pondré en situación de quebrantar la ley a sabiendas. Escribirás todo lo que yo diga que sea de importancia, independientemente de tus opiniones. Yo te abriré los ojos a un mundo nuevo. Como periodista, aprenderás más de mí que de un millar de seminarios.

No había razón para discutir.

—De acuerdo —dije—. Pero dos necesidades y una pregunta.

—¿En qué consisten?

—Primero el sueldo.

—Cuarenta y dos mil dólares anuales pagaderos de un fondo establecido por Auchschlous, Anterbe y Grenell, la mayor aseguradora de gemas raras del mundo. Han preparado una cuenta a instancias mías.

—Dos —dije—, es que acepte no mentirme. Si le hago una pregunta, su respuesta será la mejor que pueda ofrecerme.

—Aceptado —respondió Sinley— dependiendo de las circunstancias. Podría ser que la verdad implicara revelar el secreto de una persona y que yo no tuviera derecho a hacer eso.

—Muy bien. De acuerdo. Entonces estoy de acuerdo. Tres años que pueden interrumpirse si yo no hago bien mi trabajo o usted rompe su palabra. Todo, por supuesto, sujeto a la liberación de mi tía Alberta.

—Tenías una pregunta —me recordó Sinley.

—Oh, sí. No tiene nada que ver con nuestro acuerdo.

—Hazla de todos modos.

—¿Quién era la mujer que llamó a la puerta de su apartamento, la de Harlem? Creo que se llamaba Maddie.

—Oh, nadie. No tiene nada que ver con nuestros negocios.

—Pero ¿quién era? —pregunté.

—Mi novia —dijo—. Hace un par de años que me anda buscando.

Sigo en la universidad, no he retomado el contacto con mis padres. Mi tía Alberta salió de la cárcel gracias a un tecnicismo que un colega de mi padre descubrió. Va a venir a vivir a Nueva York.

Trabajo para el anarquista al menos cuatro días a la semana. Discutimos casi cada día que estoy allí. Aún pienso que está loco pero he descubierto que eso no siempre significa que esté equivocado.

El hombre de la resurrección

Sharyn McCrumb

SHARYN MCCRUMB ha cursado estudios universitarios en las universidades de Carolina del Norte y Virginia Tech. Vive en las montañas Blue Ridge de Virginia pero viaja por Estados Unidos y el mundo dando conferencias sobre su obra; en verano de 2001 dirigió un taller de escritores en París. Su serie Ballad, que empezó con *If I Ever Return, Pretty Peggy-O* (1990), ha ganado numerosos premios, incluido el de la Asociación de Escritores de los Apalaches y ha aparecido repetidamente en las listas de libros destacados del *New York Times* y el *Los Angeles Times*. En la introducción a su libro de cuentos *Foggy Mountain Breakdown and Other Stories*, describe la vida en familia en Carolina del Norte y Tenessee que tanto ha contribuido a su obra de ficción apalache. Uno de los personajes con más continuidad, el *sheriff* Spencer Arrowood debe su mote a los ancestros de la autora por el lado paterno, mientras que Frankie Silver («la primera mujer colgada por asesinato en el estado de Carolina del Norte»), cuya historia McCrumb incorporaría en *The Ballad of Frankie Silver*, era una prima lejana. «Mis libros son como los edredones de las Apalaches», escribe. «Cojo coloreados retazos de leyendas, baladas, fragmentos de la vida rural y tragedias locales y lo coloco todo junto en un todo complejo que no sólo cuenta una historia, sino una verdad más profunda acerca de la naturaleza del sur montañoso.» El séptimo y más reciente título de la serie Ballad, *Ghost Riders*, apareció en 2003. Su última novela es *St. Dale*.

Bañado por la luz de la lámpara, el joven permanece en el umbral, tambaleándose durante un instante, antes de que el escalpelo le resbale de entre los dedos. Se abalanza hacia delante en el oscuro pasillo, avanzando a tropezones hasta la baranda del rellano, donde el hueco de la escalera describe una curva en torno a la rotonda. Desde donde se encuentra, junto a la clase del segundo piso, hasta el suelo de mármol de abajo, hay más de nueve metros.

El anciano que se encuentra en el pasillo no se ha sorprendido. Ha visto demasiados jóvenes pálidos huyendo de la misma habitación, de su hedor de dulce decadencia, apenas mitigado por la saliva impregnada de tabaco que cubre el suelo de madera. Mascan tabaco para ocultar el olor —este joven es nuevo y aún no conoce el truco. Al principio, el tabaco le pondrá tan enfermo como lo demás. Todo es lo mismo.

No hace nada para sujetar al atribulado joven. Están solos en el edificio, pero con todo, algo así no sería correcto. El joven podría sentirse ofendido, y además hay que pensar en su traje de hilo. Esta noche no trabaja. Sólo ha venido a comprobar por qué había una luz encendida en la ventana de arriba. Además, hace tiempo que ha perdido las ganas de tocar carne humana. Permanece en las sombras y observa al joven, que se afana por respirar aire fresco en el cavernoso espacio situado bajo la cúpula.

Pero el olor de la sala de disección no desaparece fácilmente, y el anciano sabe qué sucederá si el estudiante no consigue respirar aire puro enseguida. Alguien tendrá que limpiar el suelo del pasillo. No será el anciano. Es demasiado distinguido para eso; lo hará alguno de los demás empleados, alguno de los que ya conoce. Pero hay una forma sencilla de ahorrar el trabajo a la persona de la limpieza y el bochorno al joven: lo más sencillo es ofrecerle el cubo.

A la salida de la sala de disección hay dispuesto un cubo con arena, por si algún estudiante descuidado vuelca alguna lámpara de aceite; lo levanta con agilidad y lo coloca frente a la baranda, en el camino del joven, que sólo tiene que inclinarse y espirar para utilizarlo, lo cual hace durante bastante tiempo. El joven tose y siente náuseas que le provocan arcadas, hasta que después de un tiempo sólo es capaz de jadear. Cuando termina se encuentra arrodillado, encorvado encima del cubo, agarrado a él con ambas manos. Las arcadas dan paso a los sollozos, y éstos a las palabrotas.

El anciano espera cortésmente a unos cuantos metros, sin demasiado interés en la purga que está observando. Si el estudiante se sintiese demasiado mal para volver a su trabajo, llamaría a alguien que le atendiese. No le ofrecerá ayuda, a menos que el tambaleante joven insista. No le importa tocar a la gente: no son los vivos los que le preocupan. La mayoría de los estudiantes le conocen y le evitarían, pero éste es nuevo y puede que no sepa con quién se ha encontrado en el pasillo. Para sorpresa de los demás estudiantes se encontrará bien. Volverá a su tarea, si no hoy, mañana. Es la noche previa a su primera clase de disección, y muchos principiantes que han pasado por lo mismo han llegado a ser buenos médicos.

El joven se limpia la cara con un pañuelo de hilo, aspirando profundamente, como si el movimiento hacia dentro fuera a impedir el movimiento hacia fuera.

—Estoy bien —dice, consciente de la presencia cercana y silenciosa.

—No debería haber venido solo —dice el anciano—. Por algo les hacen trabajar juntos. Así hacen comentarios jocosos. Unos confortan a los otros. Las distracciones burlan a la mente, y es más fácil si no lo cavilan demasiado.

Entonces, el joven mira hacia arriba, reconociendo el lenguaje florido, el tono cantarín y el acento. Apretándose el pañuelo contra la boca da un paso atrás involuntariamente. Sabe quién es. Esperaba ver a alguien de la limpieza, o quizá algún profesor trabajando después de su horario, pero aquella aparición, ahora que le reconoce, ya anciano y legendario incluso en la época de estudiante de su padre, le hace sentirse peor que las formas amortajadas de la habitación de la que acaba de salir.

El joven continúa en el pasillo, junto al cubo lleno de su vómito, teniendo como único compañero a un anciano negro, todavía esbelto y de aspecto fuerte, que viste un traje de hilo. El pelo entrecano le brilla bajo la luz de la lámpara como un halo, y el estudiante sabe que parece un idiota frente a aquel anciano que ha tocado a más muertos que a vivos. Mira su cara arrugada tratando de descubrir indicios de desdén en su semblante impasible.

—Estoy aquí porque estaba preocupado —dice, mirando a la habitación iluminada por una lámpara, en la que se encuentran las mesas preparadas. No le debe ninguna explicación a aquel hombre, y si se la hubiese pedido podría haber contestado secamente, sólo hay silencio y él necesita sentir vida en el oscuro pasillo—. Pensé que parecería un idiota en la clase de mañana. —Mira hacia el cubo y el anciano asiente—. He venido esta noche para intentar prepararme; para ver mi... bien, para verlo, para superarlo. —Se secó la boca con el pañuelo manchado—. Supongo que lo entiende.

—No me acuerdo —dijo el anciano. Siempre ha trabajado solo. Saca una botella medio llena del bolsillo de su chaqueta negra, quita el corcho y se la alarga al joven.

El joven bebe un buen trago y se limpia la boca con el dorso de la mano. Ambos se miran y sonríen. No todos los estudiantes beberían de la misma botella que un negro. No en este nuevo siglo. Quizá antes, pero no ahora. Los mojigatos de Nueva Inglaterra no lo harían, pues para ellos la raza del anciano es la de un alienígena, y mientras predican la igualdad evitan la proximidad. Los pedantes tampoco lo harían, pues tienen que ser cuidadosos y hacer respetar su precaria situación en la escala social, especialmente desde la Reconstrucción.* Pero este chico procede de la clase de los propietarios de plantaciones y no tiene necesi-

* Reconstrucción: Periodo de 1865 a 1877 durante el que se llevó a cabo la integración de los estados Sudistas con la Unión. *(N. del T.)*

dad de esos gestos. Ha sudado y escupido junto a los negros desde la infancia y no se inhibe ni necesita barreras sociales. Es la forma en que entiende su mundo. Se comprenden mutuamente.

—¿No se acuerda? —El joven sonríe con incredulidad mientras le devuelve la botella—. ¿Cómo puede no acordarse de la primera vez que tocó un muerto?

«Porque de eso hace casi sesenta años», piensa el anciano. Señala el cubo.

—¿Se acuerda de la primera vez que hizo eso?

Su vida está dividida en «antes del tren y después del tren». No después de la guerra. Las cosas no cambiaron mucho para él después de la guerra, no tanto como los blancos del nuevo siglo suponían. El hito de su vida se produjo en aquel viaje en tren desde Charleston. Se acuerda de algo de los primeros años de su vida, o tal vez ha imaginado partes de ella durante tanto tiempo que se han convertido en realidad en su mente. Se acuerda de un edredón andrajoso que solía estar sobre su colchón de hojas de panocha de maíz. Lo habían hecho cosiendo desperdicios de tela —algunos trozos eran de color rojo brillante, probablemente procedentes de vestidos de seda desechados por las señoras de la casa—. Sus recuerdos son como ese edredón. La mirada de unos ojos negros reflejando la luz producida por el fuego, la concha vacía de una tortuga… alguien, un anciano está tocando con ella, y la gente está bailando… él es muy joven, está sentado en el suelo viendo piernas y faldas de lienzo pasar rápidamente, rozándole a veces cuando las mujeres saltan y giran, siguiendo la música, que cada vez es más fuerte y más rápida.

También hubo un arroyo… ahora es mayor… está sentado en una roca mojada en el agua, esperando a la rana… esperando… tan inmóvil que los pájaros descienden a los campos en busca de semillas, como si él no estuviese allí. Entonces aparece el perro entre las eneas, oliendo a agua de arroyo y a excrementos de vaca, lamiéndose la cara, salpicando agua con el rabo lleno de barro, ahuyentando a las ranas. ¿Cómo se llamaba el perro?

Ahora su nombre es para él sólo una serie de sonidos, y tampoco está seguro de si los recuerda bien, pero hubo un tiempo en que significaron algo dentro de su mente. No ha vuelto a escucharlos desde entonces.

Ahora es todavía mayor... ha entendido para qué son los campos. No son un lugar para jugar. De sol a sol... agua en un cubo vertida de una calabaza hueca... la calabaza de beber. Está sentado en círculo junto a otra gente en el campo, donde un joven señala el cielo con semblante enfadado. La calabaza de beber es como un dibujo de las estrellas. Te llevan a algún sitio, como los Reyes Magos que las siguieron... Pero él nunca partió para seguirlas, y no sabe qué fue del joven enfadado que sí lo hizo. Hace mucho tiempo de aquello, y ya decidió no tener nada que ver con las calabazas de beber, ni con las estrellas ni con los campos de arroz.

Escuchaba las viejas historias que contaban los ancianos; cómo el conejo embaucador sonreía mientras escapaba del peligro, y cómo la zorra, engañada por la sonrisa del conejo no vio el ardid. Decidió que él podía hacer lo mismo que el conejo. La serenidad era su escudo. Nunca parecía hosco, enfadado o asustado. Cuando algo malo le sucedía, no daba al causante del daño el gusto de que notase su desagrado o su dolor. Así pues, sonreía bajo el sol de Carolina del Sur y esperaba a que se le abriese alguna puerta, cosa que no tardó en suceder.

La casa blanca, cuya ampliación crecía de forma descontrolada, se encontraba en una calle adoquinada, cerca del puerto de Charleston. El porche que la rodeaba daba sombra a toda la casa. La puerta delantera, de color verde, tenía una aldaba de bronce pulido en forma de cabeza de león, pero él nunca utilizaba aquella puerta, sino la trasera, la que daba entrada a la cocina.

La anciana era amable. Oír a alguien que dijese lo contrario la habría dejado estupefacta. Cuidaba de los esclavos de la misma forma que cualquier otra mujer lo habría hecho si cuidase gatos, con interés indulgente en lo referente a sus costumbres y con una gran paciencia en lo relativo a sus defectos. Sus vidas eran como una representación teatral para ella. Era una solterona que vivía sola en la casa familiar, que no daba mucho trabajo a la cocinera, a la criada o al jardinero, porque hay que mantener la forma de vida de la gente de buena cuna de Charleston.

La cocinera se llamaba Rachel, una joven de piel color miel, tan joven que la harina de maíz o las salsas aún no habían hinchado su cuerpo. No era tan bonita como otras, pero por la forma en que vestía y se desenvolvía podría haberse dicho que era una persona apreciada de alguna casa importante. La había conocido en la iglesia, en donde procuraba aparecer como el más limpio y el que llevaba los zapatos más brillantes. Aunque su ropa fuese vieja, sus zapatos estaban siempre tan limpios y presentables como le era posible y era bien parecido, lo cual contribuía a compensar cualquier deficiencia achacable a su condición social. En aquel tiempo era un joven alto, de piel bronceada, no tan oscura como la de la mayoría, y eso valía tanto como una sonrisa, pensaba él, porque no les parecía tan extraño a las caras blancas que se encargaban de seleccionar y escoger. Era uno de la ciudad, y había conseguido empleo en los muelles, trabajando para uno de los proveedores de buques del puerto. Le gustaba estar cerca del mar, y las tareas que realizaba le habían fortalecido y le habían hecho adelgazar, pero el trabajo era duro y no llevaba a ninguna parte. A los que trabajaban en las casas importantes les iba mejor. Podían distinguirse con sólo mirarlos, con sus ropas refinadas heredadas, la cabeza alta, conscientes de su posición social, superior a la de la mayoría.

La pequeña y atractiva cocinera se dio cuenta de su interés por ella. Él se encargó de que así fuera, pero la cortejó con paciencia, pues tenía algo más en mente que darse un revolcón con ella en el colchón de hojas de panocha. Durante muchas semanas fue tan caballeroso como el príncipe de un cuento de hadas, tomándose como única libertad el apretón de manos de despedida al acabar el servicio religioso. Finalmente, cuando la mirada de ella le dio a entender que ella creía que él era el responsable de poner la luna en el cielo cada noche, él le habló de matrimonio. No podía vivir sin ella, le dijo. No quería más libertad que la de envejecer a su lado.

Poco después Rachel le apremió para que se presentase ante la señora, la anciana que cuidaba a los sirvientes como a animales de compañía, a quien empezó a cautivar utilizando la seguridad propia de su juventud y su condescendencia con la madurez de la anciana. La táctica no siempre funcionaría, pero esta vez funcionó y recibió la bendición de la señora para casarse con la bonita cocinera. La señora lo compraría, dijo, pudiendo pasar así a formar parte de la casa como mayordomo y cochero, o para cualquier otra tarea que el diligente joven, pleno de fuerza e ingenio, pudiese realizar.

La unión se celebró como Dios manda, en una iglesia blanca presidida por un majestuoso clérigo tan digno y elegante como cualquier ministro blanco de Charleston. Sin gestos fuera de lugar, tal como los dos habían dispuesto. Incluso la mismísima señora, junto con dos amigas, asistió a la boda y vertió lágrimas de alegría en su pañuelo de encaje.

Después, los recién casados se dirigieron a la habitación que sería su hogar durante los doce años siguientes, y que se encontraba detrás de la cocina. Trabajar como sirviente era fácil, no como en los muelles. En realidad, la señora no necesitaba cochero ni mayordomo, excepto durante unas pocas horas a la semana, así que le autorizó a ofrecerse como conserje en el hotel, e incluso le permitió quedarse con la mitad de las ganancias. Podría, o quizá debería haber ahorrado lo que ganaba. Uno de los cocineros del hotel había guardado su sueldo para pagarse la libertad, pero él no le veía el sentido. De hecho, él y Rachel vivían en una bonita casa, comían lo mismo que la señora y no tenían que preocuparse por la comida, la ropa o los medicamentos. Los que eran libres podían presumir de serlo, pero vivían en chozas y trabajaban más que nadie. No le veía la lógica. Quizá algún día pensarían en cambiar, pero para qué privarse de buenas ropas y de uno o dos tragos al día, pues al final, la anciana señora puede que los dejase libres en su testamento, en cuyo caso, todos los años de privaciones habrían sido en vano.

Todo esto fue antes del viaje en tren…

Doctor George Newton. 1852

Justo cuando Lewis Ford y yo salíamos de la universidad, en Telfair Street, uno de los estudiantes de la ciudad, el joven señor Thomas, pasó en su calesa e insistió en llevarnos a la estación, en Hamburg, para que pudiésemos tomar el tren hasta Charleston. Cuando Thomas oyó adónde nos dirigíamos, empezó a deshacerse en poéticos elogios sobre la elegante ciudad, aunque pronto interrumpí su rapsodia.

—El doctor Ford y yo sólo vamos allí por motivos de trabajo —le dije—. Adquiriremos un sirviente para la universidad y volveremos mañana.

El joven nos dejó en la estación deseándonos buena suerte, pero pude ver en su expresión que estaba un poco confundido, y que sólo sus buenas maneras le impidieron hacer algunas preguntas al respecto. «¿Ir a Charleston por un esclavo? —iba pensando—. ¿Para qué? ¿Porqué no ir simplemente al puesto de venta del mercado, en Broad Street, aquí mismo, en Augusta?»

Podríamos haberlo hecho, pero no estaba en disposición de explicar la naturaleza de nuestro viaje a alguien que no tenía por qué saberlo. Dijimos a la gente que habíamos ido a hacernos con un conserje para que realizase tareas generales en la facultad de medicina, pero que queríamos a alguien que no estuviese vinculado a la comunidad local. Charleston estaba lo suficientemente lejos como para que fuese así.

A pesar de que hace veinte años de la inauguración del ferrocarril, Lewis dice que nunca se acostumbrará a aquel traqueteo, a más de cincuenta kilómetros por hora, aunque admite que es más práctico que hacer un viaje en carruaje que nos habría llevado más de un día. Me llevé un libro conmigo, y Lewis siempre se asombra de que sea capaz de leer a semejante velocidad. Se contenta con ver los pinos, que dan paso a los pastos para vacas y a los campos de algodón, y vuelta a lo mismo.

Después de una hora, habló.

—Supongo que este gasto es necesario, Newton.

—Sí, creo que lo es —dije, todavía mirando por la ventana—.

Lo hemos comentado todos y hemos acordado que había que hacerlo.

—Supongo que sí. Clegg cobra demasiado por sus servicios, y además no es eficiente. Ahora le ha dado por beber.

—¿Y te extraña?

—No. Espero que al menos eso le ayude a quitarse de la cabeza los horrores de los que habla. No podemos seguir con él más tiempo. Además, tenemos que enseñar a los chicos.

—Exacto. No tenemos elección.

Carraspeó.

—Charleston. Entiendo la necesidad de hacernos con un hombre sin vínculo alguno con Augusta, pero Charleston es un lugar singular. También allí han tenido sus problemas.

Asentí. Hacía treinta años, el esclavo franco-caribeño Denmark Vesey había liderado una revuelta, por lo que le ahorcaron. Desde entonces, todo había estado en calma, pero el doctor Ford es una de esas personas que se preocupan por todo.

—Puede hablar con los hombres antes de la subasta si eso le tranquiliza. Usted será el séptimo propietario —le recordé. Habíamos estado de acuerdo en ese punto: todos los miembros de la facultad tendríamos una parte del conserje, que sería comprada si el miembro correspondiente dejaba el empleo.

Negó con la cabeza.

—Le dejaré a usted la elección, Newton, ya que es usted el decano.

—Muy bien —dije.

El doctor Ford había sido mi predecesor —el primer decano de la facultad de medicina—, y el que había contratado los servicios del ineficiente Clegg, por lo que creí conveniente confiar en mi criterio esta vez.

—Así pues, setecientos dólares —dijo Ford—. Cien de cada uno. Esa suma debería ser suficiente, ¿no cree?

—Para un conserje creo que sí —dije—. Pero teniendo en cuenta que el tipo sustituirá a Clegg, ahorrándonos lo que le pagamos ese precio será una ganga.

—Lo será si el nuevo es diligente, tiene iniciativa y llega a dominar el trabajo, de lo que no estamos seguros en absoluto —dijo Ford.

—Tendrá que serlo. Sólo un esclavo puede desempeñar el trabajo impunemente.

No dijimos mucho más durante el resto del viaje, pero esperaba una buena cena en Charleston.

Después de mis días como estudiante en la Universidad de Pennsylvania me fui a estudiar medicina a París. Allí le tomé el gusto a la buena comida y a los buenos vinos, que Charleston ofrece en abundancia, por la influencia francesa (todos aquellos refugiados del Caribe francés mejoraron la comida extraordinariamente).

Después de bajar del tren y dirigirnos al hotel para quitarnos el polvo del camino, todavía quedaban unas horas de luz antes de la cena, por lo que después de anotar el gasto del tren y del alojamiento para la contabilidad de la facultad, pensé que sería prudente visitar el mercado en previsión de la compra del día siguiente. Los esclavos que van a ser subastados se alojan durante la noche en barracones próximos al mercado, de manera que se puede ir a echarles un vistazo, a fin de estar mejor preparado para pujar en su momento.

La tarde era templada, y mientras me dirigía al mercado notaba la mezcla de olores de la ciudad y el aire del mar. Me presenté en el edificio que alojaba a los que iban a ser vendidos al día siguiente, donde un joven con el ceño fruncido me hizo pasar. Sin duda, la custodia del edificio era una tarea desagradable, pues algunos de sus moradores lamentaban su destino a voz en grito, mientras otros pedían agua o un cubo limpio para las deyecciones, sin contar con los gemidos de los niños o los compases de canciones de los que habían dejado de luchar contra su suerte.

Era un zoológico humano en el que se exhibía una sola especie con diversas variantes, aunque había algo común a todas: la desdicha. Me hubiera gustado estar seguro de que eso era lo peor de todo; esperaba que lo fuese.

Me dirigí a los barracones, apenas iluminados, dispuesto a cumplir con mi cometido a pesar de la incomodidad que sentía. «Esclavo...» Nunca utilizamos esa palabra. «Mi sirviente», o «mi cocinera», o «la gente de mi granja... mi gente... porque son parte de la familia», decimos. Llamamos Tío o Tía a los viejos criados de la familia. Después, cuando les conocemos bien, cuando confiamos en ellos y suponemos que son felices a nuestro lado, de pronto se olvida de qué manera nos hicimos con ellos, en un lugar como éste.

En realidad, poco importa que haya entrado en los barracones de los esclavos, pues no me encuentro cómodo en ningún sitio en compañía de mis congéneres. Incluso en el orfanato que mi tío mantiene, me sudan las palmas de las manos y me siento incómodo cuando lo visito, al sentir los ojos de los niños fijos en mí a cada paso que doy. Me imagino que cada murmullo es una burla, y que los ojos que me miran me están juzgando. Es un miedo que consideraría infantil en cualquier persona que no fuese yo, pero la lógica no forma parte del miedo al ridículo que atenaza mis pasos; así que me ando con cuidado, escuchando burlas y viendo desprecio, tanto si existe como si no.

Quizá ésa es la razón por la que nunca me he casado, y por la que después de obtener el título elegí el trabajo de administrador de la universidad en lugar de practicar la medicina. Espero pasar por la vida inadvertido. Pero espero realizar mi cometido más allá de mis predilecciones personales, y aquella tarde, mi cometido consistía en entrar en aquel fétido establo humano y encontrar un hombre adecuado para la universidad. Me armé de valor ante las miradas hurañas de los cautivos y los gritos de los niños asustados. El olor hediondo no me agobiaba, pues los laboratorios de la universidad son parecidos, y el olor impregna los pasillos, e incluso mi oficina. Eran los ojos lo que me preocupaba. Las miradas de aquellos en los que el miedo se había convertido en ira. Me esforcé en caminar despacio y mirarles a la cara, para que no notasen que me acobardaba ante ellos.

—Buenas tardes, señor. —La voz era profunda y calmada, como si su propietario fuese algún conocido que me hubiese encontrado en un bulevar y me hubiese saludado al pasar.

Me volví, esperando ver a un vigilante, pero en vez de eso me encontré con una cara color café de sonrisa amable, nariz aguileña, barba puntiaguda y ojos oscuros y perspicaces que lo captaban todo y no transmitían nada.

El tipo parecía sólo unos cuantos años más joven que yo (unos treinta y cinco) y vestía las ropas elegantes de un dandi, por lo que destacaba de los demás como un pavo real entre cuervos.

La mirada era tan cándida y abierta que olvidé mi actitud solemne y le sonreí.

—¿Cómo está? —dije—. Un lugar espantoso. ¿Está aquí por la misma razón que yo?

En Charleston hay un buen número de razas mixtas, una mezcla tropical de esclavos de las Martinicas y de sus dueños franceses. Incluso tienen escuelas para educarles, lo cual creo acertado, aunque es ilegal en Georgia. En cada ciudad hay bastantes hombres libres que han prosperado y que tienen esclavos. Supuse que aquel caballero de color claro tenía que ser un hombre libre que buscaba a un trabajador.

Hubo un momento de vacilación, tras el cual volvió la sonrisa.

—Casi por la misma —dijo. ¿Ha venido en busca de un sirviente? Necesito cambiar mi situación.

Momentáneamente confundido miré sus zapatos lustrados y la camisa blanca que destacaba en la penumbra.

—¿Es usted…?

Asintió con la cabeza y habló más bajo para explicarme su situación. Durante la mayor parte de su vida adulta había sido el sirviente principal de una señora soltera de Charleston, que le había permitido trabajar en un hotel de la ciudad en su tiempo libre; de ahí su forma de hablar y sus ropas de dandi.

—Pero ¿van a venderle?

Asintió.

—La señora se encuentra postrada, sabe usía. Necesita menos ayuda que antes, y más dinero. El banco va detrás de ella. Por eso tuve que irme. Pero no me preocupa. Me venderán caro. Sólo espero que sea un buen lugar, eso es todo. No soy un campesino.

Asentí, fijándome en su manera cuidadosa de pronunciar, en su limpieza y en lo arreglado de su persona. Era un hombre cuyo curso de su vida se decidiría en cuestión de segundos al día siguiente, y que había hecho todo lo que podía para que las cosas fuesen bien.

—La señora lloraba e insistía en que me fuese. Juró que nunca se desprendería de mi esposa.

Asentí. Es lamentable que sucedan cosas así. El dinero es el tirano que rige nuestras vidas. Dije:

—Soy el decano de la facultad de medicina de Augusta, Georgia. ¿Sabe dónde está?

—Lejos de aquí señor.

—A medio día de viaje en tren, hacia el sur, al otro lado del río Savannah, en el estado de Georgia.

—Una facultad. Parece un buen lugar señor. ¿De qué tipo de actividad se trata?

—Enseñamos a los jóvenes a convertirse en médicos y cirujanos.

—No, señor, me refiero al puesto de trabajo que quieren cubrir.

—Ah, se refiere a eso. —Vacilé—. Bien, supongo que podríamos llamarle conserje. Operario para trabajos de tipo general en la facultad. Y algo más para lo que, si la persona está preparada, pagaríamos. —No di más detalles, pero pensé que podía interpretar las expresiones mucho mejor que yo. Reflexionó durante un momento y asintió.

—¿Pagarían? ¿Lo suficiente para un billete de tren?

—Si el trabajo es satisfactorio, lo suficiente; si se ahorra, para comprar algo de mucho más valor.

Sonrió.

—Si fuese algo agradable, no pagarían.

Y así fue como se hizo. No se trató del comercio sórdido de comprar una vida, me dije, sino de un trato acordado entre dos personas. Es cierto que tendría que dejar a su mujer en Charleston, pero le habíamos salvado de un destino posiblemente peor. De los campos de cañas, más al sur, o de alguien que podría maltratarle. Podría haber sido peor, me dije. Por lo menos le habíamos salvado de una experiencia terrible: la de subir a la plataforma de subastas sin saber qué sería de él. Pensé que aquel hombre era lo suficientemente vivo y ambicioso para lo que la institución requería. Puede que pareciese extraño que le hubiese consultado de antemano, como si hubiese tenido elección, pero para nuestras pretensiones necesitábamos a un trabajador servicial, no un cautivo. Necesitábamos a alguien de confianza, y pensé que si aquel hombre creía que merecía la pena incorporarse al trabajo que le ofrecíamos podríamos confiar en él.

Al día siguiente debieron pensar que era maravillosamente

valiente. Sobre la plataforma de subastas, con todas las caras blancas mirándole, juntitas como huevos de rana, él sonreía y les miraba. Todo había acabado en el transcurso de un minuto. Sólo un paso desde una vida a la siguiente, en un abrir y cerrar de ojos.

Setecientos dólares como oferta, aceptados en un santiamén por el subastador, para pasar de inmediato al lote siguiente. Mientras contábamos las monedas de oro, Lewis Ford parecía un poco receloso

—¿Está seguro de este tipo Newton?

—Supongo que tan seguro como se puede estar en estos casos —dije—. Hablé con él durante bastante rato ayer por la tarde. Naturalmente no le di ningún detalle sobre el trabajo. Hubiera sido imprudente.

Lewis Ford gruñó.

—Bien, esperemos que pueda hacerlo. Como usted dice, parece que tiene temperamento, pero ¿tendrá el estómago suficiente? Después de la experiencia con Clegg, lo dudo.

—Bien, no lo sabemos, doctor Ford. De todas formas, si yo tuviese que elegir entre el trabajo que le damos y una vida corta y dura en los campos de caña del sur, puede estar seguro de que tendría el estómago suficiente para ello.

—Quizá. En cualquier caso, no creo que lo que le estamos pidiendo sea mucho peor que lo que hacemos para ganarnos la vida.

—Además, serviremos a los mismos señores —dije—. La facultad, y la medicina.

—¿Cómo se llama el tipo?

—Grandison. Grandison Harris.

—Extraño nombre. Quiero decir que tienen nombres raros: Xerxes, Thessalonians y otros por el estilo. La gente da a los caballos y a los esclavos los apelativos más absurdos. Yo no le hubiera puesto Grandison por nombre a un esclavo, ¿y usted?

Me encogí de hombros.

—Diría que lleva el mismo apellido que su primer dueño, y a juzgar por la claridad de su piel, tiene derecho a ello.

Grandison Harris nunca había subido a un tren, aunque su interés por la nueva experiencia pareció disminuir al sentir remordimientos por dejar su casa de Charleston. Cuando el tren abandonaba la estación se asomó por la ventana del vagón, permaneciendo así hasta que vio por entre las casas el agua de la bahía, que desde el tren le pareció una masa inmensa, tan grande como la misma creación. Agua que subía hasta el cielo, en donde se suponía que estaba la otra orilla. El resplandor del sol vespertino en el agua era intenso, y él continuó con la cabeza vuelta, mirando la ciudad, que se hacía más pequeña en la lejanía, y la gran extensión azul.

—Te dolerán los ojos si continúas mirando al sol de esa manera —dije.

Se volvió a medias y sonrió.

—Señor —dijo—, quiero guardar este lugar en mi memoria como el tinte se adhiere a la tela recién hilada. Puede que me lloren los ojos un poco, pero no importa, porque el tinte se hace de semilla de tabaco y sal. Las lágrimas grabarán los recuerdos en mi memoria y nunca saldrán de ella.

Después de esto no nos dijimos nada más y nos sumimos en nuestros propios pensamientos durante muchos kilómetros, viendo pasar el desconocido paisaje, o dormitando. Puede que el futuro fuese terrible, pero aquel día llegaba a su fin.

En vez de mar, Augusta tenía el gran río Savannah, que corría a su lado engalanado con sauces y separaba Carolina del Sur del estado de Georgia. Tomaron un carruaje desde la estación de Hamburg hasta la ciudad, pero a aquellas horas ya estaba oscuro, y aparte de las luces centelleantes en los edificios, Grandison no pudo ver mucho más de aquel nuevo lugar. No era tan grande como Charleston. Le dejaron en casa de una mujer libre que admitía huéspedes, indicándole que pasarían a recogerle por la mañana para llevarle al trabajo.

Por un momento, a la luz de la lámpara del salón, había tomado por una mujer blanca a aquella altiva dama de pelo castaño y ojos verdes que se enfrentaba a las miradas de todo el mundo sin un ápice de deferencia. El doctor Newton se quitó el sombrero ante ella cuando entraron, y le estrechó la mano e hizo una leve inclinación cuando se fueron.

Cuando estuvo a solas con la extraña casera, la miró a la luz de la lámpara y le preguntó:

—Señora, usted no es una persona de color, ¿verdad?

Se encogió de hombros.

—Soy una persona de color libre. Blanca en buena medida, pero no del todo. Como le han dicho, me llamo Alethea Taylor, pero le agradeceré que me llame señorita Taylor.

—Parece blanca —dijo él. «Actúa como tal», pensó.

Ella asintió con la cabeza.

—Mi madre era mestiza, y mi padre era blanco, así como mi marido, cuyo apellido debería llevar. Pero no importa; era Butts, por lo que no me importa demasiado.

Ella le sonrió, y él le devolvió la sonrisa.

—Nos casamos en Carolina, donde nací. Allí es legal. También asistí a la escuela, así que no crea que esta casa es un lugar de baja categoría, porque no lo es. Tenemos nuestras normas.

El nuevo huésped echó un vistazo al pequeño y ordenado salón, con su sofá color caoba y su descolorida alfombra. Al lado de la chimenea había una estantería para libros, con una biblia de piel encima.

—¿Su marido blanco vive aquí también? —preguntó.

—Naturalmente que no. —Su expresión le dijo que la pregunta era estúpida.

—Era lo suficientemente rico como para comprar toda la ciudad. Pero está muerto. Cuando murió nos dio la libertad, a mí y a nuestros hijos. Tuvimos siete. Ahora coso para las señoras de la ciudad, y mis hijos trabajan en el mantenimiento de la casa. El alojamiento de huéspedes también ayuda, aunque miro bien a quién acojo. Le he aceptado como favor al doctor George Newton. ¿Podría decirme cómo se llama otra vez?

—Grandison Harris —dijo—. Supongo que los doctores le han dicho que soy el conserje de la facultad.

Ella le dirigió una mirada desdeñosa.

—Naturalmente que lo es. El tío del doctor Newton, el señor Tuttle, es mi tutor, por lo que lo sé todo sobre la facultad.

—¿Tutor?

—Aquí en Georgia, las personas de color libres necesitan tutores blancos.

—¿Para qué?

Se encogió de hombros.

—Supongo que para protegernos de otros hombres blancos, y el señor Isaac Tuttle es un buen hombre. Confío en él.

La miró a la cara en busca de alguna señal que indicase que aquel Tuttle era para ella algo más que un desinteresado tutor legal, pero ella pareció no querer decir más de lo que había dicho. A él le daba igual. No era asunto suyo con quién compartía su cama, y nunca lo sería. Ella ya se había formado una opinión de él. Era un esclavo, y ella era una mujer libre, la casera del establecimiento, y amiga de sus propietarios. No se podía cruzar esa bahía ni en un vapor.

—Es tarde —dijo ella—. Supongo que tendrá hambre y estará cansado. Le traeré un plato de judías, si le apetece.

—No, señora. Estoy bien y no tomaré nada hasta mañana por la mañana. Ha sido un día muy largo.

Ella asintió, suavizando su expresión.

—Ahora ya está, ha llegado a su destino.

—La facultad, ¿es un buen lugar? —preguntó él.

—El trabajo es duro —dijo ella, haciendo una pausa como si quisiera continuar, moviendo la cabeza a continuación—. Pero mejor que el de las grandes granjas. El doctor George es una buena persona. Está más en sus libros que en el mundo real, pero tiene buenas intenciones. En general, los médicos son honestos. Tratan a los enfermos negros igual que a los blancos. Estará bien con ellos si hace bien su trabajo. No le golpearán para demostrar que son mejores que usted. —Sonrió—. Los médicos creen que son mejores que los demás, por lo que no sienten la necesidad de demostrarlo con un látigo.

—Es agradable escuchar eso.

—Cuide el modo en que usted les trata a ellos. Me da la impresión de que es usted astuto, y los médicos pueden ser bastante simplones. Saben mucho de enfermedades y libros, pero no son muy inteligentes con la gente. No esperan que se les mienta, por lo que debe procurar ser franco con ellos si quiere conservar el trabajo.

La siguió dócilmente hasta una habitación limpia pero espartana. La cama estaba cubierta por un edredón hecho de trapos, y sobre una pequeña mesa de pino, junto a una silla de caña, había un jarro blanco desconchado y un lavabo. Comparada con el esplendor desvaído del salón de la señorita Taylor, la habitación era casi una celda, aunque estaba contento de tenerla. Era mejor estar allí con una familia que en una habitación improvisada en la facultad. No sabía si los médicos tenían enfermos por allí, pero no le gustaba la idea de dormir en aquel lugar; en un lugar de muerte. Lo mejor de aquella pequeña habitación era lo que no tenía: ni grilletes, ni cerradura en la puerta ni ventanas enrejadas. Era un huésped en casa de una esclava libre.

Se volvió hacia la mujer, que estaba en el umbral de la puerta sosteniendo la lámpara

—¿No les preocupa que pueda escapar?

Ella suspiró.

—Ya se lo dije, no son muy intuitivos con la gente. Supongo que piensan que le iría peor si se marchara que quedándose. Ya sabe lo que les pasa a los fugitivos.

Él asintió. Había visto casos en Charleston y oído historias sobre marcas con hierros y dedos de pies cortados. Y naturalmente la historia de Denmark Vesey, cuya rebelión había consistido prácticamente sólo en palabras, y sin la menor mención a la huida o a la desobediencia.

La mujer dejó la lámpara cerca del lavabo.

—Le diré la verdad, señor Harris; si en la facultad están satisfechos con usted, si hace su trabajo y no roba, o al menos no le cogen haciéndolo, a los médicos no les importará lo que haga el resto del tiempo. Lo último que desean es ocuparse de un sirviente como si se tratase de un perro faldero. Todo lo que quieren es que realice su trabajo con el menor jaleo posible, y cuantos menos problemas les cause, más satisfechos estarán. Haga bien su trabajo y será invisible. Entre y salga a su antojo. Será un hombre libre en todo, excepto en el nombre. Eso creo, y conozco a los médicos.

—No les causaré ningún problema —dijo.

—Procure no hacerlo. ¿Sabe leer, señor Harris?

Negó con la cabeza. No había tenido la oportunidad de aprender, y no es que la anciana señorita de Charleston fuese reacia a que aprendiesen, es que le necesitaba para trabajar.

—Bueno —dijo ella—. Doy clases a algunos de mis hijos todas las tardes. Si quiere unirse a nosotros, una de mis chicas puede empezar a enseñarle.

—Gracias.

Asintió con la cabeza y se volvió para salir.

—La lectura es muy útil —dijo cuando cerraba la puerta—. Uno puede escribir sus propios salvoconductos.

Había visto edificios bonitos en Charleston, pero aún así, la facultad de medicina de Telfair Street era digna de contemplar. Era como un templo blanco, con cuatro columnas de piedra sosteniendo el pórtico y una cúpula redonda sobre el tejado. Era espléndida como una catedral. Se accedía al interior, a un espacio abierto que ascendía hasta la cúpula, con escaleras que bordeaban los lados y conducían a las habitaciones del piso superior. La sorpresa no duraba mucho, pero era magnífico mientras lo hacía. Pronto dejó de apreciar el esplendor arquitectónico, y lo único que quedó fueron suelos que había que fregar y bidones de desechos que apestaban.

Durante los dos primeros días cortó leña para el fuego y acarreó cubos de agua cuando la necesitaban.

—Cuando te adaptes —dijo el doctor Newton—, hablaremos sobre lo que has venido a hacer aquí.

Vio poco a los médicos durante los dos días que le dieron para que se familiarizase con el nuevo ambiente. Quizá estaban ocupados en temas más importantes, y, recordando el consejo de Alethea Taylor de no crear problemas, continuó con su trabajo sin preocuparse de lo demás. Al final le llamaron. Acudió vestido con un traje viejo y limpio que los médicos le habían dado. Al principio estaba un poco intimidado, debido a la presencia de aquellos todopoderosos desconocidos, pero no demasiado preocupado, pues habían pagado un buen dinero por él para malgastarlo perjudicándole.

Una o dos noches se había despertado en la oscuridad, soñando que los médicos iban a abrirlo en canal vivo, pero el sueño era tan absurdo que ni se lo mencionó a la casera, cuyo desdén iba desvaneciéndose.

George Newton estaba sentado detrás de su mesa de trabajo, tamborileando con los dedos, y daba la impresión de que el cuello de la camisa le apretaba demasiado.

—Grandison —empezó—. ¿Ya se ha adaptado convenientemente a su nueva situación? Bien, parece un buen trabajador, y eso es gratificante, de manera que ya podemos hablar de otras tareas que serán parte de sus funciones.

Hizo una pausa, esperando quizá una pregunta, aunque sólo observó en la cara de Grandison interés respetuoso.

—Éste es un lugar en el que enseñamos a los jóvenes a ser médicos y cirujanos. Tarea cruda esta última: el cortar seres vivos. Lamentable pero necesario. Hace una generación hubo un cirujano inglés que vomitaba antes de cada operación que realizaba. ¿Sabe por qué?

Negó con la cabeza.

—Porque el paciente está despierto durante la operación, y porque el dolor es tan terrible que muchos mueren. Perdemos a la mitad de la gente a la que operamos, aunque lo hagamos todo bien. Mueren por shock, por paro cardiaco, debido posiblemente al dolor. Pero a pesar de esas pérdidas, estamos aprendiendo. Tenemos que aprender. Tenemos que ayudar a más gente y aliviar el sufrimiento que eso implica. Esto me lleva a hablarle de sus funciones aquí en la facultad. —Se detuvo y tamborileó con el lápiz, por si el nuevo sirviente se aventuraba a preguntar algo, pero el silencio continuó—. Fue otro inglés —prosiguió— quien dijo: «Debemos mutilar a los muertos para evitar mutilar a los vivos». —Otra pausa—. Lo que quiso decir es que nosotros, los médicos, tenemos que aprender del cuerpo humano y practicar nuestras técnicas de cirugía. Es mejor realizar esas prácticas en un cuerpo muerto que en uno vivo. ¿Entiende el significado de lo que digo?

Tragó saliva y finalmente consiguió asentir.

—Sí, señor.

George Newton sonrió.

—Ojalá fuese usted el gobernador de Georgia, pues él no lo entiende. El uso de cadáveres con fines médicos está prohibido por ley en este Estado; en realidad, en todos los Estados. La gente no quiere que profanemos a los muertos, dicen, por lo que, a causa de su ignorancia, debemos profanar a los vivos, y esto no debe permitirse. Tenemos que utilizar a los muertos para ayudar a los vivos.

—Sí, señor —dijo. El doctor parecía seguir perdido en sus pensamientos, cuando Grandison añadió—: Me parece bien, señor.

Newton sonrió de nuevo.

—Gracias, Grandison; me complace tener su permiso, pero me temo que necesitaremos algo más. Dígame, ¿cree que los espíritus de los muertos continúan durante algún tiempo en el cementerio, que no quieren que les perturben y que intentarían hacer daño a cualquiera que utilizase los restos de las personas a las que pertenecieron?

Intentó imaginarse a los espíritus merodeando por los pasillos de la facultad, esperando a que les devolviesen sus cuerpos. Aquél era un lugar de muerte. No sabía si sonreír o llorar. Decidió que era mejor no pensar en ello.

—Ya se han ido ¿verdad? —dijo al final—. Muertos. En la Gloria. No se sientan a esperar el día del Juicio Final en la tumba, ¿no?

Otro médico suspiró.

—A decir verdad Grandison, yo no se dónde están las almas de los muertos. Es algo que no enseñamos en la facultad de medicina. Sin embargo, no creo que estén sentadas en el cementerio junto a sus restos en descomposición. Creo que podemos estar seguros de eso.

—¿Y necesitan los muertos para aprender a curar?

El doctor Ford asintió.

—Cada estudiante de medicina debería tener un cadáver con el que trabajar, de manera que pudiese aprender sin matar a nadie durante el aprendizaje. Creo que es un motivo lo suficientemente noble para robar tumbas, ¿no le parece?

Lo consideró durante un momento, más para anticiparse al resto de la conversación que para otra cosa.

—Podrían pedírselo a los pacientes antes de que muriesen —dijo—, explicarles el porqué y hacer que firmasen un documento para el juez.

—Al estar prohibida por ley la utilización de cadáveres, ningún juez aceptaría ese documento, aunque se persuadiese a los pacientes de que lo firmasen, lo cual no pasaría en la mayoría de los casos. Ojalá hubiese respuestas sencillas, pero no las hay. ¿Entiende lo que queremos pedirle?

—¿Quieren que les traiga cadáveres? ¿Qué los saque del cementerio?

—Sí. Hay un cementerio en Watkins Street, a menos de un kilómetro de aquí, por lo que el viaje no sería largo. Naturalmente, tiene que ser de noche.

Permaneció inmóvil durante algún tiempo antes de contestar. Siempre era mejor dejar que los blancos pensasen que te tomabas las cosas con calma y que estabas de acuerdo en todos los detalles. Decir que la propuesta le asustaba o le asqueaba no hubiese cambiado nada. El médico desestimaría sus escrúpulos y los identificaría con el miedo o la superstición. Le habían hablado del tema, cuando podrían haberse limitado a darle una orden. Ya era algo. Al final asintió. El tema estaba zanjado, y las únicas consideraciones a comentar eran de orden práctico.

—Si me cogiesen, ¿qué pasaría?

—No creo que puedan cogerle si es mínimamente cauto, pero aunque no lo fuese, recuerde que a los esclavos no se les procesa por ningún delito. Están considerados como propiedad, por lo que no pueden interponerse acciones judiciales contra ellos. Las autoridades les devuelven a sus amos. —Newton sonrió—. Y nosotros no le castigaríamos, ¿no le parece?

Los demás asintieron y el asunto quedó zanjado.

Le dieron un farol, una pala y un carro arrastrado por un caballo. El doctor Newton le dio un salvoconducto en el que constaba que el portador, Grandison Harris, sirviente de la facultad de medicina, estaba autorizado a estar fuera aquella noche para hacerse con suministros para los médicos.

—Dudo mucho que el sereno sepa leer —le había dicho Newton—. Lleve este salvoconducto hasta que lo vea desgastado. Entonces, uno de nosotros le hará otro nuevo.

Se lo metió en el bolsillo de la chaqueta, listo para sacarlo si se lo pedían, pero no encontró a nadie en el trayecto desde Telfair Street hasta el cementerio. Era más de media noche, y el resplandor de la luna había sido engullido por las nubes, por lo que hizo el camino en la oscuridad. Augusta era más pequeña que Charleston. Había caminado por sus calles hasta que la conoció bien de día y de noche. Había sido especialmente cuidadoso en la ruta de Cedar Grove, donde se enterraba a los esclavos y a los esclavos libres. Ya podía moverse por las calles sin necesidad del farol. Las pisadas del caballo era lo único que rompía el silencio. Puede que la gente estuviese todavía bebiendo y jugando a las cartas más cerca del centro de la ciudad, pero a las afueras, donde se encontraba, no llegaban ni ruidos ni risas. Le hubiera gustado oír el jolgorio, o el sonido de la música, pero el silencio lo envolvía todo, y no se atrevió a silbar para distraer su mente de su cometido.

—¿Quiere que desentierre el cadáver de cualquier tumba vieja? —le había preguntado al doctor.

—No.

Había reglas que observar. Los cuerpos se pudren rápidamente, y él lo sabía. No había más que fijarse en cualquier gato muerto en la carretera, lleno de gusanos. Después de dos o tres días resultaba difícil reconocer lo que era.

—Tres días como máximo después de haber sido enterrado —le dijo el doctor—. Después de ese tiempo el cadáver no tiene ninguna utilidad para aprender algo de él. Busque una tumba nueva.

Una en que las flores estuviesen aún frescas sobre un montículo de tierra recién removida.

—Pronto —continuó el doctor Newton— llegará a conocer a gente de la ciudad y a o oír hablar de fallecimientos; entonces podrá empezar a prepararse. Esta vez, haga lo que pueda.

Sabía adónde iba. Aquella tarde había caminado por el cementerio y había encontrado una tumba como la que buscaba a unos pocos pasos al este de la entrada. Sobre ella, un montículo de tierra oscura rodeado por un círculo de conchas de almeja, con flores desperdigadas encima marchitándose bajo el sol de Georgia, colocadas allí no hacía mucho.

Se preguntó de quién sería la tumba. No había nadie allí cuando la encontró. Aunque hubiese habido alguien habría dudado en preguntar, por miedo a que le hubiesen reconocido si alguna vez se hubiese descubierto el robo. Tampoco había ninguna indicación escrita, por lo que aunque hubiese sabido leer, tampoco lo habría descubierto. Probablemente el último lugar de descanso de un esclavo negro, sin lápida. Había cruces de madera inclinadas sobre la hierba aquí y allá, pero no le decían nada.

Llegó a la puerta del cementerio, encendiendo el farol antes de volver sobre sus pasos hasta la tumba reciente. A nadie se le ocurriría entrar en un cementerio a aquellas horas de la noche, pensó, y aunque había contado los pasos hasta la tumba, necesitaría el farol para la tarea que tenía por delante.

Treinta pasos de espaldas a la puerta, y después, diez a la derecha. Vio las formas blancas de las conchas circundando el montículo de tierra y olió el almizcle de las magnolias en descomposición. Permaneció allí durante un buen rato, mirando la forma incolora de la tumba con las flores desparramadas sobre ella en medio de la penumbra. Había estado dándole vueltas a lo largo de la tarde, mientras fregaba los suelos de las clases, vaciaba las papeleras y esperaba que se hiciese de noche. Le preocupaba su seguridad. Nadie sospecharía que la paz de las tumbas había sido perturbada. Nadie buscaría a un ladrón de tumbas, si no se encontraban rastros del robo. El doctor le había dicho una y mil veces que no se encarcelaba a los esclavos por cometer delitos, pero él no confiaba en las leyes. Si se descubría aquella atrocidad, le iban a poner una cuerda al cuello antes de que nadie de la facultad pudiese intervenir. Mejor que no le cogieran.

Había memorizado el aspecto de la sepultura: la posición de las conchas rodeando el montículo y la forma en que estaban colocadas las flores, de manera que cuando hubiese acabado el trabajo pudiese volver a colocar todo en su sitio, exactamente igual que estaba antes.

Sólo cuando estuvo seguro de recordar la disposición de la tumba empezó a retirar la tierra con la pala. Se estremeció al oír el roce del metal contra el suelo y sentir el contacto de la herramienta con la tierra removida no hacía mucho. El silencio volvió de nuevo. Pero ¿qué esperaba? ¿Un alarido de terror al deshacer el montículo? Después de contemplar por primera vez la tarea que tenía por delante, pensó que podría soportarla si sólo le prestaba atención a la naturaleza física del trabajo: es como hacer una zanja, se dijo, como trabajar en el jardín. Es otra tarea sin sentido ideada por los blancos para mantenerme ocupado. Pero allí, en aquel cementerio y a la débil luz del farol entendió que aquel planteamiento no funcionaría. Y lo de menos era retirar la tierra del hoyo rellenado hacía poco. Tenía que profanar tierra consagrada, tocar un cadáver y llevárselo en medio de la oscuridad para que lo mutilasen. No podía fingir otra cosa.

De acuerdo, pues. Si los espíritus de los muertos revoloteaban sobre la luz del farol viéndole trabajar, que así fuera. Que conocieran su versión y que le juzgaran por ello.

—No me miréis de esa manera —dijo a la oscuridad mientras trabajaba—. No ha sido cosa mía. Todos sabéis que son los blancos los que me han enviado. Dicen que necesitan saber más de vuestras tripas.

La pala continuaba clavándose en la tierra blanda, y durante un momento, el contorno de la luna brilló desde detrás de una nube, para desaparecer después. Se alegró de ello, pues antes había creído distinguir formas humanas en las sombras, debajo de los árboles. La oscuridad era mejor.

—Vosotros, los que estáis muertos desde hace tiempo, no debéis pelearos conmigo —dijo alzando la voz—. Los médicos no os quieren si os habéis podrido. Como el pescado; después de tres días no servís para nada, excepto para fertilizante.

Trabajó en medio de la calma, afianzándose en el ritmo de sus movimientos. El silencio pareció decrecer, permitiéndole jadear mientras trabajaba. Debían faltar unas dos horas para que el gallo cantara.

Golpeó la madera antes de lo que esperaba. A dos metros de la superficie, solía decir la gente, pero no era así. Más bien un metro. Lo justo para cubrir el ataúd, y un poco más para la capa de la superficie. Con la profundidad necesaria, supuso, ya que las tablas de pino se pudrirían y los gusanos acabarían con el resto.

No era necesario subir el ataúd, pues le hubiese obligado a retirar mucha tierra, y los médicos no lo necesitaban. El doctor Newton se lo explicó. Podría considerarse un robo, llevarse el ataúd, dijo. Las cajas de madera tienen algún valor económico; los cadáveres, no.

Entró en el hoyo y retiró el polvo de la tapa del ataúd. El

olor a tierra húmeda le mareó, y temió tocar y encontrar gusanos entre los terrones. No sabía de quién era aquella tumba. No se lo habían dicho o quizá no lo sabían.

—No querías estar aquí abajo ¿verdad? —le dijo a la caja—. Rodeado de tierra húmeda y encerrado en la oscuridad. He venido a sacarte. Si ya has visto a los ángeles, no te importará, y si no los has visto, al menos no estarás más tiempo solo en la oscuridad.

Con la ayuda de la pala rompió la tapa del ataúd, tirando después hacia arriba y aflojando en el momento en que empezaba a astillarse, para evitar destrozar lo que había debajo. Había colocado un saco blanco en el suelo, junto a la tumba, lo suficientemente grande para llevarse el contenido de la caja. Lo cogió, lo bajó al hoyo y sacó del ataúd las astillas que se habían desprendido. Apareció una cara a centímetros de la suya.

Tenía los ojos cerrados. Si hubiesen estado abiertos, y al ser la primera vez, posiblemente hubiese tirado la pala y hubiese salido corriendo del cementerio. Pero estaban cerrados. La cara en reposo que tenía frente a él era la de una mujer esquelética y entrecana, con las manos cruzadas sobre el pecho, de expresión cansada y resignada a cualquier cosa que pudiese suceder después.

Tiró de la mujer hacia arriba, intentando agarrarla por la mortaja, antes que tocar la carne. Era más pesada de lo que había supuesto al ver su raquítico cuerpo, y su peso muerto demostró ser bastante incómodo de mover, pero los nervios le hicieron apresurarse y sacar el cuerpo del ataúd casi sin pararse a respirar. La metió en el saco y finalizó la tarea.

Se preguntaba si el espíritu de la anciana sabría lo que iba a suceder con sus restos, y si le importaría. Procuró no mirar durante demasiado tiempo a la oscuridad y a las sombras en torno a los árboles y las tumbas, por miedo a que adoptasen formas humanas de ojos candentes.

—Me apuesto lo que sea a que no te sorprende —dijo, dirigiéndose al cuerpo amortajado mientras ataba fuertemente la boca del saco con un cordel—. Me apuesto lo que sea a que no creías en todo eso del descanso eterno más de lo que creería cualquier animal. Van a aprovechar el máximo de ti, lo mismo que con los cerdos, pero no importa. Al menos no estarás sola en esa oscuridad.

El cuerpo de la mujer yacía en silencio dentro del saco mientras él invertía unos minutos en volver a llenar el hoyo vacío, alisando el montículo y dejando las conchas y las flores exactamente igual que las había encontrado.

Nunca averiguó quién era la mujer, ni lo preguntó. Había llevado el cuerpo a la entrada de los sirvientes de la facultad y lo había puesto en el alcohol que había comprado con el dinero que le habían dado para ese conservante. Más adelante, cuando el cadáver estuvo listo y la clase preparada, subieron a la anciana al piso superior, donde desempeñó su último acto de servidumbre. No volvió a verla, o al menos no la reconoció. Supuso que había visto restos de ella troceados, cuando los cortaban y analizaban. Puso lo que quedaba en tarros con whisky, para su estudio posterior, o en el sótano del edificio, espolvoreándolos con cal viva para evitar el olor. Lo que salía de las clases apenas podía reconocerse como humano, y nunca intentó averiguar de quién eran los restos de los que se deshacía y dejaba en un lugar de descanso menos sagrado que aquel de donde los había cogido.

—Bien, imagino que el primero siempre es el peor —dijo el doctor Newton al día siguiente, cuando Grandison le informó de que había conseguido un cuerpo para la clase de anatomía. Éste asintió y se guardó las monedas que le dio, esforzándose en sonreír levemente, como respuesta a la palmada en su espalda y a la franca felicitación por un trabajo bien hecho.

Pero el doctor se había equivocado. El primero no fue el peor. Lo cierto es que sentía miedo en el desconocido cementerio, y la extraña sensación de la carne muerta en sus manos había hecho que se sintiese terriblemente mal, de manera que aunque creyó que no podía ser más horrible que la primera vez, más adelante comprendió que había otros horrores que sustituían a los primeros. Aquel primer cuerpo fue tan sólo una masa de carne, una tarea desagradable que realizó tan pronto como pudo. Le hubiese gustado que los siguientes fueran igual, pero tenía que llegar a un cupo, y para ello tuvo que relacionarse con la gente de Augusta a fin de saber quién estaba enfermo y quién era probable que no mejorase.

Se hizo miembro de la Iglesia baptista de Springfield; asistía a los servicios, se aprendía los nombres de la gente y pasaba buena parte del tiempo con ellos. Augusta no era una ciudad grande, de manera que en unos pocos meses era posible conocer a casi la totalidad de sus habitantes. Dijo a la gente que era el conserje de la facultad de medicina, lo cual era cierto, por lo que nadie pareció ponerlo en duda. Los braceros del campo se habrían sorprendido de ver la libertad de la que gozaban los sirvientes de la ciudad que estaban en buenos lugares. Había bailes y picnics, tertulias y bodas. Empezó a disfrutar de su nueva situación, tanto que casi olvidó que podrían haberle visto como a la zorra en el gallinero si hubiesen sabido qué hacía allí.

Fanny, la hija mayor de la señora Taylor, solía bromear con él respecto a su interés por la comunidad.

—Le aseguro, señor Harris —le decía riendo—, que es peor que dos ancianas chismorreando sobre todo lo que pasa, ¿no le parece?

—Bueno, sencillamente me interesa —decía.

Fanny negó con la cabeza.

—¿Quién está enfermo? ¿Quién es de la familia? ¿Quién va a fallecer? ¡Chismorreos! Prefiero hablar de libros.

La señorita Fanny, con sus redondeadas mejillas y su cabeza de rizos era un una preciosidad de doce años. Ella y su hermana Nanny, menor que ella, volverían pronto a Carolina del Sur para iniciar el curso escolar, por lo que no estaba muy interesada en las tribulaciones de la gente de la vieja y aburrida Augusta.

Cuando pensó que Grandison no la oiría, la madre de Fanny la recriminó por fastidiarle.

—Mary Frances —le dijo—, no deberías burlarte de nuestro huésped sólo porque se interesa por las cosas de la ciudad. ¿No se te ha ocurrido pensar que está solo, sin familia, con su mujer en Charleston? Es nuestro deber cristiano ser amable con él.

—¡Ah, es un deber!

—Y recuerda además que una dama siempre debe ser amable.

Pero a él no le habían importado las burlas de la señorita Fanny. Ser tildado de «anciana cotilla» era mucho mejor que sospecharan lo que realmente era. En los meses anteriores a su partida para incorporarse a la escuela, la señorita Fanny había hecho un esfuerzo para tratarle con cortesía. Tenía todas las posibilidades de llegar a ser una dama, con la belleza de su madre y la piel blanca de su padre. Se preguntó qué sería de ella.

Estaba de nuevo en el cementerio, bajo la fría llovizna de una noche de febrero. Prácticamente ya no necesitaba el farol, acostumbrado como estaba a moverse por aquel terreno sagrado. Esta vez intentaría hacer el trabajo sin luz, y no por miedo a ser descubierto, sino por no ver la cara del cadáver. Cheney Youngblood, una joven de voz suave cuya serenidad hacía que pareciese preciosa, había muerto con tranquila resignación el sábado por la noche. Habría sido su primer hijo, y cuando el parto fue mal, a la comadrona le dio por beber, sin parar de llorar y decir que no era culpa suya. Al final, fueron a buscar a la señora Taylor, que mandó al joven Jimmie a avisar al doctor Newton. Aunque vino enseguida, cuando llegó, la chica se había debilitado tanto que no pudo hacer nada para salvarla.

—Tendría que operarla, Alethea —había dicho el doctor Newton—, pero no lo superaría. En cuanto al niño, creo que ya ha muerto. ¿Por qué hacerle sufrir si ya no puede hacerse nada?

Cuando Alethea Taylor llegó a casa, al amanecer de la mañana siguiente, él había acabado de volver de encender los fuegos de la facultad. Ella, despeinada y con los ojos enrojecidos después de haber pasado la larga noche en vela, le dijo:

—Se ha acabado —entrando en la casa sin decir más.

El funeral había tenido lugar la tarde siguiente. Cheney Youngblood, con su mejor vestido, había sido depositada en una sencilla caja de pino, con su niño no nacido dentro. Grandison había estado allí, frente a la tumba y las flores desparramadas sobre ella, con el resto de los dolientes, a los que se había unido en sus cánticos por la salvación de su alma. Cuando el pastor dijo «Descanse en paz», él dijo «Amén» junto con los demás.

Tres cuartos de hora en silencio, mientras las paladas de tierra caían rítmicamente junto al sendero. No cantaría. No podía rezar. Intentó no mirar a las sombras que parecían surgir de las ramas de los árboles próximos. Al final, notó la madera rígida contra la pala, y sin apenas pausa rompió la tapa y se arrodilló para extraer el contenido de la caja. No había habido mortaja para Cheney Youngblood, pero la noche era demasiado oscura para ver su cara medio vuelta, cosa que le alegró.

—Siento hacer esto Cheney —murmuró mientras preparaba el saco—. Ahora mismo debes de estar sintiendo eternamente haber permitido que algún hombre te tocase, y ahora aquí estoy yo, haciendo lo mismo. Sólo espero que puedas enseñar a esos estúpidos doctores algo sobre los niños, Cheney. Si ven lo que fue mal, quizá puedan ayudar al siguiente que venga.

De pie, junto a la cabecera del ataúd, la cogió por los hombros y tiró de ella, hasta que el frágil cuerpo emergió de la caja. Asiéndola por debajo de los brazos, sería cosa de un momento elevar el cuerpo y colocarlo sobre la tierra, junto a la tumba, para después introducirla en el saco. Así lo hizo, consiguiendo sacarla del ataúd, pero no liberarla de él.

De su cuerpo emergía un cordón.

Permaneció inmóvil en medio de la calma, escuchando. Nada.

Encendió el farol y lo enfocó al interior de la caja.

El niño estaba allí, con los ojos y los puños cerrados, todavía sujeto al cuerpo de su madre por el cordón.

Le temblaba la mano mientras dejaba el farol en el borde de la tumba y la alargaba para sacar al niño. Después de tanta muerte quizá podría volver a alguien a la vida. Sacó un cuchillo, pero cuando levantó el cordón notó que estaba frío y marchito, como un campo de calabazas en invierno.

El doctor Newton estaba sentado frente al fuego en su estudio, en batín y zapatillas. Faltaba más de una hora para que amaneciese, pero no había protestado cuando el hombre tembloroso que había aporreado su puerta a altas horas de la noche le despertó; al abrirle, le había mostrado el pequeño y triste bulto.

Grandison estaba sentado en una silla próxima al fuego, todavía temblando, todavía en silencio.

El doctor Newton suspiró, puso whisky en un segundo vaso y se lo alargó al visitante.

—No podría haberle salvado, Grandison, no vivía.

El hombre negó con la cabeza.

—Fui al entierro, doctor. Yo estaba allí. Vi a Cheney morir mientras intentaba dar a luz a su bebé, sin conseguirlo. Su vientre estaba muy abultado cuando la enterraron.

—Y ¿usted cree que el bebé nació por sí mismo de noche, en el ataúd?

Bebió un trago de whisky y se estremeció.

—Sí.

—No. —Newton permaneció en silencio durante un momento, escogiendo sus palabras cuidadosamente—. Una vez vi a un hombre ahorcado. En aquella época estaba en la facultad de medicina, y nos lo dieron para el estudio. Cuando desnudamos al pobre tipo en la sala de disección vimos que se había ensuciado encima, en las agonías de la muerte. El profesor nos explicó que cuando el cuerpo muere, los músculos se relajan. Los intestinos se vacían, y creo que los músculos que rigen el proceso del parto deben relajarse también. Los gases se acumulan cuando el cuerpo se descompone, de manera que un bebé en la situación del de Cheney sería expulsado del cuerpo de la madre una vez muerta.

—Y el bebé murió

—No. Nunca vivió. No llegó a respirar. No murió en el ataúd al ser expulsado del cuerpo de su madre, sino al mismo tiempo que ella. Fue un gran gesto por tu parte intentar salvarlo.

—Pensé que le habían enterrado vivo. —El doctor negó con la cabeza y Grandison dijo—: Pero a veces entierran a la gente viva ¿verdad?

Newton vaciló, escogiendo las palabras cuidadosamente.

—Ha sucedido —dijo al final—, pero yo nunca lo he visto. Uno de mis profesores de medicina de París me contó un cuento sobre un erudito de la época medieval, al que se estaba investigando para decidir si le harían santo. Cuando los padres de la Iglesia lo desenterraron para ver si el cuerpo estaba en el estado incorrupto que denota la santidad, le encontraron boca arriba dentro del ataúd, con astillas bajo las uñas y una horrible mueca de agonía en sus rasgos marchitos. —Suspiró—. Para mayor injuria, le negaron la santidad, basándose en que no parecía haber tenido mucha prisa en encontrarse con su Creador.

Se miraron y sonrieron. Era un relato macabro, pero no tan

terrible como la imagen de un niño muerto envuelto en la sábana mortuoria de su madre.

Afuera, la primera luz del día empezaba a hacer visibles los árboles y el césped. La noche se había acabado.

Lo de Cheney Youngblood había sido al principio. Lo sentía por ella, pues era joven y amable, y había creído que aunque brevemente, su bebé había vivido. Alrededor de un año después de aquello (era difícil de recordar después de tanto tiempo, al no tener datos anotados), un húmedo verano llegó la fiebre amarilla a Augusta. Mucha gente murió, abrasada en su delirio y pidiendo agua a gritos. Día tras día, carros atestados de ataúdes se dirigían por Telfair Street a los dos cementerios, el de los blancos y el de los negros. Los ancianos y los niños morían primero, y por aquí y por allá, algunos que ya estaban enfermos o débiles por otras dolencias también sucumbían. Las tumbas nuevas surgían como setas en el cementerio.

Ya podía trabajar sin apenas pensar en los restos humanos que pasaban por sus manos. Había habido demasiadas noches oscuras y demasiadas formas inmóviles para sentir miedo o pena. La pala se hundía en la tierra y sus brazos se esforzaban en sacarla y dejarla junto a las tumbas, pero aquellos días, su mente estaba en otro sitio.

—Quiero ir a casa —le dijo a George Newton una noche después de que éste le pidiera los suministros que necesitaba.

El doctor le miró sorprendido, y después pensativo.

—¿A casa, Grandison?

Su respuesta fue indirecta.

—Hago un buen trabajo, ¿verdad? Le traigo lo que necesita para las clases sin causarle ningún problema, no bebo, no me han cogido.

—Sí, eso es cierto, pero ¿dónde está su casa Grandison?

—Mi esposa está en Charleston.

El doctor Newton lo pensó.

—¿Se siente solo? Sé que algunas veces, cuando la gente está separada por las circunstancias encuentra a otras personas. Me pregunto si ha pensado en ello, o es que quizá ella…

—Nos casamos legalmente —dijo—. Hago un buen trabajo, pueden confiar en mí.

—Por supuesto que sí. ¿Y quiere volver a Charleston a ver a su esposa?

Asintió con la cabeza. No tenía sentido discutir hasta que el doctor no hubiese pensado detenidamente en ello.

Al final Newton dijo:

—Supongo que podríamos arreglarlo. Podríamos proporcionarle un billete de tren. Doce dólares divididos entre los siete miembros de la facultad no es mucho. Tamborileó con los dedos mientras lo pensaba—. Bien, visto de esta manera el coste parece asequible, a cambio de la diligencia y el trabajo constante. Creo que podré convencer a los otros doctores. Necesitará un salvoconducto, que aclare que tiene permiso para viajar solo, pero eso puede arreglarse sin problemas.

—Muy bien. Me gustaría ir pronto, por favor.

Era bueno en su trabajo, y sería más fácil mantenerle contento que sustituirle.

El trabajo que hacía no podía desempeñarlo cualquiera. El tipo libre que había sido su antecesor vivía empapado en ron; todavía podía vérsele arrastrando los pies por Bay Street, intentando mendigar o apostar el dinero necesario para ahogar las pesadillas.

Grandison Harris no tenía sueños.

—Perdone, doctor Newton, pero debo recordarle lo de mi viaje. El doctor Eve dijo que usted me daría el dinero.

—¿Su viaje…? ¿Ya?

—Hace semanas que hablamos de ello. —Se detuvo durante un momento, mirándole, sentado frente al montón de papeles de encima de su mesa—. Sé que tiene otras cosas en que pensar; siento la muerte de su tío.

—Gracias, Grandison. —George Newton se pasó la mano por el pelo y suspiró—. En realidad no ha sido una sorpresa. Le quería mucho, pero era bastante mayor. El problema es el caos que me ha dejado.

—¿El caos?

—El desorden. Dejó instrucciones en su testamento para hacer de su casa un orfanato, lo cual es encomiable, pero la casa estaba llena de criados y de sus familiares, que se han mudado a mi casa de Green Street. No puedo ni moverme por ella. ¡Once en total! Mujeres, ruido, niños tirándome de la manga cada vez que me vuelvo. Además lo de las reliquias de la familia Tuttle, y Henry, mi ayuda de cámara, que ya no sabe qué hacer. Ya es mayor, y está acostumbrado a cuidar sólo de mí. No he pensado en pedirles que se vayan pero…

Grandison asintió. Pobres blancos; a menudo se pensaba que los sirvientes solucionaban todos los problemas de los ricos, pero ahora veía que aquellos también podían ser un problema. Había que alimentarles, vestirles, cuidarles cuando estaban enfermos. Hubiese sido distinto si el doctor George hubiese tenido esposa y una casa llena de actividad. Quizá no importarían unos cuantos de más, pero para un soltero de cuarenta y cinco años, acostumbrado a no tener otra compañía que la suya propia, aquella multitud de personas a su cargo podía llegar a ser exasperante. Tampoco se le ocurriría nunca vender los esclavos de su tío, lo cual tenía su mérito. Grandison pensó que había que intentar facilitar las cosas para que el doctor George no se viese tentado a venderlos para recuperar la tranquilidad. Consideró la situación, tratando de pensar en algo que aligerase la carga. Dijo:

—¿Se le ha ocurrido preguntarle a la señora Alethea si puede ayudarle, doctor?

—¿Alethea Taylor? Bien, soy su tutor —sonrió—. ¿Va a venir también a mi casa?

—Como usted sabe tiene siete hijos. Está acostumbrada a una casa llena de actividad. Quizá podría ayudarle a organizar las cosas.

George Newton le dio vueltas a la idea. Las mujeres eran más hábiles organizando las casas y atendiendo las necesidades de la gente. Él tenía cosas más importantes de las que encargarse en la facultad. Metió la mano en el bolsillo y sacó un fajo de billetes.

—Bien, tenemos que enviarle a Charleston —dijo—. Doce dólares para el billete del tren, ¿de acuerdo? Y gracias. Creo que seguiré su consejo y le pediré a Alethea que me ayude.

Los problemas de George Newton desaparecieron de su cabeza tan pronto como la puerta se cerró tras de él. Se fue a la estación a esperar el tren. No quería que nada referente a Augusta empañase su visita a Rachel.

Tres días después entraba en el salón de la casa de Alethea, casi a la hora de la cena. Se dio cuenta de que faltaba uno de los miembros de la familia.

—¿Dónde está la señorita Mary Frances? —preguntó mientras se sentaban alrededor de la gran mesa.

Joseph dijo, agitando una baqueta de tambor:

—Mamá la ha enviado a la casa del doctor George. Ya sabe cómo van las cosas desde que murió el señor Tuttle. Gente agobiándole, pidiéndole esto y aquello. El señor George no sabe decir que no a nadie, y tiene el mismo sentido común que un bebé. Le pidió a mamá que fuese a ayudarle, pero está ocupada con la costura. Por eso envió a Fanny.

Jane, que tenía diez años dijo:

—Mamá pensó que Fanny acabaría con aquel desastre. Seguro que lo hará. Desde que ha vuelto de Carolina, de la escuela, no ha dejado de darnos órdenes a todos. Por eso me alegro de que se haya ido. Así nos dejará en paz.

—Tiene, ¿diecisiete años?

Joseph rio.

—Dieciséis, a punto de cumplir los treinta —dijo—. Los de la casa de Newton creerán que ha llegado un huracán. Fanny tiene suficientes agallas para enfrentarse a todos ellos. Además, no necesitará pase para ir allí.

Harris movió la cabeza. Así pues, no necesitaría pase. Fanny Taylor era una belleza de ojos grises, más blanca que las criollas francesas que había visto en Charleston. Con su piel clara, su educación y su pose podía presentarse en cualquier parte. Tenía el mismo genio y la misma determinación que la señora Alethea, por lo que no creía que le replicasen en casa de Newton.

—¿Está viviendo con ellos?

Jim rio.

—No, señor, mamá no lo permitiría. —Miró a su madre para evaluar si era conveniente seguir, pero la expresión de ésta no era muy alentadora.

Anna dijo:

—Se va a primera hora de la mañana y vuelve después de la cena.

La señora Alethea intervino.

—Niños, ¿dónde están vuestras modales? Pasadle al señor Harris esos bollos y algo de salsa, y al menos, dejadle que hable. Jim, sirve el pollo. Señor Harris, ¿cómo fue el viaje?

—El día era espléndido para un viaje en tren —dijo, deteniéndose prudentemente para tragar el último trozo de pollo antes de continuar. Los Taylor insistían mucho en los buenos modales en la mesa—. Hubo que detenerse, pues había unas vacas en medio de la vía que no se movían.

La señora Alethea no estaba interesada en las vacas.

—¿Y su esposa, señor Harris? ¿Está bien?

—Está bien. —Vaciló—. Está embarazada.

La señora Alethea miró a su prole y se las arregló para sonreír.

—¿Porqué no nos da esa noticia con un poco más de alegría, señor Harris? Será su primer hijo ¿no? ¡Debería estar encantado!

Él sabía que era su hijo. La anciana señora nunca hubiese permitido ningún tejemaneje en su casa. Y no es que pensase que Rachel lo habría tolerado. El niño era una preocupación más. No podría estar con su hijo, no podría protegerle. La anciana señora decía estar encantada con la venida del bebé, aunque tener un niño en la casa podría ser más incómodo de lo que ella había imaginado. Pensó en los molestos ocupantes de la casa del doctor George. ¿Se desprendería la anciana señora de Rachel y del niño para restablecer la paz en su casa? Tenía motivos para estar preocupado.

La señora Alethea dirigió una mirada a los niños, que uno tras otro se levantaron de la mesa como si se les hubiese dado una orden en voz alta. Cuando los dos se quedaron solos, ella dijo:

—No es justo separar a un marido de su esposa. No sé en qué estaba pensando el doctor George cuando le trajo aquí.

—Se lo pedí yo. Pensé que era lo mejor. A Rachel no la iban a vender, por lo que no había ninguna posibilidad de traerla.

—En cualquier caso está aquí desde hace ¿tres años? Es hora

de que la facultad de medicina haga algo respecto a su situación. Además hay un bebé en camino. Tienen que hacer algo.

—Supongo que los médicos pensaron que…

—Sé lo que pensaron. Pensaron en lo que todos los hombres piensan; que sustituiría a su esposa por otra. La gente decía lo mismo del señor Butts, pero se equivocaron. Tuvimos siete hijos, y estuvo conmigo hasta el día de su muerte. Esos médicos tienen que ver que después de tanto tiempo no ha abandonado a su esposa. Debe ir a verla cada vez que pueda. En cualquier caso, todavía no hay prisa, pues el bebé aún no ha nacido. Esperaremos a ver si todo va bien, y si es así, hablaremos con el doctor George.

Las clases de anatomía no siempre necesitaban bebés, lo cual agradecía. Pensó que se daría a la bebida, como había hecho Clegg, si tenía que sacar de las tumbas bebés amortajados durante los meses que faltaban para que naciese su propio hijo en Charleston.

Muchas mujeres morían durante el parto. Nadie lo sabía mejor que él. Los hombres que desenterraba en Cedar Grove eran, o viejas carcasas humanas agotadas por el trabajo y la fatiga, o jóvenes insensatos que habían perdido una pelea o que habían muerto por desidia, suya o de otros. Pero las mujeres… Era la maldición de Eva. A veces, naturalmente, las mujeres también morían viejas. La señora Alethea había tenido siete hijos, y era más que probable que envejeciese; procedía de una estirpe resistente. Pero veía a muchas mujeres jóvenes metidas bajo tierra antes de lo que debían, con el culpable de su muerte entre sus brazos.

Los médicos querían esas mujeres jóvenes. Sus musculaturas eran mejores para sus fines que los nervudos tendones de los viejos. El doctor Newton se lo había dicho:

—Las mujeres embarazadas son muy apropiadas —dijo examinando el cuerpo que Grandison le había llevado justo antes del amanecer—. Las comadronas se encargan de los partos normales, naturalmente, pero cuando algo va mal llaman al médico. Nuestra intervención en un parto es siempre una mala señal. Necesitamos descubrir todo lo que podamos.

—Pero ¿por qué mueren durante el parto? —había preguntado Grandison, con Rachel en la cabeza. Se preguntaba si los médicos de allí tenían alguna técnica nueva o los conocimientos que pudieran salvarla, llegado el caso. Aquella procesión de cadáveres lo había concienciado.

George Newton le daba vueltas al tema mientras examinaba el cuerpo hinchado de la joven sobre la mesa que tenían frente a ellos. En el vacío de la muerte, parecía demasiado joven para haber dado a luz. No lo soportó. El bebé permanecía dentro. Se llevó el secreto con ella.

Grandison la miró, intentando recordarla como un ser vivo. Tenía que haberla visto entre la multitud, en el mercado de la ciudad, o riendo entre las mujeres fuera de la iglesia. Pero no la recordaba. Fuera quien fuese, ya no estaba allí, y se alegraba de no poder invocar su recuerdo. Era más fácil pensar en los otros cuerpos que todavía debería seguir trayendo a la facultad. Si no hubiese sido por el vientre hinchado, ni se habría percatado de ella.

Al final el doctor Newton dijo:

—¿Por qué mueren? Es una pregunta apropiada para el reverendo Wilson, de la Iglesia presbiteriana del otro lado de la calle. Le diría que sus muertes son la voluntad de Dios, y el cumplimiento de la maldición de Eva por haberse comido la manzana, o cualquier otra estupidez. Pero creo... —Se detuvo durante un momento, mirando la llama de su cerilla, como si hubiese olvidado la pregunta.

—¿Sí, doctor? ¿Por qué cree que mueren?

—Grandison, pasé mi juventud viendo a los gatos parir en el pajar, a los galgos soltar camadas de diez cachorros, y a los cerdos expulsar un montón de lechones en cada parto, y en ningún caso parecían sentir ningún dolor. Pero las mujeres son diferentes. Los partos matan a algunas, y medio matan al resto. He buscado una respuesta, igual que usted, y me pregunto si hay alguien más a quien culpar que al mismo Dios.

—¿De verdad? ¿Cree que es posible que haya algo más? Si es así, ¿qué o quién?

El doctor Newton sonrió.

—Supongo que nosotros mismos. El problema en los partos

es la cabeza del bebé. El resto de esos cuerpecitos se desliza sin dificultad. Es la cabeza la que queda atascada y ocasiona los problemas. Supongo que necesitamos cabezas grandes porque nuestros cerebros son más grandes que los de los perros o los cerdos, aunque quizá en el curso de millones de años nuestras cabezas hayan crecido más que nuestros cuerpos.

Grandison reflexionó.

—Pero no hay nada que pueda hacer al respecto —dijo—. No puedo ayudar a Rachel.

El doctor asintió.

—Lo sé —dijo—. Quizá el reverendo Wilson sea más útil que nosotros los médicos en este caso. Él le recetaría rezar, y yo no tengo nada mejor que ofrecer.

Newton se volvió para irse antes de que se le ocurriese otra idea.

—Grandison, ¿por qué no viene a la clase hoy? —Volvió la cabeza hacia el cuerpo hinchado de la joven. Será nuestro tema. Quizá se sentiría mejor si comprendiese el proceso.

Grandison casi sonrió. Al aplicado soltero nunca se le ocurriría pensar que un hombre cuya mujer estuviese embarazada podría sentirse aterrorizado ante semejante escena. El doctor George estaba pensando en que aprendiese de la experiencia. Harris pensó que dado que aprender era útil en sí mismo, no rechazaría el ofrecimiento. Procuraría no aparentar miedo o asco, pues esto podría privarle de otros ofrecimientos posteriores parecidos. Sería interesante.

Había observado mientras los médicos practicaban con el cuerpo de la mujer, y ahora sabía que la matriz parecía una medusa de los muelles de Charleston, y que el canal por donde el bebé se deslizaba al nacer le recordaba a una serpiente tragándose un conejo. Pero lo que vio no consiguió en absoluto disipar su miedo sobre el parto de Rachel. Al final fue bien. Fuese porque las oraciones consiguieron su objetivo, o porque su cuerpo robusto y su buena salud habían sido su salvación, dio a luz al niño sin dificultad, y tanto la madre como el bebé se encontraban cada día mejor. Le puso George, en honor al doctor Newton, pensando en que aquel gesto podría hacer que el viejo soltero se sintiese benevolente hacia Rachel y el niño.

Después de aquello adquirió la costumbre de sentarse en la clase cuando sus otras obligaciones se lo permitían. El aprendizaje no parecía difícil, aparte de las palabras técnicas que utilizaban los médicos. Una vez aprendías cómo eran los órganos y cómo encontrarlos en el cuerpo, lo demás seguía de forma lógica. Se sorprendieron al ver que sabía leer (las clases con las hijas Taylor le habían sido muy útiles). Al cabo de un tiempo nadie le prestaba atención en la clase de anatomía, y pronto, los médicos se acostumbraron a pedirle que les ayudase en las demostraciones. Era atento y competente, y eran conscientes de su utilidad, más que del hecho de que también él estaba aprendiendo medicina.

Hacía años que estaba en Augusta. Ya estaba tan acostumbrado al ritmo del curso académico como lo había estado en el pasado a la cadencia de las estaciones en la granja. Había seguido el consejo de Alethea Taylor y se había hecho totalmente indispensable, hasta el punto de que, aparte de darle dinero para los suministros necesarios para el desempeño de su tarea, o para su uso personal, los médicos apenas tenían que preocuparse de nada. Nadie cuestionaba sus peticiones de dinero. Sencillamente le daban lo que pedía y volvían a lo que habían estado haciendo antes de la interrupción.

Dieciséis cuerpos por curso para la clase de anatomía. Ya sabía leer bien, gracias a las hermanas Taylor, aunque éstas se hubiesen sorprendido de saber que esta capacidad le era especialmente útil para leer las necrológicas en el *Chronicle.* Cuando en la zona no había suficientes cuerpos disponibles para las necesidades de la facultad, Grandison estaba autorizado a comprar lo que precisase. Una pieza de oro de diez dólares por cada sujeto. Doscientos galones anuales de whisky para la conservación de cadáveres enteros, o para cualquier órgano de interés que los médicos desearan guardar para estudios posteriores, y si compraba un poco más de alcohol de la cantidad indicada, nadie parecía darse cuenta. Nunca lo desperdiciaba.

Llamó a la puerta de la oficina del doctor George Newton.

—Buenos días doctor George. Tengo que coger el tren de nuevo.

El doctor le miró como si hubiese olvidado dónde estaba.

—¿El tren? Ah sí, naturalmente. Su familia. Siéntese, Grandison. Creo que deberíamos hablar.

Se esforzó por seguir sonriendo, pues no tendría ninguna utilidad discutir con un hombre que podía arruinarte la vida. Normalmente no se le pedía que se sentase cuando hablaba con los médicos, por lo que siguió de pie. Adquirió una expresión de preocupación inquieta.

—¿Hay algo en lo que pueda ayudarle, doctor George? —dijo.

El doctor tamborileó con el lápiz sobre el libro de contabilidad.

—He pensado que doce dólares al mes para el billete del tren para que vaya a ver a su esposa...

—Y a mi hijo —dijo Grandison, manteniendo la voz tranquila.

—Sí, naturalmente. Bien, he estado pensando en ello y tendré que hablarlo con el resto de miembros de la facultad.

«Podría buscarme un segundo trabajo —iba pensando—. Quizá si ganara el dinero para el tren por mí mismo.»

Pero el doctor George dijo:

—Convenceré a los demás para comprar a su familia.

Le llevó un momento ordenar las palabras, tan contrarias a las que había previsto. Tuvo que tragarse las protestas que le habían subido a la garganta.

—¿Comprar a Rachel y a George?

El doctor sonrió

—Sí. Les explicaré que con el dinero de los viajes en tren que nos ahorraríamos podríamos amortizar la compra en unos cuantos años. Desde el punto de vista financiero tiene sentido. Además, últimamente he pensado en cuánto debe echarles de menos.

Grandison le dio vueltas en la cabeza a lo que lo que acababa de oír. Su sorpresa fue mayor que la que hubiese tenido si uno de los cadáveres de la sala de disección se hubiese levantado y hubiese empezado a caminar. Nunca había mencionado a su esposa ni a su hijo, si no era para responder con vaga cortesía en las raras ocasiones en que alguien le preguntaba por ellos. ¿Por qué de pronto se le había ocurrido al doctor aquella caritativa idea? ¿Por qué no cuando nació el bebé? El doctor George era un hombre amable, pero apenas era consciente de sus propios sentimientos, y mucho menos de los de los demás. Grandison permaneció de pie, de espaldas a la puerta, con la sonrisa todavía helada en los labios, preguntándose qué le había dado a aquel hombre.

George Newton se pasó la mano por la frente y suspiró. Empezó a hablar y movió la cabeza. De nuevo empezó:

—Puede que tardemos unos meses en encontrar el dinero. Necesitaremos unos mil trescientos dólares para comprar a los dos. Creo que esto será suficiente. Escribiré a la dueña de su esposa de Charleston para negociar la compra.

Grandison movió la cabeza.

—Gracias —suspiró. La alegría vendría después, una vez hubiese digerido la noticia. Todavía se estaba preguntando qué le había dado al doctor George.

—Uno de estos días tendré que mudarme —le dijo a Alethea Taylor aquella noche después de cenar.

Ella estaba sentada en su silla de respaldo recto, junto a la lámpara, bordando un vestido de niña.

—Tendrá que encontrar un lugar para su familia —dijo, sin levantar la cabeza de su trabajo.

Él rio.

—No se le escapa nada señora Taylor, ¿se lo dijo el doctor George?

—Me lo dijo Fanny. —Puso el vestido del bebé sobre la mesa de la lámpara y se frotó los ojos—. Ha hablado con George para intentar traerles; prometió que pensaría en ello.

—Me preguntaba qué fue lo que le hizo tomar la decisión. Decirme que iba a comprarlos a los dos, de forma inesperada, sin que yo hubiera pedido nada. No puedo entender qué le ha dado.

Ella no dijo nada, pero torció el gesto mientras continuaba cosiendo.

—No creo que sepa de qué va todo esto

Se limpió los ojos con el dobladillo de la ropa.

—Sí, lo se, y se lo voy a decir. El doctor George y Fanny son... bien, marido y mujer, diría yo, aunque el estado de Georgia no lo acepta. Fanny tendrá pronto un bebé.

Él permaneció en silencio durante un momento, pensando qué decir. El doctor George era cuarentón, y además lo parecía. Fanny era una esbelta preciosidad de dieciséis años. Grandison sabía lo que podía pensar de la situación cualquier desconocido. Ya hacía cinco años que conocía al doctor George, y debido quizá a la prominencia y riqueza del médico, no podía dejar de verle como un hombre mayor, de pelo grisáceo, mirando al mundo desde su madriguera llena de libros forrados, mientras que la elegante Fanny era algo distinto. Sabía de mujeres de piel clara forzadas a convertirse en las queridas de sus propietarios, pero Fanny era libre, y además su madre no permitiría que sucediese tal cosa. La señora Alethea no tenía todos los derechos de una mujer blanca, aunque cualquiera la tomaría por tal, pero aún así había leyes para proteger a la gente de color libre. Además, y mediante su negocio de costura, la señora Alethea había hecho importantes amistades entre su clientela femenina. Si se lo pedía, el marido abogado de alguna de sus clientas intervendría. Las mujeres blancas detestaban la idea de que sus maridos convirtieran en queridas a las mujeres de color, y saltarían a la menor oportunidad de acabar con una relación así. Algunas se sentirían indignadas y habrían estado dispuestas a salvar a la hija de la señora Alethea del perverso seductor, aunque fuera... el doctor George. No creía que pudiera suceder. A pesar de su frialdad cortando y abriendo a los muertos, cuando se trataba de relacionarse con los vivos era incapaz de matar una mosca.

—¿No la... forzaría? —preguntó, mirando a otro lado. Pero al volver a mirarla y ver la expresión de la señora Alethea, ambos empezaron a reír, a pesar de todo.

Ella negó con la cabeza.

—¿Forzarla? ¿El doctor George? Diría que ni fue idea suya, señor Harris. Usted sabe cómo es.

—¿Es feliz la señorita Fanny? —preguntó al final.

—Con dieciséis años y un marido blanco rico, creo que sí. ¿Qué cree usted? —Suspiró—. Cuando un hombre se enamora por primera vez después de los cuarenta, le afecta de verdad. Es como si perdiera los sentidos.

—Bien. —Buscó palabras de consuelo y al final dijo—. No se lo diré a nadie.

Ella siguió cosiendo.

—Publíquelo a los cuatro vientos si quiere, señor Harris. No pretenden mantenerlo en secreto. Quiere casarse con ella.

Grandison sonrió.

—Cualquiera lo querría señora Alethea. Mary Frances es una chica preciosa.

—Creo que no me ha entendido Señor Harris. Estoy diciendo que va a casarse con ella.

—¿Y quedarse aquí? ¿Y permitir que la gente lo sepa?

Ella asintió.

—Por supuesto. Vivir como marido y mujer, aquí, en Green Street.

Ahora entendía por qué George Newton, de pronto, había comprendido su miedo a separarse de Rachel, pero creía que su decisión era una locura.

—No puede hacerlo —dijo—. Casarse con ella.

—No puede hacerlo sin perder su posición —dijo ella mientras continuaba cosiendo—. ¿Cree que no se lo he dicho?

—¿Y qué ha dicho él?

—Va a renunciar a su cargo en la facultad de medicina. Dice que tiene suficiente dinero y que va a continuar trabajando en el laboratorio de su casa. —Negó con la cabeza al pensar en lo descabellado de la decisión.

Grandison pensó en ello. Quizá en Charleston podría funcionar. O posiblemente en las islas, en la Martinica. Todo el mundo sabía que los franceses… Pero ¿allí?

—Incluso se lo pregunté directamente a él, señor Harris. «¿Se acuerda de Richard Mentor Johnson?» —Su expresión le dijo que él no se acordaba, pero ella continuó—. Richard Menton Johnson, de Kentucky. Fue vicepresidente de Estados Unidos cuando yo era una niña, cuando Van Buren era presidente.

La gente decía que había matado al jefe indio Tecumseh, lo que según dijeron le había convertido en un héroe. Pero entonces se casó con una mujer de color, y cuando se supo, intentaron retirarle del cargo basándose en ello. Cuando finalizó su primer mandato renunció y se fue a casa, a Kentucky. Para entones, su mujer ya había muerto, antes incluso de que él se fuese a Washington para asumir la vicepresidencia. El recuerdo de ella fue suficiente para destruirle.

—¿Cómo piensa el doctor George que le irá en Georgia —continuó Alethea— con una esposa viva en su casa?

—Pero la señorita Fanny, al mirarla…

—Lo sé. Es más blanca que algunas de las esposas de los médicos, pero eso no cambia las cosas. Esta ciudad es pequeña, señor Harris. Todo el mundo se conoce. Fanny no puede pasar desapercibida en Augusta, y ninguno de los dos está pensando en irse a otro sitio.

Grandison pensó que había dicho lo que pensaba, y que le había expresado su comprensión, pero ahora estaba pensando en cómo le afectaría la decisión del doctor George. ¿Significaría dejar de robar en Cedar Grove? ¿O en su locura insistiría en seguir obteniendo el mismo número de cadáveres del cementerio de los blancos? La igualdad era una cosa justa, pero no si era motivo para que una enfurecida muchedumbre de blancos le colgase.

Aquella mañana barrió el pasillo del piso superior cuatro veces mientras esperaba a que el doctor George estuviese solo en su oficina.

Cuando el último visitante hubo salido, llamó a la puerta rápidamente antes de que apareciese alguien más.

—Perdone doctor George, nos estamos quedando sin suministros para la clase de anatomía —dijo.

Siempre decía «suministros», en lugar de «cadáveres», incluso cuando estaban solos, por si alguien les oía.

El doctor George frunció el ceño.

—¿Suministros? Ah, entiendo. ¿Todavía no hemos llegado al cupo? Bien, ¿tenemos alguno reciente?

—Hoy ha habido un entierro —dijo—. Un niño que se cayó del tejado de un granero. Me preguntaba si quería que lo trajese.

—Tráigalo. Lo necesitamos, aunque sería mejor si pudiésemos tener a alguna víctima de fiebre amarilla. Tenemos que tratar de las enfermedades del sur con los estudiantes. Las facultades de medicina del norte no tienen ni idea de ello. —El doctor George le miró—. ¿Por qué ha preguntado por ese chico en concreto? ¿Le conoce?

Eso ya no importaba. Hacía años que los conocía a todos. Algunos le importaban más que otros, pero hacía tiempo que todos ellos habían dejado de ser simples trozos de arcilla en sus manos.

—De acuerdo —dijo—. Le traeré. Me estaba preguntando qué quería que hiciera, y si habrá un nuevo decano.

El doctor se apoyó contra el respaldo de la silla y suspiró.

—Sí, Grandison; ya veo que ha oído algo.

—Así es.

—Es cierto que dimito como decano. He pensado que sería

mejor para la facultad si lo hago. —Cogió un fajo de papeles de encima de la mesa y se los mostró, con sonrisa de desconcierto—. Pero parece que continuaré como profesor emérito de anatomía. Esto es una petición, firmada por todos los estudiantes y por el profesorado pidiendo que me quede. El consejo de administración ha aceptado.

—¿Lo saben?

—¿Lo de Fanny? Sí. A los profesores no les importa. Supongo que cuando se es médico, uno se da cuenta de la escasa diferencia que hay entre razas. Únicamente una delgada capa de piel. Eso es todo. Lo que hay debajo es igual. Sea cual sea el motivo, insisten en que me quede, y lo haré.

—Así pues, ¿nada cambiará… para mí?

George Newton negó la cabeza.

—Necesitamos más cuerpos, y el único lugar seguro para obtenerlos es Cedar Grove. Eso no ha cambiado. Además, creo que continúo teniendo influencia suficiente para traer a su familia a Augusta. No tengo la intención de eludir mis responsabilidades, por lo que usted puede seguir ocupándose de las suyas.

Y

Madison Newton, de cara roja, pelo rubio, y ojos color avellana nació el último día de febrero. Su piel era blanca.

—Es un bebé precioso —le dijo a Fanny cuando ésta lo llevó a casa de su madre un agradable día de marzo.

Fanny volvió a poner la mantita en su lugar, de manera que solamente asomara la nariz del bebé.

—La gente sólo quiere verle para ver de qué color es —dijo ella—. ¿Qué esperaban? Tiene dieciséis tatarabuelos, como todo el mundo, y sólo uno de ellos era de color. De entonces acá, todo en él es blanco. Naturalmente, eso no cambia lo que es para la mayoría de la gente.

Grandison había continuado sonriendo y había dicho la pura verdad: que el bebé era un niño afortunado, pero estaba irritado, y la preocupación no había desaparecido todavía. Aquella noche, en Cedar Grove, entre la neblina, cavó la tierra como si pudiera infligirle una herida.

—Creo, que la señorita Fanny tiene la cabeza más blanca que la cara —dijo a la oscuridad, hincando la pala en la tierra—. Lamentarse así por un bebé de ojos claros, hijo de un médico rico. Creo que la preciosa señorita Fanny quiere la luna.

Apenas pensó en el hombre que se encontraba debajo, en el ataúd. Unos estibadores de los muelles borrachos le habían golpeado demasiado fuerte en la cabeza durante una pelea. Incluso había olvidado su nombre. La de aquella noche era una tarea fácil. No había conchas ni flores decorando la tumba. Le habían enterrado sin pena ni ceremonia. Se lo llevaría al doctor, para que por una vez fuese de utilidad. Sus pensamientos volvieron a su agravio. La malcriada señorita Fanny nunca había dedicado una palabra a su hijo, cuando ella se quejaba de la suerte del suyo en la vida. ¿Cómo se hubiese sentido en la situación de Rachel? Separada de su marido y criando a un hijo sin él, sabiendo que en cualquier momento la anciana propietaria podía vender al niño, y sin poder hacer nada para evitarlo.

Quitó la suciedad de la caja de pino y rompió la tapa con la pala. La señorita Fanny Taylor no sabía lo que aquello significaba, y se quejaba de…

Se oyó un sonido

Algo parecido a un gemido, procedente del interior del ataúd. Se olvidó de Fanny y del bebé mientras se arrodillaba en el sucio suelo de la tumba abierta y apretaba su oído contra la tapa de la caja. Mantuvo la respiración, esforzándose por oír la repetición del sonido. En medio de la calma, concentrado en la oscura abertura que tenía frente a él, se dio cuenta de que había algo más que iba mal. El olor era distinto. Debería de haberse notado el olor dulzón y empalagoso a carne reciente en descomposición procedente de la caja, pero no. Tampoco percibió el hedor producido por el intestino al vaciarse, lo último que hacían los muertos. Lo único que olía era a whisky matarratas.

Agarró el cuerpo por debajo de las axilas y lo sacó de la tumba, pero en vez de meterlo en el saco lo tendió sobre la hierba húmeda. Volvió a gemir.

Había oído a algunos cadáveres emitir sonidos como aquél antes. La primera vez que sucedió estaba descargando un saco del carro, en el almacén de la facultad. Arrojó el saco al suelo y salió en busca del doctor George, gritando que el muerto había resucitado.

George Newton sonrió durante un instante, pero sin discutir le siguió al almacén y examinó el cuerpo. Le palpó la muñeca y el cuello para comprobar el pulso, e incluso se inclinó sobre la cara muerta para ver si respiraba, pero por los movimientos deliberados y la calma que mostraba el doctor pudo intuir lo que diría.

—El tipo está muerto —dijo de pie mientras se cepillaba los pantalones para quitarse unos restos de suciedad.

—Pues acaba de morir. Le oí gemir.

El doctor George sonrió amablemente.

—Sí, le creo, pero ya estaba muerto.

—¿Un fantasma entonces?

—No. Sencillamente un proceso natural. Cuando los cuerpos mueren, aún queda aire atrapado en los pulmones. A veces, al ser expulsado, produce una especie de gemido. Espeluznante, lo sé. Una vez lo oí en mi época de estudiante, pero sólo se trata de restos de vida, no de vida como tal. Este pobre hombre hace un día que está muerto.

Nunca olvidó aquel sonido, ni volvió a oírlo de ninguno de los cadáveres que pasaban por sus manos camino de la sala de disección.

El sonido procedente del hombre que estaba tendido en la hierba era diferente, y cambiaba; bajo y sordo al principio, y más alto después. Se arrodilló junto a él y lo sacudió por un hombro.

—¡Eh! —dijo—. ¡Eh! —Su voz era ronca y anormalmente alta en la oscura calma de Cedar Grove. «¿Qué puedes decirle a un muerto?»

El gemido dio paso a la tos. El hombre se dio la vuelta y vomitó sobre el montículo de tierra.

Suspiró y avanzó unos centímetros. Los había visto peor. Olían peor. Pero haber encontrado un cuerpo vivo en el cementerio complicaba las cosas. Se sentó en silencio, dándole vueltas en su mente a las alternativas que tenía, hasta que las arcadas se convirtieron en sollozos.

—¿Se encuentra bien? —dijo sin volverse

—Esto es el cementerio. ¿Me mató Badger Benson?

—Supongo que lo intentó. Pero se ha despertado. ¿Quién es usted?

—Estaba pensando en preguntarle lo mismo. ¿Cómo se las ha arreglado para encontrarme aquí? No parece que sea un ángel.

Grandison sonrió.

—Puede que sea el suyo. ¿Es esclavo o libre?

—Pertenezco al señor Johnson. Trabajo en su barco.

—¿Quiere volver con él?

El hombre se estiró y movió las piernas, rígidas por a causa de su encierro.

—No lo sé —dijo—. ¿Por qué me lo pregunta?

—Porque como todo el mundo sabe, estaba muerto. Le enterraron esta mañana. Si tuviese intención de volver con su dueño, habría gente que me haría preguntas sobre el motivo por el que vine a buscarle al cementerio, le devolverían a Johnson y continuaría siendo un esclavo, y yo me vería metido en problemas por desenterrarle. Pero si se va de aquí y no vuelve nunca más, nadie sabrá que se fue y que esta tumba está vacía. Usted está muerto. No cambiará nada, y nunca le buscarán.

El hombre se frotó la magulladura de su cabeza.

—¿Por qué ha venido a desenterrarme?

Grandison se irguió y retiró la pala.

—La facultad de medicina saca de aquí los cuerpos para practicar en las clases de cirugía. Los cirujanos tenían la intención de practicar con usted y todavía pueden hacerlo, a menos que se largue. Y ahora, dígame, ¿quiere volver a estar muerto?

El joven levantó una mano, como para protegerse de un golpe.

—No, no. Le entiendo perfectamente. Me voy.

—Y no vuelva bajo ningún concepto. No se despida de nadie. Está muerto, y así seguirá.

El joven permaneció de pie y dio algunos pasos vacilantes.

—¿Y adónde voy?

Grandison se encogió de hombros.

—Si yo fuese usted, iría hacia el este. A las montañas, a territorio indio. Vaya tan lejos como pueda. Hay lugares en que no existe la esclavitud. Yo iría allí.

El joven se volvió para mirarle.

—¿Y por qué no va usted?

—No se preocupe por mí. No soy yo quién está muerto. ¿Se va o no?

—Sí, me voy.

—Tiene tres horas antes de la salida del sol. —Le alargó la pala al joven resucitado—. Ayúdeme a llenar su tumba.

Doctor George Newton. Diciembre de 1859

Según lo previsto, dimití como decano de la facultad de medicina. No tengo mucho tiempo para liquidar mis asuntos, y el hecho de que Ignatius Garvin me esté liberando de mis responsabilidades de forma eficiente hace que tenga una cosa menos de la que preocuparme. Si puedo dejar a mi querida Fanny y a los niños con el porvenir asegurado, podré dejar este mundo sin demasiado pesar. Ojalá hubiese podido ver a mi hijo crecer y haber envejecido junto a mi querida esposa. Ojalá Dios hubiese considerado justa una muerte más fácil.

Nadie sabe todavía que me estoy muriendo, y puede que la enfermedad tarde semanas en llevárseme, pero no deseo a nadie el tiempo que me queda, pues sé lo suficiente de esta dolencia para temblar ante lo que vendrá. Sé que no debo desmoronarme. Tengo que ser valiente para no causar a Fanny más daño del que sentirá al perderme tan pronto.

Hay tantos papeles por examinar. Inversiones, escrituras, instrucciones para el consejo de administración. Mi vida nunca fue tan complicada. El dolor empezará pronto, y puede que me incapacite para tomar decisiones sensatas para el bienestar de mi pequeña familia. Al menos he salvaguardado la situación de la familia de nuestro querido colega y sirviente Grandison Harris. Gracias a Dios pude hacerlo a tiempo. Hacía mucho tiempo que le había prometido que traería a Rachel y a su hijo a Augusta, lo cual hice hace unos meses. Todavía no he cumplido cincuenta años, estaba sano de cuerpo y alma, y recién casado. Pensé que tendría muchos años para hacer buenas obras y continuar con mi investigación médica. Supongo que los médicos tampoco piensan en que un día tendrán que enfrentarse a la muerte. Nos volveríamos locos si intentásemos vivir pensando de otra manera.

No sé cómo sucedió. La gente dice que fue por culpa del accidente de la calesa, poco antes de Navidad, y quizá lo fue. Aquel caballo es nervioso y poco manejable, sobre todo en calles atestadas de gente y perros ladrando. Tengo que recordarle a Henry que venda el animal, pues no me gustaría que Fanny tuviese algún percance si se desboca de nuevo. Cuando caí al barro, después de haber sido despedido de la calesa, sufrí algunas contusiones, pero ¿me hice algún corte? No recuerdo haber visto sangre.

El doctor Eve vino a verme y me encontró bastante bien; no tenía ningún hueso roto ni heridas internas, y a juzgar por las apariencias, estaba en lo cierto. Mis colegas pasaron por casa para desearnos feliz Navidad y presentar sus respetos a su querido colega lesionado. Naturalmente, no trajeron a sus esposas.

Ninguna mujer blanca respetable acepta la hospitalidad de esta casa, pues se supone que la presencia de Fanny la deshonra. A los ojos de la ley, no estamos legalmente casados. Fanny dice que no le importa. «Viejas aburridas», dice de ellas, pero ha cautivado a los caballeros, que me consideran un hombre afortunado. Y lo era, hasta que la tragedia me golpeó, aunque ninguno de esos médicos lo sospechó.

Ojalá yo tampoco lo hubiese sospechado. Ojalá hubiese entrado inocentemente en la agonía, como un niño que hubiese pisado un clavo oxidado sin llegar a imaginar los horrores que vendrían. Pero soy un médico experimentado, lo sé, y la sola palabra atenaza mi garganta y me aterroriza.

«Tétanos.»

Sé demasiado sobre ello. Demasiado, y no lo suficiente. He visto a gente morir de eso. Los músculos se extienden y se contraen, controlando la enfermedad, más que al paciente, llevando a una distensión agonizante, semejante a la que debieron sentir los prisioneros en el potro tiempo atrás. El dolor tortura al

cuerpo hasta más allá de lo imaginable. Pero por encima del dolor, la mente del paciente permanece clara, pues no queda afectada. Pero no creo que esa claridad sea precisamente una bendición. El delirio o la locura serían un alivio, pero incluso eso se le niega al enfermo. Y no hay cura. Nada puede detener el avance de esta enfermedad, y nada puede cambiar sus efectos. Quizá me quede una semana antes del final, y estoy seguro de que para entonces no temeré a la muerte, sino que la aceptaré como una bendita liberación.

Mejor no pensar en ello. Lo afrontaré cuando llegue. Tengo que ver a James Hope. Puedo confiar en él. Como dueño de la planta de algodón será un respetable tutor para los intereses de mi esposa. Además, siendo escocés de nacimiento, no está influido por los prejuicios sureños de razas y castas, y verá a Fanny como la señora que es. La trata con la gentileza que mostraría ante una duquesa, por lo que es muy querido por nosotros dos. Sí, tengo que decirle a James lo que ha pasado, y lo pronto que tendrá que recoger lo que yo me veo forzado a abandonar.

¡Pobre Fanny! Quedarse viuda con dos hijos sin haber cumplido los veinte años. Me preocupa más su destino que el mío. Al menos el mío será breve, pero Fanny tiene por delante otros cuarenta años para sufrir si el mundo es cruel con ella. Ojalá que mi sufrimiento pudiera aliviar cualquier dolor que Dios le tenga reservado. Tengo que hablar con James Hope. ¡Es la persona idónea! Tengo que confiarle mi pequeña familia.

Faltaba poco para Navidad, y Rachel había hecho un pastel para los Newton. Grandison lo llevaría a Green Street por la tarde, cuando hubiese terminado con sus obligaciones. Miró el pastel, y pensó que el doctor George hubiera preferido una muestra de la facultad de medicina para el laboratorio de su casa, aunque supuso que un gesto así no sería apropiado por aquellas fechas. Rachel sabía lo que se esperaba socialmente. Hablaba con la gente y charlaba con sus nuevas amistades en la iglesia, mientras él se apartaba, temiendo hablar con personas a las que podría ver algún día en otras circunstancias.

Llevó el pastel a casa de los Newton, y llamó a la puerta trasera, esperando en parte que se abriese antes de que su mano llegase a tocar la madera. Esperó durante un minuto, y después otro, pero nadie abrió. Volvió a llamar de nuevo, más fuerte, mientras se preguntaba por qué tardaban tanto. Con la cantidad de sirvientes que tenían, aquella puerta debería haberse abierto tan pronto como hubiese estado bajo el porche. ¿Qué les tenía tan ocupados?

Al final, y después de haber llamado todavía más fuerte por tercera vez, la propia Fanny abrió la puerta. Grandison sonrió y le alargó el regalo de Navidad envuelto en papel, pero el aspecto de su cara le hizo retroceder un paso. No llegó a salirle el saludo de la garganta. Sabía que estaba embarazada de nuevo, pero lo que le impresionó fue ver lo enferma que parecía, como si no hubiese comido ni dormido en una semana. Ella le miró con ojos vacíos, temblando, con el semblante derrotado por la fatiga. Por un momento pensó que no le había reconocido.

—Rachel ha hecho un pastel. Para Navidad —dijo.

Ella movió la cabeza y retrocedió, para que él pasase a la cocina.

—Déjelo sobre la mesa —dijo ella.

Así lo hizo. La casa estaba anormalmente tranquila. No se oía ruido alguno del pequeño Madison jugando, ni el ajetreo de los sirvientes, que deberían estar preparando la casa para las fiestas próximas. Volvió a mirar a Fanny, que tenía la vista fija en el paquete que Grandison acababa de llevarle, como si nunca hubiese visto nada parecido, como si hubiese olvidado cómo había llegado hasta allí.

—¿Se encuentra bien? —preguntó—. ¿Quiere que vaya a buscar a la señora Alethea?

Fanny negó con la cabeza.

—Ya ha estado aquí y se ha llevado a Madison, para que yo pueda estar con George —murmuró—. También he enviado con ella a la mayor parte de los demás. Henry se ha quedado, naturalmente. Él no dejaría a George.

Así pues, algo le pasaba al doctor George. Tenía que ser algo malo.

Fanny parecía medio muerta.

—¿Quiere que vaya a buscar al doctor Eve? —preguntó.

Estuvo aquí esta mañana, y también el doctor Garvin. De poco ha servido. George me lo dijo desde el principio, aunque yo no le hice caso. Pensé que alguno de esos médicos pomposos podría ayudarle, pero no pueden. No pueden.

—¿Está muy mal?

—Se está muriendo. Es el tétanos. ¿Sabe lo que es?

Asintió.

—El tétanos, oh, sí. Se habló de ello en una de las clases de medicina, y dijeron que no tenía tratamiento. Sólo se expuso el tema para revisar los terribles síntomas y esperar que nadie de los que había allí los viese. ¿Están seguros?

—George lo está. Se lo diagnosticó él mismo, y los demás coinciden. Yo era la única que no lo creía; ahora sí lo creo. Estoy junto a él tanto tiempo como puedo. Hora tras hora. Viéndole luchar contra el dolor. Luchando contra la necesidad de gritar. Después voy, vomito y vuelvo a su lado.

—Yo podría quedarme con él un rato.

—¡No! —dijo, con tanta vehemencia que la sorpresa hizo retroceder a Grandison un paso. Respiró profundamente y pareció tragarse la ira—. No, muchas gracias señor Harris, pero él no permitirá que lo vea.

—Pero, si el doctor George se está muriendo...

—Precisamente por eso. ¿Cree que no sé lo que hace en la facultad de medicina? Le llaman conserje, pero yo sé desde hace mucho tiempo cuál es su trabajo, y no es que lo censure; sé que los médicos tienen que aprender de alguna manera, y que no es fácil hacerlo sin medios. Pero usted no va a practicar su oficio en esta casa. No va a llevarse el cuerpo de mi marido, ¿lo oye?

Él dijo en voz baja:

—Sólo quería ayudar y despedirme de él.

—Eso es lo que usted dice, pero está débil y enloquecido por el dolor, y prometería cualquier cosa. Incluso él mismo podría sugerirlo, impulsado por algún loco sentido del deber hacia la facultad de medicina, pero no lo permitiré. Mi esposo tendrá un entierro adecuado, señor Harris. ¡Ya ha sufrido bastante!

«No duele —habría querido decirle—. No sientes nada si estás muerto.» No se molestó en pronunciar aquellas palabras, pues sabía de quién era el dolor en el que Fanny estaba pensando, y que fueran cuales fuesen los deseos del doctor George, eran los vivos los que importaban, no los muertos. Sería mejor tranquilizarla cuanto antes, y con el mínimo de discusión posible. En cualquier caso, no creía que los otros médicos aceptasen el cuerpo de George Newton. Aceptarlo supondría llevar la muerte demasiado cerca de ellos, y agradecía no tener que intervenir en la tarea. Mejor dejar que el doctor descansase en tierra consagrada; había suficientes cadáveres disponibles en Augusta.

—Me voy, señorita Fanny —dijo, utilizando sus mejores maneras, como si al hacerlo la reconfortase—, pero creo que alguno de los médicos debería venir y verla. —Miró el dilatado vientre y continuó—. Rachel y yo rezaremos por los dos, para que vaya bien.

Era mentira. Grandison nunca rezaba, pero si lo hubiese hecho, habría sido para que la muerte del doctor George llegase con rapidez. Era lo único amable que se podía hacer en los casos de tétanos.

El doctor George murió después del Año Nuevo, en 1860. La enfermedad había durado sólo dos semanas, pero su avance fue tan terrible que parecieron meses para los que no podían hacer otra cosa que esperar que se liberase definitivamente del dolor. Grandison se unió a la multitud que asistió al funeral del doctor, aunque procuró no acercarse a Fanny, por miedo a perturbarla de nuevo. En su pena, podría haber dicho cosas que no debían decirse en voz alta en la educada sociedad de Augusta. Los médicos sabían a qué se dedicaba, pero no el resto de la gente. Intuía que la mayoría de la gente de Augusta habría asistido al funeral si no hubiese sido por las circunstancias del matrimonio del doctor. Sus colegas médicos, los estudiantes y la mayoría de hombres de negocios de la ciudad fueron a presentarle sus respetos, mientras sus esposas e hijas se quedaron en casa, considerándose demasiado delicadas para soportar la visión de la viuda liberta del doctor. Y no es porque se viese un sólo centímetro de su piel, fuera cual fuese su color, pues iba envuelta en ropas y velo de luto, apoyada en el brazo del señor James Hope, como si fuese el mástil de un barco hundiéndose.

—Viuda a los dieciocho años —dijo la señora Alethea, majestuosa con su vestido negro y con los ojos enrojecidos por las lágrimas—. Esperaba algo mejor para mi hija.

Grandison negó con la cabeza.

—Le irá bien —dijo—. El doctor George se habrá encargado de ello.

La señora Alethea le dirigió una mirada de las que normalmente reservaba para alguno de sus hijos cuando decían insensateces.

—Ha vuelto a casa, ¿sabe?; al final, el doctor George no tenía la mente clara para hacer un testamento adecuado. El señor James Hope tuvo que vender la casa de Green Street. Le prometió que tendría una nueva casa, en Ellis, sólo a una manzana de Broad Street. La están construyendo. Hay que pensar en toda la gente que tenía el doctor George, y en los Tuttle. Fanny necesita una casa propia, pero ahora me alegra tenerla conmigo. El bebé puede nacer cualquier día, si vive, después de lo que su madre está pasando. Tenemos que rezar por ella, señor Harris.

Grandison la vio al pasar junto al alto y rubio escocés, que como tutor frecuentaba su compañía. Se preguntó si las oraciones ya habrían surtido efecto.

El sótano estaba lleno de huesos. Cada curso, cuando acababan las clases de anatomía, con sus solemnes prácticas de disección, entregaban los restos a Grandison, para que se deshiciese de ellos. No le resultaba fácil volver a enterrarlos en lugares públicos, o abandonarlos donde pudiesen ser reconocidos como lo que eran. La única alternativa era ponerlos sobre cal viva en el sótano de Telfair Street. ¿Cuántos habría? Había perdido la cuenta. Afortunadamente, las caras y los recuerdos de los que habían pasado por sus manos iban desvaneciéndose con la rutina de la tarea, pero algunas veces se preguntaba si el sótano no retumbaría con gritos que no podía oír, y si ése sería el motivo por el que gato del edificio se negaba a bajar allí. La cal viva hacía desaparecer los huesos y ocultaba el olor, pero se preguntaba qué parte de sus propietarios quedaba, y si aquel «gran día de la resurrección», del que el reverendo hablaba, iba a llegar realmente para dar paso al Día del Juicio Final. ¿Quién respondería de la monstruosa confusión y el desorden de aquellos huesos? ¿Él? ¿El doctor George? ¿Los estudiantes que practicaban con los cadáveres? Algunas veces, mientras esparcía la cal por encima de un nuevo montón de huesos desechados, pensaba en el doctor George, mirando por encima de la verja de hierro forjado del cielo de los blancos a una multitud furiosa de ángeles negros agitando los puños contra él.

—Mejor los muertos que los vivos —se diría a sí mismo.

Algunas tardes, cuando iba a Cedar Grove, pasaba por el cementerio de los blancos a presentar sus respetos al doctor George, que yacía en su tumba tal como lo habían enterrado. A veces pasaba un buen rato junto al montículo de hierba, como si el doctor todavía pudiera oírle.

—La señorita Mary Frances ya ha tenido el bebé —dijo un día de invierno, cogiendo los tallos mustios de las flores muertas—. Lo tuvo el otro día, y fue una niña. Le ha puesto Georgia Frances, pero todo el mundo la llama Cissie, y creo que ése es el nombre con el que se va a quedar. Es pequeñita, y pálida como un melocotón de Georgia. El señor James Hope le está construyendo una casa en Ellis, tal como le prometió, y está pensando en llevarse a su hermana Nanny y al joven Jimmie a vivir con ella. Pensé que quizá el señor James Hope se mudaría también, pues la adora, pero está pensando en vender la fábrica e irse a Nueva York, donde está su familia, por lo que no necesita preocuparse por nada. Creo que todo va a ir bien.

No hacía más de dos años que se había muerto el doctor cuando llegó la guerra, que lo cambió todo. Al principio no pareció que fuese a ser así. Para el resto del país, la guerra empezó en abril, en Charleston, donde cayó Fort Sumpter, pero Georgia se declaró en secesión en enero, dejando a Augusta inquieta por el arsenal que había en la colina, y bajo la ocupación de las tropas federales. El gobernador Joe Brown fue personalmente a la ciudad a pedir la rendición del arsenal, a lo que siguió una exhibición de desfiles militares bajo una fina lluvia. El gobernador presenció los festejos desde el porche del hotel Planters, pero el capitán Elzey, que estaba al mando de ochenta y dos hombres en el arsenal, se negó a entregarlo. Cambió de opinión uno o dos días más tarde, cuando ochocientos soldados y dos generales de brigada se presentaron bajo la lluvia para exigir su entrega. Entonces, el capitán Elzey mandó llamar al gobernador para tratar del asunto. Antes del mediodía, el arsenal y su contenido habían sido entregados al estado soberano de Georgia, sin haberse disparado un solo tiro. Esto, y mucha preocupación, fue todo lo que sucedió en Georgia mientras duró la guerra.

Se alegró de que Rachel y el niño estuviesen en Augusta cuando empezaron los primeros disparos en Charleston. De no haber sido así se habrían encontrado en medio de la guerra, aunque personalmente a él le hubiese gustado ver la batalla, por lo novedoso. Todo el mundo decía que la guerra duraría solamente unas semanas, y sentía no haber podido ver algo.

La gente era optimista, pero se estaba preparando. Dos semanas después de lo de Fort Sumpter, Augusta organizó una compañía propia, los Silver Grey, formada principalmente por hombres demasiado viejos para luchar en el ejército regular. El señor James Hope volvió de Nueva York para unirse a la Confederación, y fue nombrado segundo miembro de la compañía, después del reverendo Joseph Wilson, que fue el primero. Tommy, hijo del reverendo Wilson, y el pequeño Madison Newton tenían la misma edad, y a veces jugaban junto a la iglesia presbiteriana, al otro lado de la calle donde se encontraba la facultad. A veces venían y le acribillaban a preguntas sobre cadáveres y gente enferma, y a menudo resultaba difícil distinguir quién era el blanco. Fanny se ocupaba de que el joven Madison fuese tan limpio y bien vestido como cualquier otro chico de familia acomodada de Augusta.

Los meses pasaban, y la guerra no parecía que fuese a acabarse. Uno tras otro, los estudiantes de medicina partían para alistarse en los regimientos del frente.

—No creo que deba preocuparse por traer más cadáveres para las clases, Grandison —le dijo el doctor Garvin.

—Muy bien, señor. He oído que muchos estudiantes están pensando en dejarlo e incorporarse a filas.

El doctor Garvin frunció el ceño.

—Espero que lo hagan, pero aunque la facultad continúe abierta, la guerra ocasionará muertes suficientes para abastecer de cadáveres a mil facultades de medicina antes de que se acabe.

Aunque no se luchaba en Augusta, ésta tuvo su cuota de víctimas. Después de un año de guerra, los heridos empezaron a llegar en tren desde distantes campos de batalla, y la facultad suspendió sus actividades para instalar hospitales y atenderlos. El City Hotel y la academia de Richmond Country fueron habilitados como hospitales en el 62, para acomodar a la marea de soldados heridos que llegaban a la ciudad desde lugares lejanos, de nombres desconocidos, como Manassas o Shilon. Muchos de los miembros de la facultad también se habían ido a la guerra, a ayudar. El doctor Campbell estaba en Virginia, en la Georgia Hospital Association, cuidando de los heridos; el doctor Miller y el doctor Ford estaban colaborando en las fuerzas confederadas en diferentes lugares de Virginia, y el doctor Jones estaba en algún lugar de la costa de Georgia, aportando su experiencia médica a la guerra.

Grandison trabajaba en uno de los hospitales, al principio ayudando a los médicos, pero como el número de víctimas desbordaba la capacidad de aquéllos, cada vez fue asumiendo más responsabilidades, para compensar las carencias.

—No se por qué trabajas tanto remendando a esos rebeldes —dijo un día uno de los ayudantes de color mientras buscaba un rollo de vendas—. Los federales dicen que van a terminar con la esclavitud, y tú estás ayudando al enemigo.

Él se encogió de hombros.

—No veo a ningún federal en Augusta, ¿y tú? Yo no veo a ningún ejército que haya venido a darme la libertad. Mientras tanto haré lo que se supone que debo hacer, y ya veremos lo que se desprende de todo esto cuando la guerra se acabe. —Además, pensó, una cosa era desear que perdiesen los confederados, y otra muy distinta ignorar el sufrimiento de un simple soldado al que ni siquiera le había salido una barba como dios manda.

A veces se preguntaba qué habría sido del tipo al que «resucitó»; si estaría en algún Estado libre más allá de las montañas, y si eso le habría generado alguna diferencia.

No sabía si la libertad se acercaba ni cómo sería, pero de momento allí había trabajo para diez como él, cosiendo, vendando y atendiendo a los heridos.

«He tratado con muertos —se dijo—. Esto no es peor.»

El muchacho era un soldado de Carolina del Sur, de dieciocho años más o menos, de pelo color cobre y de una naturaleza alegre que ni siquiera su pierna abierta podía cambiar. Era el favorito de la sala, y parecía estar evolucionando bien junto a los demás, con los mimos de los visitantes del hospital. Las enfermeras ya estaban hablando sobre los preparativos para enviarle a casa.

Aquella mañana, Grandison iba por el pasillo del hospital cuando uno de los otros pacientes se le acercó cojeando y le agarró por la manga.

—Tiene que venir enseguida —le dijo—. El pequeño Will está sangrando a borbotones.

Apartó al tullido, se precipitó en la sala y se abrió paso a empujones entre el grupo de pacientes que rodeaban el catre del joven. Retiró la sábana empapada de sangre, mostrando la pierna blanca y delgada, con el extremo de un hueso sobresaliendo de la piel. La sangre manaba a chorros de la herida abierta por la astillas del hueso.

—Intenté llegar al orinal —dijo el chico. Parecía que fuese a desmayarse—. Estaba harto de que tuviesen que ayudarme continuamente. Me sentía bien. Sólo quería llegar a la pared.

Movió la cabeza. El fémur operado se había roto bajo el peso del muchacho, y la astilla producida por la rotura había seccionando una arteria de la pierna. Los pacientes agrupados en torno al catre murmuraban entre ellos, aunque ninguno se dirigió al chico.

—¿Llamo al cirujano? —preguntó uno de los pacientes a Grandison.

Éste negó con la cabeza.

—El cirujano está operando esta mañana. No serviría de nada llamarle.

El chico le miró.

—¿Puede acabar con esto, señor?

Miró para otro lado, sabiendo que lo de «señor» era por sus habilidades médicas, y no por él mismo, pero no le disgustó. El joven pelirrojo tenía buen corazón, y era el favorito entre sus camaradas, mayores y más tristes que él.

—Necesitará una aguja —dijo alguien—. ¿Va a coserlo?

Mantuvo los dedos apretados sobre la herida, pero no podía continuar haciéndolo indefinidamente. Quería haber podido explicarle: «¿Has visto alguna vez matar a un ternero? El carnicero coge un cuchillo afilado y corta ese cordón que tiene en la garganta; sangra durante ¿cuánto?, ¿un minuto?, ¿dos?». En este caso era lo mismo. La arteria seccionada no estaba en la garganta, pero el resultado sería el mismo, y era igual de inevitable.

—Me encuentro bien —dijo el chico—. No tengo miedo.

Hizo caso omiso de la muchedumbre congregada en torno a la cama y miró fijamente a los ojos del chico.

—La arteria está partida en dos —dijo— y no puede hacerse nada.

—¿Puede parar la hemorragia?

Movió la cabeza hacia sus dedos, presionando la pálida piel. El calor de la carne hizo que desease dejar de apretar. Respiró profundamente.

—La he parado —dijo, moviendo la cabeza hacia su mano y manteniendo la presión—. Pero el tiempo que te queda es el que tarde en dejar de apretar.

El chico le miró durante un momento, sin ninguna palabra que decir.

Después negó con la cabeza.

—Entiendo —dijo—. ¿Puede quedarse un par de minutos? Voy a rezar.

Alguien dijo:

—Aquí tengo un papel. Will, deberías despedirte. Yo escribiré.

El chico miró a Grandison, que dirigió la vista hacia su mano.

—Adelante —le dijo—. Seguiré apretando.

Con voz balbuceante, el muchacho pronunció unas palabras de despedida para sus padres. Parecía calmado, pero confuso, como si aquello estuviese pasándole a otra persona, lo cual no estaba mal. El miedo no hubiese cambiado nada, y era contagioso. Hubiese sido contraproducente en la sala. La habitación estaba en silencio, mientras la voz del muchacho subía y bajaba. Grandison apartó su mirada de las caras lagrimosas de los compañeros del chico y miró hacia otro lado, deseando haber estado en otro sitio, mientras se alargaba interminablemente la calma que precede a la muerte. Ningún desconocido debería presenciar aquellos últimos minutos de vida.

Terminó la carta, y unos minutos después las oraciones, que finalizó con un susurrado «amén», mientras las últimas palabras del padrenuestro se iban apagando y daban paso a los sollozos.

Miró la cara amarillenta del muchacho y vio una serenidad que nadie más compartía.

—¿Ya? —dijo

El chico asintió y Grandison retiró la mano.

Un minuto después estaba muerto. Los soldados lloraban alrededor del catre. Grandison cubrió la figura inmóvil con la sábana y volvió a sus ocupaciones. Había pensado en ir a ver al muchacho más tarde, para decirle que la muerte era una liberación de horrores peores y desearle la paz, pero había tantos heridos y tantas cosas por hacer que no lo hizo.

La guerra llegó a Augusta en forma de camillas, de escasez de comida y de falta de suministros mercantiles, pero no a caballo, con banderas al viento y sonido de cornetas. Augusta pensó que llegaría de esta manera. Cuando Sherman marchó hacia el mar por Savannah, las tropas se concentraron en la ciudad para defenderla. Las autoridades apilaron balas de algodón, preparados para prenderles fuego, junto con el resto de la ciudad, a fin de evitar que las existencias de pólvora y el arsenal cayesen en manos de la Unión, pero Sherman los ignoró y siguió hacia el norte, hacia Carolina del sur.

La guerra terminó tres meses después, y las tropas federales ocuparon la ciudad.

—¡Yo estoy entronado, Grandison! —dijo Tommy Wilson una mañana de mayo—. Y Madison está bajo mi dominio.

—Muy bien —dijo sin mirar a los dos chicos. Estaba limpiando la pequeña habitación de trabajo de la facultad de Telfair Street. Había sido su cuartel general y su almacén desde hacía trece años. La guerra había terminado y ahora era libre. Era hora de ser su propio patrón en algún otro sitio. Pensó en cruzar el río e irse a Hamburg. La gente decía que allí los yanquis estaban sustituyendo a trabajadores blancos por hombres libres. Iría a verlo.

De pronto, las palabras de Wilson tomaron forma en su mente.

—¿Entronado? —dijo—. Creía que un trono era la silla de un rey.

—Puede ser eso —dijo Tommy, con el aspecto de ser alguien que quiere ser escrupulosamente justo—. Pero también es un rango entre los ángeles. Madison y yo estamos jugando a los ángeles. Vamos a ir a convertir a los infieles.

—Eso está bien chicos. Id, pero ¿qué infieles?

—Los soldados.

Tommy asintió.

—Se portaron muy mal.

—Beben, se pelean y pronuncian el nombre de Dios en vano.

—¡Y por Dios que los arreglaremos! —dijo Madison.

—¿Sabe tu padre dónde estáis?

Tommy asintió.

—Dijo que podía jugar fuera.

Madison Newton se encogió de hombros.

—Al señor Hope no le importa adónde voy. Vive en mi casa pero no es mi padre. Dice que se va a llevar a mamá y a los bebés nuevos al norte, pero Cissie y yo no podemos ir.

Grandison negó con la cabeza. A Fanny Newton la llamaban ahora Fanny Hope, y tenía dos bebés más con piel de magnolia y ojos claros. Se preguntó qué sería de los dos hijos del doctor George.

—No molestéis a los soldados —dijo a los chicos—. Podrían dispararos a los dos.

Tommy Wilson sonrió alegremente.

—Entonces seríamos ángeles de verdad.

—¿Le llamamos juez, señor Harris?

La guerra o las preocupaciones familiares habían convertido a la señora Alethea en una anciana. Tenía el pelo casi gris y le miraba a través de las gruesas lentes de sus gafas sin montura.

Grandison había llevado a su familia a vivir al otro lado del río, a Carolina del Sur, pero todavía venía a Augusta para hacer algún recado. Aquella mañana había encontrado a la señora Alethea mientras renqueaba por Broad Street con el cesto de la compra en el brazo, en dirección al mercado. Sonrió y le prodigó una cortés reverencia.

—Puede llamarme juez si le place, señora —dijo—. Pero espero no verla ante el tribunal. Me encantará llevarle el cesto de la compra a cambio de que me cuente de su familia. ¿Cómo le ha ido?

—Aceptablemente bien —dijo con un suspiro—. Mis ojos no son lo que eran; costura exigente con luz deficiente. A los chicos les va bien, ya mayores e independizados. Pero ahora tengo a Madison y a Cissie conmigo. El señor Hope se ha llevado a su madre y a las dos niñas a Nueva York. ¿Sabía que le habían puesto mi nombre a la menor? La pequeña Alethea. —Suspiró—. Les hecho de menos. Pero hábleme de usted, señor Harris. ¡Convertido en juez bajo el nuevo gobierno de la Reconstrucción! ¿Cómo le va?

Se encogió de hombros.

—No intervengo en casos importantes. Sólo en pequeñas asuntos. Borrachos, pequeños hurtos, de pollos, de caballos. —Los dos sonrieron—. Pero cuando entro en el tribunal, todo el mundo debe levantarse y mostrarme respeto. Me gusta. Supongo que Fanny... bien, la señora Hope, sabe a lo que me refiero, como vive en Nueva York...

La anciana sonrió.

—Ella odia aquello, ¿puede creerlo? El pobre James Hope está preocupado, aunque le dio todo lo que quiso. Ir al norte, donde no ha habido esclavos durante los últimos cincuenta años, y en donde probablemente nadie sabe que Fanny es de color. Ser realmente libre. —Negó con la cabeza—. ¿No cree que él esperaba que ella diese gracias a Dios por su liberación, y que nunca querría volver?

—Supongo que sí —dijo él.

—Los Hope también lo pensaban. Pero ella echa de menos esto, y no cambiará de opinión. ¿Sabe lo que hizo el señor James Hope? Llevó a Fanny a ver al mismísimo Frederick Douglas, como si éste no tuviese otra cosa que hacer que intentar hacer entrar en razón a una georgiana insignificante. Hizo lo que pudo para convencerla de que se quedara, pero no hubo manera.

—¿Tiene noticias de ella con frecuencia?

Asintió.

—Con la puntualidad de un reloj. En todas las cartas parece estar desconsolada. Me echa de menos, así como a sus hermanos y hermanas y, sobre todo, a Madison y a Cissie. Dice que detesta la comida del norte, los fríos inviernos y la fea ciudad, con más gente y maldad de la que hay en toda Georgia. Sólo piensa en volver a casa.

—Pero si se queda allí, podría vivir como una blanca, y sus hijos serían blancos.

—¿Y por qué iba a querer eso señor Harris?

Naturalmente, Alethea conocía la respuesta a esa pregunta, pero decir la verdad en voz alta sólo habría servido para provocarle ira. Grandison no añadió nada nuevo a la conversación y se separó de ella, deseándole que todo fuese bien.

Un año después, James y Fanny Hope volvieron y se instalaron en Augusta, aunque la señora Alethea no pudo disfrutar de ello durante mucho tiempo, pues murió antes de que hiciese un año del regreso de su hija. Pero al menos fue feliz al ver a la familia unida de nuevo.

Él no asistió al funeral. La enterraron en Cedar Grove, a donde se vio obligado a ir en recuerdo de su larga relación. Al final descansaría en paz. Estaba seguro de ello.

Ojalá hubiese vivido para ver a su nieto, que nació exactamente un año después de que sus padres hubiesen vuelto del norte. Le pusieron por nombre John, y fue un niño de pelo rubio y ojos azules, como cualquier escocés.

En privado, Grandison pensaba que Fanny había hecho una locura volviendo al sur cuando podría haberse quedado en Nueva York y disolver la herencia de sus hijos en la marea de inmigrantes. Pero antes del final de la década comprobó que, en aquello, su forma de pensar había cambiado para coincidir con la de ella, pues dejó su cargo de juez en Carolina del Sur y volvió a trabajar en la facultad de medicina. Quizá hubiese gente que hablaba a sus espaldas y le llamaba insensato, como él lo había hecho con Fanny Hope, pero había comprobado que su trabajo no era fácil. A pesar de las promesas de los hombres de la Reconstrucción, no fue respetado como juez. Su tarea era una farsa, cuyo propósito no era honrarle a él o a su gente, sino avergonzar a los rebeldes derrotados. Se cansó de ser el objeto de las miradas de desconocidos, cuyo odio reprimían bajo su fingido respeto, y a medida que pasaba el tiempo se acordaba con más cariño de la facultad.

Había sido bueno en su trabajo, y los médicos habían respetado sus cualidades. A veces había pensado que incluso se habían olvidado de su color. El doctor George dijo una vez algo relativo a que la única diferencia estribaba en una delgada capa de piel, pues lo que había debajo era lo mismo. Muchos de los miembros de la facultad se habían ido durante la guerra, pero uno tras otro iban volviendo para reanudar sus antiguos trabajos, y él sabía que también estaba deseando volver con ellos.

Llevaba su traje de hilo, una estrecha corbata y unos buenos zapatos negros. Estaba de pie, frente a la mesa del doctor Louis Dugas, con el sombrero en la mano, esperando una respuesta.

Dugas, un hombre pulcro, perfectamente rasurado como un aristócrata francés, se había hecho cargo del decanato de la universidad en los años de la guerra. Como el doctor George, de joven había estudiado en París. Viajó a Europa a comprar libros para la biblioteca de la facultad de Augusta. Se decía que había cenado con el mismísimo Lafayette. Ahora parecía confundido. Fijando sus brillantes ojos negros en la cara de Harris, dijo:

—Déjeme ver si lo he entendido. ¿Quiere dejar un cargo judicial para venir aquí a trabajar como conserje?

Grandison inclinó la cabeza.

—Sí, señor.

—Bien, no deseo subestimar las virtudes del trabajo manual, pues las tareas de un conserje son honorables y necesarias, pero ¿podría decirme por qué quiere cambiar su elevada ocupación legal por un trabajo como éste?

Estaba preparado para una pregunta tan lógica como aquélla, y sabía que era conveniente no decir toda la verdad. Al menos, la ley se lo había enseñado. Era preferible no hablar de la ira creciente de los blancos derrotados, relegados a ciudadanos de segunda por desconocidos desdeñosos. Había oído relatos de una sociedad secreta que estaba pensando en atacar a los conquistadores y a cualquiera que estuviese aliado con ellos. Pero la inquietud que le provocaba la ira de la gente de la ciudad era paralela a la ira que se despertaba en él por el desprecio condescendiente de sus supervisores federales. Le trataban como a un bobalicón, y llegó a la conclusión de que era un simple peón en una partida entre los blancos, ninguno de cuyos bandos le valoraba en absoluto. Una cosa era recibir educación universitaria y acceder al cargo porque se estaba capacitado para ello, y otra darle aquel cargo sólo como un insulto calculado dirigido a otros, que constituía una burla para su inteligencia y su capacidad, porque sin duda podrían haber encontrado a cualquier otra persona de color en el norte para aquella función. Al menos, los médicos le habían respetado por su trabajo y habían valorado lo que hacía. Había estado quince años con ellos.

También era preferible no hablar de su ventaja personal, de los tiempos en que había prevalecido sobre otros médicos en la curación de algún vecino enfermo, o de algún niño herido, que de otra forma habría muerto. La comunidad necesitaba un conducto hacia los que estaban en el poder, y él podía ayudar más allí que condenando a su gente al otro lado del río.

Tampoco hubiese sido conveniente decir que había llegado a comprender la práctica de la medicina, y que aunque se acercaba a los cincuenta, quería saber más.

Al final dijo simplemente:

—Creo que les echo de menos, doctor Dugas.

Louis Dugas le prodigó una fría sonrisa que ocultaba su convencimiento de que él nunca antepondría sus sentimientos a otras consideraciones, pero que la lealtad hacia uno mismo es difícil de criticar en alguien que pide algo como lo que Grandison pedía.

—¿Incluso echa de menos el suministro de cuerpos para la sala de disección? ¿Está dispuesto a realizar esa tarea como hacía antes?

«Debemos mutilar a los muertos, para no tener que mutilar a los vivos.» Creía en aquello por encima de todo.

Asintió.

—Sí, señor.

—Entonces de acuerdo. Naturalmente le pagaremos. Creo que el sueldo es de ocho dólares al mes. Comuníquelo al tribunal de Carolina del Sur y reanude su actividad.

Y así fue. Volvía por voluntad propia, como hombre libre, a aquello en lo que había empezado como esclavo, por imposición, muchos años antes. Volvería a coger la pala, el carro y la lámpara, y empezaría de nuevo.

Hacía mucho tiempo de todo aquello. Ahora estamos en el nuevo siglo y las cosas han cambiado mucho, no siempre para bien.

Sale al aire de la noche. El estudiante, mareado, se ha dirigido a sus habitaciones tambaleándose. Ahora puede cerrar el edificio. Todavía tiene la llave y lo hará él mismo, aunque su hijo George sea el conserje oficial de la facultad de medicina (no tan bueno como lo fue él, pero ¿qué importa? ¿No estaba ahora la facultad atestada de sombras pálidas, los sobrinos y los nietos de los primeros médicos?). Un nuevo siglo, no un sustituto del anterior, que no tenía ni los coches ni los modernos aparatos de ahora.

Se irá a casa caminado por Ellis Street y pasará por delante de la casa en la que Fanny y James Hope criaron a sus hijos. Una de las hijas de Hope vivía allí, aunque aquello era una rareza.
Ahora había un barrio para gente de color en Augusta, no como en el pasado, cuando la gente vivía mezclada sin pensar en ello.

James y Fanny Hope habían vivido ocho años en la casa de Ellis Street antes de que un derrame cerebral acabase con la vida de él en 1876. Habían permitido a sus parientes blancos llevárselo a Nueva York para su entierro. Era mejor tenerlo lejos, había dicho Fanny, que separado de nosotros por la pared de un cementerio aquí en Augusta.

Fanny crió a su prole de ocho hijos sola, y éstos se lo compensaron. Vivió tres años del nuevo siglo, el tiempo suficiente para verlos graduarse en universidades e iniciarse en excelentes carreras. El pequeño John Hope, de ojos azules, era el mejor de ellos, decía la gente. Había estudiado en la Universidad de Brown, en el norte, y ahora era presidente de un colegio universitario de Atlanta. También le había ido bien a Tommy Wilson, el hijo del predicador blanco, que ahora se hacía llamar Woodrow, y era patrono de Princeton College, en el norte. Es difícil saber cuál será el futuro de un niño.

Aunque nunca se lo dijo a nadie, Grandison había esperado

que Madison, el hijo del doctor George, fuese el más destacado de los hijos de Fanny, pero se había conformado con trabajar en tareas poco cualificadas, en Augusta, y con ocuparse de su envejecida madre. Él y el doctor George tenían algo en común: ninguno de sus hijos les había superado.

Resulta extraño pensar que él hubiese sobrevivido a la preciosa Fanny Hope. En su mente todavía es una joven elegante y delicada, y siente no haber asistido a su entierro, en Cedar Grove, donde los muertos descansaban en paz ahora, pues hacía veinte años que el Estado había legalizado la donación de cadáveres a las facultades de medicina. Pero por aquel entonces habían surgido en la comunidad algunos rumores sobre el robo de tumbas. ¿De dónde habían sacado los médicos los cadáveres para las clases de disección durante todos aquellos años? Naturalmente, de Cedar Grove. Hubo amenazas de tumultos. Augusta tenía ahora una funeraria para la gente de color, a cuyo cargo estaba el elegante señor Dent, con su lujoso coche fúnebre provisto de ventanas de cristal, tirado con estilo por caballos con penachos. ¿Eran John y Julia Dent los autores de aquellos rumores, inventados para persuadir a la gente de que dejase embalsamar a sus muertos, a fin de que los médicos no pudiesen llevárselos? Había habido miradas agudas y comentarios furiosos, pues todo el mundo sabía quién había sido el conserje de la facultad durante todos aquellos años, pero para entonces era un anciano, una figura digna y enjuta vestida con un traje de hilo, por lo que le dejaron en paz. Pero no volvió a asistir a ningún entierro.

El aire de la noche es fresco, y respira profundamente, saboreando el olor de las flores transportado por el viento. No oye voz alguna en el viento, y sueña, aunque no con muertos reprochándole lo que hizo. Dentro de poco, de unos meses, de unos años como máximo, él también yacerá en Cedar Grove, entre tumbas vacías, como monumentos secretos a su trabajo. No le gusta este mundo, con sus nuevos inventos y con el abismo entre razas. A veces se pregunta si habrá dos cielos, de manera que Fanny Hope quede separada para siempre de su marido por alguna barrera celestial, aunque quizá no haya un más allá. Así sería más sencillo. Además, en ninguno de sus trabajos de disección ha encontrado nunca ninguna alma.

Sonríe en la oscura calle, recordando a un joven pastor que una vez había intentado persuadirle para que asistiese a un funeral.

—Venga, señor Harris —le había dicho el ferviente predicador—. No hay nada que temer en los cementerios. Esos cuerpos son, sin duda, envoltorios rechazados por nuestros difuntos espíritus. Seguro que los muertos ya no están ahí.

Este libro utiliza el tipo Aldus, que toma su nombre
del vanguardista impresor del Renacimiento
italiano, Aldus Manutius. Hermann Zapf
diseñó el tipo Aldus para la imprenta
Stempel en 1954, como una réplica
más ligera y elegante del
popular tipo
Palatino

* * *

* *

*

Transgresiones I se acabó de
imprimir en un día de invierno
de 2007, en los talleres
gráficos de Puresa,
calle Girona, 206
08203 Sabadell
(Barcelona)

* * *

* *

*